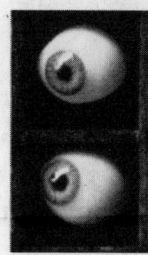

rowohlt paperback

Für G.

Respekt an: Norbert Heinz, der das «Terrarium» als erster durchquerte, Erich Maas, der die Tiefe mehrfach auslotete, und Marcel Hartges, der die Dimensionen mit unendlicher Sorgfalt kartographierte.

In Erinnerung
an Stanley Kubrick

Thor Kunkel

Das Schwarzlicht-Terrarium Roman

Gezeichnet von Gerda Bakker

Rowohlt Taschenbuch Verlag

Originalausgabe
Veröffentlicht im Rowohlt
Taschenbuch Verlag GmbH,
Reinbek bei Hamburg, April 2000
Copyright © 2000 by
Rowohlt Taschenbuch Verlag GmbH,
Reinbek bei Hamburg
Alle Rechte vorbehalten
Umschlaggestaltung Beate Becker / Notburga Stelzer
(Foto: The Image Bank / Richard Ross)
Autorenfoto Copyright © Isolde Ohlbaum
Satz Trinité No. 2 PostScript (PageOne)
Gesamtherstellung Clausen & Bosse, Leck
Printed in Germany
ISBN 3 499 22646 4

« Born to be alive. »

Patrick Hernandez

«Das ganze Universum würde aufhören zu existieren, wenn ich es in meine Gewalt bekäme.»
De Sade

«Was sich im Kern eines jeden lebenden Wesens befindet, ist nicht ein Feuer, nicht ein warmer Atem, nicht ein Funken Leben.
Es sind Wörter, Informationen, Anweisungen...»
Richard Dawkins, Biologe

Inhalt

1
Das Doppelleben der Amöbe
9

2
Disco, Staub & logischer Abschaum
79

3
Wachstumsstörungen
133

4
Tierfilme
187

5
Stoffe, die schwimmen
297

6
Stoffe, die sinken
387

7
Blutsturz
463

8
Apollo 2000 – Die letzte Mission
557

1 Das Doppelleben der Amöbe

> «Man muß zugeben, daß es eine Pflicht ist, alles zu versuchen, um sich der Scheußlichkeit der Armut zu entziehen. Man muß sich auf jede Art betäuben, die nur möglich ist, mit billigem Wein, mit Onanieren, mit Kino.»
> Celine

I

Testbild ... Eins Komma zwei Millionen winzige Phosphorsonnen, dahinter die Bildröhre ... Ein Universum.

Aus Rot, Grün und Blau entsteht bekanntlich im richtigen Amplitudenverhältnis der unbunte Eindruck Weiß. Weißbildung nennt es der Fernsehtechniker und bohrt sich mit einem Schraubenzieher in der Nase.

«Weiß? Das Leuchtdichtesignal hat nicht mal einen Sättigungsgrad von 40 Prozent...»

«Dann ist es halt grauweiß, Kuhlmann, mattweiß, wenn Sie wollen...»

«Das Leben ist auf jeden Fall eine Mattscheibe, ein Blockschaltbild, über das Störstreifen schmieren...»

«Das sind doch Strichwerte, Kuhlmann, genormte Strichwerte! Wovon reden Sie, zum Teufel? Zeigen Sie jetzt bitte die Weißachse an.»

«Weißachse?»

«Den Raumsektor, der bekanntlich von null durch den Weißpunkt geht.»

«Tja...»

«Also?»

«Weißwichsescheißachse...»

«Wie bitte? Was haben Sie gesagt?»

«Schweißwichseachsenscheiß...»

«Das war's, Kuhlmann! Sie sind draußen! Ziehen Sie diesen Kittel aus...»

Der Wecker brummt wie eine wütende Hornisse, und Kuhl – 19, Ex-Fernsehtechniker, gelernter Versager, jetzt Nachtwächter – fegt ihn mit einem gekonnten Fußtritt vom Hocker.

Das Ding landet im grünen Kotzeimer neben dem Bett und verstummt mit einem kläglichen Laut.

«Korb», murmelt Kuhl.

Es könnte nachmittags sein, so kurz nach zwei.

Noch im Halbschlaf weiß er wieder, daß sein Leben ein schlechtes Ende nehmen wird. Das ist das erste, was ihm durch den Kopf geht, jeden Morgen seit einem halben Jahr, Vorbote einer Spannung, die ihm tagsüber wie ein Schwingschleifer in der Hirnrinde singt.

Leck mich fett, denkt Kuhl, *dann nimmt es halt ein schlechtes Ende.* Über dem Flachdach gegenüber lacht ihm die alte Wasserstoffblähung ins Gesicht. Das Licht blendet ihn unbarmherzig, Vorhänge gibt es nicht.

He, das blaue System führt vollen Strom, und mittendrin glüht eine Leuchtdiode, und der Kontrast ist auch nicht schlecht und überhaupt.

Es ist Hochsommer, die Jahreszeit, in der er kaum schläft, viel trinkt und schlecht gelaunt ist. Seitdem er Nachtschicht hat, schläft er noch weniger, trinkt noch mehr und ist noch schlechter gelaunt.

Die Hitze macht ihn fertig, selbst der Boden fühlt sich an wie ein Backblech.

Kuhl schmort auf einer ramponierten Schaumstoffmatratze. Sein Bett – höhere Frachtpaletten, doppelt gestapelt – erinnert an ein Floß, das, auf welche Weise auch immer, im zweiten Stock einer Mietskaserne angespült wurde. Er kann sich an keine Überschwemmung erinnern, das nicht, schon eher an Wildwasserfahrten, nach zwei, drei Flaschen Wodka, wenn sich der Raum um ihn dreht. Nach uns die Sintflut, denkt Kuhl, aber da sind wir ja schon... Endstation Kamerun; die Straßenbahn zieht eine Halteschleife, und die Milchstraße versickert hier irgendwo in der Gosse. Kommt selten vor, daß hier jemand die Fliege macht, es sei denn in einem Leichensack.

Das Fenster steht offen, und Kuhl kann den Block sehen. Nicht *seinen* Block, einen anderen Bauklotz, obwohl das keinen Unterschied macht. Acht Siedlungshäuser ziehen sich die Straße entlang, immer dieselbe vierkantige Fratze der Monotonie.

Blockschaltung, denkt Kuhl. Die Analogie des tektonischen Rasters zum Fernsehbild ist für den Techniker unverkennbar. Er spürt das Millimeterpapier, den Zeilenabstand, die Exaktheit der Stanze ... Manchmal muß er auch an einen Lochstreifen denken, ein vertikales Fließband, auf dem staubblinde Fenster vorbeirauschen ...

Stell dir den Block wie ein Gitter vor, eine rechtwinklige Konstruktion aus einbetonierten Stahlträgern, Wasserleitungen und Elektrokabeln, die vier Lagen modularer Wohnzellen bilden ... Im kriechenden Paßgang, das heißt: betrunken und auf allen vieren, braucht Kuhl von seiner Matratze zum Klo gemittelte zehn Sekunden. Wenn er es darauf anlegt, und das kann vorkommen, schafft er den Weg zur Küche, oder sollte man sagen «zum Spritlager», noch schneller, seine Bestzeit liegt bei knapp unter fünf. Am Fenster – nur für den Fall eines Falles – wäre er sogar in nur drei Sekunden, er könnte rausspringen, jederzeit –

Doch was für ein Aufwand, denkt Kuhl. *Und alles für nichts* ...

Im Zeitraffer sieht er, wie alles passiert ist: der Planet vor fünf Milliarden Jahren, wüst aufgetürmte Gesteinsmassen, leere Ozeane, Blitze, Millionen Jahre Regen ... Dann, eines Tages, kommt die Sonne durch ... Die ersten Photonen und Gamma-Teilchen versickern im Schlamm eines namenlosen Gestades ... Schon köchelt die Ursuppe auf kleiner Flamme, auf submolekularer Ebene beginnen sich Riesenräder zu drehen, die Phosphat-Skelette fahren Achterbahn, und dann ist es nur noch ein kleiner Schritt von den Zellklumpen der präkambrischen Meere zu den Metastasen der Großstädte, den Waben aus Stahlbeton, die er kennt ...

Die Strahlen können das nicht gewollt haben, denkt Kuhl. Das Flachdach ist sein Horizont, die Fernsehantennen hat er wachsen gesehen, manchmal erscheinen sie ihm wie die Vorhut einer außerirdischen Vegetation ...

Seit er denken kann, lebt er in diesem Siedlungskomplex, den der Frankfurter Volksmund «die May-Löcher» nennt.

In den zwanziger Jahren hatte die «Aktienbaugesellschaft für Kleine Wohnungen» den Architekten Ernst May mit dem Bau einer «modernen Siedlung» betraut. May, ein großer Bausparer vom Schlage Le Corbusiers, hatte vielleicht den Prototyp einer «Wohnmaschine» vor Augen gehabt, vielleicht waren es aber auch nur Kaninchenställe gewesen, kleine Wohnungen eben, niedliche Arbeiterpferche. Schon als die Bauarbeiten im Dunstkreis der IG Farben begannen, regte sich Spott über Mays schnörkellose, nach eigenen Angaben nur «von Zweck und Bautechnik diktierte Formensprache».

Selbst in höchster Wohnungsnot, nach Ende des 2. Weltkriegs, hatten sich viele Frankfurter geweigert, Mays «neue Sachlichkeit» zu beziehen. Und wenn schon die Häuser der «Römerstadt» und «Zickzackhausen» in Niederrad verpönt waren, dann galt das erst recht für die Siedlungen an der industriellen Peripherie, die immer schon «das Kamerun» hießen.

Kamerun, denkt Kuhl. Ein Name, der in keinem Reiseführer der Stadt auftaucht und Taxifahrer nach Einbruch der Dunkelheit aufhorchen läßt.

Es soll Leute geben, die «Kamerun» für den westlichsten Ausläufer des Gallus-Viertels halten, eine infame Eingemeindung, gegen die sich der echte Kameruner verwahrt. «Kamerun grüßt den Rest der Welt», so sieht man das hier. Die Herkunft des Namens wurde nie restlos geklärt. Alteingesessene behaupten, es hätten hier früher Zustände geherrscht wie bei den «Kaffern in dieser westafrikanischen Kolonie», alles arbeitsscheues Volk, nichts als Keilereien von früh bis spät. Mit Latten habe das Gesocks drauflosgedroschen, seines Lebens sei man nicht sicher gewesen. Eine andere, ältere Fabel verweist auf ein «Mohren-Bataillon», das in den Jahren der französischen Besetzung in der Gegend für «schwarze Schmach» gesorgt habe. Die Nähe zur Eisenbahn bescherte den Hausfrauen zumindest mal schwarze Wäsche. Gern wird der Name auch mit einem NS-Karnevalsverein in Verbindung gebracht. Sittenlos sei es hergegangen im alten Luftschutzbunker des Viertels, selbst in der Bombennacht vom 13. Februar 45, als Dresden verglühte, hätten hier närrische, schwarz eingewichste Etappenhengste mit nackten Maiden die Polonaise getanzt – und sich anschließend in einer Art Kannibalen-Bütt gesuhlt, – «bis alle gar waren, meine Herrn!».

Ein vergleichsweise nüchterner Erklärungsversuch beruft sich dagegen auf geschichtlich verbürgte Fakten: Noch in den zwanziger Jahren war alles westlich der Galluswarte «eine einzige Pampa», eben «Kamerun, ein Land, wo der Pfeffer wächst». In den Nachkriegsjahren hatte es sich dann in eine katasteramtliche Wüste verwandelt, in der die Zeit stockte, als wäre der Stadt die Luft ausgegangen.

Kuhl kennt sein «Latten-Viertel», er kennt sich aus, er kennt die Frankenallee, die Hellerhof-Siedlung und den Erbau-Block, den Schrottplatz und die Kleingartenvereine St. Gallus-Gneisenau. Das tiefste «Kamerun» liegt irgendwo dazwischen, und wenn es sich auch hartnäckig einer geographischen Bestimmung verweigert, so wissen die Einheimischen doch ökonomische Demarkationslinien zu ziehen: Klimsch in der Schmidtstraße, Teves an der Westend, die Adlerwerke in der Kleyer und schließlich die «Bahnbetriebswerkstatt Nummer 1» hinter der Camberger Brücke.

Verbindet man die Punkte in Gedanken, ergibt sich eine Hufeisenkurve, die parallel zum Westhafen verläuft. Nachts ist hier alles ausgestorben; Angstgegend, leere Fabrikhallen, Wellblechdepots, windige Parkflächen, schlecht beleuchtete Unterführungen, verrußte Mauern mit Stacheldrahtkronen: dahinter das Schnaufen von Zügen.

Kuhl kennt auch den «Schotterpark», das kilometerlange Delta der Rangiergleise, das sich vom Hauptbahnhof nach Kamerun zieht. An der Strecke gibt es ein paar Sehenswürdigkeiten, den haushohen Schuttberg «Monte Scherbelino» zum Beispiel, die Staustufe, an der regelmäßig Kinder ertrinken, und schließlich den Nadelbunker. Tagsüber stellt er nicht mehr dar als eine konisch zulaufende Betonröhre mit einer winzigen Luke, doch mit Beginn der Dämmerung wächst die Ähnlichkeit mit einer V2. Die Eisenbahner sprechen daher gerne von ihrer «Rakete». Es ist ein seltsamer Ort, an dem manchmal, zwischen dem Brummen der Transformatoren, auch das weiße Rauschen der Leere hörbar wird, als gäbe es eine geheime Verbindung von hier zu den Sternen.

Kuhl hat kein Ohr für diese Feinheiten. Er glaubt das Rauschen einer Toilettenspülung zu hören.

Wer muß, der muß, denkt er und erforscht das Druckverhältnis der eigenen Blase. Der Harndrang läßt allerdings auf sich warten, kein Wunder, denkt Kuhl, er hat sein Wasser ausgeschwitzt. Das aufgeweichte Laken klebt ihm am Rücken, und das erste Mal freut er sich auf den Nachtdienst. Im Parkhaus, unter der Erde, ist es wenigstens kühl.

Zwo-drei ...! Er will aufstehen, will es wirklich, aber sein Kopf wird ihm wieder schwer – Phasenlage Null, da gehören Sie hin, Kuhlmänneken! Er leistet sich einen kleinen dramatischen Rückfall und genießt den Staub, den er aufwirbelt und der im Sonnenlicht treibt.

Sonnenstaub, denkt Kuhl und streckt die Hand aus ... Aber die Poesie des Alltags vergeht ihm schnell. Da er nur einmal im Monat das Laken wechselt, kann er sich vorstellen, wie eine bestimmte Gattung, Dermatophagoides Pteronyssinus, in Saus und Braus lebt. Im Halbschlaf bildet er sich manchmal ein, das Schmatzen der Milben zu hören. Angeblich leben in einem Gramm Hausstaub mehr als zehntausend dieser Winzlinge, die sich von den Schuppen menschlicher Haut ernähren. Der Gedanke, daß ihn die Biester bei lebendigem Leib auffressen, treibt ihn gewöhnlich aus dem Bett, aber Fehlanzeige ...

Kuhl hat wieder Halsschmerzen, kein Wunder, sein Körper ist das größte Schlachtfeld, das er kennt, eine glatte Fehlkonstruktion, das darf man dem Schöpfer bescheinigen. Schon Anfang 79 wähnt er sich im Frühstadium einer Krankheit, die erst Jahre später unter dem Namen Epstein-Barr Infection populär werden sollte.

Selten vergißt er in Gesprächen seinen wechselhaften Gesundheitszustand zu erwähnen, was niemand mehr ernst nimmt.

Aber Kuhl *weiß*, daß er krank ist. Er weiß es einfach. Sein Nachttisch, ein zweckentfremdetes Plastikdisplay, erinnert an eine ausgeplünderte Apotheke.

Nicht nur im Schlafzimmer, überall stehen diese angegammelten Verkaufsschütten herum, Kunststoffregale, die er hinter Supermärkten aufgelesen hat. Kuhl hat kein Geld für Möbel. Umgedrehte Bierkästen aus einem thermoplastischen Material dienen als Hokker. Man sitzt nicht schlecht auf diesen Dingern, aber beliebt sind sie nicht. Wenn Kuhl Gäste hat, hängen die auf dem dreibeinigen Sofa unter dem Wasserschaden ab. Die Polster sind längst verschlissen und stinken nach Fut, Tod & Teufel.

Die Wand darüber ist schimmelig, Dispersionsfarbe – mehr hat Kuhl den Pilzen nicht entgegenzusetzen. Die schlimmsten Flekken – blaugrüne Fächerkorallen – hat er mit Postern und Plattenhüllen kaschiert: Belmondo, Barry White, handkolorierte RAF-Steckbriefe, Supernutten-Centerfolds und Zeitungsausschnitte von Bokassa und Duzfreund Idi Amin schwitzen über der Fäulnis, die dem Mikrokosmos entsteigt. Das Photo von Bokassa ist mit Abstand das beste: Rechts trägt der Scherzkaiser achtzehn Orden. Idi Dada im vollen Militärsornat wirkt dagegen zivil. Bokassa ist nicht unbedingt eine Vaterfigur, aber immerhin nennt er zweiunddreißig Mercedes-Limousinen, siebzehn Frauen und einen drei Meter hohen Goldthron sein eigen. Politische Gegner verfüttert er an Krokodile, Schulkinder massakriert er eigenhändig. Kuhl kann nicht sagen, warum ihm das gefällt, aber es gefällt ihm. So wie der Satz: «Alle Straßen münden in schwarze Verwesung.»

Georg Trakl hat das Gedicht auf einem Verbandsplatz in Galizien geschrieben. Es riecht nach Morphiumspritzen und amputierten Gliedmaßen. Kuhl liest es immer wieder gern. Es spendet

Trost – *daß es für alle schlecht ausgehen wird.* Auch die Glücksschweine dieser Erde beißen eines Tages ins Gras.

Reanimation, erster Teil: zwei 5er Valium, «unzerkaut mit viel Flüssigkeit einnehmen». So steht es jedenfalls auf der Packung. Fünfzig Tropfen kodeinhaltiger Hustensaft mit derselben Menge Baldrian müßten reichen. Als Connaisseur der Narkose verdünnt Kuhl die bernsteinfarbene Tinktur mit einem Schuß Wodka. Der Geschmack ist gewöhnungsbedürftig, wie Weingummi aufgelöst in Terpentin. Aber was geht nicht ex und hopp, wenn man nur will?

Kuhl will noch etwas anderes: Er liebäugelt seit Tagen mit dieser letzten Librium 5, einem Betäubungsmittel aus der Klapse, BTM-rezeptpflichtig und Manna der Depressiven. Kuhl hat Lust auf die geistige Paralyse, er speichelt, wenn er die Pille nur sieht, aber in ein paar Stunden hat er Nachtdienst, und er kann nicht riskieren, daß er einfach liegenbleibt, nicht schon wieder jedenfalls, denn man hat ihm schon einmal mit Rausschmiß gedroht.

Reanimation, zweiter Teil: Fernsehen. Kuhls Kickstarter, um die Hirnmühle anzuwerfen.

Der Empfang ist leidlich. Die Lautsprecher scheppern – weshalb er den Ton meistens abstellt. Nachrichten interessieren ihn seit langem nicht mehr. Was hat sich in den letzten zweitausend Jahren schon groß verändert? *Schweine kommen und gehen, der Trog bleibt derselbe...*

Während er an nichts denkt, manifestiert sich ein geisterhaft-fluoreszierender Schleimklumpen hinter dem Mattscheibenglas. Auf den ersten Blick sieht es aus, als hätte jemand von innen auf den Bildschirm gerotzt.

«Amöben haben keine feste Gestalt», sagt jetzt eine weibliche Stimme, «ihre Zellmembran ist flexibel und in der Lage, sich den Bewegungen des Plasmas anzupassen.»

Schimmel, Staubmilben und jetzt das da, denkt Kuhl. Die Aufnahmen erinnern an einen kruden Science-fiction. Ein Pantoffeltierchen wird von einer Schleimwalze «überrollt» und lebend verdaut, halleluja.

«Da die Vermehrung der bodenlebenden Amöben durch Zweiteilung erfolgt, ist ihre Lebensform potentiell unsterblich.»

So etwas ist unsterblich, denkt Kuhl, *und er sitzt da in diesem Körper, der nicht mal ein müdes Jahrhundert mitmachen wird.*

«Soziale Amöben bilden bei künstlich verursachter Nahrungsknappheit routinemäßig einen Zellenverband zum Zweck der Fortpflanzung.»

Gruppensex, denkt Kuhl. *Das Biest meint Gruppensex!* Er macht den Ton lauter. Beim Klang dieser Stimme muß er sich eine Art Doktor-Hure vorstellen, ein strengfrisiertes Flittchen, das sich bestens darauf versteht, den Blutdruck des Patienten mit der Scheide zu messen.

Phasenstarr, wie der Fernsehtechniker sagt, beginnt er zu onanieren.

Gewöhnlich kommt er ohne jede Vorlage aus, er kann in diesen bunten Heften blättern wie im Bieberhaus-Katalog, es macht ihn nicht an, nicht im geringsten. Was Kuhl tatsächlich erregt, was ihn wirklich ungemein schärft, ist die Tatsache, daß es Frauen für Geld vor der Kamera treiben. Für ein paar Scheine lassen sie sich die Schweinswurzel bis zum Anschlag reinschieben. Sogar Schwangere halten still, wenn der Preis stimmt: Neger, Pferde, Doggen, Schäferhunde... Alle rutschen mal drüber. *Geld macht das möglich – was für eine wunderbare Erfindung! Früher mußte man schon einen Krieg gewinnen oder eine Stadt brandschatzen, um so auf seine Kosten zu kommen...*

He, denkt Kuhl, *he! Ohne die Selbstschußanlage in meiner Hose hätte ich schon lange Schluß gemacht... Gegen die unerträgliche Klarheit in meinem Hirn und die Leere in meinem Inneren konnte ich nichts anderes finden als die Schüttelpraktik von Daumen und Zeigefinger, einmal am Tag das Hohlorgan formen und das Vaterunser der endokrinen Sekretion beten... Was sollte ich auch sonst damit tun? Ist man einmal zu der Überzeugung gelangt, daß man sich nicht fortpflanzen will, daß einen der eigene genetische Aufguß anödet – was macht man dann mit einem Fortsatz, der einem vor dem Bauch herumschlackert und mit schöner Regelmäßigkeit kleine Aufstände probt?*

Jeder gewohnheitsmäßige Wichser hat natürlich seine eigene Theorie, warum es ihm in den Fingern juckt, warum er nicht anders kann und so weiter. Kuhl hätte es auf seinen schwachen Kreislauf schieben können – Unterblutdruck, kalte Füße –, aber er weiß es besser. Es geht um Endorphin, ein körpereigenes Opiat, das auf dem Höhepunkt der mechanischen Friktion ausgeschüttet wird.

Der neuromuskuläre Widerstand des Körpers verschwindet, das Ego taucht, sich selbst vergessend, ins wohlig-warme Grab der Wellen. Das, was er seit Jahren betreibt, grenzt an biologischen Morphinismus, er ist Stoff, Spritze und Vene zugleich, und manchmal scheint es ihm, als habe er seine ganze Jugend in einem Wechselbad aus Baldrian und morgendlichen Ergüssen verbracht.

Niemand hätte übrigens Interesse an der Fortpflanzung *ohne* biochemische Belohnung. Hier, Junkies, sitzt die Wurzel der Sucht.

Und wie sagte schon Wilhelm Reich: «Im Orgasmus sind wir nichts als ein zuckender Plasmahaufen.» Das Bewußtsein erlischt. Die Welt, und alles, was der Fall sein sollte, hört auf zu bestehen. Ein paradiesischer Zustand – wie der Tod.

Schade halt, daß man zurückkommen muß...

Kuhl kommt genau in diesem Moment. Tausend Schuß, dann ist Schluß, so lautet die Landser-Faustregel. Die Rechnung geht nicht auf, oder er verplempert bereits den statistischen Anteil eines anderen.

II

Kuhl schwebte noch im Abklingen der neuroepileptischen Entspannung, als es Sturm schellte.

Es war kein Klingelzeichen, das er kannte, und alle seine Freunde wußten, daß er nicht eben mal so die Tür aufmachte. Viel zu viele Leute waren einfach viel zu nachtragend.

Wieder schrillte die Klingel, noch lauter, noch hartnäckiger.

Mürrisch stand er auf und hängte den Kopf aus dem Fenster.

Unten stand ein Schwarzer, schwitzend in einer Camouflage-Uniform. Seine Lippen hatten sich zu einer monströsen Schippe verformt.

«Fuck you», brüllte er.

Eddie Logwood, Private First Class, E3-Sold, abkommandiert zu einer Versorgungseinheit der U.S. Army, war sichtlich schlecht gelaunt. Mit seinem Schnauzbart und der kurzen Afro-Krause erinnerte er an den jungen Ken Norton, als der noch in Softpornos vernachlässigten Südstaatenweibern den «Mandingo» machte.

Eddie war gekommen, «hardware» unterzustellen, und Kuhls Keller war mit Abstand das sicherste Versteck, das er kannte. Meistens waren es Schnellfeuergewehre, vorsintflutliche M-16, die Eddie vor einem Einsatz im Nahen Osten bewahrt hatte. CIA-Unterhändler verkauften den Schrott damals an Israelis und Palästinenser. Und Eddie wollte vielleicht nicht mehr als ein kleines Stück vom großen Kuchen.

Er hatte seine Mindestdienstzeit längst hinter sich und verstand sich seitdem wie viele GIs als «Entrepreneur in eigener Sache». Die Army konnte ihn im Grunde genommen kreuzweise; Sehnsucht nach seinem Block in Ida B. Wells / Chicago hatte er auch nicht.

Als Nachschubfahrer der 6th Div. hatte er freien Zugang zu allen Army-Depots der Gegend. Die Remise in Großauheim war ein Selbstbedienungsladen. Das Durchgangslager der Rhein-Main-Airbase war zwar strenger bewacht, aber ebenfalls kein Problem. Eddie arbeitete dann mit gefälschten, *aber* registrierten Lieferscheinen, die er zwischen Sammelbestellungen mischte. Unmöglich, zu sagen, welche LOGREPS getürkt waren und welche nicht.

Shit! Kuhl fiel ein, daß er die Verabredung glatt vergessen hatte.

Der Wecker hatte nicht von ungefähr geklingelt.

«Eh, what's up, nigger?» sagte er, als er im Unterhemd vor die Haustür trat.

«Shit's up, salmon cracker!» Eddie war einen ganzen Kopf größer als Kuhl und schubste ihn vor sich her.

Sie kannten sich aus dem PX. Zwei Jahre war das her. Kuhl hatte dort in seinen letzten Schulferien Kisten gestapelt. Eddie ging damals mit der Kassiererin und holte sie oft nach Feierabend ab. Kuhl im grauen Kittel war kaum zu übersehen. Er war auf Kodein und nicht sehr gesprächig. Eddie verwechselte das mit «macho behavior». Da Kuhl auch Mentholzigaretten rauchte, konnte er kein schlechter Typ sein. Eddies Mädchen machte sie dann eines Tages offiziell miteinander bekannt, und obwohl ihr erstes Gespräch nur aus sinnlosen Einzeilern & Filmzitaten bestanden hatte, wurden sie Freunde – soweit man mit Kuhl *befreundet* sein konnte.

«Du mußt richtig klingeln! Drrr – drrr – drrrdrrr – drrr ...»

«Yea' yea' yea', motherfucker.»

«Drrr-drrr-drrrdrrr-drrr, so schwierig ist das doch nicht, Dildo.»

«Drrrr my ass, man!»

Zwischen den Blöcken hängten Frauen Wäsche auf, Kinder spielten auf der Wiese. Viele Fenster gähnten in den Nachmittag, und hin und wieder kläffte ein Köter.

Der Block hat tausend Augen, dachte Kuhl. Selbst im hellsten Sonnenschein glaubte er diese Schatten zu sehen, menschliche Umrisse, die unbeweglich hinter den Gardinen verharrten. In der Mehrzahl Witwen, *die sterblichen Überreste irgendeiner unsterblichen Liebe,* abgetakelte Fregatten, harrend des letzten, erlösenden Knirschens im morschen Gebälk ihrer Leiber. Eines Tages würde man sie in einem schwarzen luftdichten Sack aus dem Haus schleppen. Kuhl hatte das oft gesehen.

Eddie steuerte auf seinen Laster zu, einen verdreckten olivgrünen Ford, den er halbschräg auf dem Bordstein geparkt hatte.

«Hilf mal», knurrte er, während er auf die Ladefläche sprang. Es war wieder mal eine Holzkiste, nicht größer als ein Kindersarg und mit einer Plane abgedeckt.

Kuhl grinste dreckig. «M-16, was?»

Eddie sagte kein Wort. Die Fuhre war für eine Waffenschieberbande bestimmt, die von Heidelberg aus operierte. Ihr Boss war ein Computertechniker der Army, der nebenbei noch ein Fitness-Studio betrieb.

Das «hardware»-Geschäft blühte so richtig, seitdem Anhänger des gestürzten Schahs in Frankfurt aufgetaucht waren und irrwitzige Summen für Waffen aller Art boten. Selbst an größerem Gerät, Panzerabwehrraketen und Plastiksprengstoff waren sie *nicht uninteressiert*. Im Frühjahr, um die Faschingszeit, hatte die Heidelberger Bande eine ganze Wagenladung Schnellfeuergewehre verscherbelt. Von seinem Anteil hatte sich Eddie einen nagelneuen Buick Regal mit Klimaanlage und allen Schikanen angeschafft, standesgemäß. Aber ein Fehler, denn kurz danach erhielt er einen Tip, daß sich die CID, die Criminal Investigation Division, für ihn interessierte. Eddie sah jetzt öfter mal in den Rückspiegel.

Die Kiste war schwer. Kuhl zählte die Hausnummern, seine Arme wurden immer länger, wie in einem Comic strip.

Im Hausgang begegnete ihnen eine ältere Frau.

«Gott zum Gruße», knurrte Kuhl und schusselte rückwärts an ihr vorbei.

«Tag, *Froilein*», sagte Eddie.

Sie starrte ihn unverwandt an. Vielleicht hatte sie noch nicht vergessen, wie sich die Befreier nach dem Krieg aufgeführt hatten. Vor allem schwarze GIs, die endlich unbehelligt ihre Zigaretten und Hershey bars gegen «white meat» eintauschen konnten.

Als Kuhl den Keller aufgesperrt hatte, bot sich ihm ein vertrautes Bild: altes Gerümpel, eine geborstene Kohlenkiste, Einweggläser in einer glaslosen Vitrine, alte Farbeimer, Christbaumschmuck in Plastiktüten, säuberlich aufgestapelte Briketts aus der Zeit, als in den meisten Wohnungen noch Kohleöfen standen.

Sie schoben die Kiste hinter einen Haufen Briketts. Eddie, ein Genie in Tarnungsfragen, baute noch ein paar Farbtöpfe davor.

«Das war's», meinte er.

«Nicht ganz», sagte Kuhl.

Er griff nach einem verstaubten Schuhkarton und blies Eddie den Staub ins Gesicht.

«Steht hier schon 'nen Monat. Nimm den Scheiß endlich mit, Mann.»

Eddie schaute ganz vorsichtig in den Karton.

«Shit.» Zwischen Lametta und Weihnachtssternen lagen drei Eierhandgranaten. Eddie betrachtete sie wie Pferdeäpfel. «Der Kunde ist abgesprungen. Ist das meine Schuld?»

«Ich will die Dinger auch nicht», sagte Kuhl.

Eddie tat so, als hätte er es nicht gehört, und kramte in seiner Tasche.

«Und das hier willst du wohl auch nicht, was?»

Er hatte plötzlich eine Pistole in der Hand.

«Wie wär's mit 'nem Gebet, Bruder?» Kuhl spürte die Mündung an der Schläfe, aber er sagte kein Wort.

«Dann halt nicht», sagte Eddie und drückte ab.

Natürlich war die Waffe nicht geladen.

«Welcome to the Gun Club, son. – He, ich wollte nur mal sehn, ob du dir in die Hosen machst. Hast du Verwendung für die Kleine?» Wie ein Westernheld wirbelte er die Pistole um den Zeigefinger. «Is 'ne Italienerin.»

Kuhl wußte längst, *was* das war. Es gibt Männer, die Autos lieben, und Männer, die Autos *und* Waffen lieben.

«Soll kosten?»

Eddie überlegte.

«Vergiß es», sagte er dann, «eine Hand wäscht die andere, okay? Ich meine, du tust mir auch einen Gefallen ... Das Ding stammt aus NATO-Beständen, nagelneu, mußt du seh'n ... Nur die Nummer ist rausgefeilt ...»

«Du schenkst sie mir?»

«Wenn du endlich aufhörst, rumzujammern.» Eddie schob Kuhl die Beretta ins Hemd.

«He, Eddie, das ist verdammt anständig von dir...»

«Yea' yea' yea'. Du wolltest doch immer so ein italienisches Flittchen. Du hättest einen schönen Colt Commander haben können, Kaliber .45, aber nein...»

Willkommen im Schießverein, dachte Kuhl. So schlecht fing der Tag gar nicht an.

«Was ist mit Munition?» Berechtigte Frage.

Eddie grinste. «Im Wagen. Wieviel brauchst du?»

Draußen stolperten sie in die Nachmittagssonne.

«Eddie, ich sag's noch einmal: Du kannst diese Sachen hier nicht anschleppen und dann einfach vergessen... Geht das endlich in deinen verdammten Dickschädel? Wie lange liegen die Granaten jetzt schon bei mir rum? Was bringst du als nächstes? Panzerfäuste? Flugabwehrraketen?»

Eddie mußte an die Sonderwünsche seiner Exil-Perser denken, aber verkniff sich jeden Kommentar.

Am Laster angekommen, wühlte er unter dem Fahrersitz.

«Sind zehn *packs*», sagte er. «Gratis. Und jetzt halt endlich die Klappe.»

«WOW», sagte Kuhl. «WOW.»

«Also bis Samstag...» Eddie wollte schon einsteigen, aber Kuhl machte so ein sonderbares Gesicht.

«He, was von Rio gehört?» Rio wohnte im Block gegenüber.

Eddie schüttelte den Kopf. «Keine Ahnung. Er war nicht im Ali Baba's, sonst hätte ich ihn gestern gesehen... Gotta go, sucker.»

Er verabschiedete Kuhl mit einem Schlag auf den Rücken und schwang sich auf den Sitz.

«Rio hängt wieder mit Fußmann ab, wußtest du das?» Kuhl war auf das Trittbrett gesprungen.

Eddie ließ den Motor an. «Rio kann auf sich selbst aufpassen. Findest du nicht?»

«Er ist siebzehn», sagte Kuhl.

«Ja, das meine ich.»

Kuhl biß sich auf die Lippe. Gewöhnlich scherte es ihn einen Dreck, was sich seine Kumpels einpfiffen. Nur, Rio war vor einem halben Jahr mit einer merkwürdigen Vergiftung im Krankenhaus gelandet. Er hatte wochenlang halluziniert und war der Klapsmühle nur um Haaresbreite entwischt.

«Let go», knurrte Eddie. Der Laster setzte sich in Bewegung.

Kuhl klammerte sich noch immer am Außenspiegel fest.

«See you, okay?» sagte Eddie und drückte Kuhl den spitzen Zeigefinger auf die Stirn: «Laß endlich los, Arschloch, ich hab's eilig...»

«Klar.» Kuhl lehnte sich in die Fahrerkabine. «Du hast es doch immer eilig, weil dieses Flittchen auf dich wartet.» Eddies Freundin wohnte tatsächlich um die Ecke, und Kuhl konnte Eddie an der Nasenspitze ansehen, mit welchem Teil des Gehirns er gerade dachte. «Wohin hat dich die endokrine Sekretion bloß gebracht, Mann?»

«Wohin sie dich nie bringen wird.»

Kuhl hätte etwas noch Bissigeres nachsetzen können, aber er ließ es bleiben.

«Hau schon ab! Laß den Strudel nicht anbrennen!»

Der Lkw nahm Fahrt auf, und Kuhl konnte gerade noch abspringen.

«Yea', all you need is love», brüllte er ihm hinterher, nur war da der Laster schon um die Ecke verschwunden. Kuhl hatte viel Staub zu schlucken.

Weiß der Henker, warum das den Milben so schmeckt, dachte er noch.

III

> Es ist auf der Welt nichts unmöglich, man muß nur die
> Mittel entdecken, mit denen es sich durchführen läßt.
> Hermann Oberth, 1929

Mit einem gellenden Schrei, dessen Echo sich wie in den Windungen einer Hallspirale fortpflanzt, kommst du zu dir: *post-status nascendi*, ein fremder Planet?

Jerjeh, gleißende Helligkeit ... Unscharfe Farbflecken verdichten sich in der ausgebrannten Fläche zu einer stereoskopischen Vision von bescheidenem Auflösungsvermögen.

Der Apparat in deinem Gesicht ist in der Lage, elektromagnetische Wellen wahrzunehmen. Nicht das ganze Spektrum, aber immerhin.

Noch bist du erschöpft von der Reise und hältst den Blick auf die schwankenden Schatten gerichtet, die wahrscheinlich von einer unbekannten Vegetation zeugen.

Darüber, 150 Millionen Kilometer entfernt, scheint eine (✹)Sonne. Es ist heiß, die Außentemperatur deines Körpers schätzt du auf 30 Grad: dabei spürst du zum ersten Mal die feinen Hornschäfte, die aus deinem Schädel sprießen ...

In was für einem Körper bist du gelandet?

Die Angst verursacht eine Art Stromstoß in deinem Inneren, und es entsteht ein trichromatisches Bild, nicht ganz störungsfrei und gewöhnungsbedürftig: Du sitzt im Freien, die leuchtende Scheibe vor dir ist nicht die Sonne, sondern eine weißlackierte Tischplatte, die Licht reflektiert ...

Das Bild wird klarer, du befindest dich auf einer sonnigen Terrasse, zwischen Tischen und Stühlen ... Davor siehst du zum ersten Mal eine Bewegung, ist es der Umriß einer Lebensform ... Zweibeiner?

Ein Blick auf deine Hände bestätigt dein stummes Entsetzen.

Verdammt, du bist in einem Säugetierkörper gelandet ...

Die molekulare Struktur ist erschreckend ... eine psychosomatische Spektralanalyse verrät dir, daß er zu fast 100 Prozent aus dem dreiatomigen Molekül H_2O aufgebaut ist, aber du witterst auch Kohlenstoff und Phosphatbrücken, was auf eine abnorm hohe Reproduktionsrate schließen läßt.

Die Bestimmung der Gattung fällt dir schwer, Homo sapiens oder Homo erectus, noch bist du dir nicht sicher, wie du den aufrecht umherirrenden Aasfresser einordnen sollst ...

Langsam krümmst du die Finger wie Klauen zusammen: Das sind sie also, deine Greifwerkzeuge, übrigens die einzigen, die du hast ... In diesem Augenblick wären dir die chitingepanzerten Zangen eines Insekts um einiges lieber. Damit könntest du dich zur Not verteidigen.

Wie ist der Rest deines Körpers beschaffen? Aus der drastischen Helldunkel-Verschiebung, die dein Sichtfeld begrenzt, folgerst du, daß du einen anderen Fremdkörper trägst, der deine Augen vor den Strahlen der Sonne schützt.

Du setzt das Ding ab ... und bist überrascht, denn es handelt sich um einen ... Spiegel? ... Glas? ... Brille? ... Zum ersten Mal siehst du den Körper, in dem du dich befindest ...

Tatsächlich, damit lassen sich keine großen Sprünge machen.

Du trägst ein grüngelb gemustertes Hemd und silberne Jeans. Auf deinen Oberschenkeln kann man Spiegeleier backen.

Sieh an, du trägst Kopfhörer, gigantische Teile. Wo ist der Rest deines Raumschiffs? – Oder bist du zu Fuß aus den Tiefen des Alls gekommen?

Du mußt dir eingestehen, daß du vergessen hast, warum du hier bist ... und wie du heißt ...

Was? Ganz ruhig bleiben. Der Eintritt in die somatische Sphäre des Seins bedingt hin und wieder einen Gedächtnisverlust, davon hast du schon gehört. Zögerlich nimmst du die Kopfhörer ab und erlebst augenblicklich deine erste akustische Sinneswahrnehmung. Die knorpeligen Wülste an den Seiten deines Schädels sind zweifellos Schallsinnesorgane ...

Neben dir ... (←, ↓, ↑, →) regt sich plötzlich lautes Geschrei, und du willst aufspringen und auf diesen dünnen silbernen Stelzen losrennen. Aber dann hast du dich wieder unter Kontrolle ... und siehst eine Armlänge von dir entfernt eine rosa Seifenkiste auf Rädern, einen ... Kinder ... *wagen* (?), oder? ... in dem sich etwas ... Organisches regt. Es schreit.

Aus dem Augenwinkel hast du noch andere Bewegungen registriert; mit dir auf derselben Terrasse hat sich eine beträchtliche Horde versammelt, und du kannst dir weder ihre Anwesenheit erklären noch ausschließen, daß sie schon hier waren ... Eine andere Möglichkeit wäre, daß ihre Fertalität deine schlimmsten Erwartungen noch übertrifft und sie sich wie die Schmeißfliegen vermehren ...

Du schwitzt ... *Angstschweiß*, und die unförmige Silhouette, die jetzt mit großen Schritten auf dich zusteuert, trägt schon gar nicht dazu bei, in dir ein Gefühl der Sicherheit aufkommen zu lassen. Es ist ein Säugetier, eindeutig weiblich. Groß, stämmig. In Holzkleppern schleppt es ein Tablett vor sich her.

Das Empfangskomitee?

«Bienenstich?» Das Wort hallt in deinem Schädel, und du blinzelst nervös.

«Sie haben Bienenstich bestellt, oder?» Es klingt feindselig, wie sie das sagt.

Bienenstich? Das Wort formt sich vor deinen Augen, und langsam kommt dir ein bestimmter Verdacht. Sie droht dir mit der GIFTINJEKTION EINES INSEKTS. Du bist in friedlicher Absicht gekommen, du willst keinen Krieg, keine Bienen, keine Stiche ...

Natürlich versuchst du dich zu artikulieren, deine Stimmbänder dehnen sich, aber es klingt wie ein fahrlässiges Rülpsen.

«Flegel!» Ein Teller landet vor dir auf dem Tisch, und die Serviermamsell stampft kopfschüttelnd davon.

Alles noch einmal gutgegangen, oder?

Nicht ganz: Jemand beobachtet dich, ein Säuger vom Nebentisch. *Augenkontakt vermeiden.* Es ist wahrscheinlich das Muttertier, das den Kinderwagen schaukelt und dich argwöhnisch beäugt.

Du ahnst, daß die Weibchen in diesem Stadium äußerst angriffslustig sind.

Auf jeden Fall ist es besser, ihrer Brut nicht zu nahe zu kommen. Ein anderes Weibchen fällt dir auf, sie schielt nach dem Säuglingsverschlag. Du kannst dir diesen Ausdruck auf ihrem Gesicht nicht erklären, schon gar nicht die infantilen Laute, die sie von sich gibt: guddi-guddi-guddie eijeijei ...

Vor dir auf dem Teller steht noch immer das weiße, spitzwinklig zulaufende Dreieck; argwöhnisch berührst du die kalte, steifgeschlagene Masse mit dem Zeigefinger und führst ihn prüfend zum Mund ...

Du bist erleichtert, wie einfach sich die Nahrungsaufnahme gestaltet, und lutschst die Eiweißmatrix, ein Konglomerat aus Süßstoffen und Fettmolekülen, bis deine Zunge auf etwas Wachsartiges stößt ...

Eine Rosine. Du weißt auch nicht, woher du das weißt, aber schon bei der Vorstellung, diesen verschrumpelten Fremdkörper schlucken zu müssen, wird dir – *schlecht?*

Die Brut im Wagen stimmt wieder an, will gefüttert werden ... Du forschst in den Erinnerungsmolekülen deines Hirns und findest Hinweise auf das Brutverhalten sozial veranlagter Lebensformen, die du nicht kennst. (Vögel?)

Es kann nicht schaden, denkst du, und spuckst die Rosine ziemlich genau dahin, wo sich die kleine Mundhöhle zeigt.

Die Augen der Mutter werden groß. Du hast den Eindruck, daß sich ihre Gesichtsfarbe verändert.

Sie sagt etwas. Du setzt deine Kopfhörer wieder auf, täuschst stille Geschäftigkeit vor: Sonne, Bäume, Weiher, Teller, tralala ... Du spürst mit einem Mal, daß du Zähne hast. *Könnten das Waffen sein?* Könntest du dich zur Not damit verteidigen? Könntest du zum Beispiel aufspringen und den Nestling im Korb mit einem Biß töten? Um sicherzugehen, puhlst du in deiner Backentasche ... Zahnplomben ... Amalgamkitt ... Mit diesem Entwicklungsstand der Zahnmedizin hast du nicht gerechnet.

Noch mal: Was ist dein Auftrag? Was hast du auf diesem Planeten verloren?

Du spuckst wieder eine Rosine nach dem Kind, aber diesmal geifert die Mutter, sie schreit dich an. *Will sie auch gefüttert werden? Okay.* Du spuckst eine Rosine nach ihr. – *Drohgebärde! Also doch das Kind.* Du machst instinktiv eine unterwürfige Geste. Manche terranischen Primaten bieten zur Versöhnung ihr Hinterteil an, aber du weißt nicht genau, ob das jetzt ankommt.

Die Frau hat sich wieder beruhigt; sie ignoriert dich, und beherzt ißt du weiter. Diesmal sammeln sich gleich drei Rosinen in deinem Mund ... Du holst tief Atem, bläst die Backen auf und spuckst sie – Tok!-Tok!-Tok! – in den kleinen Mund vor dir. Der Nestling schmatzt zufrieden, aber jetzt erhebt sich die Mutter, ganz langsam, mit einem fürchterlichen Wutgeschrei. Sie schlägt um sich, was sie schreit, kannst du nicht verstehen. Du hebst abwehrend die Hände, das muß ein ... Mißverständnis sein, du hast das Kind doch gefüttert ... du willst sprechen, erklären, aber aus deinem Mund kommen wieder nur gurgelnde Laute ...

Ein Mann, Koloß, hemdsärmelig, Schlachtervisage, kommt der Mutter zu Hilfe ... Das Ding im Wagen ist kein Kind mehr, sondern eine Heulboje ... Dein ZNS flippt aus, Synapsen feuern kreuz und quer – du mußt fliehen! JETZT!

Du hängst noch immer im Würgegriff der kataleptischen Starre, als die Ionenströme in deinen Axonen erwachen ... Beinmuskeln, Sehnen anspannen – anspannen! Du rennst los, mit staksigen Fersenschritten (weil die Waden steif bleiben), und fällst kopfüber über einen Zaun ...

«Zechpreller»- und «Haltet den Dieb»-Rufe folgen dir wie keifende Hyänen, und aus den Augenwinkeln siehst du, wie die Frau mit der weißen Schürze über den Zaun hechtet ... Bienenstich! Die Giftmörderin! Du hast guten Grund zur Annahme, daß sie ihre Drohung wahrmachen wird.

Du rennst jetzt wie wahnsinnig, wie ein Pfeil fliegst du über eine schier endlose Wiese, über schmusende Paare und andere, die einfach nur in der Sonne dösen. Die geringe Gravitation macht deinen Beinmuskeln zu schaffen, du läufst auf Zehenspitzen und machst ungelenke Sprünge, um Hagebuttensträuchern auszuweichen.

Schließlich landest du im Gebüsch, stellst dich tot, wie du es einmal in einem Film über Wüstenkäfer gesehen hast, die auf diese Weise ihren Feinden den Appetit verderben.

Was für ein Planet, denkst du noch, ein Irrenhaus!

Wo – im Namen von Beta-Geuze und Aldebaran – ist er gelandet?

Mit der Erinnerung an eine angeschimmelte Blaubeere, die an einem gelben Tellerrand klebte, tauchte Rio aus dem Gestrüpp fiebernder Neuronen auf. Er zitterte, aber wußte wieder, wo er war.

Einmal glaubte er, schwere Schritte zu hören, und zitterte noch mehr. Wenig später hatte er sich gefaßt, kroch aus seinem Versteck. Ein rachitischer Strich in der Landschaft mit dem Ansatz einer Wirbelsäulenverkrümmung.

Sein schulterlanges Haar hatte bereits einen Grad gepflegter Verwahrlosung erreicht, eine gewisse Ähnlichkeit mit der Haartracht jamaikanischer Rastafaris. Schräg abgestufte Koteletten betonten seine hohlen Wangen.

Er beschloß zunächst, auf Erkundung zu gehen. Dabei drehte er sich immer wieder um seine eigene Achse.

Keine Augen im Rücken, dachte er, damit fängt es an.

Wer die Spezies kennt, muß sich fragen, ob hier nicht bereits ein erster Hinweis auf genetisch bedingte Lebensuntauglichkeit vorliegt. Das binokulare Sehen gewährleistet nur eine Orientierung nach vorn. Dabei schlagen die gefährlichsten Feinde immer nur aus dem Hinterhalt zu.

Seine Motorik hatte er inzwischen im Griff. Die Beinmuskeln ließen sich anstandslos kontrahieren.

Im Rückwärtsgang gelangte er auf eine Anhöhe. Zweifellos war es eine künstlich angelegte Landschaft, ein Park mit fremdartiger Flora, ganz anders als die kristallinen Pflanzen, die er aus den Phosphorsäure-Meeren von Algol III kannte.

Algol III? Oder war es Aldebaran? Vielleicht Wega?
Auf jeden Fall war es im Sternbild der Leier.
Vor ihm auf der Wiese spielten ein paar Kinder mit einem flachen Plastikdiskus. Er beobachtete die rote Scheibe, wie sie im Dreieck hin und her schwebte.
Irgendwie machte ihn die Drehung seines Kopfs schwindelig...

Er schloß die Augen, und als er sie wieder öffnete, war der Park *unter Wasser*. Die Sonne, die Wolken, alles war wie durch einen grünen Schleier vernebelt... Unten spielten sie in Zeitlupe Frisbee, und die Schatten der Wolken krochen über das farblose Gras.
In seinen Kopfhörern gurgelte es plötzlich... Es klang nach dekomprimierten Luftblasen, die aus großer Tiefe zur Oberfläche aufstiegen.
Gestaltwerther, dachte Rio.

Ooops!
Er befindet sich plötzlich am Ufer eines Sees. Ein schwarzer Spiegel, den kein Windhauch bewegt...
Wie im Traum bückt er sich nach einem Kiesel und läßt den Stein springen. Fünfmal schlägt er auf, bevor der See ihn verschluckt. An der Stelle entstehen Kreise – oder sind es Rillen? –, die langsam dem Ufer zustreben.
Die Entstehung einer Schallplatte, denkt Rio, aber dann sieht er es: Es kommt aus dem Mittelpunkt der konzentrischen Ringe, von da, wo der Stein verschwunden ist. Auf den ersten Blick sieht es aus wie der Glockenhelm eines Tauchers, verwittertes Messing, eine monströse Kugel mit schraubenstarrendem Rand, aber es ist ein Kopf, der Schädel eines Wesens, woher immer Rio das weiß. Er will schreien, aber in seinem Mund gibt es kein Medium mehr, das den Schall weiterleitet. Das Ding ragt jetzt halb aus dem Wasser und watet langsam ans Ufer...

Rio rannte, wie er noch nie in seinem Leben gerannt war.
Nur weg! Weg! Er drehte sich nicht mehr um, wollte nicht wissen, ob das Ding ihm folgte.
Hinter einer Bucht stieß er mit einem Radfahrer zusammen,

kurz darauf trampelte er über einen leutselig-schnarchenden Clochard, der unter Buchsgesträuch schlief.

Als er endlich den Ausgang des Parks erreicht hatte, hing ihm die Lunge aus dem Hals. Er lehnte sich an eine Mauer und schnappte nach Luft.

«Rio! Bei allen guten Geistern ...!» Er kannte die Stimme und wußte instinktiv, daß er gemeint war.

«RIO, VERDAMMT! WO HAST DU GESTECKT?»

Angestrengt spähte er in Richtung der Stimme und sah dort einen altertümlichen Wagen auf der Straße stehen. Am Steuer saß ein Milchgesicht mit schütterem blondem Haar.

«Ich bin's, Fußmann! Liebes bißchen ... Ich suche dich schon die ganze Nacht ...»

Das Milchgesicht machte tatsächlich einen ranzigen Eindruck. Rio drehte sich um und warf einen letzten Blick in den Park.

Nichts.

Er riß die Tür auf und ließ sich auf den Rücksitz fallen.

Fußmann gab Gas. Er trug ein rotes Hemd und einen schwarzen Einhängeschlips.

Rio spürte die hellblauen Augen im Rückspiegel.

«Rio, wo hast du gesteckt? ... Rio?»

Es war die ausdruckslose, klinisch reine Stimme eines Neutrums; sie paßte zu dem blassen Gesicht, das ihn ängstlich über die Schulter beäugte.

«Alles okay?»

Rio entledigte sich der Kopfhörer. Zum ersten Mal bemerkte er das eingebaute Radio in der linken Ohrmuschel.

«Hast du dich erbrochen?»

Rio schüttelte energisch den Kopf. Er starrte auf eine verzerrte Reflexion in der Scheibe und fragte sich, ob er wirklich so aussah.

«Okay. Okay.» Der Fahrer setzte den Blinker. «Versuch dich zu entspannen. Wir fahren zu mir. Ich werde die Dimethyphenethylamin-Komponente einfach wieder abschwächen. Mach dir keine Sorgen!»

Dimethy... was'n das? Energisch beugte Rio sich vor.

«Irst... ...ther ...ruzück...». Noch immer verstrickten sich seine Stimmbänder mit Vokalen und Konsonanten einer fremden Sprache.

«Was?»

Sie rauschten durch die Holzhausenstraße, und Rio nahm einen neuen Anlauf.

«Er ist... zurück», sagte er schließlich. «Er ist zurück, Mann.»

IV

Fuck America. There are four rules in life:
First rule is: rules are made to be broken. (Like bubbles are made for bursting,
    can you dig it?)
It just needs the right man to come along and the rule ceases to exist.
Second rule: don't let them catch you, whatever you do.
The President isn't a petty thief – hell, no. Every election is a triumph of or-
    ganized crime. Remember what the dutchman said? Everybody has got a
    price. That's it.
Third rule's even better: crime pays most of the time. Check out your local po-
    liticians. Learn, how they do it.
Fourth rule: every little asshole's got his own little dream.
Exploit that.

Aus dem unveröffentlichten Album «FUCK. AMERICA.» von Black Elvis & The Superjocks, Hi-R-Zen-Hi-Records, 1979

«Eddie?»

«Hm?»

Er lag noch immer in seinem Schweiß und dachte an das Gedicht, das er vor ein paar Tagen geschrieben hatte. Nachts in seinem Laster, im grünen Licht der Armaturen, war es über ihn gekommen:

Fuck. America.

Ziemlich konkret, dachte Eddie, der sich gelegentlich unter dem Pseudonym Black Elvis in einer GI-Postille versuchte.

«Eddie, wann gehen wir nach Amerika?»

Ilona, in ihrem Babydoll, das sie ihm zuliebe angezogen hatte, schmierte sich auf der Anrichte eine Stulle, als sie das fragte. Philadelphia-Weichkäse auf Schwarzbrot.

Eddie mußte an die Nummer denken, die sie hinter sich hatten. Disco-Musik plärrte noch immer aus dem Kofferradio in der Küche.

Fuck, dachte Eddie. Das war so ungefähr alles, was ihm dazu noch einfiel.

Alles war jetzt Fuck in Amerika. Es hatte jedes andere Wort ersetzt und konnte alles bedeuten. Abgesehen von seiner ursprünglichen Bedeutung natürlich. Dafür gab es nur noch Fremdwörter, Gynäkologen-Latein...

«Du, Eddie...» Sie ließ einfach nicht locker.

Ilona war Punk gewesen, nichts als liederlich, bevor Eddie sie auf Disco umgepolt hatte. Abgesehen von dem Babydoll, trug sie Holzpantinen, sogenannte Clogs, die plötzlich groß in Mode waren.

«Ich hab Hunger», rief er und räkelte sich auf dem Bett. Um fünf mußte er in Großauheim sein. Sein Chef hatte ein *staff-meeting* angesetzt. Angeblich ging es um neue Direktiven, was die LOGREPS anbelangte. *Open end* hieß es, andernfalls hätte er vielleicht bei ihr übernachten können.

Das Klappern ihrer Clogs machte ihn hellhörig, und noch bevor er etwas sagen konnte, hatte sie ihm eine kalte Frikadelle in den Mund geschoben.

«Wie geht's meinem Baby?» Sie legte sich auf ihn. Eddie hatte angeblich Herzrhythmusstörungen, bastelte seit Monaten an einer Krankengeschichte, um sich vor dem alljährlichen REFORGER-Manöver (Return of Forces to Germany) im August zu drücken. Natürlich hatte er ihr gegenüber die Sache etwas ausgeschmückt und den EKG-Streifen gezeigt, den er damals (nach einem völlig verkoksten Wochenende) aus dem Military Hospital mit nach Hause gebracht hatte.

«Oh, Eddie, weißt du noch, als wir deine Mutter besucht haben?»

«Und?»

Ihr Puppengesicht, große Augen und eine winzige Stupsnase, sah ihn unschuldig an. «Du hast es deiner Mutter versprochen, weißt du nicht mehr?»

«Was, um Gottes willen?» Er setzte sich ruckartig auf und schien etwas unter dem Kissen zu suchen.

«Daß wir hier ausziehen», sagte Ilona.

Eddie warf einen Blick aus dem Fenster. Es waren anständige Blocks, menschenwürdige Behausungen mit Türen und Fenstern. Zugegeben, schlecht verputzt, aber noch immer kein Vergleich mit Ida B. Wells, wo er herkam.

Sie zupfte an seinen Barthaaren. «Bitte, Eddie...»

«Und dann?» Er sagte es wie jemand, der sich auf einen großen Verlust gefaßt machte. «Wohin willst du, Kleines?»

«Nach Amerika.»

Steter Tropfen höhlt den Stein, dachte Eddie. Vor einigen Monaten, als sie ihm jeden Abend von Billigflügen in die Staaten vorgeschwärmt hatte, war ihm einmal die Hand ausgerutscht. Diesmal küßte er sie zärtlich, perfider & wirkungsvoller.

«Wo willst du denn hin ... in *Amerika*?» Das Wort schwebte wie eine Motte im Streulicht seiner Gedanken.

«New York», sagte sie.

Aha. New York. Er sah sie an wie ein kleines unzurechnungsfähiges Mädchen. «Ist dir eigentlich klar, wie viele Analphabeten in dieser Stadt leben? Leute, die weder lesen noch schreiben können ...? New York liegt in der Dritten Welt – da, wo es am dunkelsten ist. Wo es keine Entwicklungshilfe mehr gibt.»

«Du meinst die Bronx.»

«Ja, ich meine die Bronx... Brooklyn... Queens... Spanish Harlem, diese verdammten Scheißviertel ...»

«Es gibt auch andere», sagte sie.
«Yea' yea' yea'... Wie wär's mit Manhattan? Fifth Avenue?»
«Zum Beispiel.»
«Ilona.» Eddie setzte sich auf. «Hör mir gut zu, Mädchen, diese Stadt ist die Hölle. Weißt du, was in den Zeitungen steht? Alle sieben Minuten ein Raubüberfall, alle sechs Stunden ein Mord – das ist New York. Wo willst du einkaufen geh'n? Willst du U-Bahn fahren? Weißt du, was die mit dir machen, wenn sie deinen schnuckligen Babyarsch sehen?»
«Na, was denn?»
Eddie seufzte.

Eddie hatte das gelobte Land erlebt.
Die Geschichte des Landes war nichts ohne die Geschichte des organisierten Verbrechens, der politischen Skandale und der doppelten Moral.
«Jeder hat seinen Preis.» *Yea', Dutch.* Was Schultz meinte, war, nur einem korrupten Mann kann man vertrauen, weil er berechenbar ist. *So was nennt sich Realpolitik.* Ethische Werte, moralische Bedenken?
Gerade deren völlige Abwesenheit hatten das Land groß gemacht. Mafia-Dollars hatten Las Vegas aus dem Boden gestampft.
Schon die Anfänge waren bezeichnend; die Staaten verdankten ihre Entstehung einem Völkermord von bis dahin ungekannter Größenordnung. Die *in freier Natur angelegten Konzentrationslager* hatte der große weiße Dildo in Washington einst «Reservate» getauft.
Über 20 Millionen Indianer hatten ins Gras der eigenen Jagdgründe beißen müssen, damit sich die Nachkommen des weißen Abschaums von der mexikanischen Grenze bis zur Hudson Bay breitmachen konnten.
Ironie des Schicksals, daß sich ausgerechnet die USA in Nürnberg wie die Gralshüter von Recht und Ordnung aufspielten: ein einmaliges Schauspiel – erfahrene Schlächter sitzen über kleine Stümper Gericht.

Für einen US-Besatzungssoldaten äußerte Eddie manchmal erschütternde Ansichten zu diesem Thema. Die Art der deutschen Geschichtsbewältigung war ihm fremd, die Verteufelung der Nazis schlichtweg unverständlich: «Their uniforms were pretty cool.»

Als Gipfel des Absurden empfand Eddie die deutschen Selbstkasteiungen, das ewige Wiederkäuen der NS-Verbrechen – als ob die Nazis den Völkermord erfunden hätten! Vor ein paar Monaten hatte die Serie «Holocaust» große Bestürzung unter den Zuschauern ausgelöst. Eddie konnte nur lachen: Noch 1947 waren Menschenversuche an Farbigen in den Staaten nichts Ungewöhnliches. Man mußte den Negern keinen Stern anhaften, denn sie waren ja an ihrer Hautfarbe zu erkennen. Waren die Leidensgeschichten dieser Menschen weniger *interessant*? Hatten sie *weniger* gelitten, weil sie *keine* Juden waren?

Hin und wieder stritt er sich mit Danny Rosen, einem GI-Kumpel, um ein heikles Thema, das er die GERECHTE UMVERTEILUNG DES LEIDS nannte: «Come on, Danny, die haben aus dem Holocaust einen Freibrief gemacht!!!»

Vor Deutschen hielt sich Eddie im allgemeinen vornehm zurück. Er haßte es, wenn sich dieses betretene Schweigen breitmachte. Nur gelegentlich, wenn er einen in der Krone hatte, stichelte er vom «deutsch-amerikanischen Knechtschaftsvertrag». Das Land war noch immer besetzt. Die CIA thronte mitten in der Stadt am Grüneburgpark! Schon nach dem Krieg hatten die Befreier den geschlagenen Idealisten klargemacht, daß alles käuflich war, vom Eisernen Kreuz bis hin zur eigenen Frau. Eddie hatte genug Geschichten von seinem Onkel gehört, in dessen Augen ein helles Leuchten trat, wenn er von den «drei wilden Jahren» in Frankfurt erzählte. *Boy, oh boy, was man damals für ein Pfund Bohnenkaffee auf dem Schwarzmarkt kriegen konnte...*

Eddie hätte es nie für möglich gehalten, daß er 35 Jahre später einmal in derselben Stadt landen würde. Inzwischen hatten sich die Preise, was Frauen anbelangte, wieder stabilisiert.

«Eddie, Darling...»

Ein flatterhaftes Herz und gute Ohren, das war sein Schicksal.

«Es tut mir leid», sagte sie.

Eddie wußte, daß es ihr nicht leid tat, aber rollte sich auf ihren Hintern.

«Kannst du alles sehen?» flüsterte sie.

Er konnte. Unschlüssig versenkte er seinen Halbsteifen und wartete, ob er sich einstellen würde, der kleine Blutstau, auf dem ihre Beziehung basierte.

Good Lord, sie war genau das Richtige, was er zwischen zwei Fuhren brauchte, ein kleines, kaltes Trucker-Frühstück.

«Wenn wir nach New York gehen, kriegst du das jeden Abend», flüsterte sie verschämt.

Ein Blick auf die Uhr sagte ihm, daß er noch etwa 35 Minuten hatte, um a) steif zu werden, b) sie zu bumsen, c) sich anzuziehen, d) in den Laster zu springen und e) nach Großauheim zu heizen, im Berufsverkehr. (Ein Wahnsinnsprogramm. In Gedanken sah er sich schon auf der Standspur die Leitplanke kratzen.)

Eddie versuchte sich zu konzentrieren, aber die Zeit arbeitete gegen ihn. Er konnte nicht unter Zeitdruck, das wußte er. Schließlich gab er auf, stieg ab und kletterte in seine Hosen.

«Tut mir leid, Baby», sagte er. «Ich muß los.»

«Du liebst mich nicht mehr.» Sie beobachtete ihn nervös.

«Oh, Gott ... nein, nein ...» Er war kurz davor, einen Brummschädel zu kriegen, und das letzte, was er brauchte, war Gefühlsduselei. «I love you, okay.»

Sie nickte verstockt.

Er war schon an der Tür, als ihr plötzlich etwas einfiel.

«Eddie, wart mal ...»

Er rannte zurück und gab ihr einen langen, atemlosen Kuß. «Feeling better?»

«Das ist es nicht ...», keuchte sie, «gestern hat so ein Mann angerufen ...»

«Ein Mann?»

«Hm, ich habe es aufgeschrieben ...»

Sie sprang aus dem Bett und lief an die Rattankommode, auf der das Telefon stand. «Ja, hier steht es: Eiermann hat angerufen. Er – kann – samstags.»

Eddie nahm den Zettel entgegen. Lange starrte er auf ihr infantiles Gekritzel.

Seitdem er wußte, daß die CID hinter ihm her war, gebrauchte er ihre Nummer als «Briefkasten»: Kunden konnten anrufen und eine Nachricht hinterlassen. Natürlich hatte sie keine Ahnung, daß es um «hardware» ging, ebensowenig wußte sie, wer Eiermann war – gut so.

«Warum seh ich diesen Zettel erst jetzt, hm?»

Sie kratzte sich verlegen in der Leistengegend.

Eddie holte tief Luft.

«Ich will mich nicht unnötig aufregen, aber wie oft habe ich dir schon gesagt, daß ich über jeden Anruf informiert werden möchte, und zwar...»

«Bitte, Eddie, nun reg dich nicht auf...»

«... unverzüglich», beendete er seinen Satz und versuchte dabei wie ein SS-Offizier aus einem Kriegsfilm zu klingen.

«Sorry, ich hab's vergessen.» Es klang schnoddrig, wie sie das sagte. Die kleine Schlampe war sich keiner Schuld bewußt! «War der Anruf so wichtig?»

«Wichtig?» Eddie hatte plötzlich Lust, sie zu verprügeln, ihr kleines pausbäckiges Gesicht zu zerknautschen...

«Es geht um viel Geld», sagte er. «Die Miete. Fressen. Kleider.» Tatsächlich kam er für ihren Lebensunterhalt auf.

Sie hielt den Blick gesenkt. Eddie kam es vor, als würde sie auf seinen Hosenlatz starren.

«Sieh mal, wenn diese Leute hier anrufen. Ich weiß nicht, was ich sagen soll.»

«Du sollst überhaupt nichts sagen», unterbrach er sie. «Du sollst aufschreiben, was sie sagen, und an mich durchgeben... damned!»

Ein Blick auf die Uhr sagte ihm, daß er es nicht mehr rechtzeitig zum Depot schaffen würde. Private Logwood, wieder mal überfällig! Er würde sich was Irres einfallen lassen müssen, «infolge eines Unfalls auf der B5 hat sich der Verkehr bis nach Hanau gestaut, Sarge», oder so.

«Eddie?»

«Was denn noch?»

«Bist du böse, Eddie?»

«Ich muß los», sagte er.

Plötzlich hing sie am Reißverschluß seiner Hose, und sein Schwanz glitt ihr wie eine hilflose Blindschleiche zwischen die Finger.

Na schön, dachte Eddie, er war ohnehin viel zu spät. So würde er wenigstens mit einem breiten Grinsen auftauchen und den Anschiß seines Vorgesetzten mit einem Lippenfurz quittieren.

Unvermittelt begann sie ihn zu lecken, allegro barbaro, wie eine mechanische Vakuumpumpe. Sie wollte ihn auf die Schnelle abfrühstücken. Er versuchte es hinauszuzögern, dachte an seinen miesen Kontostand, die CID, Scheiß-Army-Manöver, Herzschrittmacher, aber es half nichts.

Irgendwann knisterte es in seinen Rückenmarksganglien, und der Orgasmus wühlte sich wie ein Schwelbrand ins Freie.

«Sieh mir in die Augen», gurgelte sie.

Wozu? Was gibt es da zu sehen, dachte er. Aber er tat ihr den Gefallen und starrte in ihre grünen Puppenaugen, die sich in dem Maße weiteten, wie sich ihr Mund füllte.

Endlich sprang sie auf und spuckte in die Spüle. Sie haßte den Geschmack von Kartoffelchips.

Ach ja, dachte Eddie. Wenn sie sich auch nicht viel zu sagen hatten, immerhin wurde er gut bedient. Das war mehr, als die meisten armen Schlucker von sich behaupten konnten.

Noch während er sich zuknöpfte, stellte sie zwei übelriechende Tüten vor ihn hin: Abfall von zwei Wochen.

«Be a good egg, yea'?»

Es ersparte ihr den Gang zu den Mülltonnen. Sie war schon ein praktisches Mädchen.

V

Kuhl ist am falschen Ende der Nahrungskette geboren. Geborenes Fressen. Selbst die Staubmilben in seinem Bett scheinen das zu wissen.

Fressen, denkt Kuhl. Sein Magen knurrt vehement.

In der Küche stapeln sich schmutziges Geschirr und ölige Pizza-Kartons bis unter die Decke. Es stinkt bestialisch.

Such die Nuß, Primat, denkt er. Da ist diese Leere in seinen Eingeweiden, und sie scheint sich im Inneren des Kühlschranks fortzusetzen, oder nicht ganz. Schimpansen kennen vielleicht diese Art der Wahl aus klassischen Tierversuchen: a) ein vereistes Radieschen, b) einen Joghurtbecher, c) ein Ei, Klasse 4 – und natürlich d) fünf volle Flaschen Moskovskaja, aber die fallen bei Kuhl unter Arzneimittel.

Er entscheidet sich gegen den Suff und dafür, all das leichtfertig verplemperte Protein umgehend zu ersetzen. Keine Frage, das Ei muß dran glauben, und schon brutzelt es in der Pfanne. Wie immer versucht er, den Stich mit einem Messer zu entfernen. In der Hitze des Gefechts wird es Rührei, und er pudert die undefinierbare Masse einfach mit Paprika zu.

Als er sich die Bescherung serviert, erinnert es ihn an endoskopische Aufnahmen von Gebärmutterkrebs, so eine hoffnungslos blutige Innerei. Irgendwie vergeht ihm der Appetit auf Eispeisen, und die Wahl zwischen der scharlachroten Kreuzblütler-Knolle und dem Joghurt fällt ihm leicht.

Während er vor sich hin löffelt, betrachtet er den Becher, nicht weil ihm die Aufmachung gefällt, sondern um zu verstehen, was er ißt: Pfirsich-Maracuja, na, gibt's denn so was... Das Verfallsdatum ignoriert er, so gut es geht. Er ist nicht abergläubisch, aber ihn plagt seit langem die Vorstellung, irgendeine dieser profan ausgedruckten Stempelziffern würde den Zeitpunkt seines Exitus festsetzen. Er würde quasi sein eigenes Verfallsdatum lesen...

Und ist es nicht höchst wahrscheinlich, daß alle Menschen ihrem Todesdatum zum ersten Mal im Supermarkt begegnen? Bei einem unschuldigen Einkauf? Einem Griff ins Kühlregal? Ahnungslos natürlich, sonst würden sie ja beim Rausgehen nicht mehr zahlen, den Marktleiter erschießen oder einer Kassiererin Gewalt antun. Jeder hat so seinen Nachholbedarf.

Nach der Katzenwäsche hat ihm sein Spiegelbild was zu sagen.

He, du lebst doch gar nicht! Die Stoffwechselfunktion hältst du aufrecht, das ist alles!

Kuhl will es nicht zugeben, aber der Nachtdienst zehrt ihn aus. Er wirkt gealtert: dunkle Augenringe, blasse Haut, Pickel ... Die eingetrocknete Zahnbürste vergegenwärtigt ihm den Stand seiner persönlichen Hygiene.

Egal. Mit wem hätte er Speichel austauschen sollen?

Wesentlich unangenehmer empfindet er das Zucken an seinem rechten Augenlid, ein kleines Andenken an einen wohlgezielten Tritt unter Freunden.

Der Arzt, der die Platzwunde nähte, schwadronierte von *einem* beschädigten Nerv: *Orbicularis oculi*, irreparabel, Genaues wußte er auch nicht. Inzwischen hat sich Kuhls restliches Nervensystem dem Schaden angeglichen, aber das Zucken ist doch ärgerlich.

Lange Zeit starrt er in dieses fahle Gesicht; es ist ihm ein Rätsel.

Jeder muß damit leben, daß er die Daseinsberechtigung allein der Triebhaftigkeit seiner Eltern verdankt. Kuhl weiß das genau. In der Schule hat er einmal seine Geburt neun Monate zurückrechnen müssen und war am Aschermittwoch gelandet: ein dreifach donnerndes Helau. Im Schatten der Narrenkappe hatte er das Geschenk des Lebens empfangen ... Jetzt treibt er hier auf seinem Lattenrost im zweiten Stock, und das Wasser steht ihm bis zum Hals. Seit Monaten hat er keine Miete bezahlt, und die Mahnungen der Main-Gas AG sind ihm fast zur Gewohnheit geworden.

Von nichts kommt nichts. Man darf es getrost den Wappenspruch seiner Familie nennen. Daß er von einer mittellosen Sippe abstammt – fahrenden Landsknechten aus dem Hotzenwald, die es nach drei Generationen in der Stadt zu nichts gebracht hatten –, deutet vielleicht auf erbliche Lebensuntauglichkeit hin und erklärt so ganz nebenbei, warum ihn Frauen wie die Pest meiden. Trotz einer frappierenden Ähnlichkeit mit Bata Illic. Bekanntlich legt das weibliche Geschlecht bei der Wahl des zukünftigen Futterversorgers einige Sorgfalt an den Tag. Er hat de facto nichts, das Brot über Nacht und kein Hemd auf dem Arsch. Sein Alter hat ihm den Mietvertrag für das Schlupfloch vermacht, das ja, so würde er wenigstens nicht auf der Straße verenden.

Seine Mutter hat er nie richtig gekannt. Eine Zimperliese, hieß es. Gleich nach dem großen Wurf brannte sie mit einem Gebrauchtwagenhändler durch. Sie schickte ihm gelegentlich Postkarten aus den Ferien – Mallorca, Ibiza, Costa Brava – und immer «einen schönen Gruß an deinen Vater». Sein Alter verfluchte sie jedesmal – was sie nicht davon abhielt, zu seiner Beerdigung zu erscheinen.

Kuhls Vater hatte bis zu seinem Tod bei Teves malocht, pünktlich, leise und immer gut gelaunt. Ein kleiner Buchhalter, Pfeifenkopf, dem Spesenritter ihre Quittungen reindrückten. In seiner Abteilung war er als «Kuli» bekannt; «der Kuli», riefen sie, wenn er sonntags früh am Pförtner vorbeischlurfte. Er arbeitete oft wochenends, unentgeltlich, versteht sich, und Kuhl hielt ihn deshalb für einen ausgemachten Arschkriecher, einen Schöps, der so ziemlich alles verkörperte, was er nie sein wollte. Sein Tod war für Teves ein schwerer Verlust. Wer sollte jetzt die Drecksarbeit machen? Ansonsten vermißte ihn niemand. Am wenigsten Kuhl.

Noch immer gingen im Block die Gerüchte um. Kuhls Vater war unter denkbar merkwürdigen Umständen verschieden: ein stinknormaler Toaster hatte sich im Bad zu ihm gesellt. Bekanntlich werden ansonsten nur Föne in solchen Situationen angetroffen, schon das schürte einen gewissen Verdacht.

Neben der Wanne fanden sich Überreste einer frugalen Mahlzeit: Bier, eine Dose Corned Beef und eingewecktes Sauerkraut. Trotz dieser schwerwiegenden Indizien schlossen die Kriminaltechniker einen vorsätzlich geplanten Freitod aus. Kuhl, der die

Leiche gefunden hatte, bestätigte die chaotischen Freßgewohnheiten seines Alten und war zwanzig Minuten später wieder auf freiem Fuß.

Ein doppelter Wodka, und Kuhl macht sich noch mal lang, denkt an nichts und läßt sein rechtes Auge auf der Mattscheibe hängen.
Es läuft «RÜCKBLICK», eine Märchenstunde mit abgehalfterten Promis, die sich gegenseitig hochleben lassen, na, wie sie es geschafft haben, all die traumhaften Fügungen, die glücklichen Zufälle und die herzensguten Freunde.
Das Publikum lacht immer etwas zu spät, und ein Show-Fatzke stellt saudumme Fragen. Er erinnert an Blacky Fuchsberger, ist es aber nicht, auch nicht Dieter Thomas Heck. Seine Assistentin zerrt gerade den nächsten Gast auf die Bühne. Es ist Kuhl...
Verdammt, das bin ja ich!
Er sieht aus wie ein Schlagerstar, richtig rausgeputzt ist er, weite Schlaghosen, schwarzes Seidenhemd, Schnallenschuhe. Wie ein Gummiball springt er die Stufen herab...
Die Leuchtschrift im Hintergrund des Studios verschwimmt: aus «RÜCKBLICK» wird «RÜCKKOPPLUNG». Daneben erscheinen polizeiliche Fahndungsfotos von Kuhl.
«Hat er oder hat er nicht, meine Damen und Herren...?»
Kuhl plumpst in ein dickes Lederfauteuil.
«Hab ich was?»
«Na, Sie wissen schon...»
«Was? Ich weiß gar nichts...»
«Na, haben Sie Ihren Vater auf dem Gewissen?» Der Showmaster zwinkert ihm zu. «Uns können Sie es doch sagen...»
Kuhl blickt in die Runde.
«Ich hatte eine verdammt schwere Kindheit...»
Das Publikum läßt einen lang anhaltenden Ausdruck des Bedauerns fahren.
«Sie Ärmster...» Der Showmaster fletscht die Zähne. «Aber haben Sie...?»

«Der Kleine hat's geschafft, das ist doch die Hauptsache.» Eine blondierte Prominente schaltet sich ein. Sie trägt eine dunkel getönte Brille, viel Schmuck und erinnert an Elke Sommer.

«Sie haben auch eine Meinung?» Kuhl lächelt charmant.

«Ja, habe ich», sagt sie. «Sie sind ein hübscher Bengel. Selbst wenn Sie Ihren Vater umgebracht hätten, es ändert doch nichts daran, daß Sie es geschafft haben, oder?»

«Da haben Sie irgendwo recht...»

«Natürlich habe ich recht...»

Kuhl steht auf, macht einen gekonnten Kniefall und küßt ihre weißen Pumps.

«Ich stehe ganz in Ihrer Schuld, Madame!»

Anschließend setzt er sich auf ihren Schoß.

«Vielleicht ist das so...», der Showmaster bleibt hartnäckig, «...aber unsere Zuschauer haben das Recht auf eine klare Antwort.»

Das Publikum bekräftigt diesen Anspruch durch lautes Blöken.

«Hören Sie...», Kuhl knabbert beiläufig an den Fingern der Dame, «ich war sauer auf meinen Alten. Können Sie das verstehen? Dumm rumvögeln, und ich muß die Sache ausbaden, nicht wahr, Liebste?»

Seine Eroberung nickt mit gespielter Verwirrung.

«Keinen Pfennig hatte der Mann auf der hohen Kante, keine müde Mark. Was soll man ohne Geld auf der Welt? Man hat nur schlechtes Essen und eingeschränkte Fortpflanzungschancen zu beklagen. Oh, ja, ja, natürlich, man kann arbeiten, hart arbeiten, Geld verdienen. Aber macht das Sinn? Ehrlich verdientes Geld zu verjuxen tut so hundsgemein weh. Andererseits gibt es auch Berufe, die unter, sagen wir einmal, gewissen Umständen sehr befriedigend sein können.»

Er macht eine auffällige Handbewegung. «Was bin ich?»

Das Publikum rumort; die Handbewegung ist schwer zu deuten, auf den ersten Blick sieht es aus, als würde der junge Mann winken. Andererseits hält er die Handfläche nach oben, der Daumen ist angewinkelt, und Mittel- und Zeigefinger zucken, nervös.

«Bar auf die Kralle?» Der Showmaster hält sich für besonders schlau.

«Aber nein, das ist doch kein Beruf...» Kuhl hat sich auf die Armlehne des Sessels gewunden, «es hat etwas mit einer Zwickmühle zu tun, daß man nicht kann, aber muß, und daß man will, aber nicht kann, und daß man muß, aber nicht will... und dann wartet man nur noch auf das dicke Ende, und es kommt bestimmt. Schön, nicht wahr? Rückkopplung nennt sich der gottverfickte Zirkus, und jetzt, Sie entschuldigen mich, bitte...»

Kuhls Klauenhand fährt mit einer schnittigen Bewegung unter den Rock der Blondine. Geschrei, Gestrampel, der Klubsessel kippt hinterrücks weg, und das Publikum lacht zum ersten Mal an der richtigen Stelle.

«Toi-toi-toi...» Der Showmaster schneidet die passenden Grimassen. «So ein Draufgänger.»

Während sich die Szene verdunkelt, die übrigen Prominenten klatschen oder aufstehen, um besser sehen zu können, wird ein großes Fragezeichen eingeblendet. Der Showmaster weist auf einen silbernen Monolithen, der jetzt im Scheinwerferlicht leuchtet.

«Gönnen wir Kuhl die kleine Entspannung und fragen Ted, unseren allwissenden Computer. – Lieber Ted! Hatte unser Freund eine – wie er sagt – verdammt schwere Kindheit? Ted?»

Nach einem Flippergeräusch erklingt die sanfte, ausdruckslose Stimme eines Neutrums. «Rückkopplung läßt sich als Wirkung eines Geschehens auf sich selbst umschreiben, und das Leben – als biologische Funktion – ist auch nicht mehr als ein Verrechnungsprozeß, in dem Eingangs- und Endgröße nur Differentiale sind, die sich gegenseitig bedingen. Wie die Zukunft sich immer nur in der Vergangenheit manifestiert, die die Gegenwart ist, so verkörpert die Geburt bereits die Gegenwart des Todes, und der Rest ist nur Zwischenzeit, im Grunde belangloses Intermezzo, bevor die Formen des Nichtseins wieder zueinanderfinden.»

«Das beantwortet nicht ganz unsere Frage, Ted...» Der Showmaster kennt Teds Marotte, die Spatzenhirne der Zuschauer zu malträtieren. «Ted?»

«Irrelevante Frage. Der Tod ist der springende Punkt. Vom Standpunkt des Armen aus ist der Tod keine Erlösung. Er ist die ultimative Bestrafung, die höhnische Quittung, das Leben verpaßt zu haben. Kuhl hätte liegenbleiben sollen, schon im Wochenbett, und die Nahrung verweigern. So hätte er sich und der Welt viel Kummer erspart.»

«Zu kryptisch, Ted, und, um ehrlich zu sein, unseren Zuschauern geht es nicht um Grundlagenforschung, es geht hier um Mord...»

«Jetzt machen Sie aber mal halblang...» Kuhl robbt mit heruntergelassenen Hosen über die Bühne. «Hör'n Sie, ich habe ausgepackt, oder? In aller Öffentlichkeit. Ich meine, wenn das keine ehrliche Antwort ist...»

«Nein, ist es nicht!» Der Showmaster wird langsam wütend, und das Publikum muht enttäuscht.

«Ted, wir überziehen die Sendezeit! Schluß jetzt mit dem Schmonzes! Wie kam der Toaster in die Wanne? Mord? Ja oder nein?»

Ted schweigt beharrlich. Statt dessen antwortet er mit einer kleinen Trickfilmsequenz: Kuhl und sein Vater als klotzköpfige Knetmännchen mit Micky-Maus-Stimmen... Vor dem wolkigen Blau einer DC-Fix-Kachelfolie kommt es zu einer ernsten Aussprache.

«So geht das nicht...» Kuhls animierter Vater kauert in einer Sitzbadewanne. Auf dem gemauerten Rand stehen diverse Konserven, Flaschen und ein Toaster mit Blümchenmuster. Das Preisschild ist noch deutlich zu sehen: Sonderangebot, 29 Mark 50.

«Wir müssen reden, Junge.»

«Auch das noch.»

«Werd nicht frech!» Die Knethand des Vaters schiebt eine Knetscheibe in den Knettoaster. «Ich hab dich was gefragt...»

«Worum geht es eigentlich?»

«Worum? Du hast die Lehre hingeschmissen, und jetzt gammelst du den lieben langen Tag. Wie stellst du dir deine Zukunft vor, Junge?»

«Überhaupt nicht.»

Das Kuhl-Männchen knallt die Tür hinter sich zu. Das Bild vibriert wie in einem Erdbebenfilm. Der Toaster schneidet eine teuflische Fratze und springt in die Wanne. Über dem Billardkugel-Kopf des Vaters erscheint ein Hochspannungszeichen, es blitzt, man sieht Füße Wasser treten, und zwischendurch tanzen zwei Eier in einem Tauchsieder. Irgendwo platzt ein Lachsack. Das letzte Bild zeigt ein superbraunes Grillhähnchen auf einem Teller und dann das Markenzeichen «Wienerwald»: Guten Appetit.

Das Quiz hat sich in nichts aufgelöst, und die Nachrichten rücken alles wieder ins rechte Lot. Es ist kurz nach sechs. Kuhl döst noch immer vor der Glotze. Das Ereignis des Tages ist eine Meldung aus Houston und betrifft die Raumstation Skylab, deren Blindflug in dieser Nacht zu Ende geht.

Rückkopplung, denkt Kuhl. *Wirf einen Stein in die Luft, und er wird dich erschlagen...*

VI

Das Ding, so um die neunzig Tonnen Schrott, raste wie ein Fallbeil zur Erde. Irgendwo käme es runter, die Schwerkraft kannte keine Ausnahmen. Die NASA hielt sich bedeckt, hoffte auf eine diskrete Landung. Was hatten die Weltmeere nicht schon alles geschluckt.

Und die Wüsten, verschwiegen wie ein Grab.

Der Absturz hatte im Frühjahr begonnen und damit auch die Spekulationen. Kein Ort galt als sicher. Selbst die deutsche Presse schrieb von «Gefahrenzonen». In jedem Land reagierte man anders auf das Himmelslabor: Pessimisten in Kanada und den Vereinigten Staaten schlossen Skylab-Versicherungen ab und würden die Nacht in Bunkern verbringen. In Indien hockten die Gläubigen in

Erdlöchern und beteten rund um die Uhr. Im Libanon und anderen arabischen Ländern hatten die Menschen Lebensmittel gehortet, als stünde ein zweiter Sechstagekrieg ins Haus.

In Europa nahm man die Sache nicht sehr ernst; nur in Paris machte ein Abtropfsieb von sich reden, das ein Spaßvogel als «Glücks-Fallhelm» und wirkungsvollen Schutz gegen Weltraummüll propagierte – mit der Folge, daß einige Exzentriker mit Salatschüsseln auf dem Kopf durch Montmartre flanierten.

Shit, dachte Kuhl. Wenn nur Fußmann ihn nicht wieder vollgepumpt hat...
Er wählte Rios Nummer und ließ es endlos klingeln.
Geh schon ran, Arschloch. Rio logierte noch bei seinen Eltern, und von hier aus konnte Kuhl den Block sehen, in dem sie wohnten. Ein Fenster stand offen.

Na schön, dann halt nicht. Er beschloß, es unter Fußmanns Nummer zu versuchen. Fußmann wohnte bei seiner Großmutter in einer baufälligen alten Villa, die an die Mauer des Hauptfriedhofs grenzte. Bestimmte Anrufer, die der alten Dame aus persönlichen Gründen nicht paßten, wimmelte sie von oben herab ab. Und Kuhl paßte Fußmanns Großmutter ganz sicher nicht...

«Fußmann.» Es war der Hausdrachen.

«Äh... äh, hallo», Kuhl brauchte einen Moment, sich zu fassen, «äh, hören Sie, ist Karl zu sprechen?»

«Der wohnt hier nicht.»

«Aber, gnädige Frau...» Kuhl mußte lachen. Er konnte nicht anders. «Ich bin's – Kuhl. Erinnern Sie sich – Anton Kuhlmann?»

«Herr Kuhlmann? Warum melden Sie sich nicht mit Ihrem richtigen Namen?»

«Weil mich alle Kuhl nennen», sagte Kuhl, was der Wahrheit entsprach. «Äh, hören Sie, ich suche eigentlich einen Freund von mir. Rio. Sie wissen nicht zufällig...»

«Rio?» Sie tat, als hätte sie den Namen zum ersten Mal gehört.

«Rio Bravo. Ich dachte Fußm... ich meine, Karl wüßte vielleicht...»

«Der einzige Rio Bravo, den ich kenne, lief vor drei Wochen im Fernsehen. Guten Tag, junger Mann.»

Sie hatte tatsächlich aufgelegt.

«Ach ja, und Sie können mich kreuzweis', Gnädigste», brüllte er in den tutenden Hörer. *Alte Säbelschrecke.* Andererseits gefiel ihm ihre Schlagfertigkeit. Von Altersschwachsinn keine Spur.

Wieder sah er aus dem Fenster.

Die glühende Wasserstoffkugel am Himmel schnitt schon in die Dachkante des Blocks. Es war Zeit zu gehen.

VII

«*Angeschmiert*», feixte Johanna Fußmann. Ihr Enkel und Rio kamen gerade zur Tür reingeschneit. «Ein gewisser Kuhl, wahrscheinlich von der Polizei...»

Bei der Hausdurchsuchung im Frühjahr hatte sie ein schweres Trauma erlitten, verdächtigte Freund & Feind; selbst den alten Briefträger hielt sie für einen ausgekochten RD-Spitzel.

«Äh, vielen Dank, Omamutter.» Fußmann hauchte ihr einen Kuß auf die Stirn.

Rio lehnte wie steifgefroren an der Standuhr im Flur.

«Tag, Ma'am. Schönes Wetter heute...», leierte er plötzlich los.

Sie musterte ihn argwöhnisch: ob er wohl noch richtig war – oben im Kopf?

Fußmann hatte ihr die Bohnenstange einmal als «regionalwissenschaftlichen Mitarbeiter» vorgestellt. Sie glaubte kein Wort davon, und die silbernen Jeans machten sie erst recht stutzig... – War das nun wirklich der letzte Schrei, oder waren diese Streichholzbeine infolge eines Unfalls galvanisiert?

«Wie finden Sie *die*?» fragte Rio – als könne er Gedanken lesen.

Sie schenkte ihm ein mitleidiges Lächeln und verzog sich.

«Dacht ich mir's», murmelte Rio.

Fußmann suchte unauffällig nach Rios Puls. «Hm, die kardiovaskuläre Frequenz ist normal... Alles okay?»

«Von wegen. Mir brummt der Schädel...» – Panik: «Wo bleibt denn der Notarzt? Bei Gott, hab ich kein Recht auf ärztliche Hilfe...?»

«Das hast du!» Fußmann packte ihn bei den Schultern. «Der Arzt ist hier, siehst du – ich bin hier! Mach bitte kein Aufsehen.»

Im Flur roch es muffig, was sich noch verstärkte, als Fußmann die Kellertür öffnete.

«Wir möchten bitte nicht gestört werden», rief er.

In der Küche wurde deutlich mit Töpfen geklappert. Ameisensprache: Signal verstanden. Rio hatte Mühe mit der steilen Kellertreppe, aber Fußmann stützte ihn wie einen Schwerverletzten (so wie er es vor kurzem in einem Katastrophenfilm mit Gene Hackman gesehen hatte).

«Gleich hast du's geschafft», ächzte er.

Fußmanns Labor befand sich in einem winzigen Trockenraum. FORSCHUNGSGESELLSCHAFT FÜR CHEMISCHES FERNSEHEN AG stand an der Tür.

Bislang gab es aber nur einen Aktionär in Fußmanns AG, ihn selbst.

Fußmanns Traum vom großen Geld nannte sich PSYKLON®, ein selbstgebrautes synthetisches Halluzinogen, gegen das sich LSD-25 wie ein «Zäpfchen für Kleinkinder» ausnehmen würde.

Obwohl nicht einmal die Testphase wegen «unvorhergesehener Komplikationen» abgeschlossen war, hatte er sich den Namen bereits patentieren lassen. Fußmann sprach gern von Massenproduktion, einem Haufen illegaler Philippinerinnen, die unter seiner Aufsicht den Inhalt ihrer Pipetten auf Löschpapierstreifen träufeln würden. Wie alle großen Wissenschaftler hielt er nicht viel von moralischer Kleinkrämerei und wußte, daß man mit Drogen reich werden konnte. Dabei dachte er weniger an die Koks-Industrie Kolumbiens als an die weltweit operierenden Pharmakartelle. Ein schönes, sauberes Geschäft im Supermaßstab.

Fußmann, Karl II.: Eine merkwürdige Fügung hatte das Schicksal seiner Familie über Generationen hinweg mit der chemischen Industrie verknüpft. Schon der erste Fußmann, eine kauzige Figur aus dem Südschwarzwald, hatte sich nachweislich sein Brot mit Salpeter-Kratzen verdient und war 1729 auf einem Scheiterhaufen in Freiburg gelandet. Eine andere Ausnahmeerscheinung war Fußmanns Großvater väterlicherseits, Karl I., begnadeter Biochemiker der IG Farben und Hobby-Magnetiseur, der 1942 in Tunesien auftauchte, um Rommels Wüstenfüchse mit einer neuentwickelten Malaria-Prophylaxe zu impfen.

Auch Fußmanns leiblicher Vater war Chemiker gewesen und hatte die Welt in den sechziger Jahren um einen Haufen Kunststoffe bereichert. Andere hatten sich das patentieren lassen und waren steinreich geworden. Der Erfinder entwickelte daraufhin ein Magengeschwür und ging an einer seltenen Art von Darmkrebs zugrunde. Fußmanns Mutter hatte gleich wieder geheiratet, diesmal einen Chemiker der BASF. Sie war nach Ludwigshafen gezogen, und Fußmann lebte seitdem bei seiner Großmutter, die in ihm ihren vermißten SS-Malaria-Mücken-Helden sah und ihn deshalb mit dem Sentiment einer Kriegerwitwe abgöttisch liebte. In jungen Jahren hatte sie Operetten gesungen, und Goebbels («der Joseph») hatte zu ihren glühendsten Verehrern gehört. Lange her. Jetzt fütterte sie ihren genialen Enkel mit durch.

«Er ist zurück, Mann.»

Fußmann hatte sich gerade die Hände gewaschen und beugte sich über den Meerkatzenkäfig. Die lieben kleinen Fratzen wurden ganz still.

«Oh, er!» Fußmann schämte sich fast, daß er sich angewöhnt hatte, den Auslöser einer Psychose mit einem Genus zu bedenken – als ob die Halluzination ein Geschlecht hätte und sich womöglich fortpflanzen könnte. Gestaltwerther. Den Namen hatte sich das Ding selbst gegeben, ein humanoides Molekül, absurd – Ge-stalt-wert-her! – Phonetik der mikrokosmischen Tiefe ... zum Verrücktwerden.

Etwa 150 Modifikationen des Präparats hatte Fußmann hinter sich, und noch immer war es ihm nicht gelungen, den Störenfried zu eliminieren. Der vorletzte Versuch hatte ihm Hoffnung gemacht: Zunächst war alles wie am Schnürchen gelaufen, angenehm-dußliges Wohlbefinden – «das Unter-Wasser-Gefühl», wie Rio es nannte. Dann Brennschluß. Fußmann hatte Backpulver synthetisiert. Also, noch mal von vorn – und jetzt war das Ding wieder zurück. Ein *Nebeneffekt mit verheerenden Folgen*, das war der Werther, denn sein Erscheinen veränderte die schönste Halluzination in einen Horrortrip, etwas, das Fußmann nie gewollt hatte.

Fußmann hatte früher seine Meerschweinchen unter ausgeflippten Hippies rekrutiert, die im allgemeinen alles schluckten, solange es nur irgendwie *high* machte. Auch die pharmazeutische Industrie machte von diesen Volontären Gebrauch, ganz legal übrigens, die Testpersonen hatten nur einen Wisch zu unterschreiben, daß sie alles freiwillig und gegen Entgelt machten.

Fußmanns erster legendärer Pilot war ein Amphetaminfreak aus Hanau («Speedy») gewesen, der zwei Monate lang von Kreislaufpräparaten gelebt hatte. Nach der ersten Begegnung mit dem Werther war er aus dem Fenster gesprungen. Künstlerpech! Sein Nachfolger hatte mehr Glück gehabt und war in einer Gummizelle in Eichberg gelandet. Rio, Nummer drei und – nach eigenen Angaben – gegen die meisten Derivate des Mutterkorns immun, war bisher glimpflich davongekommen...

Fußmanns Blick wanderte zu dem Steckmodell eines Kettenmoleküls, das an hauchdünnen Nylonfäden, wie eine Art Mobile, im Raum schwebte.

Tausend Hände... Und sie fassen alle zur gleichen Zeit zu. So hatte er die Wunderdroge einmal definiert. Ein paar dieser Hände gehörten Gestaltwerther, und Fußmann würde sie finden und amputieren.

Mit den Bordmitteln des Instituts war es allerdings keine Kleinigkeit, nach ein paar streunenden Molekülen zu fahnden. Fußmann hatte ja alles versucht.

«Es sind immer die gleichen Synapsen», murmelte Fußmann. Mit seinem Geha-Füller deutete er auf zwei Kugeln, die ein Alkaloid symbolisierten. «Ergo muß das Ding irgendwie an das Acetylcholin andocken können.»

«Der Werther dockt nirgends an», meinte Rio.

Fußmann schenkte ihm einen mißbilligenden Blick und schlüpfte in seinen weißen Kittel.

«Mach dir's gemütlich», sagte er. Im Radio suchte er einen Sender mit Disco-Musik.

Wie immer begann er mit den Routine-Untersuchungen: Rio lag dabei auf einer abwaschbaren OP-Liege und fühlte, wie der kalte Lauscher des Stethoskops über seine Brust wanderte.

«Langsam ausatmen», murmelte Fußmann und dann, «ich schätze, ich werde die Dimethyphenethylamin-Komponente wieder abschwächen müssen. Vielleicht war die Konzentration diesmal zu hoch.»

«Es war das letzte Mal ...», sagte Rio.

«Was? – WAS?» Fußmanns Stimme schrillte, er witterte *Verrat*.

«... daß ich weggelaufen bin», beendete Rio den Satz.

Fußmann war sichtlich erleichtert. Wie alle Paranoiker hegte er gerade gegen Freunde tiefstes Mißtrauen (das sogenannte Brutus-Syndrom) und rechnete schon lange damit, daß Rio aussteigen wollte.

«Zum Weglaufen besteht auch kein Anlaß. Du weißt so gut wie ich, daß er – Er! – nichts weiter ist als ein psychotropes Phänomen, eine Fata-Morgana der Hirnrinde.»

Wie immer verschleierte Fußmann das wahre Ausmaß des Schreckens hinter ein paar Brocken Fachchinesisch, und Rio stellte seine Ohren auf Durchzug: Er existiert nicht. Darauf lief es immer hinaus.

«Hast du schon mal dran gedacht, daß es etwas mit einer anderen Dimension zu tun haben könnte.»

«Willst du damit sagen, daß er echt ist, daß er wirklich existiert?»

«Ich will gar nichts sagen», sagte Rio.

Fußmann schüttelte den Kopf, spielte wieder die Versuchsleiter-Karte.

«Schön, kein ernst zu nehmender Wissenschaftler wird bestreiten, daß es noch andere Dimensionen gibt. Nehmen wir nur mal an, daß du recht hast – warum sieht er dann aus wie ein vorzeitlicher Tiefseetaucher? Eine Art Witzfigur? – Nein, ich kann nicht sehen, was eine Trugwahrnehmung mit anderen Dimensionen zu tun haben sollte. *Quid quid recipiteur secundum modum recipientis recipiteur.* Sankt Thomas Aquinas: Der Erkennende erkennt nur das, was seiner eigenen Natur entspricht.»

Rio entschied sich, den Mund zu halten, und betrachtete ein quasi-abstraktes Gemälde an der Wand, das, wie er wußte, das Innere einer vereiterten Harnröhre darstellte. Wie Einstein, der vielleicht, hätte er eine schöngeistige Kinderstube genossen, ein hervorragender Geiger geworden wäre, war auch Fußmann eine unselige Doppelbegabung; wenn er nicht gerade Kettenmoleküle traktierte und das Periodensystem der Elemente auf den Kopf stellte, verewigte er sich auf überdimensionalen Leinwänden, die irgendwelche Ungeheuerlichkeiten aus dem Mikrokosmos darstellten.

«Der tiefere Raum», sagte Rio.

«Hm, hm.»

«Du solltest doch ausstellen.»

«Hm.» Den Traum von der eigenen Ausstellung hatte Fußmann längst begraben. Die Postmoderne hielt er für reine Kulisse, vor der sich die Selbstdarstellungen reicher Partyschweinchen abspielten – Stoff für Theaterkritiker, wenn es hochkam. Fußmanns Bilder waren dazu denkbar ungeeignet. Seine frühen Werke beschäftigten sich ausschließlich mit den Fermentierungsprozessen von Nahrung. («Man ist, was man ißt.») Inspiriert von den stümperhaften Malereien sowjetischer Kosmonauten, hatte er Mageninhalte, Enzyme und Kolibakterien in leuchtenden Acrylfarben gemalt, die von einem Galeristen (dem er Fotos geschickt hatte) als expressiver Gefühlsausbruch verherrlicht wurden. («Ich spüre in Ihnen die Ruchlosigkeit eines jungen Wilden.») Der Kunstapostel hatte angeblich Beziehungen zur Nationalgalerie und suchte Talente. Na ja. Später erklärte ihm Fußmann lapidar, daß ihm die *Darstellung von Gefühlen* völlig egal war, und ließ ihn die Fotos sehen, die er akribisch aus einer Wissenschaftspostille abgekupfert hatte. Der platte Realismus seiner Bilder war evident. Fußmann hatte nie wieder von dem Galeristen gehört. Seitdem versuchte er den Durchbruch auf der submolekularen Ebene ...

«Tut mir leid», sagte Fußmann. «Der Flug ist nicht ganz planmäßig verlaufen.»

Das war, milde gesagt, nicht die Ausnahme. Rio konnte sich nicht entsinnen, daß jemals irgend etwas nach Plan verlaufen war. Er fragte sich manchmal, warum er sich noch immer auf Fußmanns «Flüge» einließ – Psychopharmaka-Astronaut ohne Rettungsleine im mikrokosmischen Inferno. «Wie lange war ich weg?» fragte Rio.

«Äh ... 36 Stunden und 42 Minuten.» Fußmann hielt es für die Gelegenheit, zu demonstrieren, wie exakt er den Versuchsablauf überwacht hatte.

«Es ist stärker als STP. Fast zu stark, 36 Stunden für 5 Mark. Das könnte den Markt ruinieren.» Er genehmigte sich einen Schluck Wasser, *aqua destillata* mit einem Schuß Kieselgur.

«Dann war ich etwa zwei Tage ... *unterwegs*?»

«Du bist getürmt.» Fußmann zeigte auf eine schmale Luke unter der Decke.

«Keine Ahnung, wie du da hochgekommen bist, ohne Leiter.»

«Shit ...» In Rios Gedächtnis war ein schwarzes Loch. «Ich kann mich an nichts mehr erinnern.»

«So so ...» Fußmann hantierte mit dem Blutdruckmesser seiner Großmutter. *Amnesie, mal was Neues*, dachte er.

Er konnte es nicht erklären, aber ließ sich nichts anmerken. Die Droge verursachte in der Regel synästhetische Wahrnehmungen, die Fußmann mit dem rudimentären Zustand eines neuen Sinnesorgans gleichsetzte. *Da ist etwas, was sich noch organisch ausbilden muß ...*

«Könntest du die Aussage etwas präzisieren?» Beiläufig pumpte er Luft in die Manschette um Rios Arm.

«Wenn ich mich an nichts mehr erinnern kann, wie läßt sich das präzisieren?»

Fußmann lachte. *Ganz schön frech, kleiner Aufstand seines regionalwissenschaftlichen Gehilfen...*

«Aber an irgend etwas mußt du dich doch erinnern...»

«Bienenstich», sagte Rio.

«Bienenstich?» Fußmann machte ein besorgtes Gesicht.

«Vergiß es», sagte Rio, und knöpfte sein Hemd zu. «Ich sah große Flüsse, Berge und Seen...»

«Das war Gagarin», schmunzelte Fußmann, «der hat das gesehen.»

Fußmann packte seine Gerätschaften zusammen. «Dein Blutdruck ist normal... etwas hypotonisch, aber das ist eher gesund... Wenn du willst, bringe ich dich jetzt nach Hause.» Seine Stimme war so sanft wie die einer Mutter, die mit ihrem Baby spricht.

«War es wenigstens... schön?» Seine schwabbelig-weiche Hand landete auf Rios Schulter. *Im Laufe der Zeit entwickeln Wissenschaftler oft eine Art Zuneigung zu ihren widerstandsfähigsten Versuchstieren.*

«Keine Amnesie ist wirklich schön...», sagte Rio. Es beschäftigte ihn noch immer, wie es möglich war, daß er sich aus dem Labor verdünnisiert hatte.

Fußmann räumte einen Haufen Reagenzgläser in den Heißluft-Sterilisator, den er erst kürzlich bei einer Hospitalauflösung ersteigert hatte.

«Gibt es sonst noch... *sachdienliche* Hinweise?»

Rio schüttelte den Kopf.

«Er kam diesmal aus dem See, das ist alles.»

«So so, aus dem See.» Fußmann hatte weiche Knie, er mußte sich setzen. «Konntest du sein Gesicht sehen?»

Rio schüttelte den Kopf. «Ist das so wichtig?»

Fußmann verfiel in eine Art Denkerpose.

«Unter Umständen, ja. Max Planck fand die Quantentheorie in einem Traum. Nehmen wir mal an, du würdest mir sagen, dieser Werther hätte drei Augen oder acht, dann könnte es mit dem asymmetrischen Kohlenstoff zu tun haben.»

«Er hat keine Augen», sagte Rio.

Fußmann schwieg einen Augenblick.

«Ach so, er hat keine Augen ... Woher weißt du das so genau?»

Rio zuckte die Achseln. «He, ich muß los, Mann.»

Fußmann überlegte, starrte in die spiralförmige Röhre des Flüssigkeitschromatographen.

«Ich schätze, es wird ein paar Wochen dauern, bis ich wieder genügend Stoff hergestellt habe. Diesmal muß es klappen! Noch ein Versuch, okay? Der letzte.» Fußmann hob die Hand zum Schwur. «He, warte einen Moment», sagte er dann, «wie wär's mit einer kleinen Vitaminspritze? Intravenös, okay?»

«Aber, Doktor, das wäre doch nicht nötig gewesen.» Rio wußte, daß es sich um eine hochprozentige Valium-Lösung handelte, und klappte seinen Arm aus (wenn er dann noch den Unterarm anspannte, hatte er die besten Junkie-Venen der Stadt).

Fußmann pfiff durch die Zähne. «Selbst eine blinde Nachtschwester würde die finden.»

Oben hörten sie das Telefon klingeln, und kurz darauf kamen Schritte die Treppe herunter.

«Karl!» Omamutter flötete wie eine Nachtigall.

Fußmann legte die Spritze in eine Nierenschale und sauste zur Tür. Rio glaubte, einen dämonischen Zug in Fußmanns Gesicht zu erkennen. *Dämon oder Wissenschaftler – das war nicht mehr die Frage.*

«Karl. Es ist deine Verlobte! Dörthe!» Das stimmte nicht ganz. Dörthe hatte Schluß gemacht, und Fußmann, verklemmt und verletzt, hütete das Geheimnis wie ein Furunkel am Arsch.

«Ich will nicht gestört werden!»

«Sie sagt, es ist wichtig.»

«Es gibt Wichtigeres!»

«So behandelt man keine Dame!» Die Stimme seiner Großmutter schrillte. Sie hoffte noch lange genug zu leben, um zu sehen, wie Karl das Mädchen zum Traualtar führte. Eine weiße Hochzeit – und selig entschlafen. Im Alter war die Diva wieder romantisch geworden. «Also, Karl ...!»

«Okay! Ich rufe zurück. Ich verspreche es.»
«Ehrenwort?»
«Ja, ja ... Ehrenwort!»
Sie grummelte noch irgendwas, aber verzog sich dann.
«Wie geht's Dörthe?» erkundigte sich Rio.
Fußmann, kurz entschlossen, zog die Spritze auf und versenkte die Nadel in Rios Arm.
«Wie soll's ihr gehen?» kicherte er.
Weil es so schön war, spritzte er sich den Rest der Lösung. So war Fußmann, nichts verkommen lassen.
«Hast du was gespürt?»
«Keine Spur, du spritzt phantastisch.»
«Du hast gute Venen.»
Sie komplimentierten sich gegenseitig zur Tür.
«Und es blutet nicht mal.» Rio starrte auf den Punkt in seiner Vene.
Fußmann schenkte ihm ein wissendes Lächeln. «PSYKLON® hat eine blutgerinnende Wirkung. Ergotamin, ähh ... das Mutterkornalkaloid verengt die Gefäße. Sollte der nächste Testflug wieder negativ verlaufen, spalte ich das Molekül, und wir verkaufen eine Hälfte als blutstillendes Mittel, die andere als Analgetikum gegen Migräne.»
«Du willst Gestaltwerther spalten?»
Jedesmal, wenn Fußmann Rio so reden hörte, hatte er gute Lust, sich selbst noch mal 500 mg auf die Schnelle zu drücken.
«Schon gut», sagte er, «he, vergiß den Radaukasten nicht...»
Rio konnte sich nicht erinnern, daß er seinen geliebten Ghettoblaster mitgebracht hatte, und staunte, als er ihn im Flur stehen sah.
«Ist das Band noch drin?» fragte er Fußmann. Der hob abwehrend die Hände – *als ob er Negermusik hören würde!*
«Und ich dachte, Sie bleiben zum Essen», rief Fußmanns Großmutter aus der Küche. Sie sagte es nur, weil sie sich sicher war, daß er ging.

«Ein andermal», sagte Rio und schulterte die Kiste.

«Tu mir einen Gefallen und sei vorsichtig», riet ihm Fußmann. «Nicht wegen dem ... äh, Werther. Wegen der Autos. Die sind gefährlicher.»

Rio versprach, sich den Rat zu Herzen zu nehmen.

«Ich glaube nicht, daß ich je wieder durch den Park gehen werde.»

«Unsinn. Du bist wieder zurück, okay? – He, bist du sicher, daß ich dich nicht doch nach Hause bringen soll?»

Rio winkte ab. «Ganz sicher.»

«Wie du willst.» Fußmann kannte Rios Vorliebe für Straßenbahnen.

«He, Rio», rief er noch, «morgen, Kinder, wird's was geben ... Halt die Ohren steif, Junge.»

«Hm? Was meinst du damit?»

Fußmann sah ihn ungläubig an: «Mensch, Rio, du weißt doch noch – Skylab? In ein paar Stunden kommt es irgendwo runter.»

«Und was hab ich damit zu tun?» Rio war schon fast aus der Tür.

«Oh, nichts, wenn du mich fragst ...» Fußmann sah ihn nachdenklich an. «Aber es könnte ja sein, es könnte ja sein ...»

«Was, zum Teufel?» fragte Rio. Die Sonne blendete ihn in diesem Moment, und dann, zum zweiten Mal an diesem Tag, erwischte ihn sein Gedächtnis auf dem falschen Fuß ...

VIII

Rio ist ein Kind der siebziger Jahre und hat die erste Mondlandung tatsächlich LIVE vor der Glotze erlebt.

Schwarzweiß-Krisselbilder, Cowboys stampfen im Staub des Erdtrabanten, und 800 Millionen sehen zu ... Moonboots & Hihaw! jenseits der Exosphäre, die freie Welt triumphiert über den Weltkommunismus. Wernher von Braun ist zu Tränen gerührt, als

Armstrong das Stars & Stripes-Banner aufpflanzt und den Mond nicht nur zum Bodenschatz erklärt, sondern auch noch annektiert: 51. Staat der USA – *wem gehört der Mond, Iwan?*
In Minsk gehen die Lichter aus.

Rio will Astronaut werden – oh Boy! In der Lotto-Toto-Annahmestelle kauft er eine Mondkarte und ein Riesenposter der Saturn-Rakete.

Leute, erinnert euch; es herrscht Aufbruchstimmung, die große Weltraum-Euphorie macht sich breit, Hollywood produziert einen Science-fiction-Schrott nach dem anderen, und die Farbe Silber erfaßt plötzlich Miniröcke, Fingernägel und Lidschatten. Das Ausmaß an Ufo-Sichtungen übersteigt selbst den Bedarf der Boulevardpresse.

Rio will hoch hinaus: Mond, Mama, Mars, Mama ... bis nach Alpha Centauri. Seit Gagarins Empfang im Buckingham Palace haben sich Astronauten zu Volkshelden gemausert, zu Hyper-Fußballweltmeistern, zu philosophierenden Fernsehstars.

März 73: In den Zeitungen wimmelt es von Fotos der Raumstation Skylab, die mit ihrem vierblättrigen Sonnensegel an eine fliegende Windmühle erinnert. Rio hat Herzklopfen, als er vom Plan der Amerikaner liest, die Besatzung an Bord regelmäßig *auszutauschen* ... oh Boy.

Er macht Dauerläufe um den Block, in der Badewanne geht er auf Tauchstation, hält die Luft an und zählt bis zweiundsiebzig, weiter kommt er nicht.

Auf dem Rummelplatz rotiert er stundenlang in bunten Kreiselmaschinen, verkleideten Zentrifugen, bis sich ihm der Magen umdreht.

Rio kann es nicht schnell genug gehen (up, up & away ...). Die Fernsehserie «Raumpatrouille» mit der unvergeßlichen Eva Pflug heizt ihm noch zusätzlich ein. In seiner Phantasie sieht er sich regelmäßig die blonde Eisheilige im Zustand der Schwerelosigkeit flachlegen – oh Boy!

Zur Disziplinierung seiner Libido verordnet er sich eine Kopfstand-Gymnastik und hängt morgens mit dem Kopf nach unten zwischen Teppichen und Buntwäsche auf dem Trockenplatz. Die Übung hat er aus einem Sputnik-Heft, sie fördert angeblich «Haarwurzel und Gedächtnis». Manchmal hält er es zwanzig Minuten aus und paukt dabei Sternkarten und astronomische Verzeichnisse, bis er nicht mehr weiß, wo oben und unten ist ...

Er weiß alles über den Mond: «Vielleicht würde ich mich in der Höckerzone am Domplatz verlaufen, aber nicht im Meer der Stille.»

So wähnt er sich dann bestens vorbereitet, als er sich im Juli 1974 (zur Zeit der Fußball-Weltmeisterschaft) um eine Stelle bei der NASA bewirbt. Postwendend erhält er eine vorgedruckte Standardabsage.

Dear Space-Enthusiast, heißt es, leider könne man nur Bewerbungen von US-Staatsbürgern berücksichtigen. Kein Kommentar übrigens zu dem polizeilich beglaubigten Zeugnis der Mittleren Reife, das er ihnen mitgeschickt hat. Dafür Trostpreise in rauhen Mengen: Apollo-Aufkleber, Cape-Canaveral-Wimpel und handsignierte Fotos der ersten Skylab-Crew.

Obwohl er diesen Schwachsinn wie die Kronjuwelen hütet, ärgert es ihn, daß sie ihn offenbar nur für einen weltraumbegeisterten Dreikäsehoch halten.

Aber er läßt sich nicht abschütteln. Er hat zu viele John-Wayne-Filme gesehen, um nicht zu wissen, daß sich Hartnäckigkeit zu guter Letzt auszahlen wird.

«Ich kenne das All wie meine Westentasche», schreibt er zurück. «Bei Sirius, ich ersticke im Dampfring der Erde ...»

Diesmal versuchen sie es mit Schocktherapie. Da er weder den Bakkalaureus einer naturwissenschaftlichen Fakultät, geschweige denn einen Blutdruck von 140/90 vorzuweisen hat, lautet das Urteil, mit allem Respekt: «*disqualified*».

Aber noch gibt er sich nicht geschlagen – er nicht. Er versucht sich sogar als *coffee-boy* anzudienen: «I'd be only too happy to serve crewmembers fresh coffee», schreibt er. Sein Englisch reicht gerade aus, ihnen klarzumachen, daß sie ihn unter der Schuhsohle haben.

So geht es noch ein paarmal hin und her über den Atlantik: Houston – Kamerun, Kamerun – Houston, und der Briefträger zerreißt sich das Maul: «Eh, Frau Bravo, Post von de' NASA für ihr'n Herrn Sohn.» Im Zustellbezirk Kamerun ist Rio der einzige, den die Raumfahrtbehörde mit ihren Schreiben beehrt. Über den Inhalt schweigt sich der Wunderknabe wohlweislich aus.

Monatelang treibt er so im Orbit der Ohnmacht.

An seiner Wand hängt damals ein Bild aus einem Comic-Heft: Es zeigt den Silberstürmer, einen manisch-depressiven Außerirdischen, der über der Erde, am Gestade der Schwerkraft, vor sich hin philosophiert:

«Wie lange noch muß ich als Gefangener auf dem primitiven Planeten Erde weilen? Wie lange dauert es, bis die Einsamkeit mich vernichtet?»

Rio kennt das Gefühl. Im Grunde genommen ist er kein verhinderter Astronaut, sondern einer, den man in der mondähnlichen Vorstadt von Frankfurt zurückgelassen hat.

Eines schönen Tages wird es seinem Alten zu bunt, und er schleppt Rio zum Arbeitsamt in die Feuerbachstraße. Rio muß eine Nummer ziehen und vor einer hellgrauen Tür mit Halbstarken anstehen – oh Boy!

Die Berufsberaterin läßt bitten, Rio soll ehrlich sagen, was er werden will:

«Ich bin», sagt er, «Astronaut…» – und erzählt ihr, wie er sich seine Zukunft vorgestellt hat – *da oben, am Rand der großen Leere, im Dienste der Wissenschaft und zum Wohle der Menschheit*.

Schon während er spricht, kann er sehen, wie sich ihre Augen unnatürlich weiten. Aber sie macht gute Miene zum bösen Spiel, nickt gelassen und raucht eine nach der anderen.

Rio geht aus sich heraus, er prahlt mit seinem Busch-Englisch, dem Freischwimmer und seinem Naturtalent, über eine Minute die Luft anhalten zu können. Ebensowenig vergißt er sein plombenfreies Gebiß zu erwähnen, seine Kopfstand-Therapie und die Achterbahnfahrten. Selbst eine Auswahl seiner schönsten Absageschreiben wirft er noch in die Waagschale.

«Sie wollen mich wohl auf den Arm nehmen?» Es ist das erste, was sie sagt.

«Astronaut? Bei der NASA? Da fehlen Ihnen doch sämtliche Qualifikationen.»

Sie starrt ihn an wie eine unwirkliche Erscheinung.

«Was ist mit Sojus?» will er wissen. «Bei den vielen Unfällen können die Ruskis doch immer Kosmonauten gebrauchen.»

Sie schüttelt den Kopf, ihr Geduldsfaden ist lang, aber alles hat ein Ende...

Homo irrealis, denkt sie. Wenn früher so ein Tagedieb in ihrem Büro aufgetaucht ist, hatte sie erst mal eine Standpauke parat. Vielleicht wäre so was in diesem Fall ein heilsamer Schock gewesen, aber nein, sie hält sich vornehm zurück und spielt die gute Tante.

«Lieber Himmel... Nun kommen Sie mal wieder auf den Boden der Tatsachen. Wie wär's mit Fernsehtechniker, hm, oder Chemielaborant?»

Fernsehtechniker? Rio hat einen Frosch im Hals. Dann würde er vielleicht so durchdrehen wie Kuhl. *Und Chemielaborant?*

Er wäre kein Anwärter mehr, kein Weltraumkadett, sondern ein gewöhnlicher Lehrling, ein *Stift*.

«Na, was zieren Sie sich? Die Hoechst AG hat auch eine Abteilung, die sich mit Halbleitermaterialien im luftleeren Raum beschäftigt. Von da können Sie immer noch *aufsteigen*.»

Drei Tage später steht er das erste Mal in einem Chemikaliendepot der Farbwerke Hoechst und versiegelt Fässer mit Insektengift. Die gute Tante hat nicht mal gelogen; vieles, viel mehr, als ihm lieb ist, erinnert ihn an die Quarantäne nach Raumflügen. Er ist in einem unterirdischen Silo gelandet, den man nur mit Gasmaske und

Schutzanzug betreten kann. Automatische Durchsagen weisen darauf hin, verbrauchte Aktivkohlefilter im Atmungsaggregat unverzüglich zu wechseln.

Wenn er der Arbeit zwischen den Chlorkesseln schon wenig Freude abgewinnt, der überirdische Teil der Farbwerke, das sogenannte Betriebsleben, schmeckt ihm noch weniger. Allein die Tatsache, daß es auf den Werkstoiletten ein Drei-Klassen-System gibt, daß Arbeiter und Abteilungsleiter getrennte Örtchen benutzen und die Donnerbalken der Direktoren fast ein Staatsgeheimnis sind, allein diese Tatsache erinnert ihn wieder schmerzlich daran, daß er unter Säugetieren lebt, daß jeder sein Territorium hat und die betriebliche Hackordnung bestimmt, wer wo seine Duftmarke setzt.

Rio, Paria der Sterne ... oh Boy!

Den anderen Lehrlingen ist er fremd. Manche halten ihn wegen seiner langen Haare für schwul. In der Kantine sitzt er in der Ecke neben dem Zigarettenautomaten, während an Nebentischen über Fußball, Autos und Mädchen geschwatzt wird.

Manchmal verflüchtigt er sich mittags ins Stammwerk, unter die Glaskuppeln von Haus C 770, dem hohen Raum des «umbauten Lichts», mit seiner Luftwurzel-Architektur und den sternenförmigen Mosaiken im Fußboden. Da sitzt er dann und kaut vor sich hin, bis der Portier ihn wegjagt.

Es ist eine schlimme Zeit. Rio lernt die Einsamkeit kennen. Das Depot ist wie eine unterirdische Isolationszelle von der Größe einer Bahnhofshalle. Manchmal hört er Züge abfahren, die es nicht gibt ...

Eines Tages dann scheint sich alles zu ändern: In der Werkskantine kommt er mit einem Praktikanten ins Gespräch. Karl Fußmann II., damals 25 Jahre, spitzbäuchig, grünlicher Teint, ein kleiner Frankenstein, zum Außenseiterdasein verurteilt.

Fußmann ist die Freundlichkeit in Person; er arbeitet in der pharmazeutischen Forschungsabteilung und versucht Rio zu trösten.

«Vergiß, äh ... den Makrokosmos. Die Forschung wird sich, äh ... nach innen richten ... in den mikroskopischen Bereich. Der Raum zwischen den Ohren ist der ... ähh, tiefere Raum.»

Der tiefere Raum. Rio gefällt, wie Fußmann das sagt.

Fast empfindet er so etwas wie einen Hoffnungsschimmer.

«Was machst du bei Hoechst?» will Rio wissen.

«Ich habe einen Forschungsauftrag in eigener Sache», kommt es von ziemlich weit oben. Tatsächlich kann Fußmann einen eigenen Toilettenschlüssel vorweisen. Selbst Hochsicherheitstrakte wie die Vorstandstoiletten stehen ihm offen, und Fußmann, respektloser Gipfelstürmer wie alle Forschernaturen, teilt diesen Nervenkitzel unverfroren mit Rio.

Nett, denkt Rio.

Fußmann wird redselig, plaudert mit verschwörerischer Gebärde, er arbeite an einer Erfindung, etwas Ungeheuerlichem. «Die Atombombe ist nichts dagegen», sagt er.

Zu vorgerückter Stunde landen sie im Großraumlabor im siebten Stock: lange weiße Tische, die Schreie von Versuchstieren, grelles Neonlicht ...

Rio sitzt auf einem drehbaren Hocker und schraubt sich in die Tiefe. Durch die Fenster kann er den kupferbraunen Fluß sehen ... und die Mole am Ufer, wo Bagger Chemikalien schaufeln.

Fußmann hängt am Elektronenmikroskop.

«So, mein Junge, sieht eine Raumfähre aus.»

Er träufelt eine phosphoreszierende Flüssigkeit auf den Objektträger.

«Wow.» Rio wirft einen ersten Blick in den Tubus; regenbogenfarbene Wendeltreppen, die sich drehen ...

«Es bewegt sich», sagt Rio.

«Die Rotation ist immanent.» Fußmann muß an dieser Stelle etwas ausholen: Am 19. Juli 1975, als Apollo-Sojus, angekoppelt wie ein Fliegenpaar, über dem Atlantik schweben, ist ihm bereits die Synthese des Moleküls gelungen.

«... aus Mutterkornderivaten, Ergotamin ... Das Malaria-Prophylaktikum dient nur als Katalysator ... Es stammt noch aus der Blütezeit der IG.»

«Hat es einen Namen?»

Fußmann kritzelt ein (∞) auf den Tisch.

«PSYKLON®», sagt er. Ob die liegende 8 eine Anspielung auf die oktogonale Struktur des Moleküls ist, wird sich nie richtig klären. Die Art, wie die Droge im Hirn arbeitet, veranschaulicht Fußmann auf genial einfache Weise:

«Jedes Neuron hat zwei äh ... Händchen. Über so eine Kette von Händchen wird ein Gedanke *linear* weitergeleitet. PSYKLON® hat ungefähr tausend Händchen, und alle fassen *zur gleichen Zeit* zu.»

Die Wirkung vergleicht Fußmann mit der Reise zu einem fernen Planeten. «Es ist wie eine andere Welt, weißt du ...»

Die Rhesusaffen machen wieder Lärm; erst vor wenigen Stunden hat sich hier eine grüne Meerkatze *das Fell über die Ohren gezogen*. Fußmann weiß Bescheid. Er kann kein Tier leiden sehen, hat das Schauspiel eigenhändig mit einer Himmelfahrtsspritze beendet.

«Das Gehirn des Rhesus war dem Präparat nicht gewachsen», so läßt es sich in seinem penibel geführten Logbuch nachlesen.

Und endlich kommt er zum springenden Punkt. Was ihm wirklich fehlt, also, was ihm wirklich über alle Maßen fehlt – ist eine Versuchsperson, menschlich, humanoid, eine Art Testpilot ...

«Hörst du mir zu, Rio?» Vor ihm in einer Petrischale liegt eine tote Ratte und grinst.

«Wow», sagt Rio. Durch den Polarisationsfilter erscheint ihm das Molekül wie eine Pythonschlange aus glühendem Erz. «Sie beißt sich in den Schwanz.»

«Was ist, Rio?» fragt Fußmann. Wie er lächelt. Feuchte Augen. Das winzige Löschpapier hat er schon präpariert und balanciert es auf der Fingerspitze.

«So sieht eine Raumfähre aus, Rio. Siehst du? Drogen und

Raumschiffe sind ein und dasselbe; auf der makroskopischen Skala schluckt dich die Rakete, im Mikrokosmos bist du es, der das Vehikel verschluckt. Der Raum, der sich nach innen stülpt, ist ...»

«... der tiefere Raum», sagt Rio. Es leuchtet ihm ein.

Countdown läuft, Commander. Zehn – neun – acht – sieben – sechs ...

Und Rio öffnet langsam den Mund ...

IX

Rio wußte inzwischen Bescheid. Selbst wenn er sich noch so sehr vorgenommen hatte, zu Fuß zu gehen, seine Schritte lenkten ihn doch unmerklich an die nächste sichere Halte. Und da blieb er dann stehen, hatte alle Zeit der Welt und badete in den Strahlen der untergehenden Sonne, während vor ihm, auf der Straße, der Berufsverkehr tobte und sich Magengeschwüre im Takt knatternder Vierzylinder bildeten.

Wie immer lehnte sich Rio an einen Fahrkartenautomaten, *stellte sich ab*, wie es unter Linientreuen hieß. Noch immer machten sich Nachwirkungen der Droge wie das Aufflackern eines Störsenders in seinem Hirn bemerkbar. Aus den Verkehrsampeln sprudelten rotgrüne Schachbrettmuster.

So ganz zurück war er also doch nicht.

Um ihn herum schwebten Feierabendgesichter, verschwitzt, abgespannt, wieder mal geschafft: eine Runde weiter.

Nachdenklich trat Rio an einen der Zeitungskästen, die sich auch ohne Geld öffnen ließen, und verhalf sich zu einer Rundschau vom Abend, die nach Druckerschwärze roch und abfärbte.

Einer der Umstehenden – grauer Anzug, Hemd, Schlips und Hut – hatte ihn beobachtet und räusperte sich.

«Selbstbedienung», murmelte Rio und hielt die Klappe auf. «Bitte, nehmen Sie sich auch eine.»

Der Mann grinste verächtlich.

Rio zuckte die Achseln, beschloß, gute Laune zu verbreiten, und drehte die Boom-Box auf, mittellaut, er wollte niemandem zur Last fallen.

Neugierig blätterte er in der Zeitung.

Sieh an, dachte er. *Skylab hat sich der Erde auf fast 200 Kilometer genähert, aber Westdeutschland gilt nicht als Gefahrenzone.*

Rio hoffte noch immer auf ein Wunder am Himmel, eine Trägerrakete der NASA oder Hilfe von der russischen Saljut ...

Die Straßenbahn riß ihn aus seinen Gedanken, und er setzte sich in den Anhänger. Obwohl die meisten Sitze frei waren, hockte er sprungbereit an der Tür. Die Boxen schepperten unter seinem Hintern, und hin und wieder drehte sich ein Kopf in seine Richtung.

Rio lächelte. *Ob sie den Schwarzfahrer erkannt hatten?* Bei zwanzig Mark Bußgeld lohnte sich die Sache, wenn man die Hinterziehung des Obolus nur konsequent genug betrieb.

Rio hatte einen phänomenalen Riecher für Kontrolleure. Sie rückten zwar in Zivil an, standen aber immer in Grüppchen an der Haltestelle, schwatzten und schwärmten dann strahlenförmig aus. Rio wechselte in solchen Fällen einfach die Straßenbahn. Zur Sicherheit hatte er auch ein uraltes abgefahrenes Kärtchen in der Tasche; was man Beamten nur frech genug hinhält ...

Die Strecke kannte er auswendig. Jede Haltestelle erinnerte ihn daran, daß sein Leben in den immergleichen Bahnen verlief.

Aus Gewohnheit las er die Stellenangebote, vor allem die kleinen, schmierigen Dreizeiler, die immer auf die ganz schnelle Knete hinausliefen: «Einmal verkaufen – lebenslang ausgesorgt! Die Chance Ihres Lebens! 15.000,– netto monatlich! Bewerbungen unter...» usw.

Im Land der Phantasie, dachte Rio. Natürlich hatte Rio so was auch schon ausprobiert.

Einmal hatte er vier Wochen lang in einer Diamanten-Handelsgesellschaft gejobbt, die kleinen Unternehmern unreine Halbkaräter zu Wucherpreisen unterjubelten. Rio kündigte bereits am Ende der vierten Woche (eine Rekordzeit für seine Verhältnisse), nicht, weil er Gewissensbisse hatte, sondern weil er sich wie eine Betschwester unter Hafennutten fühlte; er konnte es einfach nicht, und es wäre nur eine Frage der Zeit gewesen, bis sie das rausgekriegt hätten.

Man steckt halt nicht drin, dachte Rio, Richtung Güterplatz.

Während er sich sein Leben immer als eine Art Straßenbahnfahrt gewünscht hatte, eine Reise *mit ordentlichen Haltestellen und einer traumhaften Endstation*, so mußte er sich jetzt eingestehen, daß es eher nach einer elenden Umsteigerei aussah.

An der Galluswarte leerte sich die Bahn schlagartig. Nur ein paar trübe Tassen hockten noch im Anhänger und er selbst natürlich, ein erschöpfter Testpilot auf dem Weg nach Hause.

Kuhl hat irgendwo recht, dachte er. Würde man das Leben dieser Menschen wie einen biologischen Film betrachten, man hätte am Ende nichts weiter als einen Haufen unterbelichteter, belangloser Streifen vor sich.

Für die wenigsten war das Leben mehr als die Befriedigung der kategorischen Grundbedürfnisse: Sie kriechen eine Zeitlang über die Kruste dieses Planeten, auf der Suche nach Nahrung & Paarung. Es reichte nicht, selbst ein sinnloses Dasein zu führen, die eigenen Kinder sollten es fortsetzen.

Es war gerade diese staatlich geförderte «Verschwendung von genetischem Zelluloid» (wie Kuhl die Bevölkerungsexplosion nannte), die den Menschen des 20. Jahrhunderts entwertet hatte. Auch die ungeheure Metastase der Phänomene, der Überfluß und das Wuchern von allem auf allen Ebenen, waren letzten Endes auf die Überbevölkerung zurückzuführen. *Wem könnte die Überbevölkerung nutzen? Irgendwie? Die uferlose Vervielfältigung von Menschenmaterial ... Wem könnte das nützen? Dem Menschen, der gezwungen ist, seine Arbeitskraft zu verkaufen? Dem Menschen, der gezwungen ist, sich um irgendeinen Scheißjob zu bewerben? Wem könnte die Überbevölkerung nutzen? Hm?*

Die Gedanken fuhren Straßenbahn.

Kurz bevor sie die Haltestelle Wickerer Straße erreichten, kam Rios Lieblingsnummer im Radio: «Born To Be Alive» von Patrick Hernandez. Diesmal drehte er ordentlich auf und hangelte sich, die Rappelkiste geschultert, an den Haltegriffen zur Tür. Obwohl ihm hin und wieder jemand einen bösen Blick zuwarf, fühlte er sich wieder jeder menschlichen Seele verwandt.

«Ja, Leute, hört da mal gut hin», rief er, bevor er auf den automatischen Türöffner drückte, «sind wir nicht alle geboren, um zu leben?»

Damit hatte er etwas Wahres gesagt: Er wußte das, und der trostlose Haufen in dem Anhänger wußte das auch, aber sie ließen sich nichts anmerken und starrten in die Reflexionen ihrer müden Visagen.

Rio wohnte im dritten Block von der Sonne (seine Ortsangabe im gängigen Astronautenjargon), Kuhl im Block gegenüber, sozusagen in Rufweite für hysterische Frauen.

Das Treppenhaus war dunkel. Der selbsternannte Hausmeister, ein schwer seniler Rentner, schraubte tagsüber die Sicherung raus. Im Sommer, wenn die Kinder der spanischen Familie barfuß liefen, streute er auch mal Reißzwecken. Kleine Schikanen waren Ehrensache. *Shihitt*, dachte Rio. Mißmutig hangelte er sich am Geländer entlang. Jeder Treppenabsatz hatte acht Stufen und war mit zwei Schritten zu packen. In der ersten Etage fiel er über einen Haufen Leergut, und er versetzte dem Kasten einen Tritt, daß die Flaschen nur so schepperten. Oben öffnete sich eine Tür. *Mama*... Sie hatte ihn natürlich am Schritt erkannt und die Tür angelehnt... Rios Alter reagierte auf Klingeln allergisch. *Romeo & Julia*, dachte Rio. *Als die Liebe vorbei war. Als sich die Hitze verflüchtigt hatte und der osmotische Druck in den Organen wieder den Normalwert erreichte. Arrivederci, mi amore:*

Du bist zu Hause, Rio. Daheim...
    Den Geruch der eigenen Bruthöhle vergißt man nicht.
    Ist dir nicht gut, ragazzo? Warum gehst du nicht rein?

Die Säugetierkameraden hinter der Tür sind deine Eltern, du kannst sie riechen, jedenfalls deinen Alten, denn er hat die Angewohnheit, am Tisch zu furzen. – Weil es sein Tisch ist, capito?

Er ist der Herr im Haus, seine Verdauungsgeräusche sind dir vertraut, du weißt vom langwierigen Weg seiner Gase durchs Gedärm, bevor sie austreten und für Nestwärme sorgen.

Es lacht hinter der Tür, es lacht, aber es kommt vom Fernseher. Du öffnest die Wohnzimmertür, hörst, wie die Luft entweicht, der letzte Rest Sauerstoff, und tauchst in die methangasartige Atmosphäre eines fremden Planeten. Es ist ein anderer Trip, viel schlimmer als der kleine Testflug im Park. Die körperlose Stimme deiner Mutter weht aus der Küche, du kannst sie nicht verstehen oder willst nicht. Über den geometrisch gemusterten Teppichen herrscht eine andere Schwerkraft, es zieht dich am Tisch vorbei, an einer Zwei-Liter-Rotweinflasche, an Nußbaumgerümpel aus zwei Weltkriegen und einer Stehlampe, die einen Wackelkontakt hat und flackert, wenn man zu hart auftritt, aber das tust du nicht, und dann sind es nur noch zwei Meter bis zu deinem Zimmer, durch den Elektronenregen der Röhre, anderthalb Meter durch die synthetischen Lacher, und dann bist du drinnen, in deinem Zimmer, die silberne Tür schließt sich wie eine Luftschleuse hinter dir, und du kannst – ausatmen.

Irgendwie hast du es geschafft, deinen Alten zu umgehen. Du hast ihn nicht mal gesehen, aber du konntest ihn riechen, er war in der Nähe, in der Küche, oder im Bad oder sonstwo ... Wenn du nicht da bist, schnüffelt er in deinem Zimmer, sucht Drogen, Haschisch oder Pornohefte, die ihm selbst nicht ungelegen kämen, denn er langweilt sich, und deine Mutter verweigert ... das hast du den nächtlichen Streitereien entnommen, dem verzweifelten Quietschen der Bettfedern. Das Schwein ist ständig besoffen, fünf, sechs Liter Rotwein schluckt er am Tag, die Flasche zweifünfundneunzig, der Suff hat ihn aufgeschwemmt, aber er will immer noch die Katholikenbastion stürmen, und du zwingst dich, an was anderes zu denken, schubi-du-wahwah und funky Disco-Sounds ...

Die Alufolie an den Wänden reflektiert deine Bewegungen (wie viele Rollen hast du damals im Supermarkt mitgehen lassen, weißt du noch?), du watest quer durch den Plunder am Boden, hüllenlose Schallplatten, epische Marvel-Kacke, und schaltest den Mondglobus ein, der leuchtet und dein Raumfahrtmuseum gespenstisch illuminiert: Überall hängen Wimpel, Abzeichen der Apollo-Missionen und echte Astronauten-Autogramme, vergilbte Zeitungsausschnitte und eine Auswahl der schönsten Absageschreiben, die du in den letzten Jahren von der NASA kassiert hast.

Früher hast du auch Plastik-Miniaturen gesammelt und dich mit Bausätzen abgeplagt, nur die Raumfähre Eagle ist dir geblieben und ein kleiner weißer Plastik-Astronaut, der bis in alle Ewigkeit seine Plastikfahne in dem Plastik-Krater aufpflanzen wird. Der Krater hat am Rand häßliche Brandflecken, denn Eddie hat dort einmal versehentlich einen Joint ausgedrückt – «Sah aus wie'n Aschenbecher, Alter ...»

Rio legte eine Platte auf, J.A.L.N. Band, *Life Is A Fight*, erste Seite, letztes Lied. Sturmgeheul aus einem Synthesizer vergegenwärtigte ihm einmal mehr, wie kalt diese Welt wirklich war.

Unschlüssig kramte er in den Schallplatten unter seinem Bett... zwei Quadratmeter Vinyl, Milliarden Rillen, ein mikroskopisches Universum, das er in- und auswendig kannte... Die Platten, die er brauchte, hatte er in Minuten zusammen.

Er machte sich lang, starrte in das silbergraue *Clair-obscur* an der Decke, in die verschwommene Reflexion seines Körpers. Er wollte weg. Die Frage war nur wie. Draußen im Wohnzimmer flimmerte die Glotze, und die Lachmaschine hatte wieder einen Anfall...

Abendbrot, die alte Schmierenkomödie: Mama, Papa & der Zitteraal. Da sitzt du also, ungekämmt, mit dem Ansatz einer Wirbelsäulenverkrümmung, und spielst taube Nuß (was dir nicht schwerfällt), starrst teilnahmslos auf die Karos in der Tischdecke, das alte Wachstuch, das du seit deiner Kindheit kennst. Unscharf dahinter die Masse, haarig, breit, bedrohliche 220 Pfund, einem Gorilla-Männchen nicht unähnlich, und das hat dich gezeugt und bildet sich ein, dich anknurren zu können, buona sera, caro papá...

Mama in der Küche, Fischstäbchen in der Pfanne, das Essen kommt wie immer in ganz kleinen Schüben. Erst Tee, dann Brot, eine Banane und schließlich die undefinierbaren panierten Rechtecke in der Pfanne, mit einem Tropfen Mayonnaise schmecken sie nach... nach Mayonnaise und gut, aber bis zum letzten Gang ist es noch eine kleine Ewigkeit.

«He, parasito, wa ... wa ... warst bei Arbeitsamt? – Häh? – Aber fr ... fr ... fräszen, das willst du ...»

Du blökst wie ein Schäfchen, das der Wolf reißen will, blökst, daß Julia in der Küche irgend etwas kreischt, das Fett in der Pfanne brutzelt, die Lachmaschine lacht, und du zählst die Karos auf der Tischdecke, die Linien dazwischen und wo die sich überschneiden – interessant, nicht?

Romeo furzt, es ist sein Haus, wie gesagt, Padrone robusto, er kann tun und lassen, was er will, und nebenbei lamentiert er über die parasitäre Existenz des langhaarigen «pensionaros».

Romeos fahrende Winde sind ein zuverlässiges Stimmungsbarometer für die ganze Familie: Furzt er kurz und trocken, ist es «heiter bis wolkig», bei dumpfem Geböller hängt der Haussegen schief.

«Gl ... gl ... glaub nur nicht, da ... da ... daß du hier bizsin alle Ewigkeit schmarotzen kannst ...!!»

Ewigkeit? Armes Tier, so ein Wort aus seinem Mund ... Die Mutter bringt Brot, drei Scheiben, das ist der zweite Gang, aber es geht um die überzeugende Simulation eines Vier-Gänge-Menüs, und das ist unter diesen Umständen nicht ganz einfach, denn Romeo springt jetzt auf, läuft ihr in den Weg. Nicht das alte Hindernisrennen, denkst du, aber sie sind ein eingespieltes Team, passen wie die Faust aufs Auge (auch wenn sie nie trifft), der aufgebrachte Koloß stampft vorwärts, da ist sie schon vorbeigehuscht, auf ihren Bachstelzen-Beinen – Hier, Lieber, Brot! –, und wieder verschwunden. Romeo tobt, brüllt, schreit: «Malochen muß der Bankert!» – ja, ja! –, «MALOCHA! MALOCHA!», die Stimme überschlägt sich, immerhin hat er fünfzehn Jahre malocht, bei den Stadtwerken, fünfzehn Jahre lang ist er in seiner «Orangenhaut» hinter der Müllkutsche hergetrottet, und es hat ihm nichts gebracht, nicht mehr als Sozialhilfe jedenfalls, armes Tier, armes, altes Vieh.

Julia lamentiert über dem brutzelnden Fett in der Pfanne, droht mit Scheidung, mit dem Frauenhaus, mit «Frau Dobro» – wer immer das ist –, sie droht, wie sie seit zehn Jahren droht und immer dieselben Sätze gebraucht, kurze, blöde Halbsätze, die auf Schwachsinn schließen lassen, die ganz lange Leitung. Ein Satz von ihm, und sie ist geliefert, er kann sie einweisen lassen, jederzeit. Einmal hat sie schon Schlaftabletten geschluckt, Spalt, dreißig Stück, aber die waren zu schwach. Ihr wurde der Magen ausgepumpt, der Vorfall ist registriert, manchmal fällt ihr das ein, und dann bekreuzigt sie sich, spricht in ihrem Wahn von Fallen, die der Herr stellt, Gottvater-Syphilis und der heilige Dreier. Über ihrem Bett hängen Heiligenbilder, Postkarten vom Vatikan, die sie sich selbst geschrieben hat, der Pole beim Ostersegen, um die bösen Geister fernzuhalten ...

Du bist das großartige Ergebnis dieser großartigen Liebe. Romeo hat dir schon mehrfach versichert, daß du nicht auf der Welt wärst, wenn es damals schon die Pille gegeben hätte. Ein Unfall bist du, incidente, capito? Ein Spritzer ins Becken, wie in der alten Spüli-Reklame.

Als Rio endlich soweit war, sich die Pulsadern aufzuschneiden, erschien Mama mit dem vierten Gang: zwei schwarzen Fischstäbchen und einem Haufen hellgelber Fritten. Am Tellerrand schaukelte ein grünlich angelaufener Tropfen Mayo. «Laß dir's schmecken, Lieber.» Freudestrahlend, wie man es nur jüdischen Müttern nachsagt, beobachtete sie ihr Junges bei der Nahrungsaufnahme. Er stocherte vor sich hin, arbeitete an der Kruste. Merkwürdig, daß er noch nie auf eine Gräte gestoßen war. («Filets haben keine Gräten.» – Kluge Mama!)

Wenig später hatte er sich umgezogen: YIP! Er trug Jeans und eine metallisch-blaue Bomberjacke, äußerst befremdlich für westeuropäische Augen. Noch wahnwitziger wirkte der knallgelbe Schriftzug auf seinem Rücken: «SUPERJOCK». Wie jedesmal, wenn er das Wort las, hörte er eine Art Jubelchor. Die Jacke stammte aus dem berüchtigten ASIA-Import-Handel am Hauptbahnhof, einem Discountladen, der sich als Anlaufstelle für Kung-Fu-Freunde aller denkbaren Konfessionen einen Namen gemacht hatte.

Kuhl und Rio waren hier eines Tages gelandet, um Räucherwerk für eine Haschparty zu organisieren. Im Schaufenster standen Lacknippes und Teegeschirr vor leuchtfarbenen Bruce-Lee-Postern und Tiger-Kimonos. Gezackte Wurfsterne und abstruse Ninja-Hackmesser vervollständigten das Sortiment.

Das Untergeschoß war vollgestopft mit spottbilligen Artikeln, Konfektion made in Hongkong, Hemden, Hosen, Anzüge, meistens schlecht gemachte Kopien westlicher Vorbilder. Und da, an einem Kleiderständer von der Größe eines Mühlrads, hatte Rio die Jacken entdeckt.

«Wow», sagte Rio und fischte sich die Silberblaue heraus: «Superjock. Cool.»

Kuhl fühlte sich angesprochen, nickte. Das Wort bedurfte keiner weiteren Erklärung, ebensowenig wie PRO-NEW, JETBOY, DISCOBABY, HONG KONG UNIVERSITY, N° 1, **DAYTONA** und WINTERCAMP '79. Die Jacke paßte Rio wie angegossen. «Das macht die Einheitsgröße, XL», sagte er, «und wasserdicht ist sie auch.»

«Thelmojacken, velly good», sagte eine Stimme hinter ihnen. Lautlos war ihnen der Eigentümer gefolgt. Er kannte seine Kunden, wußte, daß manche von ihnen es für eine Shaolin-Prüfung hielten, was mitgehen zu lassen. Neunundvierzig fünfzig wollte er für die Jacke.

«Am Arsch, Yellowman!» Kuhl wußte, daß man und wie man mit Schlitzaugen handeln mußte. «Zwanzig, mehr is nich.»

«Good quality!» beteuerte der Verkäufer.

«Ach was, Lump! Dann steck dir das Ding doch hinten rein ...»

«Abel einhundelt Plozent Synthetik!» maunzte der Kerl, demonstrierte, daß er irgendwo die gleichen Wertvorstellungen hatte. Nur Kuhl war an diesem Tag einfach unerbittlich.

Rio kaufte die Jacke später heimlich, angeblich zu dem von Kuhl festgesetzten Preis (so weit ging ihre Freundschaft).

Er hatte es nie bereut. War es überhaupt möglich, den Kauf einer Thermojacke zu bereuen?

Kämmen, dachte Rio. Er ließ es mal wieder auf einen Versuch ankommen. Und während es unmöglich schien, das verfilzte Horngestrüpp zu durchdringen, wurde er wieder Zeuge, wie sich sein Haar wie elektrisiert aufrichtete.

Die Anziehung der Materie ist echt, dachte er.

Nach diesem Gedanken machte sich auch gleich seine Peristaltik bemerkbar. Der alte *Säugetierkörper* war schon immer eine Enttäuschung gewesen – schwammiges Gewebe, zu 99 Prozent aus Wasser, jede Menge übelriechende Öffnungen, durch die Schwefel- und Kohlenwasserstoffe entweichen konnten. Während er auf dem Topf saß und Verrenkungen machte, sehnte er sich nach den antiseptischen Riten der Photosynthese, dem genialen Stoffwechsel der Pflanzen, denen es gelungen war, aus Sonnenlicht unter Einwirkung von Sauerstoff Proteinketten zu bilden.

Hatte er sich nicht schon immer Chlorophyll-Implantate gewünscht, die ihn davor bewahrt hätten, seine eigenen Verdauungsorgane zu benutzen? Selbst eine grünliche Hautfarbe hätte er dafür in Kauf genommen.

Nachdem er sich abgewischt hatte, zögerte er einen Moment mit der Spülung.

Der Blick in die Schüssel erspart einem an schlechten Tagen den Blick in den Spiegel...

Als er sich sattgesehen hatte, zog er.

Disco, Staub und
logischer Abschaum

2

«Das Leben! Kombination von Chemie und Bestürzung...»
E. M. Cioran

I

Eine biologische Maschine erforscht sich selbst, und was entdeckt sie? Die Konspiration obszöner Organe und die Blähungen eines kleinen, selbstherrlichen Egos, das sich für den Nabel der Welt hält.

Diese Selbsterkenntnis steckte nicht zuletzt hinter Kuhls Manie, im John-Travolta-Anzug zum Dienst zu erscheinen. Kurz vor acht stand er mordsmäßig ausstaffiert vor dem Spiegel und zupfte sich die Manschetten zurecht.

Strahlemann, dachte er mit zusammengekniffenen Augen, *tausend Kilowatt*... Aber der weiße Traum, ein reduziertes Einzelstück von C & A, verbreitete um Kuhl in der Regel die Glorie einer wandelnden Waschmittelreklame. Eine vermutlich geistesgestörte Frau war ihm eines Nachts von der Straße ins Parkhaus gefolgt. «Sie müssen der Lichtbringer sein», hatte sie geschrien. Kuhl mußte einräumen, daß der Stoff zumindest bei Kunstlicht unnatürlich changierte. Wahrscheinlich lag es an dem neuartigen Baumwollgemisch, das ein sparsamer Hersteller mit phosphorhaltiger Synthetik gestreckt hatte. Kuhl pflegte seine blendende Erscheinung daher gern durch ein optisches Ablenkungsmanöver zu dämpfen; das rote Hawaiihemd hatte sich bestens bewährt. Er mochte das Papageienkostüm auch noch aus einem anderen Grund: GI-Eddie, der amerikanische Folklorist, hatte es einmal «Totenhemd des wohlhabenden Amerikaners» genannt: «When you'll reach the 50th state, put on your hula-shirt and wait the Lord your soul to take...»

Natürlich war Kuhl weit davon entfernt, das Zeitliche zu segnen. So wie die Strahler-70-Werbung, Belmondo-Filme und K-tel-Superhits war das Hemd für ihn eher ein Aufputschmittel. *Aloha he*, es würde wieder ein paar Stunden gehen. Nur ein Lotto-Gewinn in Millionenhöhe oder eine Freikarte für das Eros-Center hätte ihn vielleicht nachhaltiger aufheitern können.

Wie immer packte er seine «Nachtsachen» zusammen: drei Pornohefte, ein Päckchen Kaugummi und eine harte, halbgrüne Banane wanderten in die Sporttasche.

Hm, da war noch was... Kuhl fiel die neue Pistole ein. Er suchte überall und fand sie schließlich auf dem Küchentisch, wo er den Schlitten und andere mechanische Teile mit Waffenöl verarztet hatte... Gutes altes Ballistol. Sein Vater, dieser Einfaltspinsel, hatte es seinerzeit gekauft, um einer quietschenden Türangel abzuhelfen.

Kuhl schob sich die Knarre vorne unters Hemd, so wie Starsky von Starsky & Hutch.

Selbst wenn es nur neun Millimeter sind, dachte er, man fühlt sich breiter...

Vor dem Haus stolperte er in das Gebimmel von elektrischen Glokken. Kirchenglocken. Am Rande der Siedlung gab es ein Gotteshaus, dessen kahler Turm die Flachdächer überragte. Die Ruhestörung zu ungewohnter Zeit klärte sich schnell auf: Ein Brautpaar bog plötzlich vor ihm um die Ecke, sie, weiße Unschuld im Schinkenfutteral – er, Affenjacke, Ohrring, leicht verklärter Blick. Die Dame *führte*, kein Zweifel.

Ab zur Schlachtbank, mein Alter, dachte Kuhl und nickte freundlich, als sie an ihm vorbeirauschten. Die Zeremonie des Geschlechtslebens empfand er als ebenso beklemmend wie die Krönung von Staatsoberhäuptern.

Der Anhang der Hochzeiter bestand aus drei schmierig grinsenden Typen.

Ob sie die alle noch mal ranläßt? Kuhl hatte vor kurzem so etwas in seinem Porno-Kung-Fu-Kino am Bahnhof gesehen: die mitreißende Geschichte einer zum Teenager gequetschten Spätlese, die an der Schwelle zum heiligen Stand der Ehe noch einmal all ihre Liebhaber beglückte. Jeder Akt hatte in einem orgiastischen «Lebewohl-für-immer»-Geschrei gegipfelt.

... *und zu Tode betrübt, zogen sie ihre Schwengel aus der Nabe der Welt*, dachte Kuhl.

Er beneidete wieder die Amöben um ihr Leben ohne Verstand und ohne Erektil.

Wenig später sah man ihn, eine Spur zu selbstgefällig, in einen knallgelben VW Karmann-Ghia steigen, Baujahr 72, unter Autofetischisten war der Wagen verpönt, eine Art Mahnmal der unglücklichen Liaison zwischen Wolfsburger Robotern und Spaghetti-Designern. Kuhl fuhr diesen Pseudo-Sportwagen noch kein halbes Jahr. A. C. Knirsch, ein Kumpel und Aushilfstankwart am Opel-Rondell, hatte sich wieder mal als Gebrauchtwagenhändler versucht und ihm das «scheckheftgepflegte Playboy-Mobil» vermittelt. Das Scheckheft war allerdings unauffindbar, und der Verkäufer, ein Teppichhändler mit unaussprechlichem Namen, hatte es ziemlich eilig, das Superauto loszuwerden. Er verlangte fünf Riesen: «Felgen neu, Auspuff neu ... nur TÜV muzz du neu machen. Aber kein Problem.»

Kuhl drückte den Preis um die Hälfte und wurde schon argwöhnisch, als der Teppich-Fritze unter Anrufung des Propheten Mohammed in den Handel einwilligte.

Geld und Karre wechselten ihre Besitzer, und wenig später war der Araber freudestrahlend aus seinem Leben verschwunden.

Wie sich herausstellen sollte, befanden sich tragende Teile des vielgepriesenen Dinol-Hohlrahmens im fortgeschrittenen Stadium der Auflösung. Er wußte davon allerdings noch nichts, als er bei der Technischen Überwachung am Rebstock vorfuhr und sich dort im Laufe der Untersuchung eine merkwürdige Stille ausbreitete.

«Komme Sie ma mit», sagte dann einer und kletterte voraus in die Ölgrube. Wie das «Playboy-Mobil» von unten aussah, war offenbar mit Worten nicht angemessen zu erfassen. Der Unterboden sah aus wie ein Schweizer Käse. Die Achsen waren doppelt und dreifach geschweißt, es grenzte geradezu an schwarze Magie, wie sie sich in den Aufhängungen hielten.

«Exitus», sagte der Knilch, der ihm die Plakette verweigerte, «lassen Sie Ihren ... äh ... Renner besser verschrotten.»

Kuhl hatte kein Geld für einen Anwalt, und er wußte, daß es wenig Sinn haben würde, A. C. Knirsch zur Rede zu stellen. Knirsch hatte zwei Brüder, alte Knastvögel mit langen Vorstrafenregistern, in denen Körperverletzung noch zu den harmlosen Delikten zählte. Außerdem war er Kameruner wie Kuhl und damit unantastbar. Blieb nur noch der Vorbesitzer, der Mufti, nur ließ der sich am Telefon verleugnen, war angeblich auf Geschäftsreise in Abu Dhabi.

Daher machte Kuhl es auf die primitive Tour. Er warf dem Teppichfritzen die Scheiben ein und schüttete Benzin in die Auslage. Wie er nicht anders erwartet hatte, brannten die Teppiche lichterloh.

Bi janaham, fahr zur Hölle, hier hast du deine Reichskristallnacht, dachte er, als er sich in den Sattel seines Fahrrads schwang und davonradelte.

Aber damit war Kuhls Problem noch nicht aus der Welt: Der Metallkadaver vor seiner Haustür brauchte dringend eine Plakette.

In Kamerun wimmelte es damals noch von Spenglereien, die dafür bekannt waren, schwarz und gegen Bares jede gesetzeswidrige «Schönheitsoperation», Achsenschweißen inklusive, auszuführen. Kuhl war sich für keinen Bittgang zu schade, aber der traurige Zustand des Wagens und die Tatsache, daß er schon einmal beim TÜV abgeblitzt war, schreckte die meisten ab. Die verbliebenen verlangten mehr Geld, als Kuhl hatte.

Er hatte fast die Schnauze voll, als ihm sein Friseur den entscheidenden Tip steckte: Auf dem Griesheimer Schrottplatz habe sich ein polnischer Schwarzarbeiter namens Stanislaus «Stasch» Krzychoniczky häuslich niedergelassen.

Stasch, der aus dem Osten einiges gewohnt war, fand für Kuhls Problem die richtigen Worte: «Schönes Wagen, viel zu gut, um kaputt, alles kapitalistische Macherei.» Man kam schnell ins Geschäft.

Tja, in Kamerun liegt das Glück immer um die Ecke. In einer Nacht-und-Nebel-Aktion flickte Stasch den Unterboden und die tragenden Teile des Rahmens. Die Schweißnähte an den Achsen schmirgelte er ab und bestrich alles mit einer bestialisch stinkenden Pampe aus Teer, Lötfett und polnischen Fäkalien. Das Wundermittel trieb die Prüfer aus der Grube, und Kuhl hatte endlich seine Plakette.

Das Parkhaus lag auf der Kaiserstraße, mitten im Rotlichtviertel, nur ein paar Blocks vom Hauptbahnhof entfernt.

Um diese Uhrzeit ging es hoch her, und wie immer konnte es Kuhl nicht lassen und kurvte ein paarmal um die Ecken. Auf der Weser trippelten Mädchen auf Hochplateausohlen zwischen den Autos. Kuhl ließ seinen Arm aus dem Fenster hängen und lächelte jovial. Er wußte nur zu gut, daß er ein eindeutig falsches Signal abgab, und freute sich auf die Konversation.

«Seh ich so aus?» sagte er einmal, als er angesprochen wurde.

«Wichser!»

«Stimmt.»

Das Mädchen spuckte in seine Richtung, bedachte ihn mit unflätigstem Nuttenlatein und machte, daß sie wieder zu ihrer Grundlinie kam. Kuhl mußte an eine Spinne denken, an deren Fäden jemand zum Spaß gezupft hatte und die pikiert in die Mitte ihres Netzes zurückeilte.

In den Seitenstraßen herrschte Andrang. Auch das neueröffnete Eros-Center auf der Moselstraße hatte Hochbetrieb. «Ma reinschaun, Jungs!» Vor den Auslagen stand die Sorte Schleicher, die erst stundenlang gaffte, entrüstet mit dem Kopf schüttelte und dann in einem unbewachten Augenblick im Eingang verschwand.

Vor dem Moseleck zockten ein paar Hütchenspieler die Leute

ab. An der Einfahrt zur Sauna 2000 hatte ein Diplomatenfahrzeug einen Radfahrer touchiert. Der langhaarige Radler weigerte sich aufzustehen. Es sah aus, als wolle er ein Schmerzensgeld rausschinden. Milieu-Prominenz mimte die Zeugen.

Kuhl mußte grinsen. Die Welt war ein abgekartetes Spiel. *Highlife*, dachte er. Er hatte den Ausdruck das erste Mal Mitte der siebziger Jahre gehört und glaubte inzwischen zu wissen, was es war.

Highlife war alles, was er nicht hatte – teure Schlitten, die passenden Frauen und unbegrenzten Kredit bei der Bank. Gunter Sachs war Highlife, Diane von Fürstenberg, Poldi von Bayern und der Schah von Persien. In Marbella machten vor allem die Araber *Highlife* – so stand es jedenfalls in den Zeitungen. Wahnsinn: Selbst wenn ein Ölscheich beschlösse, in ein Bordell einzuziehen und rund um die Uhr zu vögeln, die monatlichen Liegegebühren der Damen könnten nicht einmal den Zinszuwachs seines Vermögens ankratzen. Wahrscheinlicher noch, daß der Scheich an physischer Erschöpfung draufgehen würde. So ungerecht ging es zu auf der Welt.

Highlife war also «unbegrenzte Nutten-Finanzierung», und Kuhl lebte das Gegenteil – «lowlife», ein Begriff, der sich erstaunlicherweise in keinem englischen Wörterbuch findet. Schön, «*lower forms of life*». Damals hielt er den Verweis auf niedere Lebensformen für eine aberwitzige Frechheit.

Er wußte nicht, warum ihn Amöben sein Leben lang verfolgt hatten, aber es war eine Tatsache. Er wurde sie nicht mehr los. Vielleicht lag es daran, daß er sich ein-, zweimal am Tag in einen spritzenden Plasmahaufen verwandelte. Danach war er wieder die alte lebende Leiche, Darmeingang – Darmausgang, myopischer Nachtkriecher.

Was er sich vom Leben erhoffte? Daß es ein Einteiler war. Geschwätz von der Wiedergeburt machte ihm angst.

Kuhl bog an der Elbestraße ab und fuhr dann Schrittempo, um die schmale Einfahrt nicht zu verpassen. Das Parkhaus, eine asbestverseuchte Katakombe aus den fünfziger Jahren, war rund um die Uhr geöffnet. Kuhl, Heinz Bleschkowitz und ein gewisser Macke, den Kuhl noch nie richtig zu Gesicht bekommen hatte, hielten in drei Schichten die Stellung.

Als er an diesem Abend einlief, saß Macke wieder mit laufendem Motor in den Startlöchern. Kaum hatte er Kuhl gesehen, blendete er die Scheinwerfer auf und schoß die Ausfahrt hinauf.

Kuhl zog unwillkürlich den Kopf ein. Wie immer sah er nur Rallyestreifen vorbeifliegen.

Er beschloß, den Abend ruhig anzugehen. Die meisten, die hier um diese Uhrzeit ihr Auto abgestellt hatten, saßen entweder beim Fressen oder in irgendeinem Sauna-Klub und würden nicht vor Mitternacht aufkreuzen.

Home sweet home ... Fast fühlte er sich wie ein Freigänger, der sich selbst in die Zelle einließ: zwei mal zwei Meter grob verputzter Beton, Neonlicht, Tisch, Stuhl und ein Camping-Klo, daneben eine Kasse und drei Monitore, die scheinbar nur Standbilder zeigten. Tauchsieder, Instantkaffee und ein Fernseher ließen allerdings auf mildernde Umstände schließen.

Er feuerte seine Tasche in die Ecke und setzte sich an den Schalter. Das Fenster war aus kugelsicherem Glas. Hinter ihm an der Wand hingen Poster von Eintracht Frankfurt und alte BKA-Fahndungsplakate (darunter auch das berühmte BKBL Nr. 4108 vom 15. Februar 1971), die er dort eigenhändig aufgehängt hatte.

Es war einmal, dachte Kuhl. Der Bombenanschlag auf das Hauptquartier der 5. US-Armee in Frankfurt war noch immer der Beginn *seiner* Zeitrechnung. Den Knall konnte man damals bis nach Kamerun hören. Kuhl hatte wenig Interesse an Klassenkampf und Stadtguerilla. Ein paar Halbstarke gegen 60 Millionen, das war nach seinem Geschmack. Als Zwölfjähriger hielt er «Hans» Baader, «Lester» Raspe und «Erwin» Meins noch für Superhelden, die der Gesellschaft den Stinkefinger zeigten ... Natürlich war Kuhl bitter enttäuscht, als die Porschefahrer drei Wochen später aus dem Verkehr gezogen wurden. (Meins, entblößt bis auf die Schiesser-Unterhosen, eine elende Schmach ...)

Nachdem er das Wechselgeld in der Kasse kontrolliert hatte, meldete er sich bei der Einsatzzentrale.

Taxameter läuft. Die Stunde siebenfünfzig, das Prädikat B-Movie war noch zu gut für diesen Pausenfüller.

Immerhin: Neunzehn Jahre waren schon abgespult, und wenn er so weitermachte, wenig schlief und sich systematisch mit Wodka und anderen Chemikalien vergiftete, mußte die kleine komische Vorstellung, die er für andere bot, vielleicht vorzeitig abgebrochen werden – Tod eines Statisten.

Paranoiker-Handbuch, § 113 a–c (aus Sicherheitsgründen nur auszugsweise wiedergegeben):

Frage: «Warum unterliegt Fernsehen nicht dem Betäubungsmittelgesetz?»

Antwort: «Es sorgt für Gleichschaltung.» Wäre die Röhre 200 Jahre früher erfunden worden, die Französische Revolution zum Beispiel, dieses explosive Gemisch aus Futter- und Sexualneid, wäre nie hochgegangen...

Nachrichten: Zwei *talking heads*, kleine politische Wadenbeißer, liegen sich in den Haaren, ein Schaukampf über die Stationierung amerikanischer Pershing-II-Raketen in Ramstein. Demonstrationen.

Entwicklungshilfe für Biafra. Schwarze Quellbäuche, rostige Freßnäpfe, Fliegenschwärme in den Augen. Überblendung auf die Kontonummer. Darauf läuft es immer hinaus. CASH MONEY.

Wenn's die Kaffern wie die Teufel treiben, was kann ich dafür? dachte Kuhl. *Warum können die nicht ordentlich wichsen? Staatlich verordnete Onanie als wirksames Mittel gegen Überbevölkerung, das wäre doch was...*

Nachrichten, SALT 2: Carter und Breshnew, dicke Judasküsse. Der Erdnußfarmer, 1000 «Minute»-Männer im Rücken, grinst wie eine Biberratte, während der Russe seine Unterschrift beschaulich unter das Papier malt.

Immer noch Nachrichten, ein dämonisches Gemisch: Fußball, Tabellenliste, 1. Liga... Wie kann das jetzt zwischen Pershing II und Biafra auftauchen?

Wir leben in einer merkwürdigen Zeit, dachte Kuhl. Alles hat jetzt denselben Stellenwert: Es gibt keinen Körper der Wahrheit mehr, kein Ganzes, nur noch Partikel, Zerstreuungspunkte, unscharfe Relationen wie in der Physik.

ıı

«Die Welt erscheint mir mitunter leer von Begriffen und das Wirkliche unwirklich. (...) Wesen, die in etwas hineingestoßen sind, dem jeglicher Sinn fehlt, können nur grotesk erscheinen, und ihr Leiden ist nichts als eine tragische Farce...   Eugène Ionesco

Gegen halb elf, ungewöhnlich spät für seine Verhältnisse, tauchte Rio im Ali Baba's auf. Jeden zweiten Abend, seit über einem Jahr, spielte er DJ in der einzigen GI-Disco, die Miller im Ausschank hatte – all das übrigens mitten in Sachsenhausen, im Trubel der Altstadt, einen Katzensprung entfernt vom Henningerturm, den ortsfremde Alkoholiker für ein Wahrzeichen der Stadt halten.

Eddie hatte Rio an den Laden vermittelt. Die Einrichtung erinnerte an das Orchilodge in Wiesbaden, das auch kein schöner Anblick war, nur hier war eben alles noch drei bis vier Nummern schlechter, mieser, versiffter, und das Publikum kam fast ausschließlich aus den Kasernen der Vororte, Rodgau Riders der 6th und der 3rd Armored Divisions, die hier anrückten, «*to have a good time*». Worunter sie selten mehr als «saufen, Shit rauchen und einen Krautstrudel im Stehen» verstanden.

Der Besitzer, ein eingeschworener Baccara-Fan namens Buddha Schmidt, achtete darauf, daß sich Rios musikalisches Händchen stets im Rahmen von «Yes Sir, I Can Boogie» bewegte. Rio hatte die strikte Anweisung, die Nummer wenigstens einmal am Abend zu spielen, egal, ob er damit den Tanzboden räumte. Unter künstlerischen Gesichtspunkten eine fragwürdige Strategie, zugegeben, aber das Niveau seiner Gäste war dem Wirt eben heilig.

Die meisten GIs hatten Spendierhosen an, wenn sie hier einfielen, und Buddha (der eigentlich Burkhard hieß), zog ihnen auf eine nicht unoriginelle Art und Weise den Kies aus der Tasche: An der Bar war es ohne weiteres möglich, mit Dollars zu zahlen: Umtauschkurs eins zu eins. – *Oh yes, Sir*.

Eine andere Klientel waren Exilperser, die von den GIs «Dirty Dozen» genannt wurden. Es war schwer zu sagen, wohinter sie mehr her waren – Discoblondinen oder GI-Kanonen, das nötige Kleingeld hatten sie für beides. Rio wußte inzwischen, daß Buddha schlicht ignorierte, wenn am Rande der Tanzfläche irgendwelche *deals* über die Bühne gingen. War es sein Bier? Solange die Kasse stimmte, jedenfalls nicht.

Obwohl der Dollar dieses Jahr zum ersten Mal unter einssiebzig gerutscht war, war Buddha mit seinen Geschäften zufrieden. Er konnte es sich daher leisten, seinem Plattendreher hundert Mark am Abend zu zahlen. Zusammen mit den Trinkgeldern, die Rio für «exklusive musikalische Wünsche» kassierte, brachte er es im Durchschnitt auf hundertfünfzig pro Einsatz.

Wie immer machte er erst mal die Runde, ließ sich sehen. Die Bedienungen hatten noch nichts zu tun. Katie, ein Mädchen aus Butzbach, der man venerische Ungereimtheiten nachsagte, überprüfte ihr Make-up im Spiegel. Als sie Rio sah, zwinkerte sie ihm zu.

«Was zu trinken, Deejay?»

Rio schüttelte den Kopf. Nach einer exzessiven Phase in der Vorpubertät hatte er allem Hochprozentigen abgeschworen. Weibergeschichten offenbar auch.

«He, Rio, der Chef will dich sprechen ...», bellte Stompie, der Rausschmeißer, 45er Bizeps, aber gutmütig.

«Der kann mich mal», sagte Rio.

«Er ist verdammt sauer.»

«So what?» Rio wußte, was anlag.

Im Büro neben der Küche hörte er Buddha am Telefon quengeln. Offenbar versuchte er wieder, die Baccara-Schwestern ausfindig zu machen.

Nicht genug damit, daß er meistens vor einem Bakkaratbrett saß und mit sich selbst spielte, nein, er *hörte* auch Baccara, und überall in seinem Büro hingen diese Riesenposter und Starschnitte, die dem treuen Fan seine Boogie Girls in Lebensgröße präsentierten.

«Die Frauen haben Temperament», pflegte er zu sagen, «ein flotter Dreier mit denen ist alles, was ich will.» Seit Mayte Matheos und Maria Mendiola von Fuerteventura nach Bremen gezogen waren, gab es für ihn kein wichtigeres Ziel, als an ihre Adresse zu kommen.

«Ja, Mendiola. M - e - n - d - i - ... Nein, natürlich stehen sie nicht unter Baccara im Telefonbuch. Früher haben sie auf Fuerteventura gewohnt, das ist alles, was ich weiß. – Die Straße? – Woher, zum Teufel, soll ich das wissen? – Sind Sie die Auskunft oder ich? – Was? Bissu noch ganz dicht? – HALLO? – Das gibt's doch nicht, die Schnecke hat aufgelegt ...!»

Rio nutzte diesen Moment der Fassungslosigkeit und platzte in Buddhas Büro. «He, Budd, ich höre, du willst mich sprechen?»

«Ah, Superjock! Welch seltene Ehre!»

Buddha sah schlecht aus. Sehr schlecht. In dem Schummerlicht erinnerte sein hepatitisches Gesicht an einen Eierpfannkuchen, den jemand mit zwei schwarzen Oliven garniert hatte.

«Wo hast du gesteckt, Junge?»

«Das ist eine lange Geschichte», sagte Rio.

«Und?»

«Wirklich», sagte Rio.

«Das ist doch keine Antwort», sagte Buddha.

«Denke schon», sagte Rio.

Buddha schnaubte wie ein Nilpferd. «Du denkst wohl, das hier is 'ne Art Freizeitbeschäftigung für Penner oder werdende Muttis?»

«Ich war krank, Mann.»

«Krank? Dann ruf gefälligst an, wenn du krank bist. Das war das letzte Mal, daß ich für dich in die Bresche gesprungen bin ...»

«Lange Baccara-Nacht, was?» murmelte Rio. «Wie viele sind dabei draufgegangen?»

«Junge...», Buddha hob drohend die Zeigefinger, «noch so eine Bemerkung, und du brauchst dich hier nicht mehr sehen zu lassen.»

Rio ließ ihn einfach stehen.

«I'm reading from the book of funk.» Mit diesen folgenschweren Worten drehte Rio an diesem Abend seine erste Stunde an. Es war eine der besseren Nummern der Olympic Runners, «Put It On Ya», und für eine Menge Leute viel zu *funky*.

Aber auf der Tanzfläche war ohnehin noch nichts los. In den getönten Spiegelsäulen gähnte die Leere.

Das DJ-Pult befand sich auf einer Konsole, einer unterfederten Stahlkonstruktion, die angeblich Erschütterungen absorbierte. Ein paar hundert stampfender Füße konnten verheerende Folgen haben.

Vor ihm standen zwei Plattenspieler mit Riemenantrieb, von denen einer einen Wackelkontakt hatte. Beide Nadeln waren schon längst abgeschliffen. Da Rio auch eigene Platten abspielte, hatte er versucht, das Gewicht des Tonarms perfekt auszubalancieren, was, in der Theorie, den geringsten Abnutzungseffekt auf Schallplatten hatte.

Bei schlechten Pressungen konnte es allerdings vorkommen, daß der Tonarm bei erheblichen Frequenzschwankungen aus der Rille flog. Die meisten Gäste waren eh zu betrunken, um daran Anstoß zu nehmen, hielten es für eine scratch-Einlage, reagierten mit Pfiffen oder frenetischem Beifall.

Schlimmer noch war die Baß- und Höhenregelung der Anlage, die sich anscheinend von selbst verstellte. Es konnte vorkommen, daß einer der Hochtöner plötzlich in einer kleinen Rauchwolke verpuffte, aber solange die Bassdrum durchpumpte, fiel auch das den wenigsten auf.

Die große Spiegelkugel an der Decke drehte sich langsam im

Durchzug der Klimaanlage, sprenkelte den schwarzen Samt der Wände und die bunten Covers, die hinter dem DJ-Pult hingen: Wahrscheinlich handelte es sich um die umfangreichste Sammlung sexistischer Plattenhüllen aller Zeiten. Das Prunkstück stammte von einem Franzosen namens Cerrone: «Love In C-Minor». Auf dem Plattencover sah man Cerrone in einem schwarzen Seidenkimono, das Bärtchen schmierig-gepflegt, und drei mehr oder weniger nackte Hupfdohlen, von denen eine, gänzlich entblättert, vor dem Meister kniete. Das Intro der Platte wurde von zwei Groupies gesprochen:

> GROUPIE #1: «Look at him! Look at his front!»
> GROUPIE #2: «That ain't no banana.»

Als Groupie konnte man es weit bringen. Einige sangen inzwischen selbst: Musique, Luv, Snoopy, Dolly Dots, Tutti Frutti, Kim, Benelux & Nancy Dee, die Sunflowers, St. Tropez, die Nolan Sisters, Camo Milla, Gigi, Moulin Rouge, Mokka und Poussez! (Poo-Say), hinter denen angeblich die Solomon Brothers steckten.

Rio hatte andere Sorgen: Von seinem Pult aus hatte er einen optimalen Ausblick auf die festgeschraubten Hocker an der Bar, die von der Belegschaft «Schinkenstraße» genannt wurden: Schulmädchen in Miniröcken wiegten dort ihre runden Gesäße, juckelten hin und her, je nachdem, was gerade lief. An diesen Kehrseiten konnte Rio ablesen, ob er «gut aufgelegt» hatte.

Obwohl er mittlerweile blind wußte, was er spielen würde, sortierte er gewissenhaft die Platten, seine und die Tonträger des Hauses Ali Baba. Schon als Kind war er ein Vinylbesessener gewesen. Inzwischen hatte auch er gelernt, die Sprache der Rillen zu lesen, und erkannte selbst im Dämmerzustand Breaks, Solos oder baßlastige Rhythmuseinlagen.

Aus Spaß legte er «Yes Sir...» auf, dann hatte er es wenigstens hinter sich.

Langsam füllte sich das Ali Baba's. Die meisten, die hier vor zwölf auftauchten, waren neu eingezogene Rekruten, die nicht viel ausgeben würden.

Eine hochtoupierte Afrokrause, Frischling und alkoholisiert, steuerte auf eine biochemische Reizquelle zu, eine Art Pferdekuppe, die zu einem Weibchen gehörte, das sich an die Bar gepflanzt hatte.

Rio hatte, was kommen würde, schon zu oft gesehen. Er brauchte irgendwie Ablenkung.

Im Gang vor der Herrentoilette gab es ein Münztelefon, und so beschloß er, in seiner Pause eben mal Kuhl anzurufen.

Kuhl fiel fast vom Stuhl, als das Telefon klingelte.

Ein Pornoheft lag noch aufgeschlagen vor ihm, und das erste, was er wieder von der Welt wahrnahm, als er erwachte, war diese triefende Keimspalte am Unterleib eines Weibchens. Fast konnte man von einer *umgekehrten* Geburt sprechen.

«He, Mann, wo hast du gesteckt?»

Rio gab keine Antwort – er wußte es einfach nicht.

«Hast du mich irgendwo gesehen?» fragte er beiläufig.

«Ob ich dich irgendwo gesehen habe?»

«Ja, rein zufällig. Vielleicht hast du mich ja irgendwo gesehen.»

Peinliche Stille.

«Kuhl?»

«Mann, ich will ja nichts sagen, aber wenn ich dich irgendwo gesehen hätte, dann hättest du mich doch auch gesehen und wüßtest das ...»

«War doch nur 'ne Frage ...!»

«Aber 'ne Scheißfrage! Was fragst du überhaupt für dußliges Zeugs?»

«Man wird doch noch mal fragen dürfen ...»

«Ja, wenn es Sinn macht.»

«Was macht schon Sinn, Mann.»

Tja, Kuhl und Rio, irgendwie ein Traumpaar, eine Art «Doppelnegativ», wie Eddie es nannte. Dabei war es schwer zu sagen, *wer wessen Doublette war und ob sie sich tatsächlich kopierten.*

Jeder gab dem anderen erstklassige Vorlagen, und im Laufe einer Nacht konnten sie sich so sehr in die Negativzone verrennen, daß am Ende nichts mehr übrigzubleiben schien, als gemeinsam von der Friedensbrücke zu springen.

«Wie läuft's im Parkhaus?»

«Ruhiger Abend.»

«Ruhig? – Und sonst?»

«Ich hab viel nachgedacht.»

«Nachgedacht? Worüber denn?»

«Das willst du nicht wissen, glaub mir ...»

«Komm schon.»

«Schön.» Kuhl ließ sich nicht zweimal bitten. «Das Leben eines Menschen ist bestimmt durch drei Dinge: Lebenskraft, Geld und natürlich T, die Zeit, die unaufhörlich verrinnt. Das sind die Fakten, klar?»

«Klar.»

«Nehmen wir einmal an, eines Tages wirst du wach und weißt, was das alles bedeutet. Du machst dir nichts mehr vor. Keine Selbstschonung. Du stehst auf und stellst dich vor den Spiegel, der ziemlich genau das reflektiert, was du bist: ein knetbarer Bausatz von Molekülen, ein biologischer Automat, der frißt, säuft und ein bißchen rumhurt, wenn es ihm gutgeht. Klar?»

Rio räusperte sich.

«Das hör ich jetzt jedesmal, wenn wir telefonieren.»

«Dann hörst du's halt noch mal ... Nehmen wir mal an, daß das ganze Leben nur ein *Zerfallsprodukt* ist ...»

«Ein was ...?»

«... und nehmen wir ferner an, daß all die moralische Klugschwätzerei nur erstunken und erlogen ist, von den Reichschweinen, um Verwirrung zu stiften – denn Konkurrenz schadet ja bekanntlich dem eigenen Bauchladen von Freßgier und Geilheit.

Während das Prinzip von Lust und Unlust klare Aussagen macht, verkomplizieren ethische Werte den Prozeß der Befriedigung... Und jetzt denk mal nach: Wenn alles im Kosmos auch ohne eine höhere Kraft auskommt, wenn es nur Schwerkraft gibt und Elementarteilchen, wenn das Herz wirklich nur wie ein Uhrwerk, das Hirn wie ein Schwamm funktioniert, wenn das alles ist, wirklich ALLES –, und wenn nach dem Tod nichts ist, kein Schöffengericht syphilitischer Engel, kein heiliger Bimbam – was sollte man dann mit dem Leben anfangen? – Was denkst du, Rio?»

Rio kannte Kuhls helle Momente, die manchmal schlimmer waren als die üblichen Anflüge geistiger Umnachtung.

«Und darüber hast du nachgedacht, ja?»

«Genau.»

«Bombastisch. Und weiter?»

Pause. – «So weit bin ich noch nicht...»

«Ach ja, so weit bist du noch nicht.»

«Genau.»

«Was wirst du tun, wenn du so weit bist?»

«Was ich tun werde?» Kuhl ließ sich Zeit mit dem Nachdenken.

«Die Konsequenz ziehen.»

«Die Konsequenz?»

«Vielleicht werd ich 'ne Bank überfallen. Wie die RAF. Oder ein paar Leute umlegen... So zum Spaß.»

Rio mußte lachen. «Du hast ja nicht mal 'ne Knarre, Alter...»

«Bist du da sicher?»

«Gun Club, oder was?»

«Yip. Willst du mal hören?»

«Du hast die Knarre dabei? Im Parkhaus. – Out of sight, man.»

Am anderen Ende der Leitung knackte es einmal wie ein Nußknacker.

«Wow», meinte Rio.

«Noch mal?»

«Warum nicht, Alter, warum nicht...»

III

> «Das Glück der Menschen ist das wichtigste Ziel der Chemie.»   Werbeslogan der Kaneka-Chemie, Tokio

Und die Liebe sitzt im limbischen System, dachte Fußmann.

Seit Stunden strich er um das Telefon wie ein ungezogener Köter um die Topfpflanze.

Dörthe, warum?... Wie Phantomschmerzen nach der Amputation konnte er sie fühlen. Vor sechs Wochen, auf den Tag genau, hatte sie Doktor Mabuse den Laufpaß gegeben: Hiroshima, mon amour – deine, äh... Forschung geht dir über alles, hatte sie damals gesagt.

Ganz richtig, Dörthe. Wie gut sie ihn kannte. Keine Szene, kein Vorwurf, keine Zerrüttungstaktik. Fast milde hatte sie ihn aus ihrem Leben hinauskomplimentiert. Fußmann, in einer happigen Phase der PSYKLON®-Synthese, suchte noch ein Hintertürchen: «Es muß ja nicht für immer sein – Schluß, meine ich.» – «Aber es wäre schön», setzte sie nach, und schon tönte ihm das Freizeichen in den Ohren.

Frei, dachte Fußmann. Er tröstete sich damit, daß auch Oppenheimers Ehe in Los Alamos – am Vorabend des Atomzeitalters – beinahe Schiffbruch erlitten hätte. Dörthe war eine moderne Frau, sie brauchte vielleicht diese «Trennung auf Probe», um wieder zu ihm zu finden. Fußmann würde ihr Zeit geben, Zeit, soviel sie wollte. Er würde tolerant sein, ein anderer Fußmann...

Ein Schweigegelübde hatte er ihr allerdings noch abringen müssen: «Kein Wort zu meiner Großmutter, hörst du!»

Omamutter, gefürchtet für ihre sentimentalen Launen, hatte sich seine Hochzeit wie einen Staatsakt in den Kopf gesetzt, und Fußmann wußte, daß es besser war, die Dame nicht zu enttäuschen. Sie hatte ihm schon öfter mit der totalen Enterbung gedroht, und vielleicht würde sie ihn diesmal sogar vor die Tür setzen – wie den Reichspropagandaminister, 1943, nachdem der ihr einen unsittlichen Antrag gemacht hatte.

Dörthe, Dörthe, Dörthe...

Fußmann, ruhelos und übernervös, wanderte durch das dunkle Haus. Die Dielen knarrten, aber die schweren, staubigen Teppiche dämpften seinen Schritt. Im Wohnzimmer setzte er sich auf die Couch, auf der vor ihm schon Joseph Goebbels gesessen (und auch nicht weiter gewußt) hatte: Omamutter... Er hatte Fotos aus ihrer Glanzzeit gesehen: Hugenottenblut, schwarze glänzende Haare und noch dunklere Augen, die immer nur lächelten, nie lachten. Sie hatte sich auf Anhieb mit Dörthe verstanden. Nach der Hausdurchsuchung im Frühjahr hatten sie sich stundenlang gegenseitig das Herz ausgeschüttet und die Lappalie ins Groteske gesteigert.

1 *Herz & 1 Seele*, dachte Fußmann und knabberte Nägel.

Absurd, nicht? Da stand er an der Schwelle, die größte Entdeckung des 20. Jahrhunderts zu machen, und fühlte sich als Mittelpunkt einer weiblichen Verschwörung.

Fußmann in der Zwickmühle: Einmal nahm er das Telefon ab, aber dann übermannte ihn sein dämlicher Stolz. Seine Theorie von der «Trennung auf Probe» stand inzwischen auf wackligen Füßen, zumindest wußte er, daß sie mit einem anderen ging, offiziell übrigens, denn sie hatte ihm einen langen Brief geschrieben. Der Knabe hieß Pons – kein Genie, nichts Nobelpreisverdächtiges –, nur ein angehender Zahnmediziner aus Bad Homburg, der allerdings, nach herkömmlichen Maßstäben gemessen, blendend aussah und ihr Interesse für tantrische Esoterik bedingungslos teilte. Sie hatten sich in ihrem Yogaverein kennengelernt, beim autogenen Training für Anfänger. Pons hatte sich so das Rauchen abgewöhnen wollen. «Er hält nichts von Chemie», schrieb sie.

Fußmann hielt den Typen für einen Beutelschneider, der es auf Dörthes Moos (und Möse) abgesehen hatte. Immerhin, sie galt als beste Partie im Umkreis von fünfzig Meilen, und Fußmann kannte einige, die bei dieser Aussicht an so ziemlich alles geglaubt hätten.

Ein findiges Bauernsöhnchen, dachte Fußmann, dem jedes Glaubensbekenntnis zur Transzendenz von jeher suspekt war.

Auch an glücklichen Tagen hatte er regelmäßig mit Dörthe wegen ihrer «verqueren» Ansichten gestritten. Sie studierte Philosophie und im Nebenfach Theaterwissenschaft, was sie für eine unschlagbare Kombination hielt. Wie alle Töchter aus gutem Hause war sie von der aberwitzigen Vorstellung besessen, daß es in ihrem Leben – über den Luxus hinaus – auch einen Sinn geben müsse, etwas, das sie manchmal Karma nannte und nach dem sie sich sehnte. Gutes wollte sie tun, und wenn es sein mußte, mit Bettelmönchen leben ... Harekrishna! Fußmann mußte es bei einem Dinner, so zwischen Hors d'œuvre und Kir Royal, erfahren und war aus allen Wolken gefallen.

«Das wirst du nicht tun, Dörthe! Ich verbiete es!»

«Du kannst nichts verbieten, was die höhere Eingebung fordert!»

Sie klang verdächtig nach Rita Tushingham in Der Guru, Fußmann meinte auch zu erkennen, daß sie die Haare so ähnlich wie Jenny trug. Hinzu kam, daß sie seine Arbeit nicht wirklich schätzte. «Es gibt schon viel zu viele Drogen! Was soll das überhaupt sein – chemisches Fernsehen?»

Es mag für Fußmann sprechen, daß er nicht versucht hatte, ihr ernsthaft die revolutionären Auswirkungen einer kollektiven Droge zu erläutern. Die Konstitution eines Narco-Staates hielt er damals schon für der Weisheit letzten Schluß.

«Es macht Menschen glücklich», sagte er nur. «Und daran arbeite ich.»

Sie hatte verdächtig gelacht, als ob das der abwegigste Grund wäre, sich nächtelang in einem Kellerlabor zu verbarrikadieren.

«Glück kommt von innen», sagte sie und deutete auf eine Stelle unter ihrem Brustbein.

Fußmann konnte nur mutmaßen, was ihr Solarplexus damit zu tun hatte. Um des lieben Friedens willen redete er sich schließlich darauf hinaus, daß sie beide das gleiche meinten, aber unterschiedliche Vokabeln gebrauchten.

Karma, dachte Fußmann. Da saß er in der Küche und kaute vor sich hin. Eine halbe Banane und trockenes Brot.

Er kaute lustlos, wie einer, dem es lästig ist. *Man ist, was man ißt,* dachte er noch. *Was war er also?*

Später im Labor, im Licht einer Schreibtischlampe, betrachtete er das alte Polaroid von ihr, das er aus sentimentalen Gründen nicht wegwerfen konnte: Dörthe. Erste Liebe. Der Samt seiner Nacht...
 Das Foto schnürte ihm noch immer die Kehle zu. *Warum? – Weil nichts bleiben würde außer dem Brand der Emulsion, dem kurzen, chemischen Frühling der Gefühle...*
 Fußmann überließ sich dem Sog bittersüßer Erinnerungen. Wie die meisten wirklich tragischen Liebesgeschichten war auch ihre Begegnung eine Verknüpfung von fatalen Zufällen gewesen...

Es geschieht vor dem Campus, während eines Wolkenbruchs; erbsengroße Hagelkörner prasseln plötzlich wie Geschosse herab, und Fußmanns abgenudelte Scheibenwischer wedeln hilflos vor sich hin...
 Dr. Mabuse, dennoch unbekümmert, steuert mit links und blättert mit rechts in einem Artikel des *Bulletin Of Atomic Scientists* über «Psychochemikalien als Waffen». Die gleiche Arbeitsteilung gilt daher auch für seine Augen, ein leichtsinniges Manöver, das selbst ein Chamäleon in Schwierigkeiten gebracht hätte. Die Lektüre ist aufschlußreich; sie bekräftigt immerhin Fußmanns Vermutung, daß psychoaktive Drogen auch zu kriegstechnischen Zwecken eingesetzt werden können.
 Wenn alle Stricke reißen, denkt er noch, biete ich das Molekül dem Pentagon an. Onkel Wernher hätte da auch nicht lange gefackelt...
 Wie aus dem Nichts steht sie plötzlich vor seinem Kühler. Obwohl er sie nicht einmal mit der Stoßstange berührt hat, kippt sie das Kreischen der abgefahrenen Reifen von ihren Hochplateau-Sohlen.
 Bücher fliegen wie ein Schwarm rechteckiger Tauben vor ihm auf. Fußmann springt aus dem Wagen – es hagelt noch immer –, und mit Armen, schwer wie Blei, hilft er ihr auf die Beine.

«Dörthe Müller-Dodt», sagt sie – erwartungsvoll.

Der Name sagt ihm erst mal nichts. Dörthe Müller wie? Ein weltfremder Fußmann, naiv; er sieht nur nasse Botticelli-Locken, die sie ihm ins Gesicht schüttelt. Dabei ist sie ganz mager, beinahe rachitisch, also gar nicht sein Typ. Ihre Schlüsselbeine kann er sehen, aber keine Knautschzone. Ihr Gesicht wird von zwei monströsen Backenknochen zusammengehalten, die sich wie Säbelklingen über der Kinnspitze kreuzen...

Ein Picasso-Gesicht, denkt Fußmann. *Es spottet der Euklidschen Geometrie.* «Fußmann», sagt er endlich, «Karl Fußmann. Es ist ja Weltuntergangswetter.» Sie mag ihn auf Anhieb. Es hat nicht nur mit den äußerst widrigen Witterungsbedingungen zu tun, daß sie sich in seinen Wagen flüchten.

«Aus der guten alten Zeit», sagt sie neckisch, nachdem sie das Hakenkreuz auf dem Zigarettenanstecker entdeckt hat.

«Es ist ein Horch, Baujahr 41.» *Mein Gott, was sagt man in so einer Situation?* «Äh, darf ich dich nach Hause bringen?» Immerhin, Fußmann hält es für angebracht, sich für das Malheur zu revanchieren.

«Wenn du willst», sagt sie und fletscht ein schiefes Grinsen.

Wahnsinn, denkt Fußmann. Vor zehn Minuten hat er sich noch auf ein einsames Abendbrot im Kellerlabor gefreut, und jetzt kutschiert er eine «kesse Biene» durch die Gegend, und «weiß der Kuckuck, wo dies alles noch enden würde».

Fußmann kann ihre Zahnspange sehen. Die Vorstellung, in ihrem Alter so ein Ding im Mund zu haben, kommt ihm beinahe verrucht vor. *Ihr Gebiß ist doch ausgewachsen, oder? Und ist so ein Drahtgestell nicht bei vielen oralen Aktivitäten eher hinderlich? Am Sprechen hindert es jedenfalls nicht*, denkt Fußmann.

«Und was machst du so?» will sie wissen.

«Ich bin Wissenschaftler», stellt er fest.

«Chemie», sagt sie. Sie hat den Stapel Bücher auf seiner Rückbank gesehen.

«Korrekt», sagt er und klingt wie Ralf Hutter von Kraftwerk im Stimmbruch.

Sie schnappt sich das oberste Buch, eine dicke Schwarte über anorganische Chemie.

«So, da glaubst du also, man kann so einfach in die Materie eindringen?»

Das himmlische Dauerfeuer läßt langsam nach.

«Warum nicht?» sagt Fußmann. «Materie läßt sich spalten, in Teilchen zerlegen und wieder zusammensetzen.»

«Jede Materie?»

Fußmann nickt. Er setzt dabei stillschweigend voraus, daß sie dieselbe Definition von Materie haben.

«Was siehst du im Menschen?» fragt sie plötzlich. «Bin ich auch nur eine Gaswolke aus subatomaren Sonnensystemen, die der Zufall oder schlechte Sicht vor deinen Kühler gelenkt hat?»

Fußmanns Weltsicht entspricht etwa dem, was ein guter Chemiebaukasten vermittelt: Menschen sind molekulare Bausätze mit bedenklicher Halbwertzeit. Sie schenkt ihm ein entwaffnendes Lächeln, und Fußmann, zwischen sämtlichen Parametern der Schüchternheit schwankend, verneint, bejaht, verneint mit einer Handbewegung, die auf jedem Bazar des Mittleren Ostens als *mumpkin*, schon möglich, durchgegangen wäre.

Wenig später sind sie in Bad Homburg.

Fußmann kennt das Nest für Neureiche am Fuße des Taunuskamms, der sich vor 300 Millionen Jahren im Zuge der variskischen Gebirgsfaltung aus dem Meer erhoben hat, um einmal die größte Dichte höchster Einkommen aufzuweisen. Ein breiter Waldgürtel umgibt den Luftkurort mit seinem weltberühmten Casino.

«Hier wohnst du?» staunt er, als sie vor einer vornehmen Villa halten.

«Ja», sagt sie, «willst du mir nicht helfen?»

Sie braucht einen Lastesel, denkt Fußmann. Er will nicht unhöflich sein und hat auch nichts dagegen, daß sie ihre Nummer auf seinen Handrücken kritzelt.

«Ruf mich an, ja?»

«Hm. – Okay.»

Eine Woche später gehen sie tatsächlich zusammen aus. *Sie* hatte natürlich anrufen müssen.

Fußmann, dieses stille Wasser, entpuppt sich nicht nur als charmanter Plauderer, sondern auch als Heinz-Rühmann-Imitator und ausgezeichneter Bauchredner, der sich in die Unterhaltung am Nebentisch einmischt und für heillose Verwirrung sorgt.

Sie hat selten soviel gelacht – und soviel getrunken.

Vor ihrem Haus fällt sie ihm um den Hals und knutscht ihn bis zur Atemnot.

Ein Korn findet auch mal ein blindes Huhn, denkt Fußmann.

Er beschließt, die Dinge einfach laufenzulassen, und in dieser Nacht hat er seinen ersten Orgasmus.

Als er kommt, hält er es für einen epileptischen Anfall. In Unterhosen hockt er nachts auf der Bettkante und bittet sie, seinen Patellarreflex zu überprüfen.

«Es ist alles in Ordnung, Karl, du hattest einen ganz normalen Orgasmus.»

«Na, ich weiß nicht, ob das normal war», kommt es trotzig zurück. Für das, was er gerade erfahren hat, hält er nur einen Ausdruck für gerechtfertigt:

Katalepsis – Erstarrung im Tode...

Sie macht ihm Lindenblütentee und verordnet ihm Bettruhe. Aber zur Ruhe kommt er nicht mehr.

Süßes Lotterleben... Fußmann spielt den Malerfürsten, das verkannte Genie, und verliert nebenbei eine Menge Gewicht. Er läßt sich treiben, kultiviert noch die chronische Antriebsschwäche, die ihn gefangenhält. Wochenlang ist das alte Kellerlabor geschlossen, das chemische Fernsehen liegt auf Eis.

Sie saugt dich aus, denkt er. *Aber es tut so gut.*

Doch bald bekommt er es mit der Angst zu tun: Die Liebe lähmt ihn – jedenfalls empfindet er sie wie eine schleichende Paralyse, die von seinem Unterleib ausgeht.

Am 13. Mai blättert er in seinem Sunday Mirror, die Schlagzeile läßt ihn noch kalt, eine Enthüllungsburleske über den verblichenen Prinzen William und das Negermädchen Mynah Bird, aber dann entdeckt er eine klitzekleine Meldung, die sich auf die Entdeckung einer Supernova im Nebel NGC 5236 bezieht...

Wieder eine Entdeckung, denkt Fußmann, da liegt er hier rum, in einer Millionärshütte, und läßt sich von der Tochter des Hauses bedienen – *als ob er es bereits geschafft hätte, ein Frührentner!* Er gibt ihr die Schuld, sie hindere ihn an der Arbeit, und die Hormonschwemme in seinem Blut gehe auch auf ihr Konto... Bevor sie antwortet, klingelt das Telefon.

«Für dich», sagt Dörthe und reicht ihm den Hörer.

Es ist Rio, und er kommt wie gerufen. «He, Fußmann, ich wollte nur mal hören, wie's so geht...?»

«Verstehe», sagt Fußmann, Freudentränen in den Augen.

«Schon gehört? NGC 5236. Irre, Mann, irre...»

«Der tiefere Raum», flüstert Fußmann. Und dann: «Wann?»

IV

23.30 Uhr, Parkhaus. Kuhl war in einem Gangsterfilm gelandet, was Schwarzweißes aus den Fünfzigern und restlos unterbelichtet. Auf den zweiten Blick erkannt er The Big Combo. Gerade wurde jemand mit einem Hörgerät gefoltert.

Kuhl hatte den Film ein paarmal gesehen und hielt immer noch zu Richard Conte alias «Mister Brown», ein zynischer Teufel in Menschengestalt, der in diesem Moment auf dem Bildschirm erschien.

Umkleideraum. BROWN, *der geschlagene Boxer* BENNY *und* McCLURE, *ein alter Gangster, der sich mit* BENNY *eine Zigarette teilt.*
BROWN: «Klar hast du verloren. Und? Das nächste Mal gewinnst du. Ich sag dir wie. Sieh dir John McClure an. War früher mein Chef. Jetzt arbeitet er für mich.»

Was ist der Unterschied zwischen uns beiden?

Wir atmen dieselbe Luft, schlafen im selben Hotel. – Wir essen dieselben Steaks, trinken den gleichen Bourbon ... Hier, dieselben Manschettenknöpfe.

Nur einen Unterschied gibt es doch. – Wir haben verschiedene Frauen.

Warum? – Weil Frauen den Unterschied spüren. – Sie haben Instinkt. Der erste ist der beste, und der zweite ist niemand.»

BENNY: «Der bessere Mann hat gewonnen, Mr. Brown.»

BROWN: «Du warst besser als Martinez. Du hast den Sieg verschenkt. Steigst in den Ring und gibst ihm die Hand. Willst du ihn schlagen oder sein Freund sein?

(Pause)

Wem gehört die Welt, Benny? Hast du eine Ahnung?»

BENNY: «Mir nicht, Mr. Brown.»

BROWN: «Ganz recht, dir nicht. Komisch, dabei bist du gar nicht so anders wie sie ... Nur – sie haben da etwas. Sie haben es und nutzen es aus.

Ich habe es, er hat es nicht. Was ist es? Was ist der Unterschied?»

Er dreht Bennys Kopf in seine Richtung. «Haß.»

Trotz seines Patentrezepts würde Brown später in der Gosse landen und seine Braut mit einem schuhfetischistischen Polypen durchbrennen. *Da geht sie hin, die Fut-Trophäe, und wandert ab ins gute Gehege ...* Kuhl fand das Ende unglaubwürdig, typisch Hollywood. Er hatte eine latente Abneigung gegen diese Filme, weil die Erzschurken, mit denen er sich wie selbstverständlich identifizierte, immer irgendwie unter die Räder kamen. Dabei zahlten sich im wirklichen Leben Verbrechen meist aus ...

Lieber in der Hölle herrschen, als im Himmel unter kastrierten, hosiannasingenden Putten zu dienen.

Kuhl war von der Daseinsberechtigung des Bösen überzeugt.

Das Gute war hohl und steril. Besonders in amerikanischen Krimis waren die Guten wie Abziehbilder, adrette Roboter, die Luftblasen von sich gaben. Nutten, Zuhälter und Kriminelle wie Mr. Brown dagegen *lebten (und wie)* und hatten ihren Spaß, selbst wenn sie am Ende ihrer Strafe zugeführt wurden, damit die rechtschaffenen Zuschauer beruhigt nach Hause gehen konnten. Auf irgendeine Art ging es in diesen Filmen immer um Sex und Geld. *Sex & Geld.* Kuhl, der weder das eine noch das andere hatte, geriet in einen Zustand spontaner Verzückung, wenn in irgendeinem Gangsterfilm ein Koffer mit Geld aufging oder irgendein Hollywood-Flittchen mit ihren Möpsen jonglierte.

Man muß dem Tier zu seinem Recht verhelfen, das ist alles, dachte Kuhl. *Unter der dünnen Zivilisationstünche herrscht noch immer die Bestie, die nur das Recht des Stärkeren achtet; und dieses ältere, biologisch fundierte Recht ist eben eine andere Art von Rechtsprechung.*

Und wenn der Mensch wirklich nicht mehr ist als ein kilometerlanges System von pneumatischen Röhren, eine Masse gummiartiger Schläuche, durch die rote Lymphe fließt, wenn das Fleisch nichts weiter ist als ein Gemisch schwefelwasserstoffhaltiger Verbindungen, das Herz wie ein Uhrwerk und das Hirn wie ein Schwamm funktioniert und wenn man den ganzen Schmodder nur für ein paar Jahre hat, dann sind Sex und Verbrechen vielleicht wirklich die sinnvollsten und befriedigendsten Dinge, die es im Leben gibt...

Kuhl war hundemüde, aber der Mahlstrom in seinem Hirn raste weiter. Die meisten Menschen, die er kannte, steckten noch immer im Morast ihrer Säugetierinstinkte, und er war keine Ausnahme. Der Trieb war das einzige, was ihn mit der Gattung des homo sapiens verband, und hätte er nicht gelegentlich eines Weibchens bedurft, die ganze Menschheit hätte ihm gestohlen bleiben können.

Rosie, Rosie...

Es war Weihnachten 78, auf jeden Fall zwischen den Jahren, kurz nachdem er seinen Abschluß als Fernsehtechniker vermasselt hatte.

Damals war er auf «downers», Quaaludes, die ihm Eddie für 3 $ das Stück aus Chicago mitgebracht hatte.

Weihnachten im Puff, man muß es erlebt haben; selbst die abgebrühtesten

Dirnen werden plötzlich rührselig, bekommen sentimentale Zustände und spielen Florence Nightingale, Tag der offenen Tür, zweimal stechen, einmal blechen, wer will noch mal, wer hat noch nicht? Alte Freier heulen wie Schloßhunde über soviel Großmut, flehen um Vergebung ihrer Sünden.

Kuhl juckelte seit Stunden auf dieser Braut namens Rosie, die vom Alter her seine Mutter hätte sein können. Sie wohnte in seinem Block, drei Häuser weiter, und gab ihm regelmäßig das, was die endokrine Sekretion brauchte.

O Rosie ... was für ein Unterschied zu früheren Romanzen, wo er sogenannte *anständige* Mädchen ausgeführt hatte und dann, mitten in der Nacht, halb bankrott und auf Knien um einen Gnadenfick betteln mußte ... Zechprellerinnen der Fortpflanzung, das waren diese Biester!

Kuhl liebte *klare Verhältnisse* (wenn das nicht der beste Grund war, zu Nutten zu gehen) und hatte nicht mal versucht, mit ihr zu feilschen. Es war das erste Weihnachtsfest, das sie gemeinsam verbrachten, und außer der unangekündigten Kapriole mit dem Noppengummi hatte er sich nichts vorzuwerfen. Stille Euphorie über einen Bombenanschlag der IRA auf ein Kaufhaus in London und sexuelle Enthemmung hatten sie zusammengeschweißt.

Unter dem Plastiktannenbaum mit den winzigen elektrischen Glühwürmchen hatten sie auch vom Tod gesprochen, dem «Abgang» oder «The End».

Ficken und *gleichzeitig* über den Tod sprechen: Das war Kuhl.

Rosie fand sterben nicht schlimm – nur wollte sie nicht dabeisein. Sie sang «Kling, Glöckchen, klingelingeling» und schielte mit einem Auge zum Fernseher.

Ganz plötzlich, ohne daß er es sich erklären konnte, brach er in Tränen aus.

«Sag bloß, du weinst?» sagte sie und strich ihm über die Wangen. «Hab ich was falsch gemacht?»

Er sah auf einen Tropfen, der an ihrem Fingernagel hing.

«Schweres Wasser», murmelte er vor sich hin. Die Quaaludes verliehen ihm einen megalomanisch-depressiven Durchblick.

«Was du nicht sagst.» Sie kostete von der salzigen Flüssigkeit.

«Igitt», sagte sie, «hast du *nichts anderes*?»

Langsam und mit einer Intensität, die sie nicht von ihm kannte, nahm er ihre Hand.

«Wir sind Flüssigkeiten, nicht mehr und nicht weniger ... Wußtest du das?»

«Ich weiß, was du meinst», sagte sie, «ich bin naß.» Kichern.

«Ich bin *anders*, Rosie.» Er hatte plötzlich diese Wahnvorstellung, daß sich die Fremdartigkeit seines Geistes somatisch manifestieren müßte, weniger dramatisch als in Science-fiction-Streifen, aber um so nachhaltiger.

«Wenn man eine Gewebeprobe meines Körpers analysieren würde, dann würde man feststellen, daß ich anders bin ... *anders*.»

«Nicht anders – härter», gluckste sie. Wahrscheinlich meinte sie es nur gut.

«Ich bin ...»

«Kannst du nicht einmal normal sein, so wie alle anderen?»

«Hör mir zu, Rosie, hör mir zu!! Es ist ein perfider, aber wesentlicher Unterschied, denn es ist D_2O, schweres Wasser, Rosie, auch Deuterium genannt. Ich bin ...», er holte tief Luft, «der Deuterium-Mann.»

«Schweres Wasser! So ein Blödsinn.»

Bei allem Humbug, den ihr Freier um diese Zeit erzählten, hatte er mit Abstand den Vogel abgeschossen. Er war ihr plötzlich unheimlich, wie eine Art fremdes Wesen, das sich mit List Einlaß in ihre Eingeweide verschafft hatte. Er blieb unbeirrt: «Deuterium bildet sich gewöhnlich in den Kühlaggregaten von Atomreaktoren. Als Folge von Kernspaltung, bei der Elektronen frei werden. So entsteht blaues Licht ...»

«Du hast blaue Augen», sagte sie.

«Rosie, warum sollten physikalische Modelle nicht auch gewisse seelische Zustände des Menschen erklären können ... Warum nicht?»

«Bist du Atomtechniker, oder was?»

«Die Seele ist ein psychophysikalisches Phänomen, Rosie, und ich weiß ...» Er stockte, und wieder kamen die Tränen. «Meine Seele zerfällt. Weißt du, Rosie, wie sich die Brennstäbe in einem Reaktor fühlen?» *Kann ein Ding überhaupt fühlen? Millionen Grad weiße Hitze herrschen im Inneren eines Reaktors. Was gibt es da zu fühlen?*

«Dein Brennstab reicht mir.» Wild entschlossen packte sie ihn bei den Hüften. «Ist es nicht schön, daß uns der liebe Gott Geschlechtsteile gegeben hat?» rief sie plötzlich.

Ich weiß nicht, ob der es war, dachte Kuhl.

«Du glaubst doch nicht etwa an den heiligen Bimbam?»

«Das nicht», sagte sie, «aber irgendwer muß sich das doch ausgedacht haben. Sonst würde es nicht so passen.»

Kluges Kind. Wie sollte sich auch der erektile Fortsatz an seinem Körper entwickelt haben, ohne etwas vom Aufbau der weiblichen Geschlechtswerkzeuge zu wissen? Kuhl staunte manchmal über Rosies Scharfsinn. Andererseits war sie vielleicht einfach wie ein Schuh, der darüber staunte, daß ihm jeder Fuß paßte.

«Kuhl?»

«Was denn?»

«Vielleicht sind deine Tränen wirklich schweres Wasser», sagte sie zärtlich, «ich meine, wenn es dich glücklich macht: Die Melancholie, der Weltschmerz, das alles ist schweres Wasser ... aber du bist jung und lebst, und die Liebe ist schön, oder?»

Er zog ihn raus und wichste sich mit der Hand ab.

«Ja, Liebe ist schön», echote er, als die milchige Pfütze auf ihrem Bauch schon erkaltet war.

Später fragte sie ihn noch mal nach der Seele.

«Ich habe keine», sagt er.

«Hör auf, Kuhl! Jeder Mensch hat eine Seele.»

«Ich hoffe nicht», sagte er tonlos, «kannst du dir vorstellen, was das heißt, eine Ewigkeit mit den Unsterblichen dieses Viertels zu verbringen? All die suff- und fußballbegeisterten Halbtiere? Bis in alle Ewigkeit? Das wäre die Hölle.»

Sie lächelte gequält.

Er staunte einen Moment lang und kratzte sich Dreck aus dem Nabel.

Was willst du hören? Daß du unsterblich bist? Ein kostbares Stückchen geistiges Geschmeide, das sich wieder in den Mantel des Allmächtigen fügen wird...?

«Sieh mal, Rosie...», sagte er dann. «Unser Blut ist ähnlich dem Blut der Schweine, unsere Gedanken lassen sich mit dem Oszilloskop messen. 40 bis 90 Hertz, das ist alles.»

«Jeder braucht Liebe», sagte sie, während sie sich mit Papiertaschentüchern säuberte. «Auch du. Sonst wärst du nicht hier, nicht bei deiner Rosie.»

Rosie, gute Seele. Er wußte, sie wollte hören, daß er mehr in ihr sah als einen Haufen eiweißhaltigen Kompost, an dem sich Schmeißfliegen labten.

«Ich will dir nichts vormachen», sagte er und schlüpfte in seine Hosen. «Die Seele ist ein Saprophyt, ein Fäulnisbewohner. So was braucht keine Liebe; Wärme, das ja. Und Feuchtigkeit, viel davon, und – Dunkelheit. Die Seele liebt ihr faules Grab, sonst hätte sie sich eine schönere Behausung gesucht.»

«Du bist aber abgefahren», sagte Rosie. «Aber was unterscheidet uns dann von Tieren?»

«Nichts.»

«O Gott», sagte sie. Es klang leer und hohl wie das Wort.

«Ich werde für dich beten», sagte sie dann.

«Beten?» An den Haaren schleifte er sie vom Bett.

«Dann mal los! Auf die Knie, alte Pißflitte, und hilf mir beten!» Sie kicherte und ließ es zu, daß er sich in ihren Mund zwängte.

In dieser Nacht findet Fußmann keine Ruhe. Aufgekratzter Fußmann, ruhelos wälzt er sich hin und her.

Aber Dörthe ist nicht das Problem, nicht jetzt jedenfalls.

Gestaltwerther, denkt er. Wie der Koloß von Rhodos steht das Ding zwischen Fußmann und dem großen Geld – und seinem rechtmäßigen Platz im Olymp großer Geister! Nur 0,00000002 Gramm (zwei Hundertstel eines Mikrogramms) genügen, um das Ding auf den Plan zu rufen. Bei einer durchschnittlichen Dosis von 75 bis 100 Mikrogramm machte das etwa 3 700 000 Moleküle aus, um 12 Millionen Gehirnzellen ad absurdum zu führen ... Fußmann schwillt der Kopf von Brummkreiselgedanken und diabolischen Schnurrpfeifereien. Wie die Liebe sitzt der Werther im Zwischenhirn, in den limbischen Flußarmen zur endokrinen Sekretion, dem Hypothalamus und den optischen und akustischen Relaisstationen. Vom Hypothalamus reichen noch mächtige Faserverbindungen zur Althirnrinde, der Dunkelzone des Geistes, in der die Krankheiten hausen ...

«Ob er mich vernichten will?»

Wer? – ER? – Er existiert nicht!

«In der Logik sind Prozeß und Resultat äquivalent.» Fußmann kennt seinen Wittgenstein, aber selbst im Tractatus hat er nichts finden können, was ihm der Lösung seines Problems näherbrachte.

Oder doch, vielleicht eines: «5633. Nichts am Gesichtsfeld läßt darauf schließen, daß es von einem Auge gesehen wird.»

Es kommt vom Rande des Gesichtsfelds, denkt Fußmann. Er weiß nicht, warum ihm das nachgeht. *Vom Rande des Gesichtsfelds* ... Der Werther ist alles andere als schüchtern, aber irgendwo muß er herkommen, wenn er sich nicht im Hirnstamm versteckt, in irgendeinem limbischen System, dann vielleicht *an dieser Grenze*, wo Wittgenstein das metaphysische Sein vermutete ... *Du bist am Durchdrehen, und du weißt es*, denkt Fußmann. *Diese ewige Grübelei* ... *Die Gabe des Geistes, die des Menschen Verstand verwirrt*. Die Medizinmänner der Hopi waren sich da einig.

Fußmann muß raus, muß frische Luft schnappen. Das Ticken der Standuhr macht ihn verrückt, die Zeit ist eine Falltür, ein doppelter Boden ...

Fußmann springt auf. Wie die meisten großen Wissenschaftler ist Fußmann ein hemmungsloser Exzentriker, jedenfalls ist es nicht das erste Mal, daß er sich im Schlafanzug und in Filzpantoffeln aus dem Haus schleicht.

Immerhin wirft er noch den Kamelhaarmantel über, der wie eine Tarnkappe funktioniert. Fußmann verschwindet...

Vom leeren Verlauf der Miquel-Adickes-Allee läßt er sich in die Stadt treiben. *Karl, was suchst du?* Er glaubt, Dörthes Stimme zu hören.

Fußmann weiß es – und weiß es nicht. *Ich muß nachdenken*, denkt Fußmann. Sein Problem sitzt tief, auf mikrokosmischer Ebene, und lacht sich ins Fäustchen (wenn es eins hat).

Zunächst sieht es nach einer Irrfahrt aus. Von den Schwingungen der Schwermut getragen, diffundiert Fußmann wie ein Elektrolyt durch die Membrane der Stadt. Noch nie hat er die Innenstadt so ausgestorben gesehen. Spärliche Neonreklame, Schaufenster, die wie offene Kühlschränke strahlen, und schummrige Asphaltstreifen, auf denen die Langeweile Rollschuh läuft. Keine Menschenseele.

Fußmann hat jeden Richtungssinn verloren, seine innere Kompaßnadel dreht sich im Kreis, und doch ... Als ob sein Wagen heimlich einer magnetischen Feldlinie gefolgt wäre, landet er immer wieder am Hauptbahnhof. Üble Gegend. Fußmann fährt mit offenem Fenster. Es riecht nach Hammelbraten, und von weitem glaubt er osmanisches Bauchtanzgedudel zu hören. Die Hinterhöfe haben ein unglaubliches Echo.

Bambule, denkt Fußmann. Er kreuzt die Kaiser einmal rauf und runter, die Münchner- und die Elbestraße. Die Mädchen müssen ihn für einen «*Flatterfreier*» halten, der sich in die Hosen macht. Fußmann ist tatsächlich aufgeregt.

Was willst du hier? fragt er sich. Er will schon kehrtmachen, aber dann sieht er etwas. Etwas strahlend Helles, viel zu weiß für die Gegend...

Das muß es sein, denkt er, und wenig später hält er vor einem hellerleuchteten Waschsalon. 24 STUNDEN-SERVICE steht an der Tür, und tatsächlich ist der Laden rund um die Uhr offen.

Es kann kein Zufall sein, denkt Fußmann, hier ist es passiert... Nyborg Nummer 9, Rio hatte damals gesehen, wie das Ding aus einer Waschmaschine kletterte. Es war seine erste Begegnung mit dem kleinen Nebeneffekt, und Rio hatte es zunächst für einen Werbegag, irgendeinen Weißmacherschwachsinn, gehalten.

Neun, denkt Fußmann. 9. Laut Crowley eine ungeheuer «stabile» Zahl, hervorragend geeignet für das «Feuer der schwarzen Magie».

Fußmann ist nicht abergläubisch. Er würgt den Motor ab. Wie der analytische Dupin in Edgar Allan Poes Geschichte folgert er rasiermesserscharf, daß er seinem Unterbewußtsein gefolgt ist.

Ein genialer Wissenschaftler darf seine inneren Eingebungen nicht ignorieren. Ein paar Penner, die vor einem Nachtasyl herumlungern, starren ihn entgeistert an, wie er so seelenruhig in seinem Schlafanzug aus dem Wagen steigt.

«Ein Notfall», fabuliert Fußmann. «Ich kam, so schnell ich konnte...»

Die Kerle lassen ihn dreimal hochleben.

Auf der anderen Straßenseite tippelt noch immer ein dickliches Mädchen auf ihrer sündigen Meile. Auch sie hat Fußmann bemerkt und mustert ihn mit den Glutaugen einer hungrigen Stechmücke. Fußmann legt einen Schritt zu.

Der Laden brummt, das kann er schon von außen sehen...

Fußmann drängelt, schubst sich durch die Menge... Wie die meisten hier, hat er nichts zu waschen dabei. Die zwölf Waschmaschinen haben daher kaum was zu tun, ein paar schleudern relaxed vor sich hin, farbenfrohe Synthetik aus Istanbul, aber die türkischen Mamas mit ihren Riesenwaschkörben sind eindeutig in der Minderheit.

Es wirkt eher wie eine Art Stehparty, was sich hier abspielt, und tatsächlich wimmelt es gewöhnlich von Kunststudenten und selbsternannten Undergroundpoeten, die in der skurril-unpersönlichen Atmosphäre Muse und Inspiration suchen, aber nur selten mehr tun, als sich, in alte Wollmäntel gehüllt, anzuöden und über bunte Nachtschwärmer herzuziehen, die im Morgengrauen auftauchen ... Schuld daran ist der Kaffeeautomat neben dem Trockner, ein vorzeitliches Monstrum, das den höllisch schwarzen Espresso fabriziert, den hier alle aus Plastikbechern schlürfen. Bei der Menge Instantpulver, die das Ding per Tasse verknallt, ist es mit Sicherheit kein lukratives Geschäft.

Automatenland, denkt Fußmann. Er hat plötzlich Durst.

Der Koffeindealer ist natürlich Münzschlucker, und am Eingang gibt es eine «Wechselstube», einen alten Küchentisch. Dahinter hockt die Alkleiche, die hier den Aufpasser spielt.

Vielleicht liegt es an seinem grauen Kittel, dem verblichenen Namensschild, jedenfalls kann man gleich sehen, daß er zum Inventar gehört. Sein Name ist Fellner. In den fünfziger Jahren hat er noch bei AEG am Fließband gestanden, aber drei Jahrzehnte Dornkaat und Jägermeister haben seine Nase in einen schwammigen roten Knorpel verwandelt. Endstation Waschsalon, mit Sehnsucht hat das nicht viel zu tun. Die Haare trägt er noch so wie zu Valentinos Zeiten, zurückgekämmt und pomadisiert, nur muß er jetzt mit einem Zehntel seiner früheren Haarpracht auskommen.

«Die Automaten sind unermeßlich reich», sagt der Alte mit vollem Mund. Er tunkt die Reste eines Mohnzopfs in seinen Kaffee und schlürft das aufgeweichte Gebäck mit zugespitzten Lippen.

«Können Sie wechseln?» Fußmann wedelt mit einem Zehner. Lange her, daß Fellner einen Schein dieser Größenordnung gesehen hat, und er schnappt zu wie der Hund nach der Bratwurst.

«Es geht mich zwar nichts an, aber der Kaffee ist Gift», krächzt er, und zehn Markstücke landen vor Fußmann auf dem Tisch. «Das ist ein Killer...» Obwohl er von den Einnahmen lebt, haßt Fellner Maschinen; Maschinen, Automaten, Roboter, im Grunde alles Unbeseelte auf der Welt, was sich von selbst bewegt und Geld fordert.

Fußmann lächelt: Im Konfliktfall hätte er sich wohl auf die Seite der künstlichen Intelligenz geschlagen.

Aus Solidarität drückt er einen doppelten Mocca, das Stärkste, was die Koffeinpumpe auf Lager hat. *Di dadi di dada ...*

Während er seine Nase in die Brühe hängt, schlendert er die Doppelreihe orangefarbener Waschautomaten entlang ...

Nyborg Nr. 9, ein Vorderlader, steht ganz am Ende der linken Reihe.

Außer Betrieb.

Fußmann öffnet trotzdem die Luke. Ein Blick nach rechts und links, und schon steckt er den Kopf in die Trommel. Er muß an Rio denken. Der hat ihm einmal eine hanebüchene Geschichte erzählt von einer gigantischen Zentrifuge in Minsk und wie die Russen die Spreu vom Kosmonautenweizen trennen ... grüne, kotzende Gesichter bei 1400 Umdrehungen die Minute.

Fußmann bemerkt Rückstände von Waschpulver und glaubt Meeresrauschen zu hören. Was hat er erwartet? Wenn ihm jetzt ein Kollege, sagen wir, James D. Watson oder ein anderer Nobelpreisträger, über den Weg laufen würde? – *Sieh an, Fußmann! Warum, zum Teufel, stecken Sie Ihre Nase in eine defekte Waschmaschine? Nennen Sie das Methodik, was Sie da treiben?*

«Nehmen Sie doch 'ne andere ... Die tun alle dasselbe. Ist wie bei den Mädchen.» Die Stimme hat Fußmann fast zu Tode erschreckt: Es ist dieser Fellner, der plötzlich dicht hinter ihm steht.

«Was ist mit der Neun?» fragt Fußmann, noch immer im Auguste-Dupin-Modus, und zupft sich einen Fussel vom Kragen.

«Außer Betrieb.»

«Warum?»

«Defekt.»

«Warum?»

«Warum – warum nicht ...? Sehn Sie, manche spinnen dauernd. Seit fünf Jahren sitz ich hier, und von Anfang an war da der Wurm drin. Es war immer die Neun. Ich selbst habe mal gesehen, wie sie anfing zu schleudern, so von null auf hundert. Immer schneller und schneller, bis die Sicherungen rausflogen. Einfach so, verstehn Sie? Letzte Woche stand hier wieder der ganze Puff unter Wasser. Nummer 9 übergelaufen, noch was? Ich hab den Stecker rausgezogen. Seitdem ist Ruhe. Ich laß mir nicht mehr alles bieten von diesen Dingern.»

«Sie...» Fußmann schluckt. «Haben Sie hier mal einen Taucher gesehen?»

«Was?» Fellner ist einen Moment von den Socken.

«Einen Froschmann, mit so 'ner Art Glockenhelm...»

«Wollen Sie damit sagen, daß ich trinke?»

Fußmann kann den Dornkaat riechen, aber er hält sich zurück.

«Es geht um eine Untersuchung.»

Fellner sieht ihn mißtrauisch an. «So. Sie schnüffeln hier rum. Wer sind Sie überhaupt?»

«Dr. Karl Fußmann», kommt es wie aus der Pistole geschossen, «Gerichtsmediziner.»

Fellner macht ein langes Gesicht. «Es ist doch nichts passiert, oder?»

«Das steht noch nicht fest... Also haben Sie was gesehen, ja oder nein?»

Fellner druckst rum: «Ja, nein, kann sein...»

Vielleicht ist es eine juristische Fangfrage. Ein Froschmann, so so. Ist das ungewöhnlich? Fellner kann sich an Bahnhofstrinker erinnern, die haben kurz vor dem Delirium tremens ganz anderes gesehen.

«Nö», sagt er dann, «wirklich nicht. Hier geistert ja 'ne Menge Abschaum rum, sehn Sie sich nur um – und wie die aufgemacht sind! Aber im Taucheranzug ist hier noch niemand aufgekreuzt...»

Fußmann seufzt. Er hat auch nichts anderes erwartet.

«Schon gut», sagt er dann und drückt dem Alten eine Mark in die Hand.

«Was denn, was denn – is heut Weihnachten, Herr Doktor?» Da hat er ja schon fast wieder einen Dornkaat zusammen.

«Also, wenn Sie zufällig einen Knaben in Damenunterwäsche

suchen oder einen Elvis-Imitator, es gibt hier einen, der führt sein Krokodil Gassi und vergrault mir die Kundschaft...»

Fußmann winkt ab. «Genug. Ich muß nachdenken», sagt er nur.

«Nachdenken?» Fellner macht die Luke des Vorderladers wieder dicht.

Fehlanzeige, denkt Fußmann. *Folge einer seiner Intuition...*

Er bemerkt einen Hippie, der im Lotossitz vor einer Waschmaschine meditiert. Er hält das für eine gute Idee und setzt sich zu ihm.

«Hi...»

«Glucks.»

Glucks, denkt Fußmann. Lange Zeit starrt er in die schaumigen Wirbel hinter dem Bullauge und erfreut sich eines leichten Schwindelgefühls...

Er begegnet ihr unvermittelt am Rand seines Gesichtsfelds, eine vertraute Kurve, eine vertraute Bewegung, wie eine Schneewehe treibt sie auf ihn zu.

Es kann nicht sein, denkt Fußmann. Schlimmer kann er die Augen nicht aufreißen, selbst wenn ihm der Werther oder der Leibhaftige erschiene... Aber sie ist es, *Cinderella anarexis,* ein magersüchtiger Engel mit blutleeren Wangen, ganz in Weiß mit einem pompösen Hut auf dem Kopf... Blumentöpfe bei Tag, Wagenräder bei Nacht, er kennt das von früher.

Dörthe, warum? Fußmann, noch immer im C.-Auguste-Dupin-Modus, hält ihre Erscheinung für einen Angriff des Irrationalen, seine Indiziensuche zu unterminieren.

«Und das ist jetzt wieder so ein dummer Zufall, was?» sagt Fußmann, als er in den Schatten ihrer Hutkrempe taucht.

«Es gibt keinen Zufall, mein kleiner Karl», sagt sie mit ihrer tiefen, warmen Stimme.

«Du spionierst hinter mir her?»

Diesmal muß sie lachen.

«Dein Wagen ist wohl kaum zu übersehen», sagt sie. «Und du

stehst im Halteverbot.» Ihre grünen Katzenaugen blitzen. «Was machst du hier überhaupt? Mußt du deine Wäsche jetzt selbst waschen?»

Fußmann, im Pyjama unter der Kamelhaar-Camouflage, hüstelt verlegen. «Was geht dich das an?»

«Nichts, wenn du willst...»

Als er sie so sieht, fällt ihm wieder ein, was sie beide einmal verbunden hat: Liebe. *Wahre Liebe?*

Aber Fußmann hat nie begreifen können, was Einfaltspinsel in dieses Wort hineinphantasiert haben. Für Fußmann ist die Liebe eine geschlachtete Sau, ein Haufen Knorpel und Gekröse, obendrauf ein kleines Ringelschwänzchen... Er weiß zu gut Bescheid über die Ursachen der elektrischen Anziehung, die Bindungskräfte in den Atomen und ihre chemische Reaktion.

Sicher, es kann nicht schaden, den Reproduktionsmechanismus mit einem schönen Wort zu verklären.

«Dr. Livingstone, I presume?» Die Stimme kommt aus ihrem Windschatten.

«Das ist Pons», sagt sie und macht einen Schritt beiseite. «Pons, das ist Karl. Karl Fußmann.»

Fußmann dreht sich wie in Zeitlupe um. So sieht also der Knabe aus, der hinter ihr her ist: ein weibisches Milchgesicht mit Rimhornbrille; der schlaksige Rest steckt im Smoking.

«Wir waren im Theater», sagt Dörthe.

«Howdy», sagt Pons. Wahrscheinlich will er damit andeuten, daß er an einer amerikanischen Universität studiert hat.

Er sieht aus, als hätte er den Nobelpreis gewonnen, denkt Fußmann. Gar nicht so dumm für einen angehenden Dentisten aus dem Hintertaunus, einen Armleuchter, der nur darauf wartet, die Praxis seines Vaters zu übernehmen.

Fußmann haßt den Schnösel auf Anhieb.

«Es ist mir eine Ehre», sagt Pons, «Dörthe hat mir viel von dir erzählt...»

Fußmann seufzt. Genau so hat er sich den Typen vorgestellt: ein saloppes Arschloch, easy going. Fönfrisur, Nickelbrille, die er wahrscheinlich auch im Bett aufbehält, um *besser sehen* zu können. Keine Spur zynisch, richtig nett.

«Superkarre», meint Pons, deutet auf den Horch draußen, um den sich mittlerweile die Nachtasylanten scharen.

«Gehört meiner Tante», sagt Fußmann. Er will nicht mal ein Kompliment von diesem Trottel.

«Pons ist auch Wissenschaftler», sagt Dörthe.

Sie will Gemeinsamkeiten rauskehren, denkt Fußmann, aber er findet es empörend, daß sie die Stirn hat, einen Gebißklempner mit einem Forscher zu vergleichen: Ein besserer Handwerker, das ist ein Zahnarzt und nichts weiter. Pons geht in die Hocke und beäugt die Schaumwirbel hinter dem Glas.

«Gut für die Nerven, was?»

Fußmann sieht darin genau das, was es ist: plumpe Anbiederung, um bei Dörthe zu punkten.

«Gehirnwäsche», sagt Fußmann.

«Ach so.»

«Du machst lieber autogenes Training, was?»

«Stimmt.»

«Mit Dörthe?»

«Stimmt auch.» Pons schielt wieder durch das Bullauge. «Ich sehe was, was du nicht siehst ... Schon verrückt, Mann.»

«Ein Realitätsmodell», sagt Fußmann.

«Die ... Wäsche?»

«Der Mechanismus», sagt Fußmann. «Du glaubst doch sicher an die Wiedergeburt?»

«Ich glaube an Karma.» Pons frömmelt vor sich hin.

«Das ist kein Karma», sagt Fußmann. «(0) Grün: betriebsklar, *status nascendi*, Nulldimension, (1): vorwaschen: (x) eine Dimension, ein Punkt, (2): spülen: zweidimensionale Kräfe (x, y), Vektoren manifestieren sich, (3): Klarwaschen, Höhe mal Tiefe mal Breite, (x, y, z), das Realitätsmodell steht. Jetzt kommt's: Die Phase zwischen (4) und (6) nennt sich Hauptwaschgang oder vierte Dimension, Delta

T (x, y, z – Δt), in der Tat eine Phasenverschiebung oder Zeitdilatation, $\sqrt{1-b^2}$. Die Metastase der Phänomene beruht auf diesem Denaturierungsprozeß, Blau (7): schleudern, Nirwana, 1400 Umdrehungen, oder fünfte Dimension (x, y, z – $\sqrt{\Delta T - b^2}$ = O (–)∞, Rot (8): Programm läuft aus: Du bist tot...»

«Aber es geht doch weiter...»

«Nur wenn man Geld nachwirft...»

Pons schluckt. Langsam, mit versteinertem Gesicht, steht er auf. Vielleicht ist es die Profanität des Vergleichs, die ihm zu schaffen macht... «Ich muß eben mal nach dem Wagen sehen», sagt er, «bin gleich wieder zurück.»

Zahnmediziner, denkt Fußmann. *Schwer von Begriff, wenn es über die Größe eines Molaren hinausgeht...*

«Und mit diesem... diesem Dentisten treibst du Yoga?» Fußmann lächelt Dörthe säuerlich an.

«Ach, Karl. Warum hast du nicht einmal zurückgerufen?»

«Warum? Liebes bißchen. Erstens: ich hatte zu tun, und zweitens gibt es nicht.»

«Immer noch Drogen, mein trotziger kleiner Liebling? Das muffige Kellerlabor. Weißt du, wie oft ich in den letzten Tagen versucht habe, dich zu erreichen?»

Fußmann zuckt mit den Achseln. «Einmal?»

Dörthe nickt traurig: «Freust du dich denn gar nicht, mich zu sehen?»

«Doch sicher...»

«Aber...?»

Draußen vor dem Fenster veranstaltet ihr Zahnmediziner ein wildes Einparkmanöver. Ein Betrunkener versucht sich als freiwilliger Parklotse.

«Ach nichts. Was willst du, Dörthe?»

«Das hast du mich früher nie gefragt...» Sie macht eine Kunstpause. «In ein paar Wochen werde ich einundzwanzig. Ich gebe eine Party...»

«Und?»

«Ach, Karl, ich würde mich freuen, wenn du kommst...»

Fußmann hält es nicht mehr: «Dörthe! Der Typ ist ein Lackaffe! Eine Kanaille!»

«Kommst du trotzdem? Eine Frau wird nur einmal einundzwanzig.»

Fußmann ist gerührt. *Die Liebe sitzt im Limbischen System*: «Natürlich werde ich kommen. Wenn du willst...»

«Ich will. Unbedingt.»

«Dörthe, wie soll ich sagen...»

«Nicht jetzt, Karl. Dies ist nicht die Zeit und der Ort.»

Das mußte so kommen. Aber irgendwie klingt es zärtlich.

«He, die Stimmung ist ja auf dem Nullpunkt.» Pons steht der Schweiß auf der Stirn. Von draußen winkt sein Parklotse.

«Wir gehen», sagt sie tonlos.

«Was? – Jetzt, wo ich gerade eingeparkt habe? Direkt vor der Tür?»

Dörthe drückt Fußmann einen Kuß auf die Stirn.

«Bis bald, Karl.»

«Wart doch mal, ich will wenigstens einen Kaffee trinken», quengelt Pons. Aber natürlich läßt er von seinem Vorhaben ab und rennt ihr nach.

Verstehe einer die Frauen...

Fußmann macht winke-winke. Es tut ihm gut. Vielleicht weiß sie das.

An der Tür dreht sie sich noch einmal um.

Nicht vergessen, Karl.

Er lächelt ein bittersüßes Quax-der-Bruchpilot-Lächeln. «Lila-lu – nur der Mann im Mond schaut zu...»

Von draußen wirft sie ihm noch ein Handküßchen zu.

Aber was sie auch angestellt hätte, in dieser Nacht kann ihn nichts mehr begeistern als das rotierende Innenleben eines Nyborg-Waschautomaten.

VI

«The appeal of cinema lies in the fear of death.»
James Douglas Morrison

Zehn nach elf ...

Hoppla. Selbstgespräche sind nichts Seltenes um diese Zeit, aber in dieser Nacht bleiben sie aus.

Kuhl, hemdsärmelig und verschwitzt, hockt seit Stunden im ionisierten Licht der Röhre.

Er ist noch hier. Oder?

Kuhl nennt es sein TV-*Samadhi*, die Gedankenrodung ist ja bekanntlich auch das Grundprinzip des Raya-Yoga.

Hinter der Mattscheibe balgen sich blauschwarze Schatten, und es dauert zehn Minuten, bis Kuhl begreift, daß es ein alter Tarzanfilm ist, Kongoneger gegen Weißmüller, der sich an Lianen durch einen Pappmaché-Dschungel hangelt ... Kuhl hat Tropfaugen ...

Zwischen den Modulationsachsen der Langeweile ist seine Hirntätigkeit auf eine einzige 4,43-MHz-Schwingung reduziert.

Bzzz – bzzz – bzzz ...

Weißmüller schickt aufmüpfigen Kannibalen die Elefantenpolizei auf den Hals. Neger werden mit Kind und Kegel in die Erde gestampft.

Kuhl kann sich vorstellen, wie der Streifen damals in den Südstaaten eingeschlagen ist, aber er kennt, wie gesagt, noch miesere Filme: *biologische.* Angenommen, in einer hochentwickelten Technologie wären dreidimensionale Projektionen möglich – Filme mit Gewicht und Volumen –, niemand wäre in der Lage, sie von der wirklichen Welt zu unterscheiden, oder?

Kuhl war die große Erleuchtung im Bahnhofskino gekommen. Damals hatte er seinen ersten Fickfilm gesehen, irgendwas Französisches, und daher mit anspruchsvoller Rahmenhandlung ... Jedenfalls war er noch lange vor der ersten Fellatio eingenickt, aber auf Kodein blieb sich das irgendwie gleich. Den ganzen Vormittag über hatte er sich in der Berufsschule mit Matrixschaltungen abquälen müssen, zweite und dritte Quadranten geisterten ihm durch den Kopf, und im rechten Ohr hörte er noch immer den Brummton eines defekten Trafos. *Wie ist das jetzt mit der statischen Konvergenz, Kuhlmann? Was geschieht, wenn die Endstufe altert? Welche Steuerspannung erzeugt den Parabelstrom?* Als er wieder zu sich kam, sah er ein nacktes Gesäß, das auf einem Steifen auf und ab hopste ... Die emsige Friktion der Organe erzeugte ein regelmäßiges Schnalzen, ein Geräusch, das dem Öffnen einer Champagnerflasche glich und verzerrt aus den Lautsprechern knallte.

Kuhl, noch immer benebelt, glaubte, der Film sei aus unerfindlichen Gründen hängengeblieben – was technisch gesehen zwar unmöglich war, aber das alte Rein & Raus schien sich jetzt schon eine Ewigkeit hinzuziehen, und Kuhl fand es höchst befremdend, daß die anderen Cineasten einfach wie gebannt vor sich hin starrten. Irgendwie beschlich ihn eine ungute Ahnung.

Wirre Blockschaltbilder tanzten vor seinen Augen, und eine unerklärliche Panik fiel ihn aus der Dunkelheit an ...

«Hängt der Film, oder *hängen wir*?» rief er so laut, daß sich einige Köpfe umdrehten.

«Du hängst gleich an den Eiern, Freundchen», knurrte eine Stimme.

Kuhl fühlte sich noch wie gelähmt, als der Schwanz auf der Leinwand plötzlich rausgezogen wurde und einfach abspritzte. Es war ein saudummer Augenblick, ein Bild, das die ganze blindwütige Sinnlosigkeit des Lebens beinhaltete, aber Kuhl konnte nicht anders, als begeistert zu klatschen.

«Hoppe, hoppe, Reiter, endlich geht es weiter», jubelte er.

«Was ist das für ein Spinner?» rief jemand. «Schmeißt den Affen raus!»

Kuhl ging aus freien Stücken, er brauchte ohnehin frische Luft. Der Gedanke, daß sein Leben nur ein biologischer Film sein könnte und daß sich alles, was er sah, nur auf einer inneren Mattscheibe abspielte, diese Vorstellung begleitete ihn allerdings auf die Straße ...

Aus einer Telefonzelle rief er Fußmann an, um zu wissen, was der davon hielt. Fußmann, damals noch mit künstlerischen Exzessen beschäftigt, unterstellte ihm schwere Stoffwechselstörungen und gab ihm den guten Rat, sich dem Scientific American anzuvertrauen.

Jedenfalls drückte er sich davor, das Wort Geistesverwirrung auszusprechen. *Wie kann man sicher sein, daß es kein Film ist?* dachte Kuhl. Viele Wissenschaftler sahen im Alpha-Rhythmus des Gehirns längst eine Art innere Abtastmechanismus, der dem Oszillieren des Strahls einer Bildröhre durchaus vergleichbar war.

An diesem Abend begann er zum ersten Mal mit den Augen zu blinzeln und erzeugte so eine *organische Lochblende*, die alles stroboskopartig in Viertelsekunden zerhackte. Die Blinzelei entwickelte sich zu einer Manie: im Supermarkt, in der Berufsschule, selbst in Rosies Lotterbett blinzelte er mit sich um die Wette.

Die Diskrepanz zwischen einem guten Spielfilm und seinem Leben machte ihm natürlich zu schaffen. Kuhls Leben, diese Sorte Film brauchte er nicht. Wenn sein Körper ein Kinosaal gewesen wäre, die Vorstellung hätte er sich mit Sicherheit geschenkt.

VII

Mitternacht. Rio spielte gerade «Soul Dracula», Disco-Tralala nach Buddhas Geschmack, als er plötzlich ein Geräusch hinter sich hörte. Es klang wie das Flattern lederiger Schwingen... Rio glaubte schon an einen milden *flashback* der Droge, aber es war Fußmann persönlich, der in voller Kamelhaarmontur aus dem Halbschatten sprang. Er hatte eine komplette Nyborg-Gehirnwäsche hinter sich, von null bis acht, und seine Augen rotierten noch immer in ihren Höhlen.

«In drei Teufels Namen, Fußmann! Du hast mich erschreckt!»
«Ich hab's, Rio, ich hab's...!»
Die Begegnung mit Dörthe hatte Fußmann wiederaufgerichtet,

er surfte auf den Wellen eines hormonal verursachten Hochs und schauderte vor dem Gewitter an Geistesblitzen, das in seinem Hirn tobte.

«Ich habe einen nicht unbegründeten Verdacht», mirakelte er, «oh ja, ich weiß, wo der Hase im Pfeffer liegt! Es ist die Stickstoffgruppe, das verdammte zickige NH-Molekül!»

«Das Nihil-Molekül!» Wegen der Lautstärke war Fußmann kaum zu verstehen.

«Nein, Stickstoff, verstehst du! NH, wie in allen Alkaloiden ... Ich kann es nicht abspalten, aber ich kann es neutralisieren. Ich werde mir Bromin besorgen oder Benzedrin ... Den Unterschied wirst du kaum schmecken.»

Rio wußte, daß Widerspruch einen nervtötenden und kaum erträglichen Monolog nach sich gezogen hätte.

«So so ...» Er versuchte, eine restlos verstaubte Platte mit einem Antistatik-Tuch zu reinigen.

«Nun sieh dir das an. All der Staub, ich frage mich manchmal, wo der herkommt...»

Fußmann starrte auf die Tanzfläche. «Die Musik zieht den Staub an», sagte er.

«Die Musik?» Rio schnaubte. «He, Fußmann, warum entspannst du dich nicht mal? Trink was. Schwing die Haxen. Misch dich unter den Staub, Mann!»

Er sagte es eigentlich nur, um weiteren orakelhaften Sprüchen zuvorzukommen, und war überrascht, als Fußmann tatsächlich in Richtung Tanzfläche abschwirrte.

Die Musik zieht den Staub an ... Fußmann witterte natürlich überall Zusammenhänge mit der mikrokosmischen Tiefe.

Nur, was war Disco? Nach Untersuchungen von Carl Maults-By paßte die gesamte Musik in das metronomische Taktmaß von 108 – 126 BPM. Ein plumper Viervierteltakt, eine Handvoll abgegriffener Baßmuster, perkussiv gespielte Klampfen, ein paar Blechbläser, und fertig war die «Yowsah!». Unterschwellig ging es natürlich um das Anheizen von Sex, «... the ascendence of orgasm as both form and content», wie es auf einer «Best of»-Platte hieß. Vox copuli, die Paarungslaute eines brünftigen Weibchens waren daher salonfähig. «I Feel Love» avancierte über Nacht zum Dauerbrenner in der ersten «Piepe» der Stadt. Es war wie verhext, und noch immer bezweifelten ernste Musikkritiker, daß sich der «Bums-Sound» durchsetzen würde.

Rio wußte im Grunde genommen nicht mehr als andere Frankfurter Schlippchen. Er hatte oft Schwierigkeiten, sich Interpreten zu merken, deren Namen er nicht einmal aussprechen konnte. Aber Disco war COOL, IN & GEEIGNET, UM FRAUEN ABZU-SCHLEPPEN... Skandalgeschichten über das Studio 54 machten die Runde, und jeder Kleinstadthedonist glaubte, es noch doller treiben zu müssen ... Jede Nacht eine andere Frau, Rio kannte Kerle, die sich dieses Motto wie Tempelritter des wurmförmigen Anhangs auf die Fahnen geschrieben hatten ...

Menschen vögeln vor allem aus Langeweile, und Discoproduzenten wie Van McCoy hatten einfach einen Riecher dafür, wie viele Menschen sich inzwischen auf der Welt langweilten. Selbst der «Rubik-Würfel» hatte daran nichts ändern können. «Disco» war wie die Antwort auf die Sinnlosigkeit des Daseins.

Rio war 74, kurz nach der Erfindung des Lycraslips, in die Musik eingestiegen – eben weil er mit dem verdammten Würfel nicht weiterkam und weil die stärksten Antidepressiva nichts mehr bei ihm ausrichten konnten. Damals trug er Carl Douglas zu Ehren ein rotes Stirnband und trainierte mit Kuhl irgendwelche Kung-Fu-Hampeleien, die sie sich aus «Enter The Dragon» abgeguckt hatten.

Kuhl stand eigentlich mehr auf «Shaft». Wie kein anderer hatte Issac Hayes die Zuhältermode popularisiert, und Kuhl gehörte zu den ersten, die ihm nacheiferten. Rio bevorzugte Bellbottom-Jeans, weite Schlaghosen, und die passende Weste. Seinen ersten Blues tanzte er zu «Lady Marmalade»: «Voulez-vouz coucher avec moi ce soir?» Schlaue, kleine Mädchen sangen schon damals ohne Scheu mit, erröteten aber, sobald jemand wie Kuhl den Preis wissen wollte. Kurz darauf kam die «Bump»-Welle. Sie erreichte Frankfurt ungefähr zur selben Zeit, als in Norditalien die Erde bebte. Zweitausend Menschen verloren ihr Leben, während Rio mit einer Hanauer Braut zu «Boogie Nights» tanzte ...

Die Weltherrschaft des Viervierteltakts hatte begonnen. Bokassa wurde zum Imperator gekrönt. Stammestrommeln und Mozart hatten das große Ereignis musikalisch untermalt, und Kuhl ärgerte sich, daß es nicht weltweit ausgestrahlt wurde. («Wenn es einmal was Sehenswertes gibt ...»)

Irgendwann lief dann der Film «Saturday Night Fever» im Europa-Palast an, und überall begegneten einem diese weißen Dreiteiler, die man kurz zuvor bei Ott & Heinemann im Schaufenster gesehen hatte. Wie viele Armleuchter damals auf Travolta machten.

«Sehn aus, als gehn sie zum Karneval!» höhnte Kuhl.

Drei Wochen später erstand er dann selbst so ein Teil.

«Erhöht die Paarungschancen», rechtfertigte er seine Investition.

Jeden Abend sah man ihn damals im Vogue, das krampfhaft auf Studio 54 machte. «Chic» war in.

Das subkulturelle Gefälle zwischen New York und Frankfurt betrug 1979 etwa drei bis sechs Monate, und während sich das Discofieber im Ali Baba's gerade erst entfachte, hatte es sich in den Staaten bereits gelegt, das Studio 54 war dicht, Steve Rubbell saß hinter Gittern, und die anderen, die dabeigewesen waren, verströmten einfach wieder in den grauen New Yorker Alltag ...

Die Nacht endete mit «Buddha's Top Ten», die am 11. Juli 1979 folgendermaßen aussah:

N° 10   SEVENTY FIVE MUSIC & GILLA: «Lady Marmalade»
N° 9   MOCCA: «Disco Do Brazil»
N° 8   POUSSEZ!: «Boogie With Me»
N° 7   KATHLEEN DEL CASINO: «Dance Down» (New Entry!)

N° 6   BACCARA: «Sorry, I'm A Lady»
N° 5   BABA & RODY: «Hacka-Tacka Music»
N° 4   LUV: «Ooh, Yes I Do»
N° 3   BABE: «(Never Listen To A) Bouzouki Player»
N° 2   SNOOPY: «No More Time For A Tango»
N° 1   BACCARA: «Yes Sir, I Can Boogie»

Es grenzte noch immer an Körperverletzung, aber immerhin gab es einen Aufsteiger: Snoopy, braune Kokosnüsse aus Holland, hatte sich verdächtig nahe an den unangefochtenen Spitzenreiter geschoben.

Rio wollte schon eine spitze Bemerkung über Buddhas schwindende Loyalität machen. Aber er entschied sich, die Schnauze zu halten und seine hundert Mark an der Kasse zu holen.

«Moment mal.» Eine Pranke legte sich auf seinen Oberarm. Es war Stompie in seinem schräg zugeknöpften Zweireiher.

«Gehört der Dressman im Kamelhaarmantel zu dir?»

«Fußmann? Was hat er denn ausgefressen?»

«Ausgefressen?» Stompie schüttelte den Kopf.

«Er muß auf seinen weißen *muthafuckin'* Arsch aufpassen, das ist alles.» Stompie verschwand wieder in der Menge.

Rio sah nach Fußmann, der wie versteinert auf der Tanzfläche stand und das alte V-Zeichen signalisierte.

Falscher Alarm, dachte er.

Später erfuhr er, daß Fußmann aus Versehen eine mandeläugige Schönheit angetanzt hatte, die zu einem PCP-Dealer aus der Nordweststadt gehörte. Hätte fatale Folgen haben können, zumal der Mann nie ohne seine schwerbewaffnete fünfköpfige Leibwache aus dem Haus ging.

Aber Fußmann hatte einfach Glück an diesem Abend. Der Dealer («call me narcos satanicos») lud ihn später noch auf einen Drink ein und stellte fest, daß sie Gemeinsamkeiten hatten, die weit über sexuelle Präferenzen hinausgingen. MDMA-Herstellung zum Beispiel. Es endete damit, daß der PCP-Pusher fünf Liter PMK, den Basisstoff für MDMA, bei Fußmann bestellte. Er zahlte im voraus.

Es war einfach Fußmanns Abend.

03:45: Auch Rio hatte Glück. Ein Taxifahrer brachte ihn ohne Murren nach Kamerun. Lag es nun am Nachthimmel, der langsam im Morgen verblaßte, oder an der spärlich beleuchteten Straße – erst in diesem Dämmerlicht entfaltet die Architektur der Blöcke ihren besonderen Reiz. Der Beton schien endlich mit dem Himmel zu verschmelzen.

Home, sweet home, dachte Rio.

In seinem Zimmer, eingerollt zwischen Plattenkisten, hatte er einen Alptraum in mikroskopischem Maßstab: Er befand sich auf dem Grund einer tiefen Schlucht, natürlich ohne jede Ahnung, wie er dahin gekommen war. Die schwarzen Wände waren weitgeschwungene Kurven, und als er sie mit der Hand berührte, merkte er, daß es Vinyl war.

Ich bin auf einer Schallplatte, dachte er. *Sieh einer an, die Welt ist doch eine Scheibe...*

Über sich sah er ein paar farbige Lichter und silbrigen Rauch, es erinnerte ihn an den Orionnebel, aber es war nur die Decke vom Ali Baba's.

Was jetzt? Die Felsen vor ihm waren Staubkörner, und er war nicht viel größer.

Er fragte sich, was er auf einer Schallplatte zu suchen hatte, als Staubkorn und mitten in der Nacht...

Fußmann und sein verdammtes Geschwätz, dachte er noch.

Er hörte plötzlich ein Klicken, und dann, ganz langsam, begann sich der Himmel zu drehen...

Das gibt's doch nicht... Unscharf, in weiter Ferne, tauchte plötzlich ein Tonarm auf, und dann klang es plötzlich wie eine Sturzflut, die Steine und Geröll vor sich herwälzte.

Jedes Staubkorn will leben...

Rio rannte los, Todesangst im Nacken. Die Serpentinen vor ihm waren kein leichtes Terrain. Er wußte, daß es Stereorillen waren, denn sie schwankten rauf und runter, und die Lichter darüber fuhren Karussell ...

Kuhl hat recht, dachte er einmal, *es ist ein mechanischer Kreislauf...*

Aber dann fiel ihm ein, daß es am Ende jeder Schallplatte eine Endlosrille gab, um die Nadel zu fangen, und hätte er erst einmal eine Runde gedreht, würde er zurücklaufen können, sozusagen gegen den Uhrzeigersinn.

Voller Hoffnung lief er durch die Kreise der schwarzen Schlucht.

VIII

Wie jeden Morgen um diese Zeit machte Kuhl zwanzig Kniebeugen, die seinen Kreislauf wieder in Schwung bringen sollten.

Er hatte ein steifes Kreuz. *Das Alter*, dachte er. *Wir alle laufen ab. Der Code in unseren Zellen stundet nichts, kennt keinen Aufschub. Die Theorie des biologischen Films besagt, daß die intrazelluläre Spannung mit jedem Jahr abnimmt. Die Schwerkraft treibt ihr Spiel mit den Tränensäcken. Energieschwund. Die Folge ist zunehmende Ermüdung der Eiweißmatrix, Verschleiß, der eines Tages mit einem Filmriß endet. Ende der Vorstellung. Man hat was gesehen oder nicht. Der Eintritt wird nicht zurückerstattet.*

Kuhl hatte fünfzehn geschafft, hielt das für gut genug und genehmigte sich ein Pornoheft.

Relaxed abfaulen, dachte Kuhl und gähnte vor sich hin.

Die Gynäkologenlektüre legte er wie gewöhnlich in eine doppelt gefaltete Zeitung. Wenn er weit zurückgelehnt schaukelte, konnten sie an der Kasse ruhig Stielaugen machen, sie würden nichts sehen. *Nicht, daß er sich schämte!* Aber er wußte zu gut, daß es Spießer gab, die schlecht geblasen aus irgendeiner Hinterhofsauna antrabten und dann nichts Besseres zu tun hatten, als sich bei der Zentrale zu beschweren. Einer von Kuhls Vorgängern war über seine Vorliebe für Heavy Metal gestolpert.

Ach ja. Schon der Titel auf dem Umschlag war eine Schlaftablette: «Die Frau des Häuslers wird genommen». Das Heft bot ihm nichts Neues, keine ausgefallenen Stellungen, nur die üblichen, schon auf römischen Bordellmünzen verewigten Nummern. Zwei Landstreicher zeigten einer Bauersfrau, wie ein Doppeldecker ging, und zogen dann weiter.

Das zweite Heft war dagegen schon besser. Titel: «Mein Hund fickt mich.» Kuhl gefiel die evolutionäre Dimension dieser Aussage.

Frauchen und Waldi arbeiten hinter Herrchens Rücken an einer neuen Rasse, dachte er.

Obwohl das Heft auf den ersten Blick unter die 1975 von den Sozis verabschiedete Pornographieklausel fiel, handelte es sich in Wirklichkeit um die Dokumentation einer Versuchsanordnung.

«Jetzt mach ich dich fertig, du Abspritzmaschine ...»

Den Satz mußte er sich merken; vielleicht konnte er ihn bei Rosie anbringen.

Rosie ... Schon lange nicht mehr gesehen.

He, es gibt da fundamentale Ähnlichkeiten zwischen Frauen und Pornoheften, das sollte man nie vergessen. Beide lassen sich in der Mitte aufklappen, Hefte haben in der Mitte einen Falz und Frauen eine Spalte ... und da hängt alles zusammen ...

Man sollte Genitalpässe ausstellen, so als Vorstufe zum genetischen Fingerabdruck. Die Visagen kann sich eh niemand merken ...

Einen Moment ekelte er sich vor sich selbst und fragte sich, wie es kam, daß alles, was er berührte, verfaulte, zerfiel, als ob er radioaktiv verstrahlt wäre ... *Was soll's?* dachte er dann, *die Verwesung ist beschlossene Sache ...* Zum Glück hatte er noch ein Heft ...

Pünktlich gegen Viertel nach fünf tauchte Bleschkowitz auf. Er roch nach Kernseife und sah aus, als hätte er wieder die ganze Nacht an seinem Einfamilienhaus im Taunus gewurzelt. Wie immer schob er seine abgewetzte Bauarbeitertasche unter den Schreibtisch und wischte mit der Hand über den Sitz.

Dann aß er ein Heringsbrötchen und verdaute nebenbei noch die Bildzeitung vom Vortag. Blesch machte den Job schon zehn Jahre.

Kuhl bewunderte an Bleschkowitz, daß er sich mit den sechs Seiten der Bildzeitung den ganzen Tag über beschäftigen konnte.

Wie er das machte, hatte ihn Kuhl eines Tages gefragt.

«Ich lese eben gründlich», sagte Blesch, der schon ins Schwitzen geriet, wenn es hieß, seinen Verdienstabschnitt zu quittieren.

Er hatte eine Modellunterschrift in der Brieftasche, die er sorgfältig abmalte. Blesch hatte früher wie Kuhl Nachtschicht geschoben, die Gesellschaft hatte ihn für seine Zuverlässigkeit belohnt und zum Tagesdienst befördert.

«Wenn du dich gut führst, werde ich dich empfehlen», sagte er.

Er hielt es wirklich für eine Beförderung.

Sieh dir Blesch an, dachte Kuhl, *Milliarden von hochspezialisierten Körperzellen verdichteten sich vor schätzungsweise fünfundvierzig Jahren zu einem Wesen, dessen Bestimmung es ist, einen Haufen schmuddeliger Vierradgetriebe in einer Tiefgarage zu bewachen. Er ist eine Art Wachhund, mit dem Unterschied, daß er auf zwei Beinen steht, wenn er pinkelt, und wahrscheinlich nicht zubeißt, wenn man ihn tritt.*

Ist er besser dran als die Serviererin, die jede Nacht in einer Fernfahrerraststätte Bestellungen annimmt? Besser als die Kartenabreißerin im Kino, der Fließbandmalocher bei Opel?

Was ist mit all den Nachtwächtern, den Postboten, den Toilettenfrauen und Versicherungsvertretern? Kann es wirklich die Bestimmung eines lebenden Wesens sein, ein Bahnhofspissoir zu bewachen und auf den Klang einer Münze zu lauern?

Man kommt nicht drumherum einzusehen, daß all diese Daseinsformen Ergebnisse der Evolution sind. Selbst das Weltall ist nur entstanden, damit Blesch existiert. Alles endet in dieser Tiefgarage.

«Mach's gut, altes Haus», sagte Kuhl.

Bleschs Kaumuskeln kamen einen Moment aus dem Takt, aber er ließ sich nichts anmerken.

Dann halt nicht, dachte Kuhl.

Als er gegen halb sieben aus der Tiefgarage rollte, war die Kaiserstraße wie ausgestorben. Alle, die auf der Suche nach Liebe, Zuneigung und Verständnis gewesen waren, hatten das eine oder andere im Laufe der Nacht gefunden. Die rote Glut der Puffampeln verlosch im ersten Licht des Morgens, und Bleschkowitz unter Tage machte sich bereits an sein zweites Brötchen, das ihm seine Frau dick mit Margarine geschmiert hatte.

Wachstumsstörungen 3

«Die Knochen sind der Resonanzboden der Nerven. Die Genitalien sind der Resonanzboden des Gehirns.»
Arthur Schopenhauer (I, 165)

I

Die Fallbewegung eines künstlichen Satelliten (m) aus einer Höhe (h) von 432 Kilometern, dem Gesetz der Schwerkraft (ME) und damit der eigenen Schwerebeschleunigung (g) unterworfen, ähnelt zunehmend dem Verlauf einer ballistischen Kurve, der Flugbahn eines Projektils, dessen unabänderliche Bestimmung es ist, in einem Zeitintervall x (Δt) unter einem Winkel ($x°$) mit der Oberflächenkrümmung des Weltkörpers (R) zu kollidieren.

Vom Rand der großen Leere gleitet (m), der 91 Tonnen schwere Zylinder, wie die Gondel einer Magnetschwebebahn zur Erde. 34981mal hat er in den letzten sechs Jahren die Erde umrundet.

Jetzt geht es abwärts, soviel steht fest. Nur noch 150 Kilometer liegen zwischen dem Körper und den $5{,}974 \times 10^{24}$ Kilogramm Masse des Planeten, die ihn in die Tiefe zieht. Die Fallgeschwindigkeit nimmt zu.

Von den sechzehn physikalisch möglichen Eintrittswinkeln in die Atmosphäre findet der fallende Körper *von selbst* den sichersten Weg. 80 Prozent seines freien Falls ziehen sich als eine zunächst asymptotisch erscheinende Kurve über dem Indischen Ozean dahin. Die Sensoren in der Verschalung des Körpers registrieren den Anstieg der Temperatur. Noch immer arbeiten Schaltkreise und Instrumente, selbst wenn die Kreiselkompasse abgeschaltet sind.

Das Ende kommt schneller als der Schall. In Radioempfängern auf den Bermudas klingt es plötzlich wie das Rauschen der Brandung. Das Objekt, das von einem Luftwaffenstützpunkt zunächst als «unidentified» eingestuft wird, verursacht auch Interferenzen im Funkverkehr einer aus Sydney einfliegenden Maschine. Der Pilot William Anderson meldet ein «hellblaues Licht».

Wenig später durchbricht der feurige Schrott die Wolkendecke über dem Südwesten Australiens, flackert als Lichtpunkt über die Radarschirme des Flughafens von Perth. Über Esparance, einer 600 Kilometer entfernten Küstenstadt, lodert der dunstige Himmel in Spektralfarben.

Es scheppert plötzlich wie ein gigantisches Wellblech, das vor- und zurückschwingt, und in Rawlinna gehen angeblich ein paar Scheiben zu Bruch ...

Skylab war unten, Rio hatte es eben in den Nachrichten gehört: Der Absturz einer fliegenden Untertasse hätte wahrscheinlich nicht mehr Aufruhr verursachen können. Es war, als hätte das magnetische Fegefeuer der Atmosphäre, der Beschuß der Ionen, den Schrott in etwas Sakrales verwandelt: metallische Fossilien aus einem Pechsee ...

Und ist das Weltall etwas anderes?

Angeblich wimmelte es bereits von Schaulustigen und «Leichenfledderern» in der Gegend, und schuld daran waren auch gewisse Gerüchte, die NASA hätte für die Bergung des Teleskops und einer bleibemantelten Filmkassette eine astronomisch hohe Belohnung ausgesetzt.

Rio mußte an vergangene Nacht denken: Ahnungslos hatte er Platten gedreht, während sich jenseits der Stratosphäre sein Schicksal besiegelte.

Aus, dachte er. Es war wie eine Comicblase, die in seinem Kopf immer wiederauftauchte – und platzte.

Wie jeden Morgen hing er mit dem Kopf nach unten an dieser Kletterstange, die Fußknöchel in schaumstoffgefütterten Manschetten, die ihm sanft, aber gründlich das Blut abstellten. Normalerweise kamen ihm in diesem Zustand nur erhabene Gedanken, jetzt fühlte er sich, als hätten ihn die Wildgänse lebendig gehäutet und zum Trocknen aufgehängt.

Völlig erschöpft landete er auf dem Boden. Er zitterte, und seine Füße waren wie Eisklumpen.

Aus, dachte er wieder. *Hier kommst du nicht mehr raus. Der Planet hat dich am Arsch, und du weißt es*...

Auf kalten Quanten lief er mechanisch ein paar Runden im Kreis, wie er es vor kurzem in einem Film über Strafvollzugsanstalten gesehen hatte. Er fragte sich, ob er unter Schock stand oder ihn endlich der Drehwurm gepackt hatte, eine Art Sozialbauneurose, die jeder in der Siedlung einmal durchmachen mußte.

Die Sternenkarten an seiner Wand schienen ihn plötzlich zu verhöhnen. Ein Foto der Milchstraße erinnerte ihn nur noch an das 50-Pfennig-Spektakel eines Goldregens. Der Krebsnebel sah nach einer wüsten Pinkelei Pollocks aus, und der blaue Spiralnebel M 51 verwandelte sich vor seinen Augen in eine Rorschachklecksographie im Vorzimmer eines Gehirnklempners.

I was a teenage astronaut, dachte er noch.

Er mußte lachen, wie jemand, der weiß, daß er allein ist. Und verloren: Kosmische Fastnacht, interstellare Glitzerei, und er weit und breit der einzige Narr.

■

Das Tal des Todes; kalifornischer Himmel, geronnene Blausäure im UV-Filter, grünstichig in den Ecken... Wüste, die berühmte Landstraße, der Pfeil des weißen Mannes, der den Horizont spaltet.

Irgendwo spielt Musik – Johnny Cash? «Five Feet Ten And Rising». Es kommt von weit her, jenseits der Berge... auf jeden Fall, und das ist das beängstigende, kannst du es hören.

Wie gewöhnlich starrst du in die flirrende Hitze über dem Asphaltstreifen, auf den Punkt, wo sich langsam der Umriß eines anderen physikalischen Körpers manifestiert.

Es ist nichts Besonderes, wahrscheinlich ein schwerbeladener Frachtwagen, der eine Staubwolke aufwirbelt.

Schweiß steht dir auf der Stirn, bedeckt deinen Rücken, während du wie jeden Morgen fünfzig Liegestützen absolvierst: langsam und konzentriert, eine einzige Bewegung aus gleichmäßigen Schwingungen, auf und ab, wie die gute, alte Missionarsstellung (was du dir manchmal vor Augen führen mußt, um nicht schlappzumachen).

«Die einzelnen Muskeln sollst du an ihren Schmerzen erkennen. Amen.» Wenn sie schmerzen, spürst du, wie ihre Fasern an der vorderen Rumpfwand verlaufen, wo der Trapezmuskel die Rippenknorpel berührt, spürst du, wie sich der Latissimus in engen Schraubenwindungen an der dorsalen Seite des Brustkorbs entlangzieht, wie schwer der Deltamuskel auf den alten Schultern lastet.

Muskelschlingen, Muskelgurte, Muskelgruppen ... Einsame Kontraktionen im Tal des Todes. Der neuromuskuläre Widerstand, den du spürst, ist das einzig sichere Zeichen, daß du lebst.

Der Frachtwagen ist deutlich näher gekommen...

Du hast schätzungsweise noch eine Minute, um deinen letzten Satz zu schaffen. Du erhöhst das Tempo, du mußt von der Straße sein, bevor es zu spät ist. Deine geölte Haut strafft sich wie ein bronzenes Gucci-Laken über einer Matratze aus Muskeln, deren Kontraktion im Bereich des Nackens und der oberen Rückenhälfte eine sonderbar elastische Wüstenlandschaft nachahmt...

Es war kurz vor sieben. Um diese Zeit war das Sportstudio nur ein Schlafsaal der Schwere, eine Ansammlung toter Gewichte, die von der kinetischen Energie lebendiger Muskeln träumten.

Draußen vor dem Fenster hatte sich die Sonne im Antennenwald eines angrenzenden Wohnblocks verfangen. Ihre fast waagerecht einfallenden Strahlen schickten einen breiten Lichtstreifen quer über die Fototapete und fast parallel zu den Fluchtlinien der abgebildeten Straße, die sich auch in der Wirklichkeit durch das Tal des Todes zieht.

43 ... Gibt es etwas Einsameres als den männlichen Körper?

Sonny wußte es nicht. Neben ihm, in einer Halterung, schwebte eine stumme Zwei-Zentner-Hantel. Das Ding hatte bereits einen Mann auf dem Gewissen. Kleiner Betriebsunfall, Marke Mühlstein. Der Notarzt konnte nur noch Exitus feststellen.

Der Körper ist leer, dachte Sonny. *Es gibt dort nichts, was sich teilen könnte* ... 46 ... *In seinem Innern, in den dunklen Röhren und Schläuchen, gibt es nur Flüssigkeiten, die* ... 48 ... *dem pneumatischen Druck gehorchend, nach außen wollen* ... 49 ...

Fünfzig. Nach der letzten Wiederholung rollte er sich blitzschnell zur Seite. In seiner Phantasie sah er den Truck um Haaresbreite vorbeirauschen. Was für Räder! Sonny hustete, denn er hatte viel Staub zu schlucken ... Obwohl er wußte, daß er allein war, sah er sich um. Die Vorstellung, daß ihn jemand beobachtete, war ihm unangenehm. Kuhl, dieser Arsch, nannte ihn immer Spielkind.

Lässig stand er auf und warf sich in Pose vor der Spiegelwand. Er war nicht unzufrieden, ganz und gar nicht: Seine Bizeps tanzten wie Hühnereier unter der Haut. Gewaltige Trizeps. Zumindest sichtbar.

Und dann der Rest: schmale, fast mädchenhafte Taille, spindeldürr, kein Hintern, kein Gramm Fett. Ergo *prime beef*.

Nur seine Beine hätten muskulöser sein können. Aber aus Angst vor Hodenschrumpfung hatte er stets auf Anabolika verzichtet.

Schließlich hatte er auch einen Kopf.

Seine auf Kinnhöhe gestutzten, wasserstoffperoxidierten Haare kontrastierten gut mit den Augenringen, dem Stigma schlafloser Nächte, das er seit Jahren kultivierte und dezent mit Lidschatten («Mauvé») untermalte. Nicht, daß er schwul war; im Gegenteil, ganz im Gegenteil.

Er sah gut aus, keine Frage, hätte es mit *Golden Joe* Montana, dem Quarterback der 49ers, aufnehmen können, vorausgesetzt, Golden Joe wäre ein Ephedrin-Schlucker mit der Schulterhöhe eines Shetland-Ponys gewesen.

Sonny war ein Fall für den «*man-maker*». Schon Bogart, Cagney und Edward G. Robinson hatten auf diesen wackligen Holzkisten gestanden, damit ihre Partnerinnen zu ihnen aufblicken konnten. Der Trick funktionierte natürlich nur im Film, im wirklichen Leben mußte sich Sonny mit Plateausohlen behelfen.

Verbissen reckte er sich zu seiner ganzen Größe und wußte, daß er es doch nicht über einssechsundfünfzig Komma fünf bringen würde.

Er war halt «*great on a small scale*», wie Eddie es nannte, dem er auch die viel zu enge Hose mit dem Original-«Golden Gym»-Aufdruck verdankte.

Sonny war Amerika-Fan. Seine Füße steckten in ausgelatschten Adidas ohne Schnürsenkel und mit raushängenden Laschen, so wie das angeblich in L.A. Mode war.

Seit ein paar Wochen spielte er Aushilfskellner im «X-Body-Center», Kameruns Körperbildnerklub Nummer eins, und damit war fast schon alles gesagt; er schob eine verdammt ruhige Kugel und genoß bereits das uneingeschränkte Vertrauen der Chefin, hatte eigene Schlüssel, wußte über die Alarmanlage Bescheid und wie das Drecksding von einem Mixer an der Bar funktionierte. Zugegeben, die Arbeit war nicht gerade sein Traumjob: Zweimal die Woche hatte er nach 20 Uhr Bardienst, und freitags mußte er die Sauna schrubben. Im Gegenzug gehörte es zu seinen vornehmsten Pflichten, die Chefin zu vögeln. Die prächtige Goldkette um seinen Hals hatte sie ihm zu seinem 19. Geburtstag verehrt. Der Anhänger erinnerte an eine Hundemarke, und Sonny fragte sich manchmal, ob das Accessoire tatsächlich aus einem Zoogeschäft stammte und vielleicht eine Anspielung auf ihre Lieblingsstellung sein sollte.

Die Chefin! Um diese Uhrzeit wälzte sie noch ihren faulen Hintern im Bett. Ilse Griggs hieß sie. Sie war sauber und gründlich epiliert. Vor Blaskonzerten lutschte sie Eiswürfel. Es konnte ihr nicht kalt genug sein. Sie war mit einem Ami verheiratet, einem Computerspezialisten der U.S. Army, den sie im Februar nach Heidelberg in die Römerstraße versetzt hatten. Seitdem hing der Haussegen schief. Sonny wußte das, denn abends im Bett wurde die Chefin gesprächig: daß sie in Schulden erstickten, daß ihr Lincoln Continental wieder Öl verlor und *daß sich in Harrys Hose nichts, aber auch gar nichts mehr rührte* ...

Sie erwähnte es beiläufig, aber Sonny erschien es wie die einzige Sache der Welt, worüber man mit Frauen nie spaßen sollte.

Der bessere Mann wird gewinnen, dachte Sonny. Er witterte seine Chance.

Beide Hände im Nacken, reckte er sein Kinn vor und dehnte seine Lippen wie ein breites rotes Rex-Gummi, das sich von einem abstehenden Ohr zum anderen spannte. Sein Gesicht hatte die eigenartige, fast gespenstisch zu nennende Flexibilität einer Latexmaske. Der Vergleich stammte von Kuhl, was das Verhältnis zwischen den beiden nicht gerade verbessert hatte.

Sonny ging ans Fenster und atmete die Frische des unverbrauchten Morgens ein. *Wieder so ein Tag*, dachte er. Tage waren einfach Dinge für Sonny.

Dinge, die sich in nichts auflösten.

Und das war gut so.

Sonny räumte die Spülmaschine aus – langstielige Löffel und Cocktailgläser, aus denen das hirnverbrannte XBC-Publikum Eiweißbowle schlürfte. Er erledigte diese Arbeit völlig *geistesabwesend* – und er hätte den Rest seines Lebens in diesem Zustand verbringen können.

Die Bar war im Westernstil dekoriert, Saloonspiegel und Konföderiertenfahne. Über der Kasse hing ein Pseudosteckbrief: WANTED: HARRY «MOTHER TRUCKER» GRIGGS. Das Photo zeigte einen dümmlich grinsenden Kerl – den Alten der Chefin.

Sonny machte ihn für einen Haufen Scheiße verantwortlich.

Das XBC paßte ganz und gar nicht mehr in die Gegend. Früher hatte es hier einen echten «Eisenladen» gegeben, in dem vor allem Vereinsboxer, meistens Fliegengewichte, und Gewichtheber trainierten.

Ilses Mann (der steckbrieflich gesuchte Harry) hatte das Studio im Handumdrehen modernisiert; getönte Spiegel, Teppichboden,

den üblichen Schnickschnack wie die Rustikalbar und den Whirlpool im Keller.

Wahrscheinlich hatte er sich damit finanziell übernommen, denn bis auf zwei neue Maschinen bestand die Geräteausstattung noch immer aus einer beklemmenden Ansammlung vorsintflutlicher Gewichte; vielleicht sollten die farbenprächtigen Fototapeten über dieses Manko hinwegtäuschen. Immer wieder dieselben Dekors von grenzenloser Freiheit, Highways, Traumstrände und Wolkenkratzer.

Selbst die Türen waren nicht ausgespart, was dazu führte, daß sich neue Mitglieder noch immer in den amerikanischen Fluchten verirrten. Nur der Eingang der Sauna verbarg sich sinnigerweise hinter der orangeroten Steinwüste von Colorado.

Amerika ist ein Traum, dachte Sonny, während er 0,7-Liter-Tom-Collins-Gläser in den Schrank räumte. Oft kamen ihm Zweifel, ob die neue Welt, das Land der Fototapeten, überhaupt existierte.

Schön, er kannte Eddies Geschichten aus Ida B. Wells, aber das war ein *anderes* Amerika, eine Art Schattenseite des Traums, den Sonny gerne gelebt hätte ... Sonny war ein STAR. Wenn er nicht gerade den Aushilfstrainer spielte oder sich um die Chefin kümmerte, arbeitete er gelegentlich für eine Künstleragentur, die unter anderem auch Stripper vermittelte. Die Auftragslage war allerdings dürftig, vor allem männliche Modelle waren kaum gefragt. Etwas besser war es um Weihnachten, wenn auf Betriebsfesten ein «besonderer Nikolaus» gefragt war.

Zwanzig Weihnachtsmänner, meistens Arbeitslose und sexuell enthemmte Studenten, waren dann tagelang im Einsatz, schwangen Ruten und Säcke von Höchst bis Unterliederbach, bis die weibliche Belegschaft feuchte Augen bekam. Sonny wurde immer um eine Zugabe gebeten – und er gab gerne. Dabei war er kein Exhibitionist: Er hatte vielmehr die «Metaphysik des Striptease» gelesen, das sagenhafte Buch eines Franzosen, dessen Namen er vergessen hatte. Strippen war demnach ein Zeichen von Introvertiertheit.

Emmanuel Senfkorn, der bodenständige Chef des Künstlerdienstes, hielt ihn trotzdem für schwachsinnig und versuchte regelmäßig, ihn übers Ohr zu hauen. Aber Sonny paßte auf, mußte auf sich aufpassen, weil es sonst niemand tat. Vor einem Jahr war er bei seinen Eltern rausgeflogen, Ärger mit seinem Alten, «incompatibilité d'humeur», wie Fußmann gesagt hätte. Seitdem war Sonny in einer Wohngemeinschaft in Griesheim untergekommen, wo er für fünfzig Mark im Monat sein Zeugs, ein paar Pappkartons und einen Seesack, eingelagert hatte. Wo er schlief, war natürlich eine andere Sache; erst in letzter Zeit, seit der Affäre mit Ilse, hatte er wieder das Gefühl, ein eigenes Bett zu besitzen, jedenfalls bis zum Wochenende, wenn der Hausherr auftauchte. Sonny verzog sich dann mit einem Schlafsack ins XBC oder irgendwohin ins Freie, sollte im Sommer gesund sein. In der Wohngemeinschaft ließ er sich selten blicken. Es waren gutsituierte Studenten, die ihn immer mit einem nachsichtigen und wissenden Lächeln empfingen, wortlos abkassierten und wieder in ihre Zimmer verschwanden. Er hatte manchmal den Verdacht, daß sie seine Habe systematisch durchsucht hatten und wußten, daß es bei ihm nichts zu holen gab. Sonny war das ganz recht.

Wie immer setzte er sich auf die Fensterbank, trank seinen Kaffee und atmete die frische Morgenluft.

Unten auf dem Parkplatz stand sein alter Schlitten, ein 73er Ford Mustang Convertible (351 Cleveland), Texasimport, feuerrot mit Flammenadler, feschen Rallyestreifen, die an jeder Ampel für Volksbelustigung sorgten. Menschen konnten so neidisch sein.

III

Wenig später tauchte die Chefin auf.

Er hatte sie nicht kommen hören und fiel fast aus dem Fenster, als die Tür hinter ihm knallte.

In Amerika hätte man sie als Prachtexemplar der Gattung «white trash» auf das Cover einer Punkgazette gesetzt. Daran änderten auch die Schwalbenschwänze nichts, die sie sich wie Kleopatra dick um die Augen schminkte.

Ihr kurzes, blondes Haar, eine Art HJ-Schnitt *(jedenfalls männlich)*, erinnerte an ein ungesühntes Verbrechen von Vidal Sassoon und betonte noch jene goldenen Dinger, die wie Schrumpfköpfe an ihren Ohrläppchen schaukelten.

Sie trug ein weites Baseball-T-Shirt, Nummer eins, und kurze Sporthosen (in denen sie gewöhnlich an der Bar bediente und zur Freude des Publikums isometrische Gymnastik ihrer ABC-Waffen vorexerzierte).

Die Chefin war das, was Sonny gewöhnlich unter einer «Pferdefrau» verstand. Was keine Anspielung auf ihren Intelligenzquotienten sein sollte. Sie war groß, geil und verschlagen. Und man sah ihr an, daß sie einiges aushalten konnte. Das schönste war zweifellos ihre Größe; einsneunundachtzig, so stand es in ihrem Paß, sie überragte Sonny um beinahe zwei Köpfe.

«Ausgeschlafen?» meinte Sonny vorlaut.

«Halt ja die Fresse», schnauzte sie ihn an und war schon in der Umkleidekabine verschwunden.

Schon okay, dachte Sonny.

Er machte sich selten was aus dem, was sie sagte, hielt es für eine verzeihliche Marotte, die klaren Verhältnisse im Bett am Arbeitsplatz auf den Kopf stellen zu müssen, eine Art Selbsttäuschungsmanöver vielleicht. Immerhin war sie verheiratet, hatte ein Kind und einen Ruf zu verlieren.

Wider besseres Wissen entschied er sich, noch einmal die Langhantel zu nehmen. Im Regelfall schaffte er sieben Sätze zu zehn Wiederholungen, die vor allem Bizeps und Brustmuskeln trainierten. Wie die meisten Dilettanten, denen Superheldencomics und Mr. Universum-Sprüche zu Kopf gestiegen waren, glaubte er tatsächlich an ein unbegrenztes Wachstum seiner Muskeln: ein ständiges Über-sich-hinaus-Wachsen, wie es nur der Kapitalismus kannte.

In den Schultern fühlte er ein leichtes Ziehen.

Ilse hatte ihm einmal einen Trick verraten, wie man dem Muskelkater ein Schnippchen schlagen konnte. Sie konnte auch nett sein, wenn sie wollte, nur meistens wollte sie nicht.

«Das ist Natriumcarbonat», hatte sie verkündet, während sie unbekümmert ein weißes Pulver in sein Badewasser schaufelte, «es entzieht Milchsäure.»

Es war ihr anzumerken, daß sie die Tochter eines Chemiearbeiters war. Er hatte sich von ihr handwarm einweichen lassen und – während das biologische Abbauprodukt durch die Membrane seiner Zellwände diffundierte – viel Schweinisches geträumt.

Lag es an diesen Gedanken, oder bildete er sich nur ein, daß sich ein Blutstau in seiner Hose ankündigte?

Warum, Rohr, gehst du nicht weg, Rohr? Sonny hatte inzwischen oft genug erfahren, daß alles, was in einem Winkel von 60 bis 85 Grad von seinem Körper abstand, Ärger nach sich ziehen konnte.

Ein Zelt vor dem Bauch, schleppte er sich unter die Dusche und hoffte, kaltes Wasser würde Abhilfe schaffen.

Wie niemand sonst auf der Welt verkörperte Sonny den leibhaftigen Gegenbeweis der unsinnigen Behauptung, daß alle Menschen gleich seien. Die Tatsache, daß er etwas zu klein geraten war, fiel um so mehr auf, da das Ding zwischen seinen Beinen die Länge einer Bockwurst hatte – in *unerigiertem* Zustand.

Angeblich hatten die Schwestern schon bei der Entbindung in einem Handbuch über organische Abnormitäten nachgeschlagen. Seine Eltern, kleine Leute, die Angst hatten, Aufsehen zu erregen, bewahrten ihn glücklicherweise vor dem drohenden Eingriff. Er verlebte eine ruhige, sonnendurchflutete Kindheit, spielte wie alle anderen im Sandkasten, pißte ausgiebig in öffentliche Freibäder und kujonierte schwächere Kinder, wenn man ihn ließ.

Im Alter von zwölf Jahren stellte sein Körper plötzlich aus unerfindlichen Gründen das Wachstum ein. Die Ärzte nannten es zunächst die Folge einer Wachstumsstörung, verschrieben ihm Lebertran und Kalziumpräparate, die er kiloweise schluckte.

Als sich kein meßbarer Erfolg einstellen wollte, nannten sie es *Nanosomie*, Zwergenwuchs, eine genetisch bedingte Schweinerei. Niemand konnte ihm helfen, und damit waren die Weißkittel aus dem Schneider.

Die Knochen seiner Klassenkameraden streckten sich, und wie im Zeitraffer wuchsen sie an ihm vorbei und blickten schon bald auf ihn herab.

Aber damit nicht genug; denn wie ein neurotischer Rehpinscher nur langbeinigen dänischen Doggen hinterherhechelt, so fühlte er sich ausschließlich zu weiblichen Wesen hingezogen, die ihn um wenigstens zwei Köpfe überragten. In seiner Phantasie sah er sich im Schlamm eines wildfeuchten, weiblichen Planeten wälzen, sah sich harte, alabasterfarbene Hügel erklimmen und dann eine Wildwasserfahrt in das fruchtbare «cyprische» Tal antreten.

Niemals interessierte er sich für kleinere oder gleichgroße Mädchen, was seinen Leidensweg zusehends erschwerte. Mit fünfzehn hatte er Wilhelm Reich gelesen (und falsch verstanden) und vermutete daher, daß große Frauen ein *stärkeres bioelektrisches Kraftfeld* hatten. Sein Penis spielte gewöhnlich verrückt, wenn eine über einssiebzig auftauchte, und peilte wie eine Kompaßnadel in ihre Richtung. Die Wissenschaft würde es eines Tages erklären können und allen verirrten Rehpinschern die Absolution erteilen.

Bis dahin war es allerdings noch ein weiter Weg, und gerade der junge Sonny hatte unter sexuellem Notstand zu leiden. «Pygmäe», riefen ihn die gutentwickelten Nymphen seiner Klasse; andere nannten ihn «Knirps». Auf Feten stand er gewöhnlich neben dem Schirmständer und ließ sich vollaufen. Es war ein Trauerspiel ...

Die Karriere eines Absinthsäufers schien vorgezeichnet, als eines Tages, an einem Abend im Landschulheim, die Jungs nacktärschig auf einer klammen Zeltplane hockten und ihre Zipfel verglichen. Im Vergleich zu den Strebern hatten die Großmäuler und angehenden «Playboys» der Klasse tatsächlich die längeren Schniedel. Bis die Reihe an Sonny kam. Wie still es plötzlich wurde, als er hüstelnd auspackte und Jochen, der Klassensprecher, das Lineal anlegte ...

«Gott im Himmel!» brüllte er – der Rest war Geschichte und *organische Wahrheit*, gegen die man nicht ankonnte.

Ach was, ist er wirklich so groß? Schon bald verbreitete sich die Legende von «little big man» wie ein Lauffeuer an der Schule.

Die plötzliche Wendung seines Schicksals, quasi vom Ladenhüter zum heißbegehrten Verkaufsschlager der Saison, diese Wandlung versöhnte Sonny zeitweise mit der Größenangabe in seinem Paß. Schön, die Natur hatte ihn auf einer Skala um 20 Zentimeter beschissen, auf der anderen immerhin hatte sie die Sache wieder wettgemacht.

War es nicht ein prachtvolles Organ? Die Beglückten priesen ihn, als hätte er das alte Rein-raus-Spiel erfunden oder zumindest zu einer hohen Kunst verfeinert. Frauen, die einmal Bekanntschaft mit seiner Größe gemacht hatten, kamen nur noch schwer von ihm los. Gesetz der Natur. Verständlich, unter diesen Umständen, daß er sich der evolutionären Fließbandtätigkeit mit Leib und Seele verschrieb, und ebenso verständlich, daß er sich in enge Hosen zwängte und sein «Ofenrohr» (eine poetisch veranlagte Geliebte hatte es so getauft) mit der Anmut eines Rhinozerosbullen trug.

Wenig später, nachdem er zufällig die vergrößerten, bizarren Befruchtungswerkzeuge von Insekten in einem Biologielehrbuch gesehen hatte, sollte ihm aufgehen, daß er vielleicht doch nicht so gut abgeschnitten hatte.

Besonders der widerhakenbesetzte Stilettapparat, mit dem ein männliches Insekt in der Lage war, die Scheide auszukratzen, entwickelte sich zu einer wahren Obsession. Manchmal wünschte er sich so einen Schaber, borstig und mit Widerhaken besetzt, etwas, daß jeder Frau den Rest geben würde. Sonny hatte schon von sogenannten «Schwanzringen» gehört, geriffelten oder noppenbesetzten Versatzstücken, und in den folgenden Monaten stellte er die einschlägigen Läden auf den Kopf.

Endlich stieß er auf ein taiwanesisches Exemplar, eine Art Eichelkragen aus korallroten Nylonborsten, der ihm wie «die ideale anorganische Ergänzung seiner Waffe» erschien. Er probierte das Stück an verschiedenen Damen aus und staunte über die himmelhochjauchzende Zustimmung seiner Meerschweinchen.

So sah man ihn bald im Brentano-Bad posieren, in einem viel zu kleinen Tangaslip, und manchen Mädchen konnte er ansehen, daß sie wie junge, fette Pflänzchen Feuchtigkeit trieben, wenn sie ihn ansahen. Den «shuttlerock» trug er dabei offen am Mittelfinger der rechten Hand; die unbedarften Schwimmbadnixen hielten es wahrscheinlich für Modeschmuck aus einem Kaugummiautomaten. Später, in der Umkleidekabine, klärte sich das Mißverständnis dann natürlich auf.

Ganz Kavalier der alten Schule, brachte Sonny sein Opfer im Anschluß nach Hause und verabschiedete sich zärtlich, hinterließ aber aus Prinzip eine falsche Telefonnummer. Schnüfflerinnen, die ihm trotzdem auf die Spur kamen, sollten schnell lernen, daß es ihm nichts bedeutet hatte, nicht viel jedenfalls. Die nächtlichen Anrufe, das Klagen und Flehen erduldete er schweigsam und überließ es den gebrochenen Herzen, den Schlußstrich zu ziehen.

Abgesehen davon, daß es ihm tatsächlich nichts ausmachte, entwickelte er zusehends die zynische Einstellung einer perfekten Maschine und bedauerte all die Frauen, die nie in den Genuß kommen würden, mit ihm zu schlafen.

Die Welt erschien ihm wie ein Garten Eden, erfüllt von zartknospenden Mädchenkörpern, die nur darauf warteten, gepflückt zu werden.

Mit der Zeit machte er allerdings die Erfahrung, daß die Häßlichen, die Brillenschlangen, die Hakennasen, die Aufgestampften und Silberblicke *besser bumsten*, und er stellte seine eigenen abstrusen Theorien auf, womit das zusammenhängen könnte. Symmetrische Gesichtszüge waren vielleicht ein Garant für eine ausgewogene Persönlichkeit, aber noch lang kein Zeichen für Triebhaftigkeit, sexuelle Gier und Ausdauer auf der Matte, *worauf es letzten Endes ankam*.

Heimlich begann er die Form der Labia seiner Freundinnen, die Diameter ihrer Öffnungen, die Größe ihrer Kitzler aufzuzeichnen und zu vergleichen. Er nannte es «Mädchenforschung», und je mehr er sich in die «Materie» vertiefte, um so aberwitziger wurde, was er gewissenhaft in sein Tagebuch notierte. Es gipfelte in der Behauptung, aus den Proportionen der Scham auf den weiblichen Intelligenzquotienten schließen zu können.

Nicht eine Sekunde zweifelte er daran, ein zweiter Kinsey zu sein. Nur fühlte er sich im Gegensatz zu dem Schreibtischtäter zum echten «Feldforscher» berufen; er war ein Mann, der vor der Praxis nicht zurückschreckte. So vergrämte er seine letzten männlichen Freunde, indem er unaufhörlich den «Freistoßspezialisten» raushängen ließ; im Umkreis von fünfzehn Meilen gab es angeblich nichts «Gutaussehendes», was er nicht irgendwann mal «zwischengehabt» hatte.

Und doch, getreu Fußmanns Grundsatz «*curiositas et conscienta*», forschte er weiter.

Als die Discowelle über Frankfurt hereinbrach, war Sonny gerade siebzehn. Jede Nacht war er unterwegs. In Discos trug er in der Regel einen knallengen *Saturday Night Special*, ohne Unterhosen, und Cowboystiefel mit dicken Filzeinlagen, die den Nachteil hatten, daß sie sich mit Schweiß vollsogen und zu vorgerückter Stunde ganz merkwürdig quatschten ...

Ein echter Hit war dagegen die handtellergroße Aluschnalle seines Gürtels, deren Reliefprägung eine 69er-Stellung zeigte, ein Accessoire, das er in einem Handkettchenkatalog für Hartgeldluden entdeckt hatte. Unglaublich, wie viele Frauen ihn für einen Französischexperten hielten und der Schnalle wegen mit ihm anbändelten.

Damals hatte er eine traumhafte «Abschußquote» zu verbuchen, wobei er seine Untersuchungen des weiblichen Geschlechts zum äußersten trieb. Fieberhaft notierte er im Morgengrauen gewisse Entdeckungen (Besonderheiten der Mammarien, anatomische Studien der klitoralen Beschaffenheit) in sein Ringbuch. Jedem seiner Opfer gab er noch eine kleine Kopfnote, zum Beispiel: «*Doris: stimmt – dumm bumst gut*» oder «*Ines: feuchte Aussprache, aber sonst recht trocken*». Barmherzigkeit des Schicksals, daß diese Aufzeichnungen nie in die Hände seiner Studienobjekte gerieten.

Ende '78 fiel sein Vater der ersten Entlassungswelle bei Opel zum Opfer, und Sonnys knapp bemessenes Taschengeld von fünf Mark die Woche wurde ersatzlos gestrichen. «Leidensdruck», nannte es sein Vater, den selber drückte, daß ihn ein einäugiger Roboter am Fließband ersetzt hatte.

Sonny brauchte also Geld. *War es nicht eine Form von Schwerarbeit, die er in fremden Betten verrichtete? Arbeit im technischen Sinn, versteht sich?*

Sonny glaubte, es im Pornogeschäft versuchen zu müssen: Vögeln und obendrein dafür bezahlt werden, das war einfach Arbeit nach seinem Geschmack. Jeder kannte John Holmes, den «Mann mit dem Kinderarm», und Sonny träumte damals von wüsten Bumsgelagen in irgendwelchen Hinterhofstudios in Beverly Hills, von einer Art «Kanonenrohrexistenz» zwischen den gespreizten Schenkeln gesichtsloser Puppen, so auswechselbar wie die Filmrollen einer Kamera.

Folglich kletterte er in einem Paßbildautomaten auf den Hokker, machte Fotos von seinem guten Stück und schickte alles mit einem reißerischen Begleitschreiben an diverse Schmuddelpostfächer in Hollywood. Er legte sogar Rückporto bei. Und doch fand nicht eines seiner Schreiben Gehör.

Na ja, sie haben Holmes, was brauchen sie mich, dachte Sonny.

Eddie äußerte später einmal eine ganz andere Vermutung: «Wer, glaubst du, kontrolliert das Pornogeschäft in den Staaten? – Juden. – Und glaubst du, die würden ausgerechnet auf einen *deutschen Superhengst* warten...? – Naiv.»

Aber das war Sonny. Selbst wenn er es nicht zugeben wollte. Obendrein war er ein unverbesserlicher Optimist.

So war die Lage, als die Künstleragentur willige Nikoläuse für die Weihnachtssaison suchte, und Sonnys Erfolg schien ihn zu bestätigen; er wußte, *was* er hatte, und obendrein hatte er Ehrgeiz. Die Stadt war ein Nichts mit Löchern, die gestopft werden wollten.

So konzentrierte er sich auf Frankfurt und begann eine Alibi-Friseurlehre, wo er das erste halbe Jahr nur Haare aufkehrte und Kundinnen schöne Augen machte.

Auch Ilse, die pißblonde Chefin des XBC, hatte er eines Tages so kennengelernt. Da war sie noch kein halbes Jahr unter der Haube, und ihr Alter war gerade ins Hauptquartier der USAEUR abkommandiert worden.

Als sie das erste Mal den Laden betrat, wußte er, daß er sie um jeden Preis wollte: einsneunzig, große Äpfel, eine Pferdekuppe. Daß sie schwanger war, störte ihn nicht. *Sie gibt Milch, Halleluja!* Sonny war kein Lactovegetarier. Mit dem Handfeger kroch er um ihren Stuhl und versuchte, ihr dabei unauffällig unter die Umstandsschürze zu schielen.

Als er hörte, daß sie ein gutflorierendes Sportstudio betrieb, geriet er ganz aus dem Häuschen. Verschämt fragte er sie nach einem Anmeldeformular.

«Warum kommst du nicht einfach vorbei?» hatte sie damals gefragt. «Bring dein Sportzeug gleich mit ...»

Dabei musterte sie ihn mit einem abgründigen Lächeln.

Als er am nächsten Tag mittags aufkreuzte, sah er sie zum ersten Mal an der Sprossenwand hängen. Sie trug eine Bauchbinde und ein knapp sitzendes Höschen, weiter nichts.

«Schließ die Tür ab», wies sie ihn an, «und *zieh dich aus.*»

Vielleicht hatte sie es nicht so wörtlich gemeint, aber Sonny ließ sie sehen, was er aus dem Stegreif zustande bringen konnte.

Ihr Gesicht war unbeschreiblich; nie wieder sollte er eine derart teuflische Veränderung im Gesicht einer Frau miterleben.

«Der ist ja riesig», sagte sie.

«Findest du?» Sonny spielte die Unschuld vom Lande.

«Ich bin verheiratet», sagte sie. «Stört dich das?»

Sonny zuckte die Achseln. Hätte sie Filzläuse gesagt, wäre ihm das *vielleicht* einen zweiten Gedanken wert gewesen.

Sie machte mit ihm einen höchst fadenscheinigen Rundgang, er trabte dabei mit einem Steifen hinter ihr her.

«Mein Mann ist viel unterwegs», meinte sie beiläufig. «Zur Zeit inspiziert er gerade den Nike-Gürtel, Kurzstreckenraketen, weißt du...»

Sonny war Pazifist.

«Eine Frau wie dich läßt kein Mann allein», quakte er. «Kein richtiger Mann. Der muß Tomaten auf den Augen haben. Oder schwul sein.»

Seine dumme Art, Komplimente zu machen, hatte schon viele Frauen abgestoßen, aber diese hier bekam feuchte Augen. In der Sauna setzte sie sich das erste Mal auf ihn und ließ ihn Muttermilch kosten.

«Wie wär's mit einem Job?» fragte sie.

«Ei, Gude, wie?»

Sonny stand mit dem Gesicht zur Fototapete, starrte in die wirbelnden Rasterpunkte, die Straßendreck oder Staub simulierten, und stellte sich taub.

«Mensch, Sonny, alter Fischbauch...»

Die Stimme gehörte zu einem *echten* physikalischen Körper, der am Rand seines Blickfeldes auftauchte.

Albert Clemens Knirsch wog 220 Pfund und arbeitete nachts als Tankwart am Opel-Rondell. AC [eɪ siː], wie man ihn wegen einer gewissen musikalischen Präferenz nannte, gehörte zum Inventar. Dasselbe galt für seine Brüder.

In Kamerun hieß es, daß es Drillinge waren, sie in einem Wurf das Licht der Welt erblickt hätten.

AC trug eine Eintracht-Schirmmütze. Er war Hölzenbein-Fan. Sein Wanst steckte in einem Glitzersack aus verschlissenem Lametta, der vom Schnitt her an eine Boxerhose erinnerte.

Sein Bruder Bobo war ein anderes Kaliber; er trug einen äußerst konservativen Trainingsanzug, darunter ein T-Shirt mit der Aufschrift: «Tortenheber».

Bobo war Rausschmeißer in einer Offenbacher Discothek, verheiratet; angeblich hielt sein Boss große Stücke auf ihn. Hobby, der Jüngste, war ein unbeschriebenes Blatt, es hieß, er mache eine Bauschlosserlehre.

«Ist die Chefin schon da?» Bobo hatte schon immer großes Interesse für Ilse bekundet.

«Sie hat Migräne», sagte Sonny.

«Oje», meinte AC.

Leise schlichen sie in die Umkleidekabine.

Wenn es zunächst noch nach einem ruhigen Schlendrian ausgesehen hatte, dann sollte sich das schnell ändern.

Ein Kleinbus mit Knackern, schwachen Blasen aus einem Altenstift, war zu einem Probetraining erschienen. Viele hatten schon beim Reinkommen nach der Toilette gefragt.

Was geht hier eigentlich vor? dachte Sonny. Für XBC-Verhältnisse ging es zu wie im Taubenschlag.

Nicht nur die *Pensionaros* hielten ihn auf Trab, zu allem Überfluß waren auch ein paar ganz schwierige Kunden aufgekreuzt.

Eine Tante vom Müttergenesungswerk zum Beispiel, die ihm gewöhnlich Löcher in den Bauch fragte. Nach Selbstverteidigungskursen gegen Schwanzträger.

Oder Rita, 68, eine ehemalige Chefsekretärin, verschmitzt grinsend und wild entschlossen, den körperlichen Verfall mit allen Mitteln aufzuhalten.

Vor einem Jahr hatte sie sich die Runzeln vom Gesicht schälen lassen. Meistens hing sie in der Beinmaschine und rackerte sich ab. Sonny hatte ihr die Übung so erklärt: «Stärkt die untere Rückenmuskulatur und kräftigt den Anus.»

Seitdem übte sie wie eine Wahnsinnige.

«Sonny!»

Die Stimme kam von weit her, und er wußte, es bedeutete Stunk.

Leck mich doch, dachte Sonny. *Erst rumzicken und dann die Nummer.*

Wahrscheinlich war wieder irgendein Abfluß verstopft oder sonst eine Drecksarbeit angefallen. Sonny hatte vor kurzem Salzsäure gekauft und fünf Kilo Ätznatron – Ingredienzien, die auf eine «Endlösung» seiner Probleme abzielten.

Seitdem er im XBC arbeitete, spielten die Sanitäranlagen verrückt. Mal hatte er es mit ausgerasteten Duschen zu tun, mal gab es angesengte Ärsche in der Sitzsauna, weil das Thermostat spann. Selbst der hochmoderne Whirlpool im Keller, von Sonny «Ganges» genannt, trat mit schöner Regelmäßigkeit über die Ufer. Am schlimmsten war es, wenn auf der Herrentoilette nichts mehr ging, und das war in letzter Zeit oft vorgekommen.

Sonny wußte, es war mehr als nur ein Aufstand ekelerregender Dinge, die gegen seine Anwesenheit rebellierten. Der Laden fiel auseinander, es war nur eine Frage der Zeit, bis sie dichtmachen würden. Daran änderte auch die Neonreklame nichts, die er jeden Abend einschalten mußte.

«Sonny!» Bobo winkte mit einer Hantel. «Biste taub? Die Chefin ruft!»

Zu allem Überfluß klingelte auch noch das Telefon.

«Telefon!» brüllten die Knirschs.

«X-Body-Center. Guten Tag.»

Atmen.

«Hallo?»

«Ich bin's...» Tief und samtig. Erst hatte er ihre Stimme nicht erkannt.

«Äh... Hannie?» Er warf einen gehetzten Blick in den Trainingsraum.

«Hast du heute Zeit, Sonny?»

Er hatte sie lange nicht gesehen. Hannelore gehörte zu seinen Stammkundinnen von früher. Im Grunde genommen hatte sie ihn entdeckt. Sie war mit einem 20 Jahre älteren Baulöwen verheiratet, der nicht mehr wußte, *wie es ging*. Sie, zum Ausgleich, wußte nicht, wie sie sein vieles Heu durchbringen sollte. Sonny war ihr «eine liebe Gewohnheit», wie die vierzehntägige Maniküre, die wöchentliche Irrigation, die Frischzellenkuren, Kortisonspritzen und Chemotherapien, die ihr langsames Sterben vertuschen sollten: Hannie hatte Krebs. Sie hatte es Sonny eines Tages gesagt. Man konnte ihre Beziehung «erwachsen und abgeklärt» nennen, fern jeder Gefühlsduselei.

Sie rief ihn an, wenn sie ihn brauchte, und selbstverständlich ließ sie sich den Spaß einiges kosten.

«Okay», sagte Sonny, «okay.» Er wollte das Gespräch beenden, bevor die Knirpse argwöhnisch wurden.

«Also wie immer?»

«Okay», sagte Sonny. Er legte das Telefon auf und warf einen heimtückischen Blick auf die Uhr. Halb zwei ...

«Verdammt, Sonny!» brüllte es aus dem Keller.

«Lauf schon», frotzelte Hobby.

Sonny schenkte ihm einen warnenden Blick und sauste die Kellertreppe hinunter. Vor den Umkleidekabinen stand das Wasser. Offenbar hatte der Abfluß wieder seine Mucken.

Die Tür stand einen Spalt breit offen, und er konnte sehen, wie sie in der Dusche kniete und mit Klempnerwerkzeug hantierte.

«Das war ja ein Weltrekord», sagte sie, als er sich hinter ihr bemerkbar machte. «Zwanzig Minuten hast du gebraucht, um deinen faulen Hintern hierherzubewegen...»

An manchen Tagen war sie einfach gewöhnungsbedürftig.

«Was hast du denn den ganzen Morgen getrieben?» maulte sie weiter.

Rumgewichst, dachte er. Aber wie konnte man das einer Frau beibringen? Noch immer rutschte sie vor dem Abfluß herum und agierte beidhändig und lasziv mit einem «Gummistumper».

Es war einer der seltenen Augenblicke in seinem Leben, in dem es ihm vergönnt war, auf sie herabzublicken. Eingehend betrachtete er ihre sekundären Geschlechtsmerkmale. Er hatte sie noch nie in den Arsch gefickt, was er für eine widernatürliche Sache hielt – daß er es nicht getan hatte, versteht sich.

Ein Planet von einer Frau, dachte Sonny. Und fragte sich, ob ihm Rio, der Astronaut, wohl recht gegeben hätte. *War die Missionarsstellung in dieser Wildnis nicht wie die Kolonialisierung einer fremden Welt?*

«Kannst du auch mal was anderes tun als rumstehen und glotzen», fauchte sie. Er wußte nicht, was.

Erleichtert stellte er fest, daß sie den Deckel bereits abgeschraubt hatte, denn er war völlig ungeschickt in technischen Dingen.

Im Abfluß glucksten Sumpfblasen, die nach Tod und Verwesung rochen ...

«Uaarghhh ...» Sie nahm es persönlich und feuerte ihr nutzloses Werkzeug in die Ecke. Er kannte diesen fanatischen Ausdruck in ihrem Gesicht.

Mit Entsetzen sah er, wie ihre Hand in der Öffnung verschwand. Dort in dem lichtlosen Schlund kratzten ihre langen pinkfarbenen Fingernägel irgend etwas zusammen ...

«Wer war das am Telefon?» fragte sie beiläufig. Natürlich hatte sie den Anruf mitbekommen.

«Die Kanaille vom Künstlerdienst», meinte Sonny, Leichtgewicht-Lügenweltmeister, der er war.

«Igitt, nun sieh dir das an ...»

Sie machte eine Kopfbewegung wie ein scheuendes Pferd und hielt ihm eine Handvoll verklebter Haare unter die Nase.

«Möchte wissen, wer hier Haarausfall hat», sagte sie. Ein hinterhältiger Blick auf seinen Haaransatz folgte.

Als ehemaliger Friseur fühlte er sich gezwungen, die Beweisstücke aus nächster Nähe zu begutachten.

«Wenn mich nicht alles täuscht, sind das ‹Reusenhaare›», sagte er grinsend. Das einzige Wort, was von seiner Lehre hängengeblieben war. Abschätzend wanderte sein Blick zwischen ihre Beine, auf das weiße, nietenbesetzte Dreieck.

«Und blond sind sie auch noch, Liebling, *naturblond*.»

Scheinbar unbeeindruckt schmierte sie den Unrat in eine Plastiktüte.

«Ich bin epiliert, hast du das vergessen?»

Es klang wie ein Vorwurf, so wie eine geladene Frau einen impotenten Mann anpflaumen würde.

«Laß mich das machen», sagte Sonny und kniete sich in den Schlamassel. Ein Loch, das verstopft war, war kein Loch mehr und paßte einfach nicht in Sonnys Welt...

Erleichtert stand sie auf. Wie sie ihn angrinste, erinnerte sie ihn an eine Fangheuschrecke, der man nachsagt, ihre Partner schon vor der Kopulation zu zerfleischen.

Nackte Gewalt, dachte Sonny. Vielleicht war es nur die Hitze, aber ihr Anblick hatte ihn selten mit soviel Vehemenz zwischen den Beinen gepackt. Er spürte, wie ihm das liebe Blut, das er so dringend brauchte, um sein kleines Gehirn mit Sauerstoff zu versorgen, plötzlich in die Beine sackte, auch *in die Sackgasse*, den tumben Fortsatz zwischen seinen Beinen, der sich wie ein Fahrradschlauch aufpumpte.

Als könne sie seine Gedanken lesen, raufte sie ihm zärtlich die Haare.

«Ilse...» Er umarmte ihre Beine und rieb seine Nase zwischen ihren Kniescheiben.

«Was willst du denn...?»

«Ich will...»

«Ja...?»

«Ich will dich...»

«Nein, mein kleiner Schlingel, ich weiß, daß du mich nicht willst. Du willst meine Möse, das ist alles...»

Sie stieß ihn von sich und stampfte durch die Wasserpfütze davon.

«Aber, Ilse! Nein...»

Da war ihr Pferdehintern schon um die Ecke verschwunden.

Kurz darauf hatte Ilse sich wieder beruhigt und saß auf einem Hocker an der Bar. Sie hatte sich angewöhnt, wie die normalen Gäste *vor* – und nicht hinter – der Theke zu sitzen. Meistens ließ sie sich von Sonny bedienen und blätterte in irgendwelchen Käseblättchen und las Horoskope. Was hinter ihrem Rücken geschah, war ihr egal.

Natürlich glotzten die Kerle. Längst hatte sie sich an die Blicke gewöhnt.

Ilse lebte in der Gewißheit, daß die Hälfte ihrer Kundschaft auf der Stelle kündigte, sollte sie es je wagen, in langen Hosen oder einem hochgeschlossenen Rollkragenpullover zu erscheinen. Ihre halbnackte Anwesenheit verkörperte ganz zweifellos den Mehrwert des XBC, den wahren Grund, warum es besser war, hier und in keiner anderen Klitsche die Hanteln zu schwingen. Nebenan summte es; «Rothaut»-Willie, treuer Kunde und nebenbei Marktleiter, schmorte noch immer auf der Sonnenbank. Dreißig bis vierzig Minuten täglich arbeitete er an seiner Pigmentierung.

Sie blätterte gelangweilt vor sich hin: Königsdramen, Schicksalsberichte adliger Familien – es stand alles im Goldenen Blatt. Unter der Theke lag noch ein ganzer Stapel. Ilse verdankte sie ihrer Mutter, die tagsüber auf den Kleinen aufpaßte und dabei vom Leid der Reichen und Mächtigen las.

Das Heft war voller rührseliger Geschichten über den entmachteten Schah von Persien und seine schöne Frau, wie sie nun von einem Luxusexil in das andere flohen und ihren verlorenen Palästen nachtrauerten. Ilse stellte sich vor, wie sie sich wohl an der Seite von Schah Reza gemacht hätte, und umgekehrt, wie die Schah-Banu, diese Zimtzicke, hier im XBC aus der Wäsche geguckt hätte.

Das Telefon klingelte.

«Telefon, Sonny!»

Sonny hielt es für ein abgekartetes Spiel. So oft am Tag konnte das Telefon gar nicht klingeln, schon gar nicht im XBC. Das grenzte an Hausfriedensbruch.

«X-Body-Center. Schönen guten Tag.»

«Hallo, Sonny.» Es war Griggs, Harry, ihr Alter. Wenn er sich meldete, entstand immer erst eine Art Vakuum in der Leitung.

«Gude, wie», meinte Sonny. Ein legendärer Kameruner Gruß, den ein Ami nie verstehen würde.

«Könnte ich bitte meine Frau sprechen?» Es klang angestrengt, wie er das sagte.

«He, is alles paletti ... mit den Atomraketen?» Sonny mußte da einfach mal nachhaken.

«Ja, gewiß. Könnte ich jetzt bitte meine Frau ...»

«Klar, kannst du. Sie ist doch deine Frau – oder?» Das *oder* klang wirklich, wie es gemeint war, und Sonny fragte sich, ob das nicht ein bißchen leichtsinnig gewesen war.

«Einen Augenblick, bitte.» Er legte den Hörer auf die Theke und holte Luft.

«He, Ilse», brüllte er dann, «Telefon!» Dabei stand sie neben ihm.

Schön, einmal den Spieß umzudrehen. «Es ist Harry, hörst du! DEIN MANN will dich sprechen.»

Leicht verstört nahm sie den Hörer auf.

«Hallo, Harry», sagte sie. Und dann leise: «Ja, dem Kind geht es gut ...» Und noch leiser. «Hm hm, ich vermisse dich auch ...» Und kaum hörbar: «Nein, die Bank hat sich nicht wieder gemeldet ...»

IV

Der 12. Juli war ein selten trostloser Tag. Die Sonne hing irgendwo über der Dunstglocke und bestrahlte die Stadt.

Schon morgens war es schwül wie nach einem tropischen Regen. Kuhl saß am offenen Fenster und starrte ein Loch in den Himmel. Er hatte ein paar handfeste Reanimationsversuche hinter sich und sah jetzt überall Schirmgitterschatten und sukzessive Störmuster, die den Block gegenüber fast durchsichtig machten ...

Und wenn es doch nur ein Testbild ist?

Die Frage beunruhigte ihn nicht wirklich, nicht mehr als sonst jedenfalls. Aus Langeweile begann er wieder die Fenster zu zählen, und nachdem er das getan hatte, die Türen, und danach die Regenrinnen und Schornsteine und ganz zum Schluß die Antennen. Und hatte er die dann endlich hinter sich, mußte er feststellen, daß er die Anzahl der Fenster vergessen hatte, und – SCHWUPP! – hing er wieder am Anfang der Bandschleife.

Noch mal, weil's so schön war... Ein Fensterband hatte er hinter sich, als oben auf dem Dach eine Klappe aufflog.

Schornsteinfeger bringen Glück, dachte Kuhl.

Die Ernüchterung folgte allerdings schnell, als er sah, wer sich da mit wilden, fahrigen Bewegungen aus der Luke zwängte. Kuhl hatte Rio noch nie in einem schwarzen Anzug gesehen: Er wirkte noch dünner, noch knochiger, wie eine Vogelscheuche, die sich in den Antennen verfangen hatte.

Kuhl sprang auf und hängte sich aus dem Fenster: «RIO! NICHT! GOTTVERDAMMTE SCHEISSE...!»

Rio hatte fast den Rand des Daches erreicht...

Es ist diese Skylab-Scheiße, dachte Kuhl. *Dieser Idiot bringt sich wegen einer Blechbüchse um!*

In der Siedlung war man schon einiges gewöhnt, aber noch nie hatten sie einen so rennen sehen. Kuhl schoß die Treppe rauf, jeder Absatz acht Stufen, die nahm er diesmal mit zwei großen Schritten. Oben im vierten Stock stand die Dachluke auf, die Feuerleiter ragte schräg in die Luft, und Kuhl stand mit einem Panthersprung auf der obersten Sprosse...

«RIO!»

Der Astronaut hockte genau vor ihm, die Beine ließ er über die Dachkante baumeln. Als er Kuhl hörte, drehte er sich seelenruhig um.

«He, verrückt, Mann, was machst du denn hier?»

Kuhls Lunge pfiff aus dem letzten Loch. Erschöpft ließ er sich neben Rio auf die warme Dachpappe fallen.

«Du... weißt genau... warum ich hier bin, du Arsch... Du hast es... nur getan, weil du mich... drüben... am Fenster gesehen hast...»

«Wovon redest du überhaupt?»

«Das weißt du doch ... genau, Geige. Geh da vom Rand weg ... Sonst fällst du noch versehentlich runter ...»

Rio zog seine Beine ein. Er lächelte.

«He, Mann, ich wollte mal wissen, wie's aussieht ... Von hier oben, mein ich ...»

«Wissen, wie's aussieht? Du beleidigst meine Intelligenz, Alter.» Kuhl keuchte noch immer. «Hast du nichts Besseres auf Lager ...?»

Langes Schweigen.

«Eigentlich nicht.»

«Wolltest du dich ... wirklich umbringen?»

«Ach was. – Ich wollte einfach mal wissen, wie man sich fühlt.»

Wenig später hatte Rio seine kontemplativen fünf Minuten.

«Weißt du, vorhin, da hab ich nachgedacht. Ich bin Astronaut einer Raumstation, die es nicht mehr gibt. Mit dem Weltall wird's eh nichts mehr, zumindest werden wir es nicht mehr erleben ...»

«Ach, Quatsch», sagte Kuhl, «in ein paar Jahren geht's weiter. Die Russen haben eh die besseren Raumstationen.»

«Ferngesteuerte Mülltonnen sind das.» Rio grinste verächtlich. «Vor ein paar Wochen habe ich in der Zeitung über eine geplante Marsbesiedelung gelesen, und weißt du was, ich wollte mich freiwillig melden, verstehst du?»

Er machte eine Pause. «Tatsache ist, wir kommen hier nicht mehr lebend raus ...»

Kuhl starrte auf den Block gegenüber.

«He, da wohne ich», sagte er plötzlich.

«Was?»

«Na, da wohne ich doch.» Er sprang auf und zeigte auf ein Fenster ohne Gardinen. «Das ist schon irre, wenn man plötzlich sieht, wo man wohnt. Das Loch da, in der Wand, da hab ich mein Leben verbracht ...»

«Hast du mir überhaupt zugehört?»

«Macht es noch Sinn, irgend jemandem zuzuhören, hm? Es macht alles keinen Sinn, glaub mir.»

Rio hatte sich aufgerappelt. Einen Moment sah es so aus, als wolle er springen, aber dann drehte er sich um und stieg in die Dachluke.

«Es erledigt sich von selbst», sagte er noch.

Korso Kamerun, dreimal um den Block und nichts gesehen ...

Kuhl hatte Rio zu einer kleinen Rundfahrt überreden können, «einfach durch die Gegend», weil das die Amis angeblich immer so machten, wenn ihnen die Scheiße bis zum Halse stand.

«Hat Eddie das gesagt?» fragte Rio.

«Ja, das hat Eddie gesagt», bestätigte Kuhl, «und jetzt wird alles wieder gut...» Die Siedlungshäuser flogen vorbei.

«Laß mich mal die Knarre sehen», sagte Rio.

Kuhl griff in das Handschuhfach. «Aber keine Dummheiten!»

«Ich hätte springen können, und ich habe es nicht getan, oder?»

«Schon gut», murmelte Kuhl. Vorsichtshalber nahm er doch das Magazin raus. Während der Fahrt zielte Rio auf Passanten.

«Ha», machte er nur.

«He, da, sieh mal, Mutter mit Kind», sagte Kuhl.

«Ne, der Anzugarsch ist viel besser...» Rio nahm einen Gebrauchtwagenhändler aufs Korn. «Peng – direkt in die Mütze...»

«He, was ist mit dem Bullen?»

«Wo denn?»

«Da, so ein Wichser, der schreibt Strafzettel oder was...»

Rio zielte. «Jetzt nicht mehr», sagte er.

«Na, Rio, ist das nicht besser?» Kuhl kicherte vor sich hin.

«Nicht besser», sagte Rio, «es ist einfacher...»

Nachdenklich starrte er in die Mündung. «So verdammt einfach.»

«Bei anderen ist es einfach», sagte Kuhl.

«Findest du?» Rio drückte sich den Lauf an die Schläfe.

«Wie im Film», sagte er. «Wenn es nur immer so wäre.»

«Aber das ist es doch», sagte Kuhl.

Am Römerhof, kurz vor der Auffahrt zur Autobahn Richtung Wiesbaden, gab es einen Rastplatz für Lkw, den man vom Bahndamm aus sehen konnte. Früher war er berüchtigt gewesen. Regelmäßig, wie von Geisterhand, verschwanden dort ganze Wagenladungen Alk und Zigaretten. Niemand wußte, wohin. Noch vor ein paar Jahren hatte Kuhl sich einen Spaß daraus gemacht, die Nutten in ihren kurzen Röcken zu beobachten, wie sie bei den Fahrern auf den Bock kletterten und zehn Minuten später wieder nach draußen kamen und sich in den Büschen auslaufen ließen.

Aber die schönen Zeiten waren vorbei. Jetzt standen dort nur noch zwei leere Anhänger mit zerschlissenen Zeltplanen herum. Die Nutten beackerten jetzt den Messestrich oder fingen die Freier bereits am Hauptbahnhof ab.

«Du bist hier nur rausgefah'n wegen den Nutten...?» fragte Rio.

«Ich dachte, das würde dich aufheitern.»

«Würde dich das aufheitern?»

Kuhl wurde nachdenklich. «Schwer zu sagen. Ich hab eh kein Geld.»

Rio schwieg erst lange, und dann sagte er: «Weißt du, was ich manchmal denke? Ich sollte hier wegziehen aus der Welt...»

V

Frauen kommen und gehen, dachte Sonny, *und sie langweilen mich nie.* Sie ließ sich diesmal Zeit, die Dusche lief seit zwanzig Minuten.

Sonny saß am Fenster und starrte hinaus auf den Parkplatz des Motels Waldfried, das einzige seiner Art in der Pampa. Der Laden lag etwa zehn Kilometer hinter Hanau, nicht weit entfernt von den Campingwiesen und Badeseen, an denen er sich früher herumgetrieben hatte. Hinter einer mannshohen Hecke verkrüppelter Buchsbaumgewächse sausten die Autos vorbei, viele Lkw, darunter auch Transporter der USAEUR, waren um diese Uhrzeit in Richtung Hanauer Kreuz unterwegs.

Sonny knackte sich eine Dose Binding, die er unten am Automaten gezogen hatte. Er trug nichts außer dem Ledergillet mit den Silberknöpfen; sein «Markenzeichen», wie sie es nannte.

Er trank hastig, wußte aus Erfahrung, daß die «Standhaftigkeit» mit dem Innendruck stieg.

Das Zimmer roch nach Sagrotan, Mottenkugeln und anderen Desinfektionsmitteln. Er fragte sich, ob es je gelüftet wurde. Sein Blick wanderte zu einem Kalenderblatt an der Wand; ein Kakadu blickte ihn feindselig an. Das Bett war hart, aber Sonny wußte, daß es keine bessere Sorte gab, für das, was sie vorhatten.

Hinter ihm im Badezimmer verebbte das Rauschen.

Und jetzt kommt Hannie, dachte er. Nur einmal hatte sie mit ihm über ihre Krankheit gesprochen, über die Knötchen in ihrem Bauch, die immer größer wurden und schon ausgesät hatten, um wieder neue Knötchen zu bilden. Man konnte es hinauszögern, aber aufhalten konnte man es nicht.

«Guck mal», machte es hinter ihm.

Sie sah aus wie eine aufgestampfte Farah Fawcett-Majors und trug rote Strapse, was zu ihrer Stierkämpfernatur paßte.

«Hannie», gluckste er selig. Strapse hatten schon immer eine besondere Faszination auf Sonny ausgeübt. Vielleicht weil sie, unter anderem, die Winkel der Lust präzisierten und die Weichheit des weiblichen Körpers in eine Form zwängten.

«Jetzt will ich sehn.»

Verschämt-gleichgültig kletterte er aus dem Sessel und ließ sie sehen, wobei er seinen Halbsteifen wie einen Tankstutzen hielt.

«Hm», schmunzelte sie, «er ist kleiner geworden seit dem letzten Mal...»

«Oh ja?» Sonny, leichte Panik in der Stimme, inspizierte das gute Stück.

«Laß Hannie mal machen», sagte sie und ging vor ihm auf die Knie.

Von oben konnte er sehen, daß sie eine Perücke trug. Die Chemotherapie hatte ganze Arbeit geleistet.

Hannie im übrigen auch, denn wenig später war sein Schwanz wieder in Hochform.

«Schon besser», sagte Hannie. Von ihrem Taschenspiegel schnupften sie schnell ein paar Nasen. Mit dem, was übrigblieb, puderte sie ihm die Nille. «So macht er nicht gleich wieder schlapp...» Wenn sie wollte, hatte sie den Charme einer Straßendirne.

Also rauf auf die Mutter, dachte Sonny. Sie war ein Langschlitztoaster, und er fragte sich, ob sie Kinder hatte.

«Beine breit, Puppe!» Er sagte das, weil er wußte, daß sie es gerne hörte.

Während sie ganz aufmachte, sah sie ihm in die Augen – *bald werde ich nicht mehr sein. All das wird Fraß für die Würmer. Staub zu Staub, Sonny, Asche zu Asche... Und so paaren wir uns ein letztes Mal.*

«They shoot horses, don't they?» Aus irgendeinem Grund fiel ihm der Titel dieses Streifens ein, den er vor Jahren mal im Fernsehen gesehen hatte. Damals war ihm der Titel saublöd vorgekommen, jetzt fand er ihn irgendwie passend.

Er gab ihr den *Gnadenfick,* das war es.

«Mmmmhh», seufzte sie einmal, «das tut gut, endlich mal wieder was Größeres zwischenzuhaben.»

Sonny bezüngelte sie mit der Geilheit einer Natter. Nicht nur des Geldes wegen fühlte er sich zu einer außergewöhnlichen Leistung verpflichtet.

Ihre Finger wühlten in seinem Haar. Sie liebte seinen Jungenkörper, die sehnigen Arme mit den blauen Venen, die unter der Haut schimmerten.

«Lieber Himmel», sagte sie mit einem gequälten Zug um den Mund, «wo nimmst du bloß die Energie her. Ich wünschte, mein Mann hätte deine Ausdauer...»

Ich kann dir sagen, woran es liegt, dachte er bei sich. *Ich faulenze den ganzen Tag, während dein Alter sich abrackert...*

Er fragte sich, ob sie das Leben suchte, in seinen Armen, im Rhythmus seines Unterleibs, ob sie den Puls noch einmal spüren wollte, ein letztes Mal, bevor es in die Grube ging...

Er hatte Tränen in den Augen und fickte sie mit einer glühendheißen Wut auf das Leben. Als sie kam, brüllte sie wie Schlachtvieh.

Die Perücke fiel vom Kopf und enthüllte eine scharlachrot gesprenkelte Glatze. Obwohl er wußte, daß es nur Pigmentflecke waren, Nachwirkungen der Chemotherapie, spürte er ein flaues Gefühl in der Magengrube.

Ihr Mund öffnete sich zu einem stummen Schrei, er konnte ihre Plomben zählen – und spritzte noch immer.

Er fand das erstaunlich.

Danach lagen sie noch zehn Minuten auf dem Bett und hielten Händchen.

«Ich muß gehen», sagte sie.

Er schwieg, wollte ihn wieder einführen, aber sie versicherte ihm, daß sie wirklich geschafft sei.

Sie stand auf und zog sich an.

«Was ist mit deinem Wagen?» fragte sie plötzlich.

Es war immer Sonnys Wagen, über den sie auf das leidige Thema zu sprechen kamen.

«Was soll schon sein?» sagte er. «Vorgestern ist der Auspuff abgefallen.»

«Und wieviel brauchst du diesmal?» Es klang sachlich.

«Tja.» Einen Moment hatte er Skrupel, aber dann fiel ihm ein, daß er es ihr erstklassig besorgt hatte, daß sie schließlich den Kies ihrem Bauspekulanten aus der Tasche zog und daß sie nächsten Monat um diese Zeit vielleicht nicht mehr leben würde... Sie war eine versiegende Geldquelle.

«So 350 Mark.» Er versuchte das Optimum rauszuholen.

Verlegen stand er vor ihr, Ungeheuer, Ausbeuter, Nutznießer ihrer Möse.

Sie war vielleicht todkrank, aber nicht auf den Kopf gefallen. Lächelnd zog sie zwei neue Blaue aus ihrer Handtasche.

«Zweihundert. Mehr ist nicht drin», sagte sie.

«Fair ist fair», sagte er. Fast schämte er sich.

Sie packte ihre Sachen. Dabei betrachtete sie seinen Penis, der unter ihrem Blick wie ein Eiszapfen in der Sonne schmolz.

VI

«That's the way – aha – aha – I like it...», KC im Ohr und Wind in den Haaren, so brauste Sonny dahin...

Am Kaiserlei-Kreisel aber signalisierten gelbe Warnlichter plötzlich eine Baustelle, und wenig später hing Sonny hinter einer Baukolonne, die mit satten Dreißig am Main entlangzockelte. Der Laster vor Sonny hatte Beton- oder Zementsäcke geladen, irgendwas war da undicht, denn auf der Ladefläche tanzten die Staubteufel, und das altmodische Gebläse des Ford fächelte Sonny den Dreck um die Nase...

Verdammt. Ein Mustang, der Staub schluckt, das durfte nicht sein.

Wütend betätigte Sonny die Scheibenwischer, eine fickrige Affekthandlung, die er augenblicklich bereute. Vielleicht war es wirklich Beton, denn die Wischer schmierten nur hin und her, und je mehr sich das Zeug mit Wasser vermischte, um so schlimmer wurde es.

Fuck it, dachte Sonny.

In einer Parkbucht am Römerhof besah er sich die Bescherung.

Der Wagen sah tatsächlich aus, als hätte er Paris-Dakar oder sonst irgendeine Rallye gefahren. Der feuerrote Lack tendierte Richtung Bordeaux, die Chromhauer erinnerten nur noch an Dosenblech, und der graue Staub saß wie dicke Paste in den Rillen des Kühlergrills.

Nicht aufregen, dachte Sonny, *alles wird gut...*

Da er ohnehin glaubte, eine Belohnung verdient zu haben, beschloß er, den Wagen zum Waschen zu fahren – *nicht zur Waschanlage*, versteht sich. «Einen Mustang muß man mit der Hand waschen», lautete die Regel, die jeder unterschrieben hätte, der was auf sich hielt.

Das Mekka des Autonarren hieß CAR WASH CENTER 2000 und lag am Römerhof, nicht weit von der Messe entfernt. Das Gelände war riesengroß. Auf der eingezäunten Parkfläche gab es 500 durchnumerierte Waschplätze. Am Rande waren rustikale Sitzgelegenheiten installiert, wie an der Autobahn, mit Tischen und richtigen Feuerstellen. Jedes Wochenende wurde hier eifrig geschrubbt und gegrillt.

Ein improvisierter Supermarkt versorgte den Autofetischisten mit allem, was er brauchte, vom Sixpack bis zum Hochdruckreiniger.

An diesem Nachmittag war es verdächtig still. Ein paar Berufsarbeitslose aus der Kuhwaldsiedlung waren mit dem Einbau einer Lufthutze beschäftigt.

Hundert Meter weiter stand noch ein Rentner und wässerte seinen waldmeistergrünen Audi.

Sonny parkte gleich an einer Wasserstelle. Die Plastikeimer lagen hier an der Kette, aber das Wasser kostete nichts.

Leider brachte es auch nicht viel, denn der Schmutz schien jedesmal wieder in matten Flecken aufzutrocknen.

Sonny kickte den Eimer an die Wand. Es war ärgerlich, aber er hatte da noch die zweihundert Piepen von Hannie, und wer Geld hatte, mußte den Kampf so schnell nicht aufgeben. Fröhlich schlenderte er durch das Drehkreuz des Supermarktes, schnappte sich ein Körbchen – und los ging's: dreißig Sorten Shampoo, hundert Fleckenteufel, ein halbes Dutzend Felgenreiniger, Lackstifte, Cockpitsprays, Chrompolituren und «Color Magic»-Glanzmittel mit Farbpigmenten...

He, Speedshine, dachte Sonny. Auch der *High-Tech-Rustmaster* stach ihm diesmal ins Auge, war im Angebot...

Sonnys Körbchen hatte sich im Handumdrehen gefüllt, auf dem Weg zur Kasse meldeten sich erste Zweifel, ob sein Liebessold ausreichen würde. *Hannies letztes Moos*, dachte er. Die Scheine rochen noch nach ihrem schweren Parfüm. Das Geld erschien ihm plötzlich wie eine Reliquie, und so machte er eine große Kehrtwende.

Ein Flasche Chrompolitur und etwas Autoshampoo, mehr kaufte er nicht. Unfroh mit seinem Pietätsanfall, verließ er den Laden.

Er überlegte noch, ob er nicht doch zurückgehen sollte, als er sie sah – kein Zweifel, vor ihm stand eine große Flasche Excalibur Carnauba. Sonny kannte den Werbetext auswendig. «Wachs, der *eisenhart* auftrocknet und den exotischen Duft des Dschungels verströmt.» Einsam und allein stand sie auf einer Bank.

Langsam und wie hypnotisiert ging er darauf zu: ganz klar, die Flasche gehörte jemandem, aber dieser Jemand war nirgends zu sehen. Sonny sah sich verstohlen um.

Irgendein Mofarocker hatte sich vor der Bank breitgemacht, ölverschmiertes Werkzeug lag auf dem Boden verstreut, aber Sonny glaubte felsenfest daran, daß die Flasche zu jemand anderem gehörte. Erleichtert griff er zu.

Dreißig Piepen gespart, dachte er.

«He, Mann ...» Das Kerlchen spiegelte sich wie eine Fatamorgana in seinem Kotflügel, und als Sonny sich umdrehte, hätte er beinahe hell aufgelacht: Der Dreikäsehoch vor ihm ging ihm etwa bis zur Nasenspitze.

«Meinst du mich – Kleiner?»

Sein Gegenüber paffte nervös. Der Flaum auf seiner Oberlippe war noch nicht ganz trocken.

«Das Carnauba-Wachs ist von mir», quäkte es stimmbrüchig, «ich hab die Flasche da nur mal kurz abgestellt, Mann.»

«Ah so ...» Sonny holte einmal tief Luft. «Das ist also dein Luxury Car Wax?»

«Genau ... Ich hab mir nur schnell 'n Päckchen Zigaretten gezogen, das wird doch noch erlaubt sein. Ehrenwort, das da ist mein Excalibur.»

Sonny ahnte, daß das Tatsachen waren, aber er schaltete einfach auf stur. «Und das soll ich dir glauben? Wenn jemand so was kauft, dann hat er eine Menge Lack zu polieren. Wo steht dein Wagen, häh? Ich seh da nur 'ne mickrige Schrottmühle.»

Der Junge stampfte seine Kippe in den Asphalt.

«Die Schrottmühle ist zufällig von mir», brach es aus ihm heraus. «Ich brauch vielleicht nicht soviel Carnauba wie du, aber dich häng ich noch allemal ab – du Arsch mit deinen Rallye-Streifen...!»

Oh oh, große Worte für einen kleinen Kerl ... Zu allem Überfluß grabschte er auch noch unaufgefordert nach der Excalibur-Flasche – nur, da hatte er schon eine Maulschelle sitzen.

«Sonst noch irgendwas unklar?» Sonny war selten am längeren Hebel.

«Das hast du nicht umsonst getan.» Der Giftzwerg hielt sich die Backe. «Nur daß du Bescheid weißt, ich gehöre zu den Baumanns!»

«Da gehörst du auch hin», sagte Sonny. Er bekräftigte den Satz noch mit ein paar ungezielten Fußtritten und amüsierte sich dann, wie sich der Knabe auf sein Mofa schwang und mit Schaum vor dem Mund davonsauste.

So so ... Sonny hatte schon von den Baumanns gehört. Angeblich gab es rund ein Dutzend von ihnen. Im Kameruner Mutanten-Milieu wimmelte es noch immer von Riesensippen: Papa, Mama, und zehn halbwüchsige Idioten, die in manchen Siedlungshäusern ein regelrechtes Horrorregime führten.

Sonny wollte sich gerade davonmachen, als ein knallgelber Karmann-Ghia in die Einfahrt schoß. Rechts und links hing ein Arm aus dem Fenster. *Auch das noch!* Die Kanarie hatte Sonny noch gefehlt.

Kuhl brachte eine Vollbremsung zustande und hupte dann kurz, wie um Sonny seine Ankunft zu verkünden.

«Probleme?»

«Wer hat Probleme?» fragte Sonny zurück. «Ich hab meinen Wagen gewaschen ...» Und dann mit abschätzigem Blick: «Würde deinem auch nicht schaden.»

«Mitten in der Woche?»

Kuhl stieg aus und betrachtete Sonnys zweitliebstes Stück.

«Ein Traum», sagte er dann.

«Findest du auch?» Sonny wußte nie, ob Kuhl ihn verarscht oder nicht.

«He, Rio, ist dieser große, schöne, frischgewaschene Wagen kein Traum?»

Rio nuschelte irgendwas vor sich hin und starrte geradeaus.

«He, was ist denn mit dem los?» fragte Sonny.

Kuhl nahm Sonny beiseite. «Rio wollte sich gerade umbringen. – Wegen dieser Skylab-Geschichte. Ich fahr mit ihm ein bißchen um die Ecken, verstehst du? In ein paar Tagen ist er wieder der Alte.»

«Klar.» Sonny nickte. «Herzliches Beileid», rief er dann.

«Kannst du dir sparen», knurrte es aus dem Innern des Wagens.

«Was schluckt der eigentlich auf 100 Kilometer?» Kuhl hängte sich auf Sonnys Motorhaube.

«Was immer es kostet, ich kann es mir leisten», sagte Sonny.

«Oh ja, du bumst ja jetzt diese Fitness-Stute», erinnerte sich Kuhl. «Sie zahlt gut, was?»

«Alle zahlen sie gut», sagte Sonny und grinste.

In diesem Moment jagten zwei Opel Mantas mit quietschenden Reifen auf den Platz.

Lexmaul-Tuning, dachte Sonny, er konnte das hören. Die Mantas – tief, breit, peinlich – drehten eine Ehrenrunde und rollten dann langsam auf sie zu.

Vati im waldmeistergrünen Audi ergriff hastig die Flucht.

Die Ba... Ba... Baumanns, dachte Sonny. Unter normalen Umständen wäre er vielleicht einfach in seinen Wagen gesprungen und getürmt. Ein paar Tage auf dem Lande, schon wäre wieder Gras über die Sache gewachsen. Jetzt stand er hier mit Kuhl und mußte sich irgendwie aus der Affäre ziehen.

Die Wagen hatten inzwischen gehalten, und eine Menge Augen starrte in seine Richtung. Der Kerl am Steuer war wohl der Älteste. Er hatte einen ziemlich ekligen Rundbart und breite Koteletten. Ungeniert nuckelte er an einem Dosenbier und hatte diesen Schlangenblick drauf.

«Warum gucken die so komisch?» fragte Kuhl.

«Warum? Weil die noch nie so einen Schlitten gesehen haben ...»

«Meinen?»

«Ha ha ...» Sonny öffnete seine Wagentür. «He, mir fällt ein, ich muß gehen ...»

Ganz langsam, dachte er, keine hastigen Bewegungen. Grzimek hatte das mal in einem Film über Nattern gesagt.

«He, Sonny, vergiß dein Putzzeug nicht.»

Kuhl beschnüffelte die Excalibur-Flasche.

«Oh, die ... die schenk ich dir», sagte Sonny. Er hielt es für sicherer, sich von der Beute zu trennen.

«Im Ernst? Ist doch schweineteuer, die Wichse ...»

Er hatte den Satz noch nicht zu Ende gesprochen, als die Bierdose auf Sonnys Wagen aufschlug. Sie war noch halbvoll und spritzte viel Schaum über den Flammenadler.

«Alles halb so schlimm.» Sonny war die Gelassenheit selbst, als er hinter das Steuer glitt. «Die wollten wahrscheinlich den Papierkorb treffen ...»

«Shit, Mann!» Kuhl konnte es nicht fassen. «Hast du das gesehen, Rio?» Rio schenkte den Baumännern einen mißmutigen Blick.

Drüben gingen die Türen auf, und eine unglaubliche Menge Arme und Beine zappelte sich ins Freie ... Kuhl mußte an Todd-Brownings-Freaks denken, Nadelköpfe und Halbmongoloide, Genotypen, die mit den Normalen abrechnen wollten.

«He, du ...» Der Knilch mit dem Rundbart stampfte voran.

«Der meint dich, Sonny», sagte Kuhl. Er ging vorsichtshalber ein paar Schritte zurück.

Sonny seufzte, der Tag hatte schon katastrophal begonnen, und jetzt ging es noch mieser weiter...

«Wir müssen reden...» Die Baumanns standen jetzt im Halbkreis um Sonnys Wagen. Ganz vorne zeigte sich der Knirps mit der Kippe im Mund.

«Komm schon raus, Dreckarsch!» brüllte er.

«Ja, bitte?» Als Sonny ausstieg, hatte er weiche Knie.

«Mein kleiner Bruder hier sagt, du hast ihn schlecht behandelt... Stimmt das?»

Sonny machte ein erstauntes Gesicht. «Schlecht ist nicht das richtige Wort...»

«Du hast mich geschlagen!» brüllte der Winzling. «Du Drecker! Und das hast du mir geklaut...!» Er schnappte sich die Excalibur-Flasche und hielt sie hoch wie einen Beweis.

«Stimmt das?» fragte der Große. Sonny konnte bereits sehen, daß der Wahnsinnsfunke eines Gerechtigkeitsfanatikers in seinen Augen glimmte.

«Stimmt das?» Sonny geriet sichtlich ins Trudeln. «Das... das ist mein Carnauba-Wachs. Ich laß nichts anderes an meine Kiste, da kannst du jeden fragen...»

«So, die ist also von dir, ja?» Der Bestrafer ließ sich die Flasche aushändigen. «Wenn das hier, wie du sagst, dein Excalibur ist, kannst du mir dann vielleicht erklären, warum da Baumann draufsteht?»

Sonny war weiß wie die Wand. Erst jetzt sah er die krickeligen Hieroglyphen auf dem Etikett.

«He, das Döschen ist ja lauwarm», sagte in diesem Moment eine Stimme.

Alle Köpfe ruckten herum: Es war Kuhl. Er hatte das Wurfgeschoß der Baumanns aufgelesen und wahrscheinlich auch ausgetrunken.

«Pisse», sagte er dann und ließ die Dose achtlos fallen.

«Halt dich da raus.» Das große Brüderchen machte ein böses Gesicht.

«Geht nicht», sagte Kuhl. «Die Pulle da», und dabei legte er seinen Arm um Sonny, «gehört mir, Freunde...»

«Was?» Ein Urlaut des Erstaunens ging durch die Menge. «Kannst du nicht lesen? Da steht *Baumann* – so heißen wir zufällig!»

«Nicht zufällig.» Kuhl schüttelte entschieden den Kopf. «Man muß so aussehen wie du, um so zu heißen. – He, im übrigen ist mir scheißegal, was da steht. Dieser großzügige junge Mann hier hat mir die Flasche eben vermacht...»

«Vermacht? Der Hund hat meinen Bruder beklaut!»

«Und wenn, Bestrafer?»

Kuhl lehnte sich an Sonnys Wagen. «Jetzt gehört die Flasche mir, und dein Bruder hat einfach Pech gehabt... War wohl nicht das erste Mal in seinem Leben.»

Es klang irrwitzig kalt und gemein, und auch Sonny wußte nicht recht, worauf Kuhl mit diesem Vortrag hinauswollte. Wahrscheinlich wußte er es selbst nicht so genau, aber langsam setzte sich der Mob in Bewegung.

«Das hast du jetzt davon! Mit deinem großen Maul!» Sonny machte ein paar Karateka-Gebärden. «BITTE NICHT SCHLAGEN!» schrie er.

Der Bestrafer wollte gerade ausholen, als er wie vom Donner gerührt erstarrte. Kuhl kam es wie ein Standbild vor, jemand hatte auf den falschen Knopf gedrückt, Shit! – und jetzt hing der Film, die Zeit zappelte in ihrer Spule. Langsam drehte er sich um, und da stand Rio, ganz in Schwarz, wie der Leibhaftige sah er aus, und rechts hielt er die Kanone. Sie war nicht geladen, Kuhl wußte das, aber die Baumanns wußten das nicht. Rio sagte kein Wort, er brauchte nicht einmal zu zielen, denn wie auf ein unhörbares Kommando hin gaben die Baumänner Fersengeld und drängten sich hastig in ihre Autos.

«Hi, hi, hi...» Kuhl feixte wie eine Hyäne. «Zieht Leine, ihr Tontauben!» Auch Sonny konnte es nicht fassen, daß die Meute verschwand.

Wenig später hatten sie sich von dem Schrecken erholt. Sonny hatte ein Sixpack springen lassen, man trank Bier und bestaunte die Knarre.

«Von Eddie, hm?»

Kuhl nickte. «Kommt gut, was?»

Sonny hatte seine eigenen Vorstellungen von einem richtigen Schießeisen und zuckte die Achseln.

«He, jetzt muß ich wirklich los», sagte er.

«Ach was», kicherte Kuhl, «laß die Schnalle doch warten...»

«He, Rio...» Sonny schwang sich hinters Steuer. «Danke.»

«Und ich?» Kuhl fühlte sich grob übergangen. «Hab ich die Typen eingeschüchtert, oder...?»

«Weißt du, wollen ist nicht können», sagte Sonny. Er zwinkerte ihm zu und gab Vollgas.

«Undank ist der Welt Lohn», sagte Kuhl, als sie wieder in Richtung Kamerun fuhren. «Sonny kann mich nicht leiden, das ist alles.»

Rio war nachdenklich.

«Was hättest du gemacht, wenn ich die Knarre nicht gehabt hätte?»

«Mir wär schon was eingefallen», sagte Kuhl. «Du glaubst doch nicht, daß ich mir wegen ein paar Halbaffen ins Hemd mache?»

«Sie hätten dich totschlagen können, die Halbaffen, oder?»

«Und? Der biologische Film verkürzt sich halt um ein paar Bandschleifen.»

«Glaubst du wirklich, daß es nur ein Film ist?»

Kuhl gab keine Antwort. «Komm, ich fahr dich nach Hause», sagte er nur.

VII

Es roch nach Dispersionsfarbe, Babymist und Fischfutter, und damit wäre einer Hundenase schon einiges klargewesen.

Mit viel Schwung fegte Ilse das schmutzige Geschirr in die Spüle. Sie hatte es satt, bis über beide Ohren, den Babyfraß, den Abwasch, die Windelei, es hing ihr zum Hals raus...

Im Grunde genommen war sie eine alleinstehende Mutter, daran konnte auch das Lincoln-Cabrio vor der Tür nichts ändern.

Damn you, Harry... Draußen in der Diele stand noch immer die Leiter unter dem Loch in der Decke, wo ihr Handy-Man eine Wasserleitung angebohrt hatte.

Zwei linke Hände, und mit seinem Verstand war es auch nicht weit her. Aber sie haßte ihn nicht, er war ihr nur gleichgültig, und sie dachte schon lange an Scheidung. Sie dachte darüber nach wie eine biomechanische Lokomotive, die in ihrem Inneren das Relais fühlte, um die Weichen zu stellen. Ob er durchdrehen würde? Den Mothertrucker spielen? Einen Weltkrieg anzetteln? Harry war ein Macho. Manchmal ließ er tagelang nichts von sich hören, und dann meldete er sich plötzlich mitten in der Nacht mit der Stimme eines Rotkehlchens und piepste ihr was vor von irgendwelchen unterirdischen Bunkeranlagen, Atomminen und trunksüchtigen GIs, die die Abschußrampen in Ostfriesland bewachten. Daß er heute tagsüber angerufen hatte, machte alles noch schlimmer. Sein sentimentales Gefasel erschien ihr manchmal wie eine behördliche Schikane.

«Ilse, äh...» Ihre Mutter, Strohwitwe, ein sperriges Krankenkassengestell auf der Nase, machte sich bemerkbar. Jeden Nachmittag spielte sie für ein paar Stunden den Babysitter, natürlich nicht umsonst. Zwanzig Mark ließ sie sich die Gefälligkeit kosten. Nebenbei bediente sie sich an der Hausbar, wobei sie, um das zu vertuschen, Harrys Kentucky-Bourbon mit Wasser streckte.

«Augenblick...» Ilse trocknete sich die Hände ab.

Ihre Jacke lag im Wohnzimmer auf der weißen Ledercouch mit

den Rotweinflecken. Ihr fiel plötzlich ein, daß sie nur noch fünfzig Mark hatte – das Geld aus der XBC-Kasse. Ihre Mutter würde nicht ohne Knete abziehen, und aus Prinzip gab sie auch nie etwas heraus. Ilse überlegte, ob sie nicht noch irgendwo in der Wohnung ein paar Mark versteckt hatte. Zwecklos.

Wortlos reichte sie ihrer Mutter den Schein.

«Äh ... du hast's nicht zufällig kleiner?» Wie erwartet begann Muttchen umständlich in ihren Taschen zu kramen.

«Laß mal», sagte Ilse.

«Wie du meinst.» Ihre Mutter schlurfte zur Tür. «Ich schreib mir auf, daß du was gut hast.»

«Nicht was – mindestens einmal», sagte Ilse gereizt.

«Brauchst du mich morgen?»

«Aber ja.»

«Dann bis morgen.» Die Tür fiel ins Schloß, und Ilse ließ sich erschöpft auf die Couch fallen.

Wie es hier wieder aussieht. Noch immer waren die Möbel mit scheußlich bekleckerten Plastikplanen verhängt. *Mistkerl ...* Sie dachte nicht im Traum daran, seinen Dreck wegzumachen; selbst im Bad standen noch immer Farbeimer und Pinsel mit eingetrockneten Quasten.

Alles fängt er an und nichts bringt er zu Ende. Vor zwei Wochen war Harry in der Renovierung steckengeblieben. Diesmal hatte irgendein Computer nachts verrückt gespielt und «D-Day» simuliert. Harry war Hals über Kopf abgerückt, und seitdem hockte sie in einem barocken Schweinestall ...

Sie war gerade neunzehn geworden, als sie ihren Cowboy auf der «Dippemess» am Ostpark entdeckte.

Mit seinen Einssechsundachtzig, seinem drahtigen Gang und der energischen Kinnlade wirkte er wie ein aufgemotzter Daimler.

Scheu hatte er ihr zugelächelt und sie in hölzern klingendem Deutsch gefragt, ob er sie zu einer «Gondelfahrt» einladen dürfe.

Gemeint war das alte Riesenrad. Ihre Freundin hielt ihn gleich für einen GI. *Vorsicht.* Aber Ilse war nicht nur von seinen blauen Augen und seinem Bürstenhaarschnitt fasziniert, sondern auch von der *green card*, die er verhieß. Sie wollte plötzlich auswandern, weit weg, ans andere Ende der Welt, es schien ihr, als habe sie ihr ganzes Leben auf nichts anderes gewartet.

Langsam stieg ihre Gondel auf 75 Meter, und da oben, über den bunten Lichtern, hatte er ihr als erstes seine Hundemarke gezeigt. Harry gehörte zu einer logistischen Einheit, die sich mit der Modernisierung von Kernwaffensystemen beschäftigte. «Top Secret» – mehr konnte oder wollte er nicht sagen. Die Stationierung der Marschflugkörper lief seit 1976 auf Hochtouren, und Harrys Einheit verwirklichte bereits die Umstellung der NATO-Doktrin von «totaler Abschreckung» auf «flexible Reaktion». Die Möglichkeit eines begrenzten Schlagabtauschs wurde in Washington offen diskutiert. Auch der Kriegsschauplatz war beschlossene Sache: Krautland. Und wenn die Strategen des 2. Weltkriegs noch von einem EUROPEAN THEATER gesprochen hatten, dann hieß es jetzt TNF oder THEATER NUCLEAR FORCES, und Harry würde in diesem Einakter für die *special effects* sorgen. Über neunzig Stützpunkte für Atomwaffen gab es inzwischen in Deutschland, und Harrys Jungs arbeiteten an der Vernetzung mit den Computern des Nordamerikanischen Verteidigungszentrums (NORAD), irgendwo im Felsmassiv von Cheyenne Mountain. Harry haßte *commies*. Er war Republikaner – und Country-Fan, was ihn gegen die Bazillen des Weltkommunismus immun machte. Als er hörte, daß ihr Opa an der Ostfront gefallen war, hatte er mit Tränen zu kämpfen. «Einen Krieg wird es noch geben», sagte er traurig, «die Grundwerte der freien Welt müssen geschützt werden.»

In Kansas City, wo Harry aufgewachsen war und das sich seit Jahren «Shelter Capital of the World» nannte, wußten die Leute schon lange Bescheid: «D-Day» war so sicher wie das Amen in der Kirche. Inzwischen hatte die Stadt über 5 Millionen unterirdische Quadratmeter. Auch Harrys Dad hatte einen kleinen, bescheidenen Bunker im Garten.

«Aber gemütlich», erinnerte sich Harry. «Manchmal haben wir dort Heiligabend verbracht.»

«Wie schön», sagte Ilse.

Sie drehten noch eine Runde mit dem Rad und gingen dann am Mainufer spazieren. Es gruselte sie wohlig, als er ihr von russischen SS-20-Raketen erzählte, tonnenschweren, fliegenden Haifischen, die eines Tages über den Himmel kommen würden. MIG-25-Jäger würden mit dreifacher Schallgeschwindigkeit folgen, Atom-U-Boote auftauchen, und die «Doomday»-Maschine des Präsidenten, ein riesiger Jumbo-Jet, in den Wolken verschwinden...

Die Szenarios, die er ihr ausmalte, waren so heftig, daß sie feucht wurde. «Oh Harry...» Es war nicht gerade eine Poseidon-Rakete, die er bei ihr reinsteckte, aber sie redete sich ein, daß sie ihn liebte. Immerhin die erste Zeit brillierte er durch ein selbstloses Vorspiel.

Sechs Wochen später war sie schwanger. Natürlich machte ihr der Einfaltspinsel einen Heiratsantrag – mit Kniefall und Minnesang. Sie sagte ja. Nach der Hochzeit zogen sie in ein Reihenhaus am Rande der Siedlung, für Kameruner Verhältnisse eine Bleibe der gehobenen Klasse. Sie hatte insgeheim damit gerechnet, daß sie in die Staaten gingen. Nicht der letzte Irrtum.

Harry strich den Gartenzaun, blütenweiß. Das hatte nichts damit zu tun, daß er in Kansas aufgewachsen war. Vielmehr tönte er, daß nichts auf der Welt so entscheidend sei wie der «persönliche Stil eines Mannes». Auch die ochsenblutroten Tapeten und goldenen Minarette gingen auf sein Konto. Ihre Mutter nannte es vornehm «Neuschwanstein», meinte aber eigentlich «Boudoir».

Auch im Vorgarten machte sich Harry zu schaffen. Aus Sorge um seine junge Familie hatte er eine Neutronenglocke in den Staaten bestellt. Er wußte ja, was die Army auf Zivilisten gab und daß es nur um das Überleben der 5 Prozent ging, die in Geheimdokumenten Personen der Kategorie A+B genannt wurden: Politiker und Großindustrielle. Im Keller hortete er gezuckertes PEMMIKAN-Pulver in 750 Gramm-Dosen mit dem Etikett «Frühstück».

Gleich danach schmiß Harry eine großangelegte «housewarming-party» und versuchte sich bei den Nachbarn beliebt zu machen, indem er Kartoffelsalat und Rindswürste auffuhr.

Als ob er sich für die Gegend verantwortlich fühlte, organisierte er auch eine «neighborhood watch» und empfahl sich als Kampfsportspezialist – was zum Glück niemand ernst nahm.

Sie war mittlerweile im fünften Monat, und Gentleman Harry hatte mit Rücksicht auf das Kind den Geschlechtsverkehr eingestellt. Er war eh selten zu Hause. Schon damals hatte er dauernd irgendwelche «Geschäfte» laufen. *Wheelin' 'n' dealin'* nannte er es. Wenn sie ihn fragte, munkelte er etwas von «ausgemusterten Waffen». Harry und ein paar Kumpels, darunter auch PFC Eddie Logwood, betrieben mit dem Schrott einen florierenden Handel.

Nebenbei spielte er noch den Libero einer Kameruner Kneipenmannschaft. Ein Ami, Wahnsinn! Der Fußball war es auch, der eines Tages ihr Leben veränderte.

Harry kam an diesem Tag völlig aufgedreht vom Bolzplatz heim. Liebevoll tätschelte er ihr den Kullerbauch. Ein Kumpel aus dem Verein hatte ihm einen «bombensicheren Tip» gegeben: Das Sportstudio an der Wickererstraße suchte einen neuen Pächter.

Harry nannte es eine Goldgrube. Plötzlich wollte er raus aus der Army, hatte die Schnauze voll von Marschflugkörpern und anderen Killermaschinen.

Mit dem Geld, das er mit seinen «Geschäften» gemacht hatte, wollte er ihnen eine Existenz aufbauen.

«Ich bin schwanger, weißt du noch», warf sie ein. Sie hielt es für ein unwiderstehliches Argument gegen seine Pläne.

Aber er befand: «Du brauchst eine Beschäftigung.»

«Ich – bin – schwanger», sagte sie. Diesmal mit Nachdruck.

Er hatte ihr vorgerechnet, was das Studio im Monat abwerfen würde: «Und alles, was du tun mußt, ist, ein bißchen hinter der Theke zu stehen und mit dem Hintern zu wackeln.»

Das XBC lief von Anfang an schlecht. Stars & Stripes wehten auf dem Dach, aber bei der Einweihung hatte sich ein pensionierter Oberfeldwebel einen Leistenbruch zugezogen. Ein schlechtes Omen. Die Stammkundschaft hatte sich zu großen Teilen gleich nach der «amerikanischen Übernahme» verdrückt.

Inzwischen machte sich Ilse ernsthaft Sorgen: Die Pleite stand ins Haus – sie, mit ihrer Banklehre, konnte das sehen. Ohne Harrys Nebeneinkünfte aus dem «Gun Club» hätten sie den Laden schon wieder dichtmachen können.

Harry sah das Ganze eher abgeklärt: «Dann machen wir eben bankrott, Liebling, hm? – Wie die reichen Leute.»

Als hätte sie nicht schon genug Sorgen, sollte Harry auch noch die Renovierung ihrer Wohnung beginnen. Sie fragte sich, woher sie das Geld dafür nahm. Überall wirbelte er Staub auf, den sie anschließend zu schlucken hatte. Sie begann ihn zu beobachten, auszuspionieren, wie einen Untermieter in ihrem Leben. Wenn sie schon seinen Schwanz enttäuschend gefunden hatte, dann begann sie nun alles an ihm, angefangen von seinen Lederkrawatten und Cowboymanieren bis hin zu seiner Mitgliedschaft im Tanya-Tucker-Fanclub zu verachten... Mit weiblicher Intuition stellte sie ihm Fallen, mimte hysterische Anfälle, beschwor Katastrophen herauf, nur um sich anzuhören, wie er ihr gänzlich unbeeindruckt weismachen wollte, daß alles bestens sei, «awright», und daß sie sich in ihrem Zustand nicht aufregen dürfe. *Ihre kleine Rache?* Sie traf sich mit Sonny. Schwanger und aufgebläht genoß sie den hitzigen Stoßer, der ohne Rücksicht auf die Frucht mit der Mutter verfuhr.

Als das Kind dann endlich zur Welt kam, sorgte sie dafür, daß Harry nicht aus dem Häuschen geriet. Im Wochenbett täuschte sie Heulkrämpfe vor und wurde auf ein Einzelzimmer verlegt...

Um alles wiedergutzumachen, schenkte ihr Harry das weiße Cabriolet, das *er* sich selbst schon so lange gewünscht hatte.

Sie schreckte auf.

Viertel vor acht. – *Wo blieb Sonny?* Sie sehnte sich nach «little big man»... Sie ging ins Schlafzimmer und schüttelte die Federn auf.

Auf dem Nachttisch entdeckte sie ein Buch: «Nuclear Field Requirements», in englischer Sprache. Weisungen über die Behandlung radioaktiver Leichen. Harry las oft darin, um müde zu werden. Angewidert feuerte sie das Buch in die Ecke. – *Ach Sonny.*

Zwanzig Minuten später (Sonny hatte den Weg in Rekordzeit zurückgelegt) plazierte er seine Eichel zwischen ihre Schamlippen und versenkte sich im feuchten Kanal seiner Träume.

«Du siehst aus wie ein Panzerknacker», sagte er und drückte ihr einen Kuß auf die Schulter. Sie trug eine dieser «Relax-Masken» aus einem Frankfurter Schönheitssalon.

«Bild dir nicht ein, daß ich dich für diesen Nachmittag bezahle», zischte sie.

«Hehe, 'ne große Lippe riskieren ist ja okay, aber man sollte sich dann nicht wundern, wenn diese Lippen mal so richtig in die Mangel genommen werden.»

Sonny hatte keine Lust auf große Erklärungen und bolzte einfach in ihr Loch.

«Mach keinen auf Liebe», stöhnte sie, «ich will unbeschwert genießen...»

Wie in der Peter-Stuyvesant-Werbung, dachte Sonny.

Während sein Körper die Angelegenheit mechanisch erledigte, blickte er angewidert in die Gegend.

Ein Schweinestall, dachte er. Überhaupt war die Einrichtung nicht nach seinem Geschmack. Eine Ausnahme bildete das große beleuchtete Aquarium am Fenster, in dem sich Goldfische und Schleierschwänze tummelten und ihnen beim Vögeln zusahen: Sonny störte das nicht.

«Wann räumst du hier endlich mal auf?» fragte er unschuldig.

Er wußte, daß Harry hinter dieser Unordnung steckte, und es ärgerte ihn, daß es der Cowboy binnen weniger Monate geschafft hatte, eine «picobello Bumsbude» in einen Müllhaufen zu verwandeln.

«Harry soll gefälligst seinen Dreck wegmachen», quengelte er.

«Harry wohnt hier, nicht du. Du kannst jederzeit verschwinden, wenn es dir nicht paßt.»

«Oh, mir *paßt* es aber.» Er adjustierte seine Flinte in ihrer Schießscharte.

«Sieh mal, Harry, muß hier nicht bumsen. Die Unordnung schlägt mir aufs Gemüt ... und dann dieses Poster!»

Tatsächlich hatte Harry ein Poster der Atomwaffenfabrik Rocky Flats über den Fernseher gepinnt: es zeigte den grünen Atompilz über Bikini.

«IN TERROREM» – «Zur Abschreckung» war in klobigen Lettern zu lesen.

«Du bist nicht bei der Sache», schnaubte sie, «das ist dein letzter Ausflug in meine Möse, das schwör ich dir!»

Hosianna. Er hatte das schon zu oft von ihr gehört, um es noch irgendwie ernst nehmen zu können. Und doch tat er so, als würde es die allerletzten Kräfte in ihm mobilisieren.

Selten war der lapidare Ausdruck «bumsen» so angebracht wie in dieser Nacht. Gedankenlos kannelierte er ihre Fotze und zwinkerte dabei den Goldfischen zu, die wie freche Voyeure zurückglotzten ...

VIII

Mit Leidensmiene betrat Rio an diesem Abend das Ali Baba's. Er war ganz auf Beileidsbezeugungen eingestellt, aber nicht Skylab, sondern ein ganz ordinärer Raubüberfall beschäftigte die Belegschaft.

«He, Rio, hast du gehört? In einem Supermarkt in Miami hat es Tote gegeben.» Zippo steckte den Kopf aus der Küche. «Zwei Tote ...»

«... und ein Haufen Verletzte!» rief Katie aus dem Vorratsraum.

«Und wenn schon ...» Rio war noch zu sehr mit dem Absturz beschäftigt, als daß ihn das «Dadeland-Massaker» in Miami interessiert hätte.

Buddha brütete wie immer vor seinem Bakkarat-Brett und zwirbelte seine Warzen am Kinn.

«He, Mister Astronaut, aus deinem Ausflug wird wohl vorläufig nichts.»

Rio stellte mit Verwunderung fest, daß wenigstens Buddha einen Sinn für Prioritäten hatte.

«Du hast es gehört, was?»

Buddha war Rios Interesse am Weltraum dennoch schleierhaft. «Was willst du ...», pflegte er zu sagen. «Sieh dich um: Musik, schöne Frauen, jede Menge Stoff. Was willst du da oben in einem luftleeren Vakuum, hä? – Da ist nichts. – Nichts.»

Rio fragte sich, ob hier irgendwo *mehr war*, und zog sich mitleidig lächelnd hinter sein Mischpult zurück.

Wie konnte er auch einem eingefleischten Baccara-Fan das Weltall erklären? «Die Erde ist die Wiege des menschlichen Geistes, aber man kann nicht sein ganzes Leben in der Wiege verbringen.»

Es war irgendeine Messe in der Stadt, was dazu beitrug, daß sich das Ali Baba's ungewöhnlich schnell mit Anzugsäcken füllte.

Rio spielte die üblichen musikalischen Fußwärmer, Lockerungsübungen für steife Landjunker und verkrampfte Mäuschen. Daß er einmal eine Maxi auf 45 U/min. drehte, fiel niemandem auf. Schlimmer wurde es, als er die einseitig gepreßte Bonus-12" von «Thank God It's Friday» auflegte und die Rille ums Verrecken nicht finden konnte. Rio war kein Freund der neuen Super-Sound-Singles. Da die Tonträger bei einer höheren Pegelmodulation mitgeschnitten wurden, eliminierten sie sozusagen «das Grundrauschen des Universums». Eine weitere Verdrängung des Weltalls ... Ausgerechnet in Stompie, dem Türsteher, fand er noch einen Leidensgefährten. Stompie, ein Ex-US-Marine, hielt den Absturz der Raumstation Skylab für eine größere Katastrophe als den Vietnam-Krieg, mit unabsehbaren Folgen für die Abrüstungsverhandlungen.

«Im Vertrauen, es war Sabotage», murmelte er, «so was wäre unter Nixon nie passiert.»

Rio schaltete ab. Über den Rand der schillernden Vinylscheibe starrte er in ein brackiges Gewässer. Wasserleichen trieben über die Tanzfläche, es war vorbei ...

Stunden später kauerte Rio am Rande eines aufgeschütteten Bahndamms zwischen Klettensträuchern und Disteln. Die Kolik hatte ihn auf dem Nachhauseweg überrascht – *gerockt*, wie der Fachterminus hieß. *War er betrunken?* Wahrscheinlich, sonst wäre er wohl nie auf die Idee gekommen, nach dem Ali Baba's noch mal durch die Gegend zu stromern.

Im Süden konnte er den Wasserturm der Klärwerke sehen. Oben leuchteten rote Lichter, die wohl Tiefflieger abschrecken sollten.

Als der Zug endlich vorbei war, konnte Rio auch Stimmen hören und das Zirpen einer Grille. Vorsichtig stand er auf und sah sie gerade noch unter seinem Hintern davonspringen – sechs oder acht Beine, und ziemlich schnell.

Danke für die Warnung, dachte er. Gleich darauf kamen ein paar Gleisarbeiter vorbei. Rio duckte sich hinter einem Schlehenstrauch: Natürlich war es verboten, das Gelände zu betreten. Er gab den Jungs fünf Minuten und stahl sich dann in die entgegengesetzte Richtung davon. Er ging am Bahndamm entlang, auf einem Trampelpfad im Schatten von Rampen und leeren Waggons, und folgte dann der langgezogenen Parallelkurve, vier silberglänzenden Linien, die wie von einem gigantischen Zirkel geschlagen zwischen dem Schotter verliefen. Über ihm spannten sich Hochspannungsleitungen, schwarze Drahtseile in einem gespenstisch hellen Nachthimmel. Nie zuvor hatte er so etwas Leeres gesehen. Schwach glimmende Staubwolken hingen über der Stadt.

Rio nannte es den «Schotterpark», die kilometerlange Rangiergleisanlage, die sich vom Westhafen bis zum Hauptbahnhof erstreckte, ein graues Steinmeer, durch das sich Schienenstränge zogen. Er hatte das Wort einmal an der Paketausgabestelle gehört, von einem Postler, einem waschechten Kameruner. Zwischen den Schottersteinen wimmelte es gewöhnlich von Ameisen, den heimlichen Herrschern des Parks.

Er schätzte, daß sie das ganze Gebiet untertunnelt hatten, eine Ameisenmetropole mit phantastischen Schimmelgärten, gegen die sich das Tropenmuseum wie ein Waisenhaus ausnehmen würde: Ameisenschwimmbäder, ein Fußballstadion, ein Opernhaus, ein Reichssportfeld, Rennbahnen, der Petersdom – all das, was sich Speer in Berlin erträumt hatte, war den Sechsbeinern unter Tage gelungen. Die Oberfläche war nicht weniger bizarr und erinnerte in hellen Sommernächten an den Garten eines zen-buddhistischen Klosters: Steinbeete, verrußte Kabelbäume, darüber wand sich das Schienennetz.

Hier war es nicht ungefährlich, besonders nachts. Immer wieder hörte er, wie sich Weichen automatisch verstellten. Seine größte Angst war, einmal in so eine Fußangel zu geraten und dann auf die Ankunft einer tonnenschweren Maschine zu warten ...

Was für ein Abgang, dachte Rio. Er spürte plötzlich einen kühlen Wind aufkommen, und von den Bahnhofshallen im Osten wehten Lautsprecherstimmen zu ihm herüber ... Im Bruchteil einer Sekunde hatte er eine gespenstische Vision: *ein Raumfahrer-Epitaph, quasi-religiös ... glühende ionisierte Wolken, Wrackteile von jenseits der Atmosphäre, Sprachfetzen – ... denn Euer ist das Himmelreich, in Ewigkeit, Amen.*

Der Gekreuzigte schwebt im Orbit der Erde, sein Helm leuchtet wie ein Heiligenschein: «*Denn wer mir folgt ...*» *Rio glaubt, die Trompeten Jerichos zu hören, aber es sind nur Raketentriebwerke, die in der Dunkelheit heulen ...*

Vor dem alten Nadelbunker wartete er schließlich auf den Sonnenaufgang. *Meine Rakete*, dachte er. In dieser Nacht fühlte er sich wirklich wie ein gestrandeter Astronaut. Der Bunker war ein Wallfahrtsort, den er jedes Jahr mindestens einmal aufsuchte. Wie eine Pickelhaube stach die Betonröhre in den Himmel.

Rio rauchte eine Zigarette, und ein paar Ameisen leisteten ihm wie immer Gesellschaft. Als ob sie ihn erkannt hätten, wedelten sie mit den Fühlern. «Hallo, Jungs», sagte er. Ein Gesandter kam sein Hosenbein hochmarschiert. Auf der Kniescheibe blieb er stehen und bewegte die Antennen: *Fressen oder Nichtfressen, das war die Frage.*

«Warum sollte ich euch verraten, hm?» fragte er den Delegierten.

Fußmann, der Ameisenfreund schlechthin, hatte ihm einmal einen Vortrag über staatenbildende Insekten gehalten. Ameisen nannte er eine «raumfahrende Spezies», zumindest hielt er sie aufgrund ihrer physischen Eigenschaften und kollektiven Intelligenz für prädisponiert, das All zu erobern. «Wenn sie es einmal geschafft haben, der Schwerkraft des Planeten zu entkommen – was könnte sie aufhalten? Die Schwarze Strahlung? Kälte? Nichts ist so anpassungsfähig wie ihr Genom ... Zeit spielt für die Biester schon gar keine Rolle. Ein Ameisenhaufen ist ein Organismus, der sich selbst ununterbrochen reproduziert. Selbst wenn Millionen und Abermillionen auf dem Weg nach Alpha Centauri sterben sollten, es kämen noch immer genug an ...»

«Bitte einsteigen», sagte Rio. Er lockte die Ameise auf seine Fingerspitze und ließ sie in seiner hohlen Hand laufen.

«So, so, ihr wollt es also schaffen ...»

Die Ameise kitzelte ihn – als ob alles nur Spaß wäre.

«Sieh mal, das ist die Schwerkraft auf Saturn», sagte er leise.

Ganz langsam drückte er zu.

Er spürte, wie der winzige Körper Widerstand leistete, und verstärkte seinen Druck.

«Und das ist Jupiter ...»

Das Gezappel wurde schlimmer. Etwas brannte in seiner Hand. In ihrer Not hatte die Ameise Säure verspritzt.

Gut so, dachte er. *Ihr wehrt euch ...*

Vorsichtig setzte er sie auf den Boden und sah ihr nach, wie sie zu den anderen zurückkrauchte. Dort, am Rande einer korrodierten Betonrampe, strich sie sich die Fühler zurecht und folgte dann einem emsigen Troß, der wohl zur Frühschicht marschierte.

Rio war froh, daß ihr nichts passiert war.

«Tut mir leid», murmelte er, «ich lebe wohl schon zu lange in der Gesellschaft von Menschen ...»

Als sich die erste Morgenröte zeigte, ging er nach Hause.

Tierfilme

«Seien wir Tiere! Wer Wurzeln hat, reiße sie aus!»
Elias Canetti

I

«Eishaus» nannten sie die ewig leere Eisdiele in der Schillerstraße, deren Glastür gespenstisch hell in der Dunkelheit strahlte.

Schon von draußen war das Brummen der Klimaanlage zu hören, und innen stieg die Temperatur selten über 15 Grad. Selbst im Hochsommer ließ es sich hier in Moonboots und Thermojacken aushalten.

Es war so kurz nach neun.

Wie jeden Freitag saßen sie um diese Zeit an einem wackligen Tisch zwischen Plastikpalmen und Fototapeten, hinter sich die Dolomiten bei Sonnenaufgang, vor sich das ewige Eis der Antarktis.

Sonny fühlte sich verfolgt; seine künstliche Welt manifestierte sich immer wieder in denselben Dingsymbolen und Superzeichen, überall stieß er auf diese Simulationen der wirklichen Welt, die er nicht kannte.

In der Polarnacht über dem Eis schwebte ein Pirelli-Kalender (der war echt). Nackte Beine rieben sich an ölig glänzenden Reifen. Darunter stapelten sich grobgerasterte Eisschollen. Die Klimaanlage war vielleicht das echteste von allem.

Irgendwer hatte sich irgendwann einmal gigantisch verplant...

Um sie herum standen dichtgedrängt annähernd zwei Dutzend Tische und wenigstens doppelt so viele Plastikstühle.

Es wirkte bizarr, denn wie immer waren sie die einzigen Gäste.

Rio war tatsächlich in Moonboots reinspaziert, und Eddie hatte sich bei diesem Anblick bekreuzigt. Die eigene travoltamäßige Aufmachung kam ihm dagegen höchst konservativ vor: Nur seine Afro-Krause stand bedenklich auf Sturm. «Holy shit...» Noch immer rätselte er über die gigantischen, silber verpackten Kloben.

«Hast du 'ne Mondlandung vor, Alter?»

Kuhl – Hula-Hemd und Insektenbrille – wußte, es gab da noch andere Gründe.

Sonny, im modischen «Nacido para vivir»-T-Shirt, hatte wie immer keine Meinung und bearbeitete eine Batterie von Aschenbechern und Tassen mit seinem Eislöffel. Caramba!

Rio nickte in einem anderen Takt; da er die Abende im Eishaus hinlänglich kannte, hatte er es nicht einmal für nötig befunden, seine «Gigantos»-Kopfhörer abzusetzen.

Und so saßen sie im Wartesaal zur Ewigkeit, dachte Kuhl.

Die Eisdiele hatte Tradition. Der schwarzweiß karierte Fußboden und der mintgrüne Anstrich der Toiletten erinnerten noch an die fünfziger Jahre, als es hier noch eine Milchbar gab und die Mädchen in Petticoats an diesen Tischen ihre verruchten *milkshakes* schlürften. Unten im Keller stand noch immer die alte Juke-Box, aus der Elvis geplärrt hatte. Bevor er in die Breite ging, Perücken trug und kugelsichere Brillen.

«Low low low», murmelte Kuhl und rührte bereits in seinem zweiten Espresso. Low konnte soviel wie *abgefuckt* oder *mellow* bedeuten, und Kuhl machte sich ohnehin nicht mehr viel aus den kleinen Unterschieden.

Seit einer halben Stunde betrachtete er den Pirelli-Kalender, den jemand im April 77 (kurz nach dem RAF-Prozeß in Stuttgart) das letzte Mal abgerissen hatte... *Warum? Das fragte er sich jeden Freitag.*

«Low...», meinte er wieder. Er fragte sich, wo die Eisbomben blieben.

Vor ihm, zwischen den Kaffeetassen, lag ein Haufen Pillen,

«viele, viele bunte Smarties». Jeder hatte was zum Tauschen dabei: Valium, Captas, AN-1, Ephedrin, Librium, andere Psychopharmaka, selbst ein paar Asthmapillen wechselten ihre Besitzer. Kuhl warf gleich zwei Librium ein, verschluckte sich und hatte einen Hustenanfall.

«Immer mit der Ruhe», sagte Rio und klopfte ihm auf den Rücken.

«I want some *happy pills*», quengelte Eddie. *Happy pills* waren seit neuestem sein Ding.

Wie Chips auf einem Roulettetisch wurden die Tabletten hin und her geschoben: zwei rote gegen vier kleine blaue, zwei weiße gegen vier rote; das war der Umtauschkurs dieses Abends.

«Mellow», sagte Rio, als endlich die Eisbecher kamen.

Der Kerl, der ihnen die Bescherung servierte, trug ein schwarzes Hemd und darüber eine weiße, kurzärmlige Weste. Sein Doppelkinn zierte ein modisches, elegant geknotetes Seidenschälchen. Das war Tacco, der Eismann, Besitzer und Oberkellner in einem.

Er hatte sich längst an die Jungs gewöhnt, sie waren so etwas wie seine nächtliche Stammkundschaft. Als echter Italiano verschwand er Anfang November mit den Zugvögeln, nur um im nächsten Frühjahr, braungebrannt und ein paar Kilo schwerer, wiederaufzutauchen. Wenn er ihnen auf der Straße begegnete, dann nicht selten zusammen mit einer aufgetakelten, nicht mehr ganz frischen Blondine, die Kuhl für «bezahlte Kutteln» hielt. Rio, immun gegen den Bazillus der Perversion, glaubte, es sei Taccos kleine Schwester. Irgendwo dazwischen lag vielleicht die schauerliche Wahrheit.

Auf jeden Fall war Tacco ziemlich «Disco». Rio hatte ihn auch schon im Ali Baba's gesehen.

«Yip», machte Sonny. Niemand wußte, wie er das meinte, worauf es sich bezog und was darauf folgen würde. Eddie vermutete, es habe etwas mit seinem Eisbecher zu tun. Auch Rio, heißhungrig wie immer, hatte sich eine monströse Eisbombe bestellt, eine Naturkatastrophe, die auf der Karte mit «Manga e bevi» angepriesen wurde: Dosenpfirsiche, Schlagsahne und amarettogetränktes Gebäck garantierten ein großes Finale auf der Herrentoilette. Schweigend nahmen sie ihre Löffel auf: Das Simultanlöffeln in der Leere hatte begonnen.

«*Superlow scene*, man.» Eddie schmatzte und juckelte auf seinem Stuhl, als ob er bereits Blähungen hätte.

«Hm, *ultralow*», kam es von Sonny zurück.

Während Rio nur glückste, waren plötzlich alle Augen auf Kuhl gerichtet. «*Abnorm low*», sagte er wie unter Zugzwang.

Eddie nannte es JOCK-*talk*, die «Silbenstecherei» einer mutierten Sprache. *Out of sight, man, low low low, yip!, wow!, top!, yea' yea' yea'* – alles das im monoton-penetranten Tonfall von Pflegefällen vorgetragen. Stundenlang.

Ein Sammelsurium von Floskeln, Sprachfehlern, phonetischen Unreinheiten, Wortfusionen, die weder im Englischen noch im Deutschen irgendeinen Sinn ergaben. Aber JOCK-*talk* erfüllte einen Zweck: Er riegelte die Welt, in der sie lebten, hermetisch ab. Selbst ein Vertrauter wie Tacco, der das Quartett schon lange kannte, war der einsilbige Jargon ein Rätsel.

Kuhl, dem man eine ungesunde Form der Belesenheit nicht absprechen konnte, war die treibende Kraft hinter den bilingualen Permutationen, den Hyperbeln und Epitheta, dem *low... superlow... ultralow... abnorm low*-Geschwafel. Er mußte immer eins draufsetzen.

Wie Dostojewskij in seinen Briefen über nichts anderes schrieb als Krankheiten und Geldsorgen, so fanden auch sie selten etwas anderes, was der Rede wert gewesen wäre.

Fast immer kamen sie im Anschluß an langwierige Erörterungen über den richtigen Weg, das schnelle Geld zu machen, auch auf Krankheiten oder Viren zu sprechen: Curchmann-Steinert, Alzheimer, ALS, Huntington, multiple Sklerose, die heimtückischsten Ausformungen von Krebs und vor allem venerische Krankheiten lieferten die Gesprächsthemen.

«Die kleinsten Feinde der Menschheit», nannte sie Kuhl. Allerdings gab es auch ohne den andauernden Daseinskampf zwischen Mensch und Mikrobe genügend andere pseudomedizinische Probleme.

Sonny wußte an diesem Abend von einer bestimmten Sorte Kondome, 49 Millimeter, Tight-Fit, zu berichten. Lieblingsmarke unzähliger Fernfahrer. Angeblich waren die Dinger porös. Im Eros-Center hatte es hundsgemeine «Unfälle» gegeben.

Eddie konnte es nicht fassen.

«Fuck it», schluchzte er, «good ol' forty-niners! Auf nichts ist mehr Verlaß.»

Rio nickte. *Als ob er das nicht schon immer gewußt hätte.*

«He, wie geht's der Chlor-Akne, Mann?» Kuhl erinnerte sich an die Sache im Park.

Rio ließ sich nicht zweimal bitten und krempelte sein Hosenbein hoch. Die Abszesse leuchteten in den schönsten Farben.

«Es ist nicht besser geworden», sagte Sonny.

«Was wird schon besser», sagte Kuhl.

«Ich finde, es ist nicht schlimmer geworden», sagte Rio. Da es sein Bein war, glaubte er mitreden zu können.

«In der Regel wird alles schlimmer», sagte Kuhl.

Der biologische Film kennt kein Happy End, oder?

Schräg gegenüber vom Eishaus gab es eine Straßenbahn-Haltestelle, und dort stand seit einiger Zeit ein Pärchen und knutschte. Um die Wartezeit zu überbrücken, hatte es sich in den Eingang der Eisdiele gestellt.

«Sieh dir das an», sagte Kuhl und schob seinen Eisbecher zurück.

Es war ein langer Zungenkuß, das war deutlich.

«Hm? Was soll das sein?» Eddie mußte an Ilona denken.

«Säugetiere», sagte Kuhl. Weiß Gott, für was er sich hielt.

«Sind wir das nicht alle?» Eddie, das Kinn aufgestützt, lächelte verträumt.

«Da sprichst du nur für dich, Kumpel», sagte Kuhl. Der Löffel, mit dem er seinen Kaffee umrührte, klirrte nervös.

Jeder der Anwesenden wußte, daß Kuhl alles lieber gewesen wäre als warmblütig, daß er nichts lieber getan hätte, als seinen Körper mit dem einer Maschine zu vertauschen, dem Körper einer quasi unsterblichen, unverletzlichen Lebensform. Eiweißmatsch gegen Plastik und Stahl.

«Oh Boy, Kuhl hat den Kleinstadtkoller», sagte Eddie.

Kuhl schüttelte den Kopf. «Du verstehst gar nichts.»

Rio hatte noch immer den Skylab-Blues.

«Nimm meinen Fall», warf er ein. Es war das erste Mal, daß er sich *einen Fall* nannte. «Was zum Teufel habe ich auf diesem Planeten zu suchen?»

Niemand wußte darauf eine Antwort.

«Ich... ich bin mir fremd», sagte Kuhl in die Stille.

«Nicht nur dir», sagte Eddie.

«Ich bin anders», beharrte Kuhl. Seine Schwermut war schwer zu erklären – und noch schwerer zu ertragen.

«He, Kuhl. Sag bloß, du bist kein Mensch? – Du siehst aus wie ein Mensch, ißt Vanilleeis...»

«Du hast mich nie Vanilleeis essen sehen.»

Zweifellos, niemand hatte Kuhl je Vanilleeis essen gesehen.

«Na schön, dann trinkst du halt Kaffee wie ein Mensch», fuhr Eddie fort, «also hast du menschliche Verdauungsorgane. Du bist ein Mensch, ob du willst oder nicht...»

Kuhl fand diese Wahrheit schwer zu ertragen.

«Ich muß wohl ziemlich humanoid wirken», sagte er. Das Tragische, beinahe Beleidigende war, daß sie ihn einfach aufgrund seiner isomorphen Anatomie dazuzählten.

«I see!» Eddie ging endlich ein Licht auf. «It's not the body, it's the mind, isn't it, Doctor Cool? Das ändert natürlich alles.»

Vielleicht tat es das wirklich.

Anstatt zu antworten, stand Kuhl auf und scheuchte die Turteltauben aus dem Eingang. Der junge Romeo gab sich zunächst widerborstig, suchte aber nach einem Tritt in den Unterleib sein Heil in der Flucht.

Kuhl gab auch dem kreischenden Mädchen eine Ohrfeige. Großer Fehler, zu glauben, daß er so etwas wie Ehrfurcht vor dem Eierstock hätte.

«Du schlägst... Frauen?» Tacco, der den Vorfall mitbekommen hatte, stutzte. Kuhl nickte. «Ja, gerne.»

Tacco schüttelte den Kopf und machte sich wieder an der Theke zu schaffen.

... *Schubi-duh-wabwab.* Rio hatte an diesem Abend eine Schallplatte dabei. «Patrick Hernandez ist der größte Mystiker unserer Zeit», sagte er, «sieh dir mal diesen irren Blick an...» Die Platte wanderte um den Tisch.

«Fette Tunte», sagte Eddie. «Was soll das überhaupt heißen: Born to be alive?»

«Dassis englisch», befand Sonny.

«Born... to... be... alive», wiederholte Kuhl, als meditiere er über diesen Satz. «Es macht Sinn, wenn man das Gegenteil kennt.»

«Born to be – dead?» Eddie wollte es genau wissen. «What about born without a dick? That's even worse.»

«Eines Tages», sagte Rio, «wird es KLICK! machen, und du wirst verstehen. Binnen einer Zehntelsekunde wird dir alles klar, warum du auf der Welt bist und überhaupt...»

«Sein Alter hätte besser aufpassen müssen», sagte Sonny. Er wußte, was der Volksmund mit einem «Fallrückzieher» meinte.

Er hätte den Saft besser auf eine heiße Herdplatte gespritzt, dachte Kuhl, wie immer am weitesten in der Negativ-Zone. *Da wäre ich schon bei der Geburt verzischt.*

Das leidige Thema war endlich abgehandelt, und Kuhl beobachtete Tacco, der vor der Glotze hing.

Der Kasten lief auf Mäuselautstärke, flimmerte in einem Winkel, den man nur mit Teleskopaugen hätte sehen können. Fast unheimlich unsichtbar huschten die Lichtreflexe über Taccos Gesicht; er saß da wie ein hypnotisiertes Kaninchen.

Sonny kicherte plötzlich. «Ich hab eine Idee!»

«Ja?» Rio schenkte ihm einen abschätzigen Blick.

Sonnys Erleuchtungen lagen in der astronomischen Größenordnung 32 und waren von einem normalen Standpunkt aus kaum zu sehen.

«Vielleicht können wir ihm die Kasse ausräumen, ohne daß er es merkt!»

«Ah, no way! Ich wette, er hat 'ne Knarre unterm Tresen.» Eddie tastete unbewußt nach seiner .357er Magnum. Irgendwie hatte er immer Angst, er könne sein Maskottchen verlieren.

«He!» Tacco stellte plötzlich den Ton lauter, vielleicht wollte er die antarktische Stimmung unter den Plastikpalmen brechen.

Es war eine idiotische Musiksendung. Die Boneys hampelten rum, es klang nach «Ma Baker» oder «Daddy Cool».

Eddie machte ein schmerzverzerrtes Gesicht. «Alles, nur das nicht!»

Tacco wackelte mit dem Hintern und bearbeitete sein Serviertablett wie ein Tambourin.

«Das ist Körperverletzung», schnauzte Kuhl. «Das hält kein Schwein aus!»

Tacco winkte ab. Es war immer noch sein Laden. «Eh, Maul halten, ich steh auf die Boneys!»

Kuhl hielt sich die Ohren zu. «He, Spaghetti, mir platzt gleich der Geschmacksnerv!»

Noch immer konnte man es *gut zureden* nennen.

Rio war der Aufruhr so suspekt, daß er seine Kopfhörer absetzte. «He, amico, das wollen wir wirklich nicht», rief er. «Subito! Das ist Hanauer Kirmesmusik! Vergogna! Das spielen die nicht mal im *Schweinestall*.» Damit war das legendäre Cookies gemeint, aus dem sie vor Wochen wegen Pöbelei rausgeflogen waren.

«Es klingt wie ‹Fly, Robin, Fly›», sagte Sonny.

«Du kannst einem nur leid tun», sagte Rio.

«Aber Silver Convention gibt's nicht mehr, und Boney M. sind...»

«Weltstars», höhnte Tacco und trällerte den Refrain.

«Können nicht singen, nicht tanzen – können nichts und sind Weltstars. Wie zum Teufel geht das zu, Mann?» Kuhl mußte an sein «warmes Plätzchen» im Parkhaus denken.

«Scheiße ist Trumpf», sagte Eddie, «die ganze Welt lebt vom schlechten Geschmack...»

Der Spruch klang low, hatte den Mindestgehalt an Amoral und Korruptheit und kam ziemlich gut an.

Rio beobachtete eine Zeitlang, was die kostümierten Hupfdohlen machten.

«Vielleicht hat es was damit zu tun, daß es Schwarze sind», sagte er.

Kuhl hielt das für plausibel. *Exotenbonus.*

«Dann hab ich ja noch Chancen», sagte Eddie.

Sonny war mit seinem Eisbecher fertig, stand auf und machte ein paar Tanzschritte, die er sich von Travolta abgeguckt hatte.

«Oh yes, Sir, I can boogie ... EINS – zwei Schluß und RÜCK – seit – Schluß und VOR – seit – Schluß.»

Sonny zeigte allen, wie ein flink getanzter Boogie aussah.

Tacco applaudierte. «Eh super, Sonny! Dafür griegst du von mir eine Bechär gratis.»

«Muchas gracias!» rief Sonny, dem das die entsprechende Antwort schien – nicht zuletzt, weil er ein T-Shirt mit spanischer Aufschrift trug.

Er drehte eine Pirouette, blieb irgendwo hängen und warf einen Stuhl um.

«Bohnerwachs», sagte er später.

Kuhl nahm davon keine Notiz.

«Weißt du, was mich wundert? Daß der ganze Dreck plötzlich *nach oben* kommt. Kannst du dir vorstellen, was Archäologen mal über unsere Zeit schreiben werden?»

«Keine Ahnung», plapperte Sonny, «aber das können wir auch –

nicht tanzen, nicht singen. Ich meine, das ...», er deutete auf die Boneys, «könnten wir sein, oder?»

Er erntete betretenes Schweigen.

«Und warum nicht, hä?» Sonny wollte es jetzt genau wissen.

«Ja, warum eigentlich nicht», sagte Eddie. «Nun, sieh dir doch mal an, wer sich heutzutage alles als Star aufspielt ... alles Nullen wie die Boneys.»

«He, warum nicht?» wollte jetzt auch Tacco wissen.

Kuhl seufzte. «Das ist nicht so einfach.» Er setzte ein abgeklärtes Lächeln auf.

«Ich weiß», plapperte Sonny, «die Methode des Boogie ...»

«Ach was!» Kuhl winkte ab. «Ist dir schon mal aufgefallen, daß Reiche & Berühmte nur Reiche & Berühmte kennen?»

«Was willst du damit sagen?»

«Na, lies doch mal die Biographien von berühmten Leuten. Die kennen wiederum nur berühmte Leute. Es ist alles eine Mischpoke ...»

«Und?»

«Kennst du jemanden, der reich & berühmt ist?»

Rio brauchte nicht einmal ansatzweise zu überlegen, Eddie dito, nur Sonny konnte es einfach nicht fassen, daß ihm niemand einfiel. «Tja, ich habe Bernd Hölzenbein mal die Hand geschüttelt ...»

«Na bitte. Sonny gehört dazu ...»

«Wozu bitte?»

«Zum Klüngel, Mann. Zu der Drecksclique mit Einfluß und Macht.»

Sonny erinnerte sich an Fotos aus dem Studio 54 – Andy, Bianca, Halston, Grace Jones, beschwipster Jet-Set, dazwischen Filmproduzenten, Ölmagnaten ... jede Menge Kohle & Spaß.

«Irre, Mann. Du meinst, die stecken alle unter einer Decke, oder so ...?»

«Hast du eine andere Erklärung?»

Sonny hatte für nichts in seinem Leben irgendeine Erklärung, und er schüttelte nur vorsichtig den Kopf.

Inzwischen waren die Boneys verschwunden, und Tacco machte sich wieder an der Spüle zu schaffen.

«Hufe, Hufe!» rief Sonny plötzlich.

Ein paar Disco-Mädchen, scharf aufgemacht in leder-lackigen Verpackungen und Hochplateau-Kloben, standen unschlüssig an der Tür.

Sie sahen sich um, sahen Tacco und seine vier Gäste und suchten das Weite. «Oh Gott», sagte noch eine.

Rio hatte selten einen derartig überstürzten Abgang gesehen.

«Na bitte», sagte Kuhl. «Hast du das gesehen?»

Weibchen, dachte er. Man konnte ihnen keinen Vorwurf machen, sie waren nur Zahnräder im Motor der Evolution. Er war kein kräftiges, gesundes Männchen, und selbst die Weibchen der Bananenfliege wären an seinem Samen nicht interessiert gewesen.

Rio zuckte die Achseln. Er ging seit langem davon aus, daß da, wo sie waren, in der Regel eben nichts los war.

«Low low low», meinte Kuhl.

«Wie kommt es eigentlich, daß sich gutaussehende Frauen immer nur mit sanierten Typen einlassen?»

«Einlassen», gluckste Sonny. Instinktiv fand er das Wort in diesem Zusammenhang komisch.

«Ich meine, hast du das schon mal gehört? – Hast du nur mal von 'nem Fotomodell gehört, das, sagen wir mal, einen Monteur heiratet – wegen seinen treuen braunen Rehaugen, seinen geschickten Fingern und so? – Ne, Alter, die Möse wandert ins Revier vom meistbietenden Platzhirsch.»

«Ich meine, warum nicht zu irgendeinem Mr. Nobody-Living-On-Social-Welfare, if you know what I mean.»

«Ja, warum nicht zu dir?» witzelte Eddie.

Kuhl war einen Moment verdutzt.

«Ich habe einen Job, Arschloch», sagte er, dann: «Wer lebt hier von der Wohlfahrt, du Arschgeige? Ich krieg keine Stütze.»

«Reg dich ab, Mann...»

«Reg dich ab? Ich habe einen Job, und ich will *deine Scheißknarren aus meinem Keller ...*» Er sagte es in einem Atemzug und ziemlich laut.

Eddie wollte etwas erwidern, aber in diesem Augenblick tauchte Tacco auf. Mit einer unglaublichen Grazie, die man seinen massigen, behaarten Armen nicht zugetraut hätte, setzte er die funkensprühende Eisbombe vor Sonny nieder. Fast schien es, als würden sich bei diesem Anblick selbst die grellen Bogenlampen verdunkeln. Zwischen den Verzierungen, einem Schirmchen und einer aus Pfeifenreinigerdraht gebastelten Palme steckten ein paar Wunderkerzen im Eis und zauberten ein unwirkliches Licht auf ihre Gesichter.

«Kommen und gehen», sagte Sonny in die Stille, und seine Augen leuchteten wie Kohlen im Höllenfeuer, und Rio machte ein V-Zeichen in alle Himmelsrichtungen.

||

Weekend! Sonny und Ilse ließen die Woche auf ihre gewohnte, XBC-gemäße Weise ausklingen, suhlten sich seit Stunden im 43 Grad heißen Wasser des Whirlpools, der ausnahmsweise mal anstandslos vor sich hin blubberte.

Ilse, einen weißen Cowboyhut auf dem Kopf, ritt ihren Sonny stumm und beherrscht, mit der Ausdauer einer Frau, die scheinbar nichts anderes in ihrem Leben getan hatte, als wilde Hengste zu zähmen. Eine leere Sektflasche dümpelte ebenfalls in der Brühe und stieß von Zeit zu Zeit gegen ihren Oberschenkel. Sie zuckte dann jedesmal zusammen, als ob es ein Tier wäre, eine Art Aal, der bei ihr reinwollte.

Auf dem Rand, zwischen Pizza-Kartons und Alu-Schalen, in denen Giorgio, der Pizza-Mann, die «Capricciosas» angeliefert hatte, standen zwei randvoll mit Puffbrause gefüllte Gläser und ein Kristallascher, an dessen Rand die erkaltete Leiche eines Joints klebte, den sie vor Stunden angeraucht und dann, im Rausch der Hormone, seinem Schicksal überlassen hatten.

Sonny wußte, daß es für lange Zeit das letzte Mal sein würde, und hatte vor, es ihr so gründlich wie nie zu besorgen. Seine Hände lagen wie festgeschweißt auf ihren Hüften. Unverhohlen wanderte sein Blick hin und her zwischen ihren Brüsten und ihrer rasierten Möse, die sich immer wieder auf Höhe des Wasserspiegels mit seinem periskopartigen Erektil vereinigte.

Sex ohne Liebe ist schon was Schönes, dachte er, während das Wasser warm vor sich hin blubberte.

«Wenn du nicht machst, ist das deine Abschiedsvorstellung in meiner Möse...»

Die Worte zeigten Wirkung. Sonny legte sich ins Zeug und wand sich wie eine entfesselte Schlange unter ihr.

Er spürte gerade, wie ihm die Säfte zu steigen begannen – als sie abrupt aufstand.

«Was denn, was denn?» sagte er.

Ihre Scheide schwebte plötzlich vor seinem Gesicht, die Schamlippen weit offen.

«Hast du das eben nicht gehört?»

Fast kam es ihm vor, als hätten es diese *Lippen* geflüstert.

Zunächst hörte er nichts, aber dann: schwere Cowboystiefel, die die Treppe herunterstampften.

«Hi honeee, I'm ho-oohme.»

Harry! Wenn Sonny bisher gedacht hatte, daß sein Leben wie ein billiger Porno verlief, dann wußte er jetzt, daß er sich immer getäuscht hatte; es *war* ein billiger Porno, den er gelegentlich mit seinem Leben verwechselte.

«Schließ die Tür ab», sagte er.

«Geht nicht!» Er sah die Angst in ihrem Gesicht und einen – weiß Gott! – ähnlichen Ausdruck zwischen ihren Beinen.

«Shit, wo gibt's denn so was? Eine Tür, die man nicht abschließen kann...»

Hundertmal hatten sie sich überlegt, was im Ernstfall zu tun wäre, wo er sich verstecken könnte – jetzt herrschte in ihren Hirnen die blanke Leere.

Sonny sprang aus der Wanne, rutschte in einer Wasserpfütze aus und landete auf dem Steißbein.

«Oh, verdammt.» Er glaubte, sich den Arsch gebrochen zu haben, schaffte es aber noch, die Reste ihres Lustmahls in einen Wäschekorb zu stopfen.

Ilse versenkte die Sektgläser in dem schäumenden Wasser, auch die leere Flasche setzte sie auf Grund.

«Honey...?» Nebenan wurde an die Tür zum Solarium geklopft.

«Weg! Weg!» zischte Ilse, die sich einen Schwamm gepackt hatte und sich mechanisch einseifte.

Sonny sah seine einzige Chance in der schmalen Oberluke oder der Besenkammer.

«Deine Kleider, schnell!» trieb sie ihn an. «Willst du vielleicht nackt rausrennen?»

«Rausrennen?» *Wo – raus – denn – du – Pferdekuh?*

Sie schaltete auf stur, seifte sich weiter ein.

Als er seine Klamotten zusammensuchte, sah er ihren Schlüsselbund. *Der Besenschrank! Klar!* Erstmals war Sonny dankbar für seine einssechsundfünfzig. Niemand hätte dort einen ausgewachsenen Menschen vermutet!

«Nicht!» fauchte sie, als er sich den Schlüsselbund schnappte.

«Bis später», zischte Sonny.

Sie warf den Schwamm nach ihm, aber da hatte er sich schon mit affenartiger Geschwindigkeit verbarrikadiert. Auf Knien kauerte er zwischen Putzeimern und Reinigungsmitteln, verhielt sich mucksmäuschenstill. Durch das Schlüsselloch konnte er sehen, wie sie draußen hilflos vor sich hin planschte.

«Harry!» Sie sagte es im selben Moment, als die Tür aufging; keine Sekunde zu früh. Es klang unecht, wie das Stichwort zum Einsatz einer Szene. «Chicki-chicki baby», kam es von der Tür, «hast du mich nicht gehört, Honey?» Ein Stück Uniform, breit wie eine Zeltplane, schob sich in Sonnys Blickfeld.

«Äh ... nein. Ich dachte, du kommst erst morgen.»

Harry setzte seinen Aktenkoffer ab. Von der Seite wirkte er wie ein blondierter jugendlicher JFK, zumindest wie ein uneheliches Brüderchen, das der alte Joseph, «Touching Joe», in seinen Jahren als Roosevelts Botschafter zu St. James, so nebenbei gezeugt hatte.

«Wo ist Harry Junior?» fragte er, noch bevor er sie richtig geküßt hatte.

«Bei meiner Mutter», sagte Ilse. «Wo sonst?»

Frechheit siegt, dachte Sonny.

«Bei deiner Mutter?» Es war das erste Mal, daß er das hörte.

«Ja, warum?» Sie machte Anstalten, aus dem Pool zu klettern. «Du kannst dir nicht vorstellen, was heute hier los war ... ich bin fix und fertig, weißt du ... Probetraining, eine ganze Klasse Berufsschüler ... gegen halb acht war ich so geschafft, ich glaube, wenn du nicht gekommen wärst, ich wäre glatt eingeschlafen ...»

Sonny grinste vor sich hin. *Lügen kann das Biest!* Irgendwie machte es ihn stolz.

«So so», sagte Harry, er schlenderte wieder aus Sonnys Sichtfeld und gab den Blick frei auf Ilse, die eine Mischung aus Scham und Verwirrung zur Schau stellte.

«Ist was nicht in Ordnung, Harry?» sagte sie.

«Nicht in Ordnung?» Harry schien nachzudenken, aber dann schüttelte er den Kopf. «He, hier riecht es aber gut», sagte er. Sonny ahnte, daß Harry unmittelbar vor dem Wäschekorb stand.

«Oh, sag nur, du hast Hunger», giggelte sie, immer noch nackt, und knuffte ihm in den Bauch. «Ich hatte Pizza bestellt. Artischokken. Hätte ich gewußt, daß du kommst ...»

Es klang doch immer wieder wie ein Vorwurf.

«Ja, hättest du gewußt», murmelte Harry. Plötzlich faßte er sie scharf ins Auge. «Trägst du immer einen Cowboyhut, wenn du badest?»

Sonny hatte sich schon die ganze Zeit über gefragt, ob Griggs das übersehen oder ob er nur auf den passenden Moment gewartet hatte.

Es wurde brenzlig.

«Oh, der Hut», sagte sie. Selbst Ilse errötete jetzt. «Ja, der Hut...», sagte sie wieder, «... ist dein Hut...»

«Ich weiß, daß es mein Hut ist», versetzte Harry, immer noch beherrscht. «Ich frage mich, wie es kommt, daß ich dich hier nackt im Whirlpool antreffe mit meinem Hut auf dem Kopf...»

Einen Moment schien es, als hätte sie die Fassung verloren.

«Harry Griggs!» heulte sie plötzlich. «Du dummer, großer Kerl. Weißt du eigentlich, wie sehr ich mich manchmal nach dir sehne? Weißt du das? Wenn du mich hier wochenlang alleine läßt, um deine blöden Manöver irgendwo abzuziehen, in Heidelberg oder wo du dich sonst rumtreibst. Da hab ich mir halt deinen Hut aufgesetzt und mich gestreichelt...» Sie schluchzte verschämt.

Phantastisch. Sonny fühlte sich beinahe verpflichtet, ihr auf der Stelle einen Oscar zu überreichen. Es hätte nicht viel gefehlt, und er wäre aus seinem Versteck spaziert und ihr um den Hals gefallen.

«Sorry», sagte Harry. Das war alles, was er herausbrachte, aber es klang, als ob er bis ins Mark erschüttert wäre. Er schloß sie in seine Arme. Aus Sonnys Perspektive sah es aus, als ob sie echte Tränen vergoß...

«Wie war dein Tag?» fragte sie schließlich und wischte sich die Augen.

Harry holte tief Luft. «Well, der Nike-Gürtel geht nächste Woche ans Netz...»

«Und?» Die Kajalschwalbenschwänze um ihre Augen waren verschmiert.

«Und? – Liebling, jede Rakete hat eine Reichweite von maximal 130 Kilometern. Kannst du dir vorstellen, wo die runterkommen? Ich habe die Zielkoordinaten für Hessen gelesen. Darmstadt, Gießen, Frankfurt... Sie wollen verbrannte Erde, verstehst du? Kannst du dir vorstellen, wie ich mich fühle?»

Ilse nickte mechanisch. Sie hatte schon schlimmere Weltuntergangsmonologe von Harry gehört.

«Warum steigst du nicht aus?» fragte sie und schlüpfte in ihren Bademantel.

«Ja, wenn das XBC besser laufen würde...»

«Ich tue, was ich kann, Harry.»

«Es sollte kein Vorwurf sein, Liebes. Nur von den Einnahmen können wir nicht leben, und der *Gun Club*...»

«... geht keinen was an», fiel sie ihm ins Wort. Sie wußte ja, daß Sonny mithörte.

Harry seufzte.

«Laß uns nach Hause gehn, Liebling.»

|||

Eddie fuhr einen Buick Regal, eine Gangster-Limo mit 6,6 Litern und 440 PS unter der Haube. Auf dem grünen US-Nummernschild stand «Eddie's Machine». Der auf Hochglanz polierte Lack ließ ahnen, was Eddie an seinen Wochenenden so trieb.

Rio steckte in einem himmelblauen Zweireiher mit breitem Revers, den Kuhl «Paki-Incognito» getauft hatte. Die silberne Omega, das einzige, was ihn je mit Armstrong verbinden würde, baumelte lässig an seinem Handgelenk.

«Hunde auf die Rückbank», sagte Eddie, und Rio gehorchte ohne Murren.

Vorne, neben Eddie, saß Rosen, klein, sehnig, zäh, ein Jude aus dem tiefsten New Jersey, schon fünf Jahre vor dem Woody-Allen-Film Opfer dummer Anspielungen und GI-Witze.

Er trug eine alte, durchlöcherte Jeans im Stil der frühen Ramones, ein weißes Tank-Top mit der Aufschrift «DISCOver me» und eine schwarze Motorradjacke, die aussah, als hätte er sie sich selbst aus Skai-Sitzbezügen eines alten VW Käfer zusammengenäht (was den Tatsachen entsprach, denn Rosen wollte später einmal ein zweiter Lagerfeld werden).

Gegen Eddie wirkte er wie ein abgenagter Knochen. Früher

hatte er gedrückt, aber jetzt schwärmte er oft vom *showdown* mit den Iwans. Nebenbei (und das war eigentlich der springende Punkt) war er Beau-Katzman-Fan, der einzige in Frankfurt, der das öffentlich zugab. Das war vielleicht der wahre Grund, warum er noch immer unter psychiatrischer Beobachtung stand.

Rosen war schlechtgelaunt. Seine Cowboystiefel waren völlig verdreckt, und er hatte keine Zeit gehabt, sie zu putzen. Angeblich stänkerte er schon den ganzen Abend.

«Weißt du, was so beschissen ist an Deutschland? Es gibt hier nirgendwo anständige Schuhputzer. In den Staaten ... if you need a good shine, you get it everywhere ...» Er sprach ein ausgezeichnetes Deutsch, wenn er wollte. Aber meistens wollte er nicht.

«Dafür herrscht hier Demokratie», sagte Eddie. Es klang fast so, als würde er es selbst glauben.

«So what?» schnappte Rosen. «I want a good shine, fuck politics, man.»

«Yea', shut the fuck up, Danny.»

Eddie hatte seine .357er Smith & Wesson im Gürtel, Rosen eine handliche .38er. Das waren die Karten an diesem Abend.

Bei dem Ausflug ging's nicht nur ums Trinken und Ballern, sondern auch ums Geschäft, «mixing business with pleasure», wie Eddie das nannte. Der Parkplatz, den sie suchten, galt als größter Umschlagplatz illegaler Waffen im Rhein-Main-Gebiet. Mothertrucker Griggs hatte sich vor Tagen angekündigt, um einen Kunden höchstpersönlich zu checken. Es ging um einen Perser, dem sie schon mal Schnellfeuerwaffen verkauft hatten – jetzt war er hinter Uzis her. Eine Waffe, um in einen Fliegenschwarm reinzuhalten. Oder Araber. Rosen hatte ihm einmal so einen dämlichen Witz erzählt ...

Uzis gehörten nicht zur Standardausrüstung der amerikanischen Streitkräfte in Westeuropa, und weder das Lager in Großauheim noch am Flughafen hatte auch nur eine auf Vorrat. Eddie konnte bloß hoffen, daß Harry den Kunden umpolte – back to M-16, easy come, easy go ...

Rio hörte nur mit halbem Ohr zu; seine Augen hatten wieder diesen leeren, nach innen gerichteten Blick. Rosen zweifelte manchmal, ob Rio überhaupt irgend etwas mitbekam oder sich zumindest bewußt war, daß sie sich auf nicht ganz legalem Terrain bewegten.

Etwas Silbernes landete in Eddies Schoß.

«Spiel das», sagte Rio. Seine Kassetten waren immer silbern bemalt.

«Right on», sagte Eddie. Was von Rio kam, war immer gut. Die Anlage war so weit aufgedreht, daß die Baßeimer unter der Rückbank wie ein Wasserfall rauschten. Die Nummer war kaum angelaufen, als Eddie auch schon das Band zurückspulte.

«Cool, man, what's that?»

«Let's clean up the ghetto...», sagte Rio.

«Right on, brother», stichelte Rosen, der diese Sorte Musik haßte.

«You know I was in New York City a few months ago and the garbage and the trash men were on strike...»

«Weird shit», murmelte Eddie. Es war ihm ein Rätsel, wo Rio diese Platten auftrieb. Das Stück weckte alte Erinnerungen. Er war in einem Ghetto aufgewachsen, war dort über die Straße gegangen, hatte Freunde besucht, Dope geraucht, sich vollaufen lassen und – Ironie des Schicksals – war von der Frau eines Müllmanns entjungfert worden.

Sie brauchten nicht mal zwanzig Minuten bis in die Berge. Hinter Oberursel hielt Eddie das erste Mal vor einem Stopschild, das förmlich durchsiebt war. Es waren große Löcher, und Eddie tippte auf etwas in der Gewichtsklasse seiner Magnum.

Der Wald war also nicht nur für die Tiere da.

Nach Einbruch der Dämmerung war er die eigentliche Domäne der GIs, die hier tun und lassen konnten, was sie wollten. Die Parkplätze entlang der Hochtaunusstraße waren wie geschaffen für nächtliche Schießpartien. Die Schützen brauchten nur durchzuladen und fünfzig Meter in den Wald zu marschieren; manchmal nahmen sie auch gleich irgendein Verkehrsschild unter Feuer. Die Bullen merkten nichts davon oder hielten sich vornehm zurück. Nach dem SOFA-Abkommen (Status of Forces Agreement) mit den Vereinigten Staaten waren sie ohnehin verpflichtet, jeden gefaßten Übeltäter an die amerikanische MP auszuliefern.

«Schhhh... Hörst du das?»

Sie waren eine Zeitlang mit offenem Fenster gefahren.

Es klang nach Dillingers «Marijuana In My Brain», und es schien aus dem Unterholz zu kommen.

«Hier muß es irgendwo sein», sagte Rio.

Daß sie die «Outlaw Zone» erreicht hatten, merkten sie spätestens, als plötzlich ein Mann im Tarnanzug vor ihnen auftauchte und sie wie ein Lotse auf einem Flugzeugträger einwinkte. Über dem Bund seiner Camouflage-Hose lugte der Knauf einer .45er Automatik, der Handfeuerwaffe amerikanischer Offiziere.

«Next turn righthand side.»

«Thank you, officer.»

Für einen abgelegenen Waldparkplatz war das «Teufelsquartier» um diese Uhrzeit ein ziemlich belebter Ort.

Die hochfrisierten Kisten standen in zwei Reihen geparkt, dahinter der dunkle, bewaldete Abhang, und darüber, von der Höhe des Feldbergs, leuchteten die weißroten Lichter der Funk- und Fernsehtürme wie die Abschußrampe einer Rakete. Die meisten Wagen hatten Standlicht an.

Selbst nach Mitternacht herrschte hier noch ein Gedränge wie zur Stoßzeit im Bahnhofsviertel. Eddie fuhr langsam und mit offenem Fenster.

Die Atmosphäre war gewaltgeladen. Es stank nach Whiskey und Pulverrauch, eine elektrisierende Mischung für Idioten aller Art. In jedem Wagen dudelte Musik vor sich hin, viel Country und R & B.

Die Jungs von der 4th Batt 57th, VII Corps aus Mannheim saßen zwischen ihren Jeeps und machten ein Barbecue. Eddie kannte sie vom Sehen, wußte, daß ihre Taschen immer voll Drogen waren. Sogar ein paar «Old Ironsides» aus dem Hunsrück waren angerückt.

Hinter einem Ford stand ein Haufen aus den Ayers-Barracken und starrte wie gebannt in einen offenen Kofferraum. Auf der Kühlerhaube eines holzverkleideten Chevy baute jemand eine Pistole zusammen. Ein Mädchen tanzte schläfrig vor sich hin.

In der Nähe wurde heftig geballert. Das Echo der Schüsse hallte wider von den Wänden der Schlucht.

«He, da ist Kuhl», sagte Rio.

Der Karmann-Ghia fiel auf wie eine Parklücke.

«Dem werden wir's auf dem Rückweg zeigen», schmunzelte Eddie.

Noch ein anderer Wagen stach heraus, ein schneeweißer Jaguar mit Frankfurter Nummernschild.

Gerade erwischten sie Pedder, wie der sich scheinbar friedlich mit dem Fahrer des Wagens unterhielt und dabei gemütlich an die Tür pinkelte. GI-Jokes.

Eddie hielt an, hupte.

«He, Pedder, leave my client alone!»

Pedder, der wußte, daß der ansonsten friedliebende Eddie verdammt ungemütlich werden konnte, zog den Schwanz ein und trollte sich. Eddie parkte seine «Machine» in der zweiten Reihe und grüßte den Mann im Jaguar wie einen alten Bekannten.

Mustafa «Eiermann» Aijamani war Mitte Dreißig, hatte einen gestutzten Kinnbart und lange Koteletten. Obwohl es sich um echte Gesichtsbehaarung handelte, wirkte es wie das gespenstische Werk eines Maskenbildners. Der Nadelstreifenanzug und der lindgrüne Seidenchoker komplettierten diesen Eindruck.

Da Eiermann kein Englisch verstand, sprachen sie deutsch.

«Deine Uhr geht nach», sagte er. Eiermann war ein Pünktlichkeitsfanatiker.

«Und du siehst wieder aus wie ein Gigolo», sagte Eddie. Schön, sie waren eine Stunde zu spät, aber in dem Geschäft sollte man sich gewisse Kulanzzeiten einräumen.

«Ich wußte gar nicht, daß wir eine Verabredung hatten», sagte Rio, der sich etwas im Hintergrund hielt.

«Du weißt vieles nicht», sagte Rosen, «Eddie hat eine doppelte Buchführung. So sind Nigger.»

Rio zuckte die Achseln. Er fragte sich, wo Kuhl steckte.

Eiermann machte noch immer dieses indifferent-saure Gesicht.

Er lebte seit einem Jahr in Frankfurt, handelte mit Perserteppichen. Seine Spezialität waren antike *Sennehs*, dünne, fast seidige Kelims, die sich als Wandbehang eigneten. Die Nachfrage war Ende der siebziger Jahre so groß, daß er einen Großteil seiner Waren aus der Türkei bezog, echte Perser *made in Turkey*, zu einem Spottpreis. Abgesehen von Teppichen, interessierte sich Eiermann für Waffen – Schnellfeuergewehre, Uzis. Vor ein paar Monaten hatte ihm Eddie zwei Kisten mit ausgemusterten M-16 verkauft, natürlich nur gegen cash, viel cash. Aber Geld war für Eiermann kein Problem.

Eddie wußte nicht oder wollte nicht wissen, was mit den Kanonen passierte. Die Seriennummern hatte er vorsichtshalber rausgefeilt, es war da etwas in Eiermanns Wachsgesicht, das ihn stutzig machte.

Bekannt war, daß Eiermann ein Ölgemälde des persischen Königspaares in seinem Schlafzimmer hängen hatte. Er entstammte einer betuchten Familie, die dem Schah viel verdankte, alte Getreue aus dem Jahr 1941, als der junge Muhammed Reza mit Hilfe ausländischer Truppen das Regime seines Vaters abgesetzt hatte. Nach dem Sturz des Schahs war seine Familie aus Teheran geflohen.

Eiermann war nur einer von vielen persischen Spinnern, die im Frankfurter Nachtleben unterwegs waren und unermüdlich Kontakte zu GIs und Bundeswehrsoldaten knüpften. Angeblich waren sie an Waffen interessiert, um schahtreue Himmelfahrtskommandos im Irak auszurüsten.

«Wo steckt der Boss?» fragte Eiermann.

«Gute Frage», meinte Eddie. Es war beruhigend, daß Griggs noch später dran war. «Er hat einen weiten Weg. Heidelberg.»

Eiermann winkte ab. «Das sind allerhöchstens achtzig Kilometer.»

«Get some beer, man», sagte Eddie, um irgendwie abzulenken.

Unterwegs trafen sie Kuhl, der schon zwei Dosen Munition, gute hundert Schuß, verballert hatte und nach Wodka stank.

«Wie geht's der kleinen italienischen Nutte?»

«Ausgebumst», meinte Kuhl. Der Lauf der Beretta war glühend heiß.

«Willst du mal seh'n, Alter?»

Aus seiner Hosentasche holte er einen Schalldämpfer.

«Wo hast du den her?»

Kuhl sah sich um. «Eben war er noch hier. So'n Nigger, Wandschrank, doppelt so breit wie du.»

«Big ‹M› Sayer?» Eddie kannte den Typen. «Ich wette, er hat dich übers Ohr gehauen.»

«Für 'n Fuffi», sagte Kuhl. «Hä?»

Das war mehr als anständig. Es ärgerte Eddie.

«He, Mann», sagte er. «Wann kaufst du dir endlich mal ein richtiges Auto? Ich schäm mich, ehrlich.»

«Was denn? Ich steh nicht auf fette, lahme Ami-Kisten...»

«Aber auf Schrott, was?»

«Was fährst du für ein Auto?», fragte Eiermann.

«Ghia», nuschelte Kuhl.

«Ein plattgewalzter VW», frotzelte Eddie.

«Ein was?» fragte Eiermann.

Sie hörten den Wagen, als es schon fast zu spät war.

Es war ein schwarzer Dodge Street Van, der plötzlich vom Waldweg auf sie zuschoß und erst im letzten Moment eine Vollbremsung machte.

Vorne am Kühler hing ein Hufeisen.

«Yi haw», tönte es aus dem Wagen.

«Mothertrucker», stöhnte Eddie.

Harry Griggs war guter Laune. Er trug ein «Aller-Guter-Dinge-Sind-Drei»-T-Shirt (in gotischen Lettern), ein extrem rechtes Hemdchen, das man in Frankfurt über die Adlerfront beziehen konnte. Ilse – Cowboyhut, Fransenweste und hohe Stöckler – hing beschwipst an seiner Seite. Harry half ihr galant aus dem Wagen.

«Der Boss», interpretierte Eddie den Auftritt. Es klang süffisant.

Danny Rosen brachte ihm ein Bier.

«Ich bin Griggs», sagte Harry und schüttelte Eiermann die Hand.

Natürlich mußte er auch Ilse vorstellen.

«Meine Frau», sagte er stolz. «Ist sie nicht wunderbar?»

Eiermann machte den tiefsten Bückling der Weltgeschichte.

«Ihr ergebenster Diener», sagte er. Es hätte nicht viel zu einem Handkuß gefehlt. Ilse war sichtlich geschmeichelt.

Harry mißfiel das, und er mußte gleich den dicken Max raushängen lassen.

«Come on, boys! Time for a walk.»

«S...S...Sorry?» In seiner Freizeit reagierte Eddie allergisch auf jeden Kommandoton.

«You heard the man.»

Mit sanfter Gewalt zog Rosen den protestierenden Eddie mit sich fort.

«Boys», sagte Harry. Er grinste.

Er bog plötzlich vom Weg ab und stiefelte ins Unterholz. «Hier lang, ich kenne da einen Fleck, wo wir ungestört sind...»

Zögernd, fast widerwillig folgte Eiermann dem Cowboy ins Dickicht. Vielleicht hielt er Harry für einen abgefeimten Schwulen, oder er machte sich Sorgen um seine weißen Gucci-Schuhe.

«Okay», sagte Harry, «was sind das für Geschichten? Du brauchst Uzis, du brauchst Panzerfäuste... Wie wär's mit tragbaren Flugzeugabwehr-Raketen?»

«Keine schlechte Idee», sagte Eiermann.

Harrys Stirn legte sich in Falten.

«Verstehe», sagte er, «wie hoch man auch rüstet, es ist nie genug, was?»

Schon US-Botschafter George F. Kennan hatte so einmal den irrwitzigen Rüstungshaushalt der Staaten begründet.

«Du weißt nicht, worum es geht», sagte Eiermann.

«Und ich will es auch nicht wissen», sagte Harry. Er bückte sich andauernd nach Grashalmen. «Laß mich dich eines fragen: Nenn mir einen Job, wo eine gute alte M-16 nicht ausgereicht hätte?»

«Vietnam», sagte Eiermann. Er pflückte ein paar Kletten von seiner Hose.

«Vietnam...» Harry wollte erst loslachen, aber er bemerkte noch rechtzeitig, daß es Eiermann Ernst war.

«Das war Krieg, buddy.»

Eiermann lächelte hinterhältig.

«Genau. Es gibt Aufgaben, die sind für eine Uzi besser geeignet.»

Harry nickte.

«Na schön», sagte er dann, «aber es kann lange dauern... Sehr lange sogar.»

«Eddie hat was von zwei Wochen gesagt», meinte Eiermann.

«Vergiß es», sagte Harry. «Der Nigger weiß überhaupt nichts. Er fährt, das ist alles.»

Eiermann fletschte ein schiefes Grinsen. «Wann?» sagte er.

«Du hörst von mir», sagte Harry und zog sich seinen Cowboyfilz in die Stirn.

Als sie wieder aus dem Wald traten, warteten schon Eddie und Big «M» Sayer, Fähnrich der 11. ACR, auf sie. Wie Griggs handelte er mit Waffen und versuchte ihm seit langem den Rang abzulaufen.

Big «M» war seit neun Monaten Rekrut und in derselben Kaserne stationiert wie Private Eddie. Ebenso lang dachte er bereits an unehrenhafte Entlassung, was mit einem Vorgesetzten zusammenhing, der ihn bei jeder Gelegenheit triezte.

Er hatte ein paar krumme Dinger gedreht und sich nur deshalb freiwillig zur USAEUR gemeldet, um dem Knast zu entgehen.

Jetzt verfluchte er seine Barracke im Hintertaunus.

Außer Bier in rauhen Mengen und ein paar «Nato-Matratzen» gab es wenig Erfreuliches in der Gegend. Er aß zuviel, seit es den Burger King am Hauptbahnhof gab, und hatte Übergewicht.

«Hi man.» Sie begrüßten sich wie zwei Alpha-Tiere.

«How's business?»

«Not bad.»

«Yeah? Let me show you something...» Harry lächelte herablassend. Wie alle Möchtegernbosse fühlte er sich immer in der Pflicht, irgend etwas beweisen zu müssen.

«There's nuthin' you can show me.» Big «M» war nicht leicht zu beeindrucken.

«Fuck you.»

Harry öffnete den Kofferraum seines Wagens. Unter einer Wolldecke mit einem Aztekenmuster lag ein Motorradkoffer.

Als er die Plastikhartschalen aufklappte, wurde es still.

«James Bond shit», urteilte Eddie. Im Halbdunkel konnte er den Umriß einer Waffe erkennen, die aussah, als käme sie aus einem Science-fiction-Film.

«It's a Benelli», verkündete Harry. Er hielt die Maschinenpistole ins Licht, so daß alle sie sehen konnten.

Der eckige, vor dem Mündungslauf geriffelte Hals entlockte den meisten Waffenfetischisten inbrünstige Seufzer.

«What they're for, man? Some special mission or something?»

«I dunno.» Harry ließ das Magazin, ein Monstrum an Länge, einrasten. «And I couldn't care less.»

Am nahe gelegenen Waldrand hielt Harry auf einen Abfallkorb. Mit einem Feuerstoß hatte er den Behälter zersiebt.

Kuhl hörte die Querschläger sausen und duckte sich hinter Eddie.

«No fucking ejection!» brüllte Harry. Tatsächlich schoß die Maschinenpistole mit gasgefüllten Spezialpatronen, die ihre Hülsen gleich mitnahmen.

«Wieviel?» Eiermanns Tigeraugen leuchteten.

«Tut mir leid», sagte Harry, «die ist nicht zu kaufen...»

«Wie wär's mit zweitausend Mark?»

«Shit, man.» Big «M» schaltete sich ein. «Too much bucks 'n not enough bang...»

«Wieviel?» fragte Eiermann wieder.

Harry schüttelte den Kopf.

«No way, man. She's my lady...»

Vielleicht wollte er einfach zeigen, daß er Prinzipien hatte.

«Hier», sagte er dann und reichte Eiermann die Kanone. «Du darfst mal schießen.» Dabei grinste er gnädig.

Eiermann sagte kein Wort und zielte auf irgendeinen Stern. Ober war es ein Flugzeug?

«Okay, motherfuckers, this is police...»

Woher kam plötzlich diese Stimme?

«Damned, es kommt aus dem Lautsprecher...», sagte Eddie.

«Was...?»

Die Stimme lachte, verursachte ein häßliches Krächzen im Lautsprecher. «Okay, hold it right there, Dildo.»

«Holy shit!» Eddie, riesengroße Satchmo-Augen, weit offenstehender Mund, rollte sich wie ein Kamikaze-Kämpfer aus dem Wagen. Er hielt es für eine längt überfällige Razzia.

Rio, eingeklemmt und in blinder Panik, hatte das Gefühl, jeden Moment könne eine Autobombe explodieren.

Kuhl versuchte, sich unter dem Vordersitz zu verkriechen.

«Surprise.» Wie aus dem Nichts tauchte Dexie Ward, der Spaßvogel der 3rd Armored Division, vor ihnen auf. Er trug eine Art Polar-Tarnparka mit einem Muster, das sicher nur in der Eiswüste wirkte.

«Fuck you, Dex», brüllte Eddie. Sofort war er wieder auf den Beinen. «I could have broken my neck, y'know that!»

«Ahhh, too bad», meinte Dexie und handelte sich ein paar Arschtritte ein.

«Have mercy, have mercy! Look at this!» Es sah aus wie eine Stabtaschenlampe, silbern mit einem roten Kopf.

«Speak», keuchte Eddie. «You got five seconds...»

«It's a microphone!» brüllte Dexie. Und dreimal so laut dröhnte es aus den Lautsprechern. «A Mister microphone!»

«Some walkie-talkie?» Es klang wie ein JOCK-Terminus, aber Eddie war noch immer argwöhnisch. «This must be weird shit night...»

Dexie warf ihm das Teil zu.

«Na ja, ist 'ne Art Sender. Es funktioniert auf kurze Entfernungen.»

Es war tatsächlich ein drahtloses Mikrophon, auf der Packung konnte man nachlesen, wie es funktionierte: «Just set the FM radio dial, press the button und you're on air. Mr. Microphone can broadcast over as many radios as you like including car radios, etc. etc.»

«Hello DJ...» Dexie hielt Rio das Mister-Ding an die Lippen.

«Wow», urteilte Rio, und «WOW!» dröhnte es aus den Autolautsprechern. Dexie lachte. «It's for DJs, y'know?» Er hatte eine ganze Wagenladung bei der Firma Promotional Products in Chicago bestellt.

«Y'know what you're doin'?»

Eddie hätte sich das eigentlich selbst fragen müssen, als er Rio das Geld lieh.

«YEAH», rief Rio. «YEAAAHHHHHHH!»

Eiermann gehörte zu den ersten, die aufbrachen. Eddie hatte gemischte Gefühle, als er den Wagen vorbeirollen sah. Er hoffte, «Mother Trucker» hatte nicht wieder alles vermasselt.

«He wants Uzis.» Harry stand plötzlich neben Eddie.

«Nothing else?»

«Nope.»

«Shit.» Eddie wußte, daß Uzis so mit das einzige waren, was in den Depots unter Verschluß gehalten wurde. In all seiner Zeit bei der Army hatte er noch keine gesehen.

«So?»

«Let's wait and see.» Eddie kannte Griggs und ahnte, der Boss würde auf Zeit spielen. Immerhin, Eiermann hatte schon einen Haufen M-16 gekauft – bevor er leer ausginge...

Er verabschiedete sich zügig von Harry Griggs & Gemahlin.

Um sechs mußte er in Großauheim sein, und vorher mußte er noch seinen Laster abholen.

«Mothertrucker», murmelte er dann und trottete zu seinem Wagen.

Rio saß schon abmarschbereit auf der Rückbank.

«Willst nach Hause, was?» Eddie ließ sich hinter das Steuer fallen.

«Hm hm...»

«Sieht mein Wagen aus wie ein Taxi? Ich bin kein Chauffeur, du Arschloch.»

«Hm hm.»

«Warum sitzt du auf der Rückbank, hm? Du setzt dich immer auf die Rückbank, als ob das ein Limo-Service wäre!!»

«Hm hm...»

«Wen glaubst du, wen du vor dir hast? Hm?»

«Eddie...»

«DAS IST KEIN LIMO-SERVICE, VERSTEHSTE?»

«Können wir jetzt fahren, Eddie?»

«Okay. – Ich wollte das nur mal klarstellen...» Eddies Finger berührten schon den Zündschlüssel, als er etwas Widerwärtiges sah: Ein paar Hillbillies veranstalteten um ein Feuer eine Art Square-Dance. Es war schwer zu sagen, was schlimmer war, das schrille «YIHAWW!» oder die stacksigen Bocksprünge, mit denen sie über die Flammen hüpften.

«Shit», sagte Eddie. Er haßte rednecks, vor allem wenn sie sich so aufführten.

«Wassis jetzt schon wieder?» murmelte Rio.

«Just listen...»

Rio wußte, was das hieß, und kletterte aus Furcht vor bleibenden

Gehörschäden aus dem Wagen. Eddie hatte die lauteste Anlage auf dem Platz, und wie viele Amis mußte er so was manchmal zeigen.

«Jetzt werde ich denen mal einheizen.» Er deutete auf zwei Basstrichter, deren subsonische Frequenzen jedes Vorstellungsvermögen überstiegen.

Es klang zunächst ganz harmlos, eine Art blah, blah: «*What we gonna do is go right back ... way back ... back into time, when the only people that existed where troglodytes – cave men, cave women, Neanderthal ...*» Es war Eddies Lieblingsstück, «Troglodytes» vom Jimmy Castor Bunch, eine häßliche, aber beeindruckende Hypertrophie des Machoman-Sounds von James Brown.

Das Gefiedel der Cowboys wurde von den schrillen Synkopen einer Wah-wah-Gitarre plattgemacht.

«*Let's take the average caveman at home ... listening to his stereo. Sometimes he gets up to do his thing ... He begins to move ... something like this ...*»

«DANCE!» brüllte Eddie, synchron zu dem Steinzeitmenschen auf Platte. Mit unglaublichen Verrenkungen tauchte er in den Wellenschlag der Kongas. Immer mehr Schaulustige rückten von den Hillbillies ab und schwirrten in Richtung Krawall.

Major Deadhead, kaum noch vernehmungsfähig, folgte als erster Eddies Beispiel, und schon wankte die ganze Meute wie ein Schiff bei Windstärke 10.

«*When he gets tired of dancin' alone, he looks into the mirror and says: Got-to-find-a-woman-got-to-find-a-woman-got-to-find-a-woman ...!*»

«Yea', got to find a woman!» krakeelte der Major. «Got to ... God, got to fuck it! Fuck it!» Und knallte der Länge nach hin.

Auch Kuhl, der neunzehn Jahre lang nach dem Motto *Tough guys don't dance* gelebt hatte, ließ sich von der Hysterie mitreißen.

«Fuck it!» johlte er. «FUCK IT!» Er fuchtelte wild mit den Armen und riß sich dabei versehentlich die Knopfleiste auf.

Eddie schien nur darauf gewartet zu haben, denn im nächsten Moment schleuderte er seine Jacke von sich.

Ein paar Mädchen forderten mehr und gröberen Unfug. Eine Vorwitzige machte sich schon an seinem «Zipper» zu schaffen.

Das Lied hatte inzwischen seinen fragwürdigen Höhepunkt erreicht: Am See stößt der Steinzeitmensch auf eine der «Butt Sisters» – Big Bertha Butt –, und er fordert sie auf, sich zu bewegen, für ihn aufzudrehen: «*She said: I sock it to you, Daddy. – SAY WHAT? – She said: I sock it to you, Daddy.*»

«Say what?» echote Kuhl. Zunächst sah es aus, als litte er unter einem epileptischen Anfall. Eddie gingen fast die Augen über, als sich Kuhl leicht tuntenhaft aus seinem Hula-Hemd schälte.

«Say whoaat!» gröhlte Rio. Wie ein Schlafwandler entledigte er sich Stück für Stück der engen Paki-Montur.

«*So when she said: I sock it to you, Daddy!, he said: RIGHT OOOOONNNN!*»

«I sock it to you, Daddy!» kreischte Eddie in einem stimmbandzerreißenden Versuch, Big Bertha nachzuahmen. Kuhl hatte einen Schreikrampf, und Rio bellte nur noch wüste Tierlaute ins Mister-Mikrophon.

Gerade der letzte Teil des Troglodyten-Abenteuers eignete sich hervorragend zum Mitgrölen, und wenig später standen sie alle drei oben ohne vor einer kreischenden Meute. Eine vorwitzige Rothaarige knöpfte sich die Bluse auf. Kuhl glaubte vielleicht das Gezappel seiner Freunde überbieten zu müssen, denn plötzlich hingen seine Hosen auf Halbmast. «Ihr könnt mich alle mal!» brüllte er. In England hieß das «mooning» und gehörte dort angeblich zum Verhaltensinventar der besseren Kreise.

Als das Band endlich auslief, lagen sie am Boden und wurden mit Bier geduscht. Der notorische Pedder schaffte es sogar, Black Elvis auf die Schulter zu pinkeln.

«Great show!» meinte Danny Rosen, «it looked professional!» Das war die höchste Form der Anerkennung, die er kannte.

«I was great, yea'…?» Eddie war noch immer außer Atem.

«Jesuzz», keuchte er dann, «Kuhl hat Pickel am Arsch!»

Kuhl, der sich bei Eddie nie sicher war, maulte irgendwas und knöpfte sich eiligst die Hose zu.

In der Regel wird alles nur schlimmer – Kuhl hätte es eigentlich wissen müssen...

Auf dem Rückweg johlte er ausgelassen und fragte sich, ob das alles mit seinem erhöhten Adrenalinspiegel zu tun hatte, irgendwelchen Hormonen der Hypophyse, der Nebennieren, weiß der Henker... Wie immer lokalisierte er das Glück in den biochemischen Molekülen.

Es war eine helle Vollmondnacht, und die Landstraße zwischen den Feldern galt als ideale Rennstrecke: «Hessisch Le Mans»...

«OKAY – EFF – EFF – EMM – LOWRIDERS – COME – IN – ROGER!»

Es war Rio. Kuhl erkannte die schrille Stimme im Radio sofort, und eine Sekunde später ging die Sonne in seinem Rückspiegel auf. Oder ein Jumbo-Jet hatte zur Landung angesetzt. Kuhl griff instinktiv nach seiner alten Insektenbrille.

«OKAY – OKAY – YOU COOL BOY – THIS – IS – DIRT TRACK RACER...»

Eddie, der Trottel, war scheinbar ohne Licht bis auf Stoßstangenfühlung aufgefahren.

Der hochbeinige Buick leuchtete Kuhl ins Wohnzimmer. Im Rückspiegel gewann er den Eindruck, als sei er schon halb überrollt, und gab Vollgas.

«OKAY OKAY – CHECK THIS OUT...» Rio und sein verdammtes Mister-Mikrophon.

Eddie setzte zum Überholen an. Als Kuhl nach links schielte, hatte sich «Eddie's Machine» bereits auf gleiche Höhe geschoben.

Kuhl kurbelte sein Fenster runter! Er hatte noch eine halbvolle Bierdose unter dem Sitz und den Auftritt der Baumänner in guter Erinnerung.

Er schüttelte die Dose und schleuderte sie dann dem Buick vor die Schnauze.

Die Biergranate prallte auf die Windschutzscheibe. Reifen quietschten, und Eddie fiel ein paar Meter zurück. Seine Scheibenwischer ruderten hektisch durch den Schaum.

«FUCK YOU» dröhnte es aus dem Lautsprecher. «WANNA PLAY HARDBALL? – YOU GOT IT!»

Diesmal versuchte er es von rechts.

«Oh yea'?» Kuhl trat das Gaspedal durch. Der weiße Mittelstreifen flimmerte vor seinen Augen wie ein Wischer im Film. Das Tempo war aberwitzig für die schlecht asphaltierte Landstraße, und jedes Schlagloch konnte das letzte sein.

Kuhl heizte, was der Wagen hergab. Eddie klebte aber immer noch an seiner Stoßstange.

He, dachte Kuhl. *Irgend etwas riecht plötzlich so merkwürdig ... brenzlig ... Im Rückspiegel sah er Qualm ...*

Qualm? Der Wagen begann plötzlich zu rucken, als würde man ihm kräftig in den Arsch treten. Sehr kräftig.

O Gott, laß es nicht wahr sein, dachte Kuhl.

Als er den dumpfen Knall hörte und der Motor erstarb, ahnte er bereits, was passiert war; vor seinem geistigen Auge sah er die knochentrockene Ölwanne und erinnerte sich an einen Ölwechsel zur Zeit der letzten WM. *Kolbenfresser,* dachte er, *es kann nichts anderes sein...*

Wie auf Bestellung tauchte links eine Waldschneise auf, und er ließ den Wagen im Schatten einer hohen Fichtenschonung ausrollen. Das Rauschen des Waldes bildete eine perfekte Geräuschkulisse für einen Horrorfilm der alten Schule. Er sprang aus dem Wagen und glaubte Wölfe heulen zu hören. Als er die Motorhaube öffnete, schlugen ihm Stichflammen entgegen.

«Shit!» Er riß sich sein Hemd vom Leib und begann in die Flammen zu schlagen. Das Hemd, hawaiische Synthetik, fing sofort Feuer.

«Shiiiitt!» Er warf den brennenden Lappen von sich.

«Wo bleibt denn da die Feuerwehr?» hörte er hinter sich. Als wäre es Telepathie, hatte Eddie seinen Schwanz schon ausgepackt.

«In der Army lernt man einiges, auch wie man einen Brand ohne Feuerlöscher löscht!»

Drei Wasserstrahlen zischelten auf den Motorblock und erstickten die letzten Flammen, die sich noch unter dem Keilriemen zeigten.

«Das muß reichen», sagte Kuhl.

Als er hinter das Steuer des Schrotthaufens stieg, fühlte er sich wie gerädert. Dreißig Kilometer hing er am Abschleppseil und sagte kein Wort.

> **Zwillinge** (21. Mai - 21. Juni)
> Sollten Sie sich je gefragt haben, weshalb Sie in die Welt gesetzt wurden, hier haben Sie eine mögliche Antwort: Jemanden muß es ja treffen.

Staschs Diagnose war kurz & schmerzhaft und paßte zu Kuhls Horoskop: «Kolbenfresser. Ganz große Scheiße.»

Angewidert starrte er unter die rußgeschwärzte Motorhaube und dann rüber zu ACs Abschleppwagen, der ihm die Bescherung auf den Hof gekarrt hatte.

«Wird schweineteuer. Brauchst Austauschmotor, siehst du, dies und das, Einbau, Ausbau, eine gute Tag Arbeit.»

«Erspar mir die Einzelheiten. Was soll es kosten?»

Stasch schneuzte sich in den Ärmel.

«2000 Deutschmark. Drunter geht nicht. Und kleine Anzahlung. Bar.»

Wenn Kuhl schon immer unter dem Eindruck litt, daß er allein «Stanis-der-Lausens» gottlose Schwarzbrennerei finanziert hatte, dann wußte er es nun mit Gewißheit.

«Vergiß es», sagte er, «soviel hab ich neu für den Wagen bezahlt.»

«So?» Stasch nickte gutgläubig. «Dann laß Gurke verschrotten und kauf dir ein anständiges Auto.»

«Anständiges ...? Wie redest du mit mir, Hapack? Behandelt man so einen Stammkunden? Willste wieder nach drieben, hinter den eisernen Vorhang? Hä?»

Stasch hatte Besseres zu tun, als sich mit Kuhl rumzuärgern, und schlurfte einfach davon.

Auch AC quengelte, wollte weg. «Kommst du, Mann?»

«Stasch! – Stasch! Sieh mich an, wenn ich mit dir rede! Du kennst mich doch!» brüllte Kuhl verzweifelt. «Du kennst mich, ich kenne dich, wir kennen uns *sozusagen*! Du mußt doch wissen, daß ich keine müde Mark habe, sonst würde ich hier nicht aufkreuzen, oder? Und hab ich je versucht, dich übers Ohr zu hauen? Hab ich das?»

Schweigen. Da war jemand nachtragend.

«Na schön – einmal! Aber ich habe es wiedergutgemacht, oder? Oder?»

Kein Kommentar.

Kuhl blieb nichts anderes übrig, als den Beleidigten zu spielen. Er zahlte 26,20 in Kleingeld an und bestand auf einer Quittung mit allen Schikanen.

IV

«I have a dream...», begann Eddie den Vortrag, den er Sonny am Telefon hielt. «Du kennst mich ja», sagte er, «wenn ich erst mal loslege, bleibt kein Auge trocken...»

Seine jüngste exhibitionistische Anwandlung hatte bereits alle Stadien der Verklärung durchlaufen. Er hatte eindeutig Jubelschreie gehört und Frauen gesehen, die ihn mit Unterwäsche bombardierten. An Kuhl und Rio erinnerte er sich in prominenten Nebenrollen, vor allem, wie sie ihn am Ende auf Schultern hochleben ließen...

«I'm a born stripper...» Black Elvis machte ein Geräusch, das auf einen Riesenjoint schließen ließ. «Ach, was red ich denn... Du bist ja Profi und weißt, was ich meine.»

«Ei no», murmelte Sonny. Das XBC war vorübergehend wegen Renovierungsarbeiten geschlossen, und Sonny hatte die Ehre,

Harry beim Einbau eines Wandschranks zu helfen. Mothertrucker konnte vielleicht Atomraketen programmieren, aber im täglichen Leben war er eine Null. Sonny verfolgte nicht ohne Genugtuung den Beginn einer Tragödie.

«Hammer, Harry?» Scheißfreundlich reichte er das Werkzeug nach oben.

«Sonny, Junge, du hättest es sehen müssen...» Eddie paffte so vor sich hin. «Es war einfach... *phänomenal*. Zur richtigen Zeit, am richtigen Ort – so ein Gefühl, verstehst du? Die Zeit ist reif, Sonny boy...»

«Für was, Eddie?» Sonny tappte wie immer im dunkeln.

«Sonny, wovon rede ich denn? Wir werden einen Wahnsinns-*act* aufziehen, eine Playback-Show wie die Boneys... mit allem drrrumm'n drrrrann...»

Er klang wie Bill Ramsey, als er das sagte.

«Du meinst 'ne Stripnummer, Eddie?»

«Genau das, Sonny, wir legen öffentlich ab.»

«Eddie?»

«Ja, Sonny?»

«Wer sind wir, Eddie?»

Harry, der Sonnys Frage gehört hatte, blinzelte höchst irritiert.

«Na, leck mich am Arsch, Sonny, was glaubst du, wer wir sind?»

«Ähh... meistens sind es mehrere», antwortete Sonny, der das für eine dieser Fangfragen hielt, die man nicht direkt beantworten sollte.

«Wir sind wir», kam es aus dem Hörer, «ich habe schon alles mit Rio besprochen. Er ist der beste DJ weit und breit... Wir werden diese Stadt im Sturm nehmen... Da draußen wimmelt es von frustrierten, vernachlässigten Frauen...»

Sonny fragte sich, was Eddie in den letzten Tagen geschluckt hatte.

«Hört sich an, als willst du ganz groß rauskommen, Eddie?»

«Ich sag dir, was ich will, Sonny: Ich will ein Sex-Symbol werden: Black Elvis – Man – Myth – Legend, so was in der Art...»

Genau in diesem Moment schlug sich Harry auf den Daumen, und Sonny mußte hell auflachen.

«Was gibt's da zu lachen?» Eddie hatte keine Ahnung, was sich im XBC abspielte.

«Ach, nichts, ich denke nur, um groß rauszukommen, braucht man Geld, Eddie...»

«Mut, mein Junge! Nur Mut! Und ein paar gute Freunde!»

Sonny wußte, daß Eddie auch das nicht hatte, aber er hielt sich zurück.

«Okay, was hast du vor?» Harry rutschte gerade die Leiter herunter. Er war weiß wie die Wand.

«Ich habe einen Plan...» Eddie holte tief Luft. «Wir sind vier: du, ich, Rio und Kuhl...»

«Kuhl? Was hat Kuhl damit zu tun?»

«Denk doch mal nach, Mann. Vier ist die magische Zahl des Show-Geschäfts...»

«Die Village People sind sechs», gab Sonny zu bedenken.

«Die Village People sind auch schwul!» brüllte Eddie. In seinem zugekifften Schädel versuchte er krampfhaft, nicht vom Kurs abzukommen. «Kuhl bringt's! Ich hab das mit eigenen Augen gesehn!»

«Vorhin hast du noch gesagt, er hätte Pickel am Arsch...»

«Ach was, und wenn... Und darum geht es doch auch nicht...»

«Und ob: Ästhetik ist das A und O des guten Strips.»

«Sieh dich um, Junge!» Eddie seufzte wie an einem offenen Grab. «Die Zeiten haben sich geändert... Wir leben in der Endzeit. Das schreiben die Zeitungen. Was heute zählt, sind Skandale, Exzesse... und schlechter Geschmack!»

«Äh, Sonny...» Harry stand neben ihm, immer noch leichenblaß, und hielt seine Hand unters Wasser. «Wenn du da fertig bist, sei so gut und such mir den Verbandskasten, ja?»

Sonny nickte. «Ich muß jetzt Schluß machen, hier braucht jemand den Notarzt...»

«Den Notarzt? – Was zum Teufel ist los, Sonny?»

Shit, dachte Eddie, *Bleifuß Richtung Großauheim.* Er war spät dran, und die halbe Stunde, die er mit Sonny verschwatzt hatte, fehlte ihm jetzt. Die Dröhnung klang ab, und der olivgrüne Alltag hatte ihn wieder. *Black Elvis, Man – Myth – Legend ... shit!* Die Sprüche gärten noch immer in Eddies Hirn.

Leider war es eine traurige Tatsache, daß weder Rio noch Kuhl bisher von Eddies Idee wußten, die Geschichte des Wahnsinns-*acts* hatte sich erst im Gespräch mit Sonny entwickelt und dann quasi verselbständigt. Dope-Gespräche waren wie Seifenlauge, ein bißchen Geblubber, und schon wimmelte es überall von diesen schillernden Luftblasen ...

Während der Weiterfahrt dämmerte es Eddie, daß er irgend etwas unternehmen mußte. Ein Rückzieher kam nicht in Frage, er hatte diesen Traum gehabt, und er würde ihn Wirklichkeit werden lassen ... Basta. Wenn er gesagt hatte, daß Rio und Kuhl mitmachen würden, dann war das auch so, nur wußten sie es noch nicht, Fußmann hätte es vielleicht ein Zeitparadoxon genannt.

«Was soll das, Eddie?»

Kuhl hielt es wieder für eine typische Eddie-Extratour, ihn um halb sieben ins Eishaus zu zitieren.

«Setzen», sagte Eddie. Nicht nur, daß er in einem tipptoppen Anzug erschienen war, seine Frisur erinnerte auch nicht ganz zufällig an den Box-Promoter Don King.

«Black Elvis hat was zu sagen», sagte Rio.

«Hat er», echote Sonny.

Auch Tacco machte ein gespanntes Gesicht.

«Brothers ...» Eddie stand tatsächlich auf und räusperte sich.

«You had a dream?» Die Frage kam von Kuhl. Er hatte ein untrügliches Gespür für die falschen Fragen zum falschen Zeitpunkt.

«Yes, as a matter of fact, I had.» Eddie war aus dem Konzept. «He, Tacco, was glotzt du so blöd? Bring Kaffee für unseren vorlauten Freund ...»

«Favanculo», schallte es zurück, aber drei Mark fünfzig waren drei Mark fünfzig.

«Also...» Eddie holte tief Luft. «Vor kurzem haben wir hier noch an diesem Tisch gesessen und uns gefragt, wie das möglich sein kann, daß Nichtskönner wie diese Boney-M.-Combo aus Hinter-Hanau plötzlich groß rauskommen? Können nicht tanzen, können nicht singen und sind Weltstars. Stimmt's nicht, Tacco?»

Hinter dem Tresen brummelte es.

«Scheiße ist Trumpf», sagte Kuhl, «das hast du doch selbst mal gesagt... Alle Welt lebt vom schlechten Geschmack.»

«Aufgepaßt.» Eddie grinste wie Schweinchen Schlau. «Sieh dich um, überall ist nur noch *trash* angesagt, das ist die neue Masche, Junge...»

«Und da willst du aufspringen?» Kuhl wollte endlich zur Sache kommen. Eddie lachte, als ob er nicht ganz mit der Wahrheit herausrücken wollte. «Du erinnerst dich noch, neulich, auf dem Waldparkplatz, was für 'ne Show wir da gerissen haben... Diese Ausziehnummer... – Oh Boy! Du hast die Hosen runtergelassen...»

Kuhl hatte seinen Aussetzer schon fast vergessen, nickte aber unbestimmt.

«Was willst du damit sagen?»

«Okay. Hier ist der Plan. Rio hat ein Band gemixt...‹Born To Be Alive›, den Instrumentalteil... auf, äh...»

«Fünfzehn Minuten», erläuterte Rio.

«Es ist Wahnsinn mit Methode», bestätigte Eddie.

«Und?»

«Okay. Am Freitag, um Punkt zwölf, werden wir im Ali Baba's auf die Tanzfläche gehen und eine neue Ära einläuten...»

«Ah so», sagte Kuhl. «Und was genau werden wir dann tun, Eddie?»

«Na, was schon...»

«Get daun onitt», summte Sonny und schnippte mit den Fingern.

«Get down on it? Das ist doch hirnverbrannt!» Kuhl mußte das eben klarstellen. «Warum sollte ich da mitmachen?»

«Weil du reich & berühmt werden willst wie ... wie ...»

«Wie die Boneys.» Klar, daß Sonny wieder seine Mayonnaise dazugeben mußte.

Eddie rastete plötzlich aus. «Ich kann sie nicht mehr sehen, die Boneys – dieses Ma-Baker-Humpapa-Gesocks!» Mit diesen Worten zog er ein penibel gefaltetes Poster aus der Tasche.

«He, ein Boney-Poster!» rief Tacco, der Adleraugen hatte, wenn es um seine Lieblinge ging.

«Gerechtigkeit!» rief Black Elvis.

In seiner Hand flammte plötzlich ein Feuerzeug auf.

«Damnezione!» brüllte Tacco. Er tauchte unter den Tresen und stöberte in irgendwelchen hohlklingenden Ecken.

Das bunte Konterfei stand schon lichterloh in Flammen, und Eddie ließ es Asche in die Eisbecher regnen.

«Asche zu Asche», sagte er, als Tacco mit einem Feuerlöscher an den Tisch stürmte.

«Das machst du nie wieder! Sonst fliegst du hier raus! Verstehst du?»

«Es war doch nur eine symbolische Geste», sagte Sonny.

«Das schöne Poster! Und fackelt mir die Bude ab!»

«Oh, it's that old black magic ...» Kuhl intonierte den bekannten Refrain.

«Is doch nichts passiert, Tacco! Nur 'n bißchen Hokuspokus ...»

«Das ist kein Hokuspokus, du Arsch!» Eddies Stromfrisur schien sich noch mehr aufzubauschen. «Hast du Lust, hier bis in alle Ewigkeit rumzuhängen und Pillen zu schlucken? Jeden Freitag das alte Lied, *Manga e Bevi* und ein paar Bier und drittklassigen Wippen auf den Arsch schielen ... Wir könnten die Welt haben, die Welt ...!»

«Wo ein Wille ist, ist auch ein Weg», ergänzte Sonny.

«Ein Loch, meinst du», korrigierte Kuhl. «Sagt mal, habt ihr jetzt alle die Hirnsause? Könnt ihr euch nicht vorstellen, was am

Freitag passiert? Hast du die Türsteher vergessen, Eddie? Die schmeißen dich raus, da bist du noch nicht ganz mit der oberen Knopfleiste fertig!»

«Was soll schon passieren.» Rio lächelte müde.

«Was soll schon passieren?» tobte Kuhl. «Dir da oben, auf deinem DJ-Posten, kann es ja egal sein. Denk doch nur einmal in deinem Leben nach... Kannst du dir vorstellen, was passiert, wenn... wenn Voodoo-Eddie und der Pygmäe halbnackt auf der Tanzfläche rumturnen? Yes Sir, I can boogie... trullala?»

«Pyg... Pygmäe?» stammelte Sonny. «PYGMÄE?»

«Nicht aufregen», sagte Eddie.

«Ich reg mich aber auf», schrie Sonny. «Wer braucht dich, Kuhlmann? Warum verschwindest du nicht einfach wieder ins Parkhaus, wo du hingehörst?»

«Nur eine Frage», Kuhls Augen waren schmale Schlitze, «bist du krankenversichert?»

«Warum willst du das wissen?» fragte Rio.

«WEIL ER BLEIBENDE SCHÄDEN DAVONTRAGEN WIRD, WENN ICH MIT IHM FERTIG BIN!!!»

«Mir reicht's», sagte Sonny. Es reichte ihm wirklich.

«Und mir erst.» Kuhl stand auf. «Ich habe eine Menge Probleme. Mein Wagen ist im Arsch, ich müßte zur Kur oder in Urlaub – UND IHR WOLLT MICH ZU EINER EXHIBITIONISTISCHEN WAHNSINNSTAT VERLEITEN, IHR SÄCKE!»

«He, Kuhl...»

«Ja, Rio?»

«Okay, mal anders gefragt: Was hast du groß zu verlieren?»

«Ich...?» Kuhl lachte und hüstelte.

«Ich kann's dir sagen: nichts. Du hast nichts zu verlieren, wie wir alle.»

«He, so kenn ich dich ja gar nicht», sagte Kuhl, «das klingt ja nach Selbstmordkommando...»

«Vielleicht ist es das», sagte Rio, «so 'ne Art Chance. Es ist wie bei mir. Ist doch egal, was ich mache, oder? Scheißegal. Ist egal, was du machst. Wen kümmert es, was aus Sonny wird? Oder Eddie. Wenn es hinhaut, ist es okay, wenn nicht, ist es auch nicht schlimmer als jetzt.»

Kuhl nickte stumm. Er fühlte sich plötzlich ernüchtert und fand es gespenstisch, wie ungerührt Sonny und Eddie zuhörten.

Sie wissen, daß sie versiebt haben, dachte er. Sie wissen es und drehen nicht durch. Sie ertragen es tatsächlich mit Würde, dieses Scheißleben, das so oder so zu nichts führen wird ... Alles, was sie wollen, ist so eine Eins-zu-eine-Million-Chance wie in der Lotterie ... Fast empfand er so etwas wie Ehrfurcht.

«Okay», sagte er dann. «Wenn du das so siehst, bin ich dabei...»

«Im Ernst?» Eddie konnte es noch immer nicht glauben.

Kuhl stand auf.

«Ich werde meinen Arsch für dich hinhalten, Eddie. Das willst du doch hören, oder? – Buddies, right?»

Eddie nickte. Auch er glaubte irgendeinen tieferen Sinn hinter den Worten zu spüren.

«Also, bis Freitag», sagte Kuhl. Er wirkte um Jahre gealtert, als er zur Tür schlurfte. «He, wie heißen wir eigentlich?»

«Das ist doch erst mal egal», sagte Eddie. «Einen Namen finden wir schon.»

«Hauptsache, wir wissen, wer wir sind», meinte Sonny.

Ein paar Tage gingen ins Land, ohne irgendwas Besonderes. Kuhl hatte Nachtdienst. Noch immer lamentierte er über «das Pech mit der Ölwanne». Seine Wodkalaunen hatten jedes erträgliche Maß überschritten. «Das Leben hat mich ganz unten» galt inzwischen als Quintessenz seines Daseins. Rio legte Platten auf, gelegentlich auch den Tom-Moulton-Mix «Moonboots», aber nur aus nostalgischen Gründen. Sonny kümmerte sich um die Chefin. Eddie fuhr Laster und hing seinen Tagträumen nach...

V

Früher Nachmittag: Temperatur 30°.

Traumwetter, dachte Kuhl. Er hatte wieder eine helle, unruhige Nacht hinter sich; Viertel nach zehn war er dann mit einem faulen Geschmack im Mund wieder zu sich gekommen. Seinen Kaffee trank er am Fenster.

Verdammt, auch das noch...

Unten auf der Straße standen die großen Jungs mit Plastikeimern und Schwämmchen in der Hand und schrubbten ihre Kisten. Ein halbes Dutzend Radios quakte durcheinander, aber niemand schien das zu stören. Die meisten, die hier in der Sonne Lack und Stoßstangen wienerten, ließen sich nebenbei vollaufen. *Arbeit macht bekanntlich eher durstig als frei.*

BIG TIME, dachte Kuhl. *Jeder repräsentiert sich hier durch seine Maschine. Die Menschheit war schon länger auf dem Weg zum Cyborg, als man dachte.* Später fiel ihm ein, daß er selbst nichts mehr hatte, um sich zu repräsentieren, und das war bitter. Er brauchte dringend Geld. Zwei Riesen. Mindestens. Vielleicht brauchte er einen zweiten Job.

Also kaufte er eine Frankfurter *Rundsau*, die ganz dicke vom Freitag mit den Stellenangeboten, und telefonierte ein bißchen durch die Gegend.

Es war nicht immer lustig. Einmal landete er in der Deko-Abteilung von Hertie, wo ihm jemand klarmachte, daß seine fragwürdigen Erfahrungen als Fernsehtechniker wohl kaum ausreichen dürften, ein Schaufenster für den Sommerschlußverkauf zu dekorieren.

«Jetzt machen Sie mal 'nen Punkt», sagte Kuhl, «ich hab die Farbfernsehtechnik zwei-, dreimal revolutioniert, und Sie erzählen mir, ich könnte das nicht...?»

Ein kurzes Lachen, man legte auf.

Eine andere Rubrik ließ ihn hellhörig werden.

Zeuge gesucht: Schwerer Unfall, am 12. 7. gegen 18 Uhr, Sachsenhäuser Warte. Bitte melden unter Tel... ab 19 Uhr.

Kuhl hielt es für Mammons Wink mit dem Zaunpfahl. Zu allem entschlossen wählte er die Nummer.

«Okay, ich sage für Sie aus...»

«Und Sie haben es gesehen?» Es war die Frau des Fahrers, der einen Motorradler überfahren hatte. Das Opfer würde den Rest seines Lebens im Rollstuhl verbringen, jetzt wollte sich die Versicherung drücken; die Welt zeigte sich plötzlich, wie sie wirklich war.

«Mein Mann meint, der Motorradfahrer sei auf den Mittelstreifen geraten... – Können Sie das bestätigen?»

«Warum sagen Sie mir nicht einfach, *was* ich gesehen habe?»

«Wie bitte?»

Kuhl holte tief Luft.

«Schreiben Sie's auf. Anonym. Ich geb Ihnen meine Adresse. Sagen wir fünftausend Mark. Sie können sich auf mich verlassen. Es geht ja nicht um die Schuldzuweisungen, sondern um Begünstigung von Unschuld. Ohne meine Aussage bleibt es die Sache von Bremsspuren – und die sprechen gegen Ihren Mann, richtig?»

«Wollen Sie etwa sagen, daß Sie eine Falschaussage machen würden?»

Kuhl war überrascht, daß es noch so lange Leitungen gab.

«Hören Sie, Sie suchen doch einen Zeugen – hier bin ich.»

«Aber Sie haben nichts gesehen...»

«Aber ich kann es beschwören!»

«Es ist ein Mißverständnis...», sagte sie.

«Mißverständnisse sind was für Arschlöcher. Erst so eine Anzeige in die Zeitung setzen, und dann den Moralischen kriegen!»

«Wir suchen einen echten Zeugen», winselte sie.

«Also bitte, wenn Ihnen fünf Riesen zuviel sind... Sagen wir vierfünf... oder vier...»

«Gott habe Mitleid mit Ihrer armen Seele», war das letzte, was sie sagte.

«Na, dann halt nicht!» Kuhl knallte den Hörer auf. «Dann geh doch vor die Hunde! Geht alle vor die Hunde! Fickt euch alle!»

Er rannte ins Bad und hielt den Kopf unters Wasser.

Die Schlechten und die Dummen, darauf lief alles hinaus. Die Dummen lassen sich nicht helfen.

Und die Schlechten helfen sich selbst.

Das Telefon klingelte.

«Ei, Gude, ich bin's ... AC ...» Vielleicht hatte der tatsächlich ein schlechtes Gewissen oder war um seinen Ruf als Autoschieber besorgt.

«Ich hab 'n Wagen für dich», sagte er.

«Oh ja? – Für wie bescheuert hältst du mich eigentlich?»

«Kuhl! Kuhl! – 's umsonst, Mann», sagte AC.

«Umsonst?» Das war ein Wort, das Kuhl sehr selten in seinem Leben gehört hatte, deshalb wiederholte er es. «Umsonst?»

«Klar», meinte AC. «Du kannst damit fahren, wenn du willst ... Bis deine Karre wieder läuft.»

Seufz! Daß man Freunde hat, merkt man erst dann, wenn man mutterseelenallein ohne Auto dasteht ... Kuhl hatte feuchte Augen.

«Was ist es für 'ne Kiste?» fragte er mit belegter Stimme.

«Nichts Besonderes», sagte AC. «'n Opel Rekord, 3-Liter-Maschine, 180 PS. Vor 'nem halben Jahr tauchte hier einer auf und wollte ihn machen lassen. Na ja, du weißt ja, wie das geht. Als er hörte, was der Spaß kosten sollte, hat er sich nie wieder gemeldet. Seitdem steht die Kiste hier rum, die Nummernschilder sind noch dran ... Auf jeden Fall besser als mit der Straßenbahn.»

«AC.» Kuhl hatte einen Kloß im Hals. «Du bist 'n guter Kumpel, Mann ...»

«Unter Kamerunern? Nicht der Rede wert.» AC spielte den Großzügigen. «He, nur eins noch, wenn irgendwas passieren sollte, wenn es kracht, dann laß die Kiste einfach stehen, verstehst du? Wegen der Versicherung ...»

«Klar, mach dir keine Sorgen», sagte Kuhl. «Du hast bei mir noch was gut, Kumpel.»

«Ach was. Vergiß es. Schon gehört, die Eintracht hat gut gespielt, Mann. Das wird eine Bombensaison! Und den Uuh-Eeh-Fah-Becher holen wir auch noch dieses Jahr.»

VI

Zwei Tage später war Harry wieder in geheimer Mission unterwegs und im XBC alles beim alten. Sonny und Ilse holten ihren verunglückten Freitag nach, rächten sich auf ihre triebhafte Weise an dem rechtschaffenen Cowboy.

Ilse wollte etwas ausprobieren, oweia. Die Stellung, die sie vorschlug, hatte er einmal in einem Hardcorestreifen über osmanische Sexsklaven gesehen; ein Modellathlet hatte den Akt mit einem Fliegengewicht vorgeführt. In praxisnahen Büchern über die angewandten Freuden der Liebe nannte sich die Stellung oft «Interregnum», weil sie wahrscheinlich nur eine Übergangsphase war und gewöhnlich nichts brachte. Außer einem abnorm hohen Kräfteverschleiß. Interessante Variante: in ihrem Fall lagen die Gewichtsverhältnisse umgekehrt.

«Wie ...? Im Stehen? Ich weiß nicht, ob das gutgeht.» Er versuchte noch Bedenken anzumelden, aber da hatte sie ihn schon auf den Beinen.

«Denkst wieder nur an deine Bandscheiben, was?»

Und? Was gab es Wichtigeres für jemanden, der den Beischlaf zum Hochleistungssport kultiviert hatte?

Er hielt sie im Kerzenschein vor dem großen barocken Spiegel neben dem Bett.

«Ich fliege», jauchzte sie.

Das tust du, dachte er. *Auf meine Kosten hast du die Schwerkraft besiegt...* Es grenzte an ein Wunder, daß er das Gleichgewicht hielt. Die Goldfische machten große Augen.

Ja, glotzt nur. Er konzentrierte sich auf das Spiel ihrer Zossen. Der siebte Himmel lag längst hinter ihnen.

«Liebst du mich?»

Er brachte ein Grunzen zustande und versuchte kleine Bocksprünge – vergeblich: Die Gesetze der Schwerkraft schlugen zu. Seine Füße schienen immer tiefer in den Teppich zu sinken.

«Warte noch», keuchte sie.

Kalter Schweiß stand ihm auf der Stirn, allmählich konnte er sie kaum mehr halten. Klammheimlich schielte er zum Spiegel, und fast mußte er lachen: Sie gaben schon eine Figur ab, er, ein japsender Zwerghahn mit hochrotem Kopf, und sie, ekstatisch brüllend, ein kolossales Ferkel am Spieß ...

«Fotze!» brüllte er endlich. «Fotze!» – so laut, wie sie in Bayern «Kruzitürken» brüllen. Was kam, reichte auch für den Bettvorleger.

Plötzlich spielte sein Kreislauf verrückt. Rote Konfettibomben zerplatzten vor seinen Augen. Hyperventilierend landeten er und ihre 80 Kah Geh auf seinen niedlichen Kniescheiben. Zur Krönung stellte sich auch noch ein hartnäckiger Wadenkrampf ein.

«Und? Alles heil?» Sie hielt ihn mit den Beinen umschlungen, machte keine Anstalten, ihn gehen zu lassen.

Sonny grinste säuerlich. «Das Wichtigste steht noch.»

Hand in Hand lagen sie auf dem Boden, der klebrige Fleck zwischen ihnen. Sonny ahnte zum ersten Mal, daß es so etwas wie sexuelle Hörigkeit wirklich gab. Jeder Libertin kennt das Ende vom Lied: Satyriasis im fortgeschrittenen Stadium. Rückenmarksschwund, Bettnässerei bis zum Blasenkatheter. Das einzig wirksame Mittel, den Teufelskreislauf zu durchbrechen, war zweifellos ein Verhältnis mit einer anderen Frau.

«Sonny, liebst du mich?» fragte sie plötzlich.

«Oh, na, wenn du so fragst ...»

Das Telefon klingelte und rettete ihn vor der Antwort.

Es war Eddie. «Du läßt mich doch nicht hängen, Mann?» Dem Lärm nach zu urteilen, war er bereits im Ali Baba's.

«Ich?» Sonny hatte den Auftritt tatsächlich verschwitzt, aber er ließ sich nichts anmerken. «Wohl bescheuert, was?»

«Wo bleibst du denn, Alter?»

«Mir ist was dazwischengekommen», entgegnete Sonny. «Was Größeres, weißt du...» Die Indiskretion war seine einzige Rettung.

«Ja, ja, das hätt ich mir denken können! Mach hin, Junge...»

«Bin schon unterwegs.»

Wenig später hatte er sich umgezogen; zu knallengen Schlaghosen trug er hochhackige Stiefeletten aus Tigerpython-Imitat. Sein Markenzeichen, das Ledergillet mit den Silberdollar-Knöpfen, trug er auf bloßer Haut.

«Wer war das?» rief Ilse aus dem Bad.

«Oh, Eddie. Er hängt im Ali Baba's rum und weiß wieder nicht, was er machen soll... Ich werd mal nach dem Rechten sehn...»

«Super, ich komme mit.» In voller Kriegsbemalung stürmte sie aus dem Badezimmer.

«Du kommst mit?»

«Klar, laß uns tanzen gehen...»

«Tan-zen? Wie kommst du denn da drauf?»

Aber da waren sie schon aus dem Haus.

Es war eine schwüle Sommernacht. Zu tropisch für Sonnys Geschmack. Schon kurz hinter der Opel-Brücke scheuchte sie ihn aus dem Wagen, und er mußte das Verdeck öffnen.

Ilse hatte die Anlage bis zur Schmerzgrenze aufgedreht und jukkelte hinter dem Steuer wie in einem Sattel. Sonny hingegen war schweigsam und nachdenklich. Von der geplanten Posse hatte er ihr nichts erzählt. Schon seine «weihnachtlichen Rutengänge» hatte sie abartig gefunden, und jetzt würde er sich im Ali Baba's noch schlimmer aufführen müssen – *Thanks, GI Eddie!*

Die Straße war zunächst wie ausgestorben. Erst am Güterplatz steckten sie plötzlich in einem Pulk.

Sonny hing im Beifahrersitz und starrte in das Glutauge einer

Ampel. Nebenan wurde wie wild Standgas gegeben, ein dunkelblauer BMW mit Rallyestreifen probte den Aufstand. Am Steuer saß der passende Fahrer und lächelte männlich-herb.

«Blöder Zuhälter», knurrte Ilse.

Noch bevor es grün wurde, ließ sie die Kupplung springen. In den Eingeweiden der Maschine bildete sich ein gigantischer Gasfurz, der den Wagen nach vorne katapultierte.

Sekunden später fegten sie schon mit neunzig am Ali-Selmi-Hochhaus vorbei, dicht gefolgt von dem BMW. Der verletzte Stolz des Fahrers rechtfertigte vielleicht, daß er auf Tuchfühlung auffuhr und sie mit der Lichthupe drangsalierte.

«Der kann was erleben.» Während Sonny sich noch fragte, wie sie das meinen könnte, stieg sie mit aller Vehemenz in die Eisen. Ihr Verfolger schaffte es zwar noch, sportlich zu bremsen, aber schon sein Hintermann, ein Manta aus Hanau, knallte ihm hinten rein. Das Krachen wiederholte sich noch zwei-, dreimal, und als Sonny sich umdrehte, sah er eine regelrechte Massenkarambolage ... Keine schlechte Bilanz für fünfzehn Minuten Fahrt.

«Nicht so schnell», sagte Sonny ein paar Kurven später. Zum ersten Mal kam ihm der Gedanke, daß sie vielleicht verunglücken wollte, um endlich Ruhe vor dem Leben zu haben.

«Mit dir ist wirklich alles okay?» fragte er betont lässig.

«Das frag ich dich doch auch nicht», sagte sie nur.

Wenig später waren sie bereits in der winkligen Altstadt von Sachsenhausen. Überall wimmelte es von GIs. Aus unerfindlichen Gründen zog es die Jungs immer wieder in die klaustrophobisch anmutende Enge dieser nach Unrat stinkenden Gassen.

Ilse bog in eine Seitenstraße, es wurde verdammt schmal. Ein paar abgefahrene Rückspiegel (und zig Stoßgebete) später hatte sie tatsächlich eine Lücke gefunden.

«Rock ... c'est le roi, le republique ... c'est Disco ...», stammelte Sonny, als er ausstieg. Es war das erste, was er sah, und es stand an der Hauswand gegenüber; offenbar hatten sich hier ein paar Labelle-Fans verewigt.

«C'est ça», sagte Ilse.

Ali Baba's Starship, wie es offiziell hieß, lag um die nächste Ecke.

Ilse kannte den Laden. Sie hatte hier in glücklichen Zeiten jedes Wochenende mit Harry getanzt.

«He, wow», machte Sonny. Obwohl es sich angeblich um eine Fußgängerzone handelte, blockierten überall Nobelkarossen den Weg. Sonny fragte sich, ob vielleicht die Rhein-Main-Zuhältergewerkschaft ihre Tarifrunde hatte.

«Kommst du?» rief Ilse.

Vor der Tür hing eine Menschentraube: besoffene GIs, die man an ihrem Einheitshaarschnitt erkennen konnte.

Over-paid, over-sexed and over-here, dachte Sonny. Er hatte das mal von Eddie gehört.

Der Türsteher, ein Bursche, der einen auf Indianer machte und sich «Chingachgock» nannte, erklärte gerade zwei Amis die Sachlage: *Du darfst rein, du mußt draußen bleiben,* ein Akt der Willkür, dem man sich seit Mitte der 70er Jahre aussetzen mußte.

Die Kerle am Eingang johlten, als sie Ilse in ihrem weißen Lack-Mini auf den Hochplateausohlen antraben sahen. Sonny bildete sich ein, das Wiehern wilder Hengste zu hören, und schnappte sich Ilses Hand.

Wie sie schnell herausfinden sollten, war «Ladies' Night»: Frauen mußten nur die Hälfte Eintritt zahlen.

«Howdy, großer Häuptling», sagte Ilse, als sie vor dem Zerberus standen. Sie reichte ihm die Hand wie zum Handkuß – was ihn in den Augen vieler GIs vom Höllenhund in ein Schoßhündchen verwandelte. «Madame», sagte er mit vornehmer Zurückhaltung und öffnete ihr die Tür. Natürlich war bei ihr nicht mal vom halben Eintritt die Rede – *Valuta Vagina, die Königin hatte gesprochen!* Sonny hielt sich geschickt in ihrem Windschatten und wußte instinktiv, der Türsteher würde ihn einfach als Accessoire der Dame in Kauf nehmen – wie einen Lippenstift oder einen batteriebetriebenen Vibrator.

Schon als sie die Treppe hinabstiegen, hörten sie «1979 – It's Dancing Time», ein italienisches Chic-Imitat, das sich Buddha wahrscheinlich auserbeten hatte. Gleich darauf waberten ihnen blaue Dunstschwaden entgegen, die ihre Farbe einem Blitzlichtgewitter verdankten. Der Raum schien aus allen Nähten zu platzen. Auf der Tanzfläche hatten sich die Lemminge vom Eingang in Ölsardinen verwandelt. Drehungen von 90° waren gerade noch zulässig. Alles pulsierte im Rhythmus einer drehbaren Lichtorgel, die regelrechte Sturzflüge vollführte und dabei farbige Lichtgarben spuckte. Darüber hing dann die alte Spiegelkugel wie ein silbrigeisiger Mond und sprenkelte den Raum mit Myriaden prismenartiger Tupfen.

Sonny holte tief Luft; gutgelaunt, fast an der Grenze zur Hysterie, folgte er Ilsens nackten Schultern und den hypnotisch schaukelnden Kinderköpfen an ihren Ohrläppchen. *Bau – schubidiwau … schuschubi – du – diwah … Bawabda – schubidi – wahwah.* Der restlos übersteuerte Baß versetzte sein Zwerchfell in Schwingung. Er fühlte sich «YIP», was immer das heißen sollte, und fragte sich, wo Eddie wohl steckte. *Erst den wilden Mann markieren, und dann …*

Rio hingegen war nicht zu übersehen. Er hantierte hinter seinen Plattentellern, wahrscheinlich versuchte er den neun Minuten langen «Malavesi & Petrus-Mix» irgendwie abzukürzen.

Am Rande der Tanzfläche hatte sich ein Kreis gebildet, und ein paar Solotänzer in Travolta-Anzügen wirbelten wie weißglühende Lichtwesen durch die harte UV-Strahlung. Die Menge stampfte begeistert zu einem stumpfsinnigen Conga-Rhythmus oder einem Sprung in der Platte.

Ein Italo im achselschweißgetränkten Seidenhemd hob die Arme und schnippte zu einem Takt, den *nur er* hören konnte. Resultat: zwei niedliche Blondchen, die schon seit Stunden ins Bett gehört hätten, hatten Witterung aufgenommen.

Nicht dumm, gar nicht dumm, dachte Sonny, der seine Beobachtungen machte. *Und nicht so harmlos, wie es aussieht …*

Seit langem kursierten gewisse Gerüchte über Pheromone, bestimmte Sexualduftstoffe im Schweiß, die Frauen angeblich völlig kirre machten.

«Morgenröte!»

Sonny hielt Eiermann zunächst für eine unangenehme Erscheinung, die sich wieder in Luft auflösen würde.

Auch Ilse war überrascht, aber ganz automatisch reichte sie ihm die Hand. Wie damals auf dem Waldparkplatz machte der Perser einen verdammt tiefen Bückling.

«Äh...das ist...äh, ein Freund», sagte Ilse, die Sonnys Blick bemerkt hatte.

«Ach was», sagte Sonny. Vom ersten Augenblick an wußte er, daß der Kerl hinter ihr her war. Die Art, wie seine Raubtieraugen Ilse taxierten, ließ an seinen Hintergedanken keine Zweifel aufkommen.

«Ich störe doch nicht?»

«Aber ganz und gar nicht», sagte Ilse.

Sonny? – *Kein Kommentar.*

«Wo ist denn der Boss?» Eiermann fletschte ein schiefes Grinsen.

«Harry ist ... unterwegs», sagte Ilse, «tut mir leid, aber es ist streng geheim...»

«Oh, verstehe», schmunzelte Ali, «und da läßt er dich ganz allein?»

«Gude – 'tschuldige, daß ich mich einmische», sagte Sonny, «die Dame ist nicht allein, oder hast du Tomaten auf den Augen?»

«He, spiel nicht den Eifersüchtigen», warnte Ilse, die mit Verwunderung konstatierte, wie rot ein Mensch anlaufen konnte.

«Ho Ho!» Eiermann machte ein versöhnliches Gesicht. «Der Wadenbeißer ist wohl der Aufpasser, wie?»

«Sonny ist ein Arbeitskollege», sagte Ilse.

«So so...» Eiermann grinste frech. «Oh, wie unachtsam von mir. Darf ich zu einem kleinen Umtrunk einladen?»

«Aber gern», sagte sie.

Sonny glaubte seinen Ohren nicht zu trauen.

«Ich trinke nicht», sagte er.

«Oh, dann nimm doch ein Selterswasser», sagte sie schnippisch.

«Ich habe keinen Durst.»

«Dann mußt du auch nichts trinken», sagte sie und hakte sich bei Eiermann ein.

«Aber Ilse...» Sonny konnte es nicht glauben, daß sie dem Typen an die Bar folgte. Es war ein undankbares und riskantes Geschäft, eine verheiratete Frau auszuführen. Er konnte nicht, wie er wollte, konnte dem Kerl weder die Meinung geigen noch ihr in den Arsch treten.

«He, Sonny...»

Schon von weitem erkannte er Fußmann, den «geschäftsführenden Forschungsleiter» der PSYKLON®-FORSCHUNGSGESELLSCHAFT (genau das hatte er sich auf seine Visitenkarten drucken lassen).

Sonny hatte nichts gegen Fußmann; er hielt ihn einfach für *wahnsinnig*, wenn er sah, wie der Typ bei 40° Celsius im Kamelhaarmantel um die Tanzfläche «schwofte» und frischgebackenen Rekruten selbstgemachtes Acid andrehte.

Er versuchte ein Ausweichmanöver, aber prallte gegen einen Schwarzenegger-Klon, einsachtzig im Quadrat, der sich rotgesichtig versteifte.

«Äh, darf ich mal?» flötete Sonny.

Keine Antwort ist auch eine Antwort. Sonny versuchte es mit sanfter Gewalt, aber die Karottenhose ließ sich nicht von der Stelle bewegen.

«Okay», sagte Sonny, «hab nicht gesehen, daß du geistig behindert bist. Geh ich halt außen rum. Kein Problem.»

Doch bevor er den Gedanken in die Tat umsetzen konnte, hatte ihn Fußmann schon am Ärmel erwischt.

«He, Sonny, alter Superbock, wieder auf der Pirsch?»

«Fußmänneken!» Sonny grinste blasiert. Wenn Fußmann auf locker machte, wirkte er noch unausstehlicher.

«Junge, Junge.» Fußmann zwinkerte Richtung Ilse, die an der

Bar mit allen möglichen Lokalmatadoren Küßchen austauschte. «Mit der machst du sicher was mit. Volles Programm, meine ich.»

«Geht so», meinte Sonny. «He, was ich dich schon immer mal fragen wollte ... Dieser Mantel von dir hat 'ne eingebaute Klimaanlage, stimmt's?»

Fußmann knöpfte seinen Mantel auf und enthüllte die gefütterten Innenseiten. «Kein Schweiß, fühl mal.»

Kein Schweiß? Offenbar hatte Fußmann trotz aller akademischen Bildung wirklich keine Ahnung, worum es ging. Fußmann roch nach Mottenkugeln und dem Haarspray seiner Großmutter.

Sonny puhlte notgedrungen auch noch unter Fußmanns Achseln.

«Knochentrocken», bestätigte er. «Und wie machst du das?»

«Keine Transpiration», sagte Fußmann, dem es zunächst mal nur um die Feststellung ging. «Das Temperaturempfinden ist nichts weiter als Einbildung.»

«Wow», machte Sonny. Er sah sich nervös nach Ilse um. Sie war aufgestanden und bewegte sich wie ein Seepferdchen durch einen Wald von Tentakeln.

«Die scheint ja jeden zu kennen», sagte Fußmann.

«Ha-ha.» Sonny glaubte zu wissen, was gemeint war ...

Die Musik wechselte, und Sonny erkannte seine Lieblingsnummer, «You're Just In The Right Size» vom SalSoul Orchestra. Rio mußte ihn endlich gesichtet haben, denn das Stück spielte er nur zu Ehren von «Little Big Man».

«Hey, Rio, wird auch langsam Zeit, Mann!» Sonny, zu allem bereit, um Fußmanns Gesellschaft zu entkommen, schlug das alte V-Zeichen in alle vier Himmelsrichtungen wie der Papst beim Urbi et Orbi.

«Mußt du dich immer so aufführen?» Ilse tauchte auf und zog ihn am Ohr wie einen ungezogenen Jungen.

«Ach, sieh mal einer an», meinte Sonny, klatschte mit beiden Händen auf den latexbeschichteten Vollmond. «Schon genug von deinem Dattelfresser?»

«Was geht dich das an?»

«Ähem.» Fußmann räusperte sich.

Sonny hielt es für *gefahrlos*, Fußmann einer gutaussehenden Frau vorzustellen.

«Doktor Karl Fußmann: Rauschgifthändler. – Ilse Griggs: Nymphomanin.»

«Also, Sonny...»

Ilse wollte ihm eine langen, aber Sonny tauchte einfach unter ihrer Achsel durch und stürzte sich ins Getümmel.

«Na, so ein kleiner Flegel!» Fußmann klang wie O. W. Fischer, als er das sagte. Er deutete eine altmodische Verbeugung an. «Sie gestatten.»

«Möchte wissen, was in Sonny gefahren ist», sagte Ilse.

Sie musterte Fußmann neugierig, wie ein Pferd, das eine Distel beschnuppert. Fußmann fand sie äußerst anziehend. Im Grunde war sie seine Traumfrau, reine *Hautlichkeit*, wie Nietzsche gesagt hätte.

«Sie handeln doch nicht wirklich mit ... Rauschgift?» erkundigte sich Ilse.

«Ich?» Fußmann versuchte eine Art unschuldig-verschrecktes Heinz-Rühmann-Lächeln, das ihm gut zu Gesicht stand. «Da sei der Himmel vor! Ich bin Chemiker, müssen Sie wissen ... Abteilung Psycho-Pharmazie.»

«Ah so», meinte Ilse, als würde sie verstehen. Sie brachte den Namen mit dem Batelle-Institut in Verbindung und witterte großes Geld.

«Woher kennen Sie einen Jungen wie Sonny, Doktor...?»

«Fußmann. Aber sagen Sie Karl zu mir. Alle meine Freunde nennen mich so...» Er mußte Luft holen, als hätte ihn der Satz den letzten Atem gekostet.

«Wissen Sie, eigentlich kenne ich Sonny nur vom Sehen. – Rio, der Dee-Jay, ist ein guter Freund von mir. Mehr als das.»

Ilse war noch immer bemüht, Zusammenhänge zu knüpfen.

«Schön. – Und woher kennen Sie Rio?»

Fußmann zog sie ins Vertrauen: «Rio wollte früher einmal Chemiker werden, wußten Sie das? Ich habe ihm damals bei Hoechst auf die Beine geholfen...»

«Soweit ich weiß, will er Astronaut werden», sagte Ilse.

Fußmann lächelte vertraulich. «Gehe ich recht in der Annahme, daß wir beide ihm diesen kleinen Traum gönnen?»

«Sie sind ein interessanter Mann, Doktor», sagte Ilse.

«Und Sie, Fräulein Ilse, sind nicht nur außergewöhnlich schön, sondern auch ausgesprochen intelligent.»

Ilse errötete. *So einer weiß, wie man eine Frau behandelt. Was wollte sie eigentlich mit einem dummen Jungen wie Sonny? Ach ja – dann wußte sie es wieder.*

Kuhl hatte noch immer Herzklopfen, als er das Ali Baba's betrat und wenig später eine Handvoll Barbiturate mit einem Schluck Wodka-Orange versenkte. Er hatte auf dem Weg nach Sachsenhausen drei Wettrennen verloren, das letzte gegen einen Pfeifenraucher im Turbo-Saab.

An der Bar drängelten sich jede Menge Privates. Big «M» Sayer, der sich in Discos immer als Quarterback der Giants ausgab, stand mit runtergelassenen Hosen an der Bar und präsentierte eine grausige Narbe am Knie, wo sie ihm angeblich die Knochen genagelt hatten. Erstaunlich, wie weit manche Kerle gingen, um eine Frau abzuschleppen. Gleich daneben hockten Danny Rosen und Major Deadhead, die «rechte und die linke Hand des Teufels», wie Eddie sie einmal genannt hatte. Sie rauchten völlig ungeniert einen Joint.

Kuhl hegte eine gewisse Abneigung gegen Discos: Wenn die Lichtorgel ihre künstlichen Blitze schleuderte und Stroboskope die Bewegungen der Tanzenden in tausend Momentaufnahmen zerhackten, dann war die Theorie des biologischen Films bereits Wirklichkeit. – Und irgendwo in dem schwarzen Raum über den Wolken sah er den Projektor vibrieren, mit dem der alte Fliegengott die biologischen Filme abspielte...

(Fliegengott? – Er mußte Facettenaugen haben, um sie alle *gleichzeitig* sehen zu können.)

Sklavenamüsement, dachte er. *Das Gehämmer soll sie wieder munter machen.* Und wie der treibende 4/4-Takt die Respiration und Herzschlagfrequenz nachweislich beeinflußte, so gab es vielleicht auch *gewisse lobotomische Nebenwirkungen,* Schäden am Gehirn, die sich erst nach Jahren bemerkbar machen würden.

Kuhl hatte sich immer gefragt, wie es diese Musik aus dem Schiffsbauch einer Galeere in die Tanzdielen des 20. Jahrhunderts schaffen konnte.

«He, Jock! Having a good time?»

Die Stimme gehörte zu *buddy-boy* Eddie, der Kuhl aus einer versifften Plüschpolster-Sitzecke zuwinkte.

«How's life, man?»

Kuhl ließ sich wortlos neben ihn fallen.

«Wann soll's losgehen?» fragte er mürrisch.

«Midnight.» Black Elvis machte ein paar sinnlose Bewegungen.

«Na, sauber. Das heißt, ich muß hier noch dreieinhalb Stunden aussitzen!»

«Mach dich locker, Alter. Relax.»

Wodka läßt angeblich die Sinnlosigkeit des Daseins wie kein anderes Gesöff hervortreten. Kuhls Stimmungsbarometer sank und sank. Zehn Minuten schwiegen sie vor sich hin.

«Ähem, immer noch Ärger mit dem Schrotthaufen...?»

«Immer noch Ärger mit dem Schrotthaufen. Denk doch erst mal nach, bevor du plapperst...»

Eddie haßte es, wenn Kuhl ihn nachäffte. Aber er blieb äußerlich ruhig und gelassen. «Ich seh das Problem nicht...»

«Eddie, halt einfach die Fresse...» Kuhl grinste scheißfreundlich. «Der Polacke will zweitausend Piepen, Austauschmotor, fikki-fucki... zweitausend fickende Scheiß-Piepen.»

«Du brauchst Geld?»

«Was denn sonst, Eddie? Was in aller Welt könnte ich sonst noch gebrauchen?»

Eddie kratzte sich am Kinn. «Hör zu, ich weiß nicht, warum ich da nicht schon früher dran gedacht habe, aber ich könnte das für dich regeln...»

«Wer sagt's denn? Mein Onkel aus Amerika! Hast du im Lotto gewonnen?»

«Hör doch mal zu. Ich hab da diese *connection*, ein Ex-GI, er wohnt in Kronberg und hat Geld wie Heu...»

«Du willst, daß ich irgendeinen Arsch anpumpe?»

«Kuhl...» Eddie sah sich argwöhnisch um. «Der Mann hat Geld wie Heu, weil er es selbst macht. Wir nannten ihn früher *Funny Money*, die ganze Kompanie hat er mit Blüten versorgt.»

«Ein Geldfälscher?» Kuhl überlegte, was ihm noch zu seinem Glück fehlte. «Warum nicht, Eddie? Wie wär's? Laß uns schnell 'ne Hausdurchsuchung riskieren... Bei mir im Keller sieht es ja nur aus wie in der Waffenkammer der RAF!»

«Kannst du vielleicht noch lauter brüllen? Ich will dir doch helfen, du Blödmann! FM ist der Beste, glaub mir. Zwei Riesen kosten dich höchstens zweihundert Mark.»

Kuhl blinzelte nervös in die Lichter unter der Decke.

«Na schön. Bitte. Ruf ihn an...»

«Meinst du das im Ernst?»

«JA! Muß ich erst vor dir auf die Knie fallen, oder was?»

Sonny tauchte in diesem Moment auf, die SalSoul-Sauce war zu Ende, aber er hatte sich schon mal ausgiebig vorproduziert.

«Wie steht's, wie geht's?»

Kuhl musterte ihn von Kopf bis Fuß.

Sonny hielt das für ein gutes Zeichen und warf sich in Travolta-Pose: «Ah juh reddie? Ah juh reddie vor de gutt teims?»

«Ich muß hier raus», murmelte Kuhl. Er machte tatsächlich Anstalten zu gehen.

«Du läßt uns hängen?» Eddie stellte sich ihm in den Weg.

Kuhl setzte sich wieder. «Aber wenn dieser Hirnbelämmerer noch einmal die Schnauze aufreißt...!»

«Wie nennst du mich?»

«Ich nenn dich, wie ich will.»

«Warum mußt du immer auf Sonny rumhacken?» fragte Eddie.

«Du kennst doch das Sprichwort: immer auf die Kleinen.» Kuhl sagte das ziemlich gehässig.

«Kuhlmann, eines Tages werde ich...»

«Ja, eines Tages, Sonny. Eines Tages!»

Wenig später machte das Gerücht die Runde, Isaac Hayes sei von einem Mode-Magezin «zum schlechtangezogensten Zuhälter der Vereinigten Staaten» gewählt worden, was viele GIs für eine Auszeichnung hielten und einen «Buck»-Sergeant veranlaßte, eine Lokalrunde zu schmeißen.

An ihrem Tisch kam es zum Streit, wem dieser Titel nun wirklich gebührte.

«Isaac Hayes *sieht vielleicht aus wie ein Zuhälter, aber er ist keiner*», sagte Kuhl. Diese Theorie erstaunte nicht nur Eddie, sondern auch eine Menge anderer.

«Wenn der kein Zuhälter ist – *wer dann?*»

«Yea', wer dann?» echote Eddie, der die Wahl für gerechtfertigt hielt.

«Barry White», sagte Kuhl, zwinkerte wie einer, der wußte, daß er gewonnen hatte. «Hast du das Cover vergessen?» Er meinte die Platte Rhapsody In White, auf der Barry, ganz dezent, aber wie immer schweißgebadet, mit vier nuttig aufgemachten Schicksen vor einer Säulenhalle posiert: Barry trägt eine Art Safarijacke, Rollkragenpulli, elegante Schlaghosen und weiße Mokassins, alles XX-XX-XXL. An seinen Fingern funkeln Diamanten, Marke Taubenei. Sein Gesichtsausdruck ist undefinierbar, eine Mischung aus Fu-Man-Chu und Walroß, denn Barry wog so um die 260 Pfund.

«What about Johnny ‹Guitar› Watson?» warf jemand ein. Watson hatte in den siebziger Jahren nichts unversucht gelassen, als Amateur-Loddel in Verruf zu geraten.

Eddie schüttelte den Kopf. «He's a wanna-be... Und Barry White – Gott weiß, daß ich ihn liebe! –, aber er ist viel zu fett... Stell dir vor, wie der schwitzt, wenn er es tut...»

Keiner der Anwesenden hatte den Nerv, sich das vorzustellen.
Die Diskussion eskalierte in den üblichen JOCK-Platitüden.
«Isaac Hayes hat mehr Ketten...»
«Barry White schwitzt mehr...»
«Isaac Hayes schlägt Frauen...»
«Und Barry White *scheißt* auf Frauen, die zickig sind...»
Kuhl setzte zu einer Erläuterung an, wie der letzte Satz gemeint war.

Man verständigte sich schließlich darauf, daß beide Zuhälter waren, aber sich Barry, seitdem er das Love Unlimited Orchester dirigierte, viel zu adrett kleidete, um als «schlecht angezogen» zu gelten.

Kuhl, selbst wenn es ihm schwerfiel, mußte das zugeben.

Having a good time, dachte er. Rauch und Lichtblitze strapazierten seine Netzhaut...

Unter dem fulminanten Spiegelball stampften jede Menge gutaussehender Frauen mit beschissen aussehenden Kerlen vor sich hin – so stellte sich das aus Kuhls Perspektive dar.

Warum sieht mich keine, dachte er und lächelte gequält. Es war schwer zu erklären, woran es lag, daß sich Frauen selten neben Kuhl setzten und, im umgekehrten Fall, schleunigst das Feld räumten.

Vielleicht lag es an seinem aufdringlichen Grinsen oder an gewissen anzüglichen Fingerzeichen, die er machte. Er hielt es für Ehrlichkeit; hier saß er, frischgewaschen, bereit zur Paarung, seinen kleinen Sack mit genetischem Material hatte er mitgebracht. Warum, zum Teufel, zierten sich die Biester?

Kuhl wußte es natürlich: *Weibchen kann nicht anders, es wählt seinen Partner nach Instinkt, ferngesteuert von den Genen, denen jedes Mittel recht ist, zu überleben, jedes Mittel, jeder Schwanz, auch die Legeröhre eines untersetzten Toupetträgers, der, wie unbeabsichtigt, eine lockere Rolex am Handgelenk schwenkt.*

Genau so eine Figur ging vor ihm auf Anschleiche.

Grausig, dachte Kuhl, *so rechnet sich die Larve erhöhten Fortpflanzungserfolg aus. Aber es ging nicht anders. Nicht in dieser herrlichen Welt.* Darwins Kampf ums Dasein entfaltete sich in aller Niederträchtigkeit vor seinen Augen. («Jeder Stinker will sich's aussuchen können – die blonde Eisbombe? – die Brünette vielleicht? – das Rassepferd aus Italien? – Oder alle zusammen? Tutti Frutti?») Im Joch der Hormone, dachte Kuhl. Östrogen, Testosteron... Und Oxytizin natürlich, das die Gebärmutter befähigt, sich zusammenzuziehen und zu empfangen. Was auch immer. Fotzen, Schwänze, Eier, Samen... Wenn er noch weiterdachte, dann sah er nur noch einen schwarzen Raum vor sich, in dem sich zuckende DNS-Ketten-Moleküle umeinander drehten.

«Ist es das?» murmelte Kuhl. «Hm, ist es das?»

Eddie wußte nicht, was gemeint war. «Äh... yea', yea', cool, Mann.»

Und Kuhl, der wußte, daß Eddie ihn nicht verstanden hatte, nickte wie einer, der es besser weiß und den Mund hält. «Ja, das ist es, hm.»

Aus Trotz nörgelte er über die lahmarschige Bedienung, über Frauen, die er angeblich gut kannte und die ihn jetzt wie Luft behandelten.

«Manche sind nachtragend.» Sonny sprach aus Erfahrung.

Wenig später tauchte Ilse auf, die ihre obligatorische Runde gemacht hatte.

«Ah, hier steckt mein kleiner großer Mann...»

«He, willst du mir die Dame nicht vorstellen?» Kuhl grinste verklemmt.

«Eigentlich nicht», sagte Sonny, der wußte, daß Ilse Kuhl nicht ausstehen konnte.

«Lange nicht gesehen, Baby», sagte Eddie, gab ihr einen dicken Kuß und bot ihr seinen Platz an, den sie erwartungsgemäß ablehnte.

«Und ich krieg kein Küßchen?» Kuhl mußte es wieder drauf anlegen.

«Leck mich doch», zischte Ilse.

«Zu Befehl.» Kuhl packte ihren Arm und ließ seinen Waschlappen über ihren Handrücken laufen.

«Laß mal gut sein», sagte Sonny.

«Mach keinen Zwergenaufstand», sagte Kuhl. Es gelang Ilse, ihm ihre Hand zu entziehen.

«Laß meine Größe aus dem Spiel», sagte Sonny.

«Und wenn nicht?»

«Wenn nicht?» Sonny mußte nachdenken.

Eddie hielt den Zeitpunkt für gekommen, mal wieder den Schlichter zu spielen.

«He, he, ihr wollt euch doch nicht wegen einer Frau streiten?» Er zwinkerte geheimnistuerisch in die Runde, aber da hatte ihm Ilse schon eine geklebt. «Wegen einer Frau? Spinnst du?»

«So war das nicht gemeint», beteuerte er. Vorsorglich hielt er sich auch schon mal die linke Backe.

«Ich laß mich nicht beleidigen.» Ilse packte Sonny am Arm.

«Wir gehen.»

«Ähh...» Sonny klammerte sich mit einer Hand an die Tischkante.

«Äh... was, Liebling?» Ganz große Kleinmädchenaugen blinzelten ihn an.

«Tja, weißt du, wir hatten eigentlich noch was vor...»

«Wir?»

«Tja, ich meine Kuhl, Eddie und ich ... wir wollten eigentlich auftreten...»

«Oh, verstehe», sagte sie. «*Auftreten?*»

«Ja, auftreten, nicht austreten», sagte Kuhl.

Er hatte noch nicht ausgelacht, da landete ein fürchterlicher Tritt an seinem Schienbein.

«Das hast du jetzt davon, du elender Nachschwätzer!»

Kuhl krümmte sich übertrieben. «Allmächtiger, das Pferd hat gekeilt!»

«So so, das Pferd...» Sie fragte sich, was Sonny sonst noch alles über sie erzählt hatte.

Der zuckte die Achseln, legte die Stirn in Falten, hob die Hände und produzierte sämtliche körperlichen Signale, die unter Hominiden als Beteuerung von Unschuld gelten.

Sonny & Ilse, große Aussprache.

«Sieh mal», begann er, «es sind meine Freunde ...»

«Du nennst diese ... Kakerlaken deine Freunde?» Dramatische Pause. – «Du kannst einem leid tun.»

«Du mir auch», heulte Kuhl, «ich hab dich Pferd genannt, du mich Kakerlake, wir sind quitt. Jedes Tier läßt das andere jetzt zufrieden.»

«Mensch, Kuhl!» Sonny konnte sehen, wohin der Streit führen würde – von *Verweigerung* bis *Rausschmiß* war alles drin.

«Warum hast du mir nichts gesagt?» fragte Ilse.

«Tja. Warum eigentlich nicht ...», echote Sonny.

«Es ist meine Schuld», rief Eddie.

«Das stimmt», sagte Sonny. «Eddie hat mich angestiftet ...»

Ilse schmollte so vor sich hin.

«Bist du mir böse?» Sonny hauchte ihr einen Kuß in die Schlüsselbeingegend.

«Wie kann dir jemand böse sein?» sagte sie nur.

Um Viertel vor elf hatte Rio fünfzehn Minuten Pause. Er legte dann eine vorgemixte Platte auf, irgendeine *Best-of-K-Tel*-Scheiße, SUPER DISCO PARTY, DISCO RADIO ACTION, DISCO DYNAMITE, und die Disse drehte sozusagen auf Autopilot.

Als er Kuhl endlich fand, saß der unter einer Schwarzlicht-Parabollampe und zupfte sich hektisch irgendwelche Fusseln vom Hemd. «So laust sich der Affe, mein Freund.»

«Shit!» Kuhl stand die Paranoia ins Gesicht geschrieben. «Ich bin in irgendwas reingelaufen! So 'ne silbrige Wolke ...»

Rio kannte die Szene: «Die unglaubliche Geschichte des Mr. C» von Jack Arnold, einer ihrer Lieblingsfilme, der mit einer radioaktiven Wolke beginnt, die den Helden Mr. C auf die Größe eines Däumlings schrumpfen ließ. Kuhl war allerdings nur mit Trokkeneisnebel in Berührung gekommen.

«Mann, das kommt von dem Schwarzlicht», sagte Rio. «Da siehst du jeden Fussel.»

Kuhl betrachtete argwöhnisch den ultravioletten Strahler.
«Aber die Fusseln sind echt, oder?»
«Sie sind echt, ja. Aber sie sind *immer* da, nur siehst du sie nicht.»
«Sie sind *immer* da?»
«Hm, überall.»
«Abnorm low», murmelte Kuhl, «dann muß es doch auch überall Staubmilben geben ... Gehört ihnen die Welt?»
Rio roch eine Fahne. «Du bist ja blau, Alter.»
«Wodka ist gesund», behauptete Kuhl.
«Du bist hackezu», sagte Rio.
«UND WENN? Ich muß hier weg, weg von den Fusseln ...»
Das war allerdings schwierig, denn das Ali Baba's war mit Schwarzlichtlampen gespickt.
«Wo ist Eddie?» erkundigte sich Rio. «Und Sonny-Boy?»
«Die stehen da und legen einem Pferd Rechenschaft ab.»
«Ich geh mal rüber», sagte Rio. «Mach keine Dummheiten, Alter.»
Abnorm low, dachte Kuhl. Er suchte wieder Flocken.

Als er später zum Klo ging, erwischte er Sonny und Eddie, wie sie den *Goose Bump* übten.
«Is gar nicht so leicht», japste Eddie, der synchron mit Sonny einen Schritt rückwärts machte, in die Knie ging und dann die Hüfte nach rechts drehte. «Naturgemäß fällt ein guter Rückwärtsschritt schwerer als ein Vorwärtsschritt», verkündete Sonny, «da man ja im Leben normalerweise nicht gewohnt ist, rückwärts zu gehen.»
Da sprichst du aber nur für dich, Kumpel, dachte Kuhl und ging pissen.
Wenig später saß er wieder in der Ecke, schluckte seine letzte Librium und spielte Beobachter.
Sozialbau-Tänze, dachte Kuhl. Das waren keine tänzerischen Bewegungen mehr, nur noch Zuckungen, ausgelöst von Nervenimpulsen, die in den Synapsen steckengeblieben waren. Die Figurenbildung des Tanzes folgte gegenseitigen Behinderungen. Wenig

später tauchten Sonny und Eddie auf und grinsten wie Parade-Schwule. Was Kuhl ihnen ins Gesicht sagte.

«Ach ja?» meinte Sonny. «Und was ist mit dem da?»

Sonny, den man als *bedingt* homophob bezeichnen konnte, hatte es auf einen Thai-Jungen abgesehen, der niedlich aufgemacht und nicht mehr ganz nüchtern über die Tanzfläche flirrte...

«Homo Superior», konstatierte Kuhl.

«Saki – O – Saki», witzelte Sonny, der das für die ostasiatische Art hielt, Homosexuelle zu titulieren.

«Den kauf ich mir!» Kuhl machte Anstalten aufzustehen, aber Eddie und Sonny hielten ihn mit vereinten Kräften zurück; sie waren, was Peinlichkeiten anbelangte, ein eingespieltes Team.

«Eh, laß gut sein, Alter.»

«An dem willst du dir doch nicht die Hände schmutzig machen.»

In einem Anfall von Großmut entschied sich Kuhl, eine Runde Rum-Cola zu schmeißen.

«Im Ernst?» sagte Sonny, der Kuhl für einen Geizkragen hielt.

«Warum nicht?» Kuhl schnippte nach der Bedienung.

Katie schenkte ihm einen mitleidigen Blick und ließ ihn links liegen.

«Flittchen», sagte Kuhl. Er schnippte wieder, und diesmal hatte sie sogar die Frechheit und schnippte zurück.

«Ich versuch's mal an der Bar», sagte er.

Am Tresen herrschte großes Gedränge. Jeder Versuch Kuhls, etwas zu bestellen, scheiterte an den Rücken von Figuren, die hier jede Nacht saßen. Sie ignorierten ihn einfach, verhärteten Nacken- und Schultermuskulatur wie vorzeitliche Gürteltiere, wenn sie die geringste Bewegung hinter sich fühlten. Kuhl hielt die Luft an und versuchte sich in eine Lücke zu zwängen. Die Arme auf der Theke bewegten sich keinen Zentimeter. Jeder von ihnen schien wenigstens eine Tonne zu wiegen.

«He, Sportsfreunde...»

«Zieh Leine, Burschi, sonst gibt's was auf die Nuß.» Der, der das sagte, hielt es nicht einmal für nötig, sich umzudrehen.

Burschi? Einen Moment war Kuhl wie perplex, aber er wäre kein Kameruner gewesen, hätte er etwas anderes als Feindseligkeiten vom Leben erwartet.

«Äh, 'tschuldigung, was hast du grade gesagt?» Er zischte es in der Art hinterhältiger Kröten, die mit einem Biß töten können.

«Zieh Leine, Burschi, sonst gibt's was auf die Nuß.»

Kuhl hatte sich nicht verhört.

«Ach so», sagte er. «Nix für ungut.»

Sie legen es tatsächlich darauf an, dachte Kuhl. Diese Säcke waren wahnsinnig, so mit dem Rücken zu ihm zu sitzen und ein großes Maul zu riskieren. Sie waren ... wahnsinnig, weil sie doch wissen mußten, daß er sich solche Sprüche von niemandem bieten ließ ... wahnsinnig, weil er Männerschmuck haßte ... wahnsinnig, weil ...

«Was darf's sein?» Stompie, der an der Bar aushalf, war endlich auf ihn aufmerksam geworden.

«Kleine Cola ohne Eis.» Kuhl war es genau so rausgerutscht, und er nahm die Bestellung auch nicht zurück, was einer Bankrotterklärung gleichkam.

Als er endlich seine lauwarme Cola in der Hand hatte, konnte er sich nicht verkneifen, den Herrschaften einen angenehmen Abend zu wünschen.

«Ja, bist du noch nicht weg ...?»

«Ganz ruhig bleiben, Jungs, war doch alles bloß Absicht ...»

Kuhl prostete ihnen zu, nippte an seiner Cola. *Hatte er das bestellt?*

Durch die Lochblende in seinem Hirn sah er, wie Belmondo diese Wichsnasen fertiggemacht hätte: Dem ersten die Cola in den Nacken geschüttet und dem anderen, der noch gegen die unsanfte Behandlung seines Freundes protestiert, das Glas mitten in die Schnauze gedroschen – «Siehste mal, hättste nicht so laut geschrien» – Doppelhandschläge auf beide Ohren, Tritte in den Unterleib, elegante Fingerstöße auf Kehlkopf und Solarplexus und ein paar Bonmots einstreuen – «Na, Schnucki, wer will noch mal, wer hat noch nicht?» Ein bißchen Einstecken, über die Theke springen, zum Schein in die Küche flüchten und den ersten Verfolger mit siedendem Öl aus der Friteuse empfangen, voll ins Gesicht, und noch nachtreten, gezielt in die Weichteile – «He, dein Kumpel kann jetzt bei den Regensburger Domspatzen singen», ganz lockere Kombinationen – Milz, Leber, Nieren, wie beim Metzgermeister –, den zweiten Angreifer mit dem Kopf durch eine Glasscheibe rammen – «Du wolltest doch eben frische Luft schnappen?» –, und das war's dann...

Später, als er wieder neben Sonny und Eddie saß, erzählte er, daß es unmöglich gewesen sei, eine Bestellung aufzugeben.
«No sweat.» Eddie grinste. Sonny hatte mehr Glück mit der Bedienung gehabt, und im selben Augenblick kamen schon die Getränke.

Die Nacht war tatsächlich ein Mosaik von Momentaufnahmen, von in sich geschlossenen Bandschleifen, die ewig so weiterlaufen würden...
Man würde nächste Woche oder nächstes Jahr wiederkommen, und nichts hätte sich geändert. Man würde dieselben Dinge erleben, dieselben Dinge hören und sehen... Nichts wäre anders.
Zu Kuhls Überraschung gesellte sich auch Fußmann zu ihnen, das heißt, er lehnte sich an eine Spiegelsäule neben ihrem Tisch, was für seine Verhältnisse schon intim war.
«He, Fußmann, schon gehört? Was glaubst du, wer zum schlechtangezogensten Zuhälter der Vereinigten Staaten gewählt wurde?»
Fußmann zuckte die Achseln.
«Jemand, den ich kenne?»
«Isaac Hayes», sagte Kuhl.
«Na, so was, und ich dachte, der wäre Sänger...»
«Er versteht nicht», sagte Sonny.

«Nein, er versteht es wirklich nicht.»

«Was verstehe ich nicht ...?»

«Schon gut», sagte Kuhl. Er wußte, daß Fußmann ein elender Rechthaber war und jede Meinungsverschiedenheit mit ihm ins Uferlose führte.

«Können wir nicht mal über was Sinnvolles sprechen?»

«Ja, bitte?» meinte Kuhl.

«Wie wär's mit der Emission von einfachen Radionukliden und ihrem Verhalten in der Nahrungskette?»

Eddie, der sich gerade einen Kartoffelchip aus der Schale angeln wollte, verschluckte sich und ließ von seinem Vorhaben ab.

«Na schön, wie wär's mit der Transgression freier Radikaler in der Stratosphäre? Ich habe eine todsichere Prophylaxe gegen Hautkrebs...»

«Einfach ignorieren», sagte Sonny.

Ganz plötzlich wurde es still auf der Tanzfläche, oder, wie Fußmann gesagt hätte, das gleichmäßig antreibende Moment moderner Tanzmusik fehlte. Undefinierbare Sphärenklänge waberten aus den Boxen.

«That's it! – DAS IST DER WAHNSINNSMIX!» Eddie sprang auf wie von der Tarantel gestochen.

«Let's go!» Sonny machte eine Rechtskreiseldrehung und stürmte vorneweg.

«Wie fühlst du dich, Kuhl?»

«Para-abnormal low.»

«Das ist gut! Das ist schon mal sehr gut! Wir brauchen jemanden, der sich para-abnormal low fühlt...»

«Na schön», brummte Kuhl. Er entschied sich, zunächst am Rand der Tanzfläche eine Art rodinsche Denkerpose einzunehmen.

Unter den Disco-Tänzern herrschte noch immer große Verwirrung. Ein paar Typen stocherten mit ihren Zeigefingern in die Luft, als ob das die Stimmung wieder anheizen würde.

Sonny und Eddie hatten es inzwischen unter die große Spiegelkugel geschafft.

«He, DeeJay, wird's bald?» Sonny hielt es nicht mehr aus und brachte eine hektische Bump-Einlage mit einem unbekannten Hintern in seinem Rücken. Eddie scharrte nur wie ein Hahn auf der Stelle.

Jeder Mensch hat vielleicht eine eigene Art, sich zu bewegen. Choreographen sprechen von Körperrhythmus, und Kuhl hat zweifellos gewisse Koordinationsschwierigkeiten, die er mit hypochondrischer Genugtuung für die Vorboten einer rheumatischen Erkrankung hält.

Knie und Fußgelenke locker spielen lassen, denkt Kuhl. Er macht ein paar Lockerungsübungen, schaurigste Bilder der Verrenkung.

«Was jetzt?» brüllt er Eddie ins Ohr.

Er hat noch nicht ausgesprochen, als der stumpfsinnig hämmernde Rhythmus aus den Baßeimern dröhnt.

«Bohrn tuh bie eleif!» johlt Sonny, zwei rechts, zwei links, und steigt wie eine Dampframme ein. Schon mit dem ersten Schritt erwischt er den Fuß eines «Nebenbuhlers», für einen Platzrammler seiner Art ist einfach jeder verdächtig. Sekunden später hat er, der Strip-Veteran, sich bereits das Hemd über den Kopf gezogen.

«Kamm on! Letz schoh wott ju gatt!» Einer muß ja den Anfang machen. Auch Eddie läßt sich nicht zweimal bitten. Einige GIs, die schon am Teufelsquartier dabeigewesen waren, feuern ihn an.

Alle Augen sind auf Kuhl gerichtet, der langsam und betont lasziv sein Hemd aufnestelt. Er ist schon am untersten Knopf angekommen, als ihm plötzlich einfällt, was da in seinem Gürtel steckt, er kann den Lauf fühlen – was bleibt ihm also übrig, als sich wieder zuzuknöpfen?

Es riecht nach Blamage: Pfiffe und Buhrufe folgen auf dem Fuße. Auch Sonny kann nur mit dem Kopf schütteln. Der DJ macht allerdings ein V-Zeichen: «Brüder, laßt ihn gewähren.»

Die peinliche Darbietung hat ihren Höhepunkt erreicht, und um die Tanzfläche scharen sich applaudierende Frauen, die in der Aktion vielleicht einen verqueren Ausdruck von Gleichberechtigung sehen. Auch Ilse schnippt mit den Fingern und verspürt so etwas wie mütterlichen Stolz.

Als Sonny eine Art schiitischen Wirbeltanz entfacht, wirft sie ihm ihren Cowboyhut zu.

Eddie ist mittlerweile bis auf die Badehose entblättert, und Kuhl zeigt schließlich seinen halben Hintern.

«Wie abgemacht, Eddie!» ruft er noch.

Danach lagen sie sich wie frischgebackene Weltmeister in den Armen und gratulierten sich überschwenglich. Es war nicht ganz klar, wozu, aber irgendwas war irgendwie gut gelaufen.

«JAUCHE, JAUCHE, JAUCHE!» jauchzte Sonny und entlarvte damit, daß er nie recht verstanden hatte, was mit «Yowsah, yowsah, yowsah» gemeint war.

«Du hast es gebracht, Alter!»

«Du aber auch!»

Mitten in den Tumult platzte Rio und brüllte «Nacido para vivir».

Sonny vermißte plötzlich Ilse, weibliche Bewunderung von hoher Warte. Als sie endlich auftauchte, hatte sie diesen Eiermann im Schlepptau, und Sonnys ZNS schlug Alarm.

«Hast du dich ausgetobt, mein kleiner Muck?»

«Muck?»

«Hoch soll er leben, hoch soll er leben – dreimal hoch.» Dreimal ließ ihn Eiermann hochleben, und dreimal holte Sonny aus, ließ es aber in letzter Sekunde bleiben.

«Ich kann nicht mehr», sagte er noch.

In jeder Disco-Nacht gibt es einen bestimmten Moment, wo die Luft raus ist, bleierne Müdigkeit die Glieder der Tänzer erfaßt und selbst das Laufwerk des Plattenspielers langsamer zu werden scheint. Die Spiegelkugeln über der Tanzfläche sinken immer tiefer, und unter der Decke hängt ein schwarzer Rauchteppich, der die Glitzerlichter erstickt. *Einmal und nie wieder*, dachte Kuhl. Er war abgefüllt, und, he, er hatte zum zweiten Mal in aller Öffentlichkeit die Hosen runtergelassen.

Die meisten Leute waren bereits gegangen. Hie und da drängelten sich ein paar Kerle um eine der wenigen verbliebenen Frauen wie um einen Wühltisch beim Sommerschlußverkauf.

Katie kreuzte plötzlich mit einem Tablett auf und stellte ein einzelnes Glas Champagner auf den Tisch.

«Für Madame», sagte sie.

«Ich habe nichts bestellt», sagte Ilse.

«Eiermann läßt grüßen.»

Ilse wieherte kokett und versuchte den Charmeur ausfindig zu machen. Tatsächlich hielt der sich genau im toten Winkel von Sonnys Blickfeld und prostete ihr verschwörerisch zu.

«Er ist hinter dir her», knurrte Sonny.

«Wenn's ihm Spaß macht.»

«Eiermann ist Ehrenmann», sagte Eddie. «Er hat einfach Stil, das ist alles.»

«Genau», sagte Ilse, «und ich geh jetzt rüber und werd mich bei ihm bedanken.»

«Das wirst du nicht tun», sagte Sonny.

«O doch, genau das werde ich tun», sagte Ilse. Und genau das tat sie.

Hunde haben es einfacher, dachte Kuhl, die pissen einfach an, was ihnen gehört. In Indien soll es «Hundeheilige» geben, die sogar ein Gelübde bindet, sich nach Hundeart zu benehmen...

Sonny hatte davon keine Ahnung.

«Das is so mit den Frauen», sagte er plötzlich, «gehst du morgens in den Kuhstall und bist freundlich, kannst du an die Euter fassen, und Milch gibt's auch noch umsonst...»

Er war am Ende seines Lateins und tief verstört.

«He, Sonny», sagte Kuhl, «wenn du willst... Also, ich meine, wenn du willst, dann geh ich rüber und nehm mir den Knaben mal vor...»

Irgendwie hatte er Mitleid mit Sonny, vielleicht war ihm auch nur die Atmosphäre des Ali Baba's zu Kopf gestiegen.

«Ich mein's ernst, Mann! Wenn du willst, geh ich rüber und regel das für dich.»

«Ja? So wie du das mit den Baumännern geregelt hast?»

Kuhl fühlte sich brüskiert. «Ich mein's doch nur gut, du Arsch. Frauen stehen auf Gewalt. Nichts geht ihnen so zwischen die Beine. Stimmt's, Eddie ...?»

«Stimmt», sagte Eddie, der wie ausgewechselt war, wenn Ilse nicht in der Nähe war.

«Sie stehen auf Gewalt, glaub mir. Warum, glaubst du, verlieben sich Stewardessen regelmäßig in Flugzeugentführer?»

«Tun sie das?» fragte Sonny.

«Stockholm-Syndrom», sagte Kuhl.

«Kam neulich im Fernsehen», bestätigte Eddie.

«Es ist ein ernstes Problem. Hast du nie diese Bilder gesehen? Wie diese Bumskühe vor den Kerlen herlaufen: Nicht schießen, nicht schießen, er hat mir nichts getan und so ...»

«Don't Let Go» von Isaac Hayes kündigte sich an, und Sonny war nicht mehr zu halten.

«Ich werde mir den Typen selbst zur Brust nehmen», knurrte er.

«Sonny, mach keine Dummheiten ...» Eddie wollte ihm nach, aber Kuhl hielt ihn am Ärmel zurück.

«Laß ihn, Sonny weiß, was er tut.»

Sie stand mit dem Rücken zu ihm ... Wie eine Motte zum Licht, so schwirrte Sonny auf ihren Vollmond-Arsch zu.

«Tanzen?»

Zögernd drehte sie sich um, aber bevor sie antworten konnte, hatte Sonny ihre Hand gepackt und zerrte sie mit sanfter Gewalt auf die Tanzfläche. Seinetwegen konnte man es intolerant nennen, aber er war ums Verrecken nicht bereit, sie mit diesem Mufti zu teilen.

Auf der Tanzfläche war sie ein Trampel: Obwohl sie sich kaum von der Stelle bewegte, schaffte sie es, ihm alle paar Minuten auf die Füße zu treten. Er verbiß sich die Schmerzen und konzentrierte sich auf das, was in ihrer Bluse hüpfte.

«Du tanzt fabelhaft», sagte er. «Du erinnerst mich an eine Walküre, eine Siegesgöttin ...»

«Schmeichler», sagte sie, aber wie immer zeigten seine Komplimente Wirkung. Bei der nächsten Nummer ging er richtig auf Tuchfühlung. Eiermann gab sich endlich geschlagen.

«Laß uns gehen», sagte sie. «Genug getanzt.»

Er wußte in diesem Moment, daß sie wieder auf der Matte landen würden, und der Sinn des Lebens ging ihm auf: Bau – schubidiwau ... schuschubi – du – diwah ... Ba – wabda – schubidau ... Schubi – wabe.

VII.

11:23. – *Die Nächte im Parkhaus und wie ich sie hinter mich brachte ...*

Selbstgespräche sind nichts Seltenes um diese Zeit.

Kuhl, hemdsärmlig und verschwitzt, hockt im ionisierten Licht der Röhre. Der Heuschnupfen hat sich zurückgemeldet. Er hat tränende Augen, und die Nase läuft vor sich hin. Nebenbei spielt er an der Zimmerflak, die er schon zweimal geputzt hat ... Der Geruch von Waffenöl scheint seine Erkältungssymptome zu mildern. Vor allem, wenn er den Geschmack von Kodein und Valium im Mund hat.

Er hat das Licht ausgemacht. Nur die Röhre strahlt noch vor sich hin und überzieht das Fahndungsplakat an der Tür mit phosphoreszierendem Glanz ... *Marbella, Nachtleben. Eine feucht-fröhliche Gesellschaft sitzt im Heck einer Yacht. Ein älterer* PLAYBOY *zerteilt mit bloßen Händen einen Lobster, eine* SUPERNUTTE *im Bikini schenkt Champagner ein ...*

Kuhl schwitzt. In dem Kabäuschen ist es stickig und heiß – heiß wie im Arsch einer Nutte ... Rosie. Er muß an sie denken, gießt sich eine Dose V-8 hinter die Binde und zählt bis zehn; die unschlagbare Kombination der 8 Vitamine rüttelt ihn wach. Das Zeug wirkt besser als die meisten Appetithemmer, die er kennt. Die *folgenden Aufnahmen zeigen einen Pulk schwer aufgemotzter Maschinen, das Fickgepäck auf dem Sozius streckt die Zunge raus...*

«Was willst du denn, die Kerle machen es richtig...» Kuhl zielt auf den ersten Motorradfahrer. Gott, er kennt wenig, was sich mit der Perfektion einer Beretta vergleichen läßt. Der schwarze Griff, feingeriffeltes Leichtmetall, schmiegt sich in seine Hand. Das Magazin auf dem Tisch erscheint ihm wie der Eierstock einer metallischen Schlange.

Schnitt. Ein paar ausgelassene Tanga-Bienen lassen sich vor laufender Kamera die Popos bemalen.

Kuhl kratzt sich mit dem Lauf der Waffe im Nacken und spielt automatisch an seinem Hosenlatz.

«Man müßte sie alle umlegen», sagt er laut zu sich selbst.

Warum?

Weil sie Glück haben.

Glück? Ja, richtig, weil sie Glück haben. Weil sie strohdumm sind und weil sie es doch dank ihrer Geschlechtsorgane zu etwas bringen werden.

Sie werfen ihre Fotzen und Titten in die Waagschale. Die Natur hat ihnen ein Fullhouse gegeben, und die Kerle, die mit ihnen pokern, haben im Grunde nichts auf der Hand... Es ist ein abgekartetes Spiel, in dem die Fotzen gewinnen – ist das nicht widerlich?

Es ist widerlich. Es gibt kein anderes Wort dafür. Es ist widerlich.

Das Nachtleben meldet sich wieder aus Marbella... Nacktes, schwitzendes Fleisch, brutal zuckende Silhouetten in irgendeiner Diskothek, Bilder, die ihn in den Wahnsinn treiben...

«Ha, und dich lassen sie hier verrecken», lacht Kuhl, «die lassen 'nen Furz drauf, ob du zugrunde gehst.» Er tut sich mal wieder so richtig leid.

Am Schluß erscheint ein sonnengebräunter Mittvierziger, mit Schnauzbart und Toupet, verschmitzt grinsend. Die thailändische Barfuß-Ficke neben ihm ist noch minderjährig, neongrüner Tanga, niedliche Dutteln... feuchte Kuhaugen, die von nichts wissen und alles mitmachen...

Born to be ... *fucked* – What else?
Tierfilme, denkt Kuhl, *alles Tierfilme* ...

Totgeboren, denkt er dann. *Ein abgekartetes Spiel, das ist es. Soll ich mir die Pulsadern nicht lieber gleich aufschneiden?*
Sie haben dich reingelegt.
Wer?
Das Leben. Die Gesellschaft, er kann es nicht genau sagen.
Gesellschaft? Jetzt gibt es nur noch die Schlechten & die Dummen, die Wichser & die Nutten, die Guten & die Reichen ...
Neue Gegensätze, vielleicht, aber sie machen Sinn.
Erwartet nicht, daß ich mit Anstand verliere, dachte er.
Er zielte auf die Mattscheibe, und: KLICK.
Die gerasterten Bilder zucken zusammen.

VIII

Im Eishaus gab es am nächsten Abend wenig Neues. Eddie konnte sich daher ausführlich über zwei Fälle von Botulismus in der 1st/66th auslassen. Kuhl, seltsam milde gestimmt, tippte auf Salmonellen.

GI-Eddie beharrte auf der Botulismus-Latrinenparole, hatte sich in einem medizinischen Buch schlaugemacht. «Ursache ist irgendein Bakterium ... äh, Clostridium ...»

«... botulinum», ergänzte Kuhl mit der gewandten Zunge des bußfertigen Hypochonders.

«Yea' yea' yea'. Es kommt vor allem in Tiefkühlfraß vor, Shit, der nicht richtig eingefroren wurde. Auch Speiseeis ist nicht dagegen gefeit.» Ein hellhöriger Tacco wischte manisch die Theke.

Eddie lud in ganzer Breite ab, was seine grauen Zellen vor kurzem aufgenommen hatten. Es war das erste Mal seit seinem Schulabschluß, daß er überhaupt etwas gelesen hatte.

«Das Gift dieser Bakterien wird durch so ein ... eiweißspaltendes Enzym, das das ZNS außer Gefecht setzt, verursacht. Und jetzt kommt's. Eddie machte es spannend: «Der Kranke bleibt bei vollem Bewußtsein, erlebt mit, wie sein Körper langsam im Laufe einer Woche von der Lähmung erfaßt wird. Wenn er nicht behandelt wird, tritt der Tod ein. Atemstillstand. Kannst du dir das vorstellen?»

«Wow!» machte Sonny. Er hatte ein schlechtes Vorstellungsvermögen.

«Das ZNS ist ein finsterer Geselle», murmelte Kuhl, ließ sich aber sein Speiseeis schmecken. Eigentlich meinte er etwas ganz anderes. *Gott, wenn es ihn gibt, ist noch immer der größte Ficker des Universums ... Gott fickt sie alle, nagelt querbeet alles, was kreucht und fleucht ...*»

«Tja, low, low, low», sagte Rio. Er hatte sein Mister-Mikrophon dabei und brabbelte ungereimtes Zeug vor sich hin. Fraglich, ob er den Schöpfer dieser Welt für ein hinterfotziges Schwein gehalten hätte.

«Buddha steht auf uns», meinte er.

«Hat er das gesagt? Wie 'n Schwuler sah er eigentlich nicht aus.»

«Ist er auch nicht. Er steht auf unsere Nummer.»

Kuhl hatte selten etwas so Hirnrissiges im Eishaus gehört.

«Was für 'ne Nummer? Was für Ladies' Night, hm?»

Sonny und Eddie grinsten blasiert.

«Na, was glotzt ihr denn so, ihr Tontauben?»

«Kuhl...»

«Ja, Eddie...»

«Leck mich am Arsch, Mann. Du mußt ja nicht mitmachen.»

«Werd ich auch nicht.»

«Na, dann laß es.»

«Ist eh besser so», sagte Sonny.

«Das hast du nicht zu bestimmen! Das mußt du schon mir überlassen!»

Da hatten sie ihn wieder.

Gegen halb zehn tauchte Eddies *connection* mit seinem «Bauchladen» auf und ließ sehen, was Eddie mit erstklassigem Falschgeld meinte.

«Kuhl, das ist FM», sagte Eddie.

«Macht nichts», sagte Kuhl. Er zählte ihn auf Anhieb zur Gattung der Wirbellosen.

«Kuhl braucht zwei Riesen», sagte Eddie.

«Ach ja, zwei Riesen ... No problem.»

FM erinnerte Kuhl irgendwie an Fußmann; Kaschmir-Haube, Schälchen, Gucci-Schuhe. Er trug enge schwarze Goldhandschuhe und verhaspelte sich dreimal mit der Zahlenkombination seines Koffers.

«Cool place», sagte er einmal, «so friedlich.» Damit mußte der Ausblick in die Polarnacht gemeint sein.

«Bin gespannt», meinte Kuhl.

FM reichte ihm einen Fünfziger. Falsche Fuffis waren tatsächlich seine Spezialität. Der Braune wanderte von Hand zu Hand.

«Just perfect», lautete Eddies sachkundiges Urteil.

FM wehrte bescheiden ab, aber es war eine Tatsache, daß er einfach gutes Geld machte.

Rio hörte wieder Musik: Als Sonny ihm den Schein reichte, nickte er dankend und machte Anstalten, den Schein einzustecken.

«Sieht aus wie Scheiße», sagte Kuhl, nachdem er Rio die Blüte wieder abgenommen hatte.

«So sehen sie nun mal aus», sagte FM. Als jemand, der von jeher schwarzweiß träumte, hatte FM vielleicht eine angeborene Abscheu vor bunten Scheinen. Vielleicht war er sich auch einfach zu fein, den Walzenzylinder nach jedem Durchgang zu säubern.

«So, das sind mal vierzig Scheine», sagte er dann.

«Das macht?»

«Huh.» FM schüttelte einen Taschenrechner aus dem Ärmel.

«Okay, let's see. 2000 Deutschmark ... bei 17,5 % Realwert ... plus Taxes macht das vierhundertelf Mark und vierundzwanzig Pfennige.»

«Ah, come on, man ...», Eddie machte sein Schönwetter-Gesicht, «that's too much ... Give this man a break ...»

«Give me a break, okay?» FM klang ziemlich giftig. «Es herrscht Inflation ...»

«Shit», sagte Kuhl, «sag bloß, du zahlst auch noch Steuern?»

«Aber ja ... Never fuck with *die Steuer*. – Was ist jetzt?» FM warf den gewissen Blick auf die Uhr. *Time is money, boys ...*

Kuhl betrachtete die Blüten auf dem Tisch. «Wer sagt mir denn, daß der Schwindel nicht auffliegt? Dann kann ich mir damit den Arsch abwischen ...»

«No sweat, man.» Gekränkte Fälscherehre sprach aus FMs Stimme, als er unvermittelt aufstand. «It's been nice doing business with you, gentlemen.»

Kuhl machte eine Art Lippenfurz.

«Wart mal ...» Eddie schüttelte den Kopf. «Sind wir hier im Kindergarten? Wo ist das Problem?»

Kuhl besah sich die Blüten auf dem Tisch.

«Vergiß es», sagte er dann, «ich hab nicht mal 150 Mark ...»

«Okay.» Eddie wühlte in seinen Taschen und warf einen Fünfziger auf den Tisch. «Und jetzt?»

FM rechnete wieder groß rum.

«Ich geb euch zwanzig Scheine, das ist mehr als großzügig ...»

«Was ist mit Rabatt?» Kuhl liebte jede theoretische Erörterung des Verbrechens.

«Schon mal was von Rabatt gehört?»

«Rabatt ab zehntausend.»

«Wie bei Karstadt», seufzte Kuhl. «Na schön, lassen wir es auf einen Versuch ankommen ... Was meinst du, Rio?»

Rio saß noch immer unbeweglich auf seinem Stuhl und nickte mit dem Kopf. Es konnte alles und nichts bedeuten.

Als FM verschwunden war, sagte er: «He, wir können uns einen schönen Abend machen, wir können's aber auch sein lassen.»

Eddies Lippen gingen in die Breite: «Was soll das nun wieder heißen?»

«Tja», sagte Sonny und dachte dabei an Ilse, die jetzt frischgewaschen und in Strapsen auf ihn wartete.

Mit Sonny war also nicht mehr zu rechnen.

«Er ist halt abhängig von dem Paarhufer», stichelte Kuhl. Obwohl die Sonne längst untergegangen war und der Himmel an das verrußte Silberblau einer Daguerreotypie erinnerte, trug er wieder die Insektenbrille mit den giftgrünen Gläsern.

«Wie seh ich aus?» fragte er.

«Abnorm low», urteilte Rio. Er hatte im Eishaus aufgepaßt.

Sie beschlossen, mit Kuhls Karre zu fahren, und kurz darauf standen sie vor dem alten Rekordler. Eddie, der den Wagen zum ersten Mal sah, pfiff durch die Zähne und pochte dann ohne ersichtlichen Grund an den Kotflügel.

«Ich freß 'nen Besen, wenn das Metall ist.»

«Fieberglas», sagte Kuhl, was der Wahrheit ziemlich nahekam. Irgendwie konnte er nicht zugeben, daß es ein Schrotthaufen war.

Tatsächlich bestand die Karosserie zu einem nicht unbeträchtlichen Teil aus Spachtelmasse, Silikonmatten und einer zentimeterdicken Kunstharzemulsion. Es grenzte an ein Wunder, daß der Lack darauf hielt.

«Besser als mit der Straßenbahn», sagte Kuhl.

«Weiß nicht», meinte Rio.

Trotzdem fuhren sie mit dem Wagen.

Rio brabbelte etwas in sein Mister-Mikro, was wie Werbung für Mundwasser oder Toilettenenten klang.

«Was sagst du?»

«Durst», kam es von der Rückbank, «will dahin, wo's was zu trinken gibt.»

Seit dem Absturz von Skylab hatte sich Rio verändert. Die guten Vorsätze waren dahin. Er sah schlecht aus.

«Bedien dich», sagte Kuhl.

Der Wagen hatte eine ausklappbare Rückbank. Dahinter befand

sich das «Spritlager». Allerdings war der Vorrat zur Neige gegangen. Unter den leeren Flaschen und Dosen fand Rio nichts weiter als ein «Weihnachtsbock», trauriges Überbleibsel eines Christbesäufnisses vom Vorjahr.

Eine knappe Viertelstunde später kurvten sie bereits durch die in farbigem Neonlicht flimmernde Kaiserstraße.

He, gar nicht so leicht, zehn falsche Fünfziger in einer nächtlichen Kleinstadt unter die Leute zu bringen.

Gewöhnlich waren die Bürgersteige gegen neun Uhr hochgeklappt, und es war Viertel nach zehn.

Nur im Rotlichtviertel am Hauptbahnhof herrschte noch Trubel. Mit der Liberalisierung des Strafrechts-Paragraphen 184 hatte der Bundestag das Pornogeschäft legalisiert. Vor den Eingängen und Sex-Shops waren die Autos doppelt und dreifach geparkt.

Ein aufgetakeltes Mädchen stolperte vom Bordstein und landete vor dem Kühler. Kuhl brachte eine Vollbremsung zustande, und während sie sich hochrappelte, nickte der ganze Verein nach Art der Inder, die einer heiligen Kuh Vorfahrt gewährten.

Hier sind es Huren, die heilig sind, dachte Kuhl. *Gottlob bezahlbare Köperöffnungen.*

Während der Fahrt zerknautschte Kuhl die Scheine in seiner Hosentasche, damit sie echter aussahen. Dennoch hoffte er insgeheim auf Schwierigkeiten. Der Abend sollte sich nicht nahtlos in die Chronologie der folgenlosen Ereignisse einreihen.

Die erste Station war das Moseleck. Nach ein paar Bieren und einem unauffälligen Geldwechsel verschwanden sie wieder.

«I told you ...!» Kindskopf Eddie beklatschte seine Idee. «Die erste Blüte sind wir los ... FM ist der Meister!»

Kuhl war in Gedanken schon einen Schein weiter. «Hunger?»

Alle nickten. Diesmal mußte eine Kebab-Bude dran glauben. Schmatzend schlenderten sie über die Weserstraße.

«Was jetzt?» meinte Kuhl.

Als ein Ferrari untertourig vorbeistotterte, drehte er sich um und winkte beiläufig wie nach einem alten Bekannten.

«He, wer war das?» wollte Eddie wissen.

«Der Ferrari-Ficker? – 'n Kumpel von mir, was glaubst du denn?» Kuhl hatte sich in letzter Zeit angewöhnt, jedem Ferrari nachzuwinken.

«Yea' yea' yea'. Is'n Kumpel von dir und fährt Ferrari», feixte Eddie. «Dildo.»

«Mann, ich kann dir seine Telefonnummer geben, wenn du mir nicht glaubst. Im Ernst, er sucht 'nen Autowäscher und hat nichts gegen Nigger...»

Die Anspielung auf seine Wochenendbeschäftigung war Eddie peinlich, und er deutete ein paar Arschtritte an.

«He, wie wär's mit Kino?» meinte Kuhl, um Eddie zu bremsen.

«Yip», sagte Rio, der nur mit halbem Ohr zuhörte.

Am Bahnhof gab es zu dieser Zeit auch ein Schmuddelkino mit Non-Stop-Einlaß und einem ausgesucht «lowen» Repertoire. Sex, Godzilla- und Kung-Fu-Filme liefen dort rund um die Uhr. Vor dem Eingang drückten sich ein paar Jungtürken rum und schielten verhalten nach dem schlecht gemalten Plakat, das nackte, geschundene Mädchen in einem Tierkäfig zeigte.

«Frauengefängnis, Teil 5», las Kuhl. «Das muß die Hammelköpfe an ihre Heimat erinnern.»

Im Gänsemarsch ging es an die Kasse. Die Kassiererin schien nicht mal zu bemerken, daß sie alle hintereinander mit einem Fünfziger zahlten.

Rio, der sich tatsächlich auf einen Kinobesuch («ganz gleich, was») eingestellt hatte, wirkte enttäuscht, als Kuhl die Eintrittskarten wieder einsammelte und an die Türken zum halben Preis verhökerte.

«Warum hast du das getan?» fragte Rio.

«Weil du bereits in einem Film bist, und es sinnlos ist, in einem Film ins Kino zu gehen.»

«Ach so. Und die...?» Rio meinte die Türken.

«Na ja...» Kuhl war ausgesprochen merkwürdig an diesem

Abend. «Wenn die mehr Pornos gucken, sind sie nicht so hinter *unseren Weibern her*.»

«*Unsere Weiber?*»

«Ach, komm mir doch nicht so, Mann», schnauzte Kuhl. «Die müssen ihr Ding doch in alles reinhalten, was blond ist ...! Oder etwa nicht?»

«Oh, mir geht's genauso», sagte Eddie, was ein Witz sein sollte, wie ein Armutszeugnis klang und letzten Endes auf ein Geständnis hinauslief.

Der Sex-Schuppen lag direkt neben dem PAM-Kinocenter. Besucher hatten so vielleicht die Chance, sich noch schnell für die Nacht einzudecken. Sie blieben vor dem hellerleuchteten Schaufenster stehen und begutachteten die Auslagen. Fleischfarbene Dildos standen hier zwischen hydraulischen Pumpwerkzeugen, verchromten Po-Stöpseln, Eier-Gewichten, Gleitflüssigkeiten («Kirsch- oder Mandelgeschmack»), leuchtenden Tittenkissen, «plastic fantastic», wie Eddie das nannte.

«Sieh dir das an!» Eine Puppe mit «echtem» Schamhaar schwebte vor den Augen von Black Elvis.

«Vagina mit zwölf Gängen», johlte er. «Ob's so was auch in Echt gibt?»

Kuhl zuckte die Achseln. Sonny hätte es vielleicht gewußt. Zum ersten Mal seit langer Zeit mußte er wieder an Rosie denken. Wie ein gutes Drei-Gang-Rad kam sie ihm in Erinnerung.

Unter dem Plastikwerkzeug, weiter hinten, standen ein paar Videokassetten. Die ganze Rückwand des Schaufensters bildete ein farbstrotzendes Riesenposter, das eine vollbusige Schönheit im Halbprofil zeigte. «Pola Popova: X-Rated Superstar. Ihre besten Filme: *Saugweltmeisterschaft I & II, Doppeltgemoppelt, Die Verzückung einer Rübenpflegerin* usw. *Alle Filme auf deutsch. Sonderpreis.*»

«Wuhuh», machte Kuhl. Eigentlich sollte das «wow» heißen. Großkaliber dieser Art hatte er einmal in einem US-Playboy aus dem Jahr 1967 gesehen. Er hatte nie recht glauben können, daß es so etwas auch in Wirklichkeit gab. Oh boy. Sie war SUPERNUTTE, die einzig wahre, das konnte er sehen.

«Dafür lohnt es sich zu leben», sagte Eddie.

Und zu sterben, dachte Kuhl.

«42 DD würde ich sagen, wenn nicht 43er...» Eddie gerierte sich als Experte.

«Bist ja kurzsichtig, Alter.» Kuhl kniff die Augen zusammen. «Der Vorbau paßt mit Müh und Not in zwei 48er-Double-D-Körbe mit Drahtseilträgern und Karabinerhaken! Mit den Kugelmöpsen könnte sie ganze Gebäude schleifen...»

Rio hatte keine Säuglingsinteressen. «Das sind kranke Drüsen», meinte er nur.

«He, Mann...» Eddie hatte schon wieder was Neues entdeckt. Diesmal war es ein rosiger Kinderarm aus Plastik, der eine Faust machte. «Das ist irre... Sieht aus wie ein *Black-Panther-Symbol*...»

Kuhl hatte das Gefühl, daß mal wieder der falsche Film lief.

«Okay, laß uns ein paar Gummis kaufen», sagte Eddie schließlich. «He, gibt *Daddy Cool* ein paar Gummis aus, oder was?»

«Oder was», knurrte Kuhl, als sie durch den bunten Streifenvorhang tauchten. Die Wände waren knallrot gestrichen.

Vor den Regalen standen ein paar Figuren und blätterten vor sich hin. Es herrschte eine widernatürliche Stille.

Millionen einsamer Onanisten können nicht irren, dachte Kuhl. Als biologischer Morphinist fühlte er sich natürlich über jeden Zweifel erhaben.

Ein Magazin zeigte drei Schwule untrennbar ineinander verkeilt. Titel: «MEAN ANAL MASTERS». Selbst die Schriftzeichen erinnerten an verbogene Schwänze.

«Homos», murmelte Kuhl. «Als hätten die nicht schon genug Elend über die Welt gebracht.»

«Und wenn schon», sagte Rio, dem es auf ein bißchen mehr oder weniger nicht mehr ankam.

Eddie erkundigte sich mittlerweile bei der Verkäuferin an der Kasse, ob die Gerüchte über seine Lieblingsmarke stimmten.

«Na, Sie wissen schon», sagte er, «die Brummi-Gummis.»
Und als sie ihn immer noch verständnislos anglotzte: «Truckers, Fortyfivers, extra-tight, okay?»

«Ich weiß nicht, ob wir die haben», flüsterte sie.

Eddie ging weiter Bückwaren suchen.

«Noppenrubber ... schwarz ... sehr schön ... Spezialpräser ... au Backe, die haben sogar 55er Jumbos ...!»

Ein dezent gekleideter Herr stellte den Titel *Assholes stretched to the limit* zurück und verließ hüstelnd den Laden. Auch andere Kunden huschten unsicher herum und machten verstörte Gesichter.

Woran mag es liegen, daß in einem Sex-Shop immer nur der Flüsterton herrscht? Rio wirkte ziemlich geistesabwesend. Als jemand neben ihm im Heft *Anales Pandämonium: Das Buch zum Film mit Pola Popova* blätterte, beschloß er einfach mitzulesen, eine Art Reflexhandlung, die er sich in der Straßenbahn angewöhnt hatte.

«He, Kuhl!» rief er plötzlich, «es stimmt, Mann! – Die Frau aus dem Schaufenster – SIE HAT WIRKLICH 48er Doppel-D-CUPS-EUTER!»

«Siehste mal», frohlockte Kuhl, «das nennt sich Augenmaß, mein Lieber!»

Inzwischen hatte Eddie gefunden, was er suchte, ein geiles Sonderangebot, ein sogenanntes *Sexpack*, in dem sich unter anderem auch der fleischfarbene Kinderarm aus der Auslage befand. Alles war in Zellophan eingeschweißt und erinnerte an eine Art Bami-Gemüsepaket aus dem Supermarkt: ein Vibrator (vier Geschwindigkeiten), borstige Gummiringe, Scharfmacher, sogenannte «Penisex»-Dragees, GY-Gelee und bunte Spezialpräservative, darunter ein japanischer «Excalibur».

«Dreißig Mark? Das wird 'ne teure Suppe.» Kuhl schüttelte den Kopf. «Da mach ich kein Wechselgeld dran...»

«Denk doch mal wirtschaftlich», sagte Eddie. «Das sind genau dieselben Gummis wie die *Truckers*, aber kosten nur halb soviel. Außerdem schuldest du mir noch Geld.»

«Fuck you», maulte Kuhl.

Eddie ließ ihn stehen und schlenderte zur Kasse.

«Mein Freund zahlt», sagte er mit einem gekonnten Augenaufschlag.

«Sie sehen einen glücklichen Konsumenten», stichelte Kuhl.

Im Nu hatte die Kassiererin den falschen Fünfziger kleingemacht.

Und der Herr sprach: Schmutz sollst du mit Schmutz bezahlen, dachte Kuhl.

«Tüte?»

«Liebend gerne», flötete Eddie.

Sie packte alles in eine dezente Plastiktüte ohne Aufdruck.

«Viel Spaß», sagte sie. «Oh, warten Sie, ich tu Ihnen noch was rein.»

Sie beschenkte Eddie noch mit einem Pröbchen E-CE-Gleitcreme und zwei Mehrweg-Noppengummis. Selbst einen sogenannten «Po-Stöpsel» gab sie ihm noch gratis mit auf den Weg. Kuhl schätzte, daß es sich um einen Ladenhüter handelte.

Er konnte es sich nicht verkneifen, den «Kinderarm» auszupacken und Passanten zuzuwinken.

«Schade, daß er nicht quietscht», bemängelte er.

«Drei Scheine sind wir los», sagte Kuhl. «Wohin jetzt?»

«Ich bin müde, Mann», sagte Rio. Tatsächlich war es bewundernswert, wie er stundenlang hinter Kuhl hertrotten konnte und Musik hörte, während doch vor seinen Augen in aller Deutlichkeit ein Verbrechen ablief.

«Wir sind alle müde», sagte Kuhl.

Im Kaisersack auf der Höhe des Burger King-Restaurants liefen ihnen ein paar Anfängerinnen über den Weg, Nuttenhandtäschchen, Pumps. Eine trug schwarze Lackstiefeletten und hatte ein Veilchen, das sie schlecht überschminkt hatte.

«He, sie hat ein blaues Auge», konstatierte Rio.

«Sie wird's verdient haben», sagte Kuhl. «Ich könnte mir eine Million triftiger Gründe vorstellen...»

«Du bist kein Mensch», sagte Rio.

Kuhl überlegte sich, ob er die Sache nicht abkürzen sollte: *Falsches Geld gegen echtes Endorphin. Ein lohnenswerter Tausch.* Andererseits war er nicht in Stimmung, mit einem geschäftstüchtigen Mädchen zu feilschen.

«Wetten, sie macht alles mit?» Gedankenleser Eddie meldete sich zu Wort.

«Mal sehn», sagte Kuhl. Die Lackstiefelschnalle feilschte gerade in einer Parkbucht mit einem Mercedes-Benz-Freier.

«Was hast du vor?» fragte Rio.

«Paß auf», sagte Kuhl.

Als der Wagen weiterfuhr, pfiff er ihr nach und winkte ihr dann wie einer alten Bekannten.

Träge, wie magnetisierte Masse setzte sie sich in Bewegung.

«Shit», sagte Eddie. «Kuhl, du alter Nuttenbock.»

«Ich will doch nur fragen, ob sie wechseln kann ...»

«Das ist gemein», sagte Rio, «denk doch mal nach, wie hart sie für fünfzig Mark arbeiten muß ...»

Kuhl zuckte die Achseln. «Frag mich mal, wie hart ich für mein Geld arbeiten muß ...»

«Mir tut sie leid», sagte Rio.

«He, du stehst wohl auf Nutten ... Hast du das gehört, Eddie!? Ich spendier ihm die Braut ...»

«Schönen guten Abend.» Sie war höchstens sechzehn. «Was darf's denn sein?»

«Mein Freund hier will dich bumsen», sagte Kuhl und klopfte Rio auf die Schulter. «Er traut sich nicht zu fragen, und da dachte ich ...»

Rio schluckte, als das Mädchen ihn anlächelte. Er war kein Puffgänger.

«So, du traust dich nicht ...», sagte das Mädchen und klimperte mit den Wimpern.

«Man kann sich einen schönen Abend machen, man kann es

aber auch sein lassen.» Rio setzte seine Kopfhörer auf. «Bye», sagte er noch und stakste davon.

«Rio!» brüllte Kuhl. «Was soll denn die Scheiße...»

«Hab ich was falsch gemacht?» fragte das Mädchen.

«Was weiß ich.» Kuhl ärgerte sich über Rios Abgang.

«Und jetzt?» fragte das Mädchen.

«Ach, vergiß die Pfeife», sagte Kuhl, «eigentlich geht es gar nicht um ihn, sondern um meinen Freund hier. Ihm steht das Wasser bis zum Hals...»

«Fuck you, Kuhl», sagte Eddie.

«You're new in town, sailor?» Das Mädchen hatte sofort geschaltet und brachte die Standardfloskel, die sie ihr in irgendeinem Puff eingebläut hatten.

«So, you wanna have some fun?» legte sie nach.

Eddie hatte Glück. Vor dem Burger King standen zwei GIs von der 6th., die er flüchtig kannte.

«S'cuse me», sagte er – und war auch schon weg. Er befürchtete, daß Kuhl auf Zoff aus war, und das konnte im Bahnhofsviertel ziemlich ins Auge gehen.

«Was soll das?» wunderte sich das Mädchen.

Akne am Kinn und lange Leitung.

Kuhl konnte nur den Kopf schütteln.

«Damn, damn, damn – ich hasse, hasse, hasse unreine Haut», seufzte er nur.

«Was?»

Er sah sie einen Moment abschätzig an. «Kannst du Geld wechseln?»

«Was?»

«Geld wechseln», sagte Kuhl. «Ich brauch Kleingeld für die Straßenbahn...»

Das Mädchen sah sich um: Auf der anderen Straßenseite gab es tatsächlich eine Haltestelle. Rio stand dort zwischen zwei blauen Fahrtkartenautomaten.

«Warum hast du das nicht gleich gesagt?» Sie lächelte, griff in ihr Täschchen und holte ein bezauberndes kleines Portemonnaie zum Vorschein.

«Wow! Du hast echt Verständnis», sagte Kuhl, «du bist ja wirklich offen für alles, das ist ja phantastisch...!» Er überlegte noch, ob er einen auf Unschuld vom Lande machen sollte. Gerade junge Nutten standen auf Bauernlümmel, die nicht wußten, wie der Hase lief.

«Ja, ja, schon gut», sagte sie. Im Nu hatte sie die Blüte gewechselt.

Wer sagt's denn? Es gibt noch Nutten mit Herz, dachte Kuhl. Rosie fiel ihm ein.

«Ich werde dich weiterempfehlen», rief er der Kleinen nach. Aber da war sie schon in ein Auto gestiegen.

Kuhl lachte sich später ins Fäustchen. «Wenn sie's merkt, denkt sie, einer hat sie umsonst gepimpert...»

Er fand diese Vorstellung so spaßig, daß er ununterbrochen kichern mußte.

Eddie stieß ihm in die Rippen. Auch sein Gespräch mit den GI-buddies war nicht fruchtlos geblieben.

«Acapulco Gold», verkündete er und rieb Kuhl ein Plastiketui unter die Nase, «angeblich das letzte in der Stadt. – He, wo steckt Rio...?»

Sie sahen nach der Haltestelle, aber Rio war nirgends zu sehen.

«Eben stand er noch da», sagte Kuhl.

Sie schwärmten ein paarmal in alle Richtungen aus.

«Nichts.»

«Die Straßenbahn», sagte Kuhl. «Er hat die Straßenbahn genommen...»

«Du meinst *automatisch*?»

«Klar, Mann. Wenn die 12 kommt, kommt die 12.»

IX

Er war geil.

Aus unerfindlichen Gründen stach ihn der Hafer. Unter normalen Umständen hätte er die Sache im Handbetrieb erledigt, aber erstens hatte er noch immer ein paar Blüten in der Tasche, und zweitens gab es ja wirklich die Nutte seines Vertrauens, seine Rosie, die gute Seele, mit der man nebenbei noch über Gott und die Welt quatschen konnte.

Rosie, Rosie... Den ganzen Weg nach Kamerun sah Kuhl ihre gespreizten Schenkel vor sich her schweben... Ein weißer Albatros mit einem Schlitz in der Mitte. Ihr Gesicht war dagegen wie ein unscharfes Foto.

Er ahnte, wo er sie finden würde, und parkte ACs Schrottkarre in der Einfahrt von Schulz & Sourad, dem legendären Fachgeschäft für Gummi & Schutzbekleidung, wo Rio seine Stiefel kaufte.

Der Laden nebenan hieß El Toro. Das spanische Lokal hatte bis fünf Uhr offen und galt als letzter Hafen für Kameruner Nachtschwärmer und ausgehungerte Fernfahrer. Auch Jungs aus dem Milieu trafen sich hier gelegentlich auf einen Frühschoppen. Immerhin, der schwere Rotwein war billig, und die angekokelten Fleischspieße galten als legendär.

Rosie. Schon als er die schwere Holztür aufstieß, erkannte er sie an ihrem schulterfreien Sommerkleid im Halbdunkel der Spelunke.

Sie saß an der Bar auf einem wackligen Hocker, die Absätze in die Fußleiste geklemmt, um nicht die Balance zu verlieren.

Neben ihr lehnte ein Muskelpaket namens Toni, ein christlicher Fernfahrer, der sie regelmäßig beehrte und ihr angeblich schon einmal einen Heiratsantrag gemacht hatte.

Auch das noch, dachte Kuhl. Er haßte sexuelle Rivalitäten, vor allem, wenn er die schlechteren Karten hatte. Er hatte sie sträflich vernachlässigt. Nicht einmal zu ihrem neununddreißigsten Geburtstag hatte er sich gemeldet, keine Rosen für Rosie, nichts.

Tatsächlich war sie zwanzig Jahre älter – ein Altersunterschied, der ihn um so mehr erregte, als sie noch immer Haarschleifen wie ein Schulmädchen trug, und ihr Verstand hatte sich glücklicherweise auch nicht weiterentwickelt. Allerdings überraschte sie ihn immer wieder mit Perlen der Weisheit: «Das stärkste Organ einer Frau ist ihre Möse.»

Dieser Satz, stolz vorgebracht, hatte sich in sein Gedächtnis gebrannt. Sie mußte es ja wissen, nach zehn Jahren Messestrich. Im Winter, wenn es bitterkalt war, übernachtete sie oft auf Fernfahrer-Rastplätzen und wechselte bis zum Morgengrauen von Koje zu Koje.

Die Männer mochten sie; warm, anschmiegsam, nach Bier oder billigem Fusel riechend, erschien sie ihnen wie ein guter Kumpel, mit dem man ehrlich über alles reden konnte.

Kuhl seufzte wehmütig: Sie hatte die engste Möse, die er je gehabt hatte, und wenn sie vögelten, brachte sie regelmäßig einen echten Orgasmus zustande. Vielleicht zog sie aus Sex einen ähnlich perfiden Genuß wie Kuhl, dem es nur um den Endorphin-Kitzel ging. Sie wußte wenig von ihm.

Er hatte ihr immer nur zusammenphantasierte Geschichten erzählt, von zwielichtigen Geschäften und Schutzgelderpressungen, die er für eine italienische Versicherungsgesellschaft tätige. Das meiste waren Bildzeitungsstories, die er im Parkhaus gelesen hatte, aber aus irgendeinem Grund – wahrscheinlich, weil er diesen VW-Sportwagen fuhr – glaubte sie ihm.

Niemand hatte Kuhls Eintreten bemerkt, und so pflanzte er sich einfach ein paar Hocker weiter zwischen zwei Schluckspechte, die ihm Deckung boten. Schön war sie, seine Rosie. Rabenschwarzes, in Locken wallendes Haar umrahmte ihr bleiches Gesicht. Ihre Nase war groß, aber nicht hakenförmig, sondern so, wie er sich Hegels Geliebte im Profil vorstellte.

Rosie hatte schwer gebechert. Ihre Augenlider hingen auf Halbmast, sie blinzelte in einen Haufen Weingläser, die vor ihr auf der Theke standen. Ihre Wimperntusche war verlaufen. Kuhl fragte sich, ob Toni ihr wieder einen Heiratsantrag gemacht hatte. Sie war so sentimental, seine Rosie. Noch entzückender fand er ihre Rückenlinie.

Fast dorisch, dachte er, eine hoch aufgeschossene griechische Vase.

Er kritzelte eine X/Y-Achse auf seinen Bierdeckel und strichelte darauf eine langgeschwungene Kurve, die ziemlich genau dem Profil ihres Rückens entsprach.

Als abgebrochener Fernsehtechniker wußte er sogar, wie die Berechnung der Kurve lauten mußte:

$X = A \cdot y^2 \cdot B_y \cdot e_{ay}^3$, wobei $A = 0{,}5 - 1$, $B = 0{,}4 - 0{,}5$, $e = 2{,}718$ (natürl. Log.), $a = 0{,}001$.

Natürlich waren Nutten unberechenbar, aber konnte es sein, daß sich ihr Körper nach dieser Gleichung geformt hatte?

Und war soviel Ästhetik nötig, um abzuspritzen?

Toni, neben ihr, machte nicht den Eindruck eines Ästheten. Mit seinem ausrasierten Stiernacken und den klobigen Händen erinnerte er an einen Fleischergesellen (und genau das hatte er gelernt, bevor er Fernfahrer wurde).

Rosie war alles, was er wollte – die enge Vorrichtung zwischen ihren Beinen, die ihn nach langer Fahrt bis in die Zehennägel entspannen würde. Dafür würde er ihr eines Tages ein kuschliges, kleines Nest bauen, sie würde sich den Bauch aufblasen lassen, und später würde dann wieder einmal niemand mehr wissen, wer wen reingelegt hatte.

Toni gehörte zu ihrem «Fanclub», einer Handvoll Stammfreier, die Kuhl gehässig die «Freunde der stinkenden Rose» nannte. Im Laufe der Jahre waren aus ihnen zärtliche Verehrer geworden – verrückt genug, daß sie sich darauf etwas einbildete und von Treue sprach! Der älteste, ein 71jähriger Kommerzienrat, lag seit zwei Jahren in einem Pflegeheim. Einmal jährlich rief er Rosie zur letzten Ölung.

Ihr zweiter Beau war Coninglio, ein Pizzabäcker aus Bornheim, unglücklich verheiratet, drei Kinder. «Dein Körper wie Pizzateig», sagte er jedesmal, wenn er sich in ihren Hintern verbiß.

Nummer drei hieß Chwotz, ein russischer Fernfahrer, der nie versäumte, bei ihr aufzutauchen, wenn er in der Stadt war. Nie hatte sie ihn ohne Stiefel und seine Bibermütze gesehen. Wenn er nach 5000 km Fahrt vor ihr stand, starrte er gewöhnlich vor Dreck, stank nach Wodka und Tabak. Meistens landeten sie auf irgendeinem Rastplatz, und dort vögelte er sie in seiner schummrigen Koje gewöhnlich bis zur Bewußtlosigkeit.

Toni war der vierte im Bunde. Er galt als Weltmeister in Französisch. Wenn es allerdings zur Sache gehen sollte, war er in der Regel zu schlapp und machte auf zärtlich.

Toni hatte einen klitzekleinen Tick; angeblich brauchte er diese Skimaske auf dem Kopf, um «in Fahrt zu kommen»... Wenn er die Maske trug, war er ein anderer Mensch, eine Art Steiftier wie Chwotz, eine gnadenlose Sexbestie, und nicht länger der gutmütige Trottel, für den ihn die Frauen hielten...

Eine Kollegin von der Messe hatte Rosie einmal erzählt, was sich in Tonis Laster abgespielt hatte... Nicht, daß er ihr in den Mund gepinkelt hatte, wie dieser Börsenmakler aus Wien, ebensowenig hatte er es mit Peitschen und Ketten wie der Schreibstubenhengst vom britischen Konsulat. Aber die blauen Flecken hatten Rosie doch irgendwie neugierig gemacht: Sie wollte den wahren Toni kennenlernen. Vielleicht würde sie das kurieren, von der Hure zur Heiligen. In jeder Nymphomanin steckt halt eine barmherzige Schwester, eine verhinderte Florence Nightingale...

Abgesehen von seinem kleinen Maskentick war Toni herzensgut. Er überhäufte Rosie mit Geschenken – nicht selten Dinge, die beim Ausladen «von einem Laster gefallen» waren. Als sie noch rauchte, brachte er einmal einen halben Zentner Zigaretten vorbei, die inzwischen unter ihrem Bett vor sich hin schimmelten.

Der umsichtige Wirt Don Lobo hatte Kuhl endlich entdeckt: «Was zu trinken, Señor?»

Kuhl bestellte notgedrungen ein Bier.

Rosie, Rosie, Rosie... Toni redete noch immer auf sie ein, ununterbrochen flüsterte er ihr ins Ohr, und sie giggelte und wankte mit dem Kopf.

Kuhl staunte. So abgefüllt hatte er sie noch nie gesehen. Der Kerl würde leichtes Spiel mit ihr haben. Da Kuhl Rosie nicht umsonst «Nutte seines Vertrauens» nannte, entschied er sich, genau das nicht zuzulassen.

Als sein Bier endlich kam, rutschte er behäbig vom Hocker. Breitärschig und eine Spur zu langsam ging er auf die Turteltauben zu. Bei jedem Schritt schwangen die Hoden im Gegentakt zu den nach außen knickenden Kniekehlen: linkes Knie, rechter Hoden, rechtes Knie ... und so weiter. Machos reagieren auf diese Gangart automatisch allergisch, und so konnte es nicht ausbleiben, daß Toni ihn schon auf halber Strecke ausgemacht hatte.

«Wenn das nicht meine Rosie ist», sagte Kuhl und umfaßte sie von hinten. Er sah Toni dabei so an, als ob er ihn für eine inferiore Spezies hielt.

«Na dann, Prost», sagte Toni. Es klang wie: «Zieh Leine, Pisser, bevor es dir leid tut.»

Rosie war völlig perplex.

«Kuhl?» Ruckartig drehte sie sich um und verlor dabei die Balance, hätte Toni ihr nicht unter die Arme gegriffen, sie wäre samt Hocker zu Boden gegangen.

«Hab dich», brummte Toni.

Sie gab ihm zur Belohnung einen kleinen Kuß und nestelte an ihrer Schleife. Es war ihr peinlich, das konnte man sehen, und sie fragte sich, ob sie vielleicht im Suff eine doppelte Verabredung eingegangen war.

«Kuhl?» fragte sie in einem Tonfall, als ob sie den Namen vor irre langer Zeit einmal gehört hatte. «Wo bist du gewesen? Wo bist du gewesen, hm?»

Sie packte ihn am Kragen und schüttelte ihn.

Kuhl schenkte ihr den *kuhlsten* Blick, den er draufhatte.

«Ich war geschäftlich unterwegs, Baby.» Und mit einem fiesen Grinsen an Tonis Adresse: «New York, Baby. New York.»

«New York? – Und du ... du hast mir nichts mitgebracht?» Sie sagte es erwartungsvoll, wie eine kleine, verwöhnte Prinzessin.

Kuhl überlegte, ob er irgend etwas bei sich hatte, was er ihr als Souvenir andrehen konnte, aber er hatte nichts.

«Nichts, hm? Dacht ich's mir.» Die Enttäuschung klang echt, und Toni massierte ihr die Schultern.

«Sieh dir das an ...» Sie zog ein Seidentuch aus der Handtasche und schüttelte es wie Frau Holle die Kissen.

«Oh, oh, vorsichtig», mahnte Toni, als sie den *Foulard* über dem Tresen ausbreiten wollte. Kuhl sah ein buntes Tuch mit allerlei Unsinn: eine Gondel vor dem Dogenpalast, Schiffstaue, Ankerketten und irgendwelche Wappen.

«Ganz hübsch», sagte Kuhl.

«Hübsch?» sagte sie und hielt sich das Tuch wie einen Schleier vors Gesicht.

«Toni, mein Toni, hat mir das aus Venedig mitgebracht ... echte Seide, kannst du anfassen. Und wie das riecht!»

Kuhl wollte zuerst fragen, ob Toni sich den Schwanz daran abgewischt hatte, aber er sagte: «Wahnsinn.» Und dann: «Bei Woolworth im Ausverkauf haben sie bestimmt noch mehr ...»

«He, aufpassen», maulte Toni. Einen ganzen Kopf größer und wenigstens doppelt so schwer, betrachtete er Kuhl wie ein lästiges Insekt.

«Es stimmt aber, Mann», sagte Kuhl und setzte eine besonders unschuldige Miene auf. «Ich glaub dir ja, daß die Itaks dir das Spültuch in irgendeiner Touristenfalle angedreht haben. Aber was glaubst du, wo die Kaufhäuser einkaufen? – Wo's billig ist, Alter. Bella Italia.»

«Es ist nicht dasselbe», sagte Toni.

«Um was wollen wir wetten?» sagte Kuhl.

Toni konnte nur den Kopf schütteln. Bevor Kuhl aufgetaucht war, war alles wie am Schnürchen gelaufen. Jetzt war die Stimmung hin.

Den christlichen Kern unter Tonis rauher Schale empfand Kuhl als Inkarnation des Bösen, als teuflische Plage, in die Welt gesandt, um ihn, Toni, aus dem Paradies zu vertreiben.

«Rosie, du trinkst zuviel», sagte Kuhl.

«Das ist doch ihre Sache.» Toni bestellte noch zwei Bier.

«Vorsicht, Boogaloo.» Kuhl knackte mit den Fingern. «Als Träger des schwarzen Gurtes bin ich gesetzlich verpflichtet, dich auf die möglichen Folgen einer physischen Auseinandersetzung hinzuweisen.»

Ein ziemlich durchsichtiger Bluff, aber Toni traute Kuhl jede Schlechtigkeit der Welt zu, vielleicht ahnte er sogar, was Kuhl unter seinem Hula-Hemd hatte.

«Kuhl ... Toni ... Kuhl ...» Rosie versuchte dazwischenzugehen.

«Ist doch nichts passiert», beruhigte sie Kuhl. «Noch nicht. He, sieh mal, wenn er wütend ist, der Arsch, sieht er aus wie Belmondo ...»

Toni sperrte einen Moment das Maul auf.

«Willst du damit sagen, daß ich schwul bin?» rief er endlich und lief rot an.

Kuhl zog ein ernstes Gesicht. «Willst du damit sagen, daß Belmondo schwul ist?»

«Hör schon auf, Kuhl ...» Rosie packte ihn wieder.

«Misch dich da nicht ein», konterte Kuhl. «Wenn Jean-Paul das gehört hätte, er hätte dir so die Fresse poliert ...»

«Niemand poliert mir die Fresse ...», quakte es aus Tonis Ecke.

«Ach was! Mit zerquetschten Eiern lägst du jetzt hier auf dem Boden.»

«Niemand zerquetscht mir die Eier!»

Kuhl hatte einen regelrechten Lachanfall.

«O Gott, ich kann nicht mehr», sagte er schließlich, «niemand poliert ihm die Fresse, und niemand zerquetscht ihm die Eier – was für eine Welt! Was für eine herrliche Welt!»

Rosie sah ihn traurig an. Bittersüßes Lächeln. Liebte sie ihn nicht ein ganz kleines bißchen?

«Jetzt langt's», sagte Toni. «Ich will höflich sein. Ich habe ein Rendezvous mit der Dame, und du fällst uns verdammt auf den Wecker, also...»

«Also was?» Kuhl konnte auch den Schwerhörigen spielen.

«Laß uns gehen, Rosie», sagte er dann. «Rosie?»

Sie schüttelte energisch den Kopf.

«Kuhl, du kannst hier nicht so einfach auftauchen...»

«Ich meine es ernst.»

«Du meinst gleich gar nichts mehr», sagte Toni.

«Du hättest anrufen sollen», sagte Rosie.

«Konnte ich nicht.» Kuhl machte ein Gesicht wie die Klagemauer, auch dazu war er fähig. «Ich war in Hektik, du kannst dir nicht vorstellen, was in New York los ist...»

«Hauptsache, du kannst dir das vorstellen!» Toni konnte sein Maul nicht halten.

«Kuhl –», ihre Augen öffneten sich ganz weit, versuchten durch den Schleier des Alkohols zu blicken, «es geht wirklich nicht. Ein andermal.»

«Du läßt mich abblitzen wegen einem Fernfahrer, ist es das? Ich zahle das Doppelte...»

Er hatte den Satz noch nicht ganz zu Ende gesprochen, als die Schaufel eines Baggers nach ihm langte. Zum ersten Mal drang Kuhl zu Bewußtsein, wie groß Tonis Hände wirklich waren.

Rosie warf sich, schwer angeschlagen, wie sie war, dazwischen.

«Toni, Menschenskind! Jetzt ist aber Schluß! Laß doch den Jungen zufrieden.»

Don Lobo hinter der Theke nickte zustimmend. Es konnte ansteckend sein, wenn sich zwei im Suff prügelten. Das letzte, was er brauchte, war eine Lokalschlägerei. Überfallkommando und das anschließende Spießrutenlaufen durch die deutsche Bürokratie. *This ain't Sevilla, Pancho...!*

Toni brodelte noch immer: «Was denn, hm? Der Protz soll hier nicht so 'ne Lippe riskieren...»

«Ist das Tier erst mal ausgewachsen, kämpft es um seinen Platz in der Fortpflanzungsgemeinschaft ...» Kuhl zog Don Lobo ins Vertrauen. «Er glaubt, das Weibchen befindet sich in seinem Territorium, und da er sie nicht einfach anpissen kann ...»

«Rosie, der Knabe ist überfällig!»

«Da sind Gehirnzellen blockiert ...» Don Lobo lauschte noch immer Kuhls Ausführungen. «Der Botenstoff entsteht in der Hypophyse und wandert von da direkt *in die Hoden*... Testosteron wird gebildet. Das Hormon erhöht die männliche Aggressivität. Man hat sogar Mäuseweibchen gesehen, die machten nach einer Testosteron-Infektion *richtig Randale*.»

Don Lobo nickte andächtig. So wie Toni sich aufführte, schien die Diagnose von biologisch bedingter Unzurechnungsfähigkeit voll zuzutreffen.

«Du sollst – den Jungen – in Ruhe lassen, – du sollst – den Jungen –» Rosie wiederholte den Satz stakkatoartig seit einer Minute.

Kuhl ärgerte sich, daß sie ihn einen Jungen nannte.

Zwischendurch küßte sie ihren Neandertaler-Trotzkopf, so instinktiv, wie Mama-Vogel den Nestling schnäbelt.

«Na schön, ich gehe!» Kuhl war es plötzlich leid und warf seine letzten Blüten auf die Theke.

«Ich zahle auch für die Getränke der Dame», bellte er großmännisch und genoß die Betroffenheit, die in Tonis Gesicht geschrieben stand.

Don Lobo nickte ehrerbietig: Sein siebter Sinn sagte ihm, daß er einen reichen, wohlerzogenen Jüngling, wahrscheinlich einen Doktor der Medizin, vor sich hatte.

«Kuhl, bitte ...» Rosie erwischte ihn noch am Ärmel.

«Ach was», lachte er, «man kann sich einen schönen Abend machen, man kann es aber auch sein lassen.»

Draußen auf der Straße trat er in die Seitentür eines wildfremden Wagens – weil der wie neu aussah und im Halteverbot stand. Jeder andere Grund hätte es auch getan.

Pech, dachte er noch. Er hatte keine Gewissensbisse, im Gegenteil, fast bedauerte er, daß er nichts zu schreiben dabeihatte, sonst hätte er dem Arschloch noch einen Zettel gesteckt: «Tja, tut mir leid.» Punkt. Keine Adresse, nichts. Er wollte gerade in seinen Wagen steigen, als er das chromblitzende Monstrum sah, und er wußte, die Kiste konnte nur einem gehören: Toni. Es war ein amerikanischer Truck, und oben auf dem Dach schob ein Michelin-Männchen Wache.

Kindskopf ... Kuhl wühlte in seinem Handschuhfach ... Es ging nicht mehr um Rosie, um die Gunst von fünf oder fünfzehn Minuten, es ging ums Prinzip. Kuhl hatte lange genug vor Säugetieren wie Toni gekniffen, aber diesmal würde er den Spieß umdrehen ...

Die Straße war wie ausgestorben, und Kuhl pfiff die Whistler-Hymne vor sich hin. Aus seiner Hosentasche lugte die kleine italienische Freundin. Als er den Truck erreicht hatte, sah er sich noch einmal unschlüssig um ... Kein Mensch zu sehen.

Kurz entschlossen zog er die Pistole und drückte die Mündung an den Reifen. *That's life*, dachte er, und schon machte es POPP!

Jeden Reifen, selbst den Ersatz, behandelte er auf diese Weise. Aufgeräumt schlenderte er zu seinem Wagen zurück.

Warten ...

Weiß der Henker, dachte er, *was die da drinnen treiben* ...

Die Wirkung der Dragees hatte nachgelassen; vielleicht war ihm auch eine Mütze Schlaf wichtiger als das tägliche Endorphin. Jedenfalls wollte er plötzlich nach Hause und einfach pennen.

Soll er sie doch haben, dachte er, *und vier Plattfüße dazu*.

Gerade wollte er den Zündschlüssel umdrehen, als sich die Tür öffnete: Rosie und ihr Trucker-Gentleman torkelten ins Freie. Es war schwer zu sagen, wer mehr Schlagseite hatte.

Rosie schlug ihn einmal mit ihrer Handtasche, ein andermal klemmte Toni sie gegen einen Bauzaun und deutete an, was er mit ihr vorhatte.

«Natürlich kommst du da rauf», hörte er Toni sagen, «is'n Kinderspiel ...»

Die beiden Turteltauben hatten endlich den Laster erreicht, und Toni setzte sie auf die Treppe zum Fahrerhaus.

«Moment mal...», nuschelte er plötzlich und taumelte ein paar Schritte zurück. Er rieb sich die Augen, bückte sich und fiel dann auf die Knie...

«Das gibt's doch nicht! Das...» Das letzte Wort ging in einem Schmerzensschrei unter...

Kuhl hatte mit Freudentränen zu kämpfen.

«Vier Platte! Das war dieser Drecksack, dieses gottverdammte Schwein!»

Schadenfreude ist doch die schönste Freude. Jetzt wußte Kuhl es mit Bestimmtheit.

«Und wenn du ihn morgen holst... gleich morgen früh...», stotterte Rosie.

«Ich muß um fünf Uhr los!» brüllte Toni. «Wer wird mir denn jetzt noch die Reifen wechseln? Alle vier!» Es war Viertel nach drei.

«Toni...»

«Jetzt nicht, Süße, laß mich nachdenken...»

Ein Taxi tauchte plötzlich unter der Brücke auf. Toni versuchte es zu stoppen. Er war kein Kameruner, sonst hätte er gewußt, daß kein Taxi um diese Uhrzeit irgendwo in dieser Gegend anhalten würde.

«Scheiße!» Toni sah den Rücklichtern nach.

Es war ungefähr der Moment, in dem er die Telefonzelle sah.

«Rosie, du bleibst hier und rührst dich nicht von der Stelle. Bin gleich wieder da...!»

Mit diesen Worten rannte er los.

Sie saß noch immer auf der Treppe seines Fahrerhauses und sah ihm nachdenklich nach.

«Wo will er denn hin?» murmelte sie.

«Keine Ahnung, Rosie.» Kuhl stand plötzlich neben ihr.

«Kuhl? Was machst du hier?» Sie sah alles verschwommen.

«Kuhl, hör mal, Toni braucht Hilfe. Seine Reifen sind hin...»

«Jeder hat sein Päckchen zu tragen.» Kuhl zog sie mit sanfter Gewalt in die Höhe.

«Wir können jetzt nicht gehen», sagte sie und machte sich schwer.

«Aber wir gehen doch schon.» Lässig schleppte er sie hinter sich her.

«Kuhl, laß mich in Ruhe...!» Als sie noch immer bockte, knallte er sie gegen einen Bauzaun.

«Kuhl, bitte! Laß mich!» Sie versuchte sich loszureißen. «Toni!»

Es war ein gellender Schrei, aber Toni in seiner Telefonzelle konnte es nicht hören.

«Ach so, die Neandertalernummer», sagte Kuhl, «na, bitte.»

Er holte aus und verpaßte ihr einen Kinnhaken. Wie ein Leichendieb, der sich eines Körpers bemächtigt hatte, verfrachtete er sie auf den Beifahrersitz.

«Toni...», flüsterte sie noch einmal, ganz leise.

Sie rollten gerade aus der Einfahrt, als Toni im Rückspiegel auftauchte.

«Rosie!» rief er.

Die Art, wie er auf der Straße hin und her rannte, erinnerte Kuhl an irgendeine Schmierenkomödie. Er entschied sich, nicht zu hupen, nicht zu winken, sondern einfach zu fahren...

Ein Block ist wie der andere, und Kuhl hatte keine Mühe, den Lichtschalter im Dunkeln zu finden. Der biblische Schöpfungsakt vollzog sich mit einem metallischen Klicken.

«Ich muß gehen», sagte sie und strampelte plötzlich.

«Rosie», sagte er, «ich bin's, Kuhl. Erkennst du mich nicht? Ich bring dich nach Hause.»

«Wo ist Toni?» fragte sie.

Vor ihrer Tür lehnte er sie mit dem Gesicht zur Wand: Sie war steif wie ein Brett.

«Du hast mir weh getan...», jammerte sie.

«Just chemical action in my brain.»

Er durchwühlte ihre Handtasche, fand ihren Schlüssel und sperrte die Tür auf.

«Bitte schön», sagte er und stieß sie vor sich ins Dunkel.

Anschließend verriegelte er die Tür von innen, und vorsichtshalber stellte er auch die Klingel ab. Man konnte nie wissen.

Sie wich vor ihm zurück, hickste.

Im Wohnzimmer machte er eine Stehlampe an, auf der gewöhnlich ein rotes Seidentuch hing.

In dem Schrank vor ihm befand sich ein Klappbett. Er drückte auf einen Knopf, und das große Klappbett sauste zwischen ihnen wie ein Fallbeil herab.

«Voilà.» Er warf sich auf die Matratze.

«He, auf was wartest du, Süße?»

«Mir ist schlecht», sagte sie. Sie stand noch immer mit dem Gesicht zur Wand.

«Nicht mehr lange.» Kuhl kramte ein paar Scheine aus seiner Tasche. «Sieh mal, was der gute Onkel dir mitgebracht hat...»

«Und wenn du gut bläst, gibt's noch was extra.» *Mister Gemein.*

Als er sich umdrehte, schmiß sie eine Vase nach ihm. Das Ding verfehlte ihn um Haaresbreite. Er hechtete über das Bett und gab ihr ein paar Ohrfeigen. Sie floh in die Küche, packte das Brotmesser.

«Verschwinde!» schrie sie. «Ich stech dir die Augen aus!»

Er lachte noch, da stach sie plötzlich zu. Die stumpfe Klinge traf ihn an der Augenbraue. Es tat höllisch weh.

«Oh.» Sie war schockiert, als sie Blut sah, und ließ das Messer einen Moment sinken.

«Es tut ... mir ... so leid», stammelte sie, aber bevor sie es sich anders überlegen konnte, traf sie seine Faust wie ein Schmiedehammer ins Gesicht. Sie strauchelte und knallte mit dem Kopf an die Wand.

«So, jetzt tut es dir leid!» tobte Kuhl. «Jetzt hast du wenigstens Grund dazu...!»

Seine Augenbraue brannte. Im Bad betupfte er sich die Wunde mit Jod und klebte sich ein Pflaster drauf.

Als er wieder im Wohnzimmer war, war ihr rechtes Auge schon zugeschwollen.

«Das gibt ein hübsches Veilchen», flüsterte er.

Sie schlug plötzlich die Augen auf und hielt die Hand vor den Mund.

«Ich muß kotzen», würgte sie und rannte ins Bad.

Er lachte, und während sie sich in die Wanne übergab, versuchte er sie von hinten zu nehmen. Sie konnte nicht mit zwei Übeln gleichzeitig kämpfen und spuckte einfach vor sich hin, während er ihr Höschen zerriß.

Sie erbrach sich wieder, und diesmal sah es nach Blut aus, schwarzem Blut...

Kuhl hatte eine Anwandlung von Mitleid und drehte das Wasser auf.

«Nicht, meine Haare werden naß...» Ein letzter Funken weiblicher Eitelkeit, nur da hatte sie schon den Kopf unter der Dusche.

«Is doch wie beim Friseur... Halt einfach still.»

Sie leistete keinen Widerstand mehr. Die Kleinmädchenschleife hing wie Vogelscheiße in ihrem Haar.

Nachdem er sie ausgezogen hatte, legte er sie aufs Bett, und sie spreizte die Beine.

Rosie, Rosie... In jeder Brust steckt ein kleiner Fäulnisbewohner, dachte er, *etwas, das sich nach Unrat sehnt.*

Er machte den Fernseher an.

Das Testbild war bunt und scharf.

Wie ein aufgeschlagenes Pornoheft lag sie vor ihm, und er konnte keinen nennenswerten Unterschied feststellen, abgesehen von der Tatsache, daß sie dreidimensional war, und wenn er sie in den Arsch ficken wollte, würde er sie *physisch*, unter beträchtlichem Kraftaufwand, umdrehen müssen – anders als in einem Magazin, wo sich ein Körper über ein paar Seiten ausbreitete und es mit einem Umblättern getan wäre.

Frisch rasiert sah sie aus – «Für Toni, was?»

Wie ein Gaucho beim Kippendrehen rollte er ihren Kitzler zwischen Daumen und Zeigefinger.

Eine rasierte Möse war wie *Chicken de Luxe*, aber diese Nacht erinnerte ihn ihr Geschlecht an ein erbärmlich gerupftes Suppenhuhn.

Er hatte schon viele Mösen in seinem Leben gesehen, nicht so viele wie Sonny natürlich, aber mehr, als ihm lieb war: enge Saugnäpfe, ölige, elastische Molusken, rosige Zielscheiben mit ausgefransten Rändern, verkniffene Spalten, Kneifzangen, ausgestampfte Mörser, Staubsauger mit ausgeleierten, tellergroßen Lippen – die evolutionäre Koordinatentransformation hatte eine Fülle modifizierter Werkzeuge hervorgebracht.

Auch ohne pedantische Aufzeichnungen kannte er den Mechanismus zur Genüge. Der Stoß in den Schoß war wie das Leben: der Job eines Insekts.

Aber immerhin müssen wir keine Löcher in fremde Eingeweide bohren ...

Parasitäre Formen der Fortpflanzung gingen ihm durch den Kopf; das Schicksal befallener Maden, die Agonie des Wirtskörpers, der von innen her ausgehöhlt wurde ...

In einer Naturdokumentation hatte er einmal gesehen, wie sich eine spindeldürre Wespe, vor laufender Kamera, durch den Chitinpanzer eines Käfers von innen nach außen arbeitete. Später trocknete das arme Tier neben der Leiche seines Wirts in der Sonne.

Noch immer schnüffelte er an ihrem Kloakenwinkel, und so, wie er die Grubenluft inhalierte, hätte er vielleicht doch Human-Zoologe werden sollen.

Okay. Die Möse ist biologisch gesehen nichts weiter als eine Bauchtasche, in der das Männchen, warum auch immer, sein Sperma deponiert.

Mühselig versuchte er, sich in sie zu zwängen.

«Sei bitte zärtlich», flüsterte sie.

«Darum geht es doch nicht», sagte er.

Zwei in Liebe einander zugewandte Menschen sind unfähig, Leben zu zeugen. Sie streicheln einander, sehen sich liebevoll in die Augen, und dann nach zwei Stunden rührt sich noch immer nichts in der Hose.

Unter keinen Umständen taugt ein weicher, zärtlicher Pisser zur Befruchtung. Natürlich ist es nicht gerade schmeichelhaft für ein intelligentes, mitteleuropäisches Weibchen, gestoßen zu werden. Das ist einzusehen.

Aber kein Schwanzträger hat sich sein Instrument ausgedacht. Schon eher der Geist der Schöpfung, wenn es ihn gibt.

Mutter Natur will ihn hart, und nur wenn der Phallus erigiert ist, wenn er in dieser gegen die Schwerkraft gerichteten Form einem Horn, einem Stachel oder Stoßzahn gleicht, taugt er zur Fortpflanzung. Dabei ist der Penis der Hominiden noch harmlos, verglichen mit den Befruchtungswerkzeugen von Insekten, die mittelalterlichen Waffen ähneln und nur aus Noppen und Widerhaken zu bestehen scheinen. Manche sind so konstruiert, daß sie imstande sind, die Eierstöcke eines polygamen Weibchens auszukratzen...

«Verdammt, du tust mir weh», schrie sie einmal.

«Ist das nicht das Gespreize einer quasi körperlosen, ätherischen Fotze, die nur durch den heiligen Geist empfangen kann und, konfrontiert mit der morphogenetischen Wirklichkeit eines obszönen, sich selbst verschlingenden Molochs, außer sich gerät vor Entsetzen?

Nichts an der sogenannten Fortpflanzung ist friedfertig, und Frauen, die sich den Stoßer ersparen wollen, müssen es den Amöben nachtun und sich in der Mitte durchschnüren oder stillschweigend wie Geiseltierchen konjugieren...»

«Du widerlicher Kerl», stöhnte es unter ihm, «alles mußt du in den Dreck ziehen...» Dabei packte sie ihn bei den Hüften und versuchte seinen Stößen mehr Druck zu verleihen.

«Gute alte Mösen-Realität», grunzte er, mehr zu sich selbst, machte es ihr wie der Wolf der Wölfin.

Prinzip Fotze, das war es. Das Paradies im flüchtigen Zustand. Man muß «Fotze» abstrahieren, um zu begreifen, was «Fotze» ist. Die Fortpflanzung hatte damit nichts mehr zu tun.

Die Fotze, das Organ an sich, war ein metaphysisches Wesen, ein Meta-Organismus, und in den kommenden Jahrzehnten würde es zu seiner ontologischen Verklärung kommen.

Auch Kuhl hätte die perfekte Möse Gott oder ähnlichen Hirngespinsten vorgezogen. Dabei würde sich die Vagina Logos nicht gegen Gott, sondern gegen Mammon behaupten müssen: Geld war der erste Meta-Organismus, der den Heiligen Geist verdrängt hatte. Vielleicht würde es auch eines Tages zur Verschmelzung von monetärer und biologischer Gewalt kommen. Warum sollte sich keine gemeinsame Konsistenz finden lassen? Das Ergebnis? Ein waschechter Mösendollar! Ein universelles Zahlungsmittel, das Zeichen der Heiligen Dreifaltigkeit, würden sie einfach auf den Kopf stellen, Dreieck bleibt Dreieck, selbst wenn es jetzt blond, gestutzt oder rasiert sein sollte. *Weiße Möse! Yes, apeman! Plattnasler!* Weiße Möse würde die dritte Welt befrieden und natürlich die Muslims... Weiße Möse, das ist es, was sie vergöttern! Öltriefende *Petrodollars gegen Vagina Valuta, Narco-Dollars gegen conjo-cash*...

Rosa ist die Farbe des Geldes. Es ist schwer, sich eine Situation vorzustellen, in der es unmöglich ist, mit Fotze zu zahlen. Das Zahlungsmittel ist überall akzeptiert, kommt selbst da rein, wo *major credit cards* versagen. «Pecunia non olet», Geld stinkt nicht, soll Kaiser Vespasian gesagt haben, der erste übrigens, der die öffentlichen Bedürfnisanstalten der heiligen Stadt besteuern ließ. Ganz anders Diogenes, der den Hautgout des Lebens zu schätzen wußte: «Geld soll stinken.»

«An was denkst du?» fragte sie plötzlich, alarmiert von seinem starren Blick.

«Äh... an die Währungsreform», sagte er.

In Zeiten der Rezession nimmt die Prostitution zu. Das Papiergeld weicht dem Zahlungsmittel der Evolution.

Mit Fotze hat man in Berlin nach dem Einmarsch der Russen gezahlt, «aber das waren eher Reichsfotzen-Mark. Strammgestanden, Sie Oberwaffenscheiße!» Mösendollars, ein altbewährtes Zahlungsmittel, ein inflationssicheres, monetäres Organ, das einzige, vor dem sich die Mächtigen und Reichen, die Philister in den Staub warfen. Wirtschaftshilfe und obszönes Spielgeld von Diktatoren, die in kugelsicheren Karossen mit vergoldeten Radkappen durch die verwüsteten Straßen rollen und nach dem metaphysischen Wesen ihrer Träume suchen. «Die Fotze gibt's, die Fotze nimmt's... Allah kusdih... Allah kus kash.»

«Au, nicht so fest», maunzte sie und gab ihm eine kleine Ohrfeige.

Wie zärtlich, bitte, konnte man mit einem Preßlufthammer, einer Brechstange oder einem Remington-Schaftlader umgehen?

Ihm fiel plötzlich ein, was er vor Wochen in einem Pornoheft gelesen hatte: «Jetzt mach ich dich fertig, du Abspritzmaschine.»

«Du tust mir weh», kreischte sie, «ich halte es nicht mehr aus ... arrgghhhh!»

Erst der Schmerz macht das Leben wieder fühlbar, wie ein paar Ohrfeigen einen Ertrunkenen wiederbeleben können.

Dennoch: Wieviel Grausamkeit muß sich mit Wollust paaren, um in diese offene Wunde zu stoßen? Der Stachel, der bohrt und stößt, die enge Geschlechtskammer der Frau, die das Gefühl des gewaltsamen Eindringens suggeriert und als Auslöser des Orgasmus die Befruchtung initiiert. Zumindest das erste Mal ist es eine blutige Angelegenheit ...

Als sie sich wieder beruhigt hatte, versuchte er es noch einmal in der entwicklungsgeschichtlich ältesten, dem Paarungsverhalten der meisten Säuger verwandten Stellung.

Für was eigentlich? fragte er sich noch.

Zum großen Finale fanden sie wieder in der Missionarsstellung zusammen. Während er sie pfählte, starrte sie ihm unverwandt in die Augen, kratzte ihn bis aufs Blut, und dann, als es in ihm aufstieg, grub sie ihre Zähne in seinen Hals. Der Schmerz löste in ihm das aus, was er brauchte, und er kam.

Post coitum omne animal triste est, dachte Kuhl, als er sich später an ihrem Rabenhaar abwischte. *Nach dem Beischlaf ist das Tier traurig ...*

«Nimm's nicht persönlich», sagte er und bot ihr sein Bier an.

Sie hielt sich eine Hand vor den Mund.

«Ich weiß nicht, was ich sagen soll», sagte er. «Es tut mir leid, es tut mir nicht leid ... Ich wette, du hast viel Haut unter den Nägeln.» Er wollte andeuten, daß er auch gelitten hatte, «geteiltes Leid ist halbes Leid.»

«Ich hasse dich», sagte sie. Es war nicht das erste Mal, daß er sie so genommen hatte.

«Willst du mich wieder abstechen?» Er sagte es so unvermittelt: «Das Messer liegt noch in der Küche. Ich werde mich nicht wehren, mach schon.»

Sie sah ihn an, als wolle sie die Bedeutung seiner Worte nicht erkennen.

Flüsternd: «Rosie, du bist die einzige Frau, die mich versteht... Du weißt, was ich fühle... Wenn ich dir Geld geben würde, viel Geld, würdest du es dann tun...?»

Sie sprang aus dem Bett, riß das Fenster auf und schnappte nach Luft. Der Block gegenüber, ein graues Rechteck in der Morgendämmerung, erinnerte sie an einen gestrandeten Ozeanriesen, der auf Grund gelaufen war und darauf wartete, auseinanderzubrechen.

«Rosie», rief er.

«Du hast noch kein einziges Mal gesagt, daß du mich liebst. Ich meine, richtig liebst.»

«Dann frage ich mich, was wir hier die ganze Zeit gemacht haben.» Er saß auf dem Bett und säuberte sich mit Kleenex.

«Du weißt, was ich meine», sagte sie.

«Sag bloß – du liebst mich?» An seiner Nille hing noch ein dicker Tropfen, und er sah sich nach mehr Kleenex um. «Aber würdest du mich umbringen? Könntest du das für mich tun?»

Erschöpft setzte sie sich neben ihn.

Sie hatte nie verstanden, warum ihn der Tod so faszinierte.

«Vielleicht liebe ich dich», sagte sie, «vielleicht könnte ich dich sogar eines Tages umbringen. Nur, ich könnte dir soviel mehr geben...»

Seele, Seele, Seele – das meinte sie doch, oder? Er starrte auf das irrwitzige Muster des Bettvorlegers und wußte plötzlich, was in ihr vorging...

«Kuhl», sagte sie, «Kuhl, so kalt, wie du sein willst, kann niemand sein... Fühlst du denn gar nichts?»

Kuhl schluckte. Gefühl, ja. Er erinnerte sich, wie das war. Vielleicht war er vor langer Zeit gestorben, hatte seinen seelischen Tod überlebt.

Manchmal ist der Körper stärker und lebt weiter ... maschinenhaft.

Und Seele? Das bißchen Mädchenpisse & Sentimentalität, dieser nach Säugetierunrat stinkende Kern unter ihrer Haut – das alles konnte sie für sich behalten oder für den Trottel aufbewahren, der sie eines Tages, aus dem Nichts und mit ehrbaren Absichten, ansprechen würde.

Er hätte es ihr erklären können, aber sie wäre wieder beleidigt gewesen, und er war kein Tierquäler.

Sie flennte, schneuzte sich in das Kleenex, mit dem er sich gerade abgewischt hatte. Der Anblick brachte ihn beinahe zum Lachen.

«Tut mir leid, ich werde das nicht mehr mitmachen ...», sagte sie.

Rosie, arme Rosie. Er sah in diesem Moment den Block und wußte, was sie so traurig machte. Sie wollte nicht wie eine Zelle, wie eiweißhaltiger Kompost, einfach absterben, sie war keine Amöbe, kein Plasmahaufen, sie war ein menschliches Wesen, hatte eine Seele, ein Herz, fähig, wahre Liebe zu empfinden ...

«He, wir haben eine schöne Zeit, oder?» sagte er wie zu sich selbst.

«Ich will allein sein», sagte sie. Sie fühlte sich erschöpft, verbraucht, wollte alles hinter sich lassen.

«Okay, ich schlafe im Sessel», sagte er. Er wollte nicht allein sein, selbst wenn er es nicht zugeben wollte.

«Bitte», sagte sie. Eindringlich.

«Bitte», sagte er, ebenso eindringlich.

Sie schüttelte den Kopf.

Er blickte auf das Zifferblatt seiner Uhr. Es war 5 Uhr früh.

«Is eh Zeit, aufzustehn», sagte er leise.

Er zog sich an, stumm, mit somnambul anmutender Leichtigkeit suchte er seine Sachen zusammen.

Sie hörte, wie die Tür ins Schloß fiel, und wartete fröstelnd für die Länge einer Zigarette, bis sich seine Körperwärme aus dem

Bettzeug verflüchtigt hatte. Erst dann kroch sie zurück unter die Decke.

5
Stoffe, die schwimmen ...

«Besser ist, lebend als leblos zu sein. Wer lebt, kriegt die Kuh.» – *Edda, germanisches Sittengedicht*

I

Immer sind die es *Schnapsideen* dieser Welt, die sich mit spielerischer Leichtigkeit durchsetzen – als ob es ein Naturgesetz gäbe, das den Fortbestand dieser Gattung begünstigt. Der Wahnsinnsact hatte inzwischen einen Namen, Eddie, der als ehemaliger Labelle-Fan immer ein paar Brocken Französisch parat hatte, sprach von *Strip-Soireé*, was seiner Meinung nach «world-class» und kosmopolitisches Flair ausstrahlte.

Die Posse im Ali Baba's hatte aus Eddies Sicht zwei Dinge bewiesen: a) das Niveau der breiten Masse konnte man nicht tief genug veranschlagen, und b) es wurde höchste Zeit, für ihre Darbietungen Geld zu verlangen.

«Was ist mit Kies, Mann?» Natürlich war Kuhl als erster auf die Idee gekommen. Sein schrottreifer Karman stand noch immer bei Stasch auf dem Hof. «Wir sind kein Wohltätigkeitsverein, oder?»

«No way», sagte Eddie. «Es wird brüderlich geteilt, die Groupies, die Kohle, alles.»

Ein klares Wort: Sie schüttelten die Hände über Kreuz.

Zeit *der Musketiere*, dachte Kuhl. Sonny, der kleine D'Artagnon, wurde damit beauftragt, seine guten Beziehungen zum Künstlerdienst spielen zu lassen. Zwischen zwei Saunadurchgängen im XBC rief er an, erwischte die Sekretärin auf dem falschen Fuß und hatte, leichter als erwartet, eine Verabredung.

«Morgen, äh ... sickstien hundert Auers», verkündete er stolz, als er am Abend mit Eddie telefonierte.

«Läuft ja wie geschmiert.» PFC Logwood hatte Stubenarrest, genoß den Kurblick ins Tannengrün von der Baracke. Sein Sarge wollte ihm einen Denkzettel verpassen, wegen einer unentschuldbaren Verspätung (Eddie war bei Ilona weggedämmert, während eine halbe Division Frischlinge abmarschbereit im Vogelsberg auf ihn wartete).

«Ja, es geht rucki-zucki», bekräftigte Sonny.

Die Schwerkraft schien im JOCK-Universum wie weggeblasen. Eddie, der hoffnungslose Poet, faselte von geheimen Türen in Zeit und Raum, die sich plötzlich für manche Menschen öffneten und existentielle Quantensprünge erlaubten; vom Tellerwäscher zum Millionär, von der Kassiererin zum Hollywoodstar, vom Erdnußfarmer zum Präsidenten der Vereinigten Staaten. Das Leben kannte auch Beispiele, die einem angst machen konnten.

Senfkorn & Hirschel GmbH & Co. KG, die renommierte Künstleragentur, in der sich Sonny seine Sporen als Weihnachtsmann verdient hatte, lag mitten im Rotlichtviertel, in einem Hinterhof – zehn Minuten von Kuhls Tiefgarage, fünf Minuten vom Eroscenter und fast unmittelbar hinter der Sauna 2000, wo es angeblich die «schärfsten Schießscharten» gab.

Leider hatten sie weder Zeit noch das nötige Kleingeld, den Damen ihre Aufwartung zu machen; statt dessen standen sie in einem altersschwachen, muffig riechenden Aufzug, der sich ächzend in den zweiten Stock quälte.

«Es kann nichts schiefgehen», brach Eddie das Schweigen. Er hatte wieder eine gehörige Disziplinarstrafe riskiert.

«Und wenn», sagte Rio.

«Und ... und ...» Sonny versuchte, hier einen Punkt zu setzen.

Tatsächlich hatten sie am Vorabend bei Kuhl in der Tiefgarage ein paarmal *geübt*. Sonny nannte es «Koreagrafie», wahrscheinlich nicht ganz unzutreffend.

Der Aufzug hielt mit einem Ruck, und die Kabine öffnete sich vor einer weinrot gestrichenen Tür.

Eddie klingelte. «Toi, toi, toi», wünschte er noch.

Eine Vorzimmerdame bat sie, zwischen einer rumänischen Wahrsagerin und einem Fakir Platz zu nehmen.

Und so beginnt der Film, dachte Kuhl.

SZENE

Ein Raum mit einer großen Spiegelwand und zwei Boxen in den Ecken. An der Tür hängen bunte Plakate der Sorte «Holiday on Ice».
Schnitt. – Musik, wie könnte es anders sein: «Born To Be Alive».
SENFKORN, *der Chef der gleichnamigen Künstleragentur, sitzt wie angewurzelt auf seinem Stuhl.*
Groß das Gesicht von EMMANUEL SENFKORN: *Auf seinen Hängebacken steht ein kurzgestutzter graumelierter Bart. Er trägt eine Nickelbrille.*
Seine Augen sind unnatürlich geweitet...
STIMME AUS DEM OFF: «In 35 Jahren Berufspraxis hatte Imanuel Senfkorn mehr an abartigen Darbietungen gesehen, als je ein durchschnittliches, mitteleuropäisches Gehirn in der Lage gewesen wäre zu verkraften.

Nur der Umstand, daß die Knaben vor ihm unzurechnungsfähig, fast gemeingefährlich aussahen, hinderte ihn daran, sie auf der Stelle vor die Tür zu setzen. Seine Sekretärin, die ihm den Schlamassel eingebrockt hatte, würde er sich später vorknöpfen...»

Der absurde Auftritt neigt sich dem Ende zu. Alle haben sich bis auf die Glitzerslips mit den ausgestellten «Elefantenrüsseln» (gestrickt, aber gefüllt) entkleidet.
STIMME AUS DEM OFF: «Endlich waren sie beim ‹Wedeln› angekommen, ein in Stripperkreisen beliebtes Schlenkern mit den Geschlechtsteilen, das als krönender Abschluß dazu animieren soll, Geldscheine in die Slips zu stecken. Senfkorn ließ bei diesem Anblick jede Hoffnung fahren.»

Wenig später sitzen sie in Unterhosen, mit verschränkten Armen um SENFKORN *herum, wie Rugbyspieler um ihren guten alten Coach.*
SENFKORN *ist sichtlich verlegen.*
Zwischen ihnen, auf dem Boden, liegen EDDIES *selbstgemalte Plakatentwürfe, die an frühe Funkadelic-Cover erinnern...*
SENFKORN: «Aber Leute, so geht das doch nicht, ich meine...»
EDDIE: «Sie kennen doch die Village People? ‹Y-M-C-A›?» (SONNY *macht Anstalten, den Refrain mitzusingen.*) «You know? Unsere Nummer ist einfach... ein bißchen gepfefferter... echt *camp* eben...»
SENFKORN (*wie ein Beichtvater*): «Aber ihr... na ja, ihr könnt doch nicht singen, oder?»
RIO: «Ma' langsam... Wer sagt, daß die Village People singen können? Heutzutage ist doch eh alles *playback*, Mann.»
SENFKORN: «Playback?»
RIO: «So wie Boney M. Kommt alles vom Tonband...»
SENFKORN: «Hört mal, wir vermitteln Künstler und keine...»
RIO: «Chef, was er meint, ist, wir sind hier nicht aufgetaucht, um ihnen ein Ständchen zu bringen. Sing sang, trallala, da scheißt der Hund drauf! Wir bieten Ihnen eine Sexshow, die sich gewaschen hat...»
STIMME AUS DEM OFF: «Daß sie mit allen Wassern gewaschen waren, darüber war sich Senfkorn schon lange im klaren. Sie faselten wie alte Hasen, als hätten sie das Showgeschäft mit der Muttermilch eingesogen, und Senfkorn, der viel von Leuten hielt, die sich mit null Talent in die Branche geblufft hatten, wurde langsam neugierig...»
EDDIE *wackelt mit seinem Stuhl*: «Was er meint, ist eine Stripsoiree.»
SENFKORN: «Ihr nennt das – strippen?»
KUHL *süffisant*: «Wenn sich Frauen ausziehen, dann nennt sich das doch auch so, oder?»
STIMME AUS DEM OFF: «Senfkorn, der sein Abendbrot gelegentlich, der Bequemlichkeit halber, in einem Striplokal in der Weserstraße einnahm, mußte das zugeben.»
KUHL *erklärend*: «Jetzt passen Sie mal auf, unser Publikum sind

Frauen, unbefriedigte, frustrierte Hausfrauen, alleinstehende Mütter, sitzengelassene Prinzessinnen, Strohwitwen, alle Abarten, was Sie wollen ... Gerade Witwen haben immer ein paar Mark locker, versteh'n Sie?»

SENFKORN *betrachtet wieder die Filzstiftzeichnung, die vor ihm auf dem Boden liegt*: «Na schön ... Nehmen wir einmal an, ihr seid der Traum aller einsamen Herzen. Habt ihr auch einen Namen?»

STIMME AUS DEM OFF: «Sie überließen es Eddie, mit dem Namen rauszurücken ...»

Der große Moment wird von einem Trommelwirbel wie im Zirkus untermalt.

EDDIE: «Superjocks.»

Der Name war noch keine zwölf Stunden alt, und kreiert wurde er, wo sonst, im Eishaus.

«Schön, wenn wir eine Band sind, müssen wir uns irgendwie nennen ...»

Rio wagte es als erster, einen Vorschlag zu machen ...

«Wie wär's mit Superjocks?» sagte er.

«Nur weil es auf deiner Jacke steht», meinte Sonny.

«Ja, genau. Weil es auf meiner Jacke steht», sagte Rio. Nebenbei erinnerte er sich an eine musikalische Dumpfmeisterei von Vincent Montana Jr., die mit dem Satz «Superjock, you're the best» begann. Damit ließ sich eine Show eröffnen ... Das waren für ihn schon mehr als triftige Gründe

«Ich hab was Besseres», sagte Eddie. «Toilet Tramps. Banned in the USA.» Er sah es vor sich: in fünf Meter hohen Buchstaben auf dem Broadway.

Rio hüstelte verlegen, und Kuhl blinzelte in die antarktische Weite.

«Shit find ich das», sagte er. «Klingt wie 'ne Bande von Strichjungen. Ich laß mich nicht gern als Tunte abstempeln.»

«Außerdem gibt es schon die Tramps», sagte Rio. «Es klingt wie Abklatsch.»

«Man kann nichts mehr erfinden», sagte Eddie, «alles gibt es schon irgendwo.»

«... aber nur in Amerika!» Sonny meinte damit seine Traumwelt. «Wie wär's mit 'nem deutschen Namen? Die ... die Steiftiere, zum Beispiel, he, he?»

«Steiftiere. Wie das Kinderspielzeug?»

Eddie beharrte weiter auf seinen «Toilet Tramps», während Sonny und Rio mit immer absurderen Vorschlägen herausrückten: «Die Biberjäger (in Anlehnung an einen ihrer Lieblingsfilme), Black Elvis & the Flying Fucks, The Super Widow-makers, Dildos United, The Long Dongs from Outer Space etc. etc.»

Nach vielen gegenseitigen Rausschmißversuchen wurde es ihnen im Eishaus zu eng. Ziellos heizten sie in ihren Autos durch die nächtlichen Straßen.

Eddie mußte schließlich tanken, und so landeten sie zu vorgerückter Stunde an AC Knirschs Tankstelle am Opel-Rondell. Vor dem Kabäuschen hantierten zwei Typen mit einem Hochdruckreiniger an einem weißen Daimler mit Mannheimer Kennzeichen und pusteten eine Radkappe weg.

Das Ding landete Sonny genau vor dem Kühler.

«Au weia», heulte er auf, als das Plastik krachte.

Kuhl stieg als erster aus. «He, den Flugrost kriegst du damit nicht ab, Kumpel.»

Der Mannheimer zeigte ihm den Vogel.

Kuhl griff sich das MISTER-Mikro: «Was'n? Willst wohl Fressenpolitur?» So kam es drüben aus dem Autoradio der Feinde.

Die Demonstration ausgebuffter JOCK-Technologie zeigte gleich Wirkung, und die Mannheimer, zahlenmäßig unterlegen, verdrückten sich ohne großes Gezeter.

AC betankte gerade den Buick, als der Streit um den Namen neu entflammte. «Ich sage es nur einmal», schimpfte Eddie. «Alles steht und fällt mit dem Namen! Kannst du dir vorstellen, was aus den Rolling Stones geworden wäre, wenn sie sich Creedence Clearwater Revival genannt hätten?»

«Ich sage nur, Toilet Tramps kommt nicht in die Tüte ...», insistierte Kuhl.

Knirsch, der nicht mehr ganz nüchtern war, aber mitbekommen hatte, worum es ging, bemerkte lapidar, sie sollten sich doch «Die Dünnbrettbohrer» nennen.

«Ich glaube, Bruder Knirsch verkennt den Ernst der Lage», sagte Kuhl. «Ich glaube sogar, Bruder Knirsch nimmt uns nicht ernst.»

«Und wenn?» AC behielt die Tankuhr mit stoischer Ruhe im Auge. Einschüchtern ließ er sich nicht.

«He, wie wär's, wenn wir AC *befragen*?»

«Das Orakel?» Sonny kicherte gemein.

«Warum nicht?» sagte Kuhl. Es war eine heiße Sommernacht, und es schien eine gute Idee, AC mal schnell «durch die Waschanlage zu jagen».

Der Brauch ging auf die Vermutung zurück, AC könne «unter Todesangst und bei der Berührung mit Wasser» die Zukunft voraussagen. Schon seine schwindsüchtige Mutter galt vielen Kamerunern als paranormale Begabung. Bobo, der älteste Knirsch, der Pferdeliebhaber und Zocker war, hatte es vor zwei Jahren einmal genau wissen wollen und dem Brüderchen auf den Zahn gefühlt. Gerüchten zufolge hatte AC damals – nach einem Waschgang – nicht nur den Europapokalsieger HSV prophezeit, sondern auch den Ausgang des Endspiels.

AC kam nicht mal mehr dazu, den Tankdeckel zuzuschrauben, als die vier über ihn herfielen. Eddie brachte ein Stück Wäscheleine an, und mit vereinten Kräften schafften sie es, den zappelnden Fettkloß auf das Dach des Wagens zu binden.

«Was soll das, die Waschstraße ist geschlossen», brüllte AC. «Das könnt ihr nicht machen, ihr Wichser! – Kuhl, du Hund, und dir hab ich 'ne Karre geliehen!»

«Reg dich ab und halt endlich die Schnauze.» Kuhl stopfte ihm einen Zwanziger in die Tasche. «Da hast du dein Geld», sagte er. Dann: «Ich hab mal mit Unterbodenwäsche genommen. Und Heißwachs.»

Er schnupperte an der blauen Waschkarte, als könne er die Polymerie bereits riechen.

«Kein Heißwachs!» brüllte AC. «Ihr gottverfluchten Schweine, ich mach euch das Orakel, nur tut mir das nicht an ...!» Es folgte ein alles übertönender Hilfeschrei.

«Lauter», meinte Kuhl gleichgültig.

Eddie ließ den Motor an und rollte gemächlich auf die Waschanlage zu.

«Was wollt ihr wissen, zum Teufel?» brüllte AC, während er wild an seinen Fesseln zerrte.

«Du weißt genau, worum es geht, AC ... Dünnbrettbohrer war auf jeden Fall nicht die richtige Antwort ...»

«Ich weiß doch keinen Namen! Ich kann kaum Englisch!»

Eddie schaltete das Licht ein. AC sah die Nylonborsten wie die Barten im Maul eines synthetischen Walfischs über sich hängen. Er fühlte sich bereits im Verdauungstrakt einer Freßmaschine, die ihn mit ihren Enzymen bei lebendigem Leib auflösen würde.

«Okay! *Disco Kings*, wie wär's damit? – Nicht gut? Schön, und *The Ding Dongs* ...»

«AC kann denken», sagte Kuhl. «Da siehst du's mal wieder: Setze einen Menschen unter Druck, und plötzlich spuckt er brillante Ideen aus.»

«Okay», rief Eddie und kurbelte sein Seitenfenster hoch.

Kuhl machte ein «GO»-Zeichen wie auf Flugzeugträgern üblich. Lächelnd drückte er die Karte in den Automaten.

«Hier kommt das volle Programm», rief er. Über AC begannen die Synthetikbarten zu sabbern, und er hob an wie eine Sirene ...

Als es endlich vorbei war, spuckte er – neben einem Haufen Schaum – einen Namen aus:

«S... S... Super... tschzchz...» Er hatte sich verschluckt und spuckte den Rest mit einem Schwall Wasser in die Höhe: «Tschokzsssss!»

«Superjocks?» Rio jubelte. «Hab ich doch gleich gesagt. Das erste ist immer das beste.»

Das Orakel spürte, daß es ins Schwarze getroffen hatte, und bekräftigte mit einem Nicken. Obwohl Kuhl kein Heißwachs genommen hatte, wollte sich AC eine weitere Runde ersparen.

«Super... jocks?» sagte Eddie. «Das ist ein abgekartetes Spiel!»

«Das Orakel hat gesprochen», urteilte Kuhl.

Eddie lamentierte noch ein bißchen vor sich hin; später glaubte er, eine natürliche Erklärung gefunden zu haben. Vom Ausgang der Waschanlage konnte man einen Teil des Tankstellendisplays sehen: «Super».

«Er hat es abgelesen und sich verschluckt. Und darauf wollt ihr setzen?»

«Es war Telepathie», sagte Rio.

AC nickte nur müde und ließ sich von den Jungs feiern. Nicht nur, daß sie ihn zu einem nächtlichen Besäufnis einluden, sie schenkten ihm auch noch ein Trinkgeld von fünfzig Mark.

Dafür wäre AC jeden Tag «durch die Waschanlage gegangen».

SZENE

Immer noch dieselbe Sitzordnung.
SENFKORN: «Superschocks ... Verstehe ... Ihr wollt *shocking* sein, schon klar. Wie wär's mit Kasatschoks? Da könnten sich die Leute wenigstens was bei vorstellen ...»
Betretenes Schweigen.
SENFKORN *kratzt sich am Kopf*: «Also, hört mal. Ich hab Gott und die Welt unter Vertrag, selbst zwei Synchronfeuerschlucker ...»
KUHL *steht auf*: «Okay. Wenn Ihnen der *act* nicht paßt, dann nehmen wir doch das Angebot von der Hamburger Gastspieldirektion an, was meint ihr, Jungs?»
STIMME AUS DEM OFF: «Senfkorn war von dieser Mitteilung so überrascht wie Eddie, Sonny und Rio, die es aber dennoch schafften, synchron undurchdringliche Pokermienen aufzusetzen.»

KUHL: «Es gibt 'nen Schuppen auf der Reeperbahn, die sind versessen auf die Nummer... Wir dachten, wir tun Ihnen einen Gefallen und geben Ihnen die Chance...»
SENFKORN *fassungslos*: «Chance?»
STIMME / OFF: «Tja, da war sie wieder, Senfkorns alte Schwäche für Hochstapler, ein Charakterdefekt, der ihn schon in den Nachkriegsjahren eine Menge Lehrgeld gekostet hatte. – Er steckte ihnen Zigarren in den Mund und drängte sie förmlich zu unterschreiben...»
EDDIE: «Ain't that mellow...»
KUHL: «Top of the world.»
SENFKORN *während er einfingrig in eine Reiseschreibmaschine hämmert*: «Und was schreibe ich hier – Stripper oder Tänzer?»
EDDIE: «Äh... Erotic Disco Dancers.»
KUHL: «Erotic können Sie weglassen, das merken die Leute von selbst.»
SENFKORN: «So so. Noch eins, ihr werdet die Unterhosen anbehalten, klar?»
SONNY: «Hm, Sie wissen, ich hab nichts zu verbergen.»
SENFKORN: «Es geht darum, daß ihr nicht als Hundertdreiundachtziger eingestuft werdet, Erregung öffentlichen Ärgernisses und so...»
KUHL: «Ach was, wir wissen, wie weit wir gehen können. Darauf gebe ich Ihnen mein Wort.»

Bei einem Glas Selterswasser regelte Kuhl, der sich als selbsternannter Manager für den geschäftlichen Teil verantwortlich fühlte, die Formalitäten. Es gelang ihm, Senfkorns unverschämte Provision um 5,3 % zu drücken. Senfkorn war so begeistert, daß er Kuhl beim Rausgehen versehentlich *Schmuhl* nannte, was fast wieder zu einem längeren Disput geführt hätte.

Kuhl konnte Senfkorn nicht riechen. Vielleicht lag es tatsächlich daran, daß der Kerl Sandalen trug. (Das menschliche Geruchsprofil besteht aus wenigstens 500 chemischen Verbindungen, 300 davon gehen aufs Konto der Füße.)

Aber immerhin, sie waren unter Vertrag, da stand es schwarz auf weiß: «Künstler». Senfkorn verpflichtete sich, den Superjocks Auftrittsmöglichkeiten im Rhein-Main-Gebiet zu besorgen und mit Inseraten (schwarzweiß) in Lokalanzeigern zu werben. Abgesehen davon würde er für einen «prominenten Eintrag» im Künstlerkatalog 1979 sorgen.

Senfkorn ermahnte sie noch einmal, daß sie im Falle von Sittlichkeitsdelikten mit keinerlei Rückendeckung von der Agentur zu rechnen hätten.

«Das ist ein heißes Eisen», sagte er, schüttelte jedem die Hand und wünschte ihnen viel Glück.

Zehn Minuten später liefen sie auf dem Mittelstreifen der Münchner Straße. Sie waren die Größten. Autofahrer hupten. Eine Straßenbahn der Linie 14 folgte ihnen klingelnd im Schrittempo.

«Top of the world», sagte Kuhl.

Die Türken in den Straßencafés schüttelten die Köpfe.

Ein paar Strichnutten witterten Spendierhosen, folgten in gebührendem Abstand.

«Wir werden ganz groß rauskommen», sagte Rio.

«Das ist erst der Anfang», sagte Kuhl. Im JOCK-Reflex winkte er einem Porsche Targa zu, der ihnen auf der anderen Seite entgegenkam, und – Wunder über Wunder! – der Fahrer winkte zurück.

«Werden wir jetzt – STARS?» fragte Sonny. Jeder hatte darauf gewartet, daß er diese Frage stellen würde.

«STARS? – Das sind wir doch schon», sagte Kuhl.

«Ich meine, werden wir reich & berühmt...»

«Tja, sieht ganz danach aus.»

Die Straßenbahn, vollgestopft mit Feierabendgesichtern, klingelte Sturm. Aber selbst für Rio blieb sie unsichtbar.

II

SENFKORN: «Ja, heutzutage ist alles möglich, und, ehrlich gesagt, was geht es mich an, wie die Leute ihr Geld verdienen? Die Superjocks? Strip-Soiree? Daß ich nicht lache. Eine Menagerie, so würde ich das nennen, 'ne Tierschau wie im Zirkus ... *Aber mit kranken Tieren*, versteh'n Sie? – Und das ist der Trick. Heutzutage kommen die Leute nur noch, wenn es krank ist, richtig degeneriert. Was anderes wollen die Leute nicht mehr seh'n ...»

Es ging jetzt Schlag auf Schlag. Die Evidenz logischer Verknüpfungen war so unheimlich, daß Kuhl schon wieder mißtrauisch wurde.

«Es läuft, Mann! Es läuft!» Eddie sah das alles ganz anders, sah Türen in Zeit und Raum, die auf- und zugingen.

Kaum achtundvierzig Stunden nach ihrem ersten Freudentaumel hatte sich Senfkorn bei Eddie gemeldet. Die Personalchefin einer Versicherungsgesellschaft suchte einen mordsmäßigen Gag für das anstehende Betriebsfest: «Wissen Sie, daß unsre Damen was zu lachen haben. Die kommen sonst immer zu kurz.»

Senfkorn hatte sofort richtig geschaltet. «Ein Betriebsfest?» Eddie wußte erst nicht, was er sagen sollte. «Was, in Gottes Namen, meinen Sie damit? Wir sind doch keine Ulknummer ...»

«Bitte, Jungs! Ich weiß, es ist nicht gerade die Jahrhunderthalle, aber es ist ein Anfang!»

Eddie wollte im Namen der Superjocks dankend ablehnen, aber Kuhl, ein Herz und eine Seele mit seinem Duzfreund Senfkorn, hatte schon anders entschieden. «Wird uns eine Ehre sein», sagte er, nachdem er Eddie den Hörer aus der Hand gedreht hatte.

SZENE

Die anonym wirkende Fassade eines Neubaus.
Ganz dumpf, wie aus einem Kellergewölbe, hört man Schunkelmusik.
Unter eisigen Neonröhren schwankt die Kamera eine Treppe hinab, immer an der Wand lang, immer an der Wand lang ...
Zwischen Plakaten, die auf Gesundheitsvorsorge, öffentliche Impfungen, Diabetestests hinweisen, hängt auch eine Kinderzeichnung, die sich allerdings bei näherer Betrachtung als ein Superjocks-Poster herausstellt (oh Filzstift-Eddie!).
Das Fest ist in vollem Gange, es laufen Schlager vom Kaliber: «Wir ham den Kanal noch lange nicht voll.»
Die Kantine ist mit Luftschlangen und Girlanden dekoriert.
An langen Tischen sitzen ausgelassene Versicherungsbeamte. Die Kollegen stehen am Büffet Schlange. Es wird gelacht, geschunkelt. Pappteller, mit Kartoffelsalat und Rindswürsten beladen, schieben sich ins Bild.
Im Hintergrund eine provisorische Bühne: zusammengeschobene Tische, mit Kreppapier und Plastikfolie verkleidet. Die Wand dahinter ist mit Glitzerstoff drapiert: Auf einem Aufbau aus Bierkästen stehen Rios Plattenspieler. Auch ein Mikrophon ist zu sehen.

Schnitt. Ein Mann, der schon etwas Schlagseite hat, steuert die Herrentoilette an. Scheinbar hat er das Schild «Garderobe» übersehen.
Als er eintreten will, empfängt ihn ein Schwall Beschimpfungen.
KUHL: «Raus, Arschgeige!»
EDDIE: «Herrentoilette eins höher.»
Tatsächlich dient die Herrentoilette im Tiefgeschoß als Provisorium: die Superjocks sind gerade mit Umkleiden beschäftigt.
Der Mann murmelt irgendwas und trollt sich.
KUHL: «Wo gibt's denn so was? Oben im zweiten Stock ist genug Platz, aber nein, ausgerechnet auf dem Klo müssen wir uns umziehn ...»
EDDIE: «Das sind Versicherungsschwindler, die haben immer was zu verbergen, Mann. Everybody ready? Let's go!»

Schnitt. Die Bühne im Saal. Geräusche eines übersteuerten Lautsprechers. Eine kleine, untersetzte Frau, die Personalchefin, steht am Mikrophon. Applaus, Tröten.

FRAU: «Bitte Ruhe, liebe Kollegen und Kolleginnen ... Live aus New York, meine Damen und Herren, die phänomenalen Supärschocks!»

Pfeifkonzert, als die Superjocks in Hawaiihemden und Schiffermützen auf das Podium turnen.

RIO spielt die erste Scheibe an: wabernde Synthesizergeräusche, die Spannung erzeugen.

EDDIE alias BLACK ELVIS anreißerisch: «Good evening, ladies (einsetzender Applaus) and more ladies! We came all the way from New York to raise the roof of this house and make you sweat. Me, Black Elvis ... Mr. Cool ... The Mighty Ding Dong and Rio Star. Now, come on, Rio ...»

Kreischender Applaus, als RIO «Born To Be Alive» anspielt. Zumindest am Anfang entsteht der Eindruck einer gewissen Synchronität.

Die Jocks haben leichtes Spiel. SONNY tanzt in der Mitte einen Kasatschok und schwingt dabei eine Nilpferdpeitsche.

Die Kamera streift die Gesichter in der ersten Reihe. Es erinnert an die Aufnahmen weiblicher Hysterie bei den frühen Beatleskonzerten. Hier sind es allerdings die Physiognomien reiferer Damen.

Ein zweifelhafter Höhepunkt der Show kündigt sich an: eine Art Cancan wie im Moulin Rouge und dann Sackhüpfen im Quartett.

Jedesmal, wenn die Jocks hochspringen, hebt es auch die Nadel aus der Rille. Das Geräusch ist unerträglich, vor allem für RIO, der sich um sein bestes Stück Vinyl Sorgen macht.

Lachsalven ohne Ende, Holadrio, die Belegschaft tanzt auf den Tischen.

Während EDDIE eine Art Solo-Posing vorführt, verschwinden KUHL und SONNY, offenbar, um sich umzuziehen.

Schnitt. Das VOK-Gebäude von außen. In der 2. Etage geht plötzlich ein Licht an.

Schnitt. KUHL und SONNY, die in wilder Hast Schreibtischschubladen auf den Kopf stellen. Der Zeitraffer zeigt, wie sie in rasender Eile Mäntel und Akten-

taschen durchwühlen und Portemonnaies, Brieftaschen und Feuerzeuge in ihrer Plastiktüte verschwinden...
Schnitt. Treppenhaus. Die Kamera rast hinter ihnen her.
SONNY (während er fünf Stufen auf einmal nimmt): «Wie bist du bloß draufgekommen?»
KUHL: «Eddie hat mich draufgebracht – warum glaubst du, mußten wir uns da unten umziehen?»
Die Kamera folgt ihnen noch bis zur Tür der Toilettengarderobe.

Schnitt. In neuen Kostümen, Cowboyhüten, Fransenwesten, Revolvergurten und «gaucho-chaps» stiefeln sie in die Kantine. Die Hosen sind im Schritt offen und geben wieder Anlaß zu hysterischen Beifallsbezeugungen.
RIO begrüßt sie mit «Apollo Goes West», einer irrwitzigen Nummer. Mit einem Satz sind sie auf dem Podium.
Sie gebärden sich wie Rodeoreiter, die sich auf dem Rücken wilder Pferde beweisen müssen; die imaginären Zügel fest in der Hand, schwingen sie ebenso unsichtbare Lassos durch die Luft. EDDIE ist schweißgebadet und völlig außer Atem; sein Slip ist bereits gespickt mit «Strip-Bakschisch», gefalteten Zehnern und Zwanzigmarkscheinen, die er einkassiert hat.
EDDIE: «Wo zum Teufel habt ihr euch rumgetrieben.»
KUHL, Unschuldslamm: «Es gab Schwierigkeiten mit dem Reißverschluß...»
Die Szene endet in einem Chaos, als eine schwergewichtige Matrone auf die Bühne springt und eine Jagd auf SONNY beginnt. In dem Getümmel wird die Stromzufuhr unterbrochen. Schlagartig gehen die Lichter aus, nur der Plattenteller macht noch eine halbe Drehung und dehnt die letzten Takte in die Dunkelheit.

«Eddie?»
«Ja, Sonny?»
«Willst du ein Feuerzeug, Eddie?»
«Was für'n Feuerzeug, Sonny?»
«Ein Cartier-Feuerzeug, Eddie. Ich hab noch fünf davon. Sieh mal, das hier ist silbern...»

Es blitzte auf der Rückbank des Wagens, als Sonny mit dem Feuerzeug rumspielte.

Kleine Leute und ihre Vorliebe für handlichen Luxus, dachte Kuhl.

Er zählte Geld, und Sonny wühlte in seiner Latschatüte.

«Eddie steht nicht auf Cartier», witzelte Kuhl.

Sie schaukelten in Richtung Kamerun. Moskitoschwärme flirrten um die Straßenbeleuchtung, es roch nach Benzedrin ...

«Was geht ab?» fragte Eddie nach hinten. Rio döste auf dem Beifahrersitz.

«He, das ist für Eddie ...» Sonny kramte einen Marlborough-Anstecker zum Vorschein. «Mit Hufeisenornament, willst du?»

«Ich will wissen, was los ist.» Eddie hätte beinahe eine rote Ampel übersehen und machte im letzten Moment eine Vollbremsung.

Sonny kippte vornüber, und plötzlich regnete es Brieftaschen und Kreditkarten in die Gegend ... Eine goldene AMEX landete genau auf der Gangschaltung.

«Was ... Was ist das?» fragte Eddie. «Was zum Teufel geht hier vor ...?»

«Reg dich ab, Mann», Kuhl schnitt Eddie das Wort ab. «Sonny und ich haben uns ein bißchen um die Gage gekümmert ...»

«He, alles Gute kommt von oben», sagte ein schlaftrunkener Rio. Auch er hatte ein paar Brieftaschen abbekommen.

Eddie hatte begriffen. «Jezuus! Ihr habt ...»

«Willst du wirklich kein Feuerzeug?» fragte Sonny.

«Ich will kein Feuerzeug!» Die Ampel stand schon lange auf Grün.

«Eddie will kein Feuerzeug, Eddie will Geld», stichelte Kuhl.

«Wieviel haben wir gemacht?» fragte Sonny. Er kokelte rum.

«Zweitausendsiebenhundertzwanzig Mark und vierzig Pfennige», sagte Kuhl. «Wieviel macht das durch vier?»

«Äh ...» Sonny begann verbissen zu rechnen. Warum und wie er dabei seine Finger gebrauchte, war schlichtweg ein Rätsel.

«Ohne mich», sagte Eddie. «Ich will da nicht reingezogen werden! Die werden eins und eins zusammenzählen und ...!»

Hinter ihnen wurde gehupt.

«Polizei», kicherte Kuhl. Er hielt Eddie fünf Scheine unter die Nase. «Hier, dein Anteil, Kumpel!»

«Ich will es nicht...»

«Jetzt nimm endlich!» Kuhl versuchte ihm das Geld in den Nacken zu stecken.

«Bist du schwerhörig, Mann?!» Eddie wehrte sich, so gut er konnte. «Ich will es nicht! ICH WILL NICHT!»

Er mußte brüllen, um das Hupkonzert zu übertönen.

«Du hast selbst gesagt, es wird brüderlich geteilt», sagte Rio.

«Siehst du?» Kuhl gab Eddie einen Klaps auf den Hinterkopf. «Keine Einwände von unserem Paten.»

«Ein Feuerzeug steht ihm auch zu», meinte Sonny.

«Ein Cartier-Feuerzeug», verbesserte Kuhl.

Eddie hielt es nicht mehr aus und gab Vollgas.

Zu guter Letzt schüttelte er aber seinen Moralischen ab, nahm das Geld, zwei Cartier-Feuerzeuge und eine Auswahl der schönsten Familienfotos, die Sonny in den Brieftaschen entdeckt hatte.

Rio hatte wieder Ärger mit seinem Alten und dazu noch einen Termin auf dem Arbeitsamt verschwitzt. Eines Abends stand er bei Kuhl vor der Tür, gerade, als der zur Schicht fahren wollte.

«Ich halt es nicht mehr aus», sagte er. «Kann ich hier pennen? – Nur heute.»

Kuhl seufzte, händigte Rio aber den Zweitschlüssel zu seiner Bude aus.

«Du kannst so lange bleiben, wie du willst», sagte er. Er schaffte es sogar noch, einen alten Schlafsack aufzutreiben.

Der Nachtdienst hatte ihn wieder: Tropfäugig hing er vor der Glotze und polierte der kleinen Bella den Lauf.

Senfkorn klingelte ihn einmal an. Die Polizei hatte sich bei ihm gemeldet, in einer «sehr unschönen Angelegenheit», wie er meinte. Langfinger hätten die Büros der VOK auf den Kopf gestellt, ob *Schmuhl* was gesehen hätte?

«Nicht die Bohne», sagte Kuhl, «aber fragen Sie mal Black Elvis... Der war dauernd abwesend...»

Senfkorn versuchte es tatsächlich in der Kaserne, aber der legendäre GI-Eddie manövrierte seit Tagen in Oberbayern und tröstete sich mit happy pills und Intimpolaroids von Ilona...

«Ich bin froh, daß Sie gekommen sind», sagte Buddha, als sich Senfkorn zu ihm in die Ecke vor dem Baccarabrett zwängte. «Spielen Sie?»

Sonny hatte die beiden zusammengebracht.

«Ich kenne kein anderes Spiel», sagte Senfkorn. Von Mai 1946 bis Ende 1955 hatte er tagtäglich großangelegte Baccaraturniere in seinem Nachtklub abgehalten. Zehn Minuten würfelten sie stumm vor sich hin.

«Was zu trinken?» Buddha winkte der Bedienung.

Senfkorn, der bei Geschäften den Stocknüchternen spielte, bestellte ein Mineralwasser.

«Kaiser-Friedrich-Quelle? Was dem Alten Fritz recht war, ist mir billig.»

Buddha hielt es für eine Anspielung auf den Einkaufspreis des Wassers, zu Recht.

«Hören Sie», sagte er, nachdem er sehen konnte, daß Senfkorn auf dem Brett nicht zu schlagen war. «Sie glauben doch nicht im Ernst, daß ich tausend Mark für diese ... diese Dilettanten ausspucke?»

«Aber ja», sagte Senfkorn, würfelte und hatte wieder einen Pasch, «zuzüglich Mehrwertsteuer, Getränkebons und Fahrtkostenrückerstattung.»

Buddha schluchzte. «Ich werde bankrott gehen, aber das scheint Sie ja nicht zu interessieren...»

Senfkorn knuffte ihm in die Schulter.

«Na, was denn? Sie sind doch eine gute Seele. Is mir gleich aufgefallen, als ich hörte, daß man hier Dollars wechseln kann im Umtauschkurs eins zu eins!»

Buddha grinste verhalten. «Sie Schlitzohr», sagte er.

«Selber», erwiderte Senfkorn. Beide kicherten, als würden sie sich gegenseitig an den Eiern spielen.

Am selben Abend, als Kuhl im Ali Baba's einschlief, hörte er von Rio, daß sich Senfkorn und Buddha einig waren. Seit Stunden hockten sie vor dem Puffspiel und machten sich gegenseitig die größten Ehrbezeugungen.

Die Superjocks, sie waren alle da, würden in einer Woche auftreten. «*Ladie's night*» gehörte ihnen! *Offiziell!*

«Ehrlich gesagt, er konnte die Village People nicht kriegen...», frotzelte Stompie im Vorbeigehen.

«Wer sagt's denn», meinte Kuhl, der das durchaus ernst nahm.

«Sonny hat alles eingefädelt», sagte Rio.

«Sonnyboy...» Eddie machte Anstalten, einen Toast auszubringen. «Sonny, du bist *der Größte!* Du bist wie... wie Napoleon!!»

«Ach was...» Sonny genierte sich sichtlich.

«Doch, wirklich!»

«The Greatest!» bescheinigte ihm Kuhl.

Sonny prostete in die Runde. «Nacido... para... äh, vivo oder so ähnlich!» Er hatte es schon wieder vergessen, aber allein die Geste zählte.

Kuhl wäre nicht Kuhl gewesen, wenn er nicht doch noch einen Haken an der Sache entdeckt hätte... Später, als Senfkorn, der glückliche Gewinner von insgesamt 37 Partien Baccara, auftauchte, konnte er es sich nicht verkneifen, nach Postern zu fragen.

«Plakate? Für was denn das?» Senfkorn war froh, daß er Buddha das Maximum aus den Rippen geleiert hatte, und nun waren diese Gecken darauf aus, sein Geld zu verplempern.

«Ladie's Night ist Ladie's Night», sagte er dann. «Keine Sorge! Die Weiber kommen von selbst. Ihr seid 'ne Art Gaumenkitzel, um den Damen den Abend schmackhaft zu machen.»

«Siehst du», Sonny stieß Kuhl in die Rippen, «ein Köder für etwas, das dich fressen will!»

«Noch so ein Satz, und du bist fällig», knurrte Kuhl. Und dann ganz beiläufig: «Ein Foto brauchen wir auch noch...»

«Ich muß jetzt gehen», sagte Senfkorn. Er wirkte angenehm zerstreut, nannte Kuhl wieder *Schmuhl*, nein, schlimmer noch, *Smuehl*. Seine rechte Hand würfelte noch immer mit imaginären Würfeln.

Das Foto ließ Kuhl keine Ruhe. Tagelang redete er von nichts anderem – bis Rio die rettende Idee kam: Fußmann hatte doch eine Kamera, eine doppeläugige Roleiflex... Das Foto entstand noch in derselben Nacht vor den Toren der Farbwerke Hoechst.

«Was für eine Kulisse!» schwärmte Fußmann. Das mit riesigen Röhren durchwucherte Gebäude lag nur ein paar Schritte vom Mainufer entfernt. Öligschwarze Brühe schwappte um kleine Inseln aus Schotter und Eisengerümpel. «Partyfeeling sollt ihr ausstrahlen und – action!»

«Chemie is action», sagte Rio. Dabei hatte er an diesem Tag überhaupt keinen Grund, solche Reden zu schwingen.

Da Fußmann keine Scheinwerfer besaß, hatte er zwei Magnesiumbomben gebastelt.

«Cheese», sagte er, es machte BUMM!, und $^{1}/_{125}$ Sekunde später gehörte der Moment schon der Ewigkeit.

Später würde Rio einmal bemerken, daß das Foto in vielerlei Hinsicht an den Umschlag des Tramp-Albums *Where The Happy People Go* erinnerte – was auch nach allem möglichen, aber nicht nach glücklichen Leuten aussah.

Eddie friemelte abends in der Kaserne am «Layout», und schließlich gelang es ihm sogar, FM zu einem legalen Druckvorgang zu bewegen. («Das letzte Mal, und nur für dich, Eddie!»)

Er war fast erleichtert, als er Kuhl den Stapel knallgelber Flugblätter aushändigte.

«Happy?»

Kuhl nickte. Nachts im Parkhaus zählte er die Kopien, weil er nichts Besseres zu tun hatte und weil er sichergehen wollte, daß FM sie nicht beschissen hatte.

Aber es stimmte.

Blattgenau.

III

> **Widder** (21. März–20. April)
> Vorsicht! Ihre erotische Ausstrahlung ist derzeit so ansteckend, daß Sie sich umgekehrt eine Portion Gonokokken einfangen können. Lassen Sie erst mal die Finger von allem, was Ihnen schöne Augen macht.

Rio war im Sternzeichen des Widders geboren, hatte sich nie viel aus Sex gemacht, und an Horoskope glaubte er schon gar nicht. Über das Ausmaß seiner erotischen Ausstrahlung wußte er inzwischen Bescheid, und da er kein Geld hatte, sich die Frauen zu kaufen, die ihm gefielen, lebte er im Grunde genommen im Zölibat mit den obligatorischen Anwandlungen von Selbstbefleckung. Für den heiligen Antonius kam die Versuchung mitten im Gebet, für Rio kam sie nach einer langen Nacht im Ali Baba's, als er hundemüde seine Plattenkiste packte und den ganzen Laden wieder mal auf den Mond wünschte.

«Hello, Die-Tschee ...» Sie trug Jeans und so ein Rüschending mit freien Schultern.

Ich glaub, mich tritt ein Pferd, dachte Rio, ein eindeutiges Sonny-Zitat. Ihr Name war Biggi, und angeblich war sie eine Freundin von Katie. Soweit er sehen konnte, hatte sie große Brüste und fast so große Augen, die ihn unter einem verkrotzten Pony anblinzelten.

«Ich hab den Zug verpaßt», sagte sie. Ein Akneröschen glühte auf ihrer Nase.

«Den Zug?»

«Nach Unterliederbach.»

«Ah so», sagte Rio. *Ein Landei, das den letzten Zug verpaßt hatte, und jetzt suchte es eine Bleibe.*

«Katie sagt, du könntest was regeln», fuhr sie fort.

«So? Hat sie das gesagt?»

Die Bäuerin nickte. «Sie hat auch gesagt, daß man dir vertrauen kann...»

«Soso», murmelte Rio.

Er hatte den Schlüssel zu Kuhls Apartment, wußte, das Kuhl diese Nacht Dienst hatte. *Sturmfreie Bude*, dachte er. *Herrje...*

Er fragte sich natürlich, warum sie es ausgerechnet auf ihn abgesehen hatte – *Rätsel Weib*.

«Was ist jetzt?» drängelte sie. Ihm war klar, daß sie entschlossen war, in Naturalien zu zahlen.

«Na schön», sagte er. «Aber nur, wenn du mir hilfst, die Plattenkiste zu schleppen.» Er war schlecht gelaunt, hatte Lust, sich an jemandem auszulassen.

«Eine meiner leichtesten Übungen.» Sie grinste.

Rio konnte nur staunen, mit welcher Leichtigkeit sie die Plattenkiste hinter ihm herschleppte. Er trug den Kopfhörer, damit es nicht auffiel.

Es war in den frühen Morgenstunden, als sie aus dem Ali Baba's stolperten. Es goß es Strömen, Rio mußte die Platten mit Plastiktüten abdecken.

«Und was ist mit mir?» jammerte Biggi, die Angst um ihre Dauerwellen hatte. «Du bist mir ja ein schöner Kavalier.»

«Ach, wird schon», meinte Rio. Er lotste die Bäuerin ohne weitere Zwischenfälle durch die Gassen der Altstadt. Ihre Clogs machten einen Höllenlärm auf dem Pflaster.

«Puh, ist die Kiste schwer», maunzte sie einmal.

«So ist das mit der Schwerkraft», sagte Rio.

Am Taxistand stand noch ein Wagen, der Fahrer machte gerade Anstalten, auszuparken. Alles sah danach aus, als ob er eine Fuhre hätte. Rio, nie verlegen in ausweglosen Situationen, sprang vor den Kühler.

«Junge, Junge...» Der Fahrer trug eine Jacke aus braunem Nappaleder, auf der diverse Abzeichen prangten. So wie er aussah, war er Notbremsungen gewohnt. «Wohin soll's gehn?»

«Kamerun.»

Der Fahrer nickte – no problem; er sah gemeingefährlich aus – und so fuhr er dann auch.

«Fahren wir zu dir?» Biggi streichelte seine Hand.

Zu mir? Du kannst dir nicht vorstellen, unter welchen Umständen ich lebe.

Er hatte noch nie ein Mädchen in der Wohnung seiner Eltern gehabt und sich geschworen, es auch nie auf einen Versuch ankommen zu lassen.

«Wir fahren doch zu dir?»

«Zu wem denn sonst?»

«Was weiß denn ich», sagte sie, «ich bin das erste Mal in der Stadt.»

«Und wie gefällt's dir?»

«Spitzenklasse», schwärmte sie.

Es klang wie ein Gütesiegel, das sie auf dem Land Fleischwaren und besonders großen Eiern aufdrückten.

In der nächsten Linkskurve fiel sie über ihn her.

Die Landjugend, dachte Rio, *lauter Frohnaturen.*

«Ich will dich», flüsterte sie.

Rio sah dieses stechende Augenpaar im Rückspiegel und wünschte sich, daß der Fahrer mehr auf die nasse Fahrbahn achten würde und nicht auf das, was sich hinter ihm abspielte.

«Laß gut sein», sagte Rio. Er gab ihr einen Klaps auf die Finger.

Sie legte ihren Kopf an seine Schulter, nestelte an seinen Hemdknöpfen.

«Schluß», sagte er wieder – da hatte er sie schon auf dem Schoß sitzen.

Wenn man sie wegstößt, kommt sie näher! Die Analogie zu einem Körper mit träger negativer Masse wäre Fußmann zweifellos aufgefallen.

Der Fahrer schaltete das Radio ein, suchte offenbar romantische Musik, um ihn in Stimmung zu bringen.

«He, geben Sie sich keine Mühe...»

«Ich geb mir keine Mühe», sagte der Fahrer.

Rio wollte ihm darauf eine passende Antwort geben, aber dann, mit einemmal war da diese Stimme und erzählte von der Entstehung des Universums, dem Urknall und einem schwarzen Loch im Sternbild des Schwan...

Auch der Fahrer hörte hin, fragte sich wahrscheinlich, wie es dieser Bericht aus den Tiefen des Alls in sein Taxi geschafft hatte.

Sie fing wieder an, gurrte in sein linkes Ohr und langte ihm versehentlich in den Schritt.

«Ich liebe dich», sagte sie.

«Psst, ich will das hören...»

«Den Quatsch?»

«...selbst nach einer Simulation mit neuen...Computern, nach der Auswertung einer ungeheuren Menge von Daten, weiß man im Endeffekt...»

«...wieder weniger», schloß Rio im Einklang mit dem sonoren Sprecher.

«Du sagst es», meinte der Fahrer, «so ging's mir mein ganzes Leben...»

Rio dachte an die Sterne, die er nie erreichen würde, da oben über dem wolkenverhangenen Himmel.

Weltraum, dachte er. *Je mehr man versucht, über das System in Erfahrung zu bringen, um so weniger wird es faßbar. Ein Fußmann-Phänomen, oder?*

Wenig später tauchte die Siedlung auf. Im Arm der Bäuerin wirkte alles so freundlich. Ein Riesenkind hatte hier gespielt und seine Bauklötze liegenlassen.

«Sag nur, du wohnst hier in der Gegend?» fragte sie.

«Es gibt Schlimmeres», sagte er.

Auch die Stimme im Radio war auf Versöhnungskurs: «Der größte Teil des Universums ist unseren Instrumenten verborgen und liegt im subatomaren Bereich. Die Rede ist hier von jener rätselhaften Hintergrundstrahlung, die das Weltall gleichmäßig erfüllt und auf ein interstellares Phänomen zurückgeführt wird, das die Astronomen *cold dark mass*, kurz CDM, nennen.»

Rio zuckte unwillkürlich zusammen. Der Name erinnerte ihn an eine schwarze Braut, neben der er nach einer GI-Fete *versehentlich* aufgewacht war.

Abgesehen davon entsprach die «kalte dunkle Masse» so ziemlich genau den philosophischen Lehren, die Gott als «unbewegten Beweger» beschrieben.

«Ist das nicht verrückt?» sagte Rio, wie zu sich selbst. «Wir verbringen unser Leben auf einem Staubkorn, und da oben gibt es all diese Wunder, und du hast keine Chance, je rauszufinden, was wirklich dran ist an Gott und der Welt.»

«Wen interessiert das?» sagte sie. Sie fühlte sich in ihrer Würde als Frau gekränkt. Vielleicht war sie nichts Besonderes, vielleicht war sie strohdumm, wie ihre Lehrer meinten, aber sie war eine Frau, hatte warme, weiche Dinge, mit denen sie einen Mann glücklich machen konnte. Sie hatte sich diesem Kerl auf einem Silbertablett serviert, und er faselte über – nichts.

«Blödmann», sagte sie.

Rio lächelte und studierte zum ersten Mal ihre Quarktaschen, die während der Fahrt hin und her schaukelten. *Die immanente Tendenz toter Materie zur Selbstorganisation hatte doch beachtliche Früchte getragen.*

Gerade als er sich zu einem Kuß hinreißen ließ, wollte der Fahrer die Hausnummer wissen.

Aber da waren sie schon vorbeigerauscht.

Kuhls Bude sah im Grunde genommen so aus, daß jedes Mädchen mit klarem Verstand Reißaus genommen hätte. Biggi blieb unbeeindruckt. Seine Plattenkiste hatte sie auch anstandslos und ohne Murren die Treppe hochgeschleppt.

Das Schlafzimmer stank wie der vermoderte Tablettenschrank eines Rentners. Wortlos öffnete sie das Fenster. Es machte wenig Unterschied, denn draußen roch es nach faulen Eiern. Nicht ungewöhnlich. In schwülen Nächten, vor allem nach Regen, roch es immer nach Schwefelwasserstoff, angeblich waren es die «Farbwerke», auch wenn es ebensogut die Klärbecken am Westhafen sein konnten.

«Uh, was ein Mief», hörte er sie sagen.

Rio sah auf die Uhr. Kuhl würde in zweieinhalb Stunden auftauchen.

«Wann geht dein Zug?» fragte er.

«Mein Zug? – Willst du mich schon wieder loswerden?»

Er schüttelte den Kopf.

«Ich kann den Viertel nach sechs nehmen, oder später, wenn du willst...»

«Viertel nach sechs ist schon in Ordnung», sagte Rio.

Sie standen in der dunklen Küche.

«Du heißt also Kuhlmann», sagte sie. Sie hatte das Schild an der Tür gelesen.

«Ja», sagte Rio. Vielleicht wollte sie ihm damit sagen, daß sie nicht auf den Kopf gefallen war – daß er sich nicht alles rausnehmen konnte – daß er ihr nicht einfach den Schwanz in den Mund stecken oder die Titten abschneiden konnte.

«Willst du einen Kaffee?»

«Ein Whiskey wäre mir lieber», sagte sie.

«Wodka», sagte er, weil er wußte, was ihn im Kühlschrank erwartete.

Sie nickte und setzte sich auf das Sofa.

«Was soll das?» Sie hatte die Zeitungsausschnitte von Bokassa bemerkt.

«Ich steh auf Bokassa», sagte Rio.

«Auf die stehst du wohl auch?» Damit waren die Traumgirls gemeint.

«Strahlt Wärme aus, findest du nicht?»
Sie hatte ihr Glas ausgetrunken und sah ihn nachdenklich an.
«Gehen wir ... schlafen?»

Nicht, daß er verklemmt ist, aber er weiß zu schätzen, daß sie das Licht ausgelassen hat.

Zweifellos: Paarung ist eine haarsträubende Angelegenheit. Das ganze Pandämonium der Reproduktion und was es damit auf sich hat, Balzen, Brunftlaute, Paarungstänze, das Gerangel um das heilige Ei.

Es bleibt ihm schleierhaft, wie jemand auf die Idee kommen konnte, diesen Wahnsinn «schönste Nebensache der Welt» zu nennen.

Er fingert sie verhalten und stellt fest, daß sie noch immer trokken ist, präkoital, wie die Gynäkologen sagen.

Als ihm fast der Arm abfällt, macht sie weiter.

Gute alte Säugetierliebe: Warzen lecken, Schleimhäute befeuchten, Blut aus dem Hirn in die Kapillargefäße des schrumpligen Erektils pumpen.

Er holt tief Luft, hält den Atem an und versucht es mit der Zunge: Er stellt sich eine weißblonde Spacepuppe vor, mit austauschbarem Gesicht und einem Geschlechtsteil aus synthetischem Gummi, auswaschbar und ohne Seele. Natürlich hätte er Sex als Prozeß reiner Imagination allem anderen vorgezogen.

Später liegt er auf dem Rücken und läßt es geschehen.

Sie verlangt keine Liebesgeständnisse und reitet stumm in die Nacht. Er hält die Augen geschlossen, versucht, sich das gewaltige, majestätische Nichts vorzustellen, das 500 Kilometer über ihren erhitzten Leibern, jenseits der Exosphäre beginnt.

Er fühlt sich beobachtet und schämt sich, als er kommt.

«Schlaf jetzt», sagt sie, gibt ihm einen kleinen Kuß und rollt sich zur Seite.

Vor dem Einschlafen siehst du den Block ... und darüber das Gähnen der Sterne ... Altes Vakuum ... Quod fuit ante nihil? Was war vor dem Nichts?

In dieser Nacht hatte Rio einen merkwürdigen Traum ... Er war in Kuhls Wohnung, und da war dieses Mädchen, eine warme weiche Masse, die in der Dun-

kelheit atmete ... Sie hatte ihn in der Diskothek angesprochen, soviel wußte er noch, sie waren Taxi gefahren, und an weitere Einzelheiten konnte oder wollte er sich nicht mehr erinnern ... Nebulöses Gelichter durch eine beschlagene Windschutzscheibe, das vielleicht ... Was geht hier vor? dachte Rio. Wo ist Kuhl?

Er hatte plötzlich Durst und schlurfte in die Küche. Das Aggregat des Kühlschranks machte einen Höllenlärm, und es wurde noch lauter, als er die verbeulte Tür öffnete ... Die Wodkaflasche war verschwunden, an ihrer Stelle stand ein leerer Erlmeyer-Kolben.

Was soll das? dachte Rio. Seine Hand zitterte, als er den Kühlschrank schloß. Alles in Ordnung, dachte er noch, alles in Ordnung ...

Das Fenster im Wohnzimmer stand weit offen, und er konnte den Block sehen, in dem er wohnte, das blinde Fensterband unter dem Flachdach und die Antennen, die sich wie schwarze Hutnadeln vor dem grünen Firmament ausnahmen ... Grün ist die Nacht, dachte Rio. Grün? Ungläubig rieb er sich die Augen.

«Biggi ...» Der Name des Mädchens fiel ihm plötzlich ein. «Biggi, wir müssen hier weg ... Schnell!»

Sie hatte sich die Decke über den Kopf gezogen und strampelte wie wild ...

«Biggi! Wach auf ...! Hörst du nicht?»

Das Brummen des Kühlaggregats wurde lauter. Es erinnerte jetzt an den mehrstimmigen Chor der Transformatoren vom Schotterpark, und es kam nicht mehr aus der Küche, sondern vom Fenster ...

Es muß ein flashback sein, dachte Rio, ein ganz normales flashback ... Versuch, ruhig zu bleiben ... Versuch, dich nicht zu erinnern.

Gestaltwerther ...

Mit einem stummen Schrei auf den Lippen drehte er sich um ... Draußen vor dem Fenster schwebte der Tiefseetaucher. Er hing mitten in der Luft, völlig bewegungslos, nur der Glockenhelm drehte sich hin und her ...

Rio erwachte mit einem leichten Frösteln. Es war schon hell.

Nie wieder, dachte er.

Nach dieser Nacht hatte er innerlich mit seiner Laufbahn als Testpilot der PSYKLON®-Forschung abgeschlossen.

Als er sich umsah, bemerkte er, daß Kuhl im Wohnzimmer auf dem Boden schlief.

Er lag zusammengerollt in einer Ecke vor dem Fernseher. Das elektronische Schneegestöber tobte noch immer über seinem Rükken.

Rio machte die Kiste aus.

«Wer ist das?» fragte das Mädchen, das ausgeschlafen hatte und ihm einen Kuß auf die Stirn hauchte.

«Ein armer Hund», sagte Rio.

Er brachte sie noch zum Bahnhof, obwohl ihn das Taxigeld kostete.

Unterwegs erzählte er ihr, wie er wirklich mit Nachnamen hieß. Es machte ihr wenig aus.

«Ach so», sagte sie nur.

Der Zug stand schon auf dem Bahnsteig.

«Du ... es war schön», sagte sie noch.

Zärtlich. «Rio ... Werd ich dich wiedersehn?»

«Wer weiß», sagte Rio.

Sie nickte, hatte verstanden.

Der Zug setzte sich in Bewegung.

Ihr dünner Arm schwankte wie eine Antenne im Wind.

IV

Der Tag danach. Rio schaukelte im Beifahrersitz neben Kuhl, hatte keine Ahnung, wohin es ging oder was sie vorhatten. Ihm war kotzübel.

Vierundzwanzig Stunden nach Biggis Abgang hatte er plötzlich unter extremem Juckreiz gelitten, besonders in der Schamgegend. Sackratten ... Er wußte es, bevor es ihm ein Kameruner Arzt attestiert hatte. Einmal das Zölibat gebrochen, und schon war es passiert. Der Arzt riet ihm, sich mit einem Pulver von Kopf bis Fuß einzupudern. Diese Maßnahme (er mußte an NASA-Quarantäne denken) versöhnte Rio wieder mit dem Schicksal. Und wäre das

Pulver nicht in einer Art Schnupftabakdose gekommen und hätte es nicht dieses Odeur von schwachgesäuerten Polyamiden gehabt, er wäre vielleicht nie auf die Idee gekommen, eine Prise zu schnupfen.

«Warum hast du es getan?» Kuhl, wieder im Hawaiihemd, steuerte gutgelaunt vor sich hin. Er hatte sich krankgemeldet: «Darmgrippe, extrem ansteckend.» Er fühlte sich tatsächlich nicht gut, aber wie allen Hypochondern ging es ihm automatisch besser, wenn es einem anderen noch dreckiger ging.

«He, Rio, ich hab dich was gefragt.»

«Warum? – Filzläuse nisten in Haaren. Ich hab Haare in der Nase, sieh dir das an...»

Kuhl wechselte plötzlich das Thema. «War es wenigstens schön?»

«Was? – Ach so. Sie hat sich Mühe gegeben.»

«Mühe?»

«Hm.»

Kuhl grinste vor sich hin. «Was wäre der biologische Film ohne diese kleinen Überraschungsangriffe der Weibchen?»

Rio nickte unbestimmt.

«Was ... wenn es nun doch kein Film ist? Kein Film – was dann?»

«Was soll es sonst sein?»

Kuhl machte ein Gesicht, als hätte er sich die Lippen verbrannt.

«Sieh einer an. Einmal gut gefickt, und schon fällst du vom Glauben ab... Du willst darauf hinaus, daß es objektive Wirklichkeit gibt, oder? Die Welt als Wille und Vorstellung, weiß der Henker...»

«Ich will auf gar nichts hinaus. Ich frage mich nur, *was es sonst sein könnte.*»

«Warum ist das so wichtig?»

«Weil es Unterschiede gibt. Wenn der Held am Ende des Films stirbt, müssen sie den Film bloß zurückspulen, und schon lebt er wieder...»

«Der biologische Film ist irreversibel», sagte Kuhl, dem wieder einmal aufstieß, daß er jede Sekunde alterte und in absehbarer Zeit krepieren würde. «Was abgelaufen ist, ist abgelaufen. Das stimmt schon. Die Nacht mit einer Frau ist dagegen wie eine Bandschleife, du kannst sie immer wieder abspielen. Es bleibt so ziemlich *dasselbe*.»

Kuhl hatte wieder mal erläutert, was er in Frauen sah: dreidimensionale Sexfilme.

«Hunger?» fragte er dann.

«Ach ja, warum nicht.»

Sie parkten vor dem Friedhof in der Rat-Beil-Straße und schlenderten dann um die nächste Ecke.

Am Alten Portal stießen sie mit Fußmann zusammen. Er trug einen Konfirmandenanzug. Das Haar hatte er mit Pomade zurückgekämmt und die Backen mit Watte ausgestopft. Offensichtlich machte er einen auf «Paten».

«Sieh mal an», sagte Kuhl, «unser Freund Fußmann, rausgeputzt wie ein Pfingstochse...»

Fußmann hüstelte verlegen. «Es geht dich zwar nichts an, aber ich erweise einem Menschen die letzte Ehre...»

«Soso... wer ist denn krepiert?»

Fußmann zog eine zusammengefaltete Zeitung aus der Tasche.

«Ähh... Heinrich Leblang. So heißt der Glückliche.»

Fußmann stand auf Beerdigungen. Regelmäßig, vor allem im Sommer, spielte Fußmann den unbekannten Trauergast, stand tief erschüttert an offenen Gräbern und spendete wildfremden Menschen Beileid.

«Hier», meinte Kuhl. Natürlich mußten sie auch Fußmann eine Einladung zustecken.

«Und ihr... laßt die Hosen runter?»

«Du hast's erfaßt», sagte Kuhl.

Da sie nichts Besseres zu tun hatten, beschlossen sie, die Kebabs aufzuschieben und einfach mitzugehen.

«He, Rio, alles okay?» Wie immer war Fußmann um sein Versuchskaninchen besorgt. «Countdown läuft», flüsterte er, «du kannst es wohl kaum erwarten?»

Kein Kommentar.

Fußmann hatte nicht damit gerechnet, daß Rio mit den Flügeln wackeln würde, aber etwas mehr Enthusiasmus hatte er schon erwartet.

«He, Alter», Kuhl stieß Fußmann in die Seite, «der Knabe stand dir doch nicht nahe, oder?»

«Wer? Heinrich?» Fußmann grinste sardonisch. Rein zufällig war er vor ein paar Tagen in der FAZ über die schwarzumrandete Traueranzeige gestolpert: «Wer an mich glaubt, der wird leben, ob er gleich stürbe» (Johannes 11,25–27), darunter das übliche Gestammel «vom plötzlichen Tod des lieben Sohnes» usw. usw. Schon der Name des Verblichenen hatte es in sich: Leblang – *und dann mit achtzehn den Arsch zukneifen!*

So begann der Nachmittag mit der Beerdigung von jemandem, den sie nicht kannten und dessen Gedenken sie nicht sonderlich interessierte.

Von weitem hörten sie Händels «Ave Maria». Es klang schauerlich, als hätte irgendein Gemeindechor die Partitur in der Mangel. Später sahen sie, daß die Jubelchöre von einem Tonband kamen, das auf einer schiefen Grabplatte stand und leierte.

Lächelnd mischten sie sich unter die Trauergäste, eine sonderbare Melange aus älteren, konservativ wirkenden Leuten und einem Haufen junger Kerle in schlichter Rockermontur, dazwischen auch Hippies und heulende Mädchen. Kein Zweifel, Heinrich war an der Berufsschule populär gewesen. Kuhl verteilte Einladungen und versuchte sich als Tröster.

Beiläufig erkundigte er sich noch, ob ein Leichenschmaus vorgesehen sei, und erntete strafende Blicke.

«Man wird doch noch mal fragen dürfen», knurrte er.

Der Leichnam war in der Trauerhalle aufgebahrt. Es hatte wirklich etwas unangenehm Befremdendes an sich, einen etwa gleichaltrigen Corpus in der *Rigor mortis* zu sehen.

Wie Fußmann später von einem schnodderigen, aufsässig wirkenden Ministranten erfuhr, hatte Heini im Kaiserlei Kreisel die Kurve nicht gekriegt. Die Randnotiz in der Rundschau hatte fast tragikomische Züge: Heini hatte sich demnach überschlagen und war dann mit dem Kopf voraus gegen einen Brückenpfeiler gedonnert. Folge: pulverisierte Nackenwirbel. Man brauchte Stunden, um den Helm von Heinis Schädel zu schrauben.

Plötzlich tauchte der Pfaffe neben ihnen auf und erkundigte sich im Auftrag der Angehörigen nach ihren Namen.

«Wir sind Freunde *der* Toten», sagte Kuhl mit frostigem Charme.

«Bitte?» Das Gesicht des Geistlichen nahm den vorsichtigen Ausdruck einer Spitzmaus an.

«Wir sind Freunde *des* Toten», verbesserte Fußmann, «mein Name ist Fußmann, Doktor Karl Fußmann.»

Der Schwarzbefrackte atmete auf und zog Leine.

«Es ist dieses Hawaiihemd», sagte Fußmann.

«Ja?» sagte Kuhl. «Was soll damit sein?»

«Damit kannst du jede Negerbeerdigung in New Orleans sprengen.»

Kuhl gab zu, daß er sich *wohltuend* von der schwarzgekleideten Trauergemeinde abhob. Selbst Rio, in seinen silbernen Jeans, wirkte dagegen noch halbwegs seriös. «Hast du was rauskriegen können?» fragte er, um abzulenken.

Fußmann faßte es folgendermaßen zusammen:

«Leblang, Heinrich. Am 1. April 1961 geboren. Wahrscheinlich aprilscherztraumatisiert. Heini hatte die mittlere Reife und eine Freundin. Er wollte Versicherungskaufmann werden, angeblich schon eine Stelle in Aussicht. Drei Tage, nachdem er seinen Führerschein bestanden hat, ersteht Heini ein flottes Motorrad. Er fährt drei Tage und – aus.»

Kuhl nickte andächtig. «Tja, dann hat er ja alles vom Leben gehabt.»

«So ziemlich alles», seufzte Fußmann.

«Mit achtzehn hat man das Bessere schon hinter sich.»

«Stimmt», sagte Fußmann, «was danach kommt, ist eh nur die Zugabe.»

«Exakt», meinte Kuhl. Früher hatte er mit Fußmann oft über die Theorie des biologischen Films diskutiert. Nächtelang hatten sie sich die Köpfe heiß geredet und gestritten: Waren Menschen nun biochemisches Zelluloid oder filmische Biochemie? Waren sie genetisch programmierte Roboter, oder waren sie Bestandteil einer ewigen Zote, und wer – WER? – sah ihnen zu?

«Es gibt Babys, die machen einen Atemzug und sind wieder tot. Neun Monate bilden sie sich in irgendwelchen Fruchtblasen, werden fetter und größer und dann, wenn es soweit ist, wenn sie raus müssen, wickelt sich ihnen die Nabelschnur um den Hals. Macht das Sinn, Alter?»

Fußmann geriet ins Grübeln: «Macht es überhaupt einen Unterschied, ob einer gleich stirbt, bei der Geburt, oder erst fünfzig Jahre danach?»

Kuhl mußte zugeben, daß Fußmann verdammt «low» sein konnte. Fußmann nahm das zum Anlaß, noch weiter auszuholen.

«Hast du mal an Schlachtvieh gedacht? Kühe und Schweine, die ihr ganzes Leben in irgendeinem Pferch vor sich hin faulen? Und was ist mit Mäusen und Ratten, die in einem Labor zur Welt kommen? Was ist mit Versuchskaninchen – ist das noch Leben?» Mit Rücksicht auf Rio hatte er den letzten Satz geflüstert.

«Definitionssache», meinte Kuhl.

«Unsinn. Leben ist keine Frage der Definition...»

«Born to be alive», sagte Rio.

Später schlenderten sie durch die Trauerhalle, machten sich mit den Hinterbliebenen bekannt.

Versehentlich gerieten sie auch an die Mutter des Verstorbenen.

«Alles halb so wild, Madame», sagte Kuhl, verbeugte sich knapp. Sie hob den Blick. Für einen Moment konnte er ihre verheulten Augen sehen, offene Wunden hinter einem schwarzen Gazeschleier.

«Gott sei mit Ihnen», sagte Fußmann.

«Er hatte sein ganzes Leben noch vor sich», schluchzte sie. «Ausgerechnet mein Heini. So ein fröhliches, unbeschwertes Kind war er.» Eine junge Frau mit vorstehenden Zähnen diente ihr als Stütze.

Kuhl, der von Gefühlsausbrüchen wie die Schmeißfliege von warmen Fäkalien angezogen wurde, blieb auf der Stelle stehen und machte einen Schritt rückwärts.

«Er war ... ein fröhliches Kind, sagen Sie?»

«O ja ...», schluchzte die Mutter.

«Und ... unbeschwert, sagen Sie?» Kuhl betonte es, als könne er es nicht fassen.

Sie nickte, schneuzte sich in ein tiefschwarzes Taschentuch.

«Fröhlich und unbeschwert», sinnierte Kuhl. «Glauben Sie mir, ich kenne den Zustand ... zumindest im Ansatz ...» Vertraulich legte er ihr den Arm um die Schulter, «achtzehn ist kein schlechtes Alter, um sich von der Bühne zu verabschieden, wissen Sie das? Eine herrliche Zeit ist das! All die Flausen, die so ein Bengel im Kopf hat ... eigene Bude und so, endlich in Ruhe einen flott machen können, sich – wenn Sie mir diese Bemerkung gestatten – zulaufen lassen! Aber dann, nach ein paar Monaten, gerade wenn man sich so richtig fröhlich und unbeschwert fühlt, gerade dann zeigt das Leben sein wahres Gesicht: Die erste Stromrechnung flattert ins Haus. Eine Rechnung, an einen höchstpersönlich adressiert! So was sieht man zum ersten Mal! Plötzlich melden sich auch die Gaswerke. Das Schreiben klingt bedrohlich. Der Strom wird nach der dritten Mahnung wie von Geisterhand abgestellt. Kleine gelbe Zettel «Bitte-sehen-Sie-in-Ihren-Briefkasten!» kleben plötzlich an der Tür, Einschreibbriefe, Mahnungen! Es geht Schlag auf Schlag! Selbst mit dem Kuckuckskleber wird gedroht. Zum ersten Mal wird man, fröhlich und unbeschwert, mit aller Härte für seine Existenz zur Rechenschaft gezogen. Wer keinen Geldschisser hat, muß malochen. Tagein, tagaus. Es ist ein Teufelskreislauf – Heinrich ist dem gerade noch entkommen, gute Frau. Meinen Segenswunsch.»

«Guter Vortrag», sagte Fußmann mit einer Grabesstimme hinter ihm. «Und jetzt müssen wir gehen.» Er ahnte, zu welchen Gemeinheiten Kuhl fähig war.

«Kleiner Reaktionstest», sagte Kuhl, als sie draußen vor dem Krematorium standen.

«Hast du das gesehen? Diesen wachsenden Schimmer der Erkenntnis in ihrem Gesicht...»

«Das machen die Kapillargefäße unter der Haut», sagte Fußmann.

«Und doch war es schön...», seufzte Kuhl.

«He, Rio, bevor ich's vergesse...» Fußmann legte eine Hand auf Rios Schulter, als der gerade seine Kopfhörer aufsetzen wollte.

«Nein, ich will es nicht hören», sagte Rio.

«Aber, es ist was ganz Harmloses.»

«Nichts, was mit Chemie zu tun hat?»

«Nichts», beteuerte Fußmann. Er kam sich vor wie ein Paria.

«Nichts, okay? Du kennst doch meine Freundin Dörthe...»

«Deine Ex.»

«Das steht noch nicht fest», sagte Fußmann. Er wirkte brüskiert. «Nun, sie hat übermorgen Geburtstag... Sie sucht einen DJ, und da habe ich ein bißchen Schleichwerbung betrieben... Ich denke an dich, siehst du. Also, wenn du Interesse hast, ruf sie an...»

Er kritzelte ihre Nummer auf den Rand der Traueranzeige.

«Mann, du brauchst dich für die Einladung nicht zu revanchieren», sagte Rio.

«Das tu ich auch nicht», sagte Fußmann. «Was ist denn das für ein feindseliger Tonfall, hm?» Er reichte ihm den Zeitungsausschnitt. «Ihr Alter hat jede Menge Kohle, denk dran...»

Rio nickte. «Eh, sorry, Mann», sagte er noch, «ich bin ein bißchen nervös in letzter Zeit, ich hab gewisse Gesundheitsprobleme und dachte, du fängst wieder an mit... mit...»

«Mit... ihm?» Fußmann lächelte. «Diesmal werden keine halben Sachen gemacht. Ich werde diesmal alles bis in die kleinste atomare Verbindung hin überprüfen.»

«Laß dir Zeit», sagte Rio.

Sittenstrolchkino, Zwischenhirnkino, nach einer Beerdigung genau das richtige. In einem Antiquariat an der Konstablerwache ließen sie einen Haufen italienischer Pornocomics mitgehen. Von dem Geld, das sie gespart hatten, kauften sie an einem Kiosk Wodka und Bier.

Anschließend hockten sie bei Kuhl und ließen sich vollaufen. «Vengo», stöhnte Kuhl. «Vengo!» Er machte ein passendes Gesicht.

«Figlio di Puttana», meinte Rio, der so von seinem Alten gelegentlich angepflaumt wurde.

«He, sieht der nicht aus wie Sonny?» Kuhl zeigte auf eine Zeichnung, die einen Zwerg zeigte, der eine überproportionierte Blondine besprang.

«Das ist Sonny», stellte Rio fest. «He, sieh dir das an ...»

Babyface, ein Mafioso, dümpelt auf seiner Yacht irgendwo im Mittelmeer. Nachdem er einen Schwertfisch gefangen hat, stößt er seine Lieblingsnutte. «Vengo! ... Eine Frau, die einen betrügt, sollte man umbringen ...»

Baby hat Meinungsverschiedenheiten mit einem sizilianischen Landsmann. Baby nimmt sich die Braut des Gangsters vor. Seine Kumpels halten den Mann in Schach.

Ruck zuck werden ihr die Kleider vom Leib geschnitten.

Verschiedene Herren zeigen ihr der Reihe nach, *was eine Harke ist*: ein Kaktus, ein Baseballschläger, eine Gurke und eine Cola-Flasche (Glas 0,3 l). Zuletzt schiebt ihr Baby die Kanone rein, unten, versteht sich.

Als Baby abdrückt, ist er überrascht, daß die Kugel in der Nabelgegend austritt. Pikantes Detail: Im Tod hat sie Wasser gelassen ...

Oder die alte Anhalternummer: *Der Körper einer Frau ist eine tödliche Waffe, tödlicher als die mechanischen Waffen eines Mannes* ... Sie steht am Straßenrand, zeigt, was sie hat: Melonen zum Anbeißen. Als ein Laster anhält, lächelt sie: *Wie der Plan aufgeht* ... Hoppla! – zwei sauber manikürte Finger, die sich in Augen bohren. Offene Brüche, gelbes desinfiziertes Fleisch, Nähte, schwarze Fäden... Als Quasiantwort landet ein Baseballschläger in ihrem Gesicht.

Oder: Zwei Killer gönnen sich zwei Nutten. Killer eins ist an einer Thunfischvergiftung erkrankt, kann aus Gesundheitsgründen nur geblasen werden. (Warum das so komisch ist, weiß man nicht.)

Oder: Ein Mädchen lacht, aber die Schatten vor ihr verstehen keinen Spaß. Nylonstrümpfe eignen sich hervorragend zum Knebeln. Und Würgen. Ihre Zunge windet sich wie ein Blutegel...

Oder: Eine lüsterne, frischgewaschene Jungfrau, die zunächst annimmt, daß sie auf eine rituelle Massenvergewaltigung vorbereitet wird, landet mit einem Apfel im Mund in einem Kochtopf... Sie wird tatsächlich verspeist...

Oder: Ein mit Nadeln gespickter Augapfel, eine Nadel mit gelbem Kopf, steckt mitten in der Pupille... oder: Nazis («echte Geißeltierchen»), die Mädchen auspeitschen... oder: Hygieneterror: Ein Stück Seife wird zum Serientäter, vergewaltigt einen Haufen Hausfrauen...

Oder was Fernöstliches: Zwei Knochenbrecher prügeln sich durch eine äußerst belebte Einkaufsstraße. Einer versteht sich auf hundsgemeine Daumenstöße, einem aufsässigen Gemischtwarenhändler wird sogar der Arsch gebrochen («allgemeine Sprachlosigkeit, auch bei den Passanten»). Sämtliche denkbaren Formen der Körperverletzung werden völlig zwanglos praktiziert. Am Schluß stürmen sie die Bumsbude eines Yakuzzafürsten, der aus Furcht vor den infernalischen Späßen des Duos Selbstmord begeht. Während es draußen vor der Tür seine Leibwache erwischt, läßt er sich in aller Ruhe von einer Geisha reiten und pustet sich auf dem lang hinausgezögerten Höhepunkt die Birne weg...

«Sie: Oh... Oh!... Daimon, shooting both ways...»

«Ganz schön ausgekocht, diese Schlitzaugen...», murmelte Kuhl.

«Meinst du, es funktioniert?»

«Wenn der Zeigefinger mitspielt...»

Kuhl wäre kein biologischer Morphinist gewesen, wenn er nicht sofort verstanden hätte, worum es ging... Die Sublimation der Todessekunde im Orgasmus, Kurzschluß und die totale schmerzfreie Auslöschung des Seins...

Im Bad genehmigte er sich zwei Valium und spülte die bromhaltigen blaßblauen Tabletten mit einem Schluck Leitungswasser runter.

Der Block gegenüber verfärbte sich braun im Licht der untergehenden Sonne.

«Ich muß los», rief Rio. Er mußte noch seine Platten ordnen.

Es waren noch fünf Tage bis zum großen Auftritt.

V

Den 20. Juli, das zehnjährige Jubiläum der Mondlandung, feierte Rio, indem er alle zwanzig Minuten Armstrongs berühmtes Bonmot über das Mister-Mikrophon nuschelte: «It's a small step for me... me... me...» Später mischte er dann noch Kommentare des Weltraummediziners Herbert J. Pichler in die «Yowsah»... Es klang ziemlich raffiniert, und gegen halb zwölf hob Stompie das erste Mal drohend den Zeigefinger.

Rio war an diesem Abend wieder ganz der alte Weltraumkadett und immun gegen jede Form von Einschüchterung. Der Tag hatte schon gut begonnen: Rechtzeitig zum Miss Universe Contest in Penth war auch einer der tonnenschweren Sauerstofftanks von Skylab aufgetaucht. Scharfscherer waren über das Monstrum in den Outbacks von Rawlina gestolpert. Rio hatte die Bilder im Fernsehen gesehen, langbeinige Puppen, die vor einem Schrotthaufen posierten...

Die Eskapade mit Biggi machte Rio zu schaffen; er mußte jetzt öfter an Sex denken und geriet zuweilen in wohliges Grübeln: *Sex* im Zustand der Schwerelosigkeit oder im Sessel einer Zentrifuge bei 2000 Umdrehungen die Minute oder im keimfreien «orbital workshop» – auch in dieser Hinsicht waren im Weltall keine Grenzen gesetzt...

In derselben Nacht überfiel Kuhl mit einem Tacker das Ali Baba's und verarztete binnen weniger Minuten sämtliche Türen und Wände mit Postern. Nicht einmal das Baccarabrett kam ungeschoren davon. Von seinem Pult aus konnte Rio sehen, mit welcher Kaltblütigkeit Kuhl vorging, wie er im toten Winkel des Personals operierte, teilnahmslos verharrte, sobald sich ihm Katie näherte – und dann im nächsten Augenblick nach alter Guerillataktik zuschlug. So hatte Ho Chi Minh den Krieg gegen die Amis gewonnen.

Am frühen Morgen standen die beiden Rausschmeißer vor vollendeten Tatsachen. Es würde Ärger geben, dabei ahnten sie noch nicht einmal den Frevel mit dem Baccarabrett. Jeder strategisch wichtige Punkt des Ladens – Garderobe, Theke, Toiletten – strotzte von den farbenfrohen Bekanntmachern.

Louis, der Koch, schätzte die Renovierungskosten auf eine halbe Million Mark. «Werbung war schon immer teuer», witzelte Kuhl.

Scheinheilig half er Rio beim Einpacken der Platten.

Später saßen sie noch zusammen an der Bar und schlürften einen «Space Relaxer», eine Art «Weißrussen»: viel Wodka, Kaffeelikör und Ananassaft.

Kuhl beobachtete, wie sich Stompie und Gock beratschlagten.

«Ach was, die Renovierung war längst überfällig», sagte Rio.

«Keiner hat mich gesehen», sagte Kuhl, «die können mir nichts anhängen...»

Er wollte gerade noch einen dreifachen Wodka bestellen, als sich die beiden Rausschmeißer neben ihnen aufpflanzten.

Stompie wirkte sauer.

«Das hätte nicht sein müssen», sagte er nur.

«Is doch alles versichert», sagte Rio.

Kuhl bot eine mimische Glanzleistung – dafür, daß er 48 Stunden nicht mehr geschlafen hatte.

«Was denn, was, zum Teufel ...?»

Chingachgock hielt ihm einen der Zettel unter die Nase. «Wie sollen wir Buddha *das* beibringen, kannst du mir das mal verraten, du Superjock?»

Kuhl nahm die Kopie wie ein kostbares Kleinod entgegen, wendete es hin und her und hielt es dann wie ein schwer zu entzifferndes Billet gegen das Licht.

«Sieh dir das an, Rio! Der Knilch, den wir mit der Plakatierung beauftragt haben, scheint seinen Job verdammt ernst zu nehmen ...»

Er lachte wie eine gestörte Zeichentrickfigur.

Stompie schüttelte den Kopf. «Für wie bescheuert hältst du mich, Mann?»

Kuhl ließ das offen.

«Er hat's nicht getan», sagte Rio.

«Halt dich da besser raus», sagte Stompie.

«Was willst du?» lachte Kuhl. «Ich hab's nicht getan. *Ehrenwort.* Wie soll ich das gemacht haben? Mit den Fingern?»

Stompie schnippte ihm einen Bierdeckel vor den Bug.

«Ach, hör auf, mich zu verscheißern. Glaubst du, ich weiß nicht, was du da in der Tasche hast?»

Kuhl wandte sich an Rio.

«Stompie will *Such-die-Nuß-Primat* spielen, was hältst du davon?»

«Was?» fragte Stompie. «Was hast du gerade gesagt?»

Kuhl blieb unbeeindruckt. Mit seinem Strohhalm blies er Luftblasen in den Cocktail.

«Kuhl.»

«Ja – blub – blub – blub –, Stompie?»

«Kuhl. Ich werde jetzt in deine rechte Tasche greifen und den Tacker rausholen ... Und dann wirst du dich bei mir dafür entschuldigen – nicht für den Sachschaden, sondern dafür, daß du gelogen hast.»

«Stompie», sagte er dann.

«Ja, Kuhl.»

«Ich hab eine viel bessere Idee. *Ich werde in meine rechte Tasche greifen und meine Kanone rausholen, und dann wirst du dich bei mir für deine saublöden Verdächtigungen entschuldigen.*»

Mit diesen Worten ließ er seine Hand in der Tasche verschwinden. Rio konnte sehen, daß Stompie rot anlief.

«Mach keinen Scheiß», sagte der Indianer und stellte sich *hinter* seinen Kollegen.

Stompie wußte natürlich, daß Kuhl mit Eddie auf Ballertour ging. Die Wahrscheinlichkeit, daß er eine Kanone hatte, war nicht gering.

«Also, was ist jetzt, Stompie, willst du seh'n, oder gehst du wieder auf dein Hundeplätzchen vor die Tür?»

Die Lichtorgel drehte sich wie rasend über der leeren Tanzfläche.

Kuhl wirkte davor wie ein Schatten mit blitzenden Zähnen.

Eine Ausgeburt der Hölle, dachte Stompie. Kuhls Manteltasche beulte sich monströs aus. Hätte es keine Zeugen gegeben, er hätte sich vielleicht einfach umgedreht und wäre gegangen, aber vor Gock und Rio konnte er sich nicht erlauben zu kneifen.

«Fuck you!» brüllte er. «Ich will sehen, was du da in der Tasche hast, ein bißchen plötzlich ...»

Langsam zog Kuhl die Hand aus der Tasche.

«Is für dich, Stompie», kicherte er. «Falls du noch einen hochkriegst ...»

Stompie brauchte einen Moment, um zu verdauen, was er sah: Auf Kuhls Mittelfinger steckte ein schwarzes Noppengummi, das letzte, was er damals aus Eddies «sexpack» gerettet hatte. Das Ganze war allerdings nicht nur eine außergewöhnliche Produktdemonstration, sondern auch ein deutliches FUCK YOU-Zeichen.

«Ich glaub's einfach nicht», stammelte Stompie, «du forderst mich heraus ...» *Halter von Giftschlangen wissen, daß schon ein unachtsamer Moment genügt ...*

Rio hörte ein metallisches Klicken und begriff erst dann, was passiert war: Kuhl hatte mit einer blitzschnellen Bewegung den Tacker aus der anderen Tasche gezogen – und Stompie getackert.

In der Schrecksekunde, die entstand, versuchte er zu türmen, aber Gock hechtete ihm nach, und beide rollten auf die Tanzfläche ... Kuhl hatte nicht die Spur einer Chance. Rio rührte sich nicht, zuckte nur gelegentlich mit den Augen. Stompie stand wie unbeteiligt neben ihm und operierte sich mit einem Zahnstocher die Klammer aus der Stirn.

«Dein Kumpel hat 'ne ganz schöne Macke, weißt du das?»

Kuhl brüllte, als ihm der Indianer die Finger aufbog. Die Tatwaffe flog in hohem Bogen durch die Luft.

«Stompie.» Rio überlegte krampfhaft, was er für Kuhl tun konnte. «Kuhl ist fertig, das weißt du. Das mit der Band ist einfach zuviel für ihn, das verkraftet er nicht ...»

«Aber ich muß *das* verkraften», sagte Stompie. «Sag mir mal, was soll ich mit diesem kleinen Scheißer machen. Sag mir das?»

Im Spiegel sah Rio, wie der Indianer Kuhl bearbeitete; er schlug ihn immer wieder mit dem Kopf auf den Boden. «Verdammt, Stompie, sag Gock, er soll aufhören!»

Kuhl strampelte wie wild mit den Beinen.

«He, ich glaub, ich hab ihm ein Ohr abgerissen», rief Gock.

«Du hast was?» Rio wollte auf ihn losgehen, aber Stompie hielt ihn zurück. «Is 'ne Fleischwunde. Das muß genäht werden.»

«Ach was», meinte Stompie.

Langsam schlenderte er über die Tanzfläche. Der Tacker lag im Lichtkreis eines roten Reflektors.

Stompie bückte sich danach und knippste ein paarmal in die Luft. «Halt ihn mal fest», sagte er.

Kuhl war ganz still. Merkwürdig, daß er nicht einmal um Hilfe rief.

«Nicht, Stompie, er muß zu einem Doktor ...», rief Rio, aber da hatte es schon ein paarmal geklickt.

«So, jetzt kannst du ihn zum Doktor bringen», sagte Stompie.

Der Tacker verschwand in der Kasse – als Beweisstück, wie er sagte.

Rio half Kuhl auf die Beine: Sein rechtes Ohr war blutüberströmt, die Klammern saßen darin wie silberne Zecken...

Später im Taxi, auf dem Weg zur Notaufnahme, griff Kuhl einmal nach dem Ohr, drückte es, als wolle er herausfinden, ob er noch Schmerz spürte.

«Wie is'n das passiert?» fragte der Fahrer.

«Selbstmordversuch», sagte Kuhl.

«He, Mann.» Rio fühlte sich verdammt schuldig. «Ich konnte nichts machen, verstehst du. Was hätte ich denn ausrichten können...»

Kuhl schnaufte: «Ich hätt sie umgelegt», sagte er. «Einmal geh ich ohne Knarre aus dem Haus, und dann muß so was passieren.»

Im Krankenhaus mußte er mit sechs Stichen genäht werden. Vier Heftklammern wurden entfernt. Kuhl gab zu Protokoll, er hätte es im Affekt selbst getan.

«Wirklich? Wir hätten es nicht besser tun können», lobte ihn der behandelnde Arzt.

Kuhl bestand auf starken Schmerzmitteln, die sie ihm auch ausreichend mitgaben.

Ein anderes Taxi brachte sie nach Hause.

«He, morgen ist diese Müller-Dodt-Party», meinte Rio, «es wird sicher lustig.» Kuhl sagte nichts. *Man kann sich einen schönen Abend machen, man kann es auch sein lassen...*

VI

Die Party fand also ohne Kuhl statt – nicht, daß ihn jemand vermißt hätte.

Dörthe, ganz in Weiß, beging ihren Geburtstag mürrisch und verstockt. Vorgestern hatte sie die ersten Fältchen an ihren Augen entdeckt.

Wie früh du verblühst, Liebes. So hatte es bei ihrer Mutter angefangen. Sie ahnte, daß ihr *genetisch* dasselbe Schicksal beschieden war. Irgendein Gesichtsschnitzer würde sich an ihren «ästhetischen Vorstellungen» eine goldene Nase verdienen, das war alles.

Dörthe hatte manchmal tiefe Gedanken, die sie früher mit Fußmann geteilt hatte. («Gerade, wenn man sich an das Leben gewöhnt hat, will es einen wieder loswerden.»)

Sie saß im Wintergarten, wo es still und dunkel war, und beobachtete den Reigen der Langeweile, der sich in dem nächtlichen Park vor der Villa abspielte. Draußen auf der Veranda wurde schon getanzt. Die Frankfurter *jeunesse dorée* oder das, was sich dafür hielt, mischte sich mit der Vorstadtschickeria und dem bäuerlichen Geldadel der umliegenden Dörfer. Smokings standen Schlange am kalten Büffet, zum Teil leicht schwankend von Branntweinbowle, die der Hausherr gepanscht hatte. Gerade hampelte er in kurzen Hosen und einer Smokingjacke zwischen den Gästen herum. Die Party war der willkommene Anlaß, sein neuestes Spielzeug, eine monströse Videokamera, vorzuführen. Die Gäste spielten mit und schnitten passende Grimassen.

Dörthe erkannte ein paar Studenten aus ihrem Semester, blasierte Rechts- oder Wirtschaftswissenschaftler, die bereits Geschmack an der dekadenten Vergänglichkeit des Daseins gefunden hatten – und natürlich Pons, der ihr an diesem Abend einen Verlobungsring mitgebracht hatte.

Sie hatte einen Schwindelanfall vorgetäuscht und war geflohen. Jetzt hoffte sie, er würde sie nie wieder finden. *Wo blieb Karl?*

Sie suchte nach einem schwarzen Fleck in dem bunten Gedränge am Swimmingpool; viel Discovolk, sture Popper und angehende Hungerkünstler von der Akademie, die wahrscheinlich nach Eßbarem, Trinkbarem und reichen, willigen Nacktmodellen Ausschau hielten. Sie war an diesem Abend schon dreimal gefragt worden.

Unter den Gästen entdeckte sie auch den spitzbäuchigen Galeristen, den ihr Vater eingeladen hatte. Er hieß Leibach, fiel durch seine dunkel getönte Brille auf. Angeblich besaß er eine renommierte *Underground*-Galerie in Köln, die sich «junge, wilde Malerei» auf die Fahnen geschrieben hatte. Dörthe bildete sich ein, daß er ihrem Karl helfen konnte – Karl, dem Künstler. Sie sah sich gern als Muse und Begünstigerin des Wahren, Schönen, Guten.

Sie wußte, daß das und nichts anderes in Karl Fußmann steckte. Leibach würde ihr nichts abschlagen können. Leibach und Karl paßten gut zueinander; beide waren kurzsichtig und trugen mit Vorliebe Schwarz.

Sie hielt das für die beste Voraussetzung.

Fußmann, in seinem Konfirmandenanzug, demselben, den er auch zu Heinrichs Beerdigung getragen hatte, lehnte an einer neoklassizistischen Säule, wie üblich etwas abseits vom Geschehen. Er wirkte fast elegant, wenn man nicht so genau hinsah und sich weder an Hochwasserhosen noch Vatermörderkragen störte. Vor Tagen hatte er sich wieder mit Dörthe am Telefon gestritten, weil er darauf bestanden hatte, daß sie Pons ausladen solle. – «Wer kommt, bestimme immer noch ich!» *Mal seh'n.* Fußmann hatte sich für ihre Sturköpfigkeit gerächt und so ziemlich allen Ausgeflippten, die er kannte, von der Party erzählt: «Kaviar, Lachsschnittchen & Champus in rauhen Mengen», «Speisung der Zehntausend auf der Homburger Höhe». Mit solchen Slogans hatte er einen Haufen Leute angelockt, die normalerweise hier nicht verkehrten. Kein Wunder, daß sich auch Eddie und Sonny – solo & für alles offen – unter den Gästen befanden. Wie viele andere Schnorrer waren sie einfach über die efeubewachsene Mauer geklettert, die das Grundstück umgab.

Beide trugen Hawaiihemden – Sonny mit giftgrünen Farnen, Eddie, lavarote Götzenfigur, mit goldenen Streifen – und verteilten unaufgefordert Autogramme und Einladungen zur «Ladie's Night».

Rio (eisblaue Narzissen und Kometen) stand sogar auf der Gästeliste; Dörthe hatte ihn, durch Fußmanns Vermittlung, für den Abend engagiert. Man hatte sich klassische Discomusik auserbeten, mit einer lateinamerikanischen Note. Ergo: Montana JR, die ganze gnadenlose Salsoul-Sauce. Das DJ-Pult, ein mit Lackfolie verkleideter Campingtisch, machte einen provisorischen Eindruck, aber Rio war ja nichts anderes gewohnt.

«He, die Gastgeberin», zischte Eddie und deutete auf Dörthe, die in diesem Moment an ihnen vorbeirauschte.

«Man kann riechen, daß sie eine Tochter aus gutem Hause ist», meinte Sonny.

«Hm?»

«Sie wäscht sich öfter als andere Frauen.»

«Das kannst du riechen?»

«Eben nicht ...», sagte Sonny. Zur Sicherheit schnupperte er noch einmal hinter ihr her. «Saubere Lende, viel zu schade für Fußmann.»

Draußen, am Rande der Tanzfläche, trieb Fußmann unter farbigen Girlanden dahin. *Li-la-lu* ... Ein Lampion mit Mondgesicht kam ihm in die Quere, und als er darunter hinwegtauchen wollte, sah er Dörthe auf der anderen Seite des Pools sitzen ...

Sie war nicht allein. Neben ihr, angestrahlt vom kalten Licht der Beckenbeleuchtung, saß Pons und hielt ihre kleine Hand.

Li-la-lu ... Fußmann drehte sich in den Schatten und knetete sich mit beiden Händen ein breites Grinsen ins Gesicht.

«He, DJ ... Wow, cool, Mann ...» Fußmanns Stimme klang brüchig, als er sich neben Rio bemerkbar machte. «Ich amüsiere mich blendend.»

«Das sieht man.»

«Wirklich?»

«Ja, ja ... – He, Fußmann, solltest du dich nicht mal ein bißchen um deine Herzensdame kümmern?»

«Wie bitte?» Fußmanns Zahnpastagrinsen wurde Rio langsam unheimlich.

«Ach nichts, ich dachte nur, sie hätte was mit der Föhnfrisur da drüben.»

Fußmann sah sich scheinheilig um. Dörthe und Pons saßen noch immer am Pool.

«Ach so», seufzte er dann. «Das sind nun mal die Pflichten einer Gastgeberin. Selbst wenn ihr der Typ unsympathisch ist, gibt sie ihm das Gefühl, daß er irgendwie erwünscht, ja, fast beliebt ist... Sieh mal, er ist ganz weg von ihr, das schmierige Arschloch... Hör mal, Rio, glaubst du, Eddie würde ihm für fünfzig Mark die Zähne einschlagen?»

Rio glaubte erst, er hätte sich verhört, aber dann schüttelte er entschieden den Kopf.

«Vergiß es. Red mit ihr... Das ist besser.»

«Kann schon sein», sagte Fußmann. «Nur, worüber könnte ich mit ihr reden? Wir haben keine Probleme... Li-la-lu...»

Er stakste eilig davon.

Fußmann ist aufgekratzt, gereizt: Er will sprechen... mit Dörthe. Dinge klarstellen, Mißtrauen ausräumen. Sie muß ihm Zeit geben, nur noch ganz wenig, ein Quentchen Atomzeit...

Sie wird mich erhören, denkt Fußmann, er übt Kniefälle am Buffet und erregt so die Aufmerksamkeit einer älteren Dame.

«Sind die Austern schon alle?» fragt sie unschuldig und fletscht ein halbes Dutzend Jacketkronen. Fußmann bedauert zutiefst, rät ihr aber, sich doch ein paar Embryos zentrifugieren zu lassen – «von Schafen, Sie wissen schon, danach rühren Sie keine Auster mehr an». Sie kichert wie über einen unanständigen Witz.

«Sie Schelm», flüstert sie, und der cortisongestärkte Faltenkranz um ihren Mund kräuselt sich vor Entzücken...

Fußmann empfiehlt sich, tänzelt weiter, lacht, wie Rühmann lacht, wenn es nichts zu lachen gibt, und summt: «Ich brech die Herzen der stolzesten Frau'n...»

Dörthe, endlich. Sie ist nicht zu übersehen, ganz in Weiß, mit der Schleppe erscheint sie ihm wie eine jungfräuliche Braut.

Er schlendert auf sie zu und...

«He, Doktor, haste was zum Checken?»

Fußmann ist der Hauptleidtragende seiner eigenen Vergeltungsmaßnahmen. Immer, wenn er es einmal geschafft hat, sich seiner Angebeteten auf zehn Schritte zu nähern, erscheint irgendein Freak auf der Bildfläche und fragt nach «kicks, turn-ons & Stöffche».

Auch diesmal verteilt Fußmann, was er in den Taschen hat (die Not macht ihn freigebig). Als er sich umdreht, ist Dörthe von einem Haufen junger Schnösel umringt, schwarze Smokings und dicke Zigarren, die meisten der Typen kennt er vom Sehen und hält sie für Armleuchter. Mit einigen hat er sogar Abitur gemacht. Trotz ihrer dürftigen Schulnoten, der bescheidenen Intelligenz sind alle auf dem richtigen Weg – nach oben. Fußmann vermutet hinter allem Vitamin B, seine Kurzformel für elterliche Brutpflege. Jörg Halfter zum Beispiel, vor Jahren noch stadtbekannter Junkie, hat sich zum Pathologen in einer Privatklinik gemausert. Dann der Fall Ossewutz, ewiger Schwänzer und Sohn eines CDU-Bonzen, der wegen fehlender Intelligenz *seines* Sprößlings den Numerus Clausus für alle abschaffen wollte – jetzt leitet Ossi eine Erdölraffinerie in Nigeria. So läuft das.

Der größte Dorn in Fußmanns Auge ist natürlich ihr Zahnmediziner – überall und nirgends zugleich, ist er immer zur Stelle, wenn es gilt, einen Korken zu ziehen. *Er benimmt sich, als gehöre er bereits zur Familie*, denkt Fußmann. Als ernsthafter Wissenschaftler kann er Dentologen nicht als seinesgleichen akzeptieren. Ein findiger Handwerker, das ist dieser Pons, ein bauernschlaues Bürschchen, das eine Hypothek auf die Zahnfäule anderer Leute aufgenommen hat.

«Herr Fußmann, das ist ja eine seltene Ehre...» Müller-Dodt senior, diskreter und daher vollendeter Gastgeber, hat ihn endlich geortet. Amüsiert betrachtet er Fußmann durch den Sucher seiner Kamera.

«Die war sicher teuer.» Fußmann macht Fingerchen und hinterläßt ein häßliches Daktylogramm auf der Linse.

«Ich möchte nicht unhöflich erscheinen, Fußmann, aber ich

hätte nicht gedacht, daß Sie sich hier noch einmal blicken lassen.»
Mit dem Seitenscheitel, der hohen Stirn und den buschigen Augenbrauen erinnert Müller-Dodt an den Butler der Adam's Family.

Fußmann muß lachen.

Er hält mich noch immer für minderwertig, denkt er. Ein Ungeziefer, daß sich durch die Ritze seiner Tochter eingeschlichen hat.

«Was lachen Sie so dumm, Fußmann?» Die unangenehme Vatererscheinung zieht eine Meerschweinchengrimasse.

Fußmann hat sich wieder gefaßt. «Ich bin, und das ist eine verifizierbare Aussage, der persönlichen Einladung Ihrer Tochter gefolgt. Man könnte mein Verhalten uneigennützig-kulant nennen. Was den Hormonhaushalt Ihrer Tochter angeht...»

«Ich warne Sie, Fußmann, und ich sage es nur einmal: Hände weg von meiner Tochter!»

Fußmann kann vieles ertragen, nicht aber den anmaßenden Ton eines Homo erectus, dessen IQ ihm ungefähr bis zur Kniekehle reicht.

«Mit allem Respekt, Sir – wir sind zwar beide mit den Pavianen verwandt, aber ich bestehe nicht darauf, daß Sie mir Ihren Hintern anbieten. Ebensowenig werde ich Ihnen meinen Allerwertesten hinhalten oder die Gurgel. Meine linke Wange können Sie auch vergessen, gegen diesen Bazillus bin ich immun. Mit Verlaub gesagt, ich denke, zwischen uns sind sämtliche Territorialansprüche geklärt. Kümmern Sie sich lieber um Ihre Gäste, Sir!»

Müller-Dodt, in seiner Würde als Mensch und Christ gekränkt, kann nur fassungslos mit dem Kopf schütteln.

«Sie sind ein asoziales Element, Fußmann! Dem Himmel sei Dank, daß Dörthe Ihnen den Laufpaß gegeben hat. Sonst hätte ich Sie vielleicht eines Tages erschossen...»

Fußmann macht eine steife Verbeugung, wie unter Leuten üblich, die sich nichts mehr zu sagen haben.

«Damit ist unser kleines Beschnüffelungsritual wohl zu Ende. Mit Verlaub, Sir, Ihr Oxytozinspiegel ist auch nicht mehr das, was er mal war...»

«Fatzke!»

«Unterbrechen Sie mich nicht, Sie Lemurenabkömmling!» tobt Fußmann. Doch bevor er das Schwert des Geistes in seiner Gänze entblößen kann, ist Müller-Dodt plötzlich verschwunden. In der Villa fliegen ein paar Türen.

Sieg, denkt Fußmann. Doch Dörthe ist noch immer außer Reichweite.

Ach Dörthe ... Die Stochastik muß helfen – und so streift er wie ein schwarzgekleideter Zufallsindikator durch die Gänge ...

Auf seinem Streifzug landet er zunächst im Raucherzimmer, wo ihn alle wie eine außerirdische Erscheinung anstarren ... Der Klub der jungen Schnösel hat sich hierher zurückgezogen, zwischen die brujereholzgetäfelten Wände, und Fußmann hat fast den Eindruck, als sei er in eine Verschwörung geplatzt ...

«Weitermachen», murmelt er, und nach dem Anfangsschrecken schenkt ihm auch niemand mehr große Beachtung.

Ossi Ossewutz schwingt Volksreden über den Segen der Petrochemie ... «Unsere Firma fördert an einem Tag eine Million Fässer Öl und etwa einhunderttausend Kubikmeter Erdgas», dröhnt er. «Kannst du dir das vorstellen, Halfter?»

Der hat die Maulsperre.

«Na, kein Wunder, daß es soviel Erdbeben gibt», stottert er.

Gelächter.

«He, wen stört es, wenn es in Anatolien mal ein bißchen rumpelt? Dann graben die eben ihre Erdlöcher wieder woanders ...»

Erdöl, denkt Fußmann, *schwarzes Gold. Wenn die Saurier nicht so fett gewesen wären* ...

Fußmann hält Erdölgesellschaften für genau das, was sie sind; Schmeißfliegen, die sich an Kadavern gütlich tun. Als Psychopharmazeut fühlt er sich dagegen fast wie ein Heiliger ...

Er verdrückt sich durch dieselbe Tür, durch die er eben gekommen ist.

Grasnarbenlicht, schwarzer Rasen ... Fußmann hat Sehstörungen. Dazu bedarf es keiner PSYKLONS®, nur Aprikosen & Branntweinbowle.

Im Wintergarten stößt er auf eine muntere Expedition: Förster-Liesl, Dianne Vreeland, eine Damenbartdrossel und ein dicklicher und ganz in Schwarz gekleideter Schwuler, dem er bislang erfolgreich aus dem Weg gegangen ist, haben eine Entdeckung gemacht ...

«So was habe ich noch nicht gesehen! Sie sind überall! Diese Biester!»

«Unglaublich, sie sind unter der Tür durchgekommen ...»

Echte Forschernaturen, denkt Fußmann spöttisch.

«Igitt!» Das Geschrei macht ihn neugierig. Es wimmelt an der Wand und auf dem Fußboden, ein Transportzug roter Waldameisen, Soldaten und Arbeiterinnen, tapfer vorwärtsstürmende Rotarmisten, ein ganzes Volk hat sich in die Villa gegraben. Alles macht den Eindruck eines wohlorganisierten Rückzugs.

«Sehen Sie, das ist doch Zucker!» sagt der Drosselbart.

«Ja, aus der Küche, ganz schön frech!»

«He, Franco, wo bleiben Sie denn?» ruft die Vreeland-Kopie, und tatsächlich taucht eine Art Aushilfskellner mit einem Kochtopf auf und gießt kochendes Wasser in den Spalt an der Tür.

«Das sollten Sie nicht tun», ruft Fußmann.

«Ich komme nur dem Wunsch der Gäste nach!»

«Das wird sie Mores lehren», meint Förster-Liesl und nippt an ihrer Bowle.

«Ein Glück, daß wir keine Ameisen sind.» Töne des Mitgefühls von dem Männerfreund in Schwarz.

Fußmann kann es nicht mehr mit ansehen und macht kehrt.

«He, warten Sie mal ...» Der Mann läuft ihm nach. «Sie sind Fußmann, richtig? Die kleine Müller-Dodt hat mir von Ihren Bildern erzählt. Sie behauptet, Sie wären ein Genie.»

Da könnte sie recht haben, denkt Fußmann, aber er reißt sich zusammen.

«Der Name ist Leibach», sagt der Mann. «Von der Galerie, wissen Sie, Leibach in Köln?» Fußmann wird es ganz anders unter diesem Blick.

«Sie malen?»

«Wer?» Förster-Liesl klimpert irritiert mit den Wimpern.

Fußmann muß an seine pathologischen Leinwände denken. «Entzündete Darmzotten, #1 – 12», «Bubonen», «Blutschwamm», «Große vereiterte Harnröhre, #1 – 16» etc.

«Na, erzählen Sie mal. Nicht so schüchtern, mein Junge.»

«Was wollen Sie hören?» fragt Fußmann.

«Na, Sie sind doch *Künstschler! Künschtler* haben doch immer was zu erzählen.»

Schon das Wort ist Fußmann zuwider: Aus der Welt des Salto Mortale entlehnt, scheint es ihm bestenfalls geeignet, Hochseilakrobaten und doppelte Rittberger auf den Begriff zu bringen.

«Nun?»

«Ich bin Wissenschaftler», sagt Fußmann. «Ich glaube, Sie verwechseln mich ...»

«Durchaus nicht», kontert Leibach. «Jeder große Künstler hat etwas von einem Forscher. Es geht Ihnen um Wahrheit, um Ursachenforschung. Wußten Sie, daß es im Altgriechischen nur ein Wort für Kunst und Wissenschaft gibt?»

Altgriechisch, da weiß er Bescheid, denkt Fußmann.

«Die kleine Müller-Dodt sagte mir, Sie hätten Kunst studiert, stimmt das?»

«Kunst kann man nicht studieren», wirft Förster-Liesl ein. «Die Gabe ist dem Künstler in die Wiege gelegt ...»

«Und was ist Ihnen in die Wiege gelegt?»

«Wie meinen Sie das?» Sie betrachtet ihn mit unbehaglichem Unverständnis.

«Ha, ein Mephistopheles», lacht Leibach.

«Wie haben Sie mich bloß erkannt, Faustus?»

«Frech», urteilt die Vreeland-Kopie.

«Dummfrech», findet die Bartdrossel, und Förster-Liesl schüttelt nur fassungslos den Kopf.

«He, die Biester sind immer noch da!» Franco taucht auf, knallt seinen Topf auf den Herd. «Diesmal nehm ich Essig!» Er reißt wahllos Schränke auf...

«Man kann auch übertreiben», meint Fußmann.

«Ach was?» Die Bartdrossel nickt Franco wohlwollend zu. «Tun Sie Ihre Pflicht, Franco.»

«Zu Befehl.» Der Ameisenkiller salutiert und schüttet eine Flasche Weinessig in den Topf.

Fußmann behält ihn im Auge.

«Warum haben Sie es so mit Ameisen?» fragt Leibach.

«Ich komme aus der Stadt», sagt Fußmann.

Die arme Kunst der Verstellung liegt ihm nicht, und das hat in besseren Kreisen natürlich Folgen.

«Haben Sie keine Visionen?» Aus irgendeinem Grund hat es Leibach auf Fußmann abgesehen.

«Visionen, mein Gott. Ich habe Fernsehen», murmelt Fußmann. Wie immer kann er der Versuchung nicht widerstehen, den Trivial-Mystiker zu spielen.

«Also, hören Sie, muß ich Ihnen jeden Wurm einzeln aus der Nase ziehen...»

«Na schön.» Fußmann ist entschlossen, heillos Verwirrung zu stiften. «Meine Kunst macht ihre Manifestation überflüssig. Wie finden Sie das?»

«Schwachsinn.» Die Vreeland-Kopie hat den letzten Rest ihrer Geduld verbraucht.

«Aber so ist es. Mein Universum ist ein ewiger Wandel, ein Strom von Fließgleichgewichten...»

«Ach, was Sie nicht sagen...»

«Und wußten Sie, daß sich das Nirwana der Buddhisten in jeder gewöhnlichen Sterilisationsschleuse manifestieren läßt?»

«Machen Sie sich doch nicht lächerlich...»

«Keine Angst, Madame, da sind Sie außer Konkurrenz...» Fußmann, der Zerstörer, hat vor, ganze Arbeit zu leisten.

«Okay, der Essig kocht!» Franco lacht.

«Lassen Sie doch endlich die Tiere zufrieden!» Fußmann steigert sich in seine Rolle als Anwalt der Gattung Formicula. «Die Tiere suchen doch nur ihr Futter ...»

«Dann sollen sie es woanders suchen», sagt Förster-Liesl.

«Ach ja», sagt Fußmann, «Sie wissen doch gar nicht, was das heißt. Waren Sie jemals in der Verlegenheit, gnädige Frau, sich Ihr Futter selbst suchen zu müssen?»

«Was sind Sie für ein widerlicher, milchgesichtiger Junge!» Die Bartdrossel nimmt ihre Freundin in Schutz.

«Aber meine Damen!» Leibach versucht, den Zorn der Musen zu besänftigen. «Bitte, Herr Fußmann ...»

«Geile Bande runzliger Vetteln!»

«Was unterstehen Sie sich ...!»

«Es kann losgehen», ruft Franco dazwischen.

«Rühren Sie den Topf nicht an!» brüllt Fußmann.

Die Bartdrossel wird handgreiflich, ihre Krallen suchen Fußmanns Kehle. «Sie schmieriger, unrasierter ...»

«Gerade Ihnen würde eine Rasur nicht schaden, gnädige Frau!»

«Schande! Du Hund!» Erst jetzt fällt Fußmann ihr ausgeprägter Gesichtserker auf.

«Profil-Neurotikerin!»

Fußmann bemächtigt sich der Topflappen. Er hat es auf den Essig abgesehen. «Manchem Ungeziefer kommt man nur mit der chemischen Keule bei», keucht Fußmann. Franco macht unbeholfene Anstalten, ihn zu hindern.

Der Essigkocher schwappt über ...

«Um Gottes willen ...»

«Sie werden es nicht wagen!» brüllt die Bartdrossel, aber da sieht sie schon, wie Fußmann ausholt, und retten kann sie nur ein Sprung unter den Tisch.

«Karl Fußmann, bist du noch bei Trost?»

Wenn sie Karl sagt, als Präposition, wird es ernst. In der Küche, vor dem großen braunen Fleck an der Wand, stellt ihn der weiße

Engel zur Rede ... Dörthe. Sie hat ihn endlich gefunden. Verheulte Augen.

Fußmann ist von Korpsstudenten, Rabauken einer schlagenden Verbindung aus Essen, umringt. Er sieht aus, als hätte er in seinem Konfirmanden-Junker Rugby gespielt, jedenfalls erkennt sie ihn kaum wieder ...

«Dieser Freund von Ihnen! So ein Rüpel! Hat die Damen belästigt», tobt Leibach. «Ich verlange Satisfaktion.»

Die Bartdrossel sitzt noch immer unter dem Tisch und fiept.

«Ich repräsentierte die Ameisen!» übertönt sie Fußmann. Er hält noch immer die Topflappen fest. «Dies ist ein gattungsspezifischer Konflikt ...»

«Sie kleiner komischer Misantroph, Sie», schreit Leibach.

Pons taucht auf, Franco hat anscheinend gemeldet ...

«Dörthe, bist du in Ordnung?»

«Was geht dich das an?» schnappt Fußmann.

«Komm schon.» Pons packt Fußmann am Kragen. «Der Hausherr will mal ein paar Takte mit dir reden ...»

«Nicht anfassen, du Lachgasschnüffler», zischt Fußmann, aber die Korpsbuben halten ihn in eisernem Griff.

«Loslassen.»

«Was?» Pons schenkt Dörthe einen fassungslosen Blick.

«Ich sagte, loslassen.»

Sie nimmt mich in Schutz, denkt Fußmann, *li-la-lu, nur der Mann im Mond schaut zu ...*

«Aber Liebling», sagt Pons, «dein Vater schickt mich und ...»

«Loslassen! Zum letztenmal ...» Sie sagt es fast beiläufig, aber wie ein monovalentes Schlangenserum zeigt es unmittelbar Wirkung.

Pons wird rot. Er wittert Verweigerung, Pussyentzug, einsame Nächte zwischen Daumen und Zeigefinger. «Äh, wir sehen mal nach den anderen Gästen», sagt Pons und klopft Fußmann mitfühlend auf die Schulter. «Nichts für ungut, ja?» Die Korpsknaben trollen sich mit schuldbewußten Mienen.

«Wer sollte einem IQ unter 85 etwas nachtragen können?» ruft Fußmann noch. «Habe ich nicht recht, Liebling?»

Kaum ist die Luft rein, knallt sie Fußmann eine runter.
«Danke», sagt Fußmann. «Happy birthday to you, happy birthday to you ...»
«Das kannst du dir schenken ...»
Im Wintergarten, unter einem schlappen Gummibaum, macht sie ihm eine richtige Szene.
«Wegen ein paar Ameisen, wegen ein paar Ameisen ...!»
«Es war Rückkopplung», sagt Fußmann. Und dann: «Mach dir keine Sorgen wegen des Essigs, ich bin ein richtiger Fleckenteufel, wenn es drauf ankommt ...»
«Karl ...» Sie weiß noch immer nicht, was sie sagen soll. «Um ein Haar hättest du Frau Freisfeld verletzt.»
«Ja, um ein Haar», echot Fußmann. Es klingt nicht, als ob es ihm leid täte, und dann lacht er auch noch ...
«Karl, du hast dir nur selbst geschadet», sagt Dörthe und macht ein Yogigesicht. «Leibach hätte viel für dich tun können ...»
«Dieser Muffenversilberer!»
«Er hat guten Geschmack ...»
«Was Strichjungen anbelangt», höhnt Fußmann. *Frauen und ihr Traum von der arachniden Gesellschaft, den Seilschaften von Spinnentieren.*
«Du hast dich verändert, Karl», sagt sie. «Ich mache mir Sorgen um deine kraniosakrale Balance ...» Sie sagt es im Tonfall einer Bewährungshelferin.
«Dörthe ...» Fußmann zieht sie an sich. «Den ganzen Abend will ich mit dir reden. Ich suche dich seit Stunden.»
«Du meinst, du schleichst durch die Gegend.»
«Was soll ich tun? Dieser Zahnsteinschleifer hängt doch ständig an deinem Rockzipfel.»
«Karl.» Sie macht sich los. «So geht das nicht, deine Worte und Taten sind nicht ganz kongruent ... Ich meine, ist dir mal aufgefallen, alles ist plötzlich *rang bzhin* zwischen uns.»

«Bitte erspar mir das Yogilatein», sagt Fußmann. Er glaubt, die Sitar von Utpal Dutt aus «Concert In The Haunted Palace» zu hören.

«Ich hätte dich nicht einladen sollen...»

«Aber ihn – Ihn! – hättest du einladen sollen!»

«Haben wir uns darüber nicht schon ausführlich gestritten?»

«Du kennst meine Meinung.»

«Karl!» Sie seufzt gekonnt. «Es wäre vielleicht besser, wir würden uns wieder eine Zeitlang nicht sehen.»

«He, eine kleine Sanktion.» Fußmanns abgeschmackter Zynismus. «Oder ist es der ganz gewöhnliche Leidensdruck?»

«Weder noch», sagt sie. «Weder noch.»

Sonny sortierte gerade seine Kleider, als Dörthe wie die weiße Frau hinter ihm auftauchte. Er war nach einem spontanen Techtelmechtel mit einer Unbekannten noch ziemlich derangiert, und sie war nicht in der Stimmung, das zu goutieren.

«Was tun Sie hier? Hände hoch!»

«Nicht schießen, Madame!» Sonny schaffte es, einen Knicks zu machen. Sie drückte ihm ihren spitzen Zeigefinger ins Kreuz.

«Moment, Sie müssen einer der Superjocks sein.»

«Ganz zu Diensten, Madame.» Dabei schielte er ihr unauffällig in den Ausschnitt.

«So wie Sie stellt man sich ein Hologramm gar nicht vor», sagte sie.

«Strippogramm», sagte Sonny.

«Wo ist da der Unterschied?» fragte sie.

Er wußte das auch nicht genau und winkte ab wie jemand, der einem anderen Unannehmlichkeiten ersparen möchte.

«Dorothea Müller-Dodt», sagte sie und reichte ihm endlich die Hand. «Sag einfach Dörthe zu mir.» Es fiel ihm auf, daß sie ihn wie ein kleines Mädchen musterte, das etwas sehr Niedliches, sehr Schnuckliges entdeckt hatte.

«Dörthe.» Das Wort schmatzte auf seinen Lippen. «He, du bist die Freundin von Fußmänn, stimmt's?»

«Von Karl», sagte sie traurig.

«Na ja, ich nenne ihn Fußmänn, ich darf das», sagte Sonny.

«Du kennst Karl?»

«Er redet nicht gerne darüber, aber wir kennen uns ziemlich gut. Aus der Disse und so!»

«Merkwürdig, er hat mir nie von dir erzählt.»

«Typisch Fußmänneken!» meinte Sonny. «Verschwiegen wie ein Grab!»

Sie biß sich auf die Lippe. «Ich verstehe ihn nicht! Gerade eben ... Dieser Jähzorn, du hättest das sehen sollen – wegen ein paar Ameisen verwüstet er unsere Küche! Um ein Haar hätte es sogar Verletzte gegeben!»

Sonny schüttelte den Kopf.

«Der alte Fußmänn ist ein Buch mit sieben Siegeln ... Selbst ich frage mich manchmal, ob ich ihn kenne ...» Er versuchte abzulenken. «Was für eine Fete! Phew! He, verdammt, es ist ja dein Geburtstag! Herzlichen Glückwunsch!»

Ihre Aufmachung forderte es einfach heraus, daß ihr alle Männer an diesem Abend die Hand küßten. Sonny drückte ihr jedenfalls einen Schmatzer auf den seidenen Handschuh und hinterließ einen häßlichen Fleck: Lippenstiftspuren.

«Igitt», sagte sie, als sie den Schaden bemerkte.

«Tut mir leid, ich hatte Nasenbluten ...», sagte Sonny – *der alte und neue Leichtgewichtlügenweltmeister.*

«Du Ärmster! Aber hier kannst du nicht bleiben», sagte sie und raufte ihm das Haar wie einem fünfjährigen Jungen. «Wenn dich mein Vater hier erwischt, gibt es Ärger ... das ist nämlich sein Arbeitszimmer, und er hat Angst vor Industriespionen.»

«Spionen?»

Erst jetzt sah Sonny die Konturen schwerer Eichenholzmöbel und eines gigantischen, vierkantigen Schreibtischs, der an die Form eines mittelalterlichen Sarkophags erinnerte.

«Braucht dein Alter nicht noch 'nen Vizepräsidenten?»
«Da mußt du ihn schon selbst fragen», sagte sie.
«Eh, dann lieber nicht», meinte Sonny. Und dann: «Mist! – Ich hab keine Blumen, gar nichts, was ich dir schenken könnte...»
«Ach, laß mal», sagte sie, aber er ließ nicht locker.
«He, ich hab noch eine Einladung für Ladie's Night!» Freudestrahlend hielt er ihr einen zerknitterten Zettel hin. «Wart, ich geb dir eben ein Autogramm...»
«Das ist doch nicht nötig», sagte sie und fragte sich, ob er völlig zurechnungsfähig war.
«Ach, das ist doch nichts», näselte Sonny, als ob er ihr ein Diamantencollier vermacht hätte. «Äh, Dörthe...», die Gelegenheit erschien ihm günstig, «vielleicht können wir ja mal ausgehen, du & ich.»
Sie wollte ihm nicht weh tun. «Weißt du, Sonny, ich habe mir bei einssechzig die Grenze gesetzt...»
«Das heißt?»
«Nun, alles unter einssechzig fällt bei mir flach.»
«Ich bin einszweiundsechzig», sagte Sonny, der damit die Notlüge seines Lebens bis an die Schmerzgrenze streckte.
Sie lachte. «Sonny, sei doch vernünftig! Man soll nicht erzwingen, was die Natur nicht will. Tut mir leid.»
«Dein Mitgefühl ist rührend.» Er überlegte sich, ob er sich schon als STAR titulieren sollte, aber er ließ es bleiben.
«Du weißt ja nicht, was dir entgeht», sagte er nur.
Entweder war es der glückliche Umstand, daß er wieder mal keine Unterhosen trug, oder eine günstige Seitenbeleuchtung, die den Blutstau in seinem rechten Hosenbein so plastisch hervortreten ließ. Jedenfalls wurden ihre Augen plötzlich ganz groß, und das verächtlich zur Schau getragene Lächeln zerplatzte auf ihren Lippen...

Draußen auf der Veranda mußte sich Fußmann die Niederlage eingestehen; er spielte ernsthaft mit dem Gedanken, sich in den

Swimmingpool zu stürzen, nicht, um Aufsehen zu erregen, sondern um zu ertrinken.

Das türkisblaue Wasser übte eine eigenartige Anziehung auf ihn aus, verkörperte so etwas wie die Reinheit des Todes. Dörthe würde ihn so am nächsten Morgen wie einen großen schwarzen Käfer vor ihrem Fenster treiben sehen. Beim Rausgehen traf er Sonny und Eddie, die ihn in ihre Mitte nahmen und einfach mitschleppten.

Später hingen sie wie menschliche Korallenfische im Lichtkreis des Pools, und so, ganz friedlich, ließen sie den Abend ausklingen.

Fußmann war kaum zu sehen, er war in seinem Anzug zusammengesunken.

«Flüssigkeiten, sanfte Flüssigkeiten», sagte er plötzlich, «das sind Mädchen. Weich, milchig und selten klar.»

«Das war aber eben verdammt tief», sagte Sonny nach längerem Schweigen.

Dörthe stand in diesem Moment auf der anderen Seite des Pools und verabschiedete die letzten Gäste. Eddie betrachtete sie in ihrem Tüllkleid und fand sie ungeheuer charmant.

«Respekt, she's a real lady», meinte Eddie.

«Aha», machte Fußmann.

«Du solltest vielleicht doch umsatteln auf Petrochemie», meinte Rio.

Er wollte was Nettes sagen.

«Petrochemie?» Fußmann starrte nach dem Schnösel Ossewutz, der gerade, warum auch immer, vor Dörthe einen Handstand machte.

«Die Erdölvorräte reichen noch maximal vierzig Jahre, wußtest du das, Spatzenhirn?»

«Vierzig Jahre?»

«Vorausgesetzt, die Chinesen fahren weiterhin lieber mit dem Fahrrad zur Arbeit...», fügte er lächelnd hinzu.

«Ist das wirklich wahr?» Eddie wäre kein Amerikaner gewesen, wenn ihn diese Nachricht nicht entsetzt hätte. «Vierzig Jahre?»

«He, dann bin ich 58», meinte Sonny. «Schitt. Gerade wenn wir alt sind, müssen wir wieder mit der Straßenbahn fahren ...»

«Da kann man nur hoffen, daß die Welt früher untergeht», meinte Eddie.

Fußmann lächelte glücklich. Der Untergang der Welt. Die alte romantische Idee vom endgültigen Ausgleich im tiefen traumlosen Schlaf des Todes.

«Äh, Fußmann», sagte Rio ...

«Was denn noch?» Fußmann machte ein zerknirschtes Gesicht. «Hast du auch noch einen Wunsch, Brutus?»

VII

Eine Woche lang lief Kuhl mit einem Kopfverband durch die Gegend, drangsalierte seinen Hausarzt wegen stärkerer Schmerzmittel und ging allen anderen Widrigkeiten aus dem Weg. Nachtragend war er nicht.

«Stompie ist ganz in Ordnung», sagte er zu Rio am Telefon, «ich hab angefangen. Fair ist fair. Sag dem Nigger einen schönen Gruß.»

Stompie hatte Gewissensbisse, als er das hörte, nannte Kuhl einen «damned tough guy» und stilisierte den Vorfall zu einer Art tragischem Mißverständnis unter guten Freunden.

Eines Nachts tauchte er mit zwei Flaschen Wodka im Parkhaus auf.

Dem Auftritt der Superjocks stand damit nichts mehr im Wege.

Dörthe schmollte vierundzwanzig Stunden. Sie fragte sich, ob sie ihrem Karl unrecht getan hatte. Sie meditierte, hörte die Gesänge von Walfischen vor der Küste Neuseelands, betete zu Shiva. Sie kam sich feige vor, bürgerlich. In der Yogaschule fiel sie durch Unkonzentriertheit auf.

Sie wußte plötzlich, was es war: Verdammnis oder ewige Liebe.

Sie hielt es nicht länger aus.

«Karl.»

«Ja.»
«Wir müssen reden. Diesmal ist es ernst.»
«Okay.»
«Ist das alles?»
«Ich denke schon.»
«Es steht alles auf dem Spiel, Karl.»
«Ja.»
«Nun, sag doch auch mal was ...»
«Okay. Wir müssen reden.»
«Das stimmt, Karl.»
«Ja.»
«Bring mich nicht zur Verzweiflung, hörst du ...»
«Okay.»

Fußmann war nicht bei der Sache gewesen. Seine ganze Aufmerksamkeit galt während des Telefonats einem Spiralkondensator, von dessen Kanüle in schönen regelmäßigen Abständen eine grünliche Flüssigkeit tropfte ...
«Hör mal, Dörthe, ich habe jetzt eine wichtige Sitzung.»
«Karl, hörst du, was ich sage?»
«Aber natürlich! Ich rufe dich gleich nach der Sitzung zurück, ja?»
Es knackte in der Leitung.

Kurz nach halb drei, verfolgt vom Gurgeln einer einzelnen Kropftaube, erreichte Rio den Park. Das alte Gittertor stand weit offen, dahinter gähnte ein schlundartiger Baumgang in den Nachmittag. Rio hielt den Blick in die Ferne gerichtet.
Fußmann saß auf einer Parkbank. Schon von weitem sah er aus wie ein verwahrloster Frührentner. Zu allem Überfluß fütterte er auch noch die Tauben. «He, Tierfreund, die Tauben haben's gut ...»
«Ich kann sie nicht ausstehen», sagte Fußmann, sonderbar ausdruckslos. «Bitte, du wolltest mich sprechen. Ich bin ganz Ohr.»
Rio holte tief Luft. «Tja, es ist nämlich so: Ich steige aus.»

«Ach, du willst aussteigen. Na, wenn es weiter nichts ist ...»

Es klang kafkaesk, wie Fußmann das sagte. Rio hielt es für eine typische Fußmann-Finte.

«Ne, das hast du verkehrt verstanden. Ich will nicht aussteigen, ich steige aus, Mann.»

Fußmann sah sich fragend um. «Wo willst du denn aussteigen, Rio? Ich sehe keine Haltestelle.»

Das Spiel ging Rio langsam auf die Nerven.

«Du siehst vieles nicht, Alter.»

«Warum? – Ich meine, warum willst du ausgerechnet jetzt aussteigen – so kurz vor dem ... dem ...»

«... krönenden Abschluß?» Rio lächelte süßsäuerlich. «Vergiß es. Du schuldest mir nichts, Mann.»

«Ich schulde dir nichts?» Ein hyperventilierender Fußmann feuerte seine letzten Brotkrumen unter die Tauben. «Richtig großzügig von dir! Jetzt will ich dir mal was sagen, du Saboteur! Erst meldest du dich freiwillig für ein bahnbrechendes wissenschaftliches Experiment, und dann kneifst du ...»

Rio mußte lachen.

«Andere haben sogar den Arsch zugekniffen, vergiß das nicht ...»

Fußmann hatte sich wieder im Griff. «Hast du eine Vorstellung, was mein Institut in deine Sicherheit investiert hat?»

«Hör schon auf, du wirst schon ein anderes Versuchskaninchen finden.»

«Das habe ich nicht verdient», sagte Fußmann. «Hab ich dich jemals wie ein Versuchskaninchen behandelt? Ja?»

Die Tauben veranstalteten noch immer einen Hickhack um Fußmanns Brot, als Rio abrupt aufstand. «Mach's gut», sagte er nur.

«Wart doch mal ...» Fußmann wirkte völlig derangiert. Hastig zog er ein braunes Arzneimittel aus der Tasche: «Sieh mal, was ich hier habe ... der tiefere Raum. Ich habe es geschafft, Rio. Diesmal ist die Formel perfekt ...»

Rio starrte auf das selbstgemachte Etikett. Das ∞-Zeichen war deutlich zu sehen.

«Für wie bescheuert hältst du mich eigentlich?» sagte er leise. «Und überhaupt – ich hab jetzt andere Verpflichtungen...»

Fußmanns Lachen klang gehässig. «Du meinst euren Amateur-Stripverein? Du tauschst deinen Platz in den Annalen der Wissenschaft für eine Karriere als... als Hupfdohle ein?»

«Verdammt, du weißt, es gibt noch einen anderen Grund...»

«Oh, ja, IHN! Das Ding aus einer anderen Welt, der große Unbekannte im Tauchanzug... Buh huh, Gestaltwerther! Gib doch zu, daß du das alles nur erfunden hast, um mich fertigzumachen!»

Rio schlenderte langsam davon. Wenn Fußmann geglaubt hatte, eine Überdosis Zynismus könne das Ruder herumreißen, sollte er sich gründlich getäuscht haben.

«He, Rio», rief er noch, «ich habe nicht viele Freunde...»

«Das stimmt. Da solltest du mal drüber nachdenken.»

Fußmann blieb noch eine Weile sitzen. Schließlich streckte er sich auf der Parkbank aus.

Li-la-lu, dachte er.

Überall auf dem Kiesweg verstreut lagen tote Tauben.

Der große Auftritt, dachte Sonny... Zwei falsche Wimpern klebten wie die sterblichen Überreste eines Tausendfüßlers auf seiner Backe, nur wenige Zentimeter unter dem triefenden Auge, das ihn unverwandt aus dem Spiegel anstarrte: hellblonde Schweinewimpern rankten sich wie abgeknicktes Schilf um einen grünen kreisrunden Teich. Darin schwamm seine Pupille so klein, daß er sie kaum sehen konnte, und er wußte, daß es nicht nur das grelle Licht der Neonröhren war, das ihn im Spiegel blendete.

«Low low low», meinte Sonny, und «low low low» echote es hinter seinem Rücken.

Sie saßen in der Umkleidekabine des Ali Baba's: kahle, rohverputzte Wände, Abfalleimer und stapelweise Leergut. Ein alter Bauknecht brummte vor sich hin. Hinten in der Ecke gab es eine rotgestrichene Tür, die zum Belegschaftsklo und einer Duschkabine führte. Oben auf dem Kühlschrank strahlte ein kleines Fernsehgerät ohne Ton, Buddha hatte wirklich sein Bestes getan, um den Vorratsraum in eine Garderobe zu verwandeln.

Sonny hatte Lampenfieber. Kaum zu glauben, nach seinen Erfahrungen mit dem Metier hätte man ihn doch für einen «Routinier» halten können.

Die falschen Wimpern waren daran schuld. Erst hatte er einen Tropfen Klebstoff ins Auge bekommen, und dann hatte er sich das Zeug auch noch in die Haare geschmiert. Kuhl, der die Idee gehabt hatte, nannte es eine «Hommage a l'Orange Mechanique». Sonny hielt es für eine Schnapsidee: Wenn die Wimpern überhaupt jemand auffielen, dann würde man sie für Schwuchteln halten – aber Kuhl wollte ja nicht hören, wollte nie hören, wenn Sonny etwas zu sagen hatte.

Draußen vor der Tür rumorte es. Seit einer halben Stunde war Einlaß, und Sonny ahnte schon irgendwie, was ihnen bevorstand.

Er hatte Schwitzhände und schielte immer wieder nach der Affiche, auf der über einer grotesk übertriebenen Frankfurter Skyline stand: «SUPERJOCKS», «Disco Strip-Soiree. HOT! HOT! HOT! Strictly banned in the USA!»

Götterdämmerung, dachte Sonny, ohne zu wissen, warum er das dachte. Senfkorn hatte Mensch & Vieh verrückt gemacht, Pressefotografen und Kritiker eingeladen.

Selbst ein Discoproduzent aus Hanau hatte sich angesagt.

«Ultralow», meinte Rio.

Vor dem Garderobenspiegel übte er in einer pailettenbesetzten Badehose und Moonboots ein paar klassische Tanzschritte: rechtes Bein, linkes Bein, Gewicht verlagern, 180°-Drehung ... Es war sein erster Auftritt *vor* dem Pult. Er versuchte auch kleine Kunststücke mit dem Mister-Mikrophon. Es war nur zu hoffen, daß niemand zu Schaden kommen würde.

«Abnorm low», murmelte Sonny.

Seine Fingerspitzen zitterten, als er zum letzten Mal den mascaraschwarzen Kunstfaserkranz auf sein Augenlid preßte.

«Wo bleibt Kuhl?» nörgelte er. Er hatte es richtig satt.

In einem Akt der Verzweiflung steckte er sich eine Zigarette an und überlegte, ob er sich die Wimpern nicht lieber tuschen sollte. Der Rest der Kostümierung, dessen Eintreffen jeden Moment erwartet wurde, war noch weitaus fraglicher.

«What's up, Jock?» fragte eine Stimme aus der Toilette. Es war Eddie, der sich in einer Art Draculascherpe aus Lurexstoff in Pose warf. In seiner Hand glimmte ein Joint. «Hey, don't worry, he'll get the suits.» Eddie meinte damit «Asbestanzüge», wie sie die Feuerwehr bei Großbränden trug. Kuhl hatte einen «Kusseng» bei der Kreisfeuerwehr in Camberg, der sich nach gutem Zureden und der Aussicht auf zwei Kisten Äppler bereit erklärt hatte, ihnen vier Asbestanzüge über Nacht auszuleihen.

«Yeah, don't worry, Sonny», schnarrte es jetzt aus dem Fernseher in der Ecke. *Das verdammte Mister-Mikrophon!* Wenn Rio das Ding schwenkte, erinnerte er an eine bis aufs Skelett abgemagerte Freiheitsstatue. Die Anzüge – dieser Teil des Mummenschanzes – ging auf Rios Konto. Er träumte mal wieder seinen Kosmonautentraum. «Wir können uns nicht Superjocks nennen und dann wie die Heinzelmännchen daherkommen...»

Als Kuhl endlich, bepackt wie ein Maulesel, auftauchte, kannte der Jubel keine Grenzen. Den Vetter hatte er im Schlepptau. Der angebliche Löschführer war aus freien Stücken mitgekommen. Dahinter stand natürlich die Angst, die «Leihgaben» könnten nach dem Auftritt verschwinden.

«Was sin' das um Himmels willen für Tunten?» flüsterte er beim Reinkommen. Wie Kuhl und Sonny und Eddie litt auch er an Anfällen akuter Homophobie.

Nachdem Sonny mit ein paar eindeutigen Bemerkungen seine sexuelle Polung (und die seiner Freunde) klargestellt hatte, fand er endlich Zeit, die «suits» zu bestaunen. «Die sind ja silbern», sagte Sonny und kletterte als erster in die Hosen.

«Was denn sonst?» Rio hatte schon bessere «Raumanzüge» gesehen, aber immerhin stimmte die Farbe.

«Und zu groß sind sie auch noch.» Sonny wollte manchmal nicht glauben, daß es Menschen von solchem Umfang gab.

«Die Dinger gibt's nur in einer Größe», behauptete Kuhl, «NORMAL, stimmt's?»

Der Vetter nickte.

«Was willst du damit sagen?» Bei bestimmten Fragen konnte Sonny spitzfindig werden.

«NORMAL IST STANDARD», sagte Kuhls Vetter. «Das ist so.»

«Niemand kann darin tanzen», beharrte Sonny.

Eddie nahm ihn in den Arm. «Ich hör hier immer wieder tanzen. Wovon redest du eigentlich, Sonnyboy?»

«Und was ist, wenn ich mal Pipi muß?» quengelte Sonny aus schierer Böswilligkeit.

Eddie tänzelte herum und versuchte sich in einer eleganten Bewegung den Handschuh auszuziehen. Als es ihm nicht auf Anhieb gelang, rauchte er einfach wieder einen Joint an.

«Buddha will nicht, daß hier geraucht wird», meinte Rio.

«Der kann mich mal.» Eddie reichte ihm den Joint.

«Okay», sagte Rio.

Fast hatten sie Kuhls Vetter vergessen, der sich in die Fernsehecke geflüchtet hatte und ihnen den Rücken zukehrte.

«Im Zweiten läuft jetzt XY-Ungelöst», sagte er. «Das will ich sehen.»

Landeier, dachte Kuhl, weiß der Teufel, was die so alles treiben...

Eddie hielt es für angebracht, einen Toast auszubringen.

«Auf die Superjocks», rief er: «TO FAME, FORTUNE & PUSSY GALORE!»

«Nacido ... para ... vivir!» stotterte Rio. Während sie auf die wichtigen Dinge im Leben anstießen, mußte er plötzlich an Fußmann denken ...

VIII

Fußmann hat sein Horoskop gelesen und weiß, was ihm bevorsteht.

> **Jungfrau** (24. August–23. Sept.)
> Ein selbsternannter Psychiater ist hinter Ihnen her und
> überschüttet Sie mit unerwünschten Weisheiten.

Der Dreitagebart steht ihm gut, die Tränensäcke und aufgedunsenen Backen unterstreichen seine Ähnlichkeit mit dem späten Orson Welles. Seit einer Woche lebt Fußmann in der Gegenwart; das Leben ist ein langer Tag in einem fensterlosen Kellerlabor. Fußmann ist immer noch jetzt. Vergangenheit und Zukunft haben aufgehört zu bestehen.

Die Aussprache mit Dörthe im Palmengarten-Bistro beginnt selbst für Fußmann-Verhältnisse suboptimal.

«Du siehst aus wie der letzte Penner», sagt sie mit ihrem zuckersüßen Lächeln.

«Ah ja? Versprich mir, das für dich zu behalten.» Fußmann hat entweder nicht hingehört oder ist noch zu sehr beschäftigt, einen übereifrigen Ober von seinem Mantel fernzuhalten. «Hände weg! Mir ist kalt, ich behalte den Mantel an, Sie ...»

Als der Ober fort ist, läßt sie sich in den Stuhl fallen.

Der Kamelhaarmantel wirft steife Falten vor seinem Kinn.

Seine Haare stehen ihm wieder zu Berge.

«Dir ist wirklich nicht kalt?» Dörthe ist plötzlich besorgt.

«Warm *aber* auch nicht», sagt Fußmann. Er bildet sich ein, Kampfer, Anis oder Senfgurken zu riechen.

«Aperitif, der Herr?» Der Ober findet wieder einen Vorwand zu stören.

Fußmann bestellt zwei Martini, extra dry, ungerührt, einen für gleich und einen für später.

Dörthe trinkt nichts, trinkt nie, wenn es drauf ankommt.

«Karl, ich möchte nur eines wissen ...» Sie kommt gleich zur Sache.

«Alles geht auf meine Rechnung», verkündet Fußmann in einem Anflug von Großmannstum.

Er studiert die Speisekarte und muß plötzlich an Gestaltwerther denken – die vertrackte Formel, das vermaledeite Makromolekül, das sich wie ein bockiges Pferdeskelett aus roten, blauen und gelben Kugeln gebärdet.

Sie spürt *avidya, ma-rig-pa*, den Mangel an wahrem Bewußtsein, den er ausstrahlt. Er ist physisch anwesend, aber seine *thig-le** steckt noch immer in diesem verfluchten Kellerlabor.

Sie qualmt ununterbrochen und bläst den Rauch über den Tisch.

«Das Ultimatum war albern, ich weiß. Ich wollte dir nicht weh tun.»

Fußmann hat mehr unter Hustenreiz zu leiden.

«He, ich hab's», sagt er unvermittelt, «wir bestellen uns eine Pizza, die Quattro Stagione mit extra Sardinen und quatschen übers Leben ... Eine Menge Kohlehydrate sind auf jeden Fall das beste gegen Depressionen.»

«Hast du darüber nachgedacht?» fragt sie wieder.

«Ich hatte nicht wirklich die Zeit, um ...»

«Du hast nie die Zeit, wenn es um uns geht.»

«Ich habe generell keine Zeit», korrigiert Fußmann.

«Gib's schon zu, du hast eine andere.»

Schön wär's, denkt Fußmann. Seit Tagen schwebt ihm eine Sexmaschine mit Führerschein vor, die immer dann hereinschneit, wenn er nachts mit Rückenschmerzen im Labor sitzt und nicht weiter weiß. Das Biest würde ihm die neurosynaptische Verstopfung wegpusten – und wieder verschwinden.

«Ist dir mal aufgefallen, daß wir seit einem halben Jahr nicht mehr zusammen geschlafen haben?»

«So lange ist das her?» Natürlich weiß er, daß es lange her ist.

---

* Lebenskraft

Vayra und *padma* haben sich lange nicht gesehen. Und er vermißt es nicht. Warum auch? Es gibt andere willige Kleinarbeiter der Reproduktion.

«So lange ist das her?» Ihre Blicke versuchen, ihn über den Rand der Speisekarte zu töten. «Du kannst mir nicht erzählen, daß du es *ein halbes Jahr ohne Orgasmus aushältst.*»

«Ich verweigere die Aussage», sagt Fußmann.

«Du mußt überhaupt nichts mehr sagen.»

«Ich nehme die Tomatencremesuppe.»

«Gehst du zu Nutten?»

Schweigen.

«Dann masturbierst du?»

Konkretheit am falschen Platz, denkt Fußmann. So hätte A. N. Whitehead das genannt.

Es schwant ihm, daß er das ganze verdammte Abendessen unter «Abrechnungen» verbuchen konnte.

«Dorothea.» Er versucht, ruhig zu bleiben. «Ich arbeite rund um die Uhr, da bleibt nicht viel Zeit für ... für ...»

Geschlechtsverkehr? Aber fünf Minuten am Tag wird er doch noch aufbringen können ... Für Karmamudra oder wie das heißt ...

«Liebst du mich überhaupt noch?» Sie läßt die Bombe platzen.

Fußmann ist entsetzt; mit Daumen und Zeigefinger formt er eine Art Haaresbreite, ein Nadelöhr, durch das er gehen will ...

«Ich bin so weit – so weit! – von einer revolutionären Entdeckung entfernt ... und ich lasse mich von niemandem aufhalten!»

«Was hat das damit zu tun?»

«So ziemlich alles, und du weißt das.»

Sie sieht ihn eindringlich an.

«Wie willst du jemanden lieben können, wenn du es nicht schaffst, Abstand zu deinem Ego zu gewinnen. Laß dich nur einmal gehen. Laß dich fallen.»

Hier auf den Boden?

Er schneidet eine müde Grimasse.

«Zwischen uns ist immer noch eine Schranke», sagt sie leise.

«Wenn die Schranke unten ist, sollte man warten», sagt er, «sonst kommt der Zug und überfährt einen.»

«Kannst du mich einmal ernst nehmen? Bitte. Ist dir je der Gedanke gekommen, daß du auch mal was von mir lernen kannst?»

«Ich nehme dich ja ernst», sagt er tonlos.

Mehr, als ihm lieb ist.

«Karl, willst du meine Meinung wissen?»

«Aber ja. Der objektive Standpunkt einer dritten Partei ist unerläßlich im Prozeß der Wahrheitsfindung ... Kleiner Witz», fügt er noch hinzu.

«Karl.» Sie klingt plötzlich, als leiste sie eine Art Offenbarungseid. «Du bist kein Chemiker ... Das ist nicht deine Welt, wann siehst du das endlich ein? Du verwechselst dich mit jemandem, vielleicht mit deinem Großvater.»

Wirft sie ihm vor, daß er damals die sichere Laufbahn bei Höchst-Chemie ausgeschlagen hat?

«Du willst es anscheinend nicht verstehen», sagt er.

Zum Glück kommen die Martinis.

«Haben die Herrschaften gewählt?» Fußmann hat, bestellt noch mal dasselbe und eine Tomatencremesuppe als Hauptgericht: Dörthe hat kleinen Hunger, bestellt einen Kir Royal und zwölf Austern. Fußmann bezweifelt, daß sie vorhat, wonach es auf den ersten Blick aussieht.

«Es geht um meine Zukunft», fährt er fort. «Wenn die Versuchsreihe abgeschlossen ist ...»

«Das höre ich schon, seit wir uns kennen», fällt sie dazwischen.

Wie die Zeit vergeht, denkt Fußmann.

Sie hat ein gutes Gedächtnis. «Du hast mir nie erzählt, was *es* wirklich ist.»

«Es?» Fußmann zuckt zusammen.

«Die Droge.»

Der Ober entzündet die Kerze auf dem Tisch. Fußmann wünscht ihn zum Teufel.

«Es ist ein pharmazeutisches Präparat», sagt er dann, «ein synthetisches Analgetikum, blutstillend und gegen Migräne ... äußerst schmerzstillend.»

Unverfänglicher kann er es nicht formulieren.

«PCP», sagt sie wie aus heiterem Himmel.

«PCP?» Fußmann überlegt, ob sie ihn beleidigen will. «Wie kommst du denn da drauf? Du kannst PSYKLON® nicht mit ... mit *Angel Dust* vergleichen.»

«Es ist auf jeden Fall eine Droge», sagt Dörthe.

Fußmann mimt den abgeklärten Forscher.

«Drogen sind Chemikalien, okay? Du definierst es als Droge, ich als Arzneimittel. Es ist alles Chemie, oder?»

«Ein schmutziges Geschäft, mein Liebling, ist keine Frage der Definition.»

Fußmann ist einen Augenblick geblendet von diesem Geistesblitz.

«Dörthe, diese Gesellschaft braucht Drogen, um ihre Mitglieder ruhigzustellen. Jeder weiß das. Ahnst du, wieviel Geld sich damit verdienen läßt?»

«Schmutziges Geld», schnappt sie wie ein Repetiergewehr.

«Ach ja, und Video? Und Video?» höhnt Fußmann, der damit ihren Vater treffen will.

«Daran ist noch keiner gestorben», sagt sie wütend.

«Die Gehirnströme sind das entscheidende», fachsimpelt Fußmann ... bis sie endlich seine Hand faßt.

«Karl, vergiß es. Vergiß all diese Dinge. Du bist zu Höherem geboren.»

«Bin ich das?» sagt er nach einer Schweigeminute.

Sie nickt. «Das erste Mal, als du mir dieses Gemälde gezeigt hast, weißt du noch, das rote, mit dieser unheimlichen Tiefe, Mittelohrentzündung hast du es genannt.»

«Vereiterte Oberschlundganglien», korrigiert Fußmann, pedantisch wie immer.

«Wie dem auch sei. Als ich vor dem Gemälde stand, da wußte ich, du bist ein großer Künstler.»

Fußmann seufzt. Er hatte damals ein endoskopisches Foto aus einem medizinischen Journal abgekupfert. Selbst Galeristen hatten es für den Erguß eines abstrakten Expressionisten gehalten.

«Und warum ist es Kunst?» will er wissen.

«Weil es dein persönlicher Ausdruck eines vereiterten Oberschlundganglions ist. Dein unverwechselbarer Ausdruck.»

Fußmann, der Expressionisten wie die Pest haßt und von der persönlichen Handschrift eines Künstlers soviel hält wie von der Duftmarke eines Straßenköters, kann nur mitleidig lächeln.

«Ach was», sagt er schließlich. «Ich dachte damals, eine Art Hyperrealismus entwickelt zu haben, neue Sinneswahrnehmungen, aber ich habe mich getäuscht... Irren ist menschlich.»

Sie wirkt angespannt, starrt hinaus in die blaue Nacht. Vor der Kulisse aus Palmen und Springbrunnen promenieren Paare. Sie sieht auch einen Pfau.

Ihre Augen sind feucht.

Vielleicht ist es das – Tränenflüssigkeit auf einer weiblichen Iris –, was Fußmann wieder aus der Reserve lockt.

«Dörthe, ich weiß, es hört sich unwahrscheinlich an, aber... meine Forschung wird die Welt verändern. Die Idealform der Gesellschaft ist ein Narco-Staat. Bald werden die Politiker das begriffen haben. Die PSYKLON®-Forschung steckt noch in den Kinderschuhen, aber das Versuchsstadium werde ich dieses Jahr beenden, und wenn es das letzte ist, was ich tue...»

Sie will etwas sagen, aber der Ober taucht mit den Austern auf.

«Guten Appetit», wünscht Fußmann. Eine willkommene Unterbrechung.

Er läßt es sich nicht nehmen, die Tierchen mit Zitronensaft zu beträpfeln.

«Sie leben tatsächlich», sagt er kopfschüttelnd.

«Karl, du mußt damit aufhören», sagt sie.

Fußmann weiß, worauf sie hinauswill.

«Hör nicht auf das Geschwätz meiner Großmutter. Ich bin fast soweit. Noch ein paar Wochen. Ich wäre längst fertig, wenn Rio das

Projekt nicht aus heiterem Himmel sabotiert hätte...» *Jawohl, soll es doch alle Welt wissen, Rios Verrat an der Wissenschaft!*

«Rio ist ein netter Kerl», sagt sie.

«Wir sind alle nette Kerle», höhnt Fußmann. «Rio wollte das schnelle Geld machen... Aber dafür muß man natürlich kleine Risiken in Kauf nehmen.»

«Risiken?» Sie löffelt in den lebenden Innereien.

«Oh, nichts, was sich nicht beseitigen ließe.»

«Ja? Und was ist das?»

Er mustert sie scharf, überlegt sich, ob er ihr anvertrauen kann, daß er die Jagd auf ein *imaginäres Ungeheuer* eröffnet hat.

«PSYKLON® hat eine kleine Nebenwirkung», sagt er fröhlich. «Noch.»

«Eine Nebenwirkung?»

In diesem Moment kommt auch die Tomatencremesuppe.

Fußmann atmet schwer. «Es ist lächerlich. Das Molekül scheint immer die gleichen Synapsen in der Cortex kurzzuschließen und dabei eine Art Halluzination hervorzurufen. Kannst du dir das vorstellen? Ich hab versucht, den Alkaloidring zu spalten, das CH_2 zu kompensieren, selbst die Stickstoffgruppe... NH, ich habe es mit Bromin versucht und Benzedrin, ich kann diesen Bastard nicht finden.»

«Karl, du sprichst von einem Molekül wie von einem lebenden Wesen...»

«Und wenn?» sagt er. «Wo fängt das Leben an? Immerhin ist es ein organischer Baustein. Es hat sogar einen Namen.»

«Ja?»

«Gestaltwerther.»

Es ist das erste Mal, daß sie den Namen hört.

Sie hat plötzlich keinen Appetit mehr; die Austern haben noch eine Galgenfrist.

Fußmann lacht – lacht, wie er es immer tut, wenn das Weltbild seiner Logik ins Wanken gerät.

«Die Versuchspersonen nennen es so. Ist das nicht verrückt? Es scheint eine Komponente zu enthalten, die auch auf das auditive Zentrum des Hirns einwirkt.»

Dörthe friert. Sie fragt sich, ob irgendwo eine Tür offensteht, ob es zieht; etwas Fremdes, dunkel und eisig wie das All, scheint in ihr aufzusteigen. Sie weiß plötzlich, daß Karl in großer Gefahr schwebt, sie spürt es. Fußmann ist in seinem Forschungseifer auf etwas gestoßen, das ihn zerstören wird.

«Was ist so schlimm an diesem Gestaltwerther?» fragt sie scheinheilig.

«Schön, aber es bleibt unter uns. – Das Präparat scheint eine Art Verfolgungswahn auszulösen. Paranoia, verstehst du?»

«Ein Alptraum», sagt sie.

«Für manche.» Fußmann versteht es, seine Fehlschläge zu beschönigen. Er hat ihr nie von den Unfällen erzählt.

«Es ist eine biochemische Reaktion», sagt Fußmann. «Wenn ich dir doch nur erklären könnte, wie das Hirn arbeitet. Das alte Enzephalon spielt sich selbst einen Streich...»

«Hast du... hast du es auch gesehen?»

Fußmann schluckt; damals hatte er sich in ihrem Bett unter der Decke versteckt und die Schnauze gehalten – *während das Ding draußen im Swimming-Pool plantschte!* Nach ein paar Stunden war die Wirkung der Droge verflogen, und Fußmann hatte sich hoch & heilig geschworen, nie wieder einen Selbstversuch zu unternehmen.

«Und wenn ich ihn gesehen hätte – er existiert nicht!»

Die letzten Worte hat er fast geschrien.

«Aber du jagst ihm hinterher, versuchst ihn zu vernichten.»

Fußmann sieht sich als Käptn Ahab, vor ihm der Buckel des weißen Wals.

«Das ist doch absurd», stottert er, «ich eliminiere einfach das Problem... Ich eliminiere... eliminiere...»

«Karl, du mußt damit aufhören», sagt sie. «Es ist böse. Fühlst du das nicht?»

Er hält es für einen Anflug von religiösem Wahnsinn.

«Böse. Kannst du nicht einmal etwas wertfrei sehen?»

«Nichts ist wertfrei, Karl», sagt sie. «Jedes kleine Teilchen im Universum hat sich für irgendeine Seite entscheiden müssen. Protonen, Elektronen...»

«Dann bin ich ein Neutron», sagt Fußmann und ist damit wieder mal aus dem Schneider.

'Khrul-pa, denkt sie, alles ist 'khrulpa, was er sagt. Ohne Sinn. Wo ist sein Empfinden? Da ist wieder nur logischer Abschaum...

Fußmann will ihr auch noch den schwarzen Peter unterjubeln. «Sei nur einmal realistisch. Kannst du dir nicht denken, für wen ich das alles tue? Für wen ich mich so ins Zeug lege?»

Sie schluchzt.

«Ich will es nicht», sagt sie trotzig. «Oh Karl, warum können wir nicht glücklich sein wie all die anderen Menschen.»

«Glück-urghlich?» Fußmann hätte sich beinahe verschluckt. Er versucht, dieses Wort mit einem Gefühl zu verbinden, versucht, es in seine Begriffswelt zu übersetzen, aber da ist nichts.

Vielleicht ahnt er in diesem Moment, daß er sie verloren hat, denn ein Mensch, der keine Vorstellung vom Glück hat, keine wirkliche Vorstellung, ist ein schlechtes Unterpfand des Glücks für einen anderen.

Wenn sie jetzt wirklich Schluß machte – innerlich –, wäre es die Beisetzung nach der Exekution.

Er rührt mit seinem Löffel im Rest der Suppe.

Sie wischt sich die Augen. Ihre Wimperntusche ist verlaufen.

Fußmann reicht ihr seine Serviette.

«Verdammt, Karl, ich bin einundzwanzig. Kannst du dir vorstellen, was das heißt. Für eine Frau, meine ich.»

Fußmann legt seine Stirn in Falten.

«Im Schatten junger Mädchenblüte?» tippt er. Aber selbst das Proust-Zitat verfehlt seine Wirkung.

«Karl, es ist aus», sagt sie.

«Aus.» Echo ihrer Worte. Er hat es nicht anders erwartet – und vielleicht nicht anders gewollt. Ihm wird heiß und kalt.

Der Effekt von Adrenalin, denkt er.

«Oh, du bist mir keine Erklärung schuldig», sagt er. Rudolf Diesel fällt ihm ein. «Zwei Menschen lernen sich nie ganz kennen.» Schönes Zitat.

«Du wirst dich nie ändern», sagt sie. «Du willst nicht verstehen, und dein Weg führt in die ewige Dunkelheit ... Du bist ein mechanischer Materialist, wie dieser Philosoph Lamettrie, der behauptete, der Mensch sei nur eine Haaresbreite über dem Entwicklungsstand einer Maschine. Aber das war im 17. Jahrhundert, da wußten es die Leute nicht besser. Du und dieses Ding, ihr seid ein und dasselbe. Ich möchte nicht dabeisein, wenn du dich selbst zerstörst ...»

Wenn Welten kollidieren, denkt Fußmann, der sich ziemlich sicher ist, diesen Titel auf irgendeinem Science-fiction-Schmöker gelesen zu haben. Wieder hat er unrecht.

Als sie gegangen ist, sitzt er vor seiner kalten Tomatencremesuppe und einem Teller mit zwölf Austern, in deren Fleisch Ascorbinsäure brennt.

«Dann woll'n wir mal. Was meint ihr?»

IX

Vielleicht gibt es sie, die heimlichen Zusammenhänge zwischen Katastrophen ungleicher Art, die Wechselwirkung zwischen Mikro- und Makrokosmos ... Transzendenz ...

Ein Atompilz, feuerrot wie eine Seeanemone, entfaltet jedenfalls um diese Stunde seine Pracht & Herrlichkeit unter 21 Grad 52 Süd, 128 Grad 55 Westlicher Breite.

Fischer, die zwischen den französisch-polynesischen Atollen unterwegs sind, sehen den Blitz und werfen sich in ihre Boote. Wenig später frißt sich die atmosphärische Geschwulst in die Morgenröte des 25. Juli 1979.

Danach liegt das Moruroa-Atoll wie unter einer Nebelbank begraben.

Die Einheimischen haben ein subsonisches Rauschen in den Ohren, das sich scheinbar zur selben Zeit in die nördliche Hemisphäre fortsetzt und Sonny, unter 8 Grad 40 Ost, 50 Grad 8 Nördlicher Breite, zu schaffen macht.

Es ist der Helm, es ist wie mit einer Muschel. Da rauscht es doch auch immer. Wie mumifiziert kommt er sich vor; der Asbeststoff, kalt und steif, klebt ihm am Rücken ...

Was für ein Reinfall, denkt Sonny. In den Anzügen kann sich kein Mensch bewegen, die Kostümcharade wird zum Ritualselbstmord ... Er hat Atemnot. HO! WOW! YIP! TOP!, die Laute kommen aus den Asbestmützen vor ihm, und dann heißt es GO! GO!, Gänsemarsch raus aus der Garderobe, Eddie drängelt durch den engen schmalen Gang, den Gladiatorentunnel im Circus maximus. Heil Buddha, die Todgeweihten grüßen dich!

Schwarzlicht, grelle Lichttupfen, Geschrei. Sonny sieht nur Spektralnadelkränze, Überstrahlungen ... nein, er sieht auch Frauen, Groupies, dieselbe Handvoll, die auf keinem Gig in Frankfurt fehlt, verhaltensgestörte Primanerinnen, tablettensüchtige Töchter aus gutem Hause und frühreifes Gemüse, das am Bühnenrand drängelt ...

Ein richtiger Pferdezahn ist dabei, was Steiles, fast so groß wie Ilse, mit Farah-Fawcett-Frisur und Rüschen-Bustier (mehr ist nicht zu sehen), Disco Queen, denkt Sonny, so ein Ferkel will bestraft werden, aber er muß aufpassen, Ilse ist auch da. Harry «Mothertrucker» hat sie mitgeschleppt, er hofft, Sonny wird sich bis auf die Knochen blamieren, dabei ist das im Ali Baba's so gut wie unmöglich.

Jemand rempelt ihn über den Haufen.

«Aufpassen!» brüllt er. «Komm mir nicht in die Quere!» Ein Handgemenge entsteht: «Eddie, du Arsch!»

«Ach, du bist's, Sonny ...»

Pfiffe, Geschrei ... Der Farah-Fawcett-Klon bleckt die Zähne. Das sieht sie gern, denkt Sonny, Biest. Warum noch auftreten? Ich geh gleich zu ihr rüber. Aber da trudelt schon die Lichtorgel los – rot, blau, grün, gelb, rot, blau, grün, gelb, Stroboskope pulsen aus allen Ecken.

«Wie im Film!» japst Kuhl und: «Showtime!»

Genuschel am Mikrophon. «Wer ist für die Technik verantwortlich? Wer? – DER? – Das gibt's doch nicht...»

«YIP!», die lange Kutte vor ihm ist Rio. *Er muß es sein, denkt Sonny, denn nur er kann unter diesen Umständen ein doppeltes V-Zeichen schlagen.* Es hagelt Papierbecher, sogar Bierdosen... Hinter dem Podium drückt Stompie auf einen Knopf; wabbernde Synthesizergeräusche wälzen sich in den Raum...

«Nacido... para... vivir!» brüllt Rio, die quasi-magische Beschwörungsformel der lebenden Toten. Er sieht aus wie ein Schamane von Alpha Centauri, das MISTER-Mikrophon hält er in der Hand... Er ruft die Trockeneisnebel, die eisigen Dunstschwaden, die jetzt langsam auf ihn zutreiben...

«Out of sight!» *Hat Eddie das gesagt?* «Eddie?» Jemand rempelt Eddie über den Haufen. «Kuhl?» – «Eddie?» – «Meine gottverdammte Sichtscheibe ist beschlagen...»

«Komm schon – ich bin blind, Mann!» schreit Kuhl und lüftet notgedrungen die Haube.

«I'm Mister Cool and...» Den Rest hat er vergessen.

«FUCK YOU!» brüllt Danny Rosen, Kuhl hat das genau gehört, er macht Drohgebärden, und diesmal hagelt es nur noch leere Dosen. Er wird ausgepfiffen...

Eddie springt in die Bresche: «I'm Black Elvis, I'm as hot as hell...»

Rosen bittet um sofortige Lobotomie, Ilona-Baby fällt in Ohnmacht, niemand scheint das zu stören...

Jetzt ist Sonny dran, er reißt sich die Haube vom Kopf: «Eim de meitie Ding Dong end ei leik doggysteil!» Wie auf Befehl setzen sich die Ärsche der Groupies in Bewegung, auch Farah Fawcett wackelt mit dem Hintern, als könnte sie bereits den stumpfsinnigen Bumsrhythmus spüren.

Und dann kommt Rio. «I'm Rio Star», bellt er, «we're the Superjocks! Now hit it, Maestro!» Da er das Playback genau kennt, erfolgt tatsächlich ein unglaublich präziser Einsatz, den Kuhl allerdings verpaßt...

Tja, Künstlerpech, denkt Sonny, *diese Synchronschritte wollen beherrscht sein, fragt Wacko Jacko, ihr Pappnasen...*

Langsam fallen die Hüllen, jeder hat so 10 KG abzulegen, wie mittelalterliche Ritter schälen sie sich aus den silbernen Teilen.

Und dann ist da nur noch Bild ohne Ton.

Sonnys Gehirn schaltet auf Autopilot, taucht ab, unter, nur noch jede Viertelsekunde wird verarbeitet, jede halbe, jede volle Sekunde und dann nur noch jede zweite, dritte, vierte und so weiter. Ein durchgedrehtes Stroboskop könnte das Schleuderfeuer nicht schöner zerhackstücken...

BLITZ!: eine irre fette Alte im «Rambler-T-Shirt» stürzt auf die Bühne. «Ich will seh'n!» schreit sie, sie geht auf Kuhl los, ausgerechnet Freund Kuhlmann will sie an die Wäsche.

BLITZ!: PX Walker setzt ihr unaufgefordert nach und fällt sie mit einer kurzgeschlagenen Rechten...

BLITZ!: Rio versucht zu türmen, landet auf der Schnauze... Ein STAR der fällt, ist kein STAR mehr, sondern eine Reliquie...

BLITZ!: Ein Trupp Schwestern, die halbe Burn-Unit aus Wiesbaden (und alle in «BFG Bump CU Munication Fleet»-T-Shirts), bricht aus der Deckung...

BLITZ!: Eddie liegt plötzlich mit einer Amazone im Clinch. Der Bühnenrand wird zur Nahkampfzone. Was sich abspielt, erinnert an eine «Spank your Blank»-Tanzsession von Morris Jefferson, und alles auf Eddies Kosten.

BLITZ!: Senfkorn, ganz hinten, verklärt. – *Wie die Beatles. Ist es das, was er denkt?*

BLITZ!: Farah Fawcett! Auch sie hat es auf die Bühne geschafft. Sonny kann sich nicht helfen und legt mit ihr einen «Body-to-Body-Boogie» auf die Bühne, ein «breitbeiniges Auf- und Abschwingen der Partnerin, das vom Becken des Mannes gebremst wird», eine milde Pervertierung der Tanzfigur 7.b aus dem Lehrbuch How To Rock'n Roll, Guinness, 1957...

Oh, Gott, denkt Sonny. Die Schwerkraft läßt ihn ihre üppige Masse spüren, die weichen Polster ihrer Pobacken, sie macht ein frigides Gesicht und spitze Lippen. «Willst du das heute nacht mit mir machen? Nackt?» flüstert sie ihm ins Ohr, und Sonny weiß endlich, was der Terminus «klatschnasse Groupie-Möse» bedeutet.

«Wow!» macht er immer wieder und «Oh yeah!», obwohl es ihm höllisch in den Armen zieht, hält er die süße Last in freischwebendem Zustand...

Ilse kann es nicht mehr mit ansehen, fühlt sich an ihr «Interregnum» erinnert. Was hatte sie ihm nicht alles beigebracht, dem kleinen Missionarsschüler! Und jetzt so was!

«Ich will gehn», sagt sie zu Harry.

«Noch nicht», kommt es süffisant zurück.

«Ich finde es widerwärtig», sagt sie.

«Ich finde ihn auch widerwärtig», meint Harry.

Ihr schießt das Blut in die Wangen. «Was...?» Harry schenkt ihr diesen wissenden Blick. Es soll ihr weh tun. Vielleicht braucht sie die Roßkur. «Nun, sieh ihn dir an», sagt Harry, aber da hat sie sich schon umgedreht und ist auf und davon.

Harry grinst, er hat den Autoschlüssel, sie kann machen, was sie will, sie kommt nicht weg ohne Auto. Er bleibt bis zum Ende, wartet noch die Zugabe ab. «Lady, You Bring Me Up When I'm Down» von den Commodores, und das war's dann.

Eddies Kumpels haben Sprechchöre gebildet, man kann sie oben auf der Straße hören. «Born to be alive!» brüllt Major Deadhead, er brüllt es so lange, bis man ihn wegschleppt.

(...)

Backstage.

«Hörst du das?»

«Ich bin nicht taub, Mann ...»
«Yip. – Die wollen uns ...»
«T... t... top of the world.»
«Yea', hab ich's nicht immer gesagt?»
«Nacido ... para ... viv...v...»
«Wir sind Stars, Mann. STARS!»

Die Arbeit eines guten Promoters beginnt eigentlich nach der Show, und Senfkorn hatte es tatsächlich geschafft, eine Busladung hormonal unzurechnungsfähiger «ladies» in die Umkleidekabine zu lotsen.

«Autogrammstunde!» rief er. Den Typen von der Plattenfirma hatte er auch noch im Schlepptau.

Sonny konnte sein Glück kaum fassen: Er hatte gerade ein paar Speckröllchen signiert, und da stand schon wieder die nächste picklige Trine und rollte ihren Pulli bis zum Bauchnabel hoch.

«Du bist ... Ding Dong?» fragte sie.

«Se wonn en onlie», nuschelte er. *Black Elvis* und *Rio Star* hatten sich bereits unter ihrer Gürtellinie verewigt; Sonny kritzelte einfach seinen Namen dazwischen. So. Und seine Telefonnummer, für den Fall der Fälle ...

«Bizarr», sagte der Plattenfritze. «Euer Auftritt, meine ich.» Er hatte eine Art KZ-Haarschnitt und eine auffällige Sportbrille.

«Ach ja», meinte Sonny verträumt. «Wir sind schon *dufte* Typen...»

Sein Gesprächspartner zuckte zusammen.

«Schön, wenn man das von sich selbst sagen kann.»

«Ja, stimmt.» Sonnys Filzer raste unbesorgt weiter. «Unser Publikum ist aber auch nicht ohne...»

Eddie saß auf einem Schemel, rauchte einen massiven Joint an und empfing die Huldigungen aus dem Lager seiner GI-buddies, die ihn mehrfach mit Muhammed Ali, Malcolm X und O. J. Simpson verglichen. Rosen nannte ihn «fucking professional», was aus seiner Sicht alles andere in den Schatten stellte. «I had a dream ...», verkündete Eddie, als ihm Brother Big «M» die Hand küßte. Wenig später duschten ihn die geilen Schwestern der «Burn-Unit» mit Fabersekt, und ein Armyfotograf verknipste einen Film, als Eddie die Kehrseiten der Damen signierte. Ilona-Baby randalierte ein bißchen, aber das störte weiter niemanden.

Kuhl, als einziger, hatte sich rechtzeitig verdrückt.
Big time, dachte er und grinste nonchalant in die Gegend. Er war ein Platzhirsch, der Laden gehörte ihm, er trank nicht nur auf Kosten des Hauses Ali Baba's, nein, auch die Palette seiner Paarungsmöglichkeiten hatte sich dramatisch erweitert. Manche deuteten sogar mit dem Finger auf ihn ...
Nur nicht drängeln, dachte Kuhl und lümmelte sich an die Bar.
«Ein doppelter Wodka auf Kosten des Hauses!»
Wenig später hatte er Gesellschaft; eine sechzehnjährige Spangenträgerin aus Bad Nauheim, häßliches Gesicht, aber leidlich gebaut.
Kuhl lud sie auf ein Glas ein und inspizierte, was sie so mitgebracht hatte, in der Bluse, unter dem Faltenrock und so weiter. Sie redete wie ein Wasserfall, und einmal fragte sie ihn, ob er «Schwarze Madonna» allein geschrieben habe. Erst da dämmerte ihm, daß sie ihn mit Bata Ilic verwechselte ...

Ilse saß allein an der Bar, als Sonny mit hypnotisierendem Blick und «Hallo Baby» auf den Lippen auftauchte.
«Du hast was versäumt», sagte er.
«Da bin ich froh drum», sagte sie, während sie ihr eigenes Spiegelbild feindlich taxierte.
«Harry?» Seine Augen forschten in ihrem Gesicht. «Hat dich der Drecksack geschlagen? Wenn er dir nur ein Haar gekrümmt hat ...»
«Mir ein Haar gekrümmt? Willst du den Helden spielen?»
«Die Dinge liegen jetzt anders», sagte er, «ich bin ein STAR, ich laß mir nicht mehr alles gefallen.»

Eine Frau, die gerade vorbeiging, lachte kurz auf, als sie das hörte.

Der Aushilfs-DJ hatte sich mit der nächsten Nummer nicht vergriffen: «In The Bush» von Musique, eine Nummer, die für Sonny kryptische erotische Dimensionen hatte.

Sonny rechnete sich aus, daß es ihn weiterbrachte, sie auf die Tanzfläche zu bugsieren: «Hello, Lady Bump, wie wär's mit einem kleinen Shuffle?»

Ilse schüttelte sich wie ein begossener Pudel.

Doch Sonny wäre nicht Sonny, wenn er sich so schnell geschlagen gäbe. «Schön, dann sieh mir wenigstens zu.» – *Da kannst du noch was lernen, Paarhufer...*

Mit bloßem Oberkörper und ausgeklappten Ellbogen pflügte er zunächst eine Schneise auf der Tanzfläche. Einige GIs hatten ihn erkannt und klatschten frenetischen Beifall.

Ilse drehte sich nicht um, aber beobachtete ihn im Spiegel.

Ist es nicht unmöglich? Sie fragte sich, was sie in ihm sah. Er war lächerlich, ein Wicht, ein hydraulischer Kolben auf zwei Beinen. Sie fragte sich auch, ob er etwas war, das man sich aus dem Blut waschen konnte... eine Art vampirische Lymphe... Sie fühlte sich infiziert. Und doch, wenn sie ihn so sah, dann fühlte sie in ihrem Herzen, in ihrer Magengrube und weiter unten, daß sie ihn liebte.

Sonny winkte ihr scheinheilig zu.

«Kamm on», rief er und tappte in eine Pfütze.

Jemand hatte Bier vergossen. Sonny rutschte aus und rettete sich vor dem Sturz in einen peinlich Spagatsprung, wobei ihm die Hose im Schritt platzte. Ein kleines Malheur, aber es sah gekonnt aus.

«Das war Absicht», meinte Sonny, als er sich wieder neben sie setzte.

Er mußte sie nur ansehen, und die Maske auf ihrem Gesicht schien zu schmelzen.

Zehn Sekunden später stand er auf der Fußleiste ihres Barhockers und sah ihr tief in die Augen.

«Du bist die Frau meines Lebens, weißt du das?»

Ilse ahnte, daß er nicht wußte, was er da sagte, aber sie machte gute Miene zum Spiel der Hormone.

«Das klingt ja wie ein Heiratsantrag», sagte sie.

«Nicht direkt», sagte Sonny. Charakter war noch nie seine Stärke gewesen, und außerdem gab es Grenzen, wie weit man sich das Leben selbst vermiesen sollte.

«Ich meine, ich bin noch zu jung, um mich fest zu binden», erklärte er. «Aber ich liebe dich, ist das nichts?»

Er hatte den letzten Satz in einem ihrer Käseblättchen gelesen und war sich sicher, er würde ankommen.

«He, wo steckt denn unser Harry?» fragte er dann.

«Wir haben uns wieder gestritten. Er war so wütend, daß er mitten in der Nacht zurück nach Heidelberg ist ...»

«Atomraketen zählen. He, dann ist ja alles in Ordnung», meinte Sonny. «Hab ich dir schon von unserem Plattenvertrag erzählt?»

Sie machte große Augen. «Ist das wirklich wahr?»

«Aber ja, wenn ich's dir sage ... So ein Typ war hier von einer Plattenfirma. Die wollen uns groß rausbringen. Ist das nicht verrückt?»

Es war die reine Unwahrheit, aber die Umstände sprachen dafür, daß sie den Köder schluckte.

«Oh Sonny ...», Ilse hatte Tränen in den Augen, «wenn du berühmt bist, wird sicher alles ganz anders ...»

«Hm, das kommt ganz darauf an», sagte Sonny. «Wollen wir gehen?»

«Worauf?» fragte Ilse.

«Nun ...» Sonny machte ein unschuldiges Gesicht. «Nach so einem Auftritt steht man natürlich immer unter Hochspannung, und ein STAR hat besondere, wenn nicht gehobene Ansprüche im Bett ... Wollen wir gehen?»

✖

Am nächsten Abend saßen die Jocks schwer angeschlagen im Eishaus und ließen sich nochmals, sozusagen im Familienkreis, feiern.

Tacco spendierte vier Eisbecher auf Kosten des Hauses, die alte *Mangia e Bevi*-Kur mit viel Schlagsahne.

Ausnahmsweise sollten sie an diesem Abend ihre üblichen Themen meiden, denn Rio hielt endlich den in fetten Farben auf Hochglanzpapier gedruckten Künstler-Katalog, Rhein-Main-Gebiet, MCMLXXIX, in den Händen. Genüßlich leckte er sich jedesmal den Zeigefinger, wenn er umblätterte.

«Wo sind wir, Mann?» Eddie konnte es kaum erwarten.

Rio machte es spannend: Berufskomiker, Fakire, Bauchtänzerinnen, Transvestiten, Illusionisten, «Karibik-Limbo-Life-Show-Spezialisten», Lack-Leder-Dressmänner, Schlamm-Catcherinnen, Nagelbrett-Akrobaten und Schlangenmenschen. So dick, wie der Katalog war, konnte man durchaus den Eindruck gewinnen, alle Welt verdiene sich das Brot auf abwegigste Weise.

«He, seht euch das an ...» Rio konnte es nicht fassen, während ihn selbst Synchron-Feuerschlucker kaltließen, geriet er ganz außer sich vor Begeisterung über einen einäugigen Fakir aus Buchschlag, der einen platten Fahrradreifen durch die Nase aufblasen konnte: «Das sind Lungen, die man im luftleeren Raum gut gebrauchen könnte!»

Zehn Minuten lang verherrlichte er die Atmungsorgane dieses Mannes auf völlig groteske Weise, was hier jedoch, *als Jock unter Jocks*, niemanden irritierte.

«Ich will mich jetzt endlich sehen», quengelte Sonny.

«Ich mich auch», sagte Eddie.

Sie waren ganz hinten versteckt, zwischen «Dessous-Revuen» und «Body-Building-Shows», über einem weiblichen Entfesselungsphänomen aus Rumpenheim.

«Von wegen prominenter Eintrag», knurrte Kuhl.

Auf 5 mal 7 Zentimeter stand da: «SUPERJOCKS» – Banned in the USA! Disco-Strip-Soiree* – Strippogramm-Service.

Auch Geburtstage, Betriebsfeste, Messeveranstaltungen, Karneval, Muttertage. Zu buchen über Senfkorn & Hirschel, Telefon usw. usw. Unter * ganz kleingedruckt: «*Laienstrip, aber saubere ästhetische Show.*»

«Rufmord!» brüllte Sonny, der nun wirklich alles andere war als ein Laie auf diesem Gebiet.

Noch im Eissalon rief er Senfkorn an, verlangte ultimativ die Einstampfung von schätzungsweise 20 000 Katalogen und drohte mit Hollywoodanwälten.

«Aber es entspricht doch den Tatsachen», erwiderte Senfkorn mit gutem Gewissen. «Wäre Ihnen Vorführung von Herren-Reizwäsche lieber gewesen, oder was?»

Angesichts solcher Prädikate (sie existierten tatsächlich in dem Katalog) gewannen die Jocks schnell den Eindruck, daß sie noch glimpflich davongekommen waren. Der Vermerk war ohnehin nur mit der Lupe zu lesen.

Schlimmer hingegen war das überbelichtete Farbfoto, auf dem sie alle irgendwie deformiert wirkten, rotäugig und käseweiß – wie ausgestopfte Kaninchen.

Sonny, halbverdeckt, war zweifellos am besten davongekommen.

«Sind wir jetzt STARS?» fragte er, *primus gladiatore*, unvermittelt nach seinem zweiten Amarettobecher und ohne den Löffel aus dem Mund zu nehmen.

Eddie brachte seinen berühmten Augenaufschlag. «Oh my...»

«Wir sind Künstler», sagte Rio, womit er auf den dubiosen Eintrag anspielte.

«Aber wir sind doch Jocks», protestierte Sonny, «Superjocks, *okay?* DUFTE TYPEN.» Er sagte es so aufsässig, wie er nur konnte.

«Dir hat wohl jemand ins Hirn geschissen», meinte Kuhl.

«Fressenpolitur gefällig?» schnaubte Sonny.

«Schrumpfkopf.»

«Stummelschwänzchen.»
Beide holten gleichzeitig aus.
Tacco tat so, als hätte er nichts gesehen.
Stars unter sich, dachte er.

Stoffe, die sinken

> «Was war also das Leben? Es war das Sein des eigentlich Nicht-sein-Könnenden, des nur in diesem verschränkten und fiebrigen Prozeß von Zerfall und Erneuerung mit süß-schmerzlich-genauer Not auf dem Punkte des Seins Balancierenden. Es war (...) ein Phänomen, gleich dem Regenbogen auf dem Wasserfall und gleich der Flamme.»
> Thomas Mann

I

Der Juli war ein stiller Monat. Abgesehen von ein paar Tagen, an denen die Sonne schien und das Thermometer in irrwitzige Höhen schoß, blieb der Himmel über Frankfurt bewölkt. Es fühlte sich an wie die Inkubationsphase einer Krankheit oder weltpolitischen Krise. Die Nachrichten kamen Kuhl fast unheimlich vor.

Ausgerechnet Helmut Schmidt erfrischte sich öffentlich mit Coca-Cola. Das britische Parlament logierte einhellig in Wimbledon und gähnte in den Ballwechsel.

In Athen streikten Bankbeamte gegen einen Versuch der Regierung, den gesetzlichen «Mittagsschlaf» abzuschaffen.

Amerika steckte noch immer in der Energiekrise. Das Öl aus dem Iran fehlte, und in Los Angeles hatte es an einer Tankstelle Tote gegeben. In einer Fernsehansprache rief Carter seine Landsleute zur Besinnung auf und forderte, den Benzinverbrauch *drastisch* zu senken. Kein Wort übrigens von dem lecken Tanker, der noch immer im Golf von Mexiko vor sich hin blutete. Vier Millionen Liter Rohöl flossen tagtäglich in die See und verschmutzten die Strände von Touristeninseln.

Natürlich gab es auch eine menschliche Tragödie zu vermelden: Nach einem kurzen, aber herzlichen Gastspiel auf den Bahamas hatte es den vogelfreien Schah von Persien und seine samtäugige Schahbanu nach Mexiko verschlagen. Richard Nixon besuchte das melancholische Paar in Guernavaca und spendete moralischen Beistand. Der Schah wirkte geschwächt, hatte es bereits an der Galle.

Aus New York gab es auch etwas zu vermelden: Lillo-die-Zigarre-Galante hatte sich zwischen Insalata Capricciosa und Pasta Mista an einer Handvoll blauer Bohnen verschluckt.

In Saragossa stand ein Hochhaushotel in Flammen. Ein Haufen angesengter Leute sprang vor klickenden Motorkameras in den Tod. Die Bilder waren gestochen scharf, einer fallenden Frau konnte man unter den Rock sehen. Kuhl versuchte über das Foto zu onanieren, aber es wollte nicht klappen. In Ankara besetzten militante Palästinenser die ägyptische Botschaft und forderten wie immer die Freilassung irgendwelcher inhaftierten Kumpane. Sie hatten *coole* Kanonen und wirkten – Zitat Kuhl – «wie auf Valium», als sie ihre Forderungen vorlasen. Kuhls liebstes Beruhigungsmittel galt noch immer als meistverkauftes Präparat in den Staaten.

Die Amis wissen, warum, dachte Kuhl.

Meeresbiologen hielten die Strandung von 130 Pottwalen vor der Küste Neufundlands für kollektiven Selbstmord.

Im Iran wurde Unterhaltungsmusik verboten – «ein unglaubliches Verbrechen gegen die Menschenrechte», wie Sonny im Eishaus befand. Als Superjock und angehender STAR kommentierte er jetzt öfter die Weltpolitik, weil das angeblich «zum guten Ton unter VIPs» (er sagte tatsächlich: Vips) gehörte, und außerdem: «Wenn man auf der Sonnenseite des Lebens steht, muß man den kleinen Leuten helfen. Das normale Volk dankt es einem später doppelt und dreifach, wenn man es am Erfolg teilhaben läßt.»

Sonnys Märchen vom *major deal* – «dem ganz großen Plattenvertrag» – hatte sich längst zum Dauerbrenner im nächtlichen Balzgerangel entwickelt.

Es war, als habe das Wort eine magische Bedeutung, wie *Abrakadabra* oder *Sesam öffne dich* – nur öffneten sich eben andere Dinge für Sonny, der, mit dem Künstler-Katalog gewappnet, im Ali Baba's lauerte und den Damen zeigte, wer er war. Ilse gegenüber klagte er morgens über die aufreibende PR-Tätigkeit.

Sonny hatte die Gratwanderung zwischen Lüge und Wahrheit längst hinter sich. Während er die Story anfangs nur erfunden hatte, um bei Frauen Eindruck zu schinden, pflegte er jetzt auch während der Proben ungeniert aufzutrumpfen.

Selbst Kuhl, dem sonst jeder Sabotageakt an der Wahrheit gelegen kam, wurde es allmählich zuviel.

Sonny reagierte gelassen. «He, wenn man weiß, daß etwas so oder so geschieht, und wenn man fest daran glaubt, dann kann man doch auch davon sprechen, als ob es bereits geschehen wäre – oder?» Er meinte so etwas wie *vollendete Zukunft*, Futurum exaktum, oder anders gesagt: die große Mutter aller Lügen. Kuhl mußte einfach einlenken.

Er beschloß, Sonny nachzueifern, und verbreitete ebenso hartnäckig das Gerücht vom *major deal*. (Die große Mutter aller Lügen war also in Wahrheit ein Bazillenmutterschiff und die Ansteckungsgefahr nicht gering.) Die Folge war, daß Rio eines Abends unvermittelt und eine Spur zu blumig von Buddha auf den Stand der Dinge angesprochen wurde.

«Kuhl hat da was von *Warner* erzählt. Das sind Haie, glaub mir. Da braucht ihr einen guten Manager, und ich wüßte da einen...»

Klar, wen er meinte.

«Okay», sagte Rio, «okay.» Hinterher schämte er sich so sehr, daß er den ganzen Abend Baccara spielte.

Eddie war der einzige, der unterdessen verbissen daran arbeitete, das, was «so oder so geschehen würde», in die Tat umzusetzen. Soweit es sein Job und Manöverwochenenden erlaubten, zog er abends los in Sachen Mundpropaganda.

Er nannte es «doppelte Arbeit», was eine Duden-Definition verdient hätte. Fast jeden Abend traf man ihn in einer anderen Disco der Stadt. Abgesehen davon, daß ihm astronomische Spesen aufliefen, war er bald so müde, daß er tagsüber kaum noch die Augen aufhalten konnte. Die Fahrten nach Großauheim schienen jetzt endlos zu sein, beinahe wäre er einmal mitten im Stau eingeschlafen.

Als er auch noch aushilfsweise die entlegene Strub-Kaserne in Oberbayern mit Manöverausrüstung beliefern mußte, meldeten sich seine Herzschmerzen zurück.

«Du bist ja richtig weiß im Gesicht!» Ilona brachte ihn noch zum Wagen.

«Ach ja», murmelte Eddie, «it's hard to be a Superjock...»

‖

Der August kam & ging.

Senfkorn sprach zum ersten Mal von einer «globalen Flaute» im Showgeschäft. Selbst die «Donny & Marie Osmond»-Show steckte bereits so tief in der Krise, daß sie kurz darauf gestrichen werden sollte.

Es wurde höchst sporadisch geprobt.

«Wozu denn auch?» Sonny verwirrte die anderen seit Wochen mit einer merkwürdigen Grimasse, die er «winner smile» nannte. Er hatte in Ilses Käseblättchen geblättert und einen blödsinnigen Artikel über Fazial-Gymnastik falsch verstanden.

«So lächelt ein Gewinner», sagte Sonny, «wenn das die Frauen sehen, wissen sie gleich Bescheid...»

«Dir fehlt die professionelle Einstellung», meinte Rio. Unablässig feilte er an einem neuen Playback, das seiner Meinung nach noch immer gewisse Schwächen hatte.

«Ja? Und dir?» höhnte Sonny. «Was fehlt dir eigentlich nicht?»

«Gleich gibt's Spiegeleier, Freundchen.»

«Ich tret dir die Eier in den Hals...»

«So hoch kommst du doch gar nicht ...»

Eddie, stummer Zeuge dieser Ausführungen, verschanzte sich hinter einem gütigen Lächeln und hielt gewisse Informationen zurück, die das JOCK-Universum endgültig erschüttert hätten: Die Musikblätter hatten Disco totgesagt. Über Nacht war das *Saturday Night Fever* plötzlich abgeklungen. Selbst «Born To Be Alive» klang plötzlich nicht mehr so frisch.

Die öffentliche Meinung stand mit einem Mal auf der Seite musikalischer Dilettanten. In der Piepe, Ecke Weserstraße, dem Barometer des Frankfurter Nachtlebens, kreisten jetzt Unterleiber im Rhythmus von «Heart Of Glass». Synthesizer piepsten aus allen Ecken, die Robot-Combo Kraftwerk feierte ihr Comeback.

Eddie, der schon einmal eine Repertoire-Änderung bei Rio beantragt hatte, konnte sich noch gut an die Antwort des Meisters erinnern: «Nur über meine Leiche. Es bleibt bei ‹Born To Be Alive› – wegen der Aussage.»

So hielt Eddie weiterhin den Mund und überließ sich der Rolle des schweigenden Beobachters ... *Schnauze ... Fresse ... gleich stecken sie dir im Hals, im Arsch, in den Ohren (?)* ...

Tacco konnte nur stumm mit dem Kopf schütteln ... Auch er hatte die Boneys inzwischen vergessen und war angeblich zu Bleichgesicht Gary Numan übergelaufen.

Kuhl liebäugelte zumindest zeitweilig mit der Platte «Are Friends Electric?», es sei was dran an dem Titel, meinte er, der Typ hätte zweifellos nachgedacht, über das Dasein und so – «nicht so tief wie Patrick Hernandez, aber für eine Schwuchtel, die unter Haarausfall leidet, gar nicht mal schlecht.»

Rio blieb dennoch hart. Jeder Mensch sei von Natur aus eine elektrische Maschine, das sei doch klar, und Numan mache sich mit dieser Phrase nur lächerlich.

Kuhl wußte nichts mehr zu entgegnen, aber er ahnte bereits, daß der Weg vom Dasein zum STARsein ein weiter, ungewisser Weg werden würde.

Sein neues Leben und alles, was er sich davon versprochen hatte

– dicke Autos, Ficktrophäen und goldene Schlüsselanhänger –, hingen in der Schwebe über dem irrlichternden Abgrund, der die *JOCK-reality* von der wirklichen Welt trennte. Jede Nacht im Parkhaus glaubte er, die Kluft noch weiter aufreißen zu hören, es war ein leises, unangenehmes Geräusch, als knirsche jemand mit den Zähnen. Morgens ließ er sich dann von Sonny und Eddie über die Fortschritte ihrer Öffentlichkeitsarbeit unterrichten. Beide waren jetzt jede Nacht auf Achse, und regelmäßig zeichnete sich ein weiterer Durchbruch ab: «Der Supermäxe nickt jetzt auch immer, wenn er uns sieht... Kuhl, mein Alter, wir sind fast am Ziel...»

Sonny-Boy hatte allerdings noch andere, höhere Ziele. In einem Anfall geistiger Verwirrung hatte er sich in den Kopf gesetzt, die Bad Homburger Höhe zu erobern und Dörthe zu ehelichen. Die Gründe dafür lagen auf der Hand: a) sie hatte noch immer Streit mit Fußmänneken, b) sie legte nicht nur Wert auf Äußerlichkeiten, und c) er war ein STAR. Außerdem hatte sie Geld wie Heu... Er hätte bis ans Ende seiner Tage ausgesorgt.

Er dachte übrigens nicht daran, Ilse abzuservieren – nicht, nachdem sie ihm ihre Groupie-Qualitäten bewiesen hatte. Vielleicht war es eher ein Dreiecksverhältnis, was ihm vorschwebte, oder eine stinknormale Muslim-Ehe (*In drei Vierteln aller Gesellschaften ist es ja erlaubt, mehrere Frauen zu nehmen, nur ich, kleiner Pechvogel, bin im christlichen Viertel gelandet*).

Sonny hatte den Vormittag im XBC seine gewöhnlichen Arbeiten äußerst nachlässig verrichtet.

Manchmal war es hinderlich, daß er sich selbst hier, während er mit Schrubber und Putzlumpen hantierte, nicht von dem dicken Katalog trennen wollte, der ihn als STAR auswies.

Was tust du hier eigentlich? dachte er, als er mit einer WC-Ente in der Hand vor einer Toilettenschüssel kniete.

In einem Anflug von Frechheit klingelte er Dörthe an.

«Wie lange ist das jetzt her?» fragte sie. «Vier Wochen? Ich dachte, du meldest dich nicht mehr.»

Yip! Sie hatte tatsächlich mit seinem Anruf gerechnet!

«Na ja, ich habe jetzt jede Menge Verpflichtungen als ... als ...»

«Star?» Er war ihr dankbar, daß sie das Wort sagte.

«Ich weiß nicht, wo mir der Kopf steht», sagte er, während er in die Kloschüssel starrte. «Es ist einfach alles zuviel.»

«Oh, sicher die Fanpost ...», ulkte sie.

«Nicht nur das.» Sonny nahm es für bare Münze. «Wir haben Fototermine, und natürlich laufen Verhandlungen mit einer Plattenfirma ...»

«Wie wär's mit morgen?» fiel sie ihm dazwischen.

Morgen? Das nannte Sonny zur Sache kommen: Natürlich machte er wieder seinen STAR-Status dafür verantwortlich.

«Mal sehen», sagte er und machte Geräusche mit dem Katalog. «Ja, sieht gut aus», meinte er dann. «Ich kann dich gerade noch einplanen.»

«Bis dann», sagte sie.

> **STIER** *(20. April–20. Mai)*
> Ausflüge in ein fremdes Revier reizen Sie schon lange. Zur Zeit benehmen Sie sich wie eine Fliege, die das Netz der Spinne aus purem Nervenkitzel umschwirrt. Aufgepaßt! Sie kleben schneller fest, als Sie denken.

Hätte Ilse Sonnys Horoskop gelesen, wäre sie wohl nicht nach Heidelberg gefahren.

Harry hatte sie in den letzten Tagen immer wieder mit Anrufen traktiert und gequengelt, er habe endlich sein Traumhaus gefunden. «Es liegt am Waldrand ... Unser Junge muß dann nicht wie andere Kinder in der Gosse aufwachsen.»

Sie haßte es, wenn er so hinterfotzig an ihre Mutterinstinkte appellierte. Sie stellte sich Heidelberg so vor wie Kansas City, vielleicht noch schlimmer.

«Ich weiß nicht», sagte sie, aber er bestand darauf, daß sie es sich wenigstens ansah.

«Laß uns ein langes Wochenende draus machen», sagte Harry.

Sie hatte sich schon auf den Whirlpool gefreut, aber um des Friedens willen gab sie nach.

«Ich muß», sagte sie, als sie auflegte.

Sonny machte eine Trauermiene. «Da läßt sich nichts machen», sagte er. «Ich werd dich vermissen.»

«Sonny, mit dem Klub...»

«Ich werd den Laden schon schmeißen», sagte er. «Fahr vorsichtig, Baby.» Auf den Schrubber gestützt, winkte er ihr nach.

So...

Einer der letzten sonnigen Tage, und Sonny war auf dem Weg nach Bad Homburg. Einundzwanzig langstielige Rosen lagen neben ihm auf dem Beifahrersitz.

Ilse war in Heidelberg. Eine günstigere Gelegenheit würde sich lange nicht bieten. Das XBC konnte ihm den Buckel runterrutschen.

Er hatte ein Schild rausgehängt: «Heute Betriebsausflug.» Basta.

Sollte Rothaut-Willie oder irgendein Stift auftauchen, hatten sie eben Pech gehabt. Als STAR würde er hier ohnehin in den Sack hauen müssen.

Sonny fuhr Landstraße, vielleicht wollte er sich schonen, Kräfte sparen, entspannt und gutgelaunt eintrudeln. Wie im Tran schwamm alles vorbei, nur eine Fliege schwirrte ihm dann und wann um den Kopf.

Verschwommen nahm er große Mähdrescher wahr, die sich rechts und links durch die Kornfelder wühlten. *Erntezeit*, dachte er.

Als er endlich vor ihrer Villa hielt, standen die arabesk geschwungenen Gittertüren der Einfahrt weit offen. Bei Tageslicht war der Park kaum wiederzuerkennen. Es gab sogar eine Pferdekoppel.

Er parkte hinter den Stallungen, weit weg von Müller-Dodts gepanzerten Limousinen, in denen er Selbstzerstörungsmechanismen vermutete oder neumodische Instrumente, die bei seinem

Erscheinen Alarm schlagen würden. Wie der Dieb von Bagdad auf seinem Weg ins Serail, so schlich er sich über das Kopfsteinpflaster.

Es war das erste Mal, daß er das Anwesen durch den offiziellen Eingang betrat. Die Eichenholztür befremdete ihn ebensosehr wie die Limos. Gerade wollte er an den vergoldeten Messingklopfer greifen, als sich die Tür wie von selbst öffnete.

Es war eine ältere Frau in einem Haushaltskittel. Ihre rechte Hand klammerte sich um den Stil eines Schrubbers.

«Sie wünschen?»

Er schluckte. «Äh ... ich bin ... Sonny ... äh ... äh ... von der Tanzschule.»

Er machte eine übertriebene Verbeugung, fast einen Knicks, wie es früher die Mädchen in der Tanzstunde machten.

«Ne, ne, ich bin bloß die Wirtschafterin», sagte die Alte und bat ihn herein. «Sie wollen sicher zum gnädigen Fräulein.»

In der Halle hielt eine unangenehm naturalistische Bronze von Friedrich Müller-Dodt Wache, und Sonny machte wieder eine tiefe Verbeugung.

«Sie können durchgehen», sagte die Alte, «das Fräulein ist draußen am Swimming-Pool.»

Sie wies ihm den Weg durch eine rustikal eingerichtete Küche, mit Kupferpfannen an den Wänden und weißgekacheltem Boden. Die Sauberkeit war schon widernatürlich. Sonny verspürte das unerklärliche Verlangen, sich auf die Knie zu werfen und diese blitzblanken Kacheln zu lecken.

Dörthe hatte den ganzen Vormittag in Modezeitschriften geblättert...

«Mister Superjock», rief sie, als sie ihn mit den Rosen sah. «Sind die für mich?»

«He, ich weiß, was sich gehört», sagte Sonny.

«Oh Sonny...» Sie stand auf und hauchte ihm einen Kuß auf die Stirn. «Das wäre doch nicht nötig gewesen...»

Zum ersten Mal sah er sie im Bikini, und ihm ging auf, daß sie auf der Party wahrscheinlich einen aufblasbaren Büstenhalter getragen hatte.

Sonnys Frauengeschmack bewegte sich zwischen Pferden und Milchkühen, und Dörthe schien von beidem weit entfernt. Trotzdem ließ er sich nichts anmerken und machte artig einen Diener.

Abgesehen von einem riesigen Sonnenhut und dem Bikini, trug sie Zehensandalen mit Kontrastriemchen, Eidechsenprägung.

«Was gibt's Neues im Showgeschäft?» fragte sie. In dem Sonnenlicht, das harte, blaue Schatten zeichnete und Kanten hyperplastisch hervortreten ließ, fiel ihm wieder die Asymmetrie ihres Gesichts auf, ein Antlitz, für das Picasso sein letztes Hemd gegeben hätte.

«Kann nicht klagen», sagte er – *winner smile* – und ließ sie den Eintrag im Künstlerkatalog sehen.

«Das bin ich», sagte er und zeigte auf ein wombatähnliches Nagetiergesicht mit roten Augen.

«Du siehst dir gar nicht ähnlich», sagte sie.

Es war zu kalt zum Schwimmen, aber trotzdem hatte er sich von ihr überreden lassen, «abzulegen» und in der Badehose ihres Vaters ein Sonnenbad zu nehmen. Auf jeder Seite hatte er aus dem überschüssigen Stoff einen Knoten gemacht, um zu verhindern, daß ihm die Hose rutschte.

«Steht dir nicht schlecht», sagte sie.

«Findest du?»

Sie hatten sich gegenseitig eingecremt. Dabei erinnerte Sonnys Gehabe an den jungen Joe Dallesandro in «Hollywood». Wie ein schweigsamer Lurch lag er neben ihr auf der Liege.

Sie blätterte in dem Künstlerkatalog. Ein Außenstehender hätte sie für ein altes Ehepaar halten können.

«An was denkst du?» fragte sie plötzlich.

«Es ist wie im Paradies», sagte er mit geschlossenen Augen.

«Wie meinst du das, Sonny?» Sie wollte es schon genauer wissen.

«Was ich meine? Die gute Luft ... die Ruhe ... der Park und der Swimming-Pool. Und dich.»

Beim letzten Wort schlug er die Augen auf und schenkte ihr einen schmachtenden Blick.

«Das Paradies ist ein Bewußtseinszustand», sagte sie, «es liegt in deinem Inneren ...»

Sonny hatte sich noch nie Illusionen gemacht, was in seinem Innern lag.

«Die materiellen Dinge sind nichts», fuhr sie fort. «Sie hindern dich, die Glückseligkeit zu erreichen ...»

«Ich finde sie verdammt beruhigend», sagte Sonny, der leicht nervös wurde. Während sie weiter vor sich hin faselte – von Nirwana, Paramahansa Yogananda, Buddhisten –, versuchte er sich auszurechnen, was sie wert war. Fünf Millionen? Zehn? Sie war die einmalige Chance, von der jeder Gigolo träumte. Das Anwesen war verdammt groß. Sonny, im Joe-Dallesandro-Modus, phantasierte sich noch ein paar Schweizer Bankkonten und Liegenschaften dazu. Und das alles würde dem Mann gehören, der es verstand, sie glücklich zu machen.

Er schätzte, daß sie zu den großbürgerlichen Tussen zählte, die erniedrigt und bepißt werden wollten; da war sie bei ihm an der richtigen Adresse. Insgeheim hatte er vor, sie hörig zu machen. So zu ficken, daß sie nicht mehr wissen würde, wie sie hieß. Sie würden heiraten, und er hätte ausgesorgt.

«Fußmann hat dich sitzenlassen, was?» fragte er endlich.

Sie sah ihn unverwandt an. «So? Erzählt er das seinen Freunden?»

«Na ja, du weißt ja, wie er ist», sagte *der beste Freund*, «er macht immer nur Andeutungen ...»

Sie fragte nicht weiter und folgte statt dessen mit den Augen einer großen Libelle, die im Tiefflug über die Wasseroberfläche jagte.

«Und geht's ihm gut?»

«Dem alten Trauerkloß?» Sonny lachte. «Richtig aufgeblüht isser. Hat 'ne neue Freundin, der Fußmänneken, und macht jede Nacht Highlife...»

«Er hat 'ne neue Freundin?» Dörthe konnte es nicht fassen. «Wie sieht sie aus?»

«Äh... groß, blond, kurze Haare, ziemlich ordinär...» Ihm fiel nichts Besseres ein, als Ilse zu beschreiben. «Warum interessiert dich das?»

«Es interessiert mich nicht, es erstaunt mich», sagte sie. Und dann nach einer Schweigeminute: «Ich bin glücklich für ihn. In unserer Beziehung konnte er sich doch nicht entfalten. Nicht, daß ich nicht alles versucht hätte...»

«Du hast keine Schuld», sagte Sonny, als ob er über alles Bescheid wüßte.

«Hat dir Karl jemals seine Bilder gezeigt?»

Sonny nickte ungeniert. «Oh, ja! Der Junge hat Talent...»

«Ja? Findest du?» Das alte Lächeln brach aus ihrem Gesicht.

«Und ob!» preschte Sonny vor.

«Ich meine, es ist nicht jedermanns Sache, was er malt. Aber es hat Ausstrahlung und unverwechselbaren Ausdruck...» Für jemanden, der von Kunst soviel Ahnung hatte wie ein Bauarbeiter vom Häkeln, schlug sich Sonny nicht schlecht.

Sie nickte andächtig. «Bubone Nummer fünf...»

«Du sagst es! Sein Meisterwerk!» schwadronierte Sonny. «Unglaublich, daß er aus seinem Talent nichts macht...»

«Er kann es nicht sehen», sagte Dörthe. Das Lächeln verschwand, wie es gekommen war. «Er denkt, er sei eine Art Wunderheiler und müsse die Welt verbessern...»

«Wunderheiler?» Das Prädikat ging Sonny doch entschieden zu weit.

«Im Rauschgiftdezernat haben sie eine Akte über unseren Freund», warf er ein, «es gab da mal 'ne ziemlich uncoole Hausdurchsuchung...»

«Ich weiß», sagte Dörthe. «Nur weil er auf eigene Rechnung forscht und nicht für die Sandoz, heißt es dann Drogen!»

Sonny schmunzelte. «Du scheinst ihn ja immer noch zu vermissen...»

Diesmal erwiderte sie nichts. Die Sonne verschwand hinter den Wolken, und es wurde kühl.

«Laß uns reingehen», sagte sie, «ich hab genug vom Paradies.»

Sonny hielt es für eine Sitte der besseren Kreise, daß er zunächst in ihrem Bad landete. Angeblich gehörte es ja zumindest in Japan zum guten Ton, den Gast zu waschen und zu salben. Natürlich behielten sie ihr Schwimmzeug an. *Sie macht es spannend*, dachte Sonny. Aber er wollte ihr den ersten Schritt überlassen. Immerhin hatte er sich ja als Fußmanns bester Freund eingeführt.

«Es ist mein Refugium», sagte sie. Durch ein gotisch anmutendes Buntglasfenster, das eine Seerose darstellte, sickerte das Licht der Herbstsonne herein und verstärkte noch seinen Eindruck, in einer Kathedrale zu baden.

«Aha.» Sonny kaute an einer dicken Havanna aus Müller-Dodts feudaler Zigarrenkiste, lauschte dem Tröpfeln des Wasserhahns und studierte das römische Fresko an der Decke, das Neptun in einem Muschelwagen zeigte, der von einem Gespann Seepferdchen gezogen wurde.

Dörthe saß hinter ihm und massierte seine Schultern.

«Das tut gut», seufzte er.

«Es ist eine Yogamassage.»

«Wow. – Was treibt ihr so in der Yogaschule?»

«Oh, es geht um Atemtechniken: Manchmal menstruieren wir auch zusammen...»

«Das geht?»

«Es ist biorhythmisch erklärbar.»

«Wow.»

«Bist du glücklich, mein kleiner Rosenkavalier?» fragte sie plötzlich.

«Oh, wie man's nimmt», sagte er. «Und du?»

«Kann man glücklich sein? Richtig glücklich?»

Sonny fragte sich, ob darin eine versteckte Aufforderung lag, sie glücklich zu machen, aber er hielt sich zurück.

«Ich glaube schon», sagte Sonny, «ich meine, dir geht's doch nicht schlecht, oder?»

«Sonny! Das hier –», sie machte eine weitschweifige Bewegung, «ist nicht das Paradies. Reichtum hat nichts mit Glück zu tun.»

Was dann? Sonny hielt es doch für eine typische Marotte reicher Schweinchen, ums Verrecken nicht zugeben zu können, wie gut es ihnen ging.

«Ja, du bist wirklich zu bedauern», sagte er.

Sie nickte.

Später nahm sie ihn in den Arm, wie einen großen Teddy. Jedenfalls fühlte es sich so an.

Stockend erzählte sie ihm von einem Traum, den sie gehabt hatte:

«Ich lebte in einem Dorf. Ich war die Tochter des Müllers. (*Sonny mußte lachen.*) Es herrschte große Armut ... eine Hungersnot brach aus ... Den Dorfältesten, den meisten Männern überhaupt, fiel der Bart ab, den Frauen zerbrachen die Wasserkrüge am Brunnen ...

Die Wände unserer Mühle wurden dünn wie Drachenpapier, und die Flügel waren plötzlich wie Fahrradspeichen ... Zwischen den Mühlsteinen drehte sich nur noch Staub ...

Mein Vater sagte, daß wir alles Alte ersetzen müßten ... Ich war verzweifelt ... Vor dem Wirtshaus sah ich eine Kutsche stehen. Es hieß, ein reicher Junker mache dort Quartier ... Eines Nachts beobachtete ich den reichen jungen Mann, wie er am Ufer stand und Goldstücke in den Teich warf, so wie andere Leute Fische füttern ... Ich hatte den Eindruck, er werfe ein Vermögen hinein. Am nächsten Morgen war der Junker abgereist, und ich ging an den Teich ... Ich konnte das Gold wie Sterne auf dem Grund funkeln sehen ... Da nahm ich mir ein Herz und sprang kopfüber in die Flut ... Ich tauchte tiefer und tiefer, kämpfte mich durch Schlick und glitschige Wasserpflanzen. Aber dann machte ich eine grauenvolle Entdeckung: Der ganze Grund war mit Gebeinen bedeckt, und das, was ich für Münzen gehalten hatte, waren nur Goldzähne ... und sie steckten noch in den Schädeln der Ertrunkenen.»

Sie schüttelte sich vor Entsetzen.

«Eine merkwürdige Geschichte», sagte Sonny, mehr aus Verlegenheit. «Willst du wissen, was ich davon halte?»

«Sag schon.»

«Du bist unglücklich», sagte Sonny, «und du hast was mit einem Zahnarzt.»

Sie errötete bis in die Haarspitzen.

«Woher weißt du das?» fragte sie schüchtern.

«Nenn es Intu... In... Intuition.» Sonny räusperte sich. «Du weißt, er ist nicht der Richtige für dich.»

«Ach Sonny ...» Sie küßte ihn in den Nacken. «Und ich dachte, du willst nur Sex.»

Das dachte ich auch, dachte er. So kann man sich täuschen.

Tatsächlich hielten sie nur Händchen. *Händchen!*

Auf dem Weg nach Hause schwor er sich, nie wieder einen Fuß in die Kurstadt zu setzen.

Gegen Morgen rief Ilse aus Heidelberg an, sie heulte.

Harry hatte gewollt, aber sie nicht. *Ob er sich vorstellen könnte, warum?*

«Wegen mir vielleicht?»

«Als ob du das nicht wüßtest!»

«Laß dich doch scheiden von dem Kerl», sagte Sonny. Dabei dachte er schon wieder an Dörthe.

«Komm nach Hause, Liebling», sagte er dann. Gewissensbisse empfand er dabei nicht.

Im JOCK-Universum schien währenddessen die Zeit stillzustehen.

Sie hockten jetzt öfter im Eissalon und vergifteten sich systematisch mit den gängigen Eis-Alkohol-Mixturen. Das große Trübsal-Blasen hatte begonnen.

Nur die Nachricht über die Flucht eines DDR-Bürgers in einem Heißluftballon sorgte noch einmal für schales Gelächter.

«Der wird sich noch umgucken, der Dussel! Von wegen Goldener Westen!»

«Als ob einem hier was geschenkt würde ... pah!»

Kuhl glaubte zu wissen, wovon er sprach.

Noch immer interessierte sich keine Plattenfirma für die begnadete Combo aus Frankfurt; Senfkorn hatte Rios Demo und Fotos des Acts an sämtliche Adressen geschickt; selbst Peter Hauke, der Produzent von Beau Katzman, hatte sich geziert.

«We're history», sagte Eddie eines Abends im Ephedrin-Rausch, ihre Geschichte war – wenn es so etwas wie *ihre Geschichte* wirklich gegeben hatte – vorbei.

«Ach, macht nichts», sagte Mr. *winner smile* Sonny neben ihm. «Wären die Dinosaurier so berühmt geworden, wenn sie nicht ausgestorben wären, hm?»

Sonny glaubte, sich keine Sorgen machen zu müssen.

Vielleicht war es so, wie er sagte: Die Dinos hatten ihre 200 Millionen Jahre, die Jocks, niedere Lebensformen, eben einen heißen, trockenen Sommer von vier Wochen.

Rio, als einziger, hatte noch eine gute Nachricht.

Wie ein Ablenkungsmanöver des Schicksals war ihm ein Brief der NASA ins Haus geflattert, ein Formbrief über Möglichkeiten, Cap Canaveral im Rahmen einer Touristenveranstaltung zu besichtigen. Dem Brief war auch die Adresse eines deutschen Reiseveranstalters beigelegt.

«Ist *fast* 'ne Einladung», sagte Rio, um den Unterschied zwischen einer Reklamesendung und einem Absageschreiben deutlich zu machen.

Kuhl spielte den Schweigsamen.

«Scheißt euch nicht in die Hosen», sagte er. «Die Zeiten sind hart.»

III

Der September begann schwierig: Rosie rief Kuhl nachts im Parkhaus an. Nach einer Woche Frankfurter IAA (Immer-Anal-Anschaffen) mußte sie sich bei jemandem ausheulen. Kuhl spielte den Tröster, empfahl Mundwasser und Gleitcreme, auch wenn es ihn nervte.

«Warum hörst du nicht auf?» fragte er. «Werd doch Toilettenfrau, wenn du's nicht aushältst.»

Sie schluchzte und legte auf.

Sonny faselte seit Tagen nur noch vom großen Durchbruch. Im Zusammenhang mit dem DDR-Flüchtling, der in Bayern eingeschwebt war. «Wo ein Wille ist, ist auch ein Weg», meinte er.

Ilse war unerklärlich schweigsam. Sie rauchte unmäßig viel und war im Bett selten bei der Sache.

Sie schien *nachzudenken*, Sonny fand das befremdlich.

Einen Tag später ereignete sich in Harrys Leben ein unvorhergesehenes Ereignis: Ilse hatte die Scheidung eingereicht.

Seelische Grausamkeit. Gewalt. Er habe sie auf den Strich schicken wollen. Sie hatte sich was einfallen lassen und untermauerte ihre Worte, indem sie ihre finanzielle Situation schilderte und die perfiden Drohbriefe der Bank beilegte. Das hatte gesessen.

Ihr Anwalt erwirkte im Handumdrehen, daß sich Harry weder der gemeinsamen Wohnung noch dem XBC auf hundert Meter nähern durfte.

Harry fiel aus allen Wolken.

Jeden Tag rief er aus Heidelberg an, suchte nach Erklärungen, wie Männer so sind.

Sie lehnte kategorisch ab.

Es gab keine Erklärung, die er verstehen würde.

«Du kannst mich mal», sagte sie einmal. Und dann: «Nicht mal *das* hast du richtig gekonnt.»

Einer, der es konnte, zog bei ihr ein. Offiziell, versteht sich.

Sonnys ganze Habe bestand immer noch aus einem Seesack und zwei Kartons, die er unter ihrem Sofa verstaute. Er hatte jetzt Besseres zu tun, als sich mit alten Platten und Marvel-Comics zu beschäftigen.

«Ich will kommen», sagte sie, als er ihn einführte.

Warum auch nicht? dachte Sonny. *That's still the bottomline, Harry.*

In derselben Nacht beging Harry einen Selbstmordversuch, «ein halbherziges Täuschungsmanöver», wie sich der Scheidungsanwalt ausdrückte. Fünfzig Schlaftabletten hatte er geschluckt und sofort – das ließ sich nachweisen – mit verstellter Stimme den Rettungswagen gerufen. Ilse hatte einen regelrechten Lachanfall erlitten, als sie das hörte ... «So ein Wichser!» sagte sie noch.

Und während im Madison Square Garden in New York ein Haufen Althippies, darunter die Doobies und Crosby, Stills & Nash, für eine «non-nukleare Zukunft» aufspielten, wurde Jean Bédel Bokassa am 21. September von seinem Neffen entthront! («Ein Verbrechen gegen die Unmenschlichkeit», wie Kuhl es nannte.) Immerhin, vierzehn Jahre lang hatte Bokassa die Zentralafrikanische Republik in Atem gehalten. Trotz seiner französischen Staatsbürgerschaft und eines Koffers Diamanten wurde er von der «grand nation» an die Elfenbeinküste abgeschoben. – *Eine Schande.* «Immerhin, der Knabe hat Menschen gefressen», munkelte Eddie, der in den Nachrichten gut aufgepaßt hatte.

«Na und?» Kuhl konnte das nicht durchgehen lassen. «Jean-Bédel ist vom Stamm der M'Baka. Das ist so Brauch bei denen, und das lassen die sich von den Weißen nicht nehmen. Ein wahrer Herrscher absorbiert seine Feinde.» Das Gespräch lief auf die üblichen tiefsinnigen Platitüden hinaus.

Wie Penelope fühlte sich Dörthe seit ihrer Trennung von Fußmann von Freiern belagert. Pons hatte sie vor der Yogaschule abgefangen und ihr einen Heiratsantrag gemacht.

Jürgen Halfter schickte regelmäßig Blumen.

Ossi Ossewutz hatte sogar aus Nigeria angerufen, «nur so. Ob sie sich mal treffen könnten?»

Selbst ihr Yogalehrer, ein über alle Zweifel erhabener Brahmane, machte ihr schöne Augen.

Männer, als ob sie es riechen könnten, dachte sie. Karl tat ihr leid.

Sonny wurde vielleicht nur das Opfer dieser unglücklichen Verknüpfung von Umständen, als er eines Abends, frisch gewaschen und im Anzug, unverblümt um ihre Hand anhielt. Es war eine Verzweiflungstat, und genauso sah es aus.

«Willst du mich...?»

«HEIRATEN?» Bei dem letzten Wort hatte sie mit einem Erstickungsanfall zu kämpfen.

«Was glaubst du, *was* du bist? Denkst du im Ernst, ich würde mich mit einem Schrumpfgermanen liieren?»

Wie eine Sirene schrillte ihre Stimme durch die Nacht, und irgendwo im Haus wurde ein Alarm ausgelöst.

Sonny war wie betäubt. Abgesehen davon, daß er das letzte Wort nicht kannte, faßte er den ganzen Satz als mutwillige Beleidigung auf.

«Verdammt noch mal, ich bin ein Mann!» brüllte er – Mut der Verzweiflung – zurück.

«Ein Mann! Ein Gartenzwerg bist du!» Das Weibsbild hatte noch den Nerv, ihn zu verhöhnen.

Sonny holte endlich aus, wollte ihr eine schmieren, aber scheiterte natürlich an ihrer Höhe. Seine kleine Faust klatschte ihr auf die Schulter.

Sie verpaßte ihm einen Tritt in die Weichteile.

«Ich...bin...ein...Mann!» beharrte er, während er langsam in die Knie ging und auch die Alarmanlage auf dem Nachbargrundstück losheulte.

«Ein Dildo bist du, nichts weiter!» brüllte sie. «Und jetzt verschwinde!» Die Tür fiel ins Schloß.

Nicht, daß ihm psychische Grausamkeit etwas ausgemacht hätte, aber Sonny hatte die Nacht danach mit Tränen zu kämpfen. Breitbeinig lag er auf seinem Bett und wechselte stündlich die kalten Umschläge, von denen er sich Linderung versprach.

Ilse schlief, schnarchte. Er hatte ihr etwas von einer Keilerei im Topper erzählt, um ihr seinen merkwürdigen Gang zu erklären.

Ein Dildo bist du... Vielleicht hatte sie recht. Und hatte er je etwas anderes sein wollen? Ein fleischiger Quirl, den sie sich gelegentlich unten reinsteckte und der ihr einen multiplen Orgasmus nach dem anderen verpaßte? Was konnte ein Mann – jawohl, kein Mäuseschwänzchen – mehr vom Leben erwarten? Ein nachdenklicher Sonny blätterte in dieser Nacht in den peniblen Aufzeichnungen seines Liebeslebens. Mit jedem Namen verband sich eine andere faustische Erfahrung des Ewig-Weiblichen. Ilse stand auf der vorletzten Seite. Die Eintragung lautete lapidar: «Sehr laut, eng gebaut; rasierte Gletscherspalte, tropft wie ein Kieslaster.»

Und wenn er sie nun doch liebte...

Dörthe saß vor dem Spiegel und kämmte ihr Haar. Es war der Tag, nachdem sie Sonny so unrühmlich vor die Tür gesetzt hatte. Sie war seit Stunden tief in Gedanken.

Ihre Hand vollführte die gleiche automatische Handbewegung wie jeden Morgen. Gleichmäßig tauchten die Zinken in das aufgewühlte Gespinst.

Plötzlich empfand sie einen Moment reinen Bewußtseins.

Der Kamm entglitt ihrer Hand, fiel zu Boden...

Sie war nicht länger in diesem Raum: Festigkeit, Kohäsion, Bewegung hatten aufgehört zu bestehen.

Sems-nyid... Sie kann Fußmann sehen –, Karl, hörst du? – sie kann ihn sehen... in seinem Kellerlabor... wie er Reagenzgläser schüttelt... wie er vor einem Destillierapparat kniet... und zusieht, wie sich grüne Tropfen bilden... Karl, Ding-von-der-Welt... DU VERSUCHST WASSER HINTER EIS ZU FINDEN... Sie versucht, ihn zu erreichen... Er... er hat das Bewußtsein seines Seins verloren – Thob – das Ding, das andere… soviel zhe-sdang*, soviel Kälte… Gestaltwerther hat ihn in die objektive Welt verstrickt… in leblose Fiktionen, in vijnana**, logischen Abschaum… etwas, das es nicht gibt… Karl! Karl, den bunte Kettenmoleküle wie Pythonschlangen fesseln… Karl, der teilt, wo es keine Teilung gibt… Laß die Dinge in Ruhe, laß sie, wie sie sind. LASS DIE DINGE ZUSAMMENSEIN. Nur mahamudra hat weder Anfang noch Ende.

Sie sieht die beständig wachsende Dunkelheit, die ihn umgibt…

Die Vision war so innig, so schmerzhaft, daß sie sich übergeben mußte. Es war wohl immer noch Fußmanns rationalem Einfluß zu verdanken, daß sie zunächst an eine Fisch- oder Eiweißvergiftung dachte.

Den ganzen Vormittag lag sie auf der Recamiére, aber sie schlief nicht. Ihre Augen waren offen.

Sie dachte nach.

Es muß die zweite Reife sein, dachte sie. Ihr Bewußtsein war noch immer ungetrübt.

Ihm konnte sie nicht mehr helfen, er war verloren…

Aber er hatte es nicht anders gewollt.

Es gab andere, Bedürftige, die auf Erlösung hofften…

Sie mußte stark sein, es war ein weiter Weg.

Nachdem sie all ihre Hüte auf der Terrasse verbrannt hatte, packte sie ihre Sachen. Mit einem Hammer zerschlug sie alle 175 Gartenzwerge ihrer Sammlung, überall Scherben, Scherben, Scherben… so viel Glück.

Als letztes schnitt sie sich die Haare ab und legte die Strähnen auf ihr Kopfkissen.

Es sah aus, als sei dort jemand gestorben.

Und so war es.

---

* Feindseligkeit
** abstrakte, einordnende Wahrnehmung

Gott kommt bekanntlich immer dann, wenn man ihn am wenigsten erwartet. Der Herr liebt die Hintertüren, und eines Tages stieg er klammheimlich ins hermetische JOCK-Universum hinab...

Die Stimmung im Eishaus war weit unter Null.

Hyper-para-abnormal low.

Kuhl und Rio faselten über Gott & die Welt – daß Scheiße Trumpf sei, daß nichts zusammenpasse, nichts was tauge, daß nichts bliebe und daß die recht hätten, die nichts geben, sondern immer nur nehmen würden, daß Senfkorn sie reingelegt hätte, daß auf niemand mehr Verlaß sei und daß es zu kalt sei, um noch Eis zu essen, und und und.

Es schien, als habe sich die gesamte negative Energie des Universums auf einen Punkt konzentriert.

«Man muß rechtzeitig Schluß machen können», sagte Kuhl.

«Wem sagst du das», seufzte Sonny, starrte auf fremde Lippenstiftspuren an seiner Tasse.

Ausnahmsweise waren sie einmal nicht unter sich; Tacco unterhielt sich angeregt mit einem komischen Kauz in Lodenmantel und Tirolerhut.

Eddie hielt ihn für einen Münchner und bekräftigte seinen Vorsatz, dieses Jahr unter keinen Umständen aufs Oktoberfest zu fahren.

Rio hickste einmal. Er hatte einen bösen Schluckauf und fühlte sich paralysiert.

«Weißt du noch letztes Jahr um diese Zeit? – He, Kuhl...»

«Du erinnerst dich noch?»

«Ich erinnere mich an Jim Jones», sagte Rio.

«Häh...?»

«Er meint den Massenselbstmord am Äquator», sagte Eddie.

«Equador», sagte Kuhl. «Echt cooler Abgang, wenn du das meinst.»

Rio schüttelt den Kopf. «Nein, das meine ich nicht. Was ich meine ist, ich weiß jetzt, wie die sich gefühlt haben.»

«Wie denn?»

«Leicht», sagte Rio.

Nimm's leicht, dachte Kuhl. Das Leben nimmt so oder so ein verdammt beschissenes Ende. Jeder alte Mensch ist eine Tragödie. Eine verlorene Schlacht. Das letzte Stück ist ein Alptraum. Zerfallendes Gewebe, das biologische Zelluloid nippelt ab. Man wird sich fragen, wozu? – Wozu? – Und man wird es nicht wissen. Unsere Tage sind von Anfang an gezählt, wie die Bilder auf einem Filmstreifen. Aber das ist nicht mal das schlimmste. Es ist die Wartezeit ... Stell dir vor, du bist siebzig, und JEDEN MOMENT KANN SCHLUSS SEIN.

«Ich hab die Nerven nicht», sagte Kuhl. «Ich werd es nicht aussitzen können ... verstehst du?»

Rio nickte – was sollte er sagen. Es gibt Dinge, die waren so normal und so schrecklich, daß man am besten schwieg.

In diesem Moment erhielten sie überraschend Besuch.

«Guten Abend, die Herrschaften.»

Es war der Alte mit dem Tirolerhut, der erst mit Tacco geredet hatte.

«Darf ich mir einen kurzen Hinweis erlauben? Karel Gott, die goldene Stimme aus Prag, kommt nach Frankfurt. Sie haben schon Karten?»

Und während ihn alle entgeistert anstarrten, lüpfte er fröhlich seinen Hut und entfernte sich gemessenen Schrittes.

Wie gebannt sahen sie ihm hinterher.

«Was?» Kuhl schlug sich mit der flachen Hand vor die Stirn, als ob sein Kasten irgendwie stehengeblieben wäre.

«Gott kommt», sagte Rio und rülpste arglos über seine dritte Amarettobombe.

«Dann soll er mal kommen», knurrte Kuhl.

«Er meint *Karel Gott*», sagte Sonny.

«Gott lebt und singt», jubelte Kuhl, «dann ist ja alles in Ordnung.»

Drei Tage später sollte Gott noch einmal kommen und wieder anders, als man sich das vorgestellt hätte.

Es war gegen halb zwei, am frühen Nachmittag. Sonny stand gerade unter der Dusche, striegelte seinen Riemen und übte «Linkswedeln», was er noch immer nicht ganz raus hatte. Es klingelte so zaghaft, als hätte jemand den Klingelknopf nur versehentlich berührt.

Aber Gott verklingelt sich nicht.

Sonny wickelte sich in ein Handtuch und schwebte zur Tür.

«Wer da?» rief er.

«Ich bringe die frohe Botschaft des Herrn.»

Es war nicht das erste Mal, daß irgendwelche missionierenden Trantüten bei ihm vor der Tür standen: Zeugen Jehovas, Neu-Apostoliker, Moonies, Mormonen, selbst Mose Davids Children of God hatten sich schon nach Kamerun verirrt. Die Haustür stand ja Tag und Nacht offen, und jeder konnte hereinspazieren und seine Botschaften loswerden. Gewöhnlich machte Sonny den Seelenfängern schnell klar, daß sie unerwünscht waren, nur diesmal meldete sich eine weibliche Stimme, die er kannte.

«Dörthe...» In Holzpantinen stand sie auf seinem Fußabtreter. Er mußte zugeben, daß sie sich verändert hatte, und es lag nicht nur an der Tonsur und dem Gebetsfleck auf der Stirn.

Sie trug einen knallgelben Sari aus Seide, den sie mit einer Brosche festgesteckt hatte. Sie lächelte verschämt und hielt die Augen gesenkt, als hätte er sie bei etwas erwischt...

«Gott ist Liebe», sagte sie, «ich bin gekommen, um dir Glückseligkeit zu verheißen.»

Gott hätte sich keine bessere Verkörperung wählen können. Juden, Araber, Römer – sie alle wären vor ihr auf die Knie gefallen; niemand wäre auf die Idee gekommen, sie ans Kreuz zu schlagen. Ja, peitschen vielleicht oder ein milder Klistiereinlauf. Allenfalls.

«Willst du nicht reinkommen?» fragte er. Ilse war mit dem Kleinen zum Kinderarzt.

Sie machte einen großen Schritt über die Schwelle. Sonny fühlte sich an einen Vampirfilm erinnert.

«Du hast dich ganz schön verändert», sagte er.

«Ich heiße jetzt Yonina», sagte sie, «in der Sekte haben wir alle unsere weltlichen Namen abgelegt.»

«Na schön ... Yonina.»

Zum ersten Mal ging so etwas wie ein Leuchten über ihr Gesicht, der Schein eines Lächelns, das Licht einer phosphoreszierenden Tiefseequalle, die sich an die Oberfläche verirrt hatte.

Natürlich hatte es sich schon wieder verflüchtigt.

«Sonny, bevor du etwas sagst, möchte ich sprechen: Ich bin gekommen, um mich zu entschuldigen. Ich habe dein liebendes Wesen verletzt. Nur weil du dein *Yari* nicht unter Kontrolle halten kannst, steht es mir nicht zu, dich zu demütigen. Bitte vergib mir.»

Sonny war so baff, daß er sich erst im zweiten Atemzug fragte, ob sie noch alle Tassen im Schrank hatte.

«Dörthe, sag mal ... Die haben dir doch keine Gehirnwäsche verpaßt?»

Sie schüttelte den Kopf. «Dummerchen. Es tut mir wirklich leid, was ich dir angetan habe ...» Es war ihr Gang nach Canossa.

Sonny dachte an die Blamage mit den Langstieligen und die Schimpfworte, die sie ihm an den Kopf geworfen hatte. Andererseits hatte er ein angeborenes Talent, unangenehme Dinge zu verdrängen.

«Ach das», sagte er *zartbesaitet*. «Willst du mich jetzt heiraten?»

Er war unverbesserlich, sie lächelte sanft.

«Sonny, ich bin jetzt eine Yogini, ich habe die zweite Reifung hinter mir ...»

«Das macht doch nichts ...»

Sonny fand sie ohne Haare noch viel anziehender. Er starrte auf die Hand, die mit der großen goldenen Spange an ihrer Schulter spielte. Er ahnte, wie leicht diese Dinger aufgingen, wie schnell ein Sari zu Boden fallen konnte.

«Das ist mir doch egal, wie alt du bist», meinte er großzügig. Daß sie Yogini war, hielt er für keinen triftigen Hinderungsgrund. Er hatte schon von diesen Weibern gehört. Daß sie auf Nagelbrettern schliefen, störte ihn nicht, solange sie unten lagen ...

«Mir macht das nichts aus», fügte er noch hinzu, «ich bin auch ganz gelenkig.»

Sie lächelte.

«Ach Sonny, du hast dich kein Stück verändert, und das ist gut so. Ich will dich nicht ändern. Ich habe kein Recht dazu. Hier, ich hab was für dich.»

Sie reichte ihm eine Broschüre.

«Wow», meinte Sonny, JOCK-Reflex, nichts weiter. «Gott ist Liebe. 120 Anleitungen zur Ekstase. Die höhere Form des Seins.»

Der Verfasser war ein gewisser M. «Brahman» Shineberg, dessen Konterfei sich auf der Rückseite fand. Wie ein Einfaltspinsel sah er nicht aus.

Shineberg war ein Abtrünniger der 1968 in Kalifornien gegründeten Sekte von David «Mo» Berg, der noch Mitte der 70er Jahre «Flirty Fishing» predigte und seine weiblichen Anhänger «happy hookers of Christ» nannte.

Die «Kinder Gottes» waren in siebzig Ländern, bis nach Australien, vertreten. Shinebergs Lehre war ein Mischmasch aus hinduistischen und fernöstlichen Weisheiten und Tantrismus natürlich.

Ach ja, Gott ist Liebe, das hatte sie gesagt.

Sonny betrachtete dieses traurige Gesicht mit dem Mona-Lisa-Lächeln und den dunklen Augen. Sie glaubte diesen Schwachsinn.

Erst überlegte er sich, ob er sie nicht eines Besseren belehren sollte: Notzucht hatte schon manche Märtyrerin wieder zur Besinnung gebracht.

Beiläufig blätterte er in der Broschüre und stockte, als er auf Anhieb ein vögelndes Pärchen entdeckte. Es war irgendeine abwegige Kamasutrastellung. «Laßt erscheinen, was immer erscheinen will, wenn es aus der Glückseligkeit kommt: Denn ohne Glückseligkeit gibt es keine Erleuchtung.»

Er stand unter der Abbildung, aber er hatte es nicht gelesen, sie hatte es auswendig aufgesagt.

«Wenn das so ist», stotterte er. Er blätterte weiter. Abgesehen von dem unscheinbaren Umschlag, konnte das Heft mit den schärfsten Wichsvorlagen mithalten. Auf jeder Seite ging es um eine andere Stellung, unter der ein lammfrommer Spruch stand.

«Mahasukha», sagte sie, «die große Freude. Das ist gemeint.»

«Die große Freude, hä? Das kannst du laut sagen.»

Sie lächelte versunken.

«Ich weiß, du findest diese Abbildungen ordinär, aber sie helfen verkaufen», sagte sie. «Die Erleuchteten sehen durch die Formen hindurch.»

Wenn du dich da mal nicht täuschst, dachte Sonny, auf den die Fotos einen ganz profanen Eindruck machten.

«Ich weiß nicht, was ich sagen soll», sagte er dann. «Gerade gestern abend habe ich noch mit den Jungs über Gott gesprochen. Und plötzlich steht da so ein Kerl und sagt: Gott kommt. Einfach so.»

«Ein Prophet?» Sie wirkte wieder traurig. «Wahrscheinlich war es ein Bruder.»

Sonny lächelte scheu.

«Ich muß jetzt gehen», sagte sie plötzlich.

«Was denn? Jetzt schon?» Sonny folgte ihr zur Tür.

«Ich bin auf Mission», sagte sie. «Nicht viele Menschen, die hier wohnen, wollen Gottes Herrlichkeit schauen.»

Die haben schon genug von der Herrlichkeit, die Gott sie auf Erden sehen läßt, dachte Sonny.

«Dörthe...» Er faßte ihre Hand.

«Yonina», verbesserte sie ihn.

Sie hatte einen festen Griff, und Sonny stellte sich vor, wie sie ihm mit diesem festen Griff einen aus der Hand schütteln würde.

«Yonina, verdammt... Ich weiß nicht, wie ich es sagen soll. Ich würde gern mehr über das wissen...»

«Darüber gibt es nichts zu *wissen*», sagte sie in einem Tonfall, als ob sie Fußmann eins auswischen wollte.

«Ich möchte lernen», beharrte Sonny.
«Was hindert dich daran?»
Sie war schon fast aus der Tür.
«Yonina! Bitte!» Wie eine Klette hing Sonny an ihrem Sari. «Bitte. Jeder Mensch braucht doch Liebe, Zuneigung und Verständnis, ich möchte fühlen...» Seine Vorstellung hätte selbst Erzzynikern stehende Ovationen abgezwungen.
Sie drehte sich um.
«Komm in die Yogaschule. Die Adresse steht in der Fibel.»
«Danke», sagte er. «Und viel Erfolg mit der Mission.»
Sie gab ihm einen kleinen Kuß.
«Sonny, ich frage nicht gerne...»
«Oh ja, du kriegst noch Geld von mir...» In seiner Hosentasche fand er einen Zehnmarkschein.
«Der Rest ist für dich.»
«Bist du sicher?»
«Aber ja», sagte er. Das hätte er sich auch nie träumen lassen, einer Millionärstochter ein fettes Trinkgeld zu geben.
Nachdem sie gegangen war, blätterte er in der Broschüre und vertiefte sich (auf der Toilette) in die mit einem mittelalterlichen Haiku beschriebene Position:

> Von Holz ist
> diese Hängebrücke
> Darunter fließt ein wilder Strom.

Drei Nächte hintereinander saß Kuhl im Parkhaus, studierte ostasiatische Ferkeleien und spielte an seiner Pistole. Die Zeit machte wieder komische kleine Sprünge, ruckte wie ein altes Laufwerk, lief mal langsam, mal schnell. *Ein Nachtwächter ist wie ein Zeittotschläger*, dachte er. *Immer drauf auf die eigene Mütze...*
Er hing in seinem Stuhl – *organisches Gewebe mit dem Bewußtsein des Zerfalls*... Tick- ticketick- tick-tick-tick-tick-ticketick-tick-tick... Die biologische Uhr tickte gnadenlos weiter.

Und du hängst hier rum und faulst einfach ab! Jeder Tag rauscht in exakt 86 400 Sekunden vorbei, jeder Lidschlag kostet dich eine Viertelsekunde. Das Leben verkürzt sich mit jedem Atemzug.

Es ging alles so schnell, mit neunzehn Jahren hatte er circa 1000 Wochen gelebt. 2000 Wochen später wäre er schon Gebißträger.

Sonny, die Stimme des Lebens, brachte ihn wieder auf andere Gedanken.

Um halb neun meldete er sich aus einer Disco in Offenbach, die einem gewissen Richter gehörte. Bobo Knirsch, ACs Bruder, stand an der Tür.

«Ein Auftritt?»

«Er ist interessiert», kam es aus dem Hörer.

«Wirklich?» Kuhl konnte schon nicht mehr daran glauben.

«Er ist interessiert», beharrte der König.

«Hast du ihm gesagt, was wir machen?»

Langes Schweigen.

«Ich habe ihm gesagt, wir wollen ihn geschäftlich sprechen, okay? Wer läßt schon gleich die Katze aus dem Sack, Mann?»

Kuhl nickte. «... am Ball bleiben. Bleib dran, Sonny!»

«Was sagst du?»

«Du sollst am Ball bleiben.»

«Werd ich machen, Alter. Mach dir nur keine Sorgen! Was ich mir einmal in den Kopf gesetzt habe, das ziehe ich gnadenlos durch!»

Sie will, sie weiß es nur noch nicht, dachte Sonny. Den ganzen Tag hatte er in der Tantrafibel geblättert und an seine Errettung durch Dörthe alias Yonina gedacht.

Junge, Junge! Wer sich das alles ausgedacht hatte ...

Auf Freiersfüßen raste er in den Steigenberger Hof, kaufte eine Flasche Champagner und zwei langstielige Gläser und schwadronierte aus dem Stegreif von einer Verlobung: «Uns hat der Dompfaff getraut!» rief er einmal.

Die Segenswünsche der Gäste begleiteten ihn zur Tür.

Gegen halb zehn kreuzte er mit quietschenden Reifen am Opernplatz auf und parkte seinen Wagen in einer Einfahrt. Im Außenspiegel konnte er die Yogaschule bequem im Auge behalten.

Endlich öffnete sich das Portal, und die ersten hennaroten Haare flatterten in die Nacht. Zwischen all den rotzigen Studentinnen und alten Hippieschlampen war sie nicht zu übersehen. Sie trug enge Röhren-Jeans und eine passende Jacke mit «Daytona»-Aufnäher.

«Tätärätä!» rief er und sprang ihr in den Weg.

«Sonny! Du hast mich zu Tode erschreckt!» Sie hielt sich die Hand vor die Brust.

«Im Gegenteil. Nenn es einen Wiederbelebungsversuch!»

«Was soll denn das?» sagte sie und deutete auf die Flasche.

«Tja, ich wollte dich einladen und ...»

«Ich trinke nicht», unterbrach sie seinen Gedankengang.

Sonny nahm das als perfekte Vorlage.

«So ein Zufall», sagte er, «ich nämlich auch nicht.» (Nüchtern stoßen ist eh besser, das wußte er ja.) – «Weißt du, dieser Fritze von der Plattenfirma wollte sich irgendwie wichtig tun und hat jedem von uns eine Flasche geschenkt ...»

«Welche Plattenfirma? Sonny, willst du mir nicht endlich sagen, was das soll?»

«Tja ...» Sonny holte tief Luft; es ging um den Weltmeistertitel im Schwergewichtslügen.

«Der Plattenvertrag ist unter Dach und Fach! Alles Paletti, hipp, hipp, hurra!» Er stieß einen dieser Jubelschreie aus, wie man ihn nur in amerikanischen Filmen hört, wenn der Freudentaumel des Helden ein kaum mehr erträgliches Maß erreicht. «He, tut mir leid. Ich bin ein bißchen aufgedreht. Kannst du dir vorstellen, was das bedeutet? Nicht? Hör zu, wenn du ein Autogramm willst, dann solltest du mich jetzt, hier, an Ort und Stelle, gleich danach fragen ... In ein paar Wochen, wer weiß, mußt du vielleicht in 'ner Schlange stehn.»

«Oh, Sonny, ich freue mich für dich.» Sie trug noch immer ihre Lehrerinnenbrille und betrachtete ihn wie ein Kaninchen. «Du mußt dich sicher ganz toll fühlen.»

«Weiß nicht», sagte Sonny, «ich fühle mich seltsam. Ich brauche einfach jemanden, bei dem ich mich aussprechen kann ...»

Um ein Haar hätte er «ausspritzen» gesagt.

Sie lachte.

«Du hast Schwierigkeiten, damit fertig zu werden», sagte sie.

Sonny nickte. «Du sagst es», meinte er trocken. «Gehen wir zu dir?»

In Gedanken sah er bereits, wie sie sich gegenseitig französisch verwöhnten.

«Warum ich?» fragte sie plötzlich.

«Warum?» Er sah sie an, als ob das doch auf der Hand läge. «Meinst du das im Ernst? Du bist doch meine Freundin, platonisch gesehen. Nach alldem, was du mir neulich erzählt hast, da hatte ich dieses Gefühl, als ob wir uns eine Ewigkeit kennen ... Du hast so eine *Ausstrahlung*.» Das Wort war ihm gerade noch eingefallen.

Sie errötete. «Warum gehst du nicht zu deiner Freundin?»

«Ilse?» Sonny winkte ab. «Sie hat mich rausgeschmissen. Vor Wochen. Dafür gibt's Zeugen. Sie ist so physisch, und ich bin eher spirituell ...» (Platt, *aber gut*.)

Sie schien zu überlegen. «Eigentlich bin ich müde», sagte sie, «andererseits ...»

«Bitte», flehte Sonny und hielt ihr die Wagentür auf.

Weißt du, eine Frau ist nie zu müde, unten zu liegen ...

Vielleicht konnte sie wirklich Gedanken lesen, denn als er neben ihr saß, griff sie ihn sich wie einen kleinen ungezogenen Hund.

«Daß du dir keine Schwachheiten einbildest, hörst du.»

Schwachheiten? Sonny schüttelte bußfertig den Kopf. Im Freistilringen rechnete er sich keine großen Chancen bei ihr aus.

Und alles andere war eine Frage der Taktik.

Sie wohnte auf einer Zweizimmer-Mansarde, 5. Stock, 50 knappe Quadratmeter, die sie sich mit einer «Schwester» teilte.

Der zoologische Garten lag um die Ecke, und jeden Morgen konnte sie die Schreie von Schimpansen und exotischem Federvieh hören.

«Schuhe aus», sagte sie, nachdem sie die Treppensteigerei hinter sich hatten. Sonny machte gute Miene zum bösen Spiel; ohne Schuhe war er noch einen halben Kopf kleiner.

Schon im Vorplatz ließ sie ihn einen Stapel mit Rechnungen sehen.

«Sieh dir mal die Gasrechnung an», rief sie.

Sonny erkannte eine vierstellige Zahl.

«Jesses», meinte er. Er haßte jede Sorte Erpresserbriefe.

«Vor zwei Wochen hatten wir eine Schwester aus Zürich zu Besuch ... Ich hatte ja keine Ahnung, daß sie auf Entzug war ... Sie hat immer nur gefroren, weißt du ... Mitten im Sommer lag sie vor der voll aufgedrehten Heizung und zitterte wie Espenlaub ...»

«Was ist mit deinem Vater?» fragte er beiläufig. «Warum schickst du ihm nicht einfach die Rechnung?»

«Mein Vater haßt mich», sagte sie. «Er hat versucht, mich einweisen zu lassen in eine Irrenanstalt. Er hält mich für geistig unzurechnungsfähig, kannst du dir das vorstellen? Der Trottel hat mich enterbt!»

«Frechheit», meinte Sonny.

Das Wohnzimmer erinnerte ihn an einen Palmengarten, und er bildete sich ein, Naturdünger zu riechen.

Flüsternd lief sie vor ihm durch den Dschungel und berührte wie zufällig einzelne Blätter, die sich ihr entgegenstreckten; afrikanische Graspflanzen, Forsythien, einmal küßte sie das gummiartige Blatt einer *Agave*. Sie war inzwischen auch einer Vereinigung von Dendrophilen beigetreten, die versuchten, mit Pflanzen zu kommunizieren. Die Mitglieder waren dafür bekannt, ihre Schamteile im Frühjahr an jungen Bäumen im Stadtwald zu reiben. Mitten im Raum standen ein großes abgewetztes Kanapee mit Troddeln an der Seite und ein brauner Teakholztisch, der entweder vom Sperrmüll kam oder dort hingehörte.

Es gab auch eine Plattensammlung, viel Soul. Schwarze Bumsmusik. Wegen der hohen Luftfeuchtigkeit waren die Covers gewellt.

«Von der Schwester», rief sie von irgendwoher.

Cherrie, die Schwester, war für ein paar Wochen in den Staaten, wo die Sekte in Silicon Valley einen «Schrein der Liebe» errichtete. Früher hatte sie im Poorboy-Club in Amsterdam «gefischt». Jetzt war sie *staffleader* und kommandierte an die zwanzig «babes», die in Frankfurt missionierten.

Sie hat Rhythmus im Blut, die Schwester, dachte Sonny. Für seine Zwecke genau das richtige.

Er entdeckte auch eine handsignierte Schallplatte von Cerrone: «Hope You'll Find Happiness In My Paradise». Das Foto zeigte eine Nackte auf einem leeren Kühlschrank. *Diese Symbolik!*

«Wow!» rief Sonny. «Weißt du, was die wert ist?»

Sie hatte sich umgezogen und kam in einem halbdurchsichtigen Batikgewand aus dem Schlafzimmer.

«Keine Ahnung», sagte sie.

Sonny hatte auch keine Ahnung, aber er ließ den Discofreak raushängen.

«Zweihundert, ach was, mindestens dreihundert Mark», schätzte er, während er das Vinyl wie einen Goldbarren wog. «Ich kenne da einen Spinner, der würde noch mehr dafür latzen.»

«Hundert Mark, und du kannst sie haben.»

«Ist das dein Ernst? Für diese Rarität?» Ein Rückzieher hätte verdammt verdächtig ausgesehen. «Ich meine, sie ist viel, viel mehr wert.»

Sie schüttelte den Kopf. «Sonny, ich kenn mich mit Platten nicht aus ... Mir reichen hundert Mark.»

«Okay. Wie du willst.» Sonny hatte schon gerochen, daß sie Geld brauchte. *Warum sonst würde es jemandem in den Sinn kommen, eine derart geniale Platte zu verkaufen?* Automatisch griff er in seine Hosentasche.

«Aber ich habe trotzdem das Gefühl, daß ich dich jetzt übers Ohr gehauen habe.»

«Das Gefühl hast aber nur du», sagte sie mit einem liebevollen Lächeln und schleifte ihn in die Küche.

Sonny sah ihr zu, wie sie grünen Gunpowder-Tee machte, und fabulierte einfach ins Blaue: Er hatte eigentlich nichts zu erzählen, und seine Geschichte war dementsprechend verworren: Daß sie der Einladung einer renommierten Plattenfirma gefolgt wären ... äh ... die höchsten Bosse bereits nach der ersten Nummer auf den Tischen getanzt hätten ... daß auch die anwesenden zwanzig, dreißig Plattenkritiker ganz aus dem Häuschen geraten wären ... daß sie im Anschluß an die Interviews noch Autogramme verteilt hätten – «man tut ja alles für seine Fans».

«Tja, im Grunde genommen bin ich ein gemachter Mann.» So endete die Story. «Die Platte liegt zu Weihnachten im Geschäft. Das bedeutet viel Geld, und doch, ich weiß nicht so recht ...»

Wenn er sich noch auf etwas verstand, war es *rumdrucksen*.

«Jetzt bist du also ein Star», sagte sie schelmisch.

«Hm, bin ich das?» Sonny spielte den Nachdenklichen.

«Du hast doch Erfolg, oder?» – *Erfolg, das ist es. Das ist alles, was Frauen wollen. Weil es Sicherheit bedeutet. Geld. Macht. Den faulen Arsch im Bett und den Ficker obendrauf.*

«Tja, wenn es nur so einfach wäre», nuschelte er wieder.

«Aber freust du dich denn gar nicht über den Plattenvertrag?»

«Es ist ein Geschäft wie jedes andere. Ich meine, als STAR dürfte ich so gar nicht sprechen ... Aber im Vertrauen, wir sind Geschäftsleute. – Glaubst du tatsächlich, es macht mir Spaß, den ganzen Tag in diesen Hochplateaulatschen rumzuhampeln? Man läuft in den Dingern wie auf orthopädischen Prothesen.»

«Oh, und ich dachte, sie machen dich größer», sagte sie. Ihre offene Art war manchmal verletzend.

«Größer? Wer? Ich? Ist dir mal aufgefallen, daß ich mir auch die Haare gefärbt habe? Hat das vielleicht auch was mit Größe zu tun, hm?»

Das war Sonny von seiner besten Seite, ein sprudelnder Quell des Paradoxons, ein schwarzes Schaf der Logik.

«Ich verstehe», sagte sie endlich, «du hast dich nur so zurechtgemacht, um den Plattenvertrag zu bekommen. Das», sie deutete auf ihn, «bist nicht du.»

Sonny nickte begeistert. «Du sagst es. Das bin – NICHT ICH. Der Aufzug is' so 'ne Art Uniform. Die Heinis von der Plattenfirma wissen dann gleich, in welche Schublade sie dich reinstecken können.»

Das vorletzte Wort löste wieder archaische Impulse in seinem Unterleib aus. *Mußte sie, als Yogini, nicht schon längst ahnen, was in ihm vorging?*

«Na ja, es hat auch seine guten Seiten», fuhr er fort, «der richtige Haarschnitt erspart die stundenlangen Gespräche mit Betriebspsychologen, die dich auf Herz und Nieren prüfen, um herauszufinden, wer du wirklich bist...»

«Dann glaubst du gar nicht an... Disco?»

Gewissensfrage. Sonny machte auf schwer-von-Begriff.

«Bin ich bescheuert?»

«Jeder Mensch braucht einen Glauben», sagte sie. «An was glaubst du?»

An deine Möse. Es lag ihm auf den Lippen.

«Armer kleiner Sonny, du klingst manchmal so zynisch und gemein, daß ich es mit der Angst zu tun bekomme.» Sie rückte etwas von ihm ab.

Er dachte an ihren nackten Po und wollte sich die Sache nicht durch Ehrlichkeit versauen.

«Was denn?» wiegelte er ab, «ich hab mich hochkämpfen müssen, von ganz unten... Da hab ich auch mal das Recht, ein bißchen zynisch zu sein.»

«Du mußt lernen, deine Widerstände gegen die Welt abzubauen», entgegnete sie sanft. «Laß es in dich fließen.»

«He, das klingt nach Erleuchtung», sagte Sonny. Er war sich nicht sicher, worüber sie sprach.

«Ich versuche nur dir zu helfen», sagte sie und kraulte seinen

Nacken, «aber jetzt wird alles gut. Ich denke, die Platte wird ein Hammer...»

Er staunte ein bißchen über ihre Naivität und dachte, daß es ihr ganz recht geschah, *unter ihm* auf der Matte zu landen. Soviel Dummheit hatte es nicht anders verdient.

«Ich möchte mit dir schlafen», sagte er plötzlich. (Kuhl hätte es einen kleinen Reaktionstest genannt.)

«Ich weiß», sagte sie. Natürlich hatte sie sein *Kamadhatsu* längst wahrgenommen. Sie hauchte ihm einen Kuß auf die Stirn.

«Heißt das, wir werden... Einfach so?» Er hatte einen Kloß im Hals, als er das fragte.

«*Karmamudra* ist für mich der physische Ausdruck meiner spirituellen Energie», sagte sie. «Für mich als Frau ist es der unmittelbarste und natürlichste Ausdruck meiner schöpferischen Kraft.» Große Augen. «Ich will dir *mudam* und *ratim* schenken.»

Aha. Sonny überlegte, um was es sich handeln könnte. Große Freude?

Aus Verlegenheit legte er Ghana Soul Explosion auf (schon wegen des Covers) und drehte die Anlage auf.

«Komm, so wie Gott uns geschaffen hat...» Ihre Batik landete auf dem Boden.

Grüner Tee, wer sagt's denn, dachte Sonny. Und *prakriti* lehrt *purusha* das Tanzen...

Sonny ließ sich nicht zweimal bitten und begann, sich gemächlich auszuziehen. Wenig später tanzten sie zu «Family Affair», der schmierigsten Version, die je von der alten Sly-Stone-Nummer gemacht wurde.

Sie hielt einen Joint in der rechten Hand. Abgesehen davon war sie nackt. Er sah zum ersten Mal, was sie wirklich hatte. Sonny, der Fleischbeschauer, mußte sie in Gedanken natürlich mit Ilse vergleichen: Ilses Venushügel war kahlgeschlagen, Dörthes Möse war ein verwilderter Garten, schwarze Botticellilocken und lachsrote Rosenblätter. Es erinnerte ihn an ein Dreieck, das jemand aus einer Barockperücke geschnitten hatte.

«Warum legst du nicht endlich ab?» Es gelang ihr, die Musik zu übertönen. «Das kannst du doch so gut, Mr. *Superjock*?»

Tatsächlich schwänzelte Sonny noch immer im obligatorischen Lurexslip um die Gummibäume.

«Ich steh auf Vorspiel», meinte er. Das wäre allerdings das erste Mal gewesen.

«Ist dein Kleinod wirklich so groß?» Sie fixierte die Schwellung in seiner Hose.

«Nun», er versuchte den Tonfall eines Gelehrten, «laut einer gängigen Faustregel ist mein ... äh, Kleinod im Vergleich zur Gesamtlänge meines Körpers deutlich überproportioniert.» Er hatte das mal in irgendeinem Wichsmagazin gelesen und auswendig gelernt.

«Lieber Himmel, wird das noch was?» Sie blies ihm den Rauch ins Gesicht.

«Willst du wirklich sehen?» Der Anreißer einer Freakshow hätte es nicht besser machen können. Langsam streifte er den Slip ab, und seine Latte richtete sich vor ihr auf.

An ihrem Gesicht konnte er sehen, daß sie nicht glaubte, was sie sah.

«Das ist unglaublich», bestätigte sie, als sie sich wieder gefaßt hatte.

Es war das heimliche Zepter der Welt, der Viehschwanz des Teufels, und sie schämte sich nicht dafür, in diesem Ding eine Art Absolutum zu sehen. Einen Augenblick fixierte sie seine kahlen Murmeln.

«Rasierst du dich unten, oder warum wächst da nichts?»
Sollte er ihr die peinliche Wahrheit erzählen?
«Angeboren», sagte er.

«Es ist sicher schwer, ein so großes Lingam unter Kontrolle zu halten.»

Sie reichte ihm den Joint und ging vor ihm auf die Knie.

Oh gloria in excelsis deo. Sein limbisches System geriet aus den Fugen. Fast hätte er *Freude, schöner Götterfunken* angestimmt.

Sie wollte gerade zur Sache gehen, als es unvermittelt an der Tür klingelte. Es wollte gar nicht mehr aufhören zu klingeln.

«Willst du nicht aufmachen?» rief er.

«Ich bin nicht da», sagte sie.

«Was?»

«ICH BIN NICHT DA!!!» Sie hielt sich die Ohren zu.

«Vielleicht ist es jemand für die Schwester», sagte Sonny und kletterte in seine Hose.

Noch immer klingelte es Sturm.

«Ich werd mal nachsehen.»

«Sonny!» Sie wollte ihn noch zurückhalten.

«Ich komm ja schon!!» Barfuß wieselte er an die Tür.

Draußen stand ein älterer, seriös gekleideter Mann. Er hatte einen Rundbart und buschige Augenbrauen.

«Ja, wo brennt's denn?»

«Ich... ich will zu der Nutte.»

«Was?» Selbst Sonny, der sonst in diesen Dingen so spitzfindig war, glaubte an einen Versprecher.

«Ich will zu der Nutte», kam es wieder aus dem Halbdunkel.

«Welche Nutte?»

«Na, verdammt... Ich hab ihren Namen vergessen... Sie is' von der Sekte, verstehn Sie... Der Vorsteher weiß Bescheid.»

«Hier gibt's keine Nutte», sagte Sonny.

«Was?»

«Du hast schon richtig gehört, Schweinebacke. Hier bist du an der falschen Adresse...»

«Das ist kein Puff?»

«Bist du schwerhörig?»

«Aber, das gibt's doch nicht. Ich war letzte Woche hier...!

«Dann hast du dich wohl verklingelt», sagte Sonny. «Vielleicht wohnt sie im nächsten Haus.»

«Moment noch.» Der Mann kramte in seinen Taschen und zückte einen Fahrschein. Er schien in jeder Hinsicht öffentliche Verkehrsmittel zu benutzen. «Verdammt, ich hab mir die Adresse doch aufgeschrieben.» Vielleicht macht niemand einen derartig armseligen Eindruck wie ein verhinderter Freier.

«Und da bin ich jetzt all die Treppen umsonst gestiegen?»

«Sieht so aus», sagte Sonny.

«Das ist doch der fünfte Stock? Und du bist ganz sicher...»

«Ganz sicher», sagte Sonny, «und wenn du nicht gleich abziehst, fliegst du die Treppen runter... Kapiske?»

Der Knabe hatte verstanden und ging.

Sonny verriegelte die Tür. *So ist das also mit der Erleuchtung.*

Sie saß unter der großen Yuccapalme am Fenster und starrte in den nächtlichen Himmel.

«Ich weiß, was du jetzt denkst», sagte sie, als er sich neben sie setzte.

«Dörthe...»

«Yonina.»

«Okay. Yonina, es geht mich ja nichts an...»

«Sonny, ich weiß, es klingt verrückt, aber es macht mir nichts aus. Es ist nur körperlich, verstehst du. Eine erfahrene Yogini kann sich von ihrem Körper trennen. Ihre Seele wird All-Bewußtsein und bleibt rein.»

«Warum hast du mir das nicht vorher gesagt?»

«Ich dachte, du wüßtest es.»

Sonny wirkte geistesabwesend. Er überdachte sein Freibeuter-Vorhaben in einem neuen Licht; er hatte keine Lust, sich eine Portion Gonokokken einzufangen, ebensowenig stand ihm der Sinn nach Funghi, hartem oder weichem Schanker.

«Sonny», sagte sie, «ich kann verstehen, wenn du mich jetzt verabscheust...»

«Das ist es nicht», sagte Sonny, die praktische Intelligenz, «ich meine, hast du zufällig Kondome im Haus?»

Sie nickte. «Was denkst du denn.»

Seine Miene heiterte sich schlagartig auf. Er hatte vollstes Verständnis.

«Und wo treibst du's so mit deinen Kunden? Hier?»
«Vor den Pflanzen?» Sie schüttelte den Kopf. «Du weißt nicht, wie sensibel die sind...»

Ohne daß es einer weiteren Aufforderung bedurft hätte, führte sie ihn durch den Glasperlenvorhang in das angrenzende Zimmer.
«*Holy Moses*», murmelte Sonny.
Es erinnerte ihn an den Vorhof zur Hölle.
Die Wände waren schwarz gestrichen. Unter einem großen Ying & Yang-Poster stand ein rotlackiertes Bett. An den gedrechselten Pfosten entdeckte er Lederschlaufen. Sonny fühlte sich an die Haltegriffe in einer Straßenbahn erinnert.
«He, das sieht ja spannend aus», gluckste er, ganz der bußfertige Ketzer beim Anblick der spanischen Stiefel.
«Willst du immer noch den Weg der Glückseligkeit beschreiten?»
«Oh ja.»
«Schön, dann kommen wir zur Inaugurierungszeremonie», sagte sie.
Er glaubte wieder diese ätherischen Stimmen zu hören. – *Gloria, oh Gloria, was auch immer...*
«Auf die Knie», befahl sie.
«Oh ja, bei allen Göttern», antwortete ein verzückter Meßdiener.
In diesem Moment war sie eine nackte Heilige, eine Venuspriesterin, die große Mutter Kybele, wenn es denn sein mußte, verehrungswürdiger als der blutarme Gott der Christen, der nicht mal am Kreuz blutete, wie es sich gehörte.
Mit beiden Händen preßte sie sein Gesicht an ihre Fotze; gewöhnlich war ihm *die Auster des kleinen Mannes* zuwider, aber diesmal war er doch angenehm überrascht. Seine Geschmackspapillen signalisierten Pflaumenmus, Mandelmilch. Produzierten ihre Schleimhäute da unten etwa Blausäure, wie man es gewissen SS-Spioninnen nachsagte, die im II. Weltkrieg auf alliierte Offiziere angesetzt wurden?

Der Gedanke verdrehte ihm die Zunge, aber er hatte keine Zeit mehr, darüber nachzudenken...

1. Beim Akt des Aneinanderreibens beider Organe generiert die Priesterin konkret vier Arten der Glückseligkeit und läßt bodhicitta abwärts strömen. *Heavy Petting*, dachte Sonny.

«Bist du all-liebend und all-empfindend?» fragte sie. «Die Erfahrung der Glückseligkeit führt zum Verlust des wahren Bewußtseins, das sich wandelt und absolute Liebe wird ... Die große Freude! Mußt du die Schöpfung nicht preisen?»

«Oh ja, ich preise...», japste Sonny. *Gepriesen sei alles, was hart macht.*

«Willkommen im Paradies.» Mit diesen Worten führte sie ihn ein. Sie war ganz Karmamudra, eine große, fleischige Blume, die ihn saugte. Die Stärke ihrer Vaginalmuskulatur war fast unheimlich. Sonny fragte sich, ob sie das in der Yogaschule mit Würstchen trainierten. Vielleicht war sie auch ein Naturtalent.

2. Nachdem der «Dorn in die Ritze» eingesetzt war, gab es für Sonny kein Halten.

Er fickte sie wie 3. eine gutgeölte Maschine, und sie dankte es ihm, indem sie ihre Hüften unter ihm kreisen ließ. Ihr Organ war wie eine Druckpumpe, sein Schwanz ein U-Boot, auf Grund gelaufen und den Kräften der Brandung ausgesetzt.

4. «Denk an meinen G-Punkt», sagte sie plötzlich. Sie glaubte fest an Gräfenbergs Entdeckung, die noch immer umstritten war.

«Kommen wir also zum G-Punkt, meine Damen und Herren», *sagte Dr. Ernst Gräfenberg, der Nazi-Gynäkologe, der in den vierziger Jahren wüste Masturbationstechniken erforscht und weiterentwickelt hatte. Wahrscheinlich war der forschende Geist dieses Mannes im Verlaufe einer Reihe ungeschickter Stimulationsversuche zufällig auf das ‹erbsengroße› Zellkonglomerat von Synapsen, Drüsen und Kapillargefäßen gestoßen, das sich gewöhnlich etwa zwei Komma fünf Zentimeter über dem Scheideneingang befindet.*

Sie begann laut zu schreien, und ihre Nägel gruben sich in seine

Schultern. Endlich 5.packte sie ihre Zehen, und dann, wie von allen guten Geistern verlassen, schleuderte sie ihm ihre Fotze entgegen.

Die Vereinigung von *lingam* und *yoni* war so tief, daß er den Faden der Spirale, den sie ihr vor ein paar Wochen eingesetzt hatten, spürte. Die Gewißheit, daß chirurgisches Plastik ihre Gebärmutter blockierte, ließ ihn aufatmen.

«Spürst du die Schwingungsströme in meiner Yoni?» rief sie einmal.

«Oh ja», jauchzte Sonny, «ja! – Ja! Jaaaaa! Gelobt sei der Herr, sein Wille geschehe ... Oh Tannenbaum, oh Tannenbaum ... Es ist ein Ros entsprungen ... Urbi et orbi.»

Er stammelte so ziemlich alles an römisch-katholischer Litanei durcheinander, vermengte Weihnachtslieder und Ostersegen zu wirren Glückstiraden. Sie hielt es wahrscheinlich für besondere Inbrunst, denn sie federte ihn höher und höher, und die alten Bettpfosten knarrten im Takt.

«*Vajrasattva**», schrie sie, Yogini d'amour.

«Oweiheieiahhh!» stimmte Sonny ein. Er fragte sich, ob es nicht doch Angstschweiß war, was ihm fingerdick auf dem Rücken stand.

Wie ein Meerbeben tobte sie unter ihm. Sonny fühlte sich wie eine Ankerboje in diesen Wellen aus Fleisch. Aber er jubelte, erlebte alle sechzehn möglichen Intensitäten der irdischen Freude und vielleicht noch mehr.

Als sie spürte, daß er es nicht mehr aushielt, griff sie sich seine Glocken.

«Gib den Samen, den du der Schöpfung schuldest!» schrie sie und begann ihn kräftig zu melken.

Die Mißhandlung, die seinen Weichteilen widerfuhr, war derartig rabiat, daß er befürchtete, sie würde ihm einiges abreißen, aber nach einer Minute hatte er sich daran gewöhnt und empfand sogar Lust.

---

* höchste Ekstase nach Anangavajra

«Gib! Gib endlich!» Sie hatte plötzlich diesen Gürtel in der Hand und versohlte ihm kräftig den Hintern. Es war absurd. Nicht nur, daß es Python-Imitat war, nein, Sonny genoß jeden Hieb!

Gemolken und gepeitscht erlebte er den Orgasmus in einem Rausch aus Fetzen und Farbe.

Er wollte sie küssen, aber sie drehte sich zur Seite, stöhnte «mahasukha», große Freude, und preßte sich immer neue Orgasmen aus dem Leib.

Nachher hing er wie ein ausgeleiertes Gummiband zwischen den Bettpfosten. Es war nicht gerade ein Kundalini-Orgasmus gewesen, er wußte das, als sie die Augen aufschlug. Andererseits, wenn man bedenkt, daß der Durchschnittsorgasmus laut einer amerikanischen Studie etwa zehn Sekunden dauerte, dann hatte er sein Soll doch redlich erfüllt ...

Morgengrauen.

Sonny, entleert wie ein T4-Bakteriophage, der sich in ein Geißeltierchen verströmt hatte, fiel wie tot in seinen Mustang.

Komisch, dachte er. Zum ersten Mal in seinem Leben fragte er sich, ob er aus Nächstenliebe oder von einer ganz ausgefuchsten Nutte gebumst worden war.

Und gab es einen nennenswerten Unterschied? Im Hinblick auf die Glückseligkeit, die einer empfinden konnte? Mit einem menschlichen Körper? Unter den gegebenen physikalischen Verhältnissen?

Sonny hatte eine Menge Dinge gelernt.

Es dämmerte ihm, daß man sich als *Ding*, als unbeseeltes Objekt, durchaus wohl fühlen konnte. Nicht, daß er diese Erfahrung nicht schon früher gemacht hatte; er hatte sie einfach wieder vergessen.

Wer braucht schon die Menschenrechte, dachte er. Er war sich eh sicher, daß die KSZE-Schlußakte nichts mit ihm zu tun hatte.

Ein Blick in den Rückspiegel ließ ihn doch noch erschauern; an seiner Kehle schillerten Blutergüsse, groß wie Dasselbeulen, Knutschflecken. Alle Spektralfarben waren vertreten.

ILSE! dachte er. Sie war immer noch die Chefin. Er würde eine Erkältung vortäuschen müssen und Unpäßlichkeit, aber das war eine seiner leichtesten Übungen.

Zunächst kaufte er sich ein Seidenschälchen bei C&A. Sonny war eben diskret.

«Ich habe Gott gefunden.» Mit diesen Worten auf den Lippen und einem Gebetsfleck auf der Stirn fiel Sonny am nächsten Abend im Ali Baba's ein. Ganz nebenbei versuchte er Rio die Cerrone-Platte unterzujubeln.

«Denk drüber nach. Is'n Freundschaftspreis, Alter.»

«Da gibt's nichts drüber nachzudenken», sagte Rio. Er hatte die Scheibe dreimal, und das hieß, seiner Meinung nach, dreimal zu viel.

«Warum hast du die Platte überhaupt gekauft?»

«Das ist doch meine Sache», sagte Sonny.

Rio überlegte. «Versuch's bei Buddha, der ist vielleicht dumm genug und kauft sie wegen des Covers.»

Ein anderer STAR kreuzte wenig später in Superjock-Hochstimmung auf: Kuhl. Die Haare hatte er wie Bata Ilic gekämmt. Man konnte sehen, daß er versuchte, an Sonnys Erfolg anzuknüpfen: Er war auch ein STAR und hatte sich krank gemeldet; der Nachtdienst hing ihm zum Hals raus. Zum ersten Mal glaubte er, die Dinge hätten sich für ihn geändert. Nachdem er Sonny wegen des Seidenschälchens angefrotzelt hatte, entschloß er sich, sein Glück bei den «Weibchen» zu versuchen. Zufällig fiel sein Augenmerk auf eine dunkelhaarige Schöne an der Bar, die ihn an Rosie erinnerte und die nichts dagegen hatte, daß er sich neben sie setzte.

«Äh... hallo», sagte er.

«Hallo», sagte sie.

«Du kennst mich nicht zufällig?» sagte er. Er konnte sich vorstellen, daß STARS so Frauen anmachten.

«Sollte ich dich kennen?» Sie war nicht der gesprächige Typ, er hatte das schnell raus.

Lächelnd ließ er sie einen Fünfzigmarkschein sehen.

«Wie wär's mit einer Anzahlung?»

Sie verpaßte ihm eine schallende Ohrfeige.

«Drecksack», sagte sie noch und zog Leine.

Kuhls rechte Gesichtshälfte glühte. Er war wie betäubt, anders hätte er vielleicht zurückgeschlagen oder wenigstens nachgetreten ...

«Good heavens», Danny Rosen hatte den Vorfall gesehen, «die war ja auf hundertachtzig ... Wer wer denn die Dame?»

«Ach, irgendeine Schlampe! Du weißt ja, wie sie reagieren, wenn sie abserviert werden ...»

«Du hast sie ... abserviert?»

«Klar. Warum nicht, Mann?»

Er ging alleine nach Hause. Der Wind stand ungünstig, und die Gegend stank nach faulen Eiern, die irgendwo in Höchst gärten.

Kuhl dachte an Rosie.

Fünfzig Mark sind fünfzig Mark, dachte er. *Fürs Anblasen reicht das immer.*

Aber der Aufwand war ihm zuviel; allein die Vorstellung, Treppen steigen zu müssen, schlug ihm aufs Gemüt ...

Guter alter Handbetrieb, dachte er dann, *einmal mehr oder weniger. Ein bißchen Endorphin und selig entschlafen*, das war alles, was er wollte.

IV

Kurz vor neun traf Rosie ihren Herzensbrecher. Toni hatte ihr einen Haufen gläserner Fische mitgebracht; venezianische Glasbläsereien, der schlimmste Nippes auf Gottes Erdboden.

Rosie spielte mit den Fischen. Mit der großen Haarschleife sah sie aus wie ein glückliches Kind. Toni schmunzelte zufrieden; *sein dummes kleines Mädchen:*

«Oh, sind die schön, Toni.»

Als er auch noch einen Strauß roter Rosen hervorzauberte, war sie fast zu Tränen gerührt.

«Toni, du dummer großer Kerl.» Er roch frisch rasiert, der Ärger mit Kuhl war vergessen.

«Sag jetzt nichts, Rosie.»

Er nahm sie in seine Arme, hob sie so weit hoch, daß ihre Füße mit den Pumps in der Luft hingen.

«Ich glaube, ich schwebe», hauchte sie und küßte ihn zärtlich.

«Kann es sein, daß du noch saftiger geworden bist?» Seine Hände knufften und kneteten ihren Po.

Sie kicherte, versuchte sich zum Schein freizukämpfen.

«Laß das, Toni! Was bist du doch für ein ungehobelter Klotz!»

Und ungehobelt wollte sie ihn im Bett. Nur ihr Russe wußte sie im Bett besser zu nehmen: Allerdings wußte sie, daß es noch einen «anderen Toni» gab, einen Kerl schlimmer als der bärbeißige Chwotz, der Stoßer, nach dem sie sich insgeheim sehnte.

Er ließ sie los, und sie spielte wieder mit den Glasfischen.

«Du würdest eine gute Mutter abgeben», sagte er an diesem Abend.

Sie errötete, wie sie sonst nie errötete, und packte wortlos ihr kleines Nuttenhandtäschchen.

Wie immer landeten sie beim Spanier an der Galluswarte.

Toni hatte einen Tisch reserviert. Zur Feier des Tages war Krabbenpuhlen angesagt. Ihr Gesicht glühte im Kerzenlicht. Schweißperlen glitzerten wie Perlen in ihrem Dekolleté. Sie ließ es sich schmecken, schmatzte und saugte mit spitzen Lippen und puhlte mit ihrer Zunge das weiße Fleisch aus den Schalen.

Schwerer spanischer Rotwein floß in rauhen Mengen.

«Nicht soviel», sagte sie schmatzend, aber er glaubte, daß sie das nur so dahinsagte.

Insgeheim wußte sie, was der «andere» Toni mit ihr vorhatte, aber sie spielte die Ahnungslose, während er sie abfüllte.

Obwohl sie noch nicht über Geld gesprochen hatten, wollte sie, daß er auf seine Kosten kam, und prostete ihm zu. Sie war bereits angeschickert.

Toni hielt sich vornehm zurück. Zuviel Alkohol und ein voller Bauch konnten sich äußerst hinderlich auswirken.

Gegen halb zwölf drückte er «Granada» von Luisa Fernandez an der Musikbox und forderte Rosie zum Tanz auf.

Im Lokal kam Stimmung auf.

Rosie wollte nicht: Es war nach der fünften, sechsten Karaffe, und sie konnte kaum noch stehen: Sie hatte eine volle Blase und fürchtete, sie würde es nicht mehr aushalten.

Toni schleifte sie eine Zeitlang hin und her zwischen der Theke und ihrem Tisch, wobei einige Spanier mit den Händen klatschten und Don Lobo persönlich mit den Kastagnetten klapperte.

Toni geriet langsam ins Schwitzen.

Rosies Körper war weich und biegsam. Sie fühlte sich an wie eine Gummipuppe, genau so wollte er sie im Bett.

Mit jedem Schritt wurde seine süße Last schwerer, bald blieb ihm nichts anderes übrig, als sie mit aller Gewalt an sich zu pressen. Durch sein Hemd spürte er, daß ihre Brustwarzen hart waren. Sie hatte einen glasigen Blick, und hin und wieder sabberte sie auf seine Schulter.

«Oh, Toni, ich halte es nicht mehr aus», sagte sie.

«Was, um Himmels willen?»

Toni fragte sich gerade, ob sie eine Alkoholvergiftung hatte, als ein junger Kerl plötzlich losprustete und mit dem Finger zeigte. An verschiedenen Tischen wurde jetzt gelacht, nur Don Lobo machte ein langes Gesicht. Toni versuchte noch immer die Ursache der allgemeinen Heiterkeit herauszufinden, als er beinahe in einer Pfütze ausgerutscht wäre. Im Reflex stieß er sie von sich, und wie sie so ein paar Schritte zurücktaumelte, konnte er den Fleck auf ihrem Sommerkleid sehen. Es tröpfelte noch immer aus ihrem Schritt. Dann fiel sie gegen die Theke und konnte sich gerade noch an einem Barhocker festklammern. Das Volk johlte.

Es wurde höchste Zeit, zu verschwinden. Toni warf dreihundert Mark auf den Tisch und bugsierte sie eiligst aus dem Lokal.

Draußen, hinter seinem Laster, ging sie wieder in die Hocke. Er stand unschlüssig daneben, sah verschämt zu, wie sie so mit hochgerafften Röcken vor ihm kauerte und pißte. Er fragte sich, ob sie kein Höschen trug.

Ihr Wasser floß gegen seine neuen Reifen und von da in den Rinnstein.

Ein Radfahrer fuhr vorbei, sah das Schauspiel und verlor fast die Kontrolle.

«Ich führe meine Hündin Gassi», brüllte Toni ihm nach.

Er hielt das für einen gelungenen Witz.

«Du hast mich bis auf die Knochen blamiert», sagte er dann.

Er hatte Lust, ihr in den Hintern zu treten.

«Soll ich da rauf?» fragte sie, während er die Beifahrertür aufsperrte.

«Mach schon, es sind nur drei Stufen.»

Vor dem Lokal standen mittlerweile ein paar Schaulustige und riefen ihre gutgemeinten Ratschläge über die Straße.

«Hier, halt dich fest», sagte Toni und legte ihre Hand auf den Innengriff.

«Schön festhalten, ja?»

Er hob ihren rechten Fuß und stellte ihn auf die unterste Stufe.

Die Puppe schwankte wieder.

«Bei drei», sagte er und hievte ihren Po in die Höhe.

Sie hatte jede Kontrolle über ihren Körper verloren und fiel kopfüber auf den Boden der Fahrerkabine. Dabei rutschte ihr Kleid hoch, und Toni hatte einen langen, ungetrübten Blick ins Paradies aller Lustmolche.

«So 'n Luder, trägt nicht mal 'nen Schlüpfer!»

Frenetischer Beifall kam von der anderen Straßenseite, und er machte ein paar Drohgebärden: «Verschwindet, blödes Pack.»

Er stieg ein und schaffte es, sie hochzuziehen. Wenig später hing sie breitbeinig auf der Chauffeursbank und gurgelte.

«Nicht auch das noch», murmelte er und stellte ihr einen Plastikeimer auf den Schoß. Er befürchtete, sie würde sich übergeben.

Er war besorgt...

Zutiefst...

Aber dann fiel sein Blick in den Rückspiegel, und plötzlich saß da ein anderer Toni.

Noch bevor er den Motor startete, drückte er auf den Knopf der Zentralverriegelung.

Das Geräusch, ein hartes metallisches Klicken, ließ sie aufschrecken. Sie tastete nach dem Türgriff und stieß sich den Kopf am Armaturenbrett.

«Jetzt hast du mich wohl», gluckste sie leise. Sie hielt dabei die Augen gesenkt.

Toni entgegnete nichts, er leckte sich nur die Lippen und beobachtete sie von der Seite.

Er hatte sie, und nichts, kein neunmalkluger, hinterfotziger Grünschnabelaufschneider würde sie vor dem retten, was sie selbst wollte.

Wenig später brausten sie über eine dunkle Landstraße hinter Eschborn. Toni kannte einen abgelegenen Parkplatz im Wald, genau das richtige. Nur einmal kam ihnen ein Auto entgegen.

Toni sagte kein Wort; es schien, als würde er auf irgend etwas warten.

Als plötzlich das Verkehrsschild «Wildwechsel» am Straßenrand auftauchte, legte er den Kopf in den Nacken und grunzte. Sie wußte, wem dieser Laut galt, und hielt die Beine sittsam geschlossen.

Auch sie verhielt sich still: Alles drehte sich in ihrem Kopf, die Landschaft flog an ihrem Seitenfenster vorbei. Toni starrte sie aus unnatürlich geweiteten Augen an und grunzte hin und wieder. Seine dunkle Seite hatte Witterung aufgenommen.

Er fuhr wie der Leibhaftige. Einmal heizte er mit achtzig Sachen durch eine geschlossene Ortschaft, schrammte ein Schild.

Rosie hatte Schwierigkeiten, sich festzuhalten. Als er in die Kurve ging, versuchte sie, sich an seinem Arm festzuhalten: Seine Muskeln waren hart, man konnte fast von einem katatonischen Krampf sprechen.

«Oh, Toni, bitte tu mir nicht weh, ja?» Sie versuchte ihn zu küssen.

«Wer zum Teufel ist Toni?» sagte er plötzlich mit dieser Grabesstimme.

Rosie wußte, der Mann am Steuer war nicht mehr ihr Toni, sondern ein anderer – ein Toni, der brutal werden konnte und dem sie sich fügen mußte. Sie hielt die Augen geschlossen.

Wieder grunzte er. Es galt nicht ihr, sondern ihrer Möse.

Es klang archaisch, vielleicht hatten so in grauer Vorzeit Männer nach Frauen verlangt.

«Oh, Toni», sagte sie nur.

Während er mit einer Hand das Lenkrad hielt, öffnete er das Handschuhfach vor ihr und ließ sie die Skimaske sehen:

«Ich werde dich in aller Ruhe vergewaltigen», verkündete er.

Sie begann hysterisch zu schlucken, wand sich hin und her wie eine dumme kleine Pute, die in der Falle saß.

In einem Waldstück bog er plötzlich von der Straße in einen holprigen Weg. Rosie wurde wieder ordentlich durchgeschüttelt.

Wenig später kam er auf einem verlassenen Forstparkplatz zum Stehen.

Die Aussicht war durchaus romantisch, Rosie konnte sich erst davon losreißen, als er nach der Skimaske griff.

«Toni, bitte...» Plötzlich hatte sie Angst, versuchte die Tür zu entriegeln.

Er lachte höhnisch.

Als sie an der Fensterkurbel fummelte, packte er sie an den Haaren und gab ihr ein paar knallharte Ohrfeigen.

«Zieh dich aus», knurrte er und riß ihr das Kleid von den Schultern.

Ihre bloßen Brüste sprangen seinen Händen entgegen.

«Oh, Toni», seufzte sie und sank in seine Arme. Sie bezüngelte ihn, bis er plötzlich ihre kleine, alkoholgetränkte Zunge aus ihrem Mund saugte.

Sie glaubte ersticken zu müssen, zappelte sich aus dem Kleid, das ihr noch immer um die Kniekehlen hing.

Als er ihre Zunge endlich losließ, hatte er sie bis auf die Strapse entblättert.

«Toni.» Sie japste nach Luft. «Ich werde alles tun, nur tu mir nicht weh.»

Er quittierte ihre Worte mit einem Grinsen.

Das konnte er ihr nun wirklich nicht versprechen.

«Los, rein mit dir», sagte er und legte ihr eine Hand in den Nakken.

Vor ihr gähnte die dunkle Koje. Sie war das erste Mal in seiner Kabine und wußte nicht, was sie erwartete. Sie hatte Angst, wollte aufspringen, aber er drehte ihr einfach den Arm auf den Rücken: Im Polizeigriff zwängte er sie in das stickige Kabuff.

«Jetzt werde ich deinem Wabbelarsch einheizen», grunzte er und klatschte ihr dermaßen fest auf den Hintern, daß sie kopfüber in die Koje fiel.

Hinter ihr zog er den schweren Samtvorhang zu.

Sie schluchzte, verkroch sich in der hintersten Ecke.

Drinnen hörte sie, wie er irgendwelche Schalter umlegte, Knöpfe drückte. Kurz darauf hatte sie das Gefühl, ihren eigenen Atem viel lauter zu hören. Unheimlich.

Über ihr flammte plötzlich eine grelle Birne auf und tauchte alles in ein kaltes, bläuliches Licht. Seine Koje war verspiegelt. Gehetzt blickte sie sich um, starrte immer wieder in ihre eigenen schreckgeweiteten Augen.

Sie hatte Gänsehaut.

«Toni, du machst mir angst.»

Aus dem Lautsprecher an der Decke kam plötzlich laute Musik: Sie kannte das Lied, «Whole Lotta Rosie» von AC/DC, und sie wußte, daß er es ihr zu Ehren spielte.

Irgend etwas Heißes berührte sie an ihrem Oberschenkel. Sie zuckte zurück, erkannte, daß es sein Schwanz war, den er durch die Vorhänge steckte.

Sie griff danach, mutige Rosie, und zog ihn in die Koje.

Er trug seine Skimaske und ansonsten nur ein schulterfreies Unterhemd, das seine Muskeln betonte. In der rechten Hand hielt er ein Budweiser.

Als sie strampelte, schickte er sie mit einem Schlag auf die Matte.

«Ich habe Durst», sagte sie, um Zeit rauszuschinden.

Er hatte den Nerv, ihr seinen Flachmann anzubieten, und sie schüttete auch ordentlich ab, bis sie merkte, daß es hochprozentiger Scotch war.

«Stinkbesoffenes Luder...» Der andere Toni hielt nicht viel davon, einer Frau Komplimente zu machen.

Sie protestierte schwach, aber hatte nicht mehr die Kraft, sich ihm zu widersetzen. Tonis starke Hände arrangierten ihre Gliedmaßen, wie er es brauchte. Sie machte einfach auf, ließ ihn gewähren. Wäre sie noch bei Bewußtsein gewesen, sie hätte vielleicht gelacht bei der Vorstellung, wie die hydraulisch gefederte Kabine unter der barbarischen Wucht seiner Stöße erbebte.

Monoton, für wenigstens zwei Minuten, hielt er den Rhythmus. Dann, als diese schrillen Gitarrenakkorde wie Splitterbomben in den metallischen Wind der Becken fegte, war es wie ein Gartenschlauch, der plötzlich in ihr losspritzte. Sie zählte zehn Schübe.

Mit letzter Kraft riß sie ihm die Maske vom Gesicht.

«Oh, Liebes...», sagte er im Halbschlaf.

Selig erwachte sie in den Armen des lieben Toni. Er schlief friedlich wie ein Baby an ihrer Brust.

Sie hatte fürchterliche Kopfschmerzen, und doch fühlte sie sich wie neugeboren. Leise stand sie auf und schlüpfte in die Fahrerkabine. Die Sonne blendete sie. Sie hatte Lust auf eine Zigarette, aber das Päckchen in ihrer Tasche war leer. Unschlüssig hing sie ihren

Hintern aus dem Fenster und ließ sich auslaufen. Im Außenspiegel konnte sie sehen, wie er sie zugerichtet hatte. Ihr ganzer Körper war mit blauen Flecken übersät.

Später stieg sie wieder zu ihm in die Koje und wartete, bis er zu sich kam.

Als er sich rasierte, winkte sie mit der Skimaske.

«Die wirst du nicht mehr brauchen», sagte sie.

Er sah sie nachdenklich an.

Obwohl er spät dran war, brachte er sie noch nach Hause. Sie wußte, daß er an die Transitstrecke dachte, die vor ihm lag, tausend Kilometer bis nach Polen. Sie sagte nichts, ließ ihn ihr stummes Glück fühlen, während sie am Frankfurter Kreuz im Stau standen.

Er brachte sie bis vor die Haustür.

«Mach's gut», sagte sie.

Er nickte unbestimmt.

Sie fragte sich, ob er Angst hatte, daß sie rumerzählen würde, was Skimasken-Toni mit ihr gemacht hatte.

«Gute Fahrt», sagte sie leise. Sie wollte schon aussteigen, als er ihr sanft die Hand auf die Schulter legte.

«Hier.» Es waren fünfhundert Mark.

Ungläubig starrte sie auf das viele Geld.

«Was soll das?» Sie hatte auch ihren Stolz.

«Nimm schon», sagte er, «is fürs Kleid.»

Sie sah an sich herunter, als ob sie nicht wüßte, was er meinte.

«Ach was», sagte sie, «das ist doch nur ein kleiner Riß.»

Sie machte eine ungeschickte Bewegung, und der Stoff fiel ihr wieder von den Schultern.

«Guter Gott», flüsterte er. Ihre Brüste mit den Blutergüssen wirkten noch verführerischer.

Sie gab ihm genügend Zeit hinzugucken, dann bedeckte sie sich wieder züchtig.

«Tut mir leid», sagte sie mit niedergeschlagenen Augen.

«Bitte.» Er beharrte darauf, daß sie das Geld nahm.

«Was soll ich damit?» sagte sie. «Willst du mich beleidigen?»

Er sah sie an wie einer, der wußte, was für ein Spiel sie mit ihm trieb.

«Ich liebe dich», sagte er.

Ihr Herz jubilierte, aber äußerlich gab sie sich gelassen.

«Ich lieb dich auch», sagte sie trotzig, «deshalb will ich kein Geld von dir.»

Er zog sie an sich und gab ihr einen endlos langen Zungenkuß.

«Hör zu, Rosie, wenn ich zurück bin, in 'ner Woche, dann sprechen wir über alles ... Jetzt sei ein braves Mädchen und nimm das Geld.»

Sie küßte ihn: «Dummerchen, ich kann doch für mich selber sorgen ...»

Das süße Gift ihrer Worte, die Andeutung ihres Lebenswandels, verfehlte nicht seine Wirkung. Es trieb ihm die Tränen in die Augen. Wütend packte er sie bei den Handgelenken.

«Rosie, Liebling, ich möchte nicht mehr, daß du es tust ... Nie wieder, verstehst du ... Das Geld muß für eine Woche reichen, dann bin ich wieder zurück, und es gibt neues ...»

«Toni Flegmann, wie kommst du mir denn vor», sagte sie. «Ich nehme kein Geld von dir. Ich liebe dich, verstehst du?»

Toni schluckte. Die ewige Transitstrecke rückte in weite Ferne.

«Na schön», rief er dann. «NA SCHÖN!» Er machte einen Kniefall zwischen ihren Beinen und der Gangschaltung. «Dann frage ich dich hiermit zum letztenmal; Rosemarie Keller, willst du – willst du meine Frau werden?»

Sie hatte es gewußt und schlang ihre Arme um seinen Hals.

«Für immer», seufzte sie.

Sie knutschten wild, und Toni schaffte es, ihren malträtierten Brüsten noch ein paar blaue Flecke mehr zu verpassen.

«Ich werde auf dich warten», sagte sie, als sie aus der Kabine kletterte.

«Göttin», hauchte Toni.

«Und was ist mit Skimasken-Toni?» Er hatte den Motor schon

angelassen. «Oh.» Er mußte einen Moment nachdenken. Schließlich öffnete er das Handschuhfach und warf ihr die Maske zu.

«Paß gut auf ihn auf», sagte er.

Rosie nickte und preßte die Wollmaske an ihr Gesicht.

Echte Tränen liefen ihr über die Wangen, als Tonis Laster in der Ferne verschwand.

Daß es aus war zwischen ihnen, ahnte Kuhl eine Woche später, als er Rosie und Toni zufällig im Supermarkt sah. Sie hatten eingekauft, Toni legte die Dinge aus dem Einkaufswagen auf das Band an der Kasse. Toni packte die Waren in Plastiktüten, Toni zahlte, und Toni trug alles zum Auto. Sie lief einfach nebenher, plapperte, wie es so die Art einer Ehefrau war.

Kuhl versteckte sich hinter einem Stapel Leergut und beobachtete, wie die Turteltauben in einen nagelneuen Wagen stiegen.

Na, dann ist ja alles in Ordnung, dachte er. *Sie lieben sich ja.*

So überflüssig war er sich lange nicht mehr vorgekommen.

Sonny kreiste irgendwo im Orbit zwischen zwei weiblichen Planeten. Wie ein glühender Komet (mit einem eisigen Kern) ließ er sich mal von diesem, mal von jenem für ein paar Tage einfangen.

Yonina ... Schon ihr Name brachte seine Eier ins Rollen.

In seiner Funktion als Superjock war er allerdings kaum mehr ansprechbar. Er fühlte sich zerfahren, die Proben wurden zu einer einzigen Quälerei. Sofort quengelte er, wenn etwas auf Anhieb nicht klappte. Er hatte regelrechte Entzugserscheinungen, *fishy turkey,* wie Eddie das nannte.

Sie verfolgte ihn; und selbst die Öffnung einer Bierdose erinnerte ihn inzwischen an das Geschlecht dieser Frau.

Wenn er nicht schlief oder Eiweißpulp schluckte, las er Bücher in der Leihbücherei, religiösen Firlefanz, den er auswendig lernte, um ihn allabendlich als verbalerotische Stimulanz zum besten zu geben.

Herrlich, diese Nächte in ihrem Pimperloch, unter den Yuccapalmen, bei seichter Musik, die Schreie von Affentieren im Ohr...
Er hatte keine Ahnung, ob sie tagsüber noch andere Adepten empfing. Es war ihm einerlei; jede Nacht ließ sie ihn an einer neuen Glückseligkeit teilhaben. Vieles basierte auf dem Kamasutra, und Sonny, der das Buch bis dahin für einen Witz gehalten hatte, revidierte sein Urteil gründlich. Eine geschmackliche Variante ihrer Affäre war, daß sie nur noch mit besonderen Gummis verkehrten, zum Beispiel: Black Shadow, lubricated & noppenbeschichtet, den er sich an einem Automaten in einer Fernfahrerraststätte von ihrem Geld ziehen durfte.
«Du, Sonny...», sagte Dörthe eines Abends.
«Ja?»
«Kann ich dir vertrauen?»
«Vertrauen?» Sonny versuchte, sich die Bedeutung des Wortes zu vergegenwärtigen. «Oh, sicher», sagte er dann.
«Ich erwarte noch Besuch heute abend.»
«Besuch?» Sonny wußte gleich, was sie meinte.
«Novizen – wenn du willst, kannst du bleiben...»
Sonny ließ sich Zeit mit der Antwort.
«Na schön», sagte er dann, «werd ich halt den Aufpasser spielen...»
Stumm und auf Strümpfen lauerte er hinter einem Wandschirm und sah ihr zu, wie sie Räucherstäbchen entzündete und sich warm machte.
Vertrauen, dachte er später, als es klingelte.
Mit Sagrotan verarztete sie den Kerlen die halbsteifen Schniedel.
Der größte Beweis ihres Vertrauens war tatsächlich, als sie ihn zusehen ließ, wie sie die zwei Adepten gleichzeitig mit der «größten Freude» vertraut machte.

Der Paravent hatte einen Spalt in der Mitte. «Das Huhn auf dem Rücken bezwingt den reißenden Wolf.» Mit einer Art Schlittenfahrt begann sie die Unterweisung.

Sonny kannte die Positionen und die Untertitel mittlerweile auswendig: Yonina als «Schaschlik», dann wieder eine Stellung, die im GI-Jargon gewöhnlich «Sandwich» hieß, Yonina, die kühne Reiterin, im praktischen Doppelpack. Die Novizen brüllten sich die Seele aus dem Leib. Sie schafften es, gleichzeitig zu kommen, und klatschten dabei wie alte Sportskameraden in die Hände.

«Ich bewundere dich», sagte er im Morgengrauen, als sie in der Küche Avocadosalat und Nordseekrabben aßen. Es war nicht leicht, die Bilder der vergangenen Nacht zu verdrängen.

«Ach, Sonny», sagte sie, «wenn du das Körperliche nur nicht so wichtig nehmen würdest...»

Sie hauchte ihm einen Kuß auf die Stirn und steckte ihm hundert Mark in die Hemdtasche.

«He, wow...», stotterte Sonny, weil ihm nichts Besseres einfiel. Er kam sich vor wie Iceberg Slim oder SUPERPIMP. Kein schlechtes Gefühl.

«Du bist früh dran», stichelte Kuhl, als Sonny diesmal dreieinhalb Stunden zu spät, aber locker-entspannt im «Eishaus» aufkreuzte.

«Ei, Gude, wie», quakte er. *(Was war das überhaupt für eine impertinente Begrüßung?)*

Kuhl feuerte eine leere Bierdose nach ihm. Auf dem Tisch, säuberlich aufgereiht wie in einem Arsenal, standen noch fünf weitere Wurfgeschosse.

«Wozu verabreden wir uns eigentlich noch?»

Das hätte Sonny auch gerne gewußt.

«Ihr könnt doch ohne mich proben. Ich bin eh viel zu gut!»

«Hoh, hoh.» Eddie griff sich ebenfalls eine Dose. «Boy, o boy, du willst wohl wieder den Weihnachtsmann spielen?»

«Ha, du kannst mich gar nicht rausschmeißen ...»

«Leg's nicht drauf an», murrte Eddie.

«Wo hast du gesteckt?» fragte Rio.

Sonny pfiff vor sich hin. «Öffentlichkeitsarbeit, tralala.»

«Glaubst du doch selbst nicht», stänkerte Kuhl.

«Dörthe?» Rio hatte so einen Verdacht.

Sonny nickte verhalten. «Yonina. Sie hat Einfluß und Macht, glaub mir.»

«Und bist du glücklich?» fragte Rio.

«Ach ja», antwortete ein bescheidener Glückspilz.

«Was ist mit dem Paarhufer aus dem XBC?» wollte Kuhl wissen. «Hat sie dir endlich den Laufpaß gegeben?»

«Laß Ilse aus dem Spiel, ja.»

«Und wenn nicht?»

Sonny hatte die ewigen Rückzieher leid.

«Wenn nicht, dann kriegst du so was aufs Maul, daß du nie wieder fragst.»

Kuhl hatte mit der Antwort nicht gerechnet und nickte leicht irritiert.

«He, was steht an?» Rio versuchte zur Tagesordnung überzugehen.

«Was denn? Ihr habt nicht mal die Tagesordnung durch?» Sonny konnte es nicht fassen.

«Wir haben auf dich gewartet.» Es gelang Rio, die Würde des Vorsitzenden zu wahren.

«Ach, Schitt. Wann ist der nächste Auftritt?» murrte Sonny. «Bin ich wirklich der einzige, der sich um unsere Zukunft Gedanken macht?»

«Das fragst du noch, Spatzenhirn?» Kuhl hängte sich drohend über den Tisch.

«Was ist mit dieser Offenbacher Kanaille? Da wolltest du dich drum kümmern, du Geige!»

«Ooohhh, den meinst du ...», druckste Sonny. «Tja, der weiß noch nicht recht ...»

«Lügner!» brüllte Kuhl.

«Okay, fair ist fair. Ich klemm mich dahinter...»

«Würd ich dir auch raten. Sonst laß ich dich in deinem Pferdestall auffliegen.» Er meinte das XBC.

«Droh mir nicht, Bürschchen!»

«Ich geb dir gleich *Bürschchen*...» Kuhl langte mit rechts unters Hemd.

Rio konnte ihn gerade noch hindern *zu ziehen*.

«Er klemmt sich dahinter, okay?»

Sonny hatte den Griff der Knarre gesehen und gab sich wieder umgänglich.

«Ich sag doch, ich klemm mich dahinter. Ehrenwort, Mann.» Es hätte nicht viel gefehlt, und er hätte Kuhl eine Sitzung bei Yonina empfohlen.

Kuhl grummelte vor sich. «Es läuft nicht... Wegen dir.»

«Ich glaube nicht, daß es an irgend jemandem liegt», sagte Eddie ganz vorsichtig, «ich habe schon letztes Mal eine Repertoireänderung beantragt..., die leider abgelehnt wurde. Ich finde, wir sollten einen *Rap-act* entwickeln.

«Ich bin noch immer gegen eine Repertoireänderung», sagte Rio.

«Es geht nicht anders», sagte Eddie.

«Vielleicht kannst du rappen», Kuhl sagte es wie «Rappen» auf deutsch, «aber was ist mit Bruder Sonny: Der kann kaum Englisch.»

Sonny produzierte den lautesten Lippenfurz, den sie bis dahin gehört hatten.

«Ich habe einen leichten Walliser Akzent. Ich finde, Eddie hat recht.»

«Laßt uns abstimmen», sagte Eddie.

«Abstimmen? Wußte gar nicht, daß die Superjocks eine demokratische Vereinigung sind.»

«Sind sie auch nicht», sagte Rio.

«Was sind sie dann?» wollte Sonny wissen.

«Das geht dich nichts an, Freundchen», sagte Kuhl.

Sonny machte eine aufbrausende Handbewegung, aber stockte, als Tacco eine dampfende Tasse Schokolade vor ihm absetzte.

«Prego.»

«Nicht frech werden!» meinte Sonny, der sich auch an jemandem auslassen mußte.

«Ich bin krank», sagte er endlich. Alle nickten.

Und dann kam, was kommen mußte: Ilse hatte ihn vielleicht schon längere Zeit observiert. Dauererkältung, Müdigkeit, Gliederschmerzen – es war verdächtig, und jede Frau hätte den Fremdgänger gewittert.

Wegen ein paar Kratzern zwischen seinen Schulterblättern und oberflächlicher Hautabschürfungen im Bereich der unteren Lendenwirbel sollten Minicasanovas Eskapaden schließlich auffliegen. Dörthe alias Yonina war eine Heilige, aber auch sie hatte Klauen und Zähne wie ganz gewöhnliche Luder.

Eines Morgens kam Ilse ins Bad gestürmt und drückte ihm einen spitzen Finger ins Kreuz: «Was ist das?» schrie sie.

Sonny spielte den Ahnungslosen (war froh, daß sie seinen Hodensack nicht gesehen hatte), aber ahnte bereits, daß ihn weder Leicht-, Mittel- noch Schwergewichtslügen vor der Katastrophe retten würden.

«Das warst du – im Schlaf», behauptete er.

Es mag stimmen, daß Raubtiere ihre Beute markieren, um andere Bestien fernzuhalten. Ilse fühlte, daß andere Nägel dieses Zeichen hinterlassen hatten – aber zunächst sagte sie nichts.

Im XBC gingen sie sich aus dem Weg.

Sonny schrubbte verbissen die Duschen, hoffte auf mildernde Umstände. («Ein Ausrutscher, Euer Ehr'n ...»)

Als er am selben Abend bei Ilse auftauchte, hatte sie seine Sachen vor die Tür gestellt. Das sah nicht nach einem Gefühlsausbruch aus, sondern nach eiskalter Abrechnung.

«Ich weiß, was du hinter meinem Rücken treibst, du liederliche kleine Wanze ...», sagte sie und keilte nach ihm aus.

«Du tust dir nur selbst weh», sagte er und schenkte ihr zum Abschied ein hinterfotziges Grinsen.

«WAS?» Ihre Augenbrauen kräuselten sich wie zwei Tausendfüßler auf einer glühendheißen Herdplatte. «Ist das jetzt der Dank?»

«Raus!» brüllte sie dann. «Und laß dich hier nie wieder sehen!»

«Ha, verlaß dich drauf», kam es abgebrüht aus der Tiefe.

Sonny, im STARtaumel, hielt es für ein Naturgesetz, daß ihn eine monogame Beziehung am Aufstieg nur hinderte.

Er entschied sich, vorübergehend bei Kuhl zu logieren. Jeder hatte da schon mal gepennt, und jetzt war halt er an der Reihe.

«Okay», meinte Kuhl, schluckte zwei Valium und verbat sich tagsüber Damenbesuch. Er kannte Sonny gut genug.

Sonny rollte sich auf dem Feldbett zusammen, aber er fand keinen Schlaf.

Fußmann hätte ihm vielleicht alles erklären können: Heisenbergs Theorie der Unbestimmbarkeit, so nutzlos sie eigentlich war, eignete sich ganz hervorragend, wenn es darum ging, ein Dreiecksverhältnis zu beschreiben: Je genauer man wußte, was die eine Frau trieb, um so ungewisser wurden die eigene Beziehung und Position zu der zweiten.

VI

Der Oktober '79 brachte den Jocks außer Trübsalblasen und viel *saruam duhkham** auch eine kleine Überraschung: In der neuesten Ausgabe von Hustler gab es eine Tante, die sich «knotty lady» nannte – weil sie ihre Schamlippen wie Schnürsenkel binden konnte.

Die Fotos, erstklassig ausgespiegelte, intra-uterale Aufnahmen, bildeten an diesem Abend das unangefochtene Gesprächsthema

---

* Die buddhistische Lehre besagt, daß «ALLES frustrierend ist».

Nummer eins, und alles andere – der Besuch des Papstes, die Anti-Kernkraft-Demonstration in Bonn, der Anschlag auf die türkische Botschaft in Den Haag, der Putsch der Junta in El Salvador – interessierte nicht.

Alles drehte sich nur um diesen «lippentwister». Sonny war wie ausgewechselt, hielt wieder Volksreden über vergleichende Anatomie und zog alle Register seiner Feldforschungen.

Kuhl schlürfte Cappuccino und überlegte krampfhaft, ob er jemanden kannte, der das fertiggebracht hätte. *Rosie vielleicht?*

Rio hielt es für die normalste Sache der Welt. Die Dehnbarkeit des Organs war doch zum Gebären unerläßlich. Er verstand nicht, was die Aufregung sollte.

Nur Eddie bezweifelte bis zuletzt die Echtheit der Aufnahmen.

«Alles Plastik», lautete sein Facherurteil.

«Ha, ha», tönte Sonny, der schon ganz anderes gesehen hatte.

Tacco, der gehört hatte, worum es ging, begann hektisch zu spülen.

Wenig später zogen sie ab.

Den *Hustler* legten sie Tacco auf die Theke.

Zu Studienzwecken, wie Sonny meinte.

In dieser unverkennbaren Flaute, der anhaltenden Windstille des JOCK-Höhenfluges, sollte Eddie eines Tages spurlos verschwinden.

Ilona wunderte sich, als er drei Nächte hintereinander nicht bei ihr aufkreuzte.

Nachdem sie auch bei der Army nichts in Erfahrung bringen konnte, klingelte sie Kuhl aus dem Schlaf.

«Keine Ahnung – ehrlich.» Kuhl war selbst überrascht.

«Ob er wohl einfach zurück ist in die Staaten?» fragte sie kleinlaut.

«Eddie hat Prinzipien», wiegelte er ab.

Kuhl hielt es für wahrscheinlicher, daß die CID zugeschlagen hatte und Eddie, vermöbelt und gürtellos, in irgendeinem Armyknast schmorte und seine Sünden bereute. Denkbar war sogar, daß er bei irgendeinem dubiosen Deal das entscheidende bißchen zuviel riskiert hatte.

Er hielt die erste Vermutung für wahrscheinlicher und beschloß, gewisse Vorsichtsmaßnahmen zu treffen. Wenn die Army Eddie am Arsch hatte, konnte er leicht mit reingezogen werden. In seinem Keller, zwischen Christbaumkugeln und Lametta, lagerte noch immer ein halbes Dutzend Eierhandgranaten, für die niemand auf der Welt (laut Mr. Logwood) Verwendung hatte...

Wie oft hatte er Eddie gebeten, seinen Müll mitzunehmen, und wie oft hatte ihn private Eddie vertröstet... «Nächstes Mal, Junge, ganz sicher, nächste Woche, nächstes Jahr.» Man mußte kein Paranoiker sein, um in dieser Situation mit dem Schlimmsten zu rechnen.

Frühjahrsputz, dachte Kuhl, als er in seinen Keller stürmte.

Am selben Abend verabredete er sich mit Sonny und Rio zum Dynamitfischen, was ihm die einfachste Möglichkeit erschien, die Teufelseier loszuwerden.

In Griesheim, nicht weit entfernt von dem Fleck, wo sie das «Superjock-STARfoto» aufgenommen hatten, gab es ein einsames Stauwerk, das um diese Jahreszeit noch verlassener war als üblich.

«Und wenn er sie nun wiederhaben will?» fragte Rio, als sie in Sonnys Mustang saßen und dem öden Ufer des Mains folgten.

«Eddie?» Kuhl mußte herzlich lachen. «Ach was! Den interessiert das doch gar nicht...»

«Wie kommst du eigentlich an die Dinger?»

«Is 'ne lange Geschichte», meinte Kuhl. Seine Geschäfte mit Eddie gingen keinen was an.

Rio nickte unbestimmt. «Ich weiß nicht.»

«Was weißt du nicht, Alter?»

«Ich frage mich, ob es nicht eine bessere Verwendung gibt.»

«Rio hat recht», ulkte Kuhl, «wir könnten auf den Winterschlußverkauf warten und die Dinger auf die Wühltische schmeißen.»

«Fair ist fair», nuschelte Sonny dazwischen. «Hast du mal 'n Bier?»

Kuhl warf ihm ein Ei in den Schoß.

«He, wohl durchgedreht?»

In der Dunkelheit hätte Sonny beinahe den Ring abgezogen.

«Kleiner Reaktionstest», sagte Kuhl. Versöhnlich reichte er Sonny ein echtes Henninger Pils.

Kurz darauf verteilte er die Eier.

Rio betrachtete argwöhnisch, was er da in der Hand hielt.

«Okay, solange der Ring nicht raus ist, kann nichts passieren, okay?»

«Der Ring? – Welcher Ring?» fragte Sonny.

Rio nickte unbestimmt. Auch er hatte keinerlei Ahnung, wie man eine Handgranate warf.

Wenige Minuten später hielt der Wagen vor einer verwitterten Kaimauer, am Fuße des Stauwerks. Der Main, diese Dreckbrühe, war an dieser Stelle ungewöhnlich breit und umspülte eine längliche, wildbewachsene Insel, die in dichtem Nebel lag. Wegen der anhaltenden Regenfälle führte der Fluß Hochwasser. Schilder mit der Aufschrift «Sogwirkung. Lebensgefahr!» prangten vor dem verwitterten Beton.

Das Rauschen übertönte alle anderen Geräusche der Nacht.

Rio fröstelte. Aus der Nähe erinnerte ihn der schnörkellose Bau an das Fundament eines neoklassizistischen Nazitempels. Fünfundvierzig Stufen führten hinauf zum begehbaren, aber spärlich beleuchteten Kopf des Stauwerks, einer Art Trampelpfad aus Stahlrostgitter, unter dem sich die Wassermassen dahinwälzten.

Sie liefen die Brücke entlang. Zwanzig Meter unter ihnen drehten sich die Turbinen in der Tiefe. In Ufernähe spiegelten sich die Laternen wider. Das Rauschen wirkte wie eine akustische Manifestation der Leere, aber man mußte hier geboren sein, um es wirklich zu hören.

Sonny hüpfte wie ein bunter Gummiball voraus, und Kuhl, der einen guten Gleichgewichtssinn hatte, balancierte auf dem Brückengeländer.

Mitten auf der Brücke war ein weißer Rettungsreifen, der gespenstisch in der Dunkelheit leuchtete.

«Ich weiß nicht», sagte Sonny, «vielleicht ist es doch keine gute Idee.»

Kuhl lehnte sich weit über das Geländer. Er starrte in die schwarzen Wassermassen, die sich unter ihm wälzten.

«Warum vergraben wir sie nicht einfach?» fragte Rio. «Besser, als wenn einem die Hände abgerissen werden ...»

Kuhl zuckte die Achseln.

«Ach ja? Warum schmeißen wir sie nicht von der Autobahnbrücke, hä?»

«Ja, warum nicht», echote Sonny, und dann, als ihm auffiel, was er gesagt hatte: «Is ja hirnverbrannt, Mann!»

Kuhl zog eine Granate aus der Tasche.

«Okay, seht genau hin ...»

Er zog den Ring ab und grinste idiotisch.

«Schmeiß schon weg!» brüllte Sonny.

Kuhl holte aus und beförderte das Ei über die Brüstung.

Einen Augenblick herrschte trügerische Stille.

«Vielleicht ist die Zündschnur ausgegangen», flüsterte Rio.

In der Tiefe gab es plötzlich einen Blitz, dem ein dumpfes Grollen folgte. Die Brücke bebte unter der Schockwelle.

«Wow», meinte Kuhl. Wie Wetterleuchten unter Wasser, so sah es aus.

«Hab ich zuviel versprochen? Hä?» Kuhl hatte schon die nächste in der Hand.

Sonny machte ein V-Zeichen, und Rio lächelte wie einer, dem nichts mehr einfiel.

Diesmal warfen sie gleichzeitig. Sonny hatte zu kurz geworfen.

Es gluckste zweimal in einem Abstand von einer halben Sekunde, und wenig später wurde das Stauwerk von zwei Detonationen erschüttert. Vor ihnen stieg eine weißlich schäumende Gischtsäule empor.

«Wow!» rief Sonny wieder. Er sprang auf das Geländer, öffnete seinen Stall und versuchte, den Mond anzupinkeln.

Es war ungefähr der Moment, als sie das erste Mal ein Grüppchen Menschen bemerkten, die sich von der Griesheimer Seite her näherten.

Es waren ältere Herrschaften, die seit Jahren nicht mehr um diese Uhrzeit unterwegs gewesen waren und denen der Lärm auf der Brücke sichtlich Unbehagen bereitete.

Kuhl pfiff eine Art Gassenhauer. Wenig später hörten sie Polizeisirenen.

«Schitt! Die meinen uns!» mutmaßte Sonny.

Rio hatte bereits fünfzig Meter zurückgelegt. Nur Kuhl folgte ihnen langsam und schüttelte den Kopf. «Hasenfüße!» schimpfte er noch. Dann wurden die Sirenen tatsächlich lauter, und auch er legte einen Zahn zu ...

Den Rest der Nacht verbrachten sie auf Kuhls Bude, tranken Dosenbier und versuchten aus den Spätnachrichten klug zu werden.

Vergebens.

Später hörte Rio, wie sich Kuhl einen runterholte.

Keine Ahnung, an was er dachte.

Amöben? Superjocks?

Auf jeden Fall ging es schnell.

Kurz darauf war Sonny wieder ausgezogen, angeblich, weil er Kuhls manisch depressive Stimmung, die *negative vibs* und die «üble Yammastrahlung» der alten Schwarzweißglotze nicht länger ertragen konnte.

Kuhl vermutete zu Recht andere Gründe, das schmierige Tauziehen der endokrinen Sekrete, Samenkoller.

«Wenn du gehen willst, geh», sagte er noch.

Sonny ging, aber ließ natürlich seine Kartons und den alten Seesack zurück. Er war wieder teilzeit-obdachlos und fühlte sich frei wie die Lerche auf dem Felde. Abends spielte er den Aufpasser in Yoninas Lotterpalast und versorgte die geläuterten Büßer mit Speis und Trank. Daß er nicht eifersüchtig war, hielt sie für ein Zeichen höchster geistiger Reife.

Dabei glaubte Sonny einfach an die chemische Katharsis von Sagrotan.

Am selben Tag, als sich der Exil-Schah einer Gallenblasenoperation unterziehen mußte und draußen vor dem Hospital Tausende von Muslim-Demonstranten «Kopf oder Hoden» des Schah forderten, hörten sie das erste Mal wieder von Eddie. *Große Entwarnung!* Er war wohlauf.

Kuhl saß zwischen einem Haufen Uniformen in Ilonas Wohnzimmer und schielte nach dem großen neuen Farbfernseher, den Eddie von seiner letzten JOCK-Gage gekauft hatte.

Der Hausherr selbst saß barfuß in einer weiten Hose im Schneidersitz vor dem Plexiglastisch und bröselte Zigaretten auf.

«Was ist passiert?» wollte Kuhl wissen.

Eddie wirkte müde und aufgeschwemmt, als wäre er über Nacht in die Jahre gekommen.

Wie sich herausstellte, hatten ihm seine alten *buddies* – Rosen, Dexie und Major Deadhead – eines Nachts aufgelauert und mit vorgehaltener Pistole in einen Wagen gezwungen: «It's Lucky-Luciano-Time, Eddie-Boy...»

Erst nach zweihundert Kilometern Autobahn rückten sie mit der Sprache heraus. Sie waren – Hosianna! – auf dem Weg nach München, zum Oktoberfest, hatten noch ein Bett in einem Armyhotel ergattert und sich in einem Anflug von Altruismus vorgenommen, ihn freizuhalten.

Eddie hatte verhalten protestiert, aber letztlich in sein Los eingewilligt. Nur einen Anruf hatte er sich auserbeten, nach altem amerikanischen Recht, das selbst Schwerverbrechern zugestanden wird, aber Ilona-Baby war leider nicht zu Hause gewesen ...

Während Eddie erzählte, lief im Fernseher fast unbemerkt eine Dokumentation über den NBC-Film «Holocaust – Die Geschichte der Familie Weiss». Meryl Streep spielte eine deutsche Jüdin. Aber an diesem Nachmittag war diese ganze schreckliche Geschichte nichts weiter als perfekte Berieselung, eine Fortsetzung der Witterungsverhältnisse – grau in grau –, und selbst die dramatisch ausgeleuchteten Gesichter hinter Stacheldraht wirkten alltäglich ...

Niemand hörte richtig hin ... «und war das schlimm» ... «buh huh-huh und hundsgemein». Nur Kuhl, in seiner perfiden Art, konnte diesen morbiden Worthülsen noch Geschmack abgewinnen.

Alles ging gut, bis die Gedenkstätte Dachau ins Bild kam.

«That's it! Da sind wir gewesen!» rief Eddie plötzlich. «Shit.»

Aus noch unerfindlichen Gründen waren sie am Ende ihres Oktoberfest-Abenteuers in Dachau gelandet; der Abstecher hatte mit einer tiefen Enttäuschung geendet.

«Yea, shit», staunte Dexie. Tom Bell, als Adolf Eichmann verkleidet, flimmerte gerade über die Mattscheibe.

«I came to cry», sagte Danny Rosen und zog an seiner haschischgetränkten Rothändle, «I wanted to – but I couldn't ...»

«Hm?» Kuhl fürchtete schon, er hätte den Faden verloren.

Eddie schilderte den Vorfall dann in epischer Breite: Im Bräurosl auf der Wies'n hatte sich so ein junger Bayer zu ihnen gesetzt. «Juh wonne zieh de horror?» hatte er gefragt, sie konnten kaum verstehen, was er sagte, denn das Blasorchester dröhnte ihnen in den Ohren.

«Itz rierl horrorshow, juh GIs.» Der Bayer ließ nicht locker. «De horror, wonne sieh?»

Danny Rosen hatte damals am lautesten «hier» geschrien – was sich alle gut gemerkt hatten und ihm immer wieder unter die Nase rieben.

Wie der Bayer ihren viehisch besoffenen Verein zu einem Kleinbus gelotst hatte, daran konnte oder wollte sich später niemand erinnern.

Big «M» wußte noch, daß er auf allen vieren in den Bus kletterte, auch Rosen war das Trittbrett zu hoch ... «Where's the horror?» wollte er immer wieder wissen. Im Bus hockte noch so ein kläglicher Haufen, aber bevor sie sich so recht miteinander bekannt machen konnten, hielt der Bus vor einem steinernen Tor, das von weitem an ein altes mexikanisches Fort erinnerte: DACHAU.

«De horror.»

«The Horror?» fragte Kuhl.

Eddie nickte, während er mit akribischer Genauigkeit vier Zigarettenpapiere zu einer Raute von Postkartengröße verklebte.

Sie waren tatsächlich gekommen, um zu weinen: zehn erwachsene Cowboys. Noch bevor sie durch das Tor gingen, hatten sie sich darauf eingestellt, innerlich zu zerbrechen. (Und gab es etwas Schöneres, als im Vollsuff an der Schlechtigkeit der Welt zu verzweifeln?) «Jedem das Seine», dieser Spruch über dem Tor hatte ihnen schon den ersten wohligen Schreckensschauer über den Rücken gejagt.

Sie hatten genug KZ-Filme gesehen, um zu wissen, was sie erwarten konnten: Berge von Schuhen, Hüten, Handtaschen, Brillen und Armbanduhren und weiß der Teufel, Kuckucksuhren, Lampenschirme, Kochlöffel, Klistierapparate, die die Schergen den Juden abgenommen hatten.

Nichts davon hatten sie in Dachau gesehen.

Ein paar grobkörnige Schwarzweißfotos, das ja. Sterile Einzelstücke. Latrinen. Leere Höfe. Ausgefegte Zellen und kahle Wände.

Schon nach fünf Minuten, nachdem sie die peinlich sauberen Baracken inspiziert hatten, dämmerte es ihnen, daß man sie reingelegt hatte.

«Ich meine, irgendwie habe ich *mehr Realismus* erwartet», sagte Eddie. Was er eigentlich meinte, war die Sorte Realismus, die man im Kino sieht und hinter der *special effects* stecken, aber das wußte er nicht.

«Sechs Mark fünfzig und dann nichts zu sehen ...» Mit einem Schweizer Offiziersmesser trennte er ein großes Stück von dem teerigen Klumpen.

Dexie leckte sich die Lippen. «Wir hatten einen Berufsjuden dabei? So 'n Kerl, dem fehlten zwei Finger hier ... an der rechten Hand.»

«Angeblich hatte er in Sachsenhausen gesessen», ergänzte Eddie, dem es schwerfiel, die Schunkelstimmung seiner geliebten Altstadt mit dem Namen eines KZs zu verbinden. «Sah mir eher nach einem Feuerwerksunfall aus.» Warum er das annahm, ließ er offen.

Auf jeden Fall mißtrauten sie ihrem «Führer».

«Das nächste war das Verhörzimmer», sagte Eddie.

Vier kahle Wände, frisch verputzt, mit einem einzigen Haken.

Gerade dieser minimalistische Anblick, die Tatsache, daß dort nichts außer diesem Haken hing – nichts und noch mal nichts, nicht mal ein Sandsack –, enttäuschte die GIs maßlos und veranlaßte sie zu derben, fast unflätigen Bemerkungen, was die Lieblosigkeit der Aufbauten und die ihrer Meinung nach «phantasielose und schlampige Inszenierung» betraf. Ein schwuler Obergefreiter hatte angeblich den Vogel abgeschossen und darauf bestanden, sich an dem Haken aufhängen zu lassen.

«... und gerade, als sich unser Führer umdreht, steht da Hoover mit diesem sturen Blick ... – und er hält seine Arme so über Kreuz – und sagt: *Please, will you tie me up, Sir? Please?* Das Gesicht von dem Alten, das hättest du sehen sollen ...» Dexie verschluckte sich vor Lachen.

«Wirklich wahr», sagte Danny, «der Kerl wollte die ganze Zeit über, daß wir ihn aufhängen ... Anschauungsunterricht nannte er das ... *Old brownshirt!*»

Gemeint war LtSt. «Bi»-Bob Hoover, ein mehrfach ausgezeichneter Pilot der U.S.-Airbase Grafenwöhr, den alle für schwul hielten. Angeblich flog er jedes Wochenende in einem Aufklärungsjäger nach Köln, um sich dort in einem «fist-fucking-club» unter ärztlicher Aufsicht bearbeiten zu lassen.

Die anderen benahmen sich ebenfalls ziemlich daneben, nukkelten an mitgebrachter Verpflegung, Klaren und Kräuterschnäpsen, es stank zum Himmel.

Rasta M. hatte Durchfall: «Daff ich eben mal austreten, meine Führer?» fragte er in gebrochenem Deutsch.

Schlimmer noch, Major Deadhead, das Wahrzeichen der 8th Division, Mannheim, der einen höchst penetranten Kasernenhoftonfall am Leib hatte, stellte zwischendurch immer wieder die Frage, «wie das mit der Hand» nun «wirklich» passiert sei. Die Tatsache, daß doch viele Inhaftierte die Verhöre überlebt hatten, quittierte er mit dem Satz: «Juden sind wie Eier. Je länger man sie kocht, um so härter werden sie.»

Eddie hielt es nicht mehr aus und fummelte an Dexies WM-74-Fußball-Radio, einem kugelrunden Gerät mit Antenne. Während die Hartplastikpampelmuse in der Regel nur vor sich hin rauschte, erwischte er diesmal auf Anhieb eine Musiksendung des Bayerischen Rundfunks. Es klang nach Disco Fritz & the Sauerkrauts. Der «Führer» verlangte von Eddie eine sofortige Erklärung.

«Was hast du gesagt?» fragte Kuhl.

«Daß ich noch nie die Top Forty verpaßt habe», gluckste Eddie. «Wie hieß die Nummer doch gleich? Das Jodelding, shit...»

«Du hast mitgejodelt», sagte Dexie.

«Halt die Schnauze, Dex, verdammter Hund...»

«Es klang professionell», meinte Danny, eine Äußerung, die ihm wieder nur angekreidet wurde.

Der Führer, der seine Kundschaft schnellstmöglich loswerden wollte, scheuchte die GIs regelrecht durch die Baracken zum Duschraum, von da zum Krematorium, dem Höhepunkt des Gruselparks und...

Wieder nichts als kahle Wände, von denen der Verputz abblätterte.

Ihr Führer dagegen nannte es den «Vorhof zur Hölle».

Sie rächten sich an dem Beutelschneider mit der Verabschiedung vor der Gedenkstätte, wo sie alle, ein erbärmlich besoffener Haufen, stramm salutierten und «Heyl, meyne Fuuhrer» brüllten.

Warum sie sich so kindisch aufgeführt hatten? Enttäuschung. Vielleicht.

«No value for money ...» Danny brachte es wieder mal auf den Punkt. Man fühlte sich geprellt. «Noch im Bus hatten sie sich geschworen, nie wieder eine sogenannte Gedenkstätte zu besuchen. Selbst die Qualität der Fotos hatten sie zu bemängeln ... Und Schuhe hatten sie auch keine gesehen.

«Vielleicht hätten sie die Berge von Schuhen liegenlassen sollen», witzelte Kuhl.

Genau das war der springende Punkt.

«Wo zum Teufel waren all die Schuhe, die Brillen, die Goldzähne, die Perücken und falschen Nasen? All die Indizien des Massenmords, die sie auf Fotos gesehen hatten?

Rosen fand es unverständlich, daß man diese «historischen Zeugnisse der Unmenschlichkeit» einfach so *beiseite geräumt* hatte.

«Es waren mehr als Schuhe», sagte er. Ohne Zweifel.

«Sei froh», sagte Kuhl, «weißt du, wie alte Schuhe stinken?»

«Sie sollten es nur anders aufziehen, verstehst du», meinte Danny, «jede Gedenkstätte könnte ein Profitcenter sein.»

«Genau wie Disneyland», sagte Kuhl gewohnt gleichgültig.

«Das ist verdammt unmoralisch, *damned immoral*, was du da sagst», brummte Eddie, während er einen riesigen Brocken Acapulco Gold über seinem Feuerzeug erwärmte, «es geht nicht darum, die echten Schuhe so liegenzulassen. Oder echte Brillen und goldene Uhren. Alles, was ich sage, ist: Hätte man sich nicht ein bißchen mehr Mühe geben können?»

Kuhl konnte sich nicht wirklich vorstellen, was er meinte, aber er nickte, spielte den *betroffenen kraut*. Was immer gut ankam. Eine angelernte Verhaltensweise konditionierte eine zweite, eine dritte usw. *Die Moral von Pawlows Hund.*

«Sieh mal», sagte Eddie und wischte sich die Finger an seinem Unterhemd ab, «die Schuhe wegzuräumen ist eine Sache. Aber sie sollten diese Schuhberge durch andere Schuhe ersetzen. Es geht schließlich darum, die heutigen Menschen mit ihrer eigenen Emotion zu konfrontieren.»

Kuhl beobachtete, wie Eddie den Joint in Brand steckte.

«Es gibt nur zwei Möglichkeiten», sagte der enttäuschte Rosen, «entweder reißt man diese Baracken ab oder macht aus ihnen anständige Touristenattraktionen ...»

Da war er wieder, der kleine Unterschied zwischen Europäern und Amerikanern, dieser unglaubliche Pragmatismus ...

Gegen acht Uhr machten sich Dexie und Rosen aus dem Staub.

Ilona fragte Kuhl, ob er nicht auch gehen wolle, aber Eddie fiel ihr mit einer gebieterischen Geste ins Wort.

«Ich bin immer noch Herr im Haus», sagte er mit glasigen Augen.

Später, zwischen Mixed Pickles und Corned Beef, rückte er ein Gramm Koks heraus und ließ Kuhl an seinem Glück teilhaben.

«Vom Oktoberfest!»

Es ging schon auf halb neun Uhr zu: Im Fernseher lief ein Streifen mit dem «ratpack»: Frankie, Sammy Davis Jr. und Dean «Mean» Martin brachen in irgendein Nazigefängnis ein und aus ... und legten dabei Hunderte von SS-Wachen um.

Eddie, der Philosoph, nannte den Film einen bewußten Akt von «Geschichtsfälschung».

«Die Krauts sind die einzigen, die sich das gefallen lassen», sagte er.

«Der Film ist trotzdem gut», beharrte Kuhl.

«Ich kenne den Film», sagte Eddie, «Sinatra entkommt mit dem U-Boot. He, sieh mal, die Wachen rennen genauso wie die ‹stormtroopers› in ‹Star Wars›. Sie haben diesen Watschelgang drauf, als wären sie nicht richtig im Kopf oder hätten nie laufen gelernt.»

«Na und? Was soll an einem Film, der 185 Millionen Dollar eingespielt hat, verkehrt sein?» Kuhl wollte sich Sinatra nicht madig machen lassen. «Ich steh auf Kriminelle. Sieh dir Frankie an. Wenn ihm ein Reporter auf die Nerven geht, läßt er ihn einfach zusammenschlagen. Das bißchen Schmerzensgeld zahlt der mit links.»

Eddie ließ nicht locker.

Nach dem Abendessen entschuldigte er sich wieder einmal förmlich für den Bombenkrieg der Air Force gegen die Frankfurter Zivilbevölkerung und schob die ganze Schuld auf die elende RAF und Bomber-Harris, der die Amerikaner erst auf diesen Gedanken gebracht hätte.

«Hier, schenk ich dir», sagte er schließlich und drängte Kuhl das restliche Koks auf, «Wiedergutmachung.»

«Mein Gott, war doch halb so schlimm.» Kuhl versuchte abzuwiegeln, aber steckte es ein.

«He, Eddie», sagte er, um endlich das Thema zu wechseln. «Bevor ich's vergesse; ich war mit den Jungs Dynamitfischen. Die Teufelseier bei mir im Keller...»

«Die Granaten?» Eddie machte große Augen.

«Weißt du, ich dachte, falls was passiert wäre – na, du weißt schon –, dann hätten sie natürlich meinen Keller durchsucht. Du hattest die Dinger doch eh abgeschrieben.»

«Klar», sagte Eddie. Er nickte angestrengt. «Du bist 'n verdammt guter Kumpel.»

«Schon okay.»

«Nein, wirklich. Du hast das Richtige getan.»

«Ehrlich gesagt, ich weiß nicht, warum ich's getan habe.»

Während er sich seine Schuhe anzog und Ilona, stumm und verbiestert, den Kaffeetisch wischte, überlegte er sich, ob er diesem Teil des biologischen Films, den er eben hinter sich gebracht hatte, das Prädikat B oder C verleihen sollte. Wo war die JOCK-Reality abgeblieben? STARsein & Top of the world? Eddie wollte ihn noch zur Tür bringen, als das Telefon klingelte.

«Moment», sagte Eddie. Er nahm ab, und wenig später ließ er eine Art Jubelschrei vernehmen, als hätte er im Lotto gewonnen.

Ilona hatte vielleicht ähnliches erwartet, denn sie kam aus der Küche geschossen.

«Es ist Sonny», sagte Eddie. «Wir haben ein Gespräch mit diesem Richter...»

Er machte ein paar spastische Hüftbewegungen à la The King.

Ilona lächelte irritiert und drehte ab. Im Bad knallte sie die Tür.
«Wow», machte Kuhl.
Die JOCK-Reality war zurückgekehrt.

7 Blutsturz

Blutsturz, m (~) (med.) Hämoptyse.
«Unter Blutsturz versteht man einen heftigen Abgang von Blut...»
        Prof. A. Brauchle, Das große Buch der Naturheilkunde

«Die Welt in ihrem stofflichen Sinn gehört den Gewalttätigen.»
        Jerome, Senator von Rom, 412 v. Chr

I

Wie die Ölgötzen hockten sie am Rande der Tanzfläche und verkörperten so etwas wie den toten Punkt des Raumes, das Ende jeder Bewegung. Maximale Negentropie. Erfrorenes Leben. In den Hulahemden wirkten sie wie Abziehbilder, ausgestanzte Plastikfiguren, angehende Katastrophentouristen, die sich in Richters Disco verirrt hatten.

Selten war so deutlich, wie weit sie von der Wirklichkeit entfernt waren. Die Musik wirkte wie akustischer Kleister; eine synthetische Rhythmusbatterie hämmerte monoton vor sich hin; darüber jauchzte sich ein Kastrat die Fistel aus dem Leib.

Auf der Tanzfläche, im Trockeneisnebel, kreisten schon einige Körper umeinander. Die Lichtorgel trudelte darüber hinweg, klekkerte farbige Schlieren in die verschwitzten Gesichter.

An der Bar saßen dieselben Gestalten, die an jeder Bar um diese Uhrzeit feste abschlucken: gewohnheitsmäßige Trinker, aufgetakelte alte Mädchen und natürlich: Abstauber, die gerade auf *abgehangenes* Fleisch aus waren. In den Spiegelsäulen konnten sie das Angebot unauffällig studieren.

Kuhl hing an einer extralangen Mentholzigarette und grinste

blasiert in die Runde. Seine Pupillen waren klein wie Stecknadelköpfe. Unter dem weißen Dinnerjacket leuchteten rotgelbe Ornamente, in denen manche Orchideen, andere Krebsgeschwülste sahen.

Rios Haare waren tatsächlich frisch gewaschen. Den hellblauen Pakianzug hatte er mit neongrüner Batik kombiniert.

Eddie, als einziger, war im klassischen Travoltalook aufgekreuzt, einem weißen taillierten Dreiteiler mit schwarzem Hemd und Lackschuhen. Man konnte sehen, er nahm die Verabredung ernst. Respektsperson, dachte Kuhl.

Sonny wirkte restlos geschafft. Er war grün im Gesicht, und man sah ihm an, daß er gekotzt hatte.

Wie immer trug er seine kurzärmelige schwarze Lederweste mit den Silberknöpfen, darunter ein farbensprühendes helloranges Hemd mit breitem Rüschenrevers, offene Manschetten, Las-Vegas-Style.

«Ausgekotzt?» flapste Kuhl.

Sonny winkte ab. Dörthe hatte ihn am Vorabend in ein Edelrestaurant geschleppt und mit chilenischen Austern gemästet.

«Vielleicht platzt der Termin», sagte Eddie, stocherte nach der Cocktailkirsche in seinem Glas. Immerhin warteten sie schon zwanzig Minuten auf ihre Audienz bei Ed Richter.

«Er kann nicht mehr als ‹nein› sagen», sagte Kuhl.

«Kann er nicht», sagte Rio.

«Nicht ... nicht ...», nuschelte Sonny. Es klang wie ein Echo.

Endlich tauchte ein Dandy-Gorilla in einem Maßanzug auf: Es war Bobo. Niemand hatte ihn je mit einem Toupet auf dem Kopf gesehen. Vorne wucherte dichtes schwarzes Haar aus einem bis zum Bauchnabel aufgeknöpften Hemd. Die Ähnlichkeit mit einer aufgeplatzten Roßhaarmatratze war unverkennbar. Er grinste verächtlich und ließ einen leicht angesäuerten Blick in die Runde schweifen.

«Ei, Sonny, alte Pißnelke», meinte er mit frostiger Stimme. Er fühlte sich übergangen, denn Sonny hatte Richter direkt angerufen, ohne ihn vorher zu fragen. Vielleicht war es diese Verletzung einer kleinen Spielregel, die von Anfang auf die Stimmung drückte.

«Ei, Gude», machte Sonny.

«Ist die Dauerwelle echt?» fragte Kuhl – um auch was zu sagen.

Die buschigen Augenbrauen zogen sich drohend zusammen. Bobo hatte Kuhl noch nie leiden können. Er hielt die Sache für ausgemachten Schwachsinn. Das Richter's war ein anständiger Laden und kein «Stripschuppen» für Neger und kranke Tiere wie Kuhl.

«Mitkommen», knurrte er und machte eine brüske Handbewegung, die wie eine abgefälschte Ohrfeige wirkte.

Ed Richter saß hemdsärmelig in einem altenglischen Polstersessel, vor ihm ein klotziger viktorianischer Schreibtisch.

Seine beiden Rausschmeißer, Bobo und ein nilpferdartiger Koreaner, Lebendgewicht zweimal 200 Pfund, hatten sich hinter ihm aufgebaut.

Es war totenstill. Der Raum wirkte wie hermetisch abgeriegelt. Nur die Gasmoleküle in den Neonröhren summten ihr Lied.

Richter hatte Stil. Nie hatte ihn jemand ohne Hosenträger und weiße Socken gesehen. Er war hager, mittelgroß, hatte krankhaft gerötete Augen und eine monströse, ewig laufende Nase. Das Taschentuch in seiner Rechten schien wie verwachsen mit seinen Fingern.

«Howdy, wie's das Wetter auf Hawaii, tzz, tzz?» näselte er, während er der Reihe nach die Hände schüttelte. Richters Nase war mit mutierten Polypen verstopft, ein Nebeneffekt des toxischen Gases, ohne das er es nicht mehr aushielt auf der Welt: Richter war Lachgasschnüffler.

«Wir haben am Telefon gesprochen, richtig?» sagte er, als er Sonny begrüßte.

«Äh, richtig», meinte Sonny – da war es wieder, das alte *winner smile*.

Kuhl, der sich als Manager der Superjocks fühlte, ergriff als erster das Wort.

«Mein Name ist Kuhl», sagte er, «ich will's kurz machen. Wir sind...»

«Ich weiß.» Richter schnitt ihm das Wort ab. Seine Miene verdüsterte sich.

«Pablo... Pablo Escabor schickt euch. Draußen im Wagen habt ihr runde 100 Kilos. Ihr sucht einen Abnehmer, tzz, tzz, und gehört zu den ganz harten Eiern, die auf Barzahlung bestehen...»

Im nächsten Moment lachte Richter los. Dabei hatte man eigentlich den Eindruck, daß er die schlimmsten Lachsalven hinter vorgehaltener Hand abwürgte. Die beiden Kraftmeier in seinem Windschatten schmunzelten verhalten, wie es sich für brave Angestellte gehört.

Richter wischte sich die Tränen aus den Augen.

«Sorry, nix für ungut», gluckste er dann. «'s ist nur *dieser Aufzug*.» Wieder giggelte er wie ein Schulmädchen. «Nehmt's mir nicht übel, tzz, tzz, tzz, so 'n wildes Hemd, Mann. Das Muster hat's in sich.»

Kuhl sah an sich hinunter.

«Is 'n Hawaiihemd», sagte er.

«Ja, tzz, tzz, das seh ich», sagte Richter.

Kuhl räusperte sich.

«Wir sind 'ne Band», sagte er dann mit gewichtiger Miene, «Sie haben sicher schon von uns gehört – wir sind die Superjocks.»

Richter wechselte einen Blick mit der Roßhaarmatratze.

«Bobo?» – der zuckte achtlos die Achseln, machte auf blöd. Was ihm nicht schwerfiel.

«Nie gehört», sagte Richter. «*Superjokes?*» Man ahnte, daß sich der nächste Lachanfall in ihm vorbereitete. «Tzz, tzz, tzz, muß schon bitten, der Name paßt ja wie die Faust aufs Auge...»

«Superjocks, Mann», sagte Rio aufgebracht, «J o c k s!»

«Superjerks würde viel besser zu euch passen», meinte Bobo.

Richter seufzte, schmunzelte dem Witzbold wohlwollend zu.

«He, Bobo», krähte Sonny, «dann denkst du sicher, wir könnten einen wie dich gut gebrauchen?»

«Paß auf», knurrte Bobo, drei Tonlagen tiefer, und ließ durchblicken, wofür er bezahlt wurde. Hier war nicht das XBC, und Sonny mußte sich vorsehen.

«Warum? Du siehst aus wie 'n Wichser», sagte Rio.

«Was?» sagte Bobo. «WAS?» Er konnte nicht glauben, daß er sich das bieten lassen mußte.

Good Lord, dachte Eddie, friemelte an seinem obersten Hemdknopf, der ihm zu eng wurde.

«Bobo! Schluß!» Diesmal ließ Richter eine Art Bosslache ertönen.

«Ist doch keine Art», sagte er dann an Sonnys Adresse gerichtet.

«Sorry, Sir ... in der Aufregung», kam es aus Eddies Ecke.

Richter nickte ihm zu.

«Schön, vergessen. Ihr spielt also Disco-Mukke?» Er wackelte mit dem Daumen, imitierte einen Slapjack-Anschlag. Diesmal nahm er Rio aufs Korn.

«He, *Indianer*, du siehst aus wie ein Bass-Spieler. Stimmt's?»

Rio runzelte die Stirn. Offenbar lebte dieser Komiker noch in der Steinzeit.

«Ich bin DJ», sagte er und zog die silberbemalte Kassette, wie Schiedsrichter ihre Gelben ziehen. «Das hier nennt sich *playback*.»

«Jes-jes, It 'z Layyydies Neid, Ent 'de Fiehlings Reid, Jes-jes ...» Sonny war in diesem Moment nicht mehr zu bremsen und begann mit einer *Goose-Bump*-Einlage. Sogar ein *winner smile* brachte er zustande.

«Wir reißen 'ne Show, verstehn Sie, wie Boney M.»

«Ihr seid ... Stimmungskanonen?» Richter heuchelte Interesse.

«... der Gag ist, wir ziehen uns bis auf die Unterhosen aus.» Eddie hatte sich bisher zurückgehalten. «Wir legen sozusagen öffentlich ab. Es sind natürlich keine Unterhosen, Sir. Es sind Lurex-Slips, sehen Sie hier.» Er knöpfte seine Hose so weit auf, daß Richter den silbernen Glitzerstoff sehen konnte. «Ich habe zur Feier des

Tages einen angezogen. Normalerweise trage ich natürlich ganz normale Unterwäsche, Baumwoll-Ripcord wie Sie und ich ...»

Der Glitzerstoff hinter Eddies Hosenstall verfehlte seine Wirkung nicht. Es sah aus, als hätte Richter die Maulsperre.

«Ihr ... ihr wollt mich verschaukeln, was?» Sein Blick wanderte in die Runde.

«Stripper?» Seine Stimme schien bei diesem Wort zu entgleisen.

«Hier, seh'n Sie», sagte Sonny. Er hatte den Künstlerkatalog Rhein-Main '79 schließlich nicht zum Spaß mitgeschleppt.

«Das sind wir», sagte er stolz, zeigte auf das briefmarkengroße Foto.

«Tzz, ach wirklich», machte Richter, während er den Eintrag scheinbar genau studierte, «Disco Strip. Hot. Hot. Hot ... Top of the world. Und *das*. Hier ... seid ihr *das* auch?» Sein Zeigefinger klebte auf einem Foto mit orientalisch vermummten Bauchtänzerinnen.

Augenblicklich explodierte er in ein stummes Lachen. Auch seine beiden Sandsäcke hatten mit vehementen Zwerchfellreizungen zu kämpfen.

Richters Anfall endete in einem hellen Schluchzen.

«Laßt uns gehen», sagte Rio, der längst begriffen hatte, daß es mit dem Auftritt nichts werden würde.

«I'm really disappointed.» Eddie wollte seinen Hosenstall dichtmachen, aber zu allem Ärger klemmte auch noch der verdammte Reißverschluß.

«Ausgelacht?» sagte Kuhl plötzlich.

«Tzz, tzz, sorry! Sorry, 'tschuldigung», sagte Richter. «Ich ... tzzz.» Diesmal erwischte ihn der Anfall mitten im Satz.

«Es ist doch auch ein Witz!» kreischte er dann. Dabei ruderte er mit den Armen wie ein Ertrinkender und hielt sich an seinen Gorillas fest, die ihn langsam wieder in den Sitz hievten.

«Es ist dieses Hemd, tzz, tzz» – seine aufgeweichten Schweinsäuglein blinzelten vergebungsheischend. «Ich halte es nicht aus! Psychisch!» Er schneuzte sich heftig und tupfte sich den Schweiß von der Stirn. «Mal im Ernst, ihr seid doch nicht wirklich Stripper?»

«Ich strippe gerne», sagte Sonny.

«Ach so», sagte Richter, war wieder kurz davor. «Is doch 'n Witz, das gibt's doch gar nicht...»

Bobo nickte wie ein Zirkuspferd.

Kuhl schien von alldem unberührt. Er saß nur da, die Arme vor der Brust verschränkt, blinzelte vor sich hin und schien irgendeinen Punkt an der Wand zu fixieren.

«Na schön», sagte er dann, *sehr leise*, «war auch nur ein Witz. Du wärst beinahe drauf reingefallen, was?»

Richter schüttelte den Kopf. «Quatsch, ich bin nicht drauf reingefallen, Junge! Ich hab gleich gesagt, daß es ein Witz ist... Superjokes! Zzzzzz.»

«Gnitze!» zischte Rio.

Kuhl hob die rechte Hand mit einer großen Geste, die er kurz zuvor in einem Indianerfilm gesehen hatte.

Richter hatte diesen Film wohl auch gesehen, denn er sagte gleich:

«Pssst, psst! Häuptling Honolulu hat was zu sagen.»

Die letzte Bemerkung führte dazu, daß Kuhl rot anlief. Es war, als würde sich die Glut der Batik in seinem Gesicht fortsetzen.

«Okay», sagte er dann, «wir sollten dieses kleine Mißverständnis endlich aufklären... Finden Sie nicht?»

Er zwinkerte Eddie zu, der sich fragte, was jetzt kommen würde.

«Also, bitte. Bin gespannt...», sagte Richter.

«Wir sind so 'ne Art freischaffende Versicherungsgesellschaft», begann Kuhl. «Dein Laden läuft prächtig, hm, ist uns aufgefallen. Und du willst doch sicher, daß das so bleibt...»

«Ich halte nichts von Versicherungen», unterbrach ihn Richter, «außerdem bin ich schon gegen alles versichert.»

«Ja? Auch gegen Brandanschläge?» Kuhl legte seine Füße auf Richters Schreibtisch und ließ das Wort wirken, «das ist nämlich unsere Spezialität, Sir.»

«Was meint er damit?» Sonny schenkte Rio einen ängstlichen Blick.

«Äh, Boss.» Bobo wollte sich einmischen und andeuten, daß er Kuhl für bescheuert hielt, aber Richter machte eine Bewegung, als ob er eine lästige Fliege verscheuchte. Er starrte lange und eindringlich auf Kuhls Schuhsohlen, als gäbe es dort etwas zu lesen. Vielleicht war es ein schmerzlicher Ernüchterungsprozeß, der in ihm vorging; Lachgasschnüffler sind gefährlich, weil sie im Grunde manisch-depressiv sind und die Welt nur im Zwerchfellspasmus ertragen können.

Richter war lange genug im Geschäft, um zu wissen, was Kuhl ihm sagen wollte. Irgend jemand hatte ihm diese Clowns auf den Hals gehetzt. Die Masche war dreist und nicht unoriginell. Aber er würde sich nicht einschüchtern lassen.

«Nimm deine Füße von meinem Schreibtisch», sagte er leise, «oder willst du auf gebrochenen Beinen nach Hause laufen?»

Bobo fletschte ein hämisches Grinsen; das war der wahre Richter, der harte, unbarmherzige Boss, den er kannte. Richter hatte früher fünfzehnjährige Schulmädchen abgerichtet und in Wohnwagenpuffs am Stadtrand gesteckt. Damals hatte er sich auch einen Namen gemacht: *Onkel Lollipop.*

Kuhl ließ sich Zeit mit der Antwort. Langsam und umständlich nahm er die Füße vom Tisch.

«Unter uns, Kumpel», sagte er dann, «mit der Sorte Drohung kannst du vielleicht im Schwulenmilieu Eindruck machen, nur bei mir zieht das nicht.»

Eddie hatte die letzten sechzig Sekunden die Luft angehalten, jetzt hielt er es nicht mehr aus.

«I'm outa here», brüllte er. «I'M OUTA HERE!!» Aber er rührte sich nicht von der Stelle.

«Okay, wir sind hier gleich fertig», sagte Kuhl. An Richter: «Dann kommen wir besser gleich zum geschäftlichen Teil. Die Konditionen. Unsere Gesellschaft hat drei Tarifgruppen ...»

An Richters Schläfe pochte eine bleistiftdicke Zornader.

«Du bist doch bescheuert!» brach es endlich aus Bobo heraus. An Richter: «Der Junge hat nicht alle Tassen im Schrank, ich kenne den Knaben.»

«Schnauze!» Richter mußte zeigen, wer das Sagen hatte.

«Okay», sagte er. «Ich weiß nicht, wer dich geschickt hat, aber eines kannst du denen sagen: Ed Richter hat noch nie – noch nie! – irgendein Schutzgeld gezahlt!»

Er deutete auf seine beiden Gorillas. «Ich schütze mich selbst, das kannst du denen bestellen.»

«Sagen wir 1500 im Monat», sagte Kuhl, «du kannst monatlich, halbjährlich oder jährlich zahlen. Zahlst du alles auf einmal, kann ich dir 10% Skonto einräumen...»

Um Richters Nase, an den trigonometrischen Punkten der Lachfalten, spielten nur noch verkrampfte Reflexe: Sämtliche Nervenleitungen waren blockiert.

«Du willst mich tatsächlich erpressen», sagte er fassungslos.

«Niemand will Sie erpressen!» Eddie stand noch immer wie versteinert an der Tür.

«Nein, wie kommen Sie überhaupt darauf», setzte Rio nach.

«Erpressung ist so ein häßliches Wort.» Kuhl brachte eine Leidensmiene zustande. «Ich hasse es, solche Läden abzufackeln, andererseits, ein Mann in deinem Alter muß wissen, was er tut.» Er zupfte einen Fussel von seiner Bügelfalte. «Ich geb dir vierundzwanzig Stunden Bedenkzeit.» Damit wandte er sich zum Gehen.

Vielleicht wäre es bei einem bösen Scherz geblieben, wenn sie einfach gegangen wären, aber der Spannungsbogen, die Verkehrung von Frohsinn in bittern Ernst, war zuviel für einen Lachgasschnüffler von Richters Format. Er öffnete den Mund, holte tief Luft, wollte Tacheles reden, pokern, drohen, das letzte Wort haben – aber es kam nicht.

Seine Zeigefinger bohrten schließlich ein Loch in die Luft, und seine beiden Tiere – Knochen, Muskeln, Sehnen, Zähne, wenn es sein mußte – setzten sich in Bewegung.

«Showtime», raunzte Bobo. Erst Häuptling Honolulu, und dann würde er sich Sonny zur Brust nehmen. Kleine Abrechnung für die Sache mit der Chefin.

Kuhl wirbelte auf dem Absatz herum. *Kuhle* Reaktionszeit!

Ehe Bobo seine Muskeln spielen lassen konnte, rieb sich eine gemein aussehende Kanone in seinem Gesicht.

«Ich will keinen Ärger», sagte Bobo mit heiserer, betont liebenswürdiger Stimme.

«Den hast du schon», sagte Kuhl, «du riechst nach abgestandenem Testosteron, Odol und Käse unter der Vorhaut.»

Er war schon lange nicht mehr in der Stimmung, sich von irgend jemandem, schon gar nicht von den Schergen eines Lachgasschnüfflers, einschüchtern zu lassen.

«M...Mann», stotterte Bobo, «du reitest dich tief in die Scheiße.»

«Scheiße ist Trumpf», sagte Kuhl, «und wenn hier jemand in der Scheiße sitzt, dann bist du es.» Aus dem Stand machte er ein paar aberwitzige Lockerungsübungen. «Soll ich dir in die Fresse schießen? Willst du das?»

Während die beiden Gorillas zögerlich (und unaufgefordert) ihre vorderen Extremitäten hoben, gab es eine kleine unscheinbare Bewegung im toten Winkel der Kamera in Kuhls Kopf: Richters Hand wanderte verstohlen unter den Tisch...

Seine Fingerspitzen berührten schon den Knauf – eine Zehntelsekunde zu spät.

«Nobody moves... nobody gets hurt.» Eddie hatte Richters Versuch gesehen und seine Pistole in Stellung gebracht.

Richter hatte einfach Pech.

Kuhl grinste. «Thanks, bud.»

«Shit!» sagte Eddie. «Laß uns endlich verschwinden.»

«Du kommst schon weg, aber halt jetzt endlich die Klappe!» Kuhl war wieder Herr der Lage. «He, Rio, sieh mal nach, was der Lachsack da hat.»

Richter hatte danach noch zwei Sekunden, um den Helden zu spielen, aber er rührte sich nicht.

«Is 'ne Browning», sagte Rio, als er den sechsschüssigen Revolver aus den Restaurantquittungen fischte.

«So, so, 'ne miese kleine Browning.» Kuhl machte wieder Zielübungen, Auge, Schulter, Solar plexus. Und alles Teile von Richter.

«Was für 'n Typ?»

«Äh ... Typ 27.»

«Mit oder ohne Gaslader?»

Nicht leicht zu beantworten, Rio mußte die Knarre eingehend inspizieren.

«Ohne.»

Kuhl prustete vor Lachen.

«Kann er behalten ... – Aber nimm vorher die Kugeln raus!»

«Für wie blöd hältst du mich», sagte Rio, aber er hätte es tatsächlich beinahe vergessen.

Sonny überfiel ein Ausbruch von Heiterkeit. «Ich glaub, ich muß mal ...»

Auch Eddie hielt es nicht mehr aus. Er hatte sich vieles vorgestellt, aber nicht, daß Kuhl ihn in einen Raubüberfall verstricken könnte.

So würde es zumindest vor dem Kadi aussehen.

«Mr. Richter», sagte er und hatte einen Kloß im Hals. «So was kann vorkommen, verstehen Sie?»

«Ich erwarte Besuch», sagte Richter scheinbar unbeeindruckt, «nehmt das Geld und macht, daß ihr wegkommt.» Er deutete auf seine Brieftasche. «Du kannst das ganze Geld haben. Sieh zu, daß du Land gewinnst, Junge, bevor die Polente hier auftaucht.

Er nannte ihn tatsächlich *Junge*, so wie Rosie ihn Junge genannt hatte.

Die Art, wie er es sagte, ließ darauf schließen, daß er die mächtigen Jocks für Krümeldiebe hielt. Vielleicht fand Kuhl diesen Gedanken unerträglich, denn er sprang plötzlich auf den Schreibtisch und trat Richter ins Gesicht.

Der Lachgasschnüffler kippte rücklings aus seinem Sessel.

Kuhl wollte ihm nach, aber da war plötzlich der koreanische Molch.

Unglaublich behende für sein Gewicht, sprang er in Kuhls Flugbahn, schaffte es, den Körper seines Herrn abzuschirmen.

Kuhl prallte von ihm ab und flog gegen eine Vitrine. Einen Moment sah es so aus, als würde ihn der Koreaner in die Mangel nehmen.

In diesem Moment ging die mächtige 357er in Eddies Hand los, und ein faustgroßes Stück Verputz platzte aus der Wand.

Der Kung-Fu-Spezialist war buchstäblich wie vom Donner gerührt.

Kuhl, der als erster erkannt hatte, daß sie sich wirklich in einem schalldichten Raum befanden, hatte sich als erster gefaßt.

Er haute dem Koreaner eine runter, und noch eine, weil's so schön war.

«Niemand fickt mit mir», sagte Kuhl, «kein phicki-phoocki-phuck-Wang-Tang-Heini phickt mit mir, klar?»

Der Koreaner schwitzte wie ein Tier. Dicke Schweißperlen traten in Rekordgeschwindigkeit auf seine Stirn.

«Please, Mister...», sagte er nur. In seiner Angst begann er ein Kinderlied zu summen.

Kuhl starrte in dieses Breitwandgesicht. *Das Ende eines biologischen Films*, dachte er, *und keiner würde diesen Streifen vermissen...*

«Laß doch die arme Sau», sagte Rio.

Kuhl nahm die Waffe runter, zwinkerte dem Koreaner zu und trat dann mit aller Kraft in Richter.

«Uarrgh!» kam es von ganz, ganz unten.

Der Koreaner zuckte zusammen, als hätte es ihm weh getan.

«Kuhl...» Eddie wollte endlich raus aus dem Laden. «Lange halt ich das nicht mehr aus. Ich hab ein schwaches Herz, Mann!»

«Dann ruf doch die Ambulanz», sagte Kuhl. «Da steht das Telefon.» Er warf einen Blick in Richters Brieftasche.

«Dreihundert Mark. Is das alles? Is das alles? Leck mich am Arsch, du Puffotter, wen glaubst du, hast du vor dir?»

Wieder hagelte es Fußtritte. Richter krümmte sich geschickt, schaffte es, vor allem die Nieren zu decken. Er wußte, wie leicht man da was lostreten konnte.

«Oh Gott», winselte er. «Im Schreibtisch ist mehr Geld!»

Kuhl spürte das Sekret der Besänftigungsdrüse.

«Was denn? Du willst zahlen? Habt ihr das gehört?»

«Wow!» sagte Rio, kratzte sich mit der Browning am Kinn.

Richter schielte nach seinen *bodyguards*, die erbärmliche Figuren abgaben.

«Ihr seid gefeuert!» schrie er plötzlich und schlug mit der Faust auf den Boden.

Das Nilpferd begann erneut zu schluchzen.

«Oh, der loyale Angestellte», sagte Kuhl. «Willst du den Kugelfänger spielen?» Er schoß neben Richter in den Teppichboden.

«Fuck you, Kuhl», brüllte Eddie, der von der Tür aus nicht sehen konnte, was vor sich ging. Er fragte sich, ob es Sinn machen würde, zu schreien, daß er mit dem Überfall nichts zu tun hatte. Wenigstens hätte er dann später Zeugen.

Richter schloß die Augen, auch weil ihm von dem Hulahemd schwindlig wurde.

«Bitte», flüsterte er. «*Lieber Gott.*»

Kuhl entrang sich ein sardonisches Lachen. «Habt ihr das gehört? Er will nicht nur zahlen, er nennt mich auch noch Gott!»

Kuhl preßte den Lauf an Richters Nasenloch, und eine ganze Polypenkolonie zog sich unter dem Eindruck der Waffe zusammen.

«Wie heiß ich?»

«Gott», kam es hohl vom Fußboden.

«Kuhl, es reicht!» Eddie hatte nicht mehr die Kraft zu brüllen. «Laß uns verschwinden! Und zwar schnell.»

Die gefeuerten Bodyguards nickten wie alte Betschwestern.

«Wir müssen gar nichts», sagte Kuhl. Es war, als hätte er vergessen, wo sie waren. Er hatte das erste Mal das Gefühl, daß er in einem ziemlich guten Film die Hauptrolle spielte.

Diesmal drückte er Richter den Lauf an die Schläfe. «He, Lachsack, wir machen jetzt einen kleinen Intelligenztest. Wenn du gut abschneidest, bist du aus allem raus, klar? Wenn nicht, hast du bald Gelegenheit, dich bei deinem Schöpfer über dein Kleinsäugerhirn zu beschweren: Äh... Frag ihn was, Rio.»

«He, Mann, was soll ich ihn fragen?»

«Scheiße. Wenn du ihn nichts fragst, leg ich ihn gleich um.»

«Frag mich, bitte, frag mich was», bettelte Richter. Er war grau vor Angst.

«Okay.» Rio dachte einen Moment nach. «Du kennst doch Patrik Hernandez?»

«Sicher, jeder kennt Patrik Hernandez.»

«Persönlich?» Rio mußte da einfach nachhaken.

«Das nicht...»

Rio nickte erleichtert. «Okay. Jetzt hör gut zu. Es gibt da dieses Lied, weißt du, das zur Zeit überall gespielt wird.»

«Born To Be Alive?»

«Ganz richtig. Aber das ist nicht meine Frage. Ich will wissen, was es bedeutet, Mann.»

«He, *die* Frage ist gut!» meinte Kuhl.

«Geboren... um zu leben», kam es stotternd vom Fußboden.

«Du willst mich wohl verscheißern!» Kuhl preßte Richter die Knarre ins Ohr. «Er hat dich gefragt, was dahintersteckt... Dahinter! Geboren, um zu leben – so weit sind wir doch schon lange, du Arsch! Er will wissen, was es heißt... die Bedeutung, du Klugscheißer! Der Sinn? Wenn einer geboren ist, dann lebt er doch automatisch, das ist doch scheißnormal. Das muß man doch nicht andauernd singen...»

Richter wurde mit einem Mal klar, daß er es mit Psychopathen zu tun hatte.

«Okay. Ich habe mich in der Tat mal gefragt, was es heißen könnte», sagte er leise, beherrscht. «Stimmt's nicht, Jungs?»

In der Aufregung hatte er vergessen, daß er seine Kraftmeier gefeuert hatte.

«Und?»

Richter ahnte, wie brenzlig es wurde.

«Wenn du mich fragst, macht es keinen Sinn. Sieh mal all diese Popsongs...»

«Oh, oh», sagte Kuhl.

«Sakrileg», sagte Rio.

«Aber ich weiß es doch nicht!» heulte Richter. «So wahr mir Gott helfe!»

Kuhl schob ihm die Waffe in den Mund.

«So helfe dir Gott», sagte er nur.

«Kuhl. Schluß jetzt!» Eddie hatte plötzlich die schnellgeschnittene Szene eines Mordes vor Augen. «Wegen dem Scheißkerl willst du sitzen? Ja? Fünf Jahre?»

Fünf Jahre dieselbe Sequenz, dieselbe Bandschleife. Kuhls Hand vibrierte wie unter Starkstrom.

Sonny wollte was von mildernden Umständen sagen, aber er hielt sich zurück.

«Er ist es nicht wert, Mann! Das ist ein Lachgasschnüffler, das ist die unterste Schublade. Aussatz. Tiefer geht's nicht. Wegen dem willst du in den Knast gehen?»

Man konnte sehen, daß Richter ebenso unter den Worten seines selbsternannten Verteidigers litt wie Kuhl, der langsam ausblinzelte.

«Okay?» flüsterte Rio. «Okay?» Er klang wie Fußmann nach einem mittelschweren **PSYKLON**®-Malheur.

Kuhl wischte sich den Schweiß von der Stirn.

Rückwärts, wie sie es in unzähligen Filmen gesehen hatten, liefen sie zur Tür.

«Wenn einer von euch Flachwichsern auch nur piep! macht...»

«Ich seh dich auf der Straße wieder», rief die Roßhaarmatratze.

«Ja? Und was dann, Bobo?» Kuhl drehte sich um. «Was dann, Bobo?»

«Die Luft ist rein!» zischte Eddie, er hatte die Tür einen Spalt weit geöffnet.

Ich seh dich auf der Straße wieder, dachte Kuhl... Wie ein Wadenbeißer verfolgte ihn Bobos Stimme. Er hatte plötzlich das Gefühl, sich viel Ärger zu ersparen, wenn er alle umgelegt hätte.

Wenig später waren sie raus aus Richter's Disco. Die Türsteher sahen ihnen zwar argwöhnisch nach, aber das war auch alles. Seelenruhig bogen sie um die nächste Ecke und verfielen dann in einen Dauerlauf, der in einem Wettrennen endete.

«Und wenn sie die Polizei rufen?» fragte Eddie, als sie seinen Wagen erreicht hatten.

«Is doch... nichts... passiert, oder?» japste Kuhl, der von allen die schlechteste Kondition hatte. «Außerdem –», ihm fiel ein, was er vor kurzem in einem Nachrichtenmagazin gelesen hatte, «– Primaten zeigen sich bei rund 40 % aller wissenschaftlich registrierten Aggressionen innerhalb eines Zeitintervalls von 60 Minuten wieder bereit, Kontakt aufzunehmen, um über die entstandenen Schäden zu verhandeln... Wußtest du das?»

«Yea, yea, yea», machte Eddie. Und ließ es dabei bleiben.

Sie lachten noch immer, und wie ein Schwarm bunter Motten verschwanden sie im staubigen Licht der Straße.

«So kann es nicht weitergehen», sagte Eddie, als sie am nächsten Abend im Eiscafé saßen.

Kuhl löffelte die Sahne aus seinem Cappuccino. «Sprich», sagte er.

«Das mit Richter ist noch mal gutgegangen.» Eddie holte tief Luft. «Die Story mit der Versicherungsgesellschaft war nicht schlecht, nur... du mußt aufpassen, daß du nicht mal aus Versehen jemanden umlegst.»

Kuhl schüttelte den Kopf. «Na, wer hat denn angefangen?» sagte er. «Na?»

«Richter hat angefangen», kam es leutselig von Rio.

«Richter hat angefangen!» Eddie äffte ihn nach. «Das ist doch Kindergartenscheiße.»

«Eddie, Eddie ...», Kuhl schüttelte den Kopf, «du hast dich verändert, Mann. Was ist mit dir passiert, brotherman?»

«Leck mich doch. Es hat so viel», Eddie deutete es mit den Fingern an, «so viel gefehlt, und du hättest den Lachsack ausgeknipst.»

Kuhl zuckte die Achseln.

«Was hätt ich denn tun sollen? Hast du Bobo und den Koreaner vergessen?»

«Da mußt du gleich 'ne Kanone ziehen? Bang, bang, that's it?» Eddie formte eine Pistole aus Daumen und Zeigefinger, zielte auf Tacco, der die Ziehung der Lottozahlen im Ersten verfolgte. «Du hättest dich sehen sollen.»

Kuhl schüttelte den Kopf. «Du redest von einem *anderen* Film, Mann.»

«Film!» Eddie schlug die Hände über dem Kopf zusammen. «Es war kein Film! Du hättest den Mann beinahe umgelegt.»

«Ach, Scheiße», sagte Rio. Er knallte den Langstieligen auf den Tisch. «Ich war zufällig *auch in dem Film*, und ich weiß, was ich gesehen habe. Richter hat angefangen. Es war Notwehr.»

«Putativ-Notwehr», fügte Kuhl einschränkend hinzu. Er hatte das Wort vor kurzem in einem Artikel über Terroristenbekämpfung gelesen. Mit dem Wort ließ sich zumindest im BKA alles rechtfertigen.

Eddie schüttelte den Kopf. «Weißt du, was mir angst macht? Es gab einfach keinen Grund, Mann, keinen Grund, verstehst du?»

«Keinen Grund», frotzelte Kuhl. *Den Satz hätte man seinem Leben voranstellen können.*

«Jetzt will ich dir mal was sagen...», fing er an.

«Ich will es nicht hören», sagte Eddie.

«Es gibt vielleicht keinen Grund zu leben...», Eddie hielt sich die Ohren zu, «aber *immer einen Grund, jemanden umzulegen.* Glaub mir.»

«Bist du jetzt fertig?» wollte Eddie wissen.

Kuhl grinste versöhnlich. Er spendierte eine Runde Cappuccino. Wie der Pate kam er sich vor.

«Eddie», sagte er dann. «Denkst du im Ernst, ich könnte irgendeiner Fliege was zuleide tun? Denkst du das?»

Eddie schüttelte den Kopf. Aber so sicher war er sich nicht.

II

Es gab sie, die Tage des Vergessens.

Die Sonne ging auf, die Sonne ging unter, kaum wahrnehmbar unter der dichten Wolkendecke. 24 Stunden später saß Kuhl schon wieder im Parkhaus und brütete vor sich hin.

Ewige Nacht, willst du endlich von mir fallen?

Fast hätte er noch «Oh Herr» gerufen. Aber so weit würde es nie kommen. Eher würde er sich das Hirn rauspusten.

Was bei seinen Kopfschmerzen keine schlechte Idee war. – War es seine Schuld, daß Eddies Traum vom großen Geld, von FAME, FORTUNE & PUSSY GALORE, nicht in Erfüllung gehen wollte?

Hinter dem Fernsehschirm leuchteten die Gesichter vom Fahndungsplakat.

«Ich verbiete mir jeden Kommentar!» brüllte er in die Stille.

Er war wieder zurück, am Nullpunkt, in seinem eigenen, nichtigen Film; Komparse Nummer soundsoviel wieder auf seinem Posten. Man brauchte wieder ein bißchen Bewegung für den Hintergrund, ein mieses Gesicht am Schalter im Parkhaus ...

Er knallte sich fünf Valium rein, aber es half nichts. Drei Librium.

Nichts half mehr.

Was soll werden, dachte er.

Draußen regnete es.

Sonny, Rio und Eddie hatten sich an diesem Abend von AC Knirsch ins Waldstadion mitschleppen lassen. «UEFA-CUP! Eintracht spielt. Gegen Dinama Bukarest!» Da er die Jocks für Stars hielt, hatte er ihnen übertenerte Karten angedreht. Sonny kaufte sich noch einen Eintrachtschal und geriet am Ausgang mit ein paar

Bulgaren aneinander. Später versuchten sie Rio einzureden, daß Hölzenbein das Tor gar nicht sitzend geköpft hatte, sondern einfach nur den Abpraller gespielt hatte. Es floß viel Bier. AC erzählte, daß sich Bobo schwer aufgeregt hatte. Rio gab seine Version des Geschehens zum besten, Eddie hielt den Mund.

Sie hatten einen schönen Abend, hieß es noch – man konnte es glauben oder nicht.

Am 9. November 1979, also nur zwei Tage nach dem Spiel, gaben die NORAD-Computer in Cheyenne Mountain Alarm ... Überall in den Wüsten von Utah und Nevada öffneten sich die Raketensilos, und häßliche spitze Sprengköpfe lugten in den Himmel ... So ziemlich alle Sicherheitsmechanismen rückten in «GO»-Position.

«IT'S FUCKING D-DAY!» Harry erfuhr es in einer abgelegenen Basis mitten in der Lüneburger Heide. «The fucking russians! They're coming!»

Die große Panik brach aus, nur Harry vergoß Freudentränen, vor Zeugen. Einem jungen Techniker schenkte er seine Armbanduhr. Seinen Vorgesetzten bot er an, die Atommine, auf der sie saßen, manuell zu zünden ...

«IT'S ALL OVER NOW!» johlte er vor sich hin.

Natürlich wurde es wieder nichts mit dem III. Weltkrieg. Falscher Alarm, hieß es plötzlich, irgendein Idiot drüben hatte die Computer mit Simulationsdaten gefüttert. Die spitzen Köpfe verschwanden wieder in ihren Löchern, und Harry saß abends mißmutig in seiner Koje und stopfte Pemmikanpulver in sich hinein.

Auch der 19. November 1979 war kein Tag wie jeder andere. Die RAF hatte eine Filiale der Schweizer Volksbank überfallen und eine runde halbe Million erbeutet.

Kuhl nahm das im Eiscafé wieder einmal zum Anlaß, ein Loblied auf den Terrorismus zu singen:

«Sie haben eine Passantin umgelegt, na und? Was schusselt die

Alte da auch rum? Zwei Bullen verletzt? Wofür werden die denn bezahlt?»

«Terrorismus ist was für *rich kids*», sagte Eddie, der die Patty-Hearst-Geschichte noch in Erinnerung hatte. Amerikanern war es grundsätzlich suspekt, wie jemand aus vermeintlich uneigennützigen Gründen, im Deckmantel eines marxistisch-leninistischen Hokuspokus, eine Bank überfallen konnte.

«Ach, leck mich doch», zischte Kuhl. Der Abend war gelaufen.

Der biologische Film spulte wieder ein paar Wochen runter, schubschubi-du-didi ... Es war jetzt nachts richtig windig, und die Bäume zwischen den Blöcken verloren ihre Blätter. Kuhl konnte es nicht glauben, daß es richtig Herbst wurde. Irgendwie hoffte er immer, der natürliche Erneuerungsprozeß würde anhalten, aber Pustekuchen ...

Der November hatte gut begonnen: Jaques Mesrine, Frankreichs meistgesuchter Gangster, war in einen Hinterhalt gelockt und zersiebt worden. Das Fernsehen zeigte den Schweizer Käse. Mesrine hatte nicht nur dreifachen Mord auf dem Kerbholz. Auch die Entführung des Millionärs Lelièvre ging auf sein Konto, und da hörte der Spaß natürlich auf. *Blutsbruder*, dachte Kuhl im Parkhaus. Er hielt das drakonische Vorgehen der Polizei für einen ausgemachten Racheakt der Bourgeoisie.

Im Fernseher lief an diesem Abend nebenbei ein heiteres Quiz.

SZENE

Der Showmaster, ein untersetzter Mann mit hängenden Freßbacken und dem Blick eines Cockerspaniels, erinnert von weitem an den Arbeitgeberpräsidenten Hanns Martin Schleyer ... und, Allmächtiger, er ist es! Noch immer trägt er dasselbe Jackett, das er im Kofferraum des grünen Audis in Mühlhausen an hatte.

Der erste Gast trägt eine Sonnenbrille und einen langen Ledermantel. Er läuft wie Django oder jemand mit Hämorrhoiden im Arsch, aber es ist Andreas Baader, auch schon zwei Jahre tot. Lässig schlendert er auf das Podium, setzt sich in einen Sessel, grinst blasiert und wartet, bis sich der Beifall legt.

SCHLEYER: «Wie ich sehe, haben Sie Ihre Haare entfärbt?»

BAADER: «Wovon sprechen Sie überhaupt?»

SCHLEYER: «Na, bei Ihrer Verhaftung (das Verhaftungsfoto wird eingeblendet) hatten Sie noch blonde Haare, wenn mich nicht alles täuscht.»

BAADER *verlegen*: «So kann man sich täuschen.»

(Lachen, Beifall)

SCHLEYER: «Der Bart ist auch ab.»

BAADER: «Ach, leck mich doch...»

(Beifall, lautes Klatschen)

SCHLEYER *(macht es spannend)*: «Also, hier ist das Spiel: Ich werde Ihnen jetzt ein paar Stichworte nennen...»

BAADER *(als würde er eine Waffe ziehen)*: «Stichworte?»

SCHLEYER: «Genau. Ich nenne Ihnen ein Stichwort, und Sie sagen mir, was Ihnen dazu einfällt. Okay?»

BAADER *(mit einem Achselzucken)*: «Ah so. Das, was wir jeden Tag in Stammheim gespielt haben: Brandstiftung? – Kaufhof, Oberursel? – Ponto, Karlsruhe? – Buback, Mühlhausen? – Schleyer. So in der Art, was?»

(Gelächter, Pfiffe, der Showmaster hat Mühe, die Menge zu beruhigen.)

SCHLEYER *droht gespielt mit dem Finger*: «Na, Sie werden auch nie erwachsen...»

BAADER *macht Lockerungsübungen wie ein Revolverheld*: «Von mir aus kann's losgehn...»

(Auf Schleyers Zeichen hin verdunkelt sich die Bühne. Ein Scheinwerfer erfaßt Baader, der automatisch nach seiner Pistole greift.)

SCHLEYER: «Erste Frage: Der Staat?»

BAADER: «Was für Insekten.»

SCHLEYER: «Demokratie?»

BAADER: «Eine großartige humanitäre Einrichtung wie eine öffentliche Toilette.»

SCHLEYER: «Zu vage. Konzentrieren Sie sich.»
BAADER: «Worthülse.»
SCHLEYER: «Richtig. – Äh ... Vertreter des Volkes?»
BAADER: «Strohmänner, Kakerlaken in gepanzerten Limousinen.»
SCHLEYER: «Freie Wahlen?»
BAADER: «Ein Cheeseburger, extra Ketchup, kleine Pommes, Kaffee ohne Milch.»
SCHLEYER: «Macht?»
BAADER: «Wer Macht hat, muß sie mißbrauchen.»
SCHLEYER: «BKA?»
BAADER: «TNT.»
SCHLEYER: «Polizisten?»
BAADER: «Kniescheiben, äh ... Schießscheiben.»
SCHLEYER: «Buback?»
BAADER: «Heute Schwein, morgen Schinken.»
SCHLEYER: «Krieg?»
BAADER: «Die Fortsetzung des Fußballs mit anderen Mitteln.»
SCHLEYER *freudig*: «Richtig! – Eigentum?»
BAADER: «Leibeigenschaft.»
SCHLEYER: «Staatsbürger?»
BAADER: «Geiseln.»
SCHLEYER: «Terroristen?»
BAADER: «Der Terrorist ist eine Geisel, die sich selbst liquidiert.»
(Unvermittelt zieht er eine Pistole und hält sie sich an die Schläfe.)
Das Licht geht abrupt an, tosender Applaus und Getrampel, Zwischenrufe: «Schieß, schieß doch endlich...»)
SCHLEYER: «Gratuliere. Sie haben eine Reise nach Mallorca gewonnen ...»
Das Bild *verschwimmt*...

Im Eishaus machte Kuhl sich endlich vor versammelter Mannschaft Luft. «Weißt du, warum es nicht läuft? – Weil wir keine Beziehungen haben. – Wir gehören einfach nicht dazu, Mann.»

Seine Kiefer mahlten vor sich hin. Er schwitzte und beobachtete Tacco, der wieder zu dem Kasten in der Ecke schielte.

Nachrichten, Großfahndung nach Terroristen...

«Verdammt», sagte er plötzlich, nachdem er geschlagene zehn Minuten in seinem Espresso gerührt hatte, «ich habe es satt, Opfer zu sein!»

«Opfer?» fragte Eddie, als hätte er das Wort eben zum ersten Mal gehört.

«Du weißt schon, im Unterschied zu Täter», sagte Kuhl. Sein Kindheitstrauma quälte ihn, die Angst, am falschen Ende der Nahrungskette geboren zu sein.

Kuhl hielt es nicht mehr aus, er mußte raus...

«He, was ist los mit Kuhl», rief Rio, «warum läßt er das Licht seiner Weisheit nicht länger auf uns scheinen?»

Kuhl hörte nicht mehr hin.

An der Tür drehte er sich um, versuchte sich einzuprägen, wie sie da saßen; winterlich gekleidete Realkabarettisten, denen die Bretter unter den Füßen wegfaulten.

«Bald sind die Füße dran», murmelte er, und zum letztenmal kam ihm der Gedanke, daß alles, was sie an diesem Abend von sich gegeben hatten, doch nur Bewegungs- und Vitaminmangel, Übermüdung oder eine Stoffwechselfunktionsstörung zur Ursache haben könnte...

«Kuhl ist alt geworden», sagte Rio, als Kuhl gegangen war.

Eddie schnippste mit dem Finger.

Zeitbombe, dachte er noch.

Jede Krankheit ist vielleicht nur eine Bestätigung dessen, was der Hypochonder schon im voraus weiß und seine Mitmenschen nur nicht wahrhaben wollen: Das Siechtum ist nur eine Frage der Zeit.

Anfang November breiteten sich neue Virenstämme im mitteleuropäischen Raum aus. Rio erwischte Grippales aus der mongolischen Steppe. Eines Nachts klappte er plötzlich am Mischpult zusammen. Das Fieberthermometer schnellte auf $39{,}9°$. Es sah so schlimm aus, daß selbst ein Kameruner Doktor einen Hausbesuch machte und antibiotische Bomben verschrieb.

Kuhl schlug sich noch mit läppischen Erkältungserscheinungen herum, schwor auf Kodeintropfen und die 100fache Dosis Ascorbinsäure am Tag, eine Roßkur, die angeblich auf Linus Pauling zurückging.

Als Kuhl von Rio hörte, reagierte er, wie nicht anders zu erwarten, hyperhysterisch und verhängte Quarantänemaßnahmen über den Block. Selbst am Telefon trug er in diesen Tagen einen Mundschutz.

Auch Eddie erwischte es. Verständige Vorgesetzte erlaubten ihm aber, seine Krankheit bei Ilona auszuschwitzen.

Sonny bewegte sich nur noch von Yoninas Lager, um Nahrung aufzunehmen. Das Immunsystem eines robusten Fickers ist so ziemlich das Unverwüstlichste, was es gibt. Ilse war nur noch eine schöne Erinnerung, eine ferne Sonne, die ihm einmal geschienen hatte ...

III

KUHL: «Dem Kriminologen erscheint die Welt nicht zu Unrecht als ein Gleichgewicht zwischen potentiellen Tätern und vermeintlichen Opfern, ein endloser Kreislauf, kausal und logisch, wie die Fortsetzung einer Spirale, deren Ursprung in der natürlichen Nahrungskette liegt. In diesem Kreislauf gibt es kein irrationales Element.

Wenn es wirklich eine Korrelation zwischen Guerrys thermischem Gesetz und der statistisch ermittelten Zunahme von Gewalttaten bei steigenden Temperaturen gibt und wenn es stimmt, was Biologen über die Zusammenhänge zwischen Luftfeuchtigkeit und Wärme und dem Reifungsprozeß der Ovarien sagen, wenn sich selbst verminderte Lichtverhältnisse auf die Reproduktionstätigkeit des Menschen auswirken können, erscheint es dann nicht logisch, nach einem physikalischen Katalysator des Verbrechens zu forschen? Es gibt bereits Untersuchungen über die abnormal hohe Cadmiumkonzentration in den Haaren von Mördern und die Ablagerungen von Schwermetallen in den Knochen schwer erziehbarer Kinder.

Linus Pauling erkannte schon 1936 die paramagnetische Eigenschaft von Blutkörperchen, die aufgrund eines Eisenatoms elektrische Ströme leiten. Elektrische Ströme, wenn auch in kaum meßbaren Quantitäten, fließen im Körper, kontrollieren den Herzschlag und ermöglichen die Hirntätigkeit. Bei *allen* elektrischen Maschinen muß man mit Aussetzern rechnen.»

Kuhl mußte an diesem Abend wieder ins Parkhaus, Sonderschicht. Gegen halb sechs hatte ihn die Schnecke vom Wachdienst angerufen und gefragt, ob er ausnahmsweise für einen gewissen Böttcher einspringen könne – Böttcher hatte sich krank gemeldet, lag mit Grippe im Bett.

«Wieder einer», murmelte Kuhl, «wußtest du, daß allein die Spanische Grippe weltweit viermal soviel Menschenopfer gefordert hat wie der Erste Weltkrieg?»

«Äh ... nein, wußte ich nicht.»

«Mehr als 21 Millionen», erläuterte Kuhl, der die Eckdaten des hypochondrischen Weltbilds natürlich auswendig kannte, «es sind die kleinsten, aber auch schrecklichsten Feinde der Menschheit. 1914 gab es in Kansas auf einen Schlag über eine halbe Million Tote.»

«Na, sieh mal einer an.» Sie fragte wieder, ob er einspringen könne, und da sie Kuhl kannte, vergaß sie auch nicht, den Wochenendzuschlag zu erwähnen.

Kuhl sah das Nieselwetter vor dem Fenster, das verwaschene Grau über dem Block. Es war windig. Auf dem Flachdach schwankten die Fernsehantennen. Ob er nun zu Hause saß oder im Parkhaus, es machte keinen Unterschied.

«Okay, ich komme», sagte er.

Da alle seine Hemden noch auf der Wäscheleine hingen, zog er ein T-Shirt an. Die Aufschrift besagte: «Helpful & Friendly» – und so fühlte er sich auch.

Um halb neun, überpünktlich für seine Verhältnisse, kreuzte er im Parkhaus auf.

Unten wartete schon der Typ von der Nachmittagsschicht.

«Polare Temperaturen», begrüßte er Kuhl, «die Heizung ist im Arsch.» Er wirkte völlig durchgefroren.

«Shit», sagte Kuhl. «Hast du den Hausmeister angerufen?»

Tatsächlich unterstand das Parkhaus einem Hausmeister, der sporadisch und unwillig nach dem Rechten sah, defekte Neonröhren austauschte und natürlich auch für die Heizung zuständig war.

«Er sagt, Montag kommt der Mann.»

«Der Mann?»

«Der Heizungsmann.»

Kuhl konnte es nicht fassen. «Ich sitze also die ganze Nacht in der Kälte?»

Sein Gegenüber zuckte die Achseln und ging.

«Immerhin, der Tauchsieder tut's noch. – *Tückischer Witzbold.*

«Shit!» Kuhl kombinierte, daß die Wachdienstschnalle ihn reingelegt hatte. Als er sie anrief, hatte sie natürlich nicht die leiseste Ahnung.

«Oh, auch das noch», sagte sie, «ich rufe sofort den Hausmeister an.»

«Ja, tu das», sagte Kuhl.

Er schaltete den Fernseher ein. Der Empfang war schlecht, es knatterte, und im Zweiten gab es nur noch Graupelschauer im Fernlicht. *Wie passend.*

Shit, dachte Kuhl, Shit. Eine Erkältung schwächt das Immunsystem und macht anfällig für Grippe...

Ein paar Leute machten sich am Schalter bemerkbar.

Kuhl kassierte ab: «Dreifünfzig... dreifünfzig... sieben Mark.»

«Sie wissen nicht zufällig...»

«Ich weiß gar nichts», sagte Kuhl hartmäulig, «sonst säße ich nicht hier, oder.»

Das Telefon klingelte.

Aha, die Wachdienstschnecke. Aus dem Hintergrund hörte er leise Disco-Musik.

«Hör mal, grade hab ich mit dem Hausmeister gesprochen. Der hat schon einen Heizungsmonteur angefragt. Aber es wird Montag, sagt er.»

Kuhl tat so, als höre er das zum ersten Mal.

«Verdammt, das ist ein Notfall», sagte er, «wenn ein Fernseher sonntags abnippelt, muß man nur mit dem Finger schnippen, und schon kommt so ein Heinzel angerannt und repariert die Kiste. Du kannst mir doch nicht erzählen ...»

«Nun stell dich nicht so an ...» Sie sagte das in einem Tonfall, der jede Form der Körperverletzung gerechtfertigt hätte.

«Ha, ha. Ich frier mir doch nicht den Arsch ab. Weißt du, wie kalt es hier nachts wird? Ich hab's eh an der Blase ...»

Sie entgegnete etwas mit vollem Mund, schmatzte und schwatzte über den Chorus von Lady Bump ...

Nimm den Schwanz deines Chefs aus dem Mund, wenn du mit mir sprichst!

«Wie bitte?» Sie klang plötzlich bestürzt.

Kuhl wußte nicht mehr, ob er *etwas* gesagt hatte.

«Äh ... ich glaube, da ist *noch jemand* in der Leitung», sagte er. «Tu mir den Gefallen und ruf den Monteur an, ja?»

Das Schweigen am anderen Ende war eisig.

Ausgekaut, dachte Kuhl. Er legte den Hörer auf.

Seltsam, ihm war plötzlich heiß, Schweiß trat ihm auf die Stirn.

Er versuchte, sich auf die Monitore zu konzentrieren: halbleere Parkflächen, Totensonntag in einer Kleinstadt, das Leben war wieder mal nur ein Limbo, vor dem sich nichts abspielte.

Jeder Mensch hat seinen psychischen Schmelzpunkt, dachte Kuhl. *Oder Gefrierpunkt?*

Langsam war es ihm gleich.

Kurz vor Sendeschluß kam er wieder zu sich: In der Dunkelheit loderte der Fernseher kalt und kraftlos wie die ferne Polarsonne.

Letzte Nachrichten, Nationalhymne: In dicken Lagen kleisterten Blechinstrumente die Hölle zu. Simulation, daß es weiterging.

Der letzte Ton wurde lange gehalten. Die Andacht der Exkremente, das memento mori vor dem Ziehen, die Kackwurst im Mahlstrom, die eben wach wurde, hellwach und... Dann nichts mehr, rasendes Schneegestöber im Fernlicht, aus...

Lange Zeit lauschte er in das Rauschen, und dann wußte er, was es war: das Geräusch eines Radierers. Etwas radierte in seinem Kopf, und es ließ sich nicht abstellen.

Die lange Nacht, dachte er.

Draußen goß es in Strömen. Unten im Parkhaus klang es wie ein anderes Rauschen – ferner, dichter, endgültiger: ertrinkende Welt.

Er studierte ein Pornoheft, in dem sie sich gegenseitig anpißten. Eine Weiße pißt einem Schwarzen in den Mund. Auf der nächsten Seite sitzt sie in der Badewanne und erhält ihren Anteil aus fünf männlichen Harnröhren. Sie strahlt wie ein Marzipanschweinchen. Bevor sie gefickt wird, pißt sie zwei Kerlen über die Stangen. Das Dasein als undinischer Kreislauf...

«He, Nachteule. Kundschaft!» Das letzte Wort ging in einem Kichern unter.

Kuhl hatte die Schritte gehört, da waren sie noch oben an der Einfahrt.

«He, helpful & friendly, du pennst doch nicht etwa, was?»

Draußen vor dem Schalter standen zwei Gestalten.

Nasse Dauerwellen, Schnauzbärte, einer im Pelzmantel, der andere hatte einen goldenen Ohrring und eine Augenklappe wie ein Pirat.

Beide konnten sich kaum mehr auf den Beinen halten. Kuhl sah es nicht nur, er roch es auch, daß sie Schlagseite hatten.

«Is dir nicht kalt?»

Kuhl in seinem T-Shirt schüttelte den Kopf. «Was geht ab, Mann?»

Der Pirat zeigte sein verkrumpeltes Kärtchen.

«Fünffuffzig», sagte Kuhl.

Der Kerl suchte in seinen Hosentaschen, erst rechts, dann links, dann mit beiden Händen. Einmal hickste er, als müßte er sich übergeben. Das Auge, das er noch hatte, war blutunterlaufen.

«Ich hab kein Kleingeld mehr. Verdammt, hast du noch Geld, Mischa?»

Der Pelzmantel ging ebenfalls durch seine Taschen.

«Ich hatt' doch noch was.»

«Na, sach bloß ... die Kleene hat dir heimlich das Hartgeld stibitzt?»

Kuhl hatte plötzlich dieses Zucken im Auge: *einundzwanzig, zweiundzwanzig* ... Irgendwie hatte er in dieser Nacht eine extrem kurze Lunte.

«Was soll 'n das werden? – Taschenbillard kannst du woanders spielen.»

«Meinst du mich?» fragte der Pelzmantel.

«Wen denn sonst?» sagte Kuhl.

«Probier hier nicht rum, Burschie. Wir sind Dauerparker, gute Kunden. Du kannst ruhig mal 'n Auge zudrücken.»

«Mach so weiter, und ich drück sie dir beide zu», sagte Kuhl. Er fragte sich selbst, woher die kochendheiße Wut rührte. «Hast du schon mal 'ne aufgeplatzte Fontanelle gesehen, du Dauerparker?»

«W ... was?»

«Na, da oben ... Das, was bei normalen Menschen zuwächst und bei dir noch nie ganz dicht war.»

Er griff unter den Schalter und ließ sie den alten Baseballschläger sehen.

«Brauchst es nur zu sagen.»

Der Pelzmantel machte ein süßsaures Gesicht. Er wußte zwar immer noch nicht, was eine aufgeplatzte Fontanelle war, aber er spürte den Schmerz, der sich hinter den Worten verbarg.

«Du, ich will keinen Ärger.» Der seekranke Pirat machte sich im Windschatten seines Kumpels bemerkbar.

«Und so was nennt sich helpful & friendly», sagte der Pelzmantel, aber dann prustete er vor Lachen. «Du, der läßt uns echt nicht raus. Wegen fünffuffzig schlägt der dir den Schädel ein ...»

«Wegen fünffuffzig ... mitten auf die Nuß ...»

Unter normalen Umständen hätte sich Kuhl vielleicht Prügel eingehandelt, aber so, in ihrem Zustand, hielten sie Kuhl vielleicht für eine Ausgeburt des Delirium tremens, eine Art höllische Witzfigur, die ihnen das Leben schwermachte.

Kuhls Hände krampften sich um das Schlagholz. *Warum nicht*, dachte er.

«Liebes bißchen ...» Der Pirat machte wieder Anstalten zu kotzen.

«Laß gut sein, Burschi.» Der Pelzmantel bückte sich und wuchtete eine Kühltasche auf den Schalter. Kuhl hatte das Ding erst gar nicht gesehen: *Kleine Vergißmeinnichtblumen* ...

«So, fünf Mark fünfzig braucht der Mensch», murmelte der Pirat.

Schwerfällig öffnete er den Reißverschluß. Seine Hand wühlte ein bißchen und brachte einen blauen Lappen zum Vorschein.

Kuhl starrte auf den Hunderter, als ob ihm jemand Fremdwährung unterjubeln wollte.

«Sehr witzig. Ihr wißt genau, den kann ich nicht wechseln.»

Wieder griff der Mann in die Kühltasche.

Kuhl hörte *es knistern*, und wie ...

Es gibt nichts auf der Welt, was so knistert.

Zaster, dachte Kuhl und hatte plötzlich eine geschärfte Sinneswahrnehmung.

Das Knistern wurde lauter, immer lauter, bis es nach einer Waldrodung klang.

«Was?» hörte er sich schreien.

«Ich sagte, tut mir leid. Hab's nicht kleiner.» Das Geräusch verstummte, die Kühltasche war geschlossen.

«Moment noch, ja?»

Kuhl stellte die Kasse auf den Kopf. Wenn er Glück hatte, würde er es auf fünfzig Mark bringen.

«Erst den wilden Mann machen und dann nicht wechseln können», sagte der Pirat. «Also läßt du uns nun raus oder was ...»

«Ich sagte, Moment noch ...»

Die Kerle am Schalter schüttelten sich vor Lachen.

Der mit der Kühltasche stützte seinen Kumpel. «Tschö», sagte er plötzlich.

«Was heißt hier Tschö ...?» Kuhl konnte es erst nicht glauben, aber sie wankten davon.

Er vergaß alle Vorsichtsmaßnahmen und schoß aus seinem Kabuff.

«He, und was ist mit dem Wechselgeld ...», brüllte er ihnen hinterher.

Der mit der Kühltasche, der Nüchterne von beiden, drehte sich noch mal um:

«Vergiß es ...»

He! Kuhl hatte schon einen bösen Verdacht, hielt den Hunderter gegen das Licht, aber nichts zu beanstanden.

«Vielen Dank auch», rief er ihnen nach, «also wenn ich mal was für euch tun kann ...»

Der Pelzmantel winkte ab. Ein Augenzwinkern. «Laß uns nur raus, bitte ...»

«Ihr habt was gut bei mir», rief Kuhl wieder. Da waren sie schon um die Ecke. Nachdenklich drehte er sich um, marschierte zurück in sein Kabäuschen.

Herzensgut, dachte er. Herzensgut. Wie ein Schlafwandler setzte er sich hinter den Schalter.

Wenn die Opfer-Täter-Theorie der Kriminologen stimmt, dann handelt es sich um ein Erkennen innerhalb von Sekundenbruchteilen: eine unsichere Bewegung, ein Augenaufschlag, ein Zucken am Mund genügen, um jene archaische Triebfeder in Gang zu setzen.

Kuhl hatte eine Art Rückblende, ein Déjà-vu, und der biologische Streifen in seinem Kopf raste ein paar Monate zurück: Ali Baba's, Disco ... und da saßen sie an der Theke: «Zieh Leine, Burschi, sonst gibt's was auf die Nuß.» Eine Handbewegung, wie man eine lästige Fliege verscheucht. Kuhls Herz klopfte wie ein Preßlufthammer.

Als die beiden im 2. UG auftauchten, drückte er auf den Knopf, der die Garage oben dichtmachte. Es waren alte eiserne Rollgitter, die sich langsam herabsenkten und fürchterlich quietschten. Der Pelzmantel schien das Geräusch bemerkt zu haben, denn er blickte sich um, schüttelte den Kopf. Sein Kumpel sagte irgendwas, und beide bogen sich wieder vor Lachen.

Sie steuern den Benz auf zwei-null-fünf an, dachte Kuhl. *Herzensgut von ihnen.*

Es gab da Betonpfeiler, die selbst berittener Kavallerie genügend Deckung geboten hätten.

Später würde er nicht mehr sagen können, wie die Beretta in seine Hand gekommen war.

Den Monitor ausschalten und losrennen war ein und dasselbe.

Kuhl flog die Spirale der Ausfahrt hinunter. Die Pistole hielt er mit gestrecktem Arm von sich weg.

Als er das zweite UG erreicht hatte, saß der eine von ihnen bereits im Wagen. Beide Türen standen sperrangelweit offen. Der Pelzmantel war noch damit beschäftigt, die Kühltasche im Kofferraum zu verstauen.

Schon als er sie sah, wußte er, daß er etwas sagen würde, irgendwas wollte er ihnen mit auf den Weg geben. Tausend coole Sprüche, Floskeln jagten ihm durch den Kopf, während er von Pfeiler zu Pfeiler huschte.

Der Pelz würde der erste sein. Kuhl wollte ihn nicht von hinten erschießen. Nicht, daß er Gewissensbisse hatte ... Es ging ihm darum, daß der Kerl wissen sollte, wer ihn ins Jenseits befördert hatte.

Der Mann hörte ihn erst, als Kuhl schon hinter ihm stand.

«Was denn?» sagte er nicht unfreundlich und drehte sich um.

Den Deckel des Kofferraums klappte er noch mit einer Hand zu. Als er die Beretta sah, gefror das Grinsen auf seinen Lippen. Kuhl räusperte sich.

Was würde er sagen? Eine Perle fernöstlicher Weisheit, die Moral von der Geschicht, die Quintessenz einer christlichen Strafpredigt? «Tod, wo ist dein Stachel? Hölle, wo dein Sieg?» Ein Nietzsche-Zitat vielleicht? «Nur, wo Gräber sind, gibt es Auferstehungen.» Oder Schopenhauer: «Der Tod ist die Belehrung, welche dem Egoismus durch den Lauf der Natur erteilt wird.» Kuhl hatte einiges auf Lager.

«Ähh ... Do you wanna bump?» Es rutschte Kuhl einfach raus, und der Kerl lachte auf.

Noch in derselben Sekunde hatte er drei Kugeln im Kopf. Er hörte noch ein knirschendes Geräusch, wie eine Eispicke, die in einen Kürbis hackte. Um genau zu sein:

Laut späteren gerichtsmedizinischen Untersuchungen drang die erste Kugel ungefähr auf Höhe des rechten Jochbeins (Oz Zygomaticum) in die Wangenfläche (Facies lateralis) ein und zerstörte dabei den darunterliegenden Kanal (Canalis zygomaticus), der in der Augenhöhle beginnt.

Aus der inneren Blutung läßt sich erkennen, daß sich das Opfer bereits zu diesem Zeitpunkt in einem Schockzustand befand.

Das zweite Projektil richtete die größte Zerstörung im Oberkiefer an, grub sich über der oberen Zahnreihe in den Knochen und kam in der größten Nebenhöhle der Nase (Sinus maxillaris) zum Stillstand. Die daraus resultierende Kompression brachte die sagittale Sutura mediana, dicht hinter den vorderen Schneidezähnen, am Ansatz der Gaumenplatte, zum Platzen.

Die dritte Kugel perforierte den vorderen Teilabschnitt des Schädelgewölbes (Sinciput), ungefähr drei Zentimeter über der rechten Augenhöhle. Diese letzte Kugel durchschlug den Kopf und trat am Hinterkopf (Occiput) wieder aus. Große Teile des Schädeldachs, Haar und Hirn wurden noch in einer Entfernung von drei bis vier Metern gefunden.

In Kuhls biologischem Film ging das Ganze so schnell, daß es fast unsichtbar war. Der Schalldämpfer reduzierte die Schüsse zu hohl klingenden POPP!-Lauten. Der Kopf auf den Schultern des Mannes zuckte wie ein Punchingball, auf den unsichtbare Fäuste einhämmerten.

Einmal knackte es trocken, als die Hirnschale brach; *auf dem weißen Dach des Mercedes dahinter zerplatzt eine matschig-reife Tomate.*

Als der Pelzmantel in sich zusammensackte, konnte Kuhl das Gesicht des anderen durch die Heckscheibe sehen. Entweder war er wirklich zu betrunken, oder er konnte einfach nicht glauben, was er sah.

Erst im letzten Moment wollte er die Beifahrertür verriegeln: POPP!

Laut polizeilicher Ermittlung traf ihn in diesem Moment eine 9-mm-Kugel in die rechte Schulter. Der Täter hatte dann wohl die Tür erreicht und den Mann mit einem Schläfenschuß, durch die Scheibe, getötet.

Im Radio dudelte «Love Is The Answer» von England Dan & John Ford Coley, eine ganz seichte Nummer, um Hippiemädels anzufeuchten. Kuhl brauchte beide Hände, um die Kühltasche aus dem Kofferraum zu hieven.

And when you're down'n out ... When your hopes run out ...

Während er an dem Reißverschluß zerrte, hielt er die Pistole zwischen den Zähnen und atmete den Geruch von Schwarzpulver ein. Der Schieber ratschte mit Lichtgeschwindigkeit um die Tasche, und als sich der Deckel hob und die ersten Geldscheine in dem Lichtspalt auftauchten, wurde Kuhl fast schwarz vor Augen. Er mußte sich setzen. *Das gibt's nicht,* dachte er.

Die Tasche war randvoll mit Geld.

Langsam und genüßlich wühlte er in den Scheinen.

So backt der Bäcker sein Brot, dachte er. Er fühlte, knetete das Papier ...

Das Knistern wollte er hören. Nur knisterten die Scheine diesmal nicht, sie flüsterten. Der Striz hatte nicht einmal gelogen, *er hatte es nicht kleiner gehabt –* herzensgut! Es waren nur Hunderter, keine kackbraunen Fünfziger – nur edle blaue Adler.

Top of the world, dachte Kuhl. *Reich*. Er hatte keine Ahnung, wieviel es war; er wußte nur, es war genug. Und mehr mußte er eigentlich nicht wissen. Die Neonröhren an der Decke glühten plötzlich auf, flackerten wie in einem Horrorfilm. Der Raum schien sich um ihn zu drehen.

Kuhl hatte den Eindruck, daß er beobachtet wurde. Die Kameras in den Ecken erschreckten ihn. Wenn nun oben jemand am Monitar stand und alles gesehen hatte?

Unmöglich. Oben ist alles dicht. Er hatte das Gitter doch runtergelassen, richtig?

Unschlüssig betrachtete er die beiden Körper.

Und wenn sie nun nicht tot sind?

Das Risiko konnte er nicht eingehen ...

Doppelt hält besser, dachte Kuhl und beugte sich über die Leiche am Auto. Der Kerl sah schlimm aus, sein rechtes Auge war in den Kopf gesunken.

«Was glotzt du denn so blöd?» Kuhl zielte auf die Herzseite. Als er abdrückte, hörte er, wie die Kugel den Körper durchschlug.

Dem zweiten verpaßte er einen sauberen Genickschuß. Tatsächlich zuckte der Leichnam noch einige Male, bevor er sich dann schlagartig entspannte. *Endlich Ruhe im Karton* ...

Kuhl überlegte, ob er irgend etwas angefaßt hatte.

He, er hatte das Radio ausgemacht. Nachdem er den Knopf abgewischt hatte, schnappte er sich die Tasche. Der Griff fühlte sich warm an, er mußte an Sonntagsbrötchen denken, gelbe Rapsblumen, Glücksschweine, die mitten auf einer grünen Wiese vor sich hin vögelten ...

Oben warf er die Kühltasche in den Kofferraum seines Wagens, bedeckte sie mit einer alten Plastikplane und dem Ersatzreifen. Seine Knarre wanderte in den Verbandskasten.

Erste Hilfe, dachte er. Er hielt es für unwahrscheinlich, daß sich die Bullen für den Wagen interessierten ... Dazu mußten sie erst einen Verdacht haben und wissen, was sie suchten.

In seinem Kabäuschen zögerte er, bevor er den Monitor UG 2 wieder einschaltete: Da lagen sie, die beiden herzensguten Kerle und schwammen in ihrem Blut. *Und wo ist jetzt der Unterschied?* dachte er, während er den Bildschirm berührte. Auf einmal waren diese Körper nichts weiter als Rasterpunkte, Schatten in einem Schirmgitter, biochemisches Zelluloid, filmische Biochemie.

Sind sie je etwas anderes gewesen?

Kuhl mußte lachen, er lachte aus vollem Herzen: Es war der letzte Beweis, die Theorie des biologischen Films war endlich in die Wirklichkeit umgesetzt.

Ein Geräusch schreckte ihn auf, und er begriff, daß oben jemand am Rollgitter rüttelte. Während er seine Jacke anzog, erwog er zwei Möglichkeiten: a) *Jemand hatte die Polizei gerufen,* oder b) *Irgendein Trottel wollte seinen Wagen abholen.*

Langsam, fast unwillig ging er die Ausfahrt hoch.

Ein paar Figuren schwenkten ihre Parkscheine im Gegenlicht:

«Was ist denn los? Hier steht doch 24 Stunden offen.»

«Ich stehe hier schon zehn Minuten...»

«Ich möchte unverzüglich meinen Wagen...»

«Es ist was passiert», sagte Kuhl. «Es gibt ein Problem, ich kann Sie nicht reinlassen.» Das Rollgitter zeichnete einen Schatten auf sein bleiches Gesicht. «Die Polizei muß jeden Augenblick hier sein...»

«Polente? Was ist passiert, Mann?»

«Schießerei.»

«Tote?»

Kuhl nickte. «Sieht ganz danach aus», sagte er, «ich trau mich da nicht runter.»

Ein paar der Typen verschwanden im Laufschritt.

«Hören Sie, kann ich meinen Wagen nicht noch rausfahren?» Ein älterer Herr winkte mit einem Zwanzigmarkschein.

Kuhl schüttelte den Kopf, wich zurück in die Dunkelheit.

«Tut mir leid. Anweisung der Polizei.»

«Aber ich sehe keine Polizei...!»

Kuhl ließ den Mann einfach stehen. Er mußte jetzt genau das tun, was er gesagt hatte.

Tatsächlich hatte er noch den Nerv, in einem Porno zu blättern, während er den Notruf wählte.

Wenig später hatte er einen Beamten in der Leitung.

«Schießerei», sagte Kuhl. «Zwei Tote.»

«Woher wissen Sie das?»

«Ich kann sie auf dem Monitor sehen.» Er hatte Freeman Lowell, den ausgeflippten Astronauten aus *Silent running*, vor Augen, wie der mit hypnotischer Ruhe dem Kommandanten der «Berkshire» ein Lügenmärchen auftischt.

«Ist sonst noch jemand außer Ihnen im Parkhaus?»

«Wie meinen Sie das?» fragte er sanftmütig, während er sich in eine Doppelpenetration versenkte. «Oben an der Ausfahrt stehen Leute. Die wollen ihre Wagen abholen. Was soll ich tun?»

«Lassen Sie niemanden an den Tatort», sagte die Stimme. «Warten Sie...»

«Ja, Sir», sagte Kuhl. Es klang emotionslos, notorisch leer, wie jemand sprach, der unter Schock stand. «Ich habe gleich die Ausfahrt gesichert. Ist das in Ordnung? Ich dachte, wegen der Spurensicherung und so...»

«Das haben Sie gut gemacht», sagte die Stimme. «Ein Streifenwagen ist zu Ihnen unterwegs.»

«Das freut mich, Sir.»

Kuhl hoffte, es würde diesmal schnell gehen. Oben an der Einfahrt hatte er die Polizei schließlich schon angekündigt.

Hatte er irgend etwas vergessen?

Er dachte nach, fieberhaft, während er sich dreimal die Hände wusch und die Nägel bürstete, um mikroskopische Spuren von Schwarzpulver zu beseitigen, ob er nicht doch ein kleines verräterisches Indiz hinterlassen hatte.

Andererseits, wer würde ihn schon verdächtigen?

Nichts wies darauf hin, daß er eine Waffe hatte. Was wäre sein

Tatmotiv? Zwischen ihm und den beiden Kadavern gab es nicht die geringste Verbindung. Die Polizei würde im Milieu forschen und wahrscheinlich im Handumdrehen genügend Verdächtige finden.

Er starrte auf den Monitor 2. UG und versuchte sich jede Einzelheit einzuprägen; schade, daß er keinen Videorecorder hatte, um es aufzuzeichnen; das perfekte Verbrechen. Diesen wirklich großen Momenten war es offenbar nicht vergönnt, in die Ewigkeit einzugehen.

Endlich machten sich Polizeisirenen bemerkbar.

Und während er den Knopf des Rollgitters drückte, fühlte er sich zum ersten Mal in seinem Leben so *richtig lebendig*.

IV

Die Aufklärung eines Verbrechens beginnt gewöhnlich mit der Spurensicherung am Tatort, erwartungsgemäß hatte die Polizei die Garage abgesperrt.

Eine halbe Stunde, nachdem die erste Streife eingetroffen war, wimmelte es bereits von Kriminaltechnikern, die das zweite Untergeschoß auf den Kopf stellten.

Kuhl starrte auf den Monitor, sah ihnen bei der Arbeit zu.

Die Leichen waren bereits weggeschafft. An ihrer Stelle waren weiße Kreideumrisse zu sehen.

Ein paar Männer bepinselten die Griffe der Autotüren mit Staub, es ging um Fingerabdrücke, Blutspuren ... Andere rutschten auf Knien um das Auto herum, es war ihm schleierhaft, was sie da suchten.

Neben Kuhl saß ein Kerl in einem Parka, der sich als Kriminalinspektor vorgestellt hatte. Platzer war sein Name. Kuhl schätzte ihn auf Anfang Vierzig, Stirnglatze, Knopfaugen, Wurstfinger. Er hatte den Körperbau eines Schreibtischtäters, und sein Hemd sah aus, als hätte er ein paar Zitronen unter den Achseln ausgequetscht.

«So, so, helpful and friendly», sagte er müde. Zieh ein T-Shirt mit einem dummen Spruch an, und du kannst was erleben.

«Also noch mal. Du hast weder einen Schuß noch sonstwas gehört?»

«Nichts», sagte Kuhl mit der Sanftmut eines Engels. «Nichts.»

Er starrte vor sich hin, als ob er unter Schock stünde. «Irgendwann habe ich auf den Monitor geguckt, und da lagen sie.»

«Sie? Den einen konntest du doch gar nicht sehen!»

Kuhls Monitor gab dem Bullen recht.

«Es waren zwei, als sie reinkamen», sagte Kuhl.

«Du hast sie reinkommen sehen?»

Kuhl nickte, machte eine Kopfbewegung, als sähe er irgendwo eine Uhr. «Es war so gegen eins...»

«Kannst du dich an jeden so gut erinnern, der hier auftaucht?»

Kuhl seufzte. «Ich habe ein gutes Gedächtnis.»

«Aber gehört hast du nichts?»

Kuhl schüttelte den Kopf. Sie konnten ihm nichts nachweisen.

«Hör mal, Junge, da unten wurde wie wild rumgeballert, und du hast nichts gehört?»

Kuhl starrte wieder auf den Monitor, spielte Maulbrüter. Er würde ihnen nicht den Gefallen tun und das Wort «Schalldämpfer» aussprechen, darauf mußten sie von ganz alleine kommen.

«Ich kann's mir nicht erklären. Sie vielleicht?»

«Na schön», sagte Platzer. «Was hast du danach getan, nachdem du die Schweinerei entdeckt hast?»

«Ich hab die Polizei gerufen. Sonst wären Sie nicht hier, oder?»

«Und dann?»

«Hab ich die Tiefgarage dichtgemacht.»

«Bist du nicht mal runtergegangen, um nachzusehen... Ob du einem vielleicht helfen könntest?»

«Erste Hilfe?» Kuhl schüttelte den Kopf. «Warum sollte ich?»

«'n Held bist du nicht gerade.»

«Noch nie, Sir», höhnte Kuhl. «Hab mich immer gedrückt, wissen Sie, aber sagen Sie's bitte nicht weiter – Sir.»

Platzer schüttelte widerwillig den Kopf. «Das *Sir* kannst du dir schenken...»

Er hielt es für eine Respektlosigkeit, und genau das war es.

«Und so was nennt sich *Security guard*...»

«Nachtwächter», korrigierte ihn Kuhl, «ich sitze hier einfach meine Zeit ab, wissen Sie.»

Zwei Beamte von der Spurensicherung tauchten auf.

«Kommst du ma' eben...»

«Einen Moment», sagte Platzer. Sie gingen raus vor die Tür, die nicht richtig schloß.

Kuhl konnte mithören:

«Sieht nach 'ner Abrechnung im Milieu aus», sagte der eine. «Die sind denen in die Falle gelaufen...»

«Auf jeden Fall waren es Profis... das Ding war von langer Hand geplant...»

«Meiner Meinung nach hat es nicht mal zehn Sekunden gedauert...»

«Der einzige, der wirklich weiß, was hier geschehen ist, ist der Junge...»

«Und wenn er es gesehen hat! Der Kerl sieht aus, als würde er sich vor Angst in die Hosen scheißen...»

«Weiß nicht. Der Knabe ist mir 'ne Spur zu kleinlaut...»

«Hör mal, Junge», sagte Platzer, als sie wieder alleine waren. «Das ist jetzt deine letzte Chance auszupacken...»

Kuhl hüllte sich in stoisches Schweigen.

«Wenn du auf stur machst, das bringt dich nicht weiter...»

«Was bringt mich denn weiter?»

Der Altbulle betrachtete ihn eingehend.

«Ich nehm dir die Geschichte nicht ab, daß du nichts gesehen hast, verstehst du?»

«Warum nicht?»

«Erfahrung», sagte Platzer. «Ich habe so ein Gefühl im Bauch, weißt du...»

«Dann sollten Sie vielleicht lieber eine Toilette aufsuchen ...» Kuhl mußte aufpassen, daß er es nicht übertrieb.

«Was dagegen, wenn ich mich mal umsehe?»

Platzer öffnete ganz beiläufig die Schreibtischschublade. Kuhl hatte kurz zuvor noch geschmökert ...

«Was is 'n das?» fragte Platzer.

Kuhl machte einen ganz langen Hals.

«Pornohefte», sagte er dann. «Das können Sie doch seh'n.»

Der Bulle blätterte in dem Heft.

«Sind die von dir?»

«Ja. Sie werden die doch nicht konfiszieren?»

«Wie lang machst du den Job hier?»

«Ein Jahr», sagte Kuhl.

«Schon mal was passiert?»

Kuhl dachte angestrengt nach.

«Noch nie», sagte er dann.

«Hm, hm. Was hast du vorher gemacht?»

«Vorher? Wie vorher? Vor dem Abendessen?»

«Nein, früher.» Platzer reagierte gereizt. «Hast du irgend 'ne Ausbildung?»

«Ich hab mal Fernsehtechniker gelernt.»

«Ach ja?» Noch immer blätterte er vor sich hin.

«Wenn Sie wollen, können Sie das Heft geschenkt haben.»

Der Bulle schlug die Schublade zu.

«Nicht frech werden», sagte er. «Kanntest du die Typen?»

Kuhl blickte so verständnislos, wie er nur konnte.

«Ich meine vom Sehen.»

Kuhl schüttelte den Kopf.

Der Bulle wollte gerade etwas nachsetzen, als die zwei Weißkittel wieder an der Tür auftauchten ...

«Wir haben am Notausgang Fußspuren gefunden. Sind frisch. Hartmann denkt, sie sind über den Notausgang getürmt ...»

«Sieh mal einer an», sagte der Bulle. «Was hast du für 'ne Schuhgröße, mein Junge?»

«Einundvierzig», sagte Kuhl. Er wußte ja, daß er die Auffahrt hochgelaufen war. «Ich hab jetzt richtig Angst, Sir.»

Einer der Weißkittel hatte Mitleid.

«Unsere Spuren sind alle weit über einundvierzig», sagte er.

Platzer schnaufte. «Und das mußt du vor dem Bengel hier sagen?»

«Ja, warum denn nicht? Laß den Jungen doch in Ruhe. Ich hab dir doch gesagt, daß das Profis waren...»

«Hör mal, Zimmermann, ich will rausfinden, was unser Held hier gesehen hat...»

«Ich habe nichts gesehen», fiel Kuhl dazwischen, «ich hab alles gesagt, was ich weiß. Kann ich jetzt gehen? Bitte, Sir.»

«Halt dein saublödes Maul», knurrte der Alte. «Du kannst gehen, wenn ich es sage.»

«Komm schon, der Junge ist sauber...»

«Das entscheide ich. Ich leite die Ermittlungen!»

«Unglaublich», sagte jetzt der zweite Mann von der Spurensicherung. «Hören Sie, junger Mann, sollten Sie erwägen, gegen diesen Beamten Strafanzeige wegen Freiheitsberaubung zu stellen, würde ich Ihnen gerne als Zeuge zur Verfügung stehen...»

«Jetzt macht aber, daß ihr rauskommt!» brüllte Platzer. «Das hat ein Nachspiel!»

Gegen halb vier tauchte der Besitzer des Parkhauses auf.

Es war das erste Mal, daß Kuhl ihn zu Gesicht bekam. Ein Israeli, der seit dreißig Jahren in Deutschland lebte. Über einem Trainingsanzug trug er die obligatorische Wildlederjacke im Blousonschnitt. Er hätte Eiermanns Zwillingsbruder sein können.

Wie sich schnell herausstellte, kannte er die beiden. Nicht gut, aber immerhin. Einer hatte angeblich eine Boutique auf der Kaiserstraße, der andere «verwaltete» eine einschlägig bekannte Spielhölle. Der Israeli nannte beide seriöse Geschäftsleute.

«Mit 'nem Vorstrafenregister – daß ich nicht lache!» spottete Platzer.

«Bei beiden wurden übrigens Waffen gefunden.»

Kuhl stiegen Freudentränen in die Augen, als er das hörte.

«Ach, sagen Sie mal», erkundigte sich der Parkhausbesitzer, «Sie haben nicht zufällig so eine Kühltasche gefunden...»

Platzer winkte einen Kollegen herbei.

«He, Kalle, is euch vielleicht 'ne Kühltasche untergekommen?»

Der Mann von der Spurensicherung schüttelte den Kopf.

«Was war denn in der Tasche?» fragte Platzer.

Der Israeli hob unschuldig die Hände.

«Herr Kommissar!» kam es breitmäulig. «Jeder hier in der Gegend kannte Mischa. Abends, wenn er vom Spielsalon kam, hatte er immer seine Kühltasche dabei. Ich meine ja nur.»

«Sie meinen, da war Geld drin?»

«Hm.» Der Besitzer nickte. «Viel Geld.»

«Wieviel?»

«Wissen Sie, was so ein Spielsalon die Woche einnimmt? Vielleicht hatte er die Monatseinnahmen dabei.»

«Das ist kein Pappenstiel.» Platzer wandte sich an seinen Kollegen.

«Nichts gefunden? Ganz sicher?»

«Verdächtigen Sie etwa mich oder die Kollegen, Ihre Scheißkühltasche eingesackt zu haben...» Der Spürhund geriet ins Hecheln. «Was will denn die Nase? Was denkt der, wen er vor sich hat?»

Platzer nickte. «Da hören Sie's. Ihre vermaledeite Tasche ist nicht da.»

Der Besitzer machte ein betroffenes Gesicht.

«Äh, wie heißt du eigentlich?»

«Kuhl.»

«Zigarette, Kuhl?»

Kuhl schüttelte den Kopf.

«Nichtraucher, was? Das ist erstaunlich für einen Nachtwächter.» Er schob sich selbst eine Zigarette zwischen die Lippen.

«Rauchen verboten», sagte Kuhl.

«Ja, ja, das laß mal meine Sorge sein. Ich schätze, es war ein Typ, richtig? Er hat die Kühltasche mitgenommen, nicht wahr? Früher oder später krieg ich's eh raus, glaub mir.»

Der unangenehme Unterton war Kuhl nicht entgangen.

«Hier ist Rauchen verboten», sagte er mit einer Stimme, die jede Valiumdröhnung überbot.

Der Besitzer schien es überhört zu haben: «Okay, du machst hier einen verdammt guten Job. Ich meine, du mußt dir keine Sorgen machen.»

«Wer macht sich hier Sorgen?» Kuhls Stimme war unangenehm leise.

«Hör mal, Junge, ich will diese Kühltasche zurück. Ganz egal, wie. Wenn du was gesehen hast ...»

«... dann hätte ich es schon längst den Beamten gesagt.» Kuhl gähnte ostentativ.

«Hättest du jetzt die Freundlichkeit?»

Der Israeli schnippte plötzlich seine Zigarette Richtung Kuhl. Sie verfehlte ihn um ein paar Zentimeter und landete auf dem Boden.

«Sie nehmen's aber nicht so genau mit den Brandvorschriften», sagte Platzer. Er hatte plötzlich einen Verdächtigen.

«Es ist mein Parkhaus, oder?»

«Käme Ihnen nicht ungelegen, wenn es abbrennen würde, was?»

Der Besitzer lief so dunkelrot an, wie es einem normal entwickelten Kapilargewebe eben möglich war. Wortlos stampfte er die Einfahrt hinauf, wo sein Taxi noch immer auf ihn wartete.

«Das gibt Ärger», sagte Platzer und setzte seinen Fuß auf die noch glimmende Kippe.

«Und wenn?» sagte Kuhl. «Soll er sich ruhig beschweren ... Hier ist Rauchen verboten.»

Die Kriminaltechniker tauchten wieder auf, neue Spuren waren gesichert.

«Es waren mindestens drei Mann.»

«Habt ihr zufällig 'ne Kühltasche gesehen?» fragte Platzer.

Sie schüttelten den Kopf.

«Ich bin müde, Sir», sagte Kuhl.

«Laß den Jungen jetzt endlich laufen», sagte ein Weißkittel.

Platzer seufzte. «Mach, daß du Land gewinnst», sagte er dann.

Kuhl, Quasi-Deus ex machina seines eigenen Films, zog sich in Windeseile an.

Er nahm seine Plastiktüte. An der Tür drehte er sich noch mal um.

«Ach, Sir, wenn Sie eines von den Heften wollen ...»

«Wenn du jetzt nicht machst, daß du wegkommst, buchte ich dich ein wegen Beamtenbeleidigung.»

«Dann halt nicht», sagte Kuhl. «War nur gutgemeint.» Leise schloß er die Tür hinter sich.

«Was für Hefte?» wollte der Kriminaltechniker wissen.

Platzer sah dem alten Rekord nach, wie er aus der Tiefgarage fuhr.

«Komischer Junge», sagte er dann.

«Das sind sie alle in diesem Alter», sagte der Kriminaltechniker. Er füllte einen Standardfragebogen aus und gähnte.

V

Über den Dächern zeigte sich die erste Morgenröte in einem Himmel, der Kuhl an aufgeweichtes Klopapier erinnerte.

«Arrest me, Officer! Ha, ha.» An einer Ampel schlug er die Hände am Lenkrad über Kreuz. Lachkrampf. *So einfach konnte das Leben sein!*

James Cagney blitzte vor seinen Augen auf: «Made it, Ma. Top of the world!» Kuhl mußte wieder an das Geld in seinem Kofferraum denken.

An einer Ampel sprang er aus dem Wagen, öffnete seinen Kofferraum und sah nach der Kühltasche. Er faßte sie an, um ganz sicher zu gehen, ja, sie war echt.

Er fuhr raus zum Flughafen. Es gab dort Schließfächer, wo er das Geld sicher deponieren konnte. Die Strecke war wie leergefegt, nur der Himmel darüber war noch eine Spur leerer, Weißbildung bis zum Horizont...

In der Nähe von Neu-Isenburg überholte er endlich ein paar olivgrüne Tieflader, fahrbare Abschußrampen der neuen Pershing-Raketen, die neuerdings überall unterwegs waren...

Countdown läuft, dachte er.

Am Flughafen, unter den Augen von einem halben Dutzend Sicherheitskräften, betrat er eine öffentliche Toilette. Auf dem Wasserkasten sah er Flecken von Zigaretten. Offenbar wurde der Ort regelmäßig von Junkies frequentiert.

Die Wände zeigten sporadisch Spuren von Geistesblitzen:

> «Die Fotze ist kein Luftkurort, sie spielt auch keine Lieder
> Sie ist eher ein Erholungsort für steif gewordne Glieder.»

Große Klasse. Kuhl setzte sich auf den Rand der Brille und begann zu zählen.

Die Scheine waren alt und schmierig, schmutziges Geld, die Einnahmen einer Bar, eines Puffs, was auch immer...

Nach zwanzig Minuten hatte Kuhl genau einhunderttausend Mark vor sich gestapelt, und die Kühltasche war noch immer halbvoll...

Kuhl stand auf und reckte sich. Um ein Haar hätte er onaniert.

Später, als die Kühltasche leer war, hatte er etwas mehr als 250 000 Mark gezählt. *To us, Ma, top of the world. Cheers, Jimmy.*

Kuhl sackte zusammen und lachte laut, bis sich irgend jemand hinter der Wand räusperte. Der Gedanke, daß jemand dicht neben ihm einen Plumps ließ, entlockte ihm einen ungewohnten Ausbruch von Lebensfreude. Er trommelte mit den Fäusten gegen die lackierte Preßspanplatte, bis neben ihm hastig gezogen wurde.

Am Tag danach fühlte er sich wie der frisch auferstandene Heiland, Geld machte so verdammt glücklich ...

Zweihundertfünfzigtausend auf der hohen Kante ... Junge, Junge, wieviel Nutten kann ich dafür vögeln?

Im Bad zwinkerte er seinem Spiegelbild zu; er hatte nicht schlechter geschlafen als sonst, die Tatsache, daß er einem Mörder ins Gesicht sah, erschreckte ihn nicht.

Zwei Säugetiere, na und? Schön, es waren keine Kühe gewesen ...

Idi Amin hatte 300 000 Menschen auf dem Gewissen und nach Aussage seiner fünf Frauen bis zuletzt «selig wie ein Baby geschlafen». Wieviel hatte Bokassa auf dem Gewissen, wieviel der Schah? Wieviel Menschen hatte Ali-Khan Bhutto ins Jenseits befördert? Oder Pol Poth? Wieviel Leichen hatte Menachim Begin im Keller? Oder Botha? Und waren das nicht angesehene Regierungschefs?

Die Weltgeschichte ist von Massenmördern geschrieben. Kuhl konnte keine Gewissensbisse, nicht mal in der Größenordnung von Staubmilben, an sich feststellen. Echt staatsmännisch.

Gesetz der Natur, dachte er. *Was hatte er auch verbrochen? Die Welt von zwei Kakerlaken befreit.*

Im Gerichtssaal würde er sich selbst verteidigen: «Es war kein Mord, Euer Ehren, es war Notschlachtung – kranke Tiere, verstehen Sie? Jemand muß die Drecksarbeit machen. Schön, ich hätte es anderen überlassen können, aber ich wollte mich nicht drücken ...»

In Gedanken spielte er die Handlung bis zum Freispruch durch.

Zur Feier des Tages schob er einen Teller Ravioli in die Mikrowelle und sah zu, wie die Soße gluckste. Alles schien ihm zu lachen, selbst das alte Blockschaltbild erfüllte ihn mit Heiterkeit.

Später meldete er sich beim Wachdienst. Der Parkhausbesitzer hatte sich tatsächlich beschwert. Kuhl hoffte, sie würden ihn rausschmeißen. Unverblümt schilderte er den «Joschi» als Feuerteufel und nannte gleich polizeiliche Zeugen.

«Aber bitte, kündigen Sie mir», beendete er seinen Vortrag.

«Kuhlmann, um Gottes willen, wir brauchen Männer wie Sie ...»

Es war das erste Mal, daß der Chef mit ihm sprach. Zum Abschluß lobte er noch Kuhls umsichtiges Handeln und gab ihm die begehrte Nachmittagsschicht:

«Blech sagt auch, daß Sie gut sind.»

Kuhl verfluchte Blech, hoffte, die Fischbrötchen würden ihm im Hals steckenbleiben.

Er wollte ein paar Tränen vergießen, schälte eine Gemüsezwiebel. Gerade als es so schön in den Augen brannte, als er schluchzte und dann wieder verhalten kicherte, klingelte das Telefon. Er dachte, der Chef habe es sich anders überlegt ...

«Hallo?» Schluchz.

«Herbricht, Kriminalpolizei. Herr Kuhlmann? Anton Kuhlmann?»

Kuhl hatte mit allem gerechnet, nur nicht damit.

«Ja, hallo?» antwortete er zögerlich, während seine Nebennieren Adrenalin pumpten.

«Entschuldigen Sie die Störung», sagte die Stimme. Es klang einen Hauch zu verbindlich.

«Keine Ursache», sagte Kuhl. Er hüstelte, deutete eine Erkältung an.

«Die Dame vom Wachdienst hat mir Ihre Nummer gegeben ...»

Flittchen, dachte Kuhl, *dummes Flittchen*. Er hatte eine Einstellung vor Augen, wie sie Joghurt löffelnd mit dem Bullen quatschte und er mit einer Pump-action-gun reinkäme, um sie wegzupusten ...

«Herr Kuhlmann?»

«Ich höre.»

«Tja, Herr Kuhlmann, wie Sie vielleicht wissen, ermitteln wir noch immer in dieser Mordsache. Wir benötigen Ihre Fingerabdrücke. Reine Routine, verstehen Sie?»

«Nicht ganz», sagte Kuhl.

«Wissen Sie, im Wagen gibt es jede Menge Fingerabdrücke. Beinahe zu viele ...»

«Zu viele, Sir?»

Einen Moment war es still in der Leitung. Es war das kleine Wörtchen *Sir*, das den Bullen stutzig machte.

«Ja, zu viele. Spuren sichern und Spuren identifizieren sind natürlich zwei Paar Schuhe, äh, Stiefel...»

«Stiefel, Sir?»

«Also, hören Sie. Nur wenn wir möglichst viele Spuren identifizieren können, macht die Spurensicherung Sinn, verstehen Sie?»

«Überhaupt nicht», sagte Kuhl. Er sagte es so spannungslos, so leer, daß es am anderen Ende der Leitung ein Vakuum erzeugte.

«Ich verstehe nicht», wiederholte Kuhl.

«Na, ganz einfach: Bei der Spurensicherung könnte es passieren, daß wir Ihre Fingerabdrücke irgendwo an der Wagentür oder am Chassis finden...»

«Aber das ist nicht möglich...»

«... denn Sie haben gestern nacht Handschuhe getragen, ja?»

Kuhl wurde es heiß und kalt.

Endlich räusperte sich der Bulle in das peinliche Schweigen. «Kleiner Witz, he he. Also, hören Sie... Wir haben mit Ihren Kollegen vom Wachdienst gesprochen. Mit der Dame, Sie wissen schon. Die sagte uns, daß es zu Ihren Pflichten gehört, jede Nacht einen Rundgang zu machen, Autos aufzuschreiben und zu überprüfen, ob sie ordnungsgemäß abgestellt sind...»

«Ordnungsgemäß?»

«Ordnungsgemäß», bekräftigte der Beamte. «Kann doch sein, daß Ihnen die Kiste aufgefallen ist? Routinemäßig wollten Sie überprüfen, ob die Wagentür verschlossen ist...»

«Nicht, daß ich wüßte.»

«Himmel, vielleicht waren Sie müde und haben sich versehentlich auf die Motorhaube gestützt?»

«Ich, Sir?»

Kuhl spürte, daß er den Schädel des Bullen fast ausgehöhlt hatte.

«Wie dem auch sei. Sobald wir Ihre Fingerabdrücke haben, sind Sie raus aus der Reise...»

«Es macht keinen Sinn – Sir», sagte Kuhl. Pause. «Verdächtigen Sie mich, Sir?»

«Himmelherrgott...» Es war wie ein Aufbrausen in der Leitung. «Niemand verdächtigt Sie, Herr Kuhlmann ... Sie sind Parkwächter. Für uns sind Sie 'ne Art Kollege ...»

«Ha, das ist aber verdammt nett von Ihnen, Sir.»

Der Kerl mußte ihn für bescheuert halten.

«Herr Kuhlmann, darf ich mit Ihrer Kooperation rechnen? Wir wissen, daß Sie es nicht waren, glauben Sie mir ... Das waren schwere Jungs. Jeder von denen hatte eine vollautomatische Waffe im Gürtel ... Wenn es jemandem gelingen konnte, beide auszuschalten, dann war das ein Profi, ein ganz abgebrühter Killer. So etwas wird von langer Hand vorbereitet.» Er stockte einen Augenblick, als wäre er in ein Fettnäpfchen getreten. «Glauben Sie mir, um so einen Mord zu begehen, braucht man Killerinstinkt. Das sagt mir meine dreißigjährige Berufserfahrung.»

Da siehst du's mal, dachte Kuhl. Killerinstinkt. Nerven wie Drahtseile. Deine Hand hat nicht mal gezittert. Patsch! Patsch! – wie mit der Fliegenklatsche.

«Hallo? Herr Kuhlmann?» Die Stimme klang ungeduldig. «Wie wär's, wenn Sie heute noch bei uns reinschauen? Dann haben Sie's hinter sich.»

Kuhl stutzte. «Tja, ich bin krank, müssen Sie wissen ...»

«Ma' reinschauen, bitte», sagte der Bulle. Und wie er das sagte. «Kommen Sie, wann Sie wollen. Oh, und nehmen Sie die Straßenbahn, wir leisten Fahrgeldrückerstattung.»

«Gut, daß Sie das sagen», sagte Kuhl. «Sir.»

Jedes Verbrechen endet in der Theorie mit der Überführung des Täters. Kuhl wußte das und hatte plötzlich so etwas wie Angst, was sich in Sodbrennen und Durchfall äußerte. Er verbrachte eine Nacht wie Jesus auf dem Ölberg, schwitzte Blut und Wasser und wartete, daß die Häscher erschienen.

Als sie am nächsten Morgen noch immer nicht kamen, schluckte er zehn Kohletabletten und machte sich auf den Weg.

Der Pförtner schenkte ihm einen mitleidigen Blick, als er nach der Mordkommission fragte. Wenig später schlich er im zweiten Stock über einen spiegelglatt gebohnerten Gang. Der Korridor mit seinen ockerfarbenen, numerierten Türen erinnerte ihn an seine alte Schule.

Fahles Herbstlicht sickerte durch die Drahtglasscheiben. Kuhl hatte das Gefühl, den Schweiß der armen Schweine, die hier in Untersuchungshaft schmorten, riechen zu können.

Das Zimmer, in dem sie ihm die Fingerabdrücke abnahmen, sah aus wie ein Wahllokal. Der Beamte behandelte ihn gleichgültig wie ein Objekt. Wortlos preßte er Kuhls Finger auf ein Stempelkissen und benutzte sie dann wie fleischliche Siegel, um Abdrücke auf einer Karte zu machen. Jeder Finger kam an die Reihe, zuletzt die ganze Hand.

Obwohl es nicht wirklich weh tat, war Kuhl froh, als er die «Fingerschau» endlich hinter sich hatte. «Und jetzt?»

Wortlos wies der Beamte auf ein Waschbecken an der Wand. Kuhl mußte lange schrubben, bis seine Haut wieder kaukasisch aussah.

Er ärgerte sich über die schwarzen Ränder unter den Nägeln.

«Na, Herr Kuhlmann, geht alles ab? Widerliches Zeug, diese Stempeltinte.»

Er drehte sich um und sah einen langen Kerl in Jeans und Turnschuhen. Er hatte dichte Augenbrauen, die mit seinem Oberlippenbart mithalten konnten.

«Herbricht», stellte er sich vor, was nicht nötig gewesen wäre, Kuhl hatte auch so die Stimme erkannt.

Paß auf, sie werden dich einbuchten.

«Angenehm.» Kuhl wollte schon gehen.

«Lange nichts mehr von den Superjocks gehört», hörte er plötzlich.

Kuhl mußte zugeben, daß ihn Herbricht überraschte. Wie ein Disco-Fan sah er nicht gerade aus, also hatte er wohl geschnüffelt.

«Jetzt hab ich Sie mal auf dem falschen Fuß erwischt, was?» Herbricht grinste breit.

«Sie haben mir nicht gesagt, daß Sie mich verdächtigen», sagte Kuhl, während er sich noch immer mit einem Papierhandtuch die Finger rieb.

«Das tut auch niemand», sagte Herbricht, «wie oft muß ich es Ihnen noch sagen? Wir wissen, daß Sie es nicht waren.»

«Warum...», Kuhl sagte es so ruhig, wie er nur konnte, «schnüffeln Sie dann hinter mir her?»

Herbricht schüttelte den Kopf.

«Niemand schnüffelt hinter Ihnen her, mein Junge. Wir haben uns natürlich ein paar Leute aus Ihrem Bekanntenkreis vorgenommen. Dabei haben wir es zufällig erfahren. Hätte ich Ihnen nicht zugetraut, ehrlich...»

«Haben Sie sonst noch irgendwas rausfinden können?» fragte Kuhl.

Herbrichts Augen funkelten.

«Ich wollte mich nur mal mit Ihnen unterhalten, das ist alles...»

«Schön, das haben Sie ja jetzt getan, Sir.»

«Hat Ihnen schon mal jemand gesagt, daß Sie eine Art haben, Menschen zur Weißglut zu bringen?»

«Ich hab Ihnen einen Gefallen getan, vergessen Sie das nicht.»

«Sie haben sich selbst einen Gefallen getan.»

Kuhl grinste. «Das bin ich gewohnt», sagte er.

Er ließ Herbricht einfach stehen.

«Ach noch was, Herr Kuhlmann. Eines will ich Ihnen noch mit auf den Weg geben...» Er hielt Kuhl etwas unter die Nase, das wie eine Pralinenschachtel aussah. «Ganz hübsch, was?»

Kuhl betrachtete die verformten Bleistücke.

Suggestivfragen, dachte er. *Alles müssen sie einem auf Umwegen beibringen.*

«Vielen Dank, ich habe keinen Hunger», sagte er giftig.

«Die haben wir aus den Leichen rausgepult», sagte Herbricht. «Können Sie sich vorstellen, wie man jemandem aus nächster Nähe ins Gesicht schießen kann? Sie haben viel Glück gehabt, Herr

Kuhlmann. Die Täter mußten doch damit rechnen, daß Sie oben am Monitor den Mord mit verfolgen konnten. Sie haben nichts gesehen, aber das wissen die nicht ... Ich an Ihrer Stelle würde mich vorsehen.»

«Warum?» Kuhl kam sich vor wie in einer schlechten Columbo-Kopie.

«Warum?» Herbricht seufzte, als hätte er einen Idioten vor sich. «Glauben Sie mir, wenn man zwei Menschen umlegt, kommt es auf einen dritten nicht mehr an.»

«Muß ich mir merken», sagte Kuhl. «Muß ich mir merken.»

VI

Novembertage. *Tage des Vergessens,* dachte Rio. Der Krieg der Mikroorganismen in seinem Blut äußerte sich noch immer in leicht erhöhter Temperatur. Er fühlte sich erschöpft, aber seine Gedanken waren wieder klar.

Den ganzen November hatte es diese Tage gegeben, die einfach hell und wieder dunkel wurden, Tage, an denen er erwachte, nur, um wenig später wieder in einen Dämmerzustand zu versinken.

Sein Alter hielt es für die letzte Station seines Frührentner-Daseins, ein 1-A-Vorwand, um endgültig das Bett zu hüten und sich füttern zu lassen. Seine Mutter tat, was sie konnte, um diesen Eindruck noch zu verstärken.

Rio blätterte in der Abendpost. Der Doppelmord im Parkhaus stand ziemlich klein im Lokalteil vermeldet. «Abrechnung im Milieu», hieß es da.

Seine Mutter hatte ihm schon erzählt, was sich die Leute erzählten ... Jeder in der Siedlung hatte wieder Kuhl in Verdacht.

Wenn Rio mit Kuhl sprach, hielt er sich natürlich zurück.

«Und warst du's?» fragte er dennoch einmal.

Einen Augenblick wurde es furchtbar still, und er befürchtete schon, Kuhl würde auflegen. «Kuhl?»

«He, mach dir keine Sorgen.» Kuhl klang völlig entspannt. «Du glaubst doch nicht im Ernst ... also, daß ich ...»

«Keine Ahnung. War nur 'ne Frage.»

Kuhl schwieg einen Moment. «Wie kommst du eigentlich drauf?»

«Na ja, steht in der Zeitung. Ist 'ne 9 Millimeter gewesen.»

«Da gibt's viele», meinte Kuhl.

«Ja», sagte Rio. Stille. «Ob sie dein Telefon abhören?»

«Kann schon sein. Ich hab nichts zu verbergen. Die können von mir alles wissen.»

«Ja, was soll's», meinte Rio, «wenn sie nicht dahinterkommen, landet der Fall bei *XY-Ungelöst*, und du kriegst vielleicht 'ne Hauptrolle, wer weiß ...»

Kuhl mußte an den hamstergesichtigen Zimmermann denken – und lachen. «Ja, wer weiß», meinte er. «Sieh zu, daß du wieder auf die Reihe kommst, Alter.»

«Klar», meinte Rio.

«Is nur ein lächerlicher Virus. Den schaffst du mit links, Kumpel.»

> **Zwillinge** (21. Mai – 21. Juni)
> Machen Sie sich damit nicht verrückt, daß andere Sie für einen Egoisten halten. Erhöhen Sie Ihr Einkommen, sichern Sie sich die längst überfällige Beförderung, oder gönnen Sie sich etwas Luxus!

Na *schön*, dachte Kuhl.

Er fuhr raus zum Flughafen, holte sich die Kühltasche aus dem Schließfach, ging aufs Klo und zahlte sich fünfundzwanzig Scheine aus.

Bitte sehr, Herr Kuhlmann, wenn Sie wollen, können Sie nachzählen ...

«Äh, nicht nötig, ich habe vollstes Vertrauen zu Ihnen ...»

Meine Bank, dachte er noch, als die Tasche wieder im Schließfach verschwand.

Mit Karacho fuhr er bei Stasch auf den Hof.
Wortlos blätterte er zwanzig Scheine in die ölverschmierte Klaue.
«Hier hast du dein Lösegeld, Drecksack.»
«Ich danke», sagte Stasch.
«Nichts zu danken, Arschloch.»

Kuhl hatte noch fünfhundert Mark Spielgeld und hielt es für eine ritterliche Geste, seinen Karman Ghia durch ACs Waschstraße zu fahren.
«Und wo steckt mein Rekord?» fragte Knirsch.
«Bei dem Pollacken», meinte Kuhl. «Sei ein guter Junge und hol ihn dir ab, ja?»
Dabei steckte er AC einen Hunderter in die Brusttasche.
«Mensch, Kuhl... ich weiß nicht, was ich sagen soll...»
«Vergiß es.» Kuhl stieg lässig in seinen Wagen und wartete, bis AC ihm die Scheiben gewischt hatte.
«Wie neu», meinte er dann. «Ist doch ein Traumschlitten. Soll ich noch eben die Stoßstangen polieren? Is' im Preis inbegriffen.»
«Warum nicht», sagte Kuhl und lächelte milde.

Den angebrochenen Vormittag verbrachte er im Bahnhofskino. Er hatte die Wahl zwischen «Zorro – Spiel mit das Lied von der Wollust» und «Die 14 Amazonen», einem Kung-Fu-Schinken mit Lisa Lu, Ivy Ling Po und Lily Ho. Kuhl entschied sich für den maskierten Sexteufel und kommentierte das Laienspiel laut und ausführlich, bis ihm der Platzanweiser mit Hausverbot drohte.
«Kein Problem, Meister», gluckste Kuhl. Er verbummelte den Mittag an der Hauptwache und pilgerte dann zu Dr. Müller, wo «Gaudi in der Lederhosen» lief.
Nach der Vorstellung saß er in einer öffentlichen Toilette und legte sich ein paar Schnellstraßen von Eddies Oktoberfestgeschenk. *Top of the world*, dachte Kuhl. Tausend Insekten kribbelten seine Beine hinauf, und seine Zunge rieb sich wie ein kalter, fetter Blutegel an sein Zahnfleisch. Er spielte an seiner Pistole, zielte auf das

Kabinenlicht und wischte sich dann mit einem Hundertmarkschein den Arsch ab.

Zur selben Zeit, in diesem Moment, jetzt ... woanders, derselbe Planet:
Im Licht der Straßenlaterne sieht es aus wie ein baufälliges Gemäuer. Das Haus ist dunkel, feiner Nebel hängt um den schrägen First.
Vinz, picklig, grüne Haare, ungekämmt, ist an diesem Abend Beifahrer in einem altertümlichen Wagen.
«Hier isses? Oder was?» Seine Fingernägel kratzen an dem abgeschabten Ledersitz.
«Du sagst es.» Fußmann im Kamelhaarmantel steuert in die Einfahrt.
«Du hast gesagt, daß du für ein Forschungslabor arbeitest...»
«Korrekt.»
Vinz wirft einen hastigen Blick auf die Visitenkarte, die ihm der Strait gegeben hat: FORSCHUNGSGESELLSCHAFT FÜR CHEMISCHES FERNSEHEN. Nicht, daß er den Namen irgendwo lesen kann, aber die Hausnummer scheint zu stimmen.
«Ich weiß nicht», meint Vinz. «Das sieht mir nicht aus wie 'n Forschungslabor...»
«Ist es aber.» Fußmann schaltet den Motor aus. «Ich arbeite für die Rüstungsindustrie. Chemische Kriegsführung. Die Auftraggeber legen Wert auf äußerste Diskretion. Alles streng geheim.»
«Liebes bißchen.» Vinz muß an Senfgas denken, Anthrax, weiß der Henker...
«Ich halte nichts von dieser Null-null-sieben-Kacke...»
Vinz hat schwache Knie, als er aussteigt. Die kalte Nachtluft umfängt ihn mit ihren eisigen Fingern, er hat Schüttelfrost und fragt sich, warum er sich auf dieses Abenteuer eingelassen hat. Andererseits, er weiß es nicht besser ... Wenn Vinz mal nicht LSD schluckt, spielt er Versuchskaninchen für einen pharmazeutischen

Hersteller. Die letzten zwei Wochen hat Vinz auf blutdrucksenkenden Medikamenten «durchgebracht»; zwei Wochen Winterschlaf unter ärztlicher Aufsicht; müde und lethargisch hat er in einem Krankenbett gelegen und mit einem Hypertoniker Kanaster gespielt.

Fußmann hatte ihn am Ausgang der Klinik abgepaßt. «He, Freak...», auf die Tour. Vinzent hat ihn gleich wiedererkannt: Damals auf der Party dieser Zicke aus Bad Homburg hatte der Strait erstklassige Trips gratis verteilt: «Homebrewed Acid». Vom Hersteller selbst. *So was vergißt man nicht.* Vinz jedenfalls nicht.

Im Haus ist es noch dunkler. Auch das Ticken der Standuhr scheint die bedrückende Atmosphäre noch zu unterstreichen.

Fußmann erinnert ihn an einen verhinderten Frankenstein, wenig vertrauenerweckend.

Vinz ist erleichtert, als er das helle Kellerlabor betritt. Fußmanns Bude ist ausnahmsweise mal aufgeräumt.

«He, da war ich schon mal», sagt Vinzent und deutet auf die Leinwand über dem Schreibtisch. «Die Wüste Gobi, stimmt's?»

Fußmann nickt mitleidig. Er weiß, daß jeder einmal durch die Harnröhre seines Vaters gegangen ist, und hält die Bemerkung seines Besuchers für ein pränatales Epigraph, einen Schatten aus vormenschlicher Zeit.

«Hier arbeitest du also...»

Fußmann nickt. *Tag und Nacht.* Die letzte Meerkatze könnte das unzweifelhaft bezeugen, aber wenn sie Fußmann nur hört, verkriecht sie sich in die hinterste Ecke des Käfigs.

Vinz bestaunt den Aufbau. Selbst wenn er von experimenteller Chemie keine Ahnung hat, war er schon in der Schule dem Charme bunter brodelnder Flüssigkeiten erlegen. Mit dem Zeigefinger deutet er auf einen großen Erlmeyerkolben, in dem eine blaue Flüssigkeit perlt.

«Ist es das?»

Fußmann schüttelt den Kopf.

Aus einem Kühlschrank, der aus einer Hotelbar zu stammen scheint, zaubert er eine Phiole.

Vinz deutet auf das ∞-Zeichen. «Is' Geheimschrift?»

«Die Schlange, die sich selbst in den Schwanz beißt», murmelt Fußmann. Und dann: «Es ist ein Markenzeichen, nichts weiter.»

«Obercool», mein Vinzent. Und dann: «Wenn es mal kein PMA ist...»

«PMA? Was soll denn das sein?»

Fußmann hat mittlerweile einen weißen Kittel angezogen. Natürlich weiß er, was PMA ist – Parametoxyamphetamin oder einfach «Death Drug» genannt, aus naheliegenden Gründen.

Fußmann will von alldem nichts wissen. Er *will nicht. Punkt, aus.*

Mit einer Mikropipette plaziert er einen Tropfen auf ein Stück Eßpapier, dessen poröse Oberfläche die Flüssigkeit in Sekunden aufsaugt.

«Hier...»

«He, Moment mal! Muß ich nicht vorher irgendwas unterschreiben?»

Fußmann schüttelt den Kopf.

«Der Versuch hat nie stattgefunden, wenn du verstehst, was ich meine.»

Es ist gut gemeint, aber der Schuß geht nach hinten los.

«Ich sag's doch. Null-null-sieben-Scheiße!» Vinz versucht sich zusammenzureißen.

«Bist du soweit?»

«O Mann.» Vinz springt auf. «Ich bin zu aufgeregt! Ich kann jetzt nicht!»

Fußmann dreht sich ruckartig um und langt nach einer Spritze aus der Nierenschale.

«Wie wär's mit einem Beruhigungscocktail? Ich kann dir was spritzen...»

«O Gott, keine Nadeln», sagt Vinz.

«Es hat sich noch nie jemand beschwert», sagt Fußmann. «Und bei deinen Venen.» *Déjà-vu?* Fußmann muß an Rio denken – wie der sich immer den Ärmel hochgekrempelt hat. *Die Wissenschaft braucht Frohnaturen.*

Vinz schluckt. Er kratzt sich einen Pickel im Mundwinkel blutig.

«Stört es dich, wenn ich rauche?»

«Aber nein ...» Fußmann zeigt großes Verständnis. «Wenn es dich beruhigt.»

Vinz kramt sein Zubehör aus der Jackentasche. Tabakbrösel landen auf dem Boden.

«He, du brauchst einen Aschenbecher ...» Fußmann ist aufmerksam, schiebt seinem Meerschweinchen eine Petrischale rüber. Die tut's auch.

Vinz nickt. «Ich will, daß du mitrauchst», sagt er, während er *baut.*

«Ich rauche nicht», sagt Fußmann. Es klingt kategorisch.

«Ich weiß, daß du nicht rauchst», sagt Vinz. «Trotzdem will ich, daß du mitrauchst.» Es klingt nach *conditio sine qua non.*

«Vinz ...» Fußmann hat wäßrige Augen. «Ich leite den Versuch. Ich muß klaren Kopf bewahren, zu deiner Sicherheit ...»

«Wenn du nicht mitrauchst, kannst du's vergessen», sagt Vinz. «Ich werfe nichts ein, wenn ich so drauf bin.»

«Wie bist du denn drauf?» fragt Fußmann.

«Schlecht», sagt Vinz. «Mißtrauisch, okay? Paranoid. Das sind ziemlich schlechte Voraussetzungen ...»

«Ich weiß», sagt Fußmann. Ein paranoider Testpilot war natürlich ein gefundenes Fressen für den Werther.

Fußmann beschließt, die Dosis zu verringern. Langsam rantasten.

«Rauchst du jetzt mit oder was?»

Was tut man nicht alles für die Wissenschaft, denkt Fußmann.

«Okay. Ich werde es tun», sagt er mit der Stimme einer Dreizehnjährigen vor ihrer Entjungferung.

«Cool.» Vinz lächelt – geteilte Angst ist halbe Angst, oder wie war das?

«Du kannst anrauchen, okay?»
«Okey-dokey.» Fußmann nickt.
Den ersten Zug raucht er auf Lunge... – *Holy smoke and Jeezuss!* Er hat einen Hustenanfall.
«Starker Tobak, was?»
Fußmann nickt, pafft flüchtig vor sich hin, betrachtet den Joint wie ein Ding aus einer anderen Welt. Es ist wirklich der erste Kontakt seiner Blutkörperchen mit dem Marihuana-Wirkstoff Canesol.
«Jetzt ich.» Vinz weiß, wann er an der Reihe ist. Er inhaliert, so tief er nur kann.
«Okay?» Fußmann hat ein neues Löschpapierdreieck beträufelt.
«Okay», sagt Vinz. Er ist *stoned*. Ihm ist alles gleich.
«Mach dich lang und versuch, dich zu entspannen...»
«Entspannen», sagt Vinz. Er fällt auf eine abwaschbare Liege. Das Kunststoffpolster in seinem Nacken ist kalt.
«Also dann...» Er macht den Mund auf und schluckt.
Fußmann reicht ihm ein Glas destilliertes Wasser. Zum Nachspülen. Wie beim Zahnarzt. Nur nicht ausspucken. Bitte.
Er setzt sich und legt die Füße auf den Tisch. Nach der Verbrüderung mit seinem Versuchskaninchen hat er das Gefühl, sich auch die letzten Reste seiner Kinderstube schenken zu können.
«Wie lange wird es dauern?» fragt Vinz.
«Ein, zwei Stunden», sagt Fußmann. Das Canasol macht ihn müde.
Die Augen fallen ihm zu.
«He, du hast mir nicht gesagt, was du wissen willst», sagt er plötzlich.
«Oh, versuch dir einfach einzuprägen, was du siehst, okay?»
Mehr will Fußmann nicht sagen.
«Ich hoffe, es ist kein Horrortrip», meint Vinz.
«Gott bewahre», sagt Fußmann.

Vinzent weiß nicht, wie lange er geschlafen hat, aber irgendwann ist er wach, und die große Wanduhr im Labor zeigt Viertel nach drei, und der Strait ist eingeschlafen, hängt wie ein Sandsack in seinem Stuhl, grün im Gesicht, vielleicht ist er tot, vielleicht nicht ...

Als Vinz aufsteht, ist Vinz gut drauf, die kalte Müdigkeit ist verflogen. Vinz hat grüne Hände, oh, oh ... okay, das Licht der Neonröhren hat einen extremen Grünstich. Vinz reibt sich die Augen. *Ich bin drauf*, denkt Vinz. «He, Mann ...» Fußmann rührt sich nicht. «Penner.»

Vinz ist nicht nur gut drauf, Vinz ist auch hungrig. Wenn Vinz hungrig ist, braucht Vinz Geld, und dann weiß Vinz genau, wann er zuschlagen muß. Nicht wahr, Vinz? Vinz?

Seine Finger wandern in den Kamelhaarmantel am Wandhaken. In Fußmanns Brieftasche findet er außer einem Stapel Visitenkarten 10 Mark 25 in Münzen, keine Kreditkarten. Keine Schecks. Nichts.

Was für ein Doktor ist das?

Vinz ärgert sich, öffnet die Schreibtischschublade, nur Mist, ein Polaroid von der Schickse aus Bad Homburg, Kugelschreiber, Reagenzgläser, Kopfschmerztabletten ... – *Hoppla, die (∞)-Phiole steht noch immer auf dem Tisch.*

Vinz steckt sie ein.

Vielleicht kann er sie irgendwie verkaufen.

Der Trip ist harmlos. Außer dem grünen Licht ist alles beim Alten.

Wie ein Schatten schlüpft Vinz aus dem Haus. Es ist noch immer stockdunkel. Fröhlich läuft er die Straße entlang. Einem Jaguar knickt er im Vorbeigehen die Antenne ab – einfach aus Gewohnheit. Keiner hat's gesehen.

Auch die Eschersheimer ist noch wie leer gefegt. Unheimliche Stille.

Vinzent findet eine U-Bahn-Station. Als die Bahn kommt, braust es wie ein warmer Fön aus dem Tunnel.

Geschafft, denkt Vinzent. Er steigt ein und lümmelt sich über zwei Sitze. Er ist der einzige Fahrgast. Erst an der nächsten Haltestelle steigt jemand in einem Taucheranzug zu.

Cool, denkt Vinzent, und schon hat er exorbitante Gesellschaft ...

VII

Es war der Samstag vor Totensonntag, kurz vor eins, und Ilse hatte wieder einmal keine Zeit gehabt, ihre Einkäufe zu erledigen. Schuld daran waren die Knirschs, die sie überredet hatten, das XBC samstags zu öffnen.

«Das gibt Zulauf, du wirst sehen...»

Den einzigen Zulauf, den sie seitdem hatte, waren die Knirschs selber.

Seit Sonnys unrühmlichem Abgang waren sie ständig da. Nicht nur, daß sie ihr gebrauchtes Geschirr in die Spülmaschine räumten, sie schrubbten auch die Duschen und erledigten kleine Klempnerarbeiten. Bobo hatte sogar durchblicken lassen, daß ihn die Stelle des Aushilfstrainers interessiere. Geld sei dabei nicht so wichtig, hieß es. Ilses berechtigte Zweifel an seiner Qualifikation versuchte er durch platte Doppeldeutigkeiten zu zerstreuen: «Größe ist eine Sache, Technik eine andere.»

Na ja. Ilse sah auf die Uhr und wußte, daß sie noch vier Stunden absitzen mußte. Außer den Knirschs hatte sich auch noch ein Rentner eingefunden, der ununterbrochen am Tresen hing und von seiner Gallenblasenoperation fabulierte: «Der Schah, das war Zuckerschlecken...»

Sie hörte mit halbem Ohr hin und blätterte in ihrem Käseblättchen...

> **Fische** (20. 2.–20. 3.)
> Geben Sie sich einen Ruck, und tun Sie endlich, was getan werden muß! Schnappen Sie sich den Mann Ihrer Träume!

Ilse war noch ganz in Gedanken, als das Telefon klingelte.

«XBC...»

«Ich bin's.» Er meldete sich wie ein kleiner, verlassener Junge.

«Sonny!»

Sie hatte es kaum ausgesprochen, da hörte sie, wie er aufschluchzte.

«Bitte, leg nicht auf. Ich weiß, ich hab dir weh getan ...»

«Ist ja gut, mein kleiner großer Mann», sagte sie voller Zärtlichkeit. «Gerade eben hab ich an dich gedacht ...»

«Das habe ich nicht verdient ...»

«Doch, das hast du ...»

Sonny schneuzte sich trotzig, wollte gar nicht mehr aufhören zu heulen. Er plädierte in allen Punkten der Anklage für schuldig, bezichtigte sich der Untreue und ihrer nicht würdig zu sein. Er wollte leiden, büßen, bereuen, die Richter der Inquisition hätten ihre Freude an ihm gehabt.

«Ich liebe dich, Baby.» Darauf lief sein Vortrag schließlich hinaus.

«Ich dich auch.» Sie wußte, daß sie die Wahrheit sprach, nicht nur für einen Moment, sondern für die ganze verdammte Ewigkeit, die ihnen noch bliebe.

Fünf Minuten küßte sie die Sprechmuschel ab – unter den argwöhnischen Blicken der Knirschs, die ihre Hanteln abgesetzt hatten und plötzlich ganz still waren.

«Ich liebe dich», sagte sie noch mal, so laut, daß es alle hören konnten.

Sie knallte das Telefon auf die Theke, die sie Stunden zuvor aus Langeweile auf Hochglanz poliert hatte.

Sie war glücklich. Die Knirschs witterten nichts Gutes. Und während es unter normalen Umständen schwierig gewesen wäre, die Brüder aus dem XBC zu befördern, bedurfte es an diesem Nachmittag nur weniger Worte.

«Sonny, hm?» fragte AC.

«Hm, hm.» Sie hatte feuchte Augen.

AC lächelte säuerlich; die schöne Zeit war vorbei.

«Was ist mit der Sportschau?» wollte Bobo wissen.

Die Knirschs hatten sich eingebildet, im Anschluß an ihr Training noch mit ihr Fußball zu gucken.

«Eintracht spielt», sagte AC.

Sie schüttelte nur mit dem Kopf.

«Ja, jetzt brauchst du uns nicht mehr», sagte AC bitter. Der Herrscher ihrer feuchten Träume war zurückgekehrt und würde wieder sein angestammtes Territorium in Besitz nehmen.

«Uns siehst du nicht wieder», sagte AC.

Beim Rausgehen legten sie ihr die Kündigung auf den Tisch.

«Nutte», zischte Bobo, der als letzter ging. Er hatte seine Blamage im Richter's noch nicht verdaut und machte ein Gesicht wie ein Dampfkessel.

Sie schloß die Tür hinter ihnen ab – und weinte vor Freude.

Sonny, dachte sie.

Dreißig Minuten feilte sie noch an ihren abdominalen Muskelpartien.

Als es dämmerte, tauchte er endlich auf und stellte den alten Seesack und seine Umzugskartons hinter das Sofa.

«Big Däddies hohm.»

Harry Jr., das tyrannische Baby, schrie wie am Spieß.

«Das ist aber eine Begrüßung», sagte Sonny, während er sich auf die alte Ledercouch fallen ließ.

«Was kann ich nur tun? Er schreit und schreit», sagte sie, während sie Sonny die Stiefeletten auszog, «ich habe letzte Nacht kein Auge zugetan.»

Und heute nacht wird es wieder nichts, dachte sie. Schon als er ihr einen Zungenkuß gab, wußte sie, daß sie sich nicht umsonst epiliert hatte.

«Du hast mir gefehlt», seufzte sie.

Er kicherte und knöpfte seine Hose auf. «Man kann nur vermissen, was sich messen läßt, was, Liebling?»

Sie schaffte es gerade noch, bei Georgio seine Lieblingspizza «mit extra viel Oliven» zu bestellen.

Die alten Bumskameraden feierten ihr Wiedersehen auf ganz besondere Art: Noch bevor der Pizza-Mann anklingelte, war er zweimal in ihrem Mund gekommen. *Es geht doch nichts über ein ordentliches Gebläse*, dachte Sonny.

Er ließ es sich nicht nehmen, in Harrys Morgenmantel zu öffnen, zahlte aber mit seinem eigenen Geld.

«Die Zeiten ändern sich», sagte er.

Die Goldfische in dem Aquarium schienen ihm zuzublinzeln.

«Was ist mit Harry?» fragte er schmatzend.

«Ich lasse mich scheiden», sagte sie.

«He. Und weiß er das?»

«Er weiß es», sagte sie.

«Oh.» Sonny schnappte sich die Fernbedienung.

«He, Fußball», sagte er einen Augenblick später. Damit war der Fall für ihn erledigt.

«So?» An diesem Abend fand sie seine Art, unangenehme Dinge zu vermeiden, wie eine Erholung. «Wer spielt?» bekundete sie ihr Interesse.

«Irgendwer», sagte Sonny. Er war wieder zu Hause.

Den ganzen Totensonntag lag er so faul auf ihrem Hintern und guckte einen Tierfilm nach dem anderen. Seinen Füllrüssel hatte er gründlich versenkt.

«Ich habe dich vermißt», seufzte er. Die Bunny-Tätowierung erinnerte ihn an diesem Nachmittag ausnahmsweise nicht an die Pflichten eines Platzrammlers, sondern an die blauen Stempel, die er einmal auf Schweinshaxen gesehen hatte.

Schon merkwürdig, dachte er. Aber natürlich ließ er sich nicht beirren.

Ilse seufzte auch, aber sie dachte an nichts.

Was sie an solchen Tagen mit ihrem Leben vorhatte?

Schwer zu sagen. Vielleicht wollte sie einfach vergessen, ihr Leben, diese «Serie von Notfällen», wie es Lana Turner einmal gesagt hatte.

Hin und wieder hob sie den Kopf und lauschte, ob sich das Baby rührte.

«Wie ruhig er ist, seitdem du wieder Zu Hause bist.»

«Ja so was», säuselte Sonny. In einem unbewachten Augenblick hatte er die Milchpulle mit einer pulverisierten 10er Valium «gestreckt».

Nur manchmal furzte es dumpf aus dem Körbchen, und die Bohrinsel unter ihm begann dann bedrohlich zu schwanken.

«Das Biest verdaut», sagte er. Ob das wirklich eine Nebenwirkung der Barbiturate war, wußte er nicht.

Später räkelte er sich in einen ruhigen Fernsehabend, während sie Wasser aufsetzte und Appetithäppchen machte; Weißbrot, roher Schinken, mit Gürkchen garniert, Hering in Tomatensoße ... *ah Schmackes!*

Es war still, selbst der Verkehr auf der Mainzer rührte sich nicht.

Einmal hörte er Kirchenglocken läuten.

Ein Sonntag auf dem Lande, dachte er noch.

VIII

Jeder Paranoiker wartet auf den Tag, an dem seine Psychose zur Überlebensstrategie wird, und Kuhls Stunde war endlich gekommen; eines Abends, im Zustand latenter Wodka-Dämonie, hatte er seine Bude in eine Todesfalle à la Fu Man Chu umgebaut.

Kuhls Verfolgungswahn hatte sich seit dem Gespräch mit Herbricht ins Bodenlose gesteigert. Dabei konnte er ja als einziger mit Bestimmtheit wissen, daß der Mörder nicht hinter ihm her war. Trotzdem fühlte er sich belauert; irgend jemand war hinter ihm her oder dem Geld. Und wenn es nur die Kumpels dieser Zuhälter waren.

Könnt ihr haben, ihr Wichsnasen, dachte er. In seinem Wahn hatte er sich gleich ein halbes Dutzend Einwegskalpelle besorgt. Die Klingen landeten an den unmöglichsten Stellen in seiner Wohnung, selbst im Duschvorhang und unter dem Waschbecken glitzerte es tückisch ... Am Boden liefen Stolperdrähte.

Schönen Gruß vom «Mechaniker», dachte Kuhl. Herbricht hatte ihn unwissentlich einen Profi genannt, und so rechnete er sich bereits zur «Killerelite». Sein Wagen war ebenfalls gerüstet: Ein Skalpell klebte unter dem Armaturenbrett, ungefähr in Höhe des Aschenbechers. Ein zweites war am Rand der Fußmatte vor dem Beifahrersitz versteckt.

Er hatte an diesem Abend eine Verabredung mit Eddie im Ali Baba's.

Der hatte ihm am Telefon noch was von einer Razzia auf dem Waldparkplatz erzählt und daß die Polizei ein halbes Dutzend großkalibriger Waffen einkassiert hatte. Major Deadhead war sogar eingebuchtet worden, «wegen Widerstands gegen die Staatsgewalt».

«Es ist schon ein Scheißland», meinte Kuhl, «wo sie einem Mann das Recht auf Selbstverteidigung absprechen...»

«Du sagst es», meinte Eddie. Er war müde und gereizt.

«Ich werd die Fliege machen», sagte er. «Was will ich denn in dieser Scheißstadt? Ich hab so ein Gefühl, ich werd mich bald absetzen, Alter...»

Es war der 27. November, eine regnerische Nacht in Frankfurt, und auf der Sonne wurde ein ungeheurer koronaler Plasmaausstoß registriert. Gegen halb zehn erreichten die ersten Sonnenwinde die Stadt. Geschwindigkeiten von bis zu 900 km / Sek. wurden gemessen.

Kuhl hing zunächst vor dem Fernseher, ärgerte sich über das Geknister und hatte unerklärliche Kopfschmerzen.

Als er im Ali Baba's auftauchte, mußte er feststellen, daß Eddie ihn versetzt hatte.

Arsch, dachte er.

Sein Verfolgungswahn machte sich wieder bemerkbar. Zehn Minuten saß er an der Bar, schlürfte krépkajaversetzten Gemüsesaft und mußte immer wieder an Bella denken, die er im Seitenfach unter einem Stadtplan und einer ausgelesenen Gazette zurückgelassen hatte. *Arme Kleine.* Sein Schambein hatte sich an ihre Härte gewöhnt.

Einer reiferen Frau, die sich neben ihn setzte, bot er aus dem Stegreif «fünfzig Märker und keine müde Mark mehr».

Als sie empört abdampfte, fühlte er sich besser.

Später hielt er sich an Erdnüsse und Kartoffelchips und glotzte stumpfsinnig in den Lichtzauber an den Wänden und auf dem Boden der Tanzfläche. Die Musik war an der Schmerzgrenze – Buddhas Top Ten –, und der Meister legte auch noch eigenhändig auf...

Kuhl schnappte sich die letzte Handvoll Erdnüsse und machte, daß er rauskam. Draußen auf dem Parkplatz trieb der Wind die Blätter vor ihm her.

Er suchte gerade nach seinem Zündschlüssel, als er Schritte hinter sich hörte.

«Hi, *Superjoke*», sagte eine Stimme aus dem Dunkel.

Es machte KLICK, und als er sich langsam umdrehte, sah er einen entsicherten US-Colt-Commander.

Es war Bobo, die rechte Hand des Offenbacher Lachgasschnüfflers. Seinen feinen Anzug hatte er gegen eine ordinäre Lederjacke und Trainingshosen getauscht.

Hab ich dir's nicht immer gesagt? Laß sie laufen, und sie kommen zurück.

«Lange nicht gesehen», meinte Kuhl. «So 'ne 45er, meine ich...»

«Auch noch komisch werden.» Eine Ohrfeige belohnte die kleine Bravour.

Inzwischen war auch das koreanische Nilpferd aufgetaucht.

Kuhl mußte wie in einem Polizeifilm den Adler machen, während Chopper, so hieß der Koreaner, ihn von Kopf bis Fuß filzte.

«Na, wo hast du denn deine Kanone gelassen, Häuptling Honolulu?»

Der wortkarge Chopper gab ihm einen Nasenstüber.

«Zu Hause, wo sonst?»

Ein Augurenlächeln spielte um Bobos wülstigen Mund. «Wenn du gelogen hast, Freundchen...»

Während er Kuhl in Schach hielt, durchsuchte das Nilpferd den Wagen. Er ließ sich Zeit. Schon für das Handschuhfach brauchte er eine halbe Minute. Trotz seiner enormen Leibesfülle schien es, als zwänge er sich auch in die letzten Winkel der Flunder. Einmal grinste er und griff in das Seitenfach, Kuhl hörte Zeitungspapier knistern...

«Und?»

«Nichts.» Chopper klopfte sich ab, als hätte er einen Müllhaufen auf den Kopf gestellt.

«Hab ich doch gesagt.» Kuhl konnte sein Glück kaum fassen, daß die Wurstfinger nichts gefunden hatten.

«Du bist ja dümmer, als die Polizei erlaubt, weißt du das?» Bobo verpaßte ihm eine freundschaftliche Kopfnuß.

Kuhl lächelte gequält-verständnisvoll. Jetzt, wo er auf der Kohle saß, fühlte er sich merkwürdig milde gestimmt.

Schön, sie wollten ihm einen Denkzettel verpassen. Sie würden ihn vermöbeln, schlimmstenfalls ein paar Tage ins Krankenhaus schicken.

Tatsächlich beschränkte sich die physische Gewalt im folgenden auf harmlose Knuffereien in die Weichteile und einen herzhaften Nasenstüber.

«Schön, was kann ich für euch tun, Jungs?» fragte er, nachdem sie fertig waren. Und schaffte sogar ein Augenzwinkern. *Pokerface.*

Bobo grinste. «Du hast wohl ein schlechtes Gedächtnis, was?» Er versetzte Kuhl noch einen Verlegenheitstritt in den Hintern. «Mit dir haben wir noch 'ne Rechnung offen, Freundchen.»

Kuhl nutzte den Schwung und startete einen Fluchtversuch. Wenn das Kung-Fu-Nilpferd eines gelernt hatte, dann war es, wie man einen Mann aussteigen läßt. Fast mühelos grätschte er ihm in die Beine. Kuhl machte den Flug seines Lebens.

«Hilfe!» brüllte er, als ihm plötzlich einfiel, daß er auch einen Mund hatte.

«Niemand wird einem *motherfucker* helfen», sagte Chopper. Seine Arme waren ein eiserner Schwitzkasten.

«Versuch das noch einmal ...», sagte Bobo.

«Wie denn?» ächzte Kuhl. Verzweifelt versuchte er den Griff des Koreaners zu lockern. «Weißt du, was mich fertigmacht, Bobo? Richtig fertig? Daß sich die Menschen nichts mehr vergeben können ... Keiner vergibt mehr dem anderen. Es wird abgerechnet bis auf den letzten Heller und Pfennig ...»

«Du hast doch 'ne Meise», zischte Bobo. «Noch so 'ne klugscheißerische Bemerkung, und, so wahr mir Gott helfe, ich blas dir die Birne weg!»

«Okay.» Kuhl schluckte. Viele Jungs hatten diese Sprüche drauf, die sie in denselben schlecht synchronisierten Ami-Filmen aufgeschnappt hatten, die er selbst zur Genüge kannte.

«Können wir drüber reden?» Kuhl fiel plötzlich ein, was Dutch Schulz, der berühmte Gangster, gesagt hatte – daß jeder Arsch einen Preis hätte und so.

«Nein», sagte Bobo.

«Komm schon. Wieviel?» drängte Kuhl.

Er hing im Arm des Koreaners wie im Würgegriff einer Schlange.

«He, wenn es Richter ist ... Ich biete euch das Doppelte, was er euch zahlt ...»

Bobo konnte nur mit dem Kopf schütteln.

«Wer, glaubst du, bist du? Al Capone? Der Dutchman?»

Das Nilpferd verstärkte seinen Druck.

Kuhl spürte, wie ihm die Luft ausging. «Komm schon! Nicht auf die Brutale, Mann! Ist doch nicht nötig! Sieh mal, mein Anzug wird ganz verknittert. Wir sind doch zivilisierte Primaten! Oder? Erst war ich am Drücker, und ihr habt euch in die Hosen gemacht. Jetzt seid ihr dran, und ich krieg auf die Fresse, okay? Ganz normale Härte.»

Bobo stieß Kuhl seine Kanone in den Rücken.

«Wie wär's mit einer Fahrt ins Blaue?»

Sie zwängten ihn auf den Beifahrersitz.

Kuhl mußte an Lucky Luciano denken, der 1929 von Freunden zu einer ähnlichen Spritztour überredet wurde und wie durch ein

Wunder – allerdings mit einer bleibenden Körperbehinderung – davongekommen war.

Chopper saß eingezwängt hinter dem Steuer. Mit dem Kopf stieß er gegen das flache Dach des Wagens. Die Atemnot stand ihm bereits ins Gesicht geschrieben.

Bobo war irgendwo hinter ihm auf dem Rücksitz, linste nach vorne, die 45er im Anschlag.

Bevor Chopper den Wagen startete, fiel ihm etwas ein, und er suchte nach irgendwas in seiner Bomberjacke.

«Das wird dir gefallen», kommentierte Bobo.

Es stellte sich heraus, daß es eine Kassette war, die Chopper in den Recorder steckte. Er drehte die Lautstärke bis zum Anschlag auf.

Erst rauschte es wie ein Wasserfall, und Schritte waren zu hören. Jemand pfiff.

Ziemlich unheimlich.

Kuhl blinzelte vor sich hin, wußte einen Moment nicht, ob die Geräusche echt waren oder vom Band kamen.

«Mach dir nicht in die Hosen», sagte Bobo vom Rücksitz.

«Okay», sagte eine Stimme vom Band, und eine Sekunde später ertönte das Trommelfeuer von Maschinenpistolen.

Fast synchron ließ Chopper die Reifen durchdrehen und bretterte los.

Durch die beschlagenen Scheiben sah Kuhl, wie die Altstadt verschwand. Sie fuhren am Main-Ufer entlang in Richtung Nied, eine malerische Strecke, links der Fluß, rechts Stacheldrahtzäune, hinter denen sich futuristisch beleuchtete Industrieanlagen erstreckten. Feiner weißer Rauch kringelte sich aus einem hohen Schornstein, simulierte eine Art Sternennebel vor den tiefhängenden Wolken, ätherischer Schanker der chemischen Industrie.

«Wie geht's AC?» fragte Kuhl, an Bobos Adresse gerichtet.

Verächtliches Schweigen.

Kurz vor der Schwanheimer Brücke bog Chopper nach rechts und landete in einer Sackgasse, vor einem Werktor der Hoechst-

Chemie. Ein Wachmann – aufgelöst, mit offenem Hosenstall – schoß, eine Stabtaschenlampe im Anschlag, aus seinem fahlen Kabuff.

Kuhl frohlockte. Ein Nachtwächter, ein Kumpel!

«Den kenn ich», log er, «er hat euch gesehen. Der wird die Polizei rufen!»

Das Nilpferd vergällte ihm den Triumph mit einem Ellenbogenstoß.

«Für wie bescheuert hältst du uns, Arschgeige?»

Er hatte Mühe, den Rückwärtsgang zu finden. Die Kupplung krachte und übertönte die Sirenen, die in diesem Moment vom Band kamen.

«Paß doch auf!» jammerte Kuhl.

«Geronimo», fluchte das Nilpferd, den Bleißfuß auf dem Pedal.

Sie landeten wieder auf derselben breiten Straße, die am Ufer entlang bis nach Griesheim führte.

Kuhl hatte sich wieder etwas beruhigt, was vielleicht damit zusammenhing, daß seine Entführer nichts von der kleinen Italienerin ahnten.

Ebensowenig wußten sie von den anderen rasiermesserscharfen Überraschungen in seinem Cockpit.

Wenig später sausten sie durch eine trostlose Gasse namens Elektronstraße und landeten hinter dem Griesheimer Bahnhof, einem flachen, winzigen Häuschen vor der Paket-Ausgabe, die natürlich schon dicht war.

«Du hast dich verfahren», sagte Bobo.

Chopper nickte verlegen.

«Wo soll's denn hingehen?» fragte Kuhl.

Seine Entführer tauschten im Rückspiegel merkwürdige Blicke aus.

«Na, was denn? Ich werd's schon keinem weitererzählen.»

«Da kannst du Gift drauf nehmen», sagte Bobo. Weiter sagte er nichts.

Kuhl sah hinaus in die Nacht. Auf der Waldschulstraße kamen ihnen ein paar Autos entgegen.

«Ha, ihr wollt mich doch nicht wirklich kaltmachen, was?»

Kein Kommentar.

«Na ja, fair ist fair», sagte Kuhl.

«Schnauze», sagte Bobo.

Zehn Minuten später hatten sie Griesheim hinter sich gelassen und fuhren zum Niedwald, einem kleinen Waldstück, das an den Rebstockpark grenzte.

Die Geräuschkulisse vom Band steigerte sich ins Infernalische, Schüsse, quietschende Reifen, Polizei-Sirenen, das ganze Programm.

Kuhl nickte im Takt.

«Das ist gute Musik», sagte er einmal, «vom feinsten, Alter...»

«Langsam, Mann! Nächste rechts!» kommandierte Bobo, kurz nachdem sie am Ramada-Hotel vorbei waren.

«Endstation», sagte er.

Schon als sie in den Waldweg einbogen, wußte Kuhl, daß etwas schiefgehen würde. Der Weg schien nur aus Schlaglöchern zu bestehen. Die Flanken des Wagens streiften an Sträuchern und Büschen vorbei. Im Licht der Biluxlampen regnete es kupferrotes Laub.

Chopper paßte einen Moment nicht auf und schrammte einen Baumstamm.

Kuhl zog eine Schmerzensmiene, ahnte, was ihn dieser kleine Kratzer kosten würde.

Endlich hielten sie an einem verlassenen Weiher, einem stillgelegten Arm der Nidda, die in der Ferne rauschte.

Chopper würgte den Motor ab.

Es war so still, daß Kuhl den Eindruck hatte, in einer anderen Dimension gelandet zu sein.

Feiner Dunst hing über dem dunklen Wasserspiegel. Seit seiner Kindheit war er hier nicht mehr gewesen. Es wunderte ihn, daß der Ort überhaupt noch existierte.

«Zigarette?» Bobo machte eine kleine Kunstpause.

«Zigarette?»

«Na, du weißt schon. Die letzte.» Als Kuhl nichts sagte, steckte er sich selbst eine an.

Chopper kicherte.

Bobo saß schweigend auf der Rückbank und paffte vor sich hin.

Das Nilpferd zückte plötzlich seine Brieftasche.

Er hielt Kuhl ein Foto unter die Nase, das er angeblich immer bei sich trug und den südvietnamesischen General Loan zeigte, wie der gerade einem gefesselten Vietcong in die Schläfe schoß.

«Was soll das?» wollte Kuhl wissen.

«Is 'ne traurige Geschichte», meinte Bobo. «Ich weiß nicht, ob du sie hören willst.»

Kuhl sagte nichts.

«Weißt du, was der General sagte, bevor er abdrückte?»

Anscheinend wollten sie sich für das Richter-Quiz bei ihm revanchieren.

Einen Moment herrschte wieder unnatürliche Stille.

«Buddha will understand», sagte das Nilpferd.

«Buddha will understand», sagte Kuhl wie zu sich selbst. Er hatte wieder dieses nervöse Zucken am Auge. «Ihr wollt mich kaltmachen, was?»

Sein Film hatte eine unvorhergesehene Wende genommen – vom Kulissenschieber zur Schießbudenfigur, so etwas in der Art jedenfalls.

Niemand sagte ein Wort.

Wenn sie ihm nur angst machen wollten, dann waren sie in diesem Moment zu weit gegangen. In Kuhls Kleinhirn setzten sich archaische Instinkte in Bewegung.

Fast ungläubig betrachtete er die beiden Primaten, die seine Henker sein wollten.

In seiner Phantasie sah er eine Art griechische Opferszene. Zwei Barbaren schleiften ihn an den Rand eines Abgrunds ... Er kannte die Szene ... Verdammt, so ein Hollywood-Sandalendrama! Er hoffte, in seiner letzten Minute nicht an noch ärgere Dinge zu denken: an Henniger Pils, an die WM 74, die er bis zum glorreichen Finale mitgelitten hatte, an aufblasbare Gummipuppen, an den dicken Hoss von Bonanza oder die Melodie von «Yes, Sir, I Can Boogie», die ihn wahrscheinlich noch in der Grube verfolgen würde.

Etwas ärgerte ihn noch mehr als alles andere: Da hatte er jetzt das Geld und würde es nicht mehr ausgeben können. Ironie des Schicksals! Es hatte ihn nur hochgehoben, um ihn noch tiefer fallen zu lassen.

Er spürte, wie das Adrenalin in seinem Blut kochte.

«He, verdammt», sagte er dann, «ihr habt mir richtig Angst eingejagt. Hier, ich zittere am ganzen Leib. Siehst du? Ich hab meine Lektion gelernt, wirklich, ich hab mich wie ein Arschloch benommen, okay. Ich hab es verdient. Wirklich. Vielen Dank.» Damit wandte er sich wieder an Chopper. «Vielen Dank für die Belehrung, Bruder. Und jetzt...», er holte tief Luft, «... muß es genug sein. Wir sind quitt. Ich steige hier aus.»

Bei den letzten Worten hatte sich seine Stimme laut und schrill überschlagen.

«Leck mich doch am Arsch», sagte Bobo. «Das glaubst du doch selbst nicht...»

«Und ob ich das glaube, Mann!» Kuhl wollte ihm noch die Hand reichen. «Ich sag dir, wir sind quitt, Mann. Ich steige aus!»

«Gegen aussteigen ist eigentlich nichts zu sagen», meinte Bobo, «hier im Auto gibt das doch nur eine unnötige Schweinerei... Das beste ist, wir gehen zum See. Das ist am saubersten.»

Kuhl blinzelte vor sich hin. *Reflex*; das Gehirn des Paranoikers war in Wirklichkeit mit ganz anderen Dingen beschäftigt. Das Skalpell unter dem Armaturenbrett war nur 20 Zentimeter von seiner linken Hand entfernt. Er würde mit links eine blitzschnelle, äußerst präzise Bewegung machen müssen. Sehr riskant. Andererseits war da noch Nummer zwei unter der Fußmatte.

«He, worauf wartest du, Mann?»

Bobo stieß ihm den Lauf in die Rippen.

Kuhl saß einfach da und rührte sich nicht.

Er glaubte in diesem Moment zu wissen, daß er nichts mehr zu verlieren hatte.

«Warum?» fragte er wie geistesabwesend. Nur seine Augen blinzelten, als ob ihn etwas blendete.

«Warum nicht?» sagte Bobo.

Wenn du jetzt aussteigst, bist du tot, Mann. Sie werden dich in den Rücken schießen. Das war's dann.

Hier im Auto hast du noch eine Chance ... Du mußt dich nur bücken ... Denk an Carlos. In libyschen Terrororganisationen lernt man, daß Heulen eine Waffe ist, weil es den Feind in Sicherheit wiegt.

Es kostete ihn einiges an Selbstüberwindung.

Langsam sank er in sich zusammen und begann, hysterisch zu schluchzen.

Es war oscar-verdächtig; selbst Bobo wußte nicht mehr, was er sagen sollte.

«Verdammt, hol ihn raus, Chopper», sagte er.

Kuhl heulte Rotz und Wasser.

Da war sie endlich, die ganz große

SZENE

CHOPPER *steigt aus, während* BOBO *sein Opfer in Schach hält.*
KUHL *(schluchzend, nach vorn gebeugt)*: «Bitte ... laß mich gehen! Gib mir 'ne Chance, Mann.»
Wieder krümmt er sich zusammen. Unbemerkt tastet seine Hand in den Spalt zwischen Sitz und Handbremse. Seine Fingerspitzen finden das Tesaband, mit dem er das Skalpell dort befestigt hat.
CHOPPER *reißt in diesem Moment die Wagentür auf. Mit beiden Händen packt er* KUHL *am Kragen, versucht, ihn aus dem Wagen zu zerren.*
KUHLS *Hand hält das Skalpell fest umklammert.*
STIMME AUS DEM OFF: «Kuhl zog das Skalpell mit voller Kraft

durch. Er erwischte das Nilpferd genau in der Mitte des Kehlkopfs; und schlitzte den Hals bis zur Backe auf.»

Das Wegwerfskalpell bricht dabei entzwei, ein Teil bleibt gut sichtbar in der Mitte des Adamsapfels stecken. Eine Zehntelsekunde später klafft dort bereits eine dunkelrote Wunde, und erst dann begreift das Nilpferd, daß es so gut wie tot ist. Der Schock ist so groß, daß er nur ein Gurgeln herausbringt. Während er zurücktaumelt, versuchen seine kräftigen Hände, die unnatürliche Öffnung zu schließen. Als er zu Boden fällt, hat das Blut bereits eine dunkelrote Halskrause in sein T-Shirt gefressen.

KUHL springt aus dem Wagen. Er landet neben Chopper, der noch hyperventiliert.

BOBO flucht. Beim Aussteigen verheddert er sich, KUHL duckt sich hinter der Wagentür, Papier raschelt...

BOBO ist den Bruchteil einer Sekunde zu spät: Der Schuß erwischt ihn in der Schulter und reißt ihm die 45er aus der Hand. Er taumelt zurück und fällt ebenfalls zu Boden.

KUHL kommt langsam auf die Beine. Die Beretta in seiner Hand ist zwei Meter groß.

BOBO nimmt langsam die Hände hoch. Seine Stimme klingt plötzlich versöhnlich: «He, Mann... du denkst doch nicht wirklich, wir wollten dich ausknipsen? Hm?» BOBO kann die Frässpuren an der Mündung des Schalldämpfers sehen. Dahinter erkennt er unscharf das blutverschmierte, verschwollene Gesicht seines vermeintlichen Opfers.

BOBO: «He, Kuhl! Ich hab ein cholerisches Temperament. Wir wollten dir einen Schrecken einjagen! Die Kanone ist nicht mal geladen, sieh doch nach, wenn du mir nicht glaubst...»

KUHL hebt wortlos die 45er auf, richtet sie auf BOBOS Kopf. Es ist ein Trommelrevolver – und es macht sechsmal KLICK.

BOBO: «Siehst du? Wir sind doch Kameruner, oder? Wie du mir, so ich dir...»

KUHL seltsam unbeteiligt: «Spar dir das Gesülze. Wer ist hinter mir her?»

Noch bevor BOBO antworten kann, strampelt CHOPPER wie wild mit den Beinen.

BOBO: «Shit.»
Er scheint vergessen zu haben, daß eine Waffe auf ihn gerichtet ist. Er kriecht auf seinen Kumpel zu. Erst jetzt erkennt er, wie übel CHOPPER *zugerichtet ist...*
BOBO *schreit:* «Oh, Gott... Hast du das getan?» KUHL *rührt sich nicht von der Stelle.* «Was stehst du hier so rum? Chopper braucht einen Arzt. Siehst du das nicht?»
KUHL *(apathisch):* «Das hätte er sich vorher überlegen sollen. Wer hat euch geschickt? Richter?»
BOBO *völlig außer sich:* «Richter? Scheiße, Mann. Richter hat uns gefeuert. Wegen deinem Auftritt, wenn du's genau wissen willst. *(Er hält* CHOPPERs *Hand.)* Kuhl, der Junge stirbt, wenn du nichts tust!»
KUHL *beugt sich über ihn:* «Also, komm schon. Ich frag dich jetzt zum letzten Mal.»
BOBO *schaltet auf stur:* «Mensch, schwätz nicht! Hol einen Arzt!»
KUHL *blinzelt wieder:* «Wir brauchen alle einen Arzt.»
Völlig unerwartet löst sich ein Schuß aus KUHLS *Waffe und hinterläßt ein Loch in* CHOPPERS *massivem Schädel. Unklar, ob es Absicht oder ein Unfall war.*
BOBO *kriecht davon. Fassungslos starrt er auf die Leiche:* «Du... hast ihn einfach abgeknallt, du...»
KUHL *winkt müde ab:* «Er war schon tot, als er geboren wurde.»
BOBO *stößt ein Wutgeheul aus. Seine Hände graben sich in das nasse Laub.*
KUHL *richtet seine Knarre auf* BOBO: «He, Mann, du solltest als Werwolf gehen.»
BOBO: «Du... hast ihn abgeknallt.» *Er beginnt zu fluchen.*
KUHL: «Stimmt.» *Plötzlich:* «He, du bist doch nicht nachtragend, oder? Ich meine, der Fettkloß... Ihr wart doch nicht verwandt, verschwägert oder so...?»
BOBO *schluchzt. Hilflos ballt er die Fäuste.*
KUHL *setzt sich ein paar Meter neben ihn auf einen Baumstumpf. In der Dunkelheit ist er kaum zu sehen.* «Mann, das ist die schwerste Entscheidung meines Lebens, das mußt du mir glauben...»
BOBO *versucht die Mitleidsnummer:* «AC hat mir gesagt, man kann mit dir reden... Du bist gar kein schlechter Typ.»

KUHL *unvermittelt:* «Ich kann dich nicht laufen lassen, Mann. So einen Fehler macht man nur einmal.»
BOBO: «Was denn für 'n Fehler? Du glaubst doch nicht, ich werd dich bei der Streife verpfeifen?»
KUHL *sieht ihn nachdenklich an:* «Wenn du einen umlegst, mußt du alle umlegen, oder? Ich meine, es ist verdammt wahrscheinlich, daß du es wieder versuchen wirst ... – Hast du mal 'ne Zigarette?»
BOBO *nickt. Er hofft, das Gespräch könnte eine freundschaftliche Wendung nehmen. Als er sich bewegt, spürt er das Loch in seiner Schulter. Irgendein Nerv schlägt Alarm, und er krümmt sich zusammen.*
KUHL *ist alarmiert.* «Keine Tricks.»
BOBO *zittert, als er ihm das Päckchen anbietet:* «Was denn? Sind doch nur Zigaretten ...»
Anstatt sich eine Zigarette zu nehmen, kassiert KUHL *die ganze Packung ein. Wieder geht er nachdenklich auf und ab.*
BOBO: «Hör mal, Kuhl, vergiß das mit Chopper. Der hat selber schuld. Hätte besser aufpassen müssen. Ich hab ihn gewarnt, daß du Kameruner bist ...»
KUHL: «Ach, Scheiße. Hör mit diesem Geschwätz auf ... Als ob dir Kamerun irgendwas bedeutet hätte. Du bist nach Offenbach gezogen ...»
BOBO *außer sich:* «Weil's meine Alte so wollte! Die Fotzen setzen doch immer ihren Kopf durch!»
KUHL: «Was würdest du an meiner Stelle machen, Alter?»
BOBO *begreift langsam den Ernst der Lage:* «Hör mal, Kuhl.» (*Er kann die Waffe nicht sehen, aber er fühlt instinktiv, daß eine Mündung auf ihn gerichtet ist.*) «He, mein Bruder hat dir auch schon manchen Gefallen getan ...»
KUHL *(tonlos):* «Ja, dein Bruder.» *Einen Moment ist es wieder totenstill.*
BOBO: «Kuhl, Mensch ...» BOBO *ahnt plötzlich, daß er die letzten Minuten seines Lebens erlebt. Er richtet sich auf und sucht irgendeinen Anhaltspunkt in der Dunkelheit.* «Du willst doch wissen, wer hinter dir her ist ... Was nützt es dir, wenn du mich umlegst ...»

KUHL *zuckt die Achseln*: «Mir nützt es so oder so nichts.»
BOBO *lacht*: «Das ist ein Witz, ja? Du verschaukelst mich, Alter ...»
KUHL *zielt auf* BOBO: «Sag zum Abschied leise Servus ...»
BOBO: «Bitte ... Hör mal, ich hab Familie, Frau und Kinder.»
KUHL *leise*: «He ... Dann hast du dich ja noch reproduzieren können.»
BOBOS *rechte Hand verschwindet plötzlich in seiner Brusttasche.*
KUHL *hält es für einen Trick. Er drückt ab; in einer wahnwitzigen Nahaufnahme und extremen Zeitlupe sieht man das Klümpchen Blei, wie es aus dem Lauf austritt.* BOBOS *Körper hängt wie die Oberfläche eines Planeten in der Dunkelheit, aus der sich das Projektil nähert.*
Der Flug scheint eine Ewigkeit zu dauern.
BOBOS *Herzschlag dröhnt wie ein Schmiedehammer.*
Endlich verschwindet das Projektil im Körper: Schnitt zu einer anatomischen Zeichnung, die in Realzeit von einer Kugel zerfetzt wird.
Echtzeit; BOBO *krümmt sich ruckartig zusammen, wie ein Tier, das der Fangschuß trifft. Seine Hand schleudert eine Brieftasche weg, die aufgeschlagen auf dem Boden landet und ein furchtbar kitschiges Familienfoto zeigt ...*

Bobo spuckte Blut. Er hatte genug Cowboy-Filme gesehen, um zu wissen, daß es mit einem, der Blut spuckt, immer zu Ende geht.

«Scheiße, so eine Scheiße!» schrie er. Fast hysterisch steckte er eine Hand unter den Bund seiner Weste.

«Ich sterbe», sagte er, «sieh dir das an, ich sterbe ...» Kuhl hatte gut gezielt. In Bobos Herzgegend hatte sich ein dunkler Fleck gebildet.

«And I became death ...»

Kuhl hob wie vergebungheischend die Arme. Fußmann hatte ihm einmal erzählt, daß sich Oppenheimer mit diesem Satz aus der indischen Bhagavad-Gita verklärt hatte. Er soll gar versucht haben, wie ein Todesengel zu *laufen*. Nicht schlecht für ein Säugetier.

Kuhl ging neben Bobo in die Hocke und besah sich das Familienfoto.

«Deine Alte?»

«Ja...»

«Ein Superschuß, die Mutter...»

«Ja, ein Superschuß, kannst du so sagen...»

«Der Junge schlägt eher nach deiner Frau, weißt du das?»

«Ich verrecke, Mann, ich verrecke...» Bobo war nahe am Koma.

«Sieht so aus.» Kuhl kratzte sich mit dem Lauf an der Schläfe. Ohne ein weiteres Wort durchsuchte er die Brieftasche nach Geld. Auch Chopper hatte noch ein paar hundert Mark in der Tasche.

«He, Bobo, lebst du noch?»

«Ja», röchelte es, «ich kann nicht schneller...»

«Laß dir Zeit», sagte Kuhl.

Er sah noch eine Zeitlang zu, wie Bobo verblutete.

«Du hättest nie nach Offenbach ziehen dürfen», sagte er, als es endlich vorbei war.

Vor ihm lagen wieder mal zwei Leichen.

IX

Wie er nach Hause kam, konnte er später nicht mehr erinnern. Die Mordsequenz, das letzte Stück des biologischen Films, verfolgte ihn in den Schlaf. Es war, als hätten sich die Bilder in seine Netzhaut eingebrannt. Kuhl erwachte gegen Viertel nach drei, zu spät, um noch einmal einzuschlafen.

Nebel hing zwischen den Blöcken.

In seiner Jackentasche fand er das Päckchen Zigaretten, das er Bobo abgenommen hatte.

Tatsächlich steckte er sich eine Zigarette an.

Zwei mehr oder weniger, dachte er.

Er hielt den Rauch in den Lungen, bis sich eine Art Juckreiz in seinen Bronchien einstellte. Um sich abzulenken, versuchte er sich den Vorgang einmal vorzustellen, wie er a) das Tabakröllchen zwischen Zeige- und Mittelfinger hielt, wie er b) die Hand zum Mund führte, wie er c) inhalierte und d) gelegentlich und wie beiläufig die Asche am Fensterbrett abstreifte.

Der Vorgang wiederholte sich millionenfach. Wie der Tod.

Er drehte das Radio an.

Absurd, aber er erwartete bereits, daß sie etwas im Radio über ihn brachten: Doppelmord an der Nidda, Großfahndung...

Aber sie erzählten nur etwas über den Absturz einer neuseeländischen DC-10... Zweihundertsiebenundfünfzig Menschen waren aller Wahrscheinlichkeit nach in dieser Nacht eines furchtbaren Todes gestorben.

Er konnte nicht sagen, ob diese Mitteilung irgend etwas mit seinem Leben zu tun hatte, aber *es tröstete ihn.*

Die Ursache des Unglücks war noch ungeklärt. Sturm? Motorschaden? Ein defekter Höhenmesser? Unbeseelte Vollstrecker.

Kann man Dingen eine Schuld zuweisen?

Macht es überhaupt Sinn, nach einer Todesursache zu forschen?

Noch schnüffelten Helikopter über dem ewigen Eis.

Was jetzt, dachte er.

Er fühlte die Krümel auf seiner Matratze, wie Bisse von Staubmilben, den mikroskopischen Boten des Todes...

Der Flugzeugabsturz änderte nichts daran, daß er wieder zwei Männer getötet hatte.

Zwei und zwei ist vier, dachte er.

«Glauben Sie mir, wenn man zwei Menschen umgelegt hat, kommt es auf einen dritten nicht mehr an.» Dieser Herbricht. *Da hatte er was Wahres gesagt.*

Kaum zwei Kilometer von hier lagen Bobo und Chopper in ihrem Blut. Inzwischen waren ein paar Stunden vergangen.

Er war sich sicher, daß er Spuren hinterlassen hatte.

Die Kriminaltechniker würden die Projektile finden und eins und eins zusammenzählen: *9 Millimeter Para? Das hatten wir doch schon mal...*

Sie würden auf das Parkhaus kommen. Den Rest würde die forensische Chemie besorgen, die altbekannten chemisch-physikalischen Methoden der Beweisführung.

Komm schon.

«Komm schon, was?»

Du mußt die Leichen beseitigen. Ganz einfach.

«Warum, zum Teufel? Was habe ich damit zu tun?»

Das Nilpferd ist gegen einen Baum gefahren. Denk an die Lackspuren: gelber Karman Ghia. Der einzige, weit und breit. Dann die Reifenspuren auf dem Waldweg. Und siehe da, zwei Tote.

«Es war Notwehr.»

Was glaubst du, was deine eigene Zeugenaussage vor Gericht wert ist?

«Keine Ahnung. Was ist sie denn wert?»

Nichts.

«Aber es war Notwehr...»

Notwehr, ha. Und im Parkhaus? War das auch Notwehr? Du hast dieselbe Waffe benutzt. Die Bullen werden die Kugeln untersuchen und eins und eins zusammenzählen. Sie werden dir vier Morde anlasten. Du wirst für Schlagzeilen sorgen, aber du kommst nie wieder raus aus dem Bau.

«Ach was! Und wenn! – Ich werde einen auf Macke machen, das werde ich tun.»

Komm schon. Du mußt aufräumen.

«Und wie soll das vor sich gehen? Soll ich die beiden Schweine vielleicht in meinen Kofferraum packen und raus nach Buchschlag, auf die Müllkippe, bringen.»

Du mußt sie zerlegen. Ohne Kopf und Hände sind es nur zwei Torsos, die irgendwann einmal in der Nidda auftauchen.

«Ohne Kopf und Hände? Und wie stellst du dir das vor?»

Keine Antwort.

«Nichts anderes habe ich erwartet», brüllte Kuhl, als er aufsprang. «Immer 'ne große Schnauze und dann im entscheidenden Moment kneifen!»

Aber da überlegte er schon, wo die Säge und der Bolzenschneider waren. Es war kurz vor vier.

Mission Impossible: Nachdem er ein T-Shirt mit der Aufschrift «NO SHIT» und eine ausgeleierte Trainingshose angezogen hatte, ging er in den Keller, holte das Werkzeug und ein paar Müllsäcke.

Schön, das «Besteck» hast du. Vergiß die Wäscheleine nicht. Kannst du dir vorstellen, wieviel Blut in so einem Körper steckt und was passiert, wenn sich der Kopf erst einmal vom Rumpf gelöst hat? Den Hals mußt du kurz über dem Schlüsselbein abbinden. Dadurch wird die Blutzufuhr erheblich gedrosselt.

«Schon gut!» Kuhl hoffte, die Stimme in seinem Kopf würde endlich Ruhe geben. Nur ein paar Minuten Ruhe.

Nimm auch den Spaten mit, für alle Fälle. Du kannst nie wissen ... und Klebeband, auch damit lassen sich Blutungen stillen.

«Noch was?»

Eine Taschenlampe wäre nicht schlecht, oder?

«Komiker.»

Zwischen den Blocks hingen Nebelschwaden. Die alte Birke vor seinem Haus winkte ihm mit ihren Armen wie ein knorriges Gespenst.

Im Licht der Straßenlaterne, die zwischen den Hochspannungsleitungen im Wind schaukelte, verstaute er das Werkzeug in seinem Kofferraum. Trotz der Kälte war er bis auf die Knochen durchschwitzt.

Gott, ich werde mich zu Tode erkälten.

Die Furcht des Hypochonders, der die Umwelt nur als Gefahr für seine Gesundheit versteht, gewann für kurze Zeit die Überhand.

Kuhl hielt das für ein gutes Zeichen.

Er wollte schon den Kofferraum schließen, als sein Blick auf den Ersatzreifen fiel.

Ich weiß, woran du denkst. Es ist viel Arbeit, aber es erspart dir, die Leichen durch die Gegend zu karren ...

«Was denn noch?»

Nun stell dich nicht so an. Die Leichen liegen keine zehn Meter vom Weiher entfernt ... Du hängst jedem zehn Kilo Steinkohle an die Füße und setzt ihre Ärsche auf Grund, basta.

«10 Kilo?»

Müßte reichen, vorausgesetzt, daß du ihnen die Bäuche aufschneidest. Anders füllen sie sich wie Gasballons und kommen im Frühjahr an die Oberfläche.

Im Keller suchte er etwas Schweres, aber außer Leergut und einer Wanduhr aus der Zeit vor dem Zweiten Weltkrieg entdeckte er nichts.

Schön. Dann holst du dir Backsteine irgendwo vom Bau...

Kuhl nickte. Er kannte eine Baustelle an der Frankenallee.

In einer Ecke entdeckte er zwei Kartoffelsäcke und etwas Draht.

Er war kaum aus dem Haus, als er plötzlich Schritte hörte, genauer: das Klacken von hohen Hacken auf Pflasterstein.

Zwei lange Schatten zogen vor ihm an der Wand vorbei. Im Lichtkreis einer Straßenlaterne nahmen sie Gestalt an: Rosie und ihr Gentleman-Trucker. Sie liefen eng umschlungen, blieben immer wieder stehen und küßten sich. Kuhl rührte sich nicht; er lächelte und wartete, bis die Turteltauben im Hausgang verschwunden waren. Die Nacht war so still, daß er hören konnte, wie sich der Schlüssel im Schloß drehte.

Wenn ich es nicht sehen muß, tut es mir nicht weh, dachte er, als er später im Auto saß. Es hätte ja auch gutgehen können, Rosie.

Ohne Geld, ohne Verstand, ohne Vorsehung.

Aber das gibt es nicht mal im Film, Rosie.

Der Wagen rollte durch diffuses Zwielicht.

SZENE

Das Licht von Autoscheinwerfern bohrt sich in den Nebel. Die dunklen, verschwommenen Bilder werden von einem skurrilen Porno-Soundtrack persifliert: «In The Smoke» von CERONNE.
KUHL stellt den Motor ab und läßt den Wagen ausrollen, zieht die Handbremse an.
Es ist die klassische Szene, die man aus unzähligen amerikanischen B-Movies kennt: eine abgelegene Stelle, ein Auto, ein Mann mit einer Taschenlampe. Langsam geht er auf den Weiher zu.

Hohes Schilf. Rauhreifbedeckte Blätter, die eisig aufblitzen.

Der Lichtschein seiner Taschenlampe streicht über die dunstige Wasseroberfläche.

Der Lichtkegel gleitet jetzt über den Boden, erfaßt zwei Beine.

Es folgen Schnappschüsse der Toten, Großaufnahmen ihrer Verletzungen. Gehetzt dreht sich KUHL plötzlich um und rennt zum Auto. Er hält sich die Hand vor den Mund, würgt und schlägt dann wütend auf den Kofferraumdeckel.

Später sieht man, wie er sein Werkzeug neben den Körpern ausbreitet.

Gerade als die kitschig-unheimliche Wahwah-Gitarre einsetzt, schnürt er im Licht der Taschenlampe einen Hals ab.

Der Rest geschieht im Dunkel. Das Geräusch der Säge, das Schnappen des Bolzenschneiders.

Wenig später fallen zwei Hände in einen Müllsack. Daneben steht bereits eine Plastiktüte, in der sich ein Objekt von der Größe und Form eines Rugbyeis befindet.

KUHL leuchtet die Gegend nach Spuren ab. Trotz aller Sicherheitsvorkehrungen ist der Boden mit Blut bedeckt.

Er holt den Spaten aus dem Wagen, gräbt die Erde an diesen Stellen gewissenhaft um.

Dabei findet er auch den Revolver von BOBO.

Mit einem dürren Stock hebt er die Waffe auf und läßt sie mit einem entschuldigenden Grinsen in eine zweite Tüte fallen. Es macht einen hölzernen Ton.

KUHL: «Sorry, Bobo.»

In der nächsten Einstellung verknotet er die Füße einer Leiche mit Draht. Als er den Körper zur Seite dreht, hört man einen kläglichen Furz.

KUHL zu sich selbst: «So ein Dreck! Sogar tot bläht der noch vor sich hin!»

Er zieht ein Schweizer Armeemesser aus seiner Tasche.

Vorsichtig entblößt er einen haarigen Bauch.

KUHL: «Oberhalb der Blase reinstechen und dann bis zum Nabel hochziehen...»

Er schließt die Augen, als sich die Klinge in den Unterleib der Leiche bohrt.

KUHL schweißgebadet: «Shit! Der hat ja Bauchmuskeln aus Stahl...»

Irgendwann ist die Operation beendet, und die Körper landen im Wasser.

KUHL am Ufer. Vor ihm dümpeln zwei Rücken.
Mit einem langen Ast versucht er die Körper vom Ufer wegzudrücken, in tieferes Wasser, zunächst ohne Erfolg.
Unschlüssig watet er bis zum Knie in die schwarze Flut. Mit dem Ast schiebt er einen Körper weiter hinaus, wo er tieferes Wasser vermutet. Der Ast bohrt sich in die Achselhöhle einer Leiche.
Ganz plötzlich wird sie in die Tiefe gezogen.
KUHL wird starr vor Schreck, auch wenn es für das Phänomen eine natürliche Erklärung gibt: Der Boden des Sees fällt dort steil ab. Wie zur Prüfung seiner Theorie dirigiert er den anderen Körper an dieselbe Stelle. Wiederum vollzieht sich der unheimliche Effekt.
In einem Anflug von Panik wirft KUHL den Ast von sich und macht sich davon.
Wenig später hockt er am Ufer und leuchtet auf eine Stelle an der Wasseroberfläche, an der noch immer Luftblasen aufsteigen. Von den Leichen ist nichts mehr zu sehen.
Morgengrauen. Weiche, lange Blende:
KUHL befindet sich auf der Autobahn in Richtung Köln.
Er hat tiefe Augenringe, wirkt um Jahre gealtert.
Der Himmel ist grau, Regentropfen auf der Windschutzscheibe lassen darauf schließen, daß es vor kurzem geregnet hat.
Der Verkehr hält sich in Grenzen.
Lastwagen kommen ihm auf der Gegenfahrbahn entgegen. Einmal blendet einer auf.
Hinweisschilder fliegen vorbei, überblenden und vergegenwärtigen, daß er noch immer in Richtung Köln unterwegs ist.
Sein Kopf nickt müde im Takt der Radiomusik, die jetzt scheinbar langsamer wird, sich dehnt und zieht wie zäher Brei.
KUHL, irgendwo in einer Stadt:
Er steht vor einem fahrbaren Müllcontainer und wirft eine Mülltüte nach der anderen hinein.
Der Container schließt mit einem hohlen Geräusch, das nach Gruft klingt.
Schnitt. Irgendwo, an einer Raststätte. Gerade fährt ein LKW ab und gibt den Blick auf den Karman Ghia frei.

KUHL, vornübergebeugt am Steuer. Man könnte fast meinen, es hätte auch ihn erwischt, aber er schläft nur.

Der Morgen danach war garstig, naßkalt und hell. Es nieselte aus ganz kleinen Kanülen.
Kuhl saß im Hauptbahnhofs-Café, tunkte ein altes Croissant in eine schlechtgespülte Tasse und beobachtete, wie der Zug aus Karlsruhe auf dem Bahnsteig einlief.
Ein schöner Tag, um Abschied zu nehmen... Kuhl blinzelte vor sich hin. Die Ereignisse der letzten Nacht erschienen ihm wie eine Art Fühlkino, eine neue, taktile Dimension des Cinematografischen, wie ODORAMA und SENSOROUND. Allerdings hatte ihn der Film «Earthquake» mehr erschüttert, vor allem die Schlußszene, als Liz Taylor und Charlton Heston im Gully ersaufen. Letzte Nacht war anders gewesen als im Parkhaus: Damals hatte er mit der spielerischen Leichtigkeit eines Video-Chirurgen getötet und die Leichen auf seinem Monitor in elektronische Pixel aufgelöst. Das hatte sie *unecht* gemacht, so unecht, als hätten sie nie existiert.
Diesmal hatte er den Eindruck gehabt, sperrigen Müll mit Brachialgewalt zu beseitigen. Er hatte *Körper zerlegt, kleingemacht*, und das in fieberhafter Eile ... Zum Glück hatte er im Halbdunkel nicht alles sehen können.
Er setzte die Tasse ab und betrachtete seine Finger; er hatte Dreck unter den Nägeln und steckte die Hand in die Tasche.
Seine Hose war inzwischen getrocknet. Nur in seinen Stiefeln stand noch immer das Wasser.
Der Kaffee hatte ihn aufgewärmt, und wenig später schlurfte er zurück zu seinem Wagen.
Der feine Sprühregen verursachte ein Prickeln in seinem Körper, das während der Fahrt in Schüttelfrost umschlug.

Weißbildung über den Dächern, Blockschaltbild auf der Netzhaut ... Aus rot, grün und blau entsteht bekanntlich im richtigen Amplitudenverhältnis weiß ...

Er verschlief den Rest des Tages. Angezogen lag er auf seiner Matratze und versank in einen tiefen, traumlosen Schlaf.

Gegen Abend schlurfte er wie ein Schlafwandler ins Bad, steckte den Stöpsel in die Wanne, ließ Wasser einlaufen.

Mit geschlossenen Augen setzte er sich auf den gemauerten Rand der Wanne.

Er sehnte sich danach, im warmen, ruhigen Inneren irgendeiner Fruchtblase zu schwimmen und nie mehr rauskommen zu müssen.

Immerhin hatte er die Badewanne.

Kaum saß er im Wasser, hoffte er, das Telefon würde klingeln.

Rosie?

Rosie, Rosie, Rosie...

Trübsinnig lauschte er dem Tropfen des Wasserhahns, legte den Kopf in den Nacken und konstatierte mit stiller Verwunderung, wie sich Tränen, *echte* Tränen, lauwarm und dickflüssig, in seinen Augen sammelten.

Rosie, es ist was Schlimmes passiert, du, Rosie, das willst du nicht wissen...

Rosie, in einem Schließfach hab ich zweihundertfünfzigtausend... Was sagst du jetzt, Süße...

Rosie, ich werde mich absetzen... nach Timbuktu, wenn es sein muß. Wie wär's wenn du mitkommst? Nur wir zwei am Ende der Welt...

Rosie, von einer Viertelmillion kann man sich eine schöne Zeit machen... Rosie?

Er wäre nicht der erste gewesen, der einer Nutte gebeichtet hätte und dafür hinter Gittern gelandet wäre. Wie Erdöl in der Wüste, so schoß das Wasser plötzlich aus der Tiefe seiner Tränendrüsen.

Er wartete, bis sich ein Schleier über seine Augen legte, und dann – O dolorosa gioia – ließ er seinen Kopf nach vorne sinken und genoß, wie sich die feinen Rinnsale ihren Weg über sein glühendes Gesicht suchten.

Der neue Tag quälte sich ans Licht. Kuhl hing noch immer in der Sitzbadewanne und süffelte Wodka. Manchmal, wenn ihn der Schüttelfrost packte, ließ er warmes Wasser nachlaufen.

Das versetzte ihn wieder in seligen Schlaf.

Im Zustand der Auflösung, dachte er, als er wenig später eine poröse Stelle an der DC-Fix-Kachelwand entdeckte, die sich mit den Fingern ablösen ließ. Er glaubte, sich Sorgen machen zu müssen. Nicht einmal Plastik war für die Ewigkeit gemacht.

Der Tag, grau und lapprig wie ein Elefantenarsch, verschwand allmählich wieder in der Nacht.

Als Kuhl endlich bereit war, aufzustehen, Arme und Beine zu bewegen, war es schon wieder dunkel. Das Badewasser hatte sich empfindlich abgekühlt.

Der Kühlschrank war leer.

Unschlüssig kaute er an seinen aufgeweichten Fingerspitzen und spülte Nägel und Hornhaut mit einem Schluck Wodka runter.

Er fühlte sich wie ein Schwamm, löchrig, porig, durchlässig – kein schlechtes Gefühl.

Nachdem er sich gewaschen und gekämmt hatte, warf er einen Blick in den Spiegel: Verrückt, man konnte einem Menschen nicht ansehen, ob er einen, zehn, fünfzig, hundert oder zigtausende auf dem Gewissen hatte ...

Im Grunde ist es einfach, wenn man einmal damit angefangen hat. Am Schluß hat man Millionen auf dem Gewissen und lächelt noch immer in aller Unschuld. Moral ist was für Schafe.

Er versuchte, so wie Stalin zu lächeln; «Väterchen», Massenmörder, Hunderttausende hatte er hinmetzeln lassen und bis zum Schluß weiter gelächelt.

Und laut Aussagen seines Leibarztes *gut geschlafen! Ein gutes Gewissen!*

Er äffte den großen Vorsitzenden Mao nach; auch hinter diesem Lächeln schlummerten Leichenberge ...

Kuhl war beruhigt. Das, was er getan hatte, würde nicht weiter ins Gewicht fallen.

He, es war nur ein anderer Tag in der Welt der Toten.

Er hatte ein paar Leute ins Jenseits befördert, keine große Sache.

Während er noch hier saß und grübelte, gab es schon wieder irgendwo ein paar Tote ...

Hatte er einen Fehler gemacht?

Alle Spuren am Ort des Geschehens hatte er beseitigt.

Die Köpfe und Hände seiner Opfer würden in der Müllverbrennungsanlage landen; nur weiße Asche würde übrigbleiben.

Sicher, die Kripo würde weiter schnüffeln und eines Tages, mit viel Glück, die Kadaver aus dem See fischen.

An ihn würde niemand dabei denken.

Er konnte das Gras über der Sache wachsen hören.

In Unterhosen saß er vor dem Fernseher, süffelte die letzte V-8, hoffte, er würde endlich wieder zu sich kommen und das Koma abschütteln.

Obwohl er die Heizung voll aufgedreht hatte, fror er erbärmlich.

Sonne, dachte er.

Selbst wenn es niemand für möglich gehalten hatte, er wußte, er hatte es geschafft.

Er hatte das Drehbuch über den Haufen geworfen, irgendeinem geistig unzurechnungsfähigen Schöpfer einen Strich durch die Rechnung gemacht.

Er hatte das Geld – *Born to be alive!*

Es würde so sein wie im Film, nur eben wirklich.

Auf die Länge kam es nicht an. Er hatte noch nie Statisten beneidet, die 90 Minuten lang, irgendeinen Leuchter in der Hand, im Hintergrund standen.

Die Klasseszenen dauerten immer nur ein paar Minuten.

Und nur darauf, genau darauf, kam es an: Klasseszenen.

Er zog sein liebstes Hawaii-Hemd an.

An der Tür sah er sich noch einmal um; *wer nichts hat, braucht auch* nichts zu verbrennen. Trotzdem hätte er die Bude gerne abgefackelt. Aus dramaturgischen Gründen.

✖

Es wirkt auf Anhieb wie eine drittklassige Airline-Werbung aus den siebziger Jahren. Die Musik klingt nach Bebu Silvettis «Spring Rain», und zunächst sieht man eine Boing 707 in den Sonnenuntergang fliegen ... Gleißendes Licht bricht sich über dem Rand einer Tragfläche.

KUHL hinter einem Kabinenfenster, von außen aufgenommen.

Er wirkt ziemlich weggetreten, ein Zustand, der wahrscheinlich biochemische Ursachen hat.

Neben KUHL sitzen verstockte Touristen, mutmaßliche Pensionäre, die ebenfalls knallbunte Hawaii-Hemden vorführen. Aloha he, KUHL wirkt wie einer von ihnen. Die Stewardessen servieren «plastic-food» und Getränke.

Sie lächeln professionell, wenn sie angesprochen werden.

Kinder sorgen für Stimmung. Ein Krokodil, aufblasbares Wasserspielzeug, rudert durch die Luft ...

Das Anschnallzeichen leuchtet plötzlich auf.

Die Maschine befindet sich bereits im Landeanflug auf den Flughafen NASSAU International Airport.

Das Wetter ist so, wie es sein sollte; strahlende Sonne, wolkenloser Himmel. Die Landebahn liegt am Strand.

Eine Treppe wird an das Flugzeug gerollt. Auf wackligen Beinen, aber gut gelaunt, erscheint KUHL am Ausstieg.

Er macht es spannend und setzt seine Insektenbrille auf: WOW.

Die Stewardess schenkt ihm ein nachsichtiges Lächeln zum Abschied.

KUHL schultert seine alte WM-74-Sporttasche.

Langsam steigt er die Treppe hinab. Unvermittelt blickt er über den Rand seiner Brille direkt in die Kamera: «Na bitte, Verbrechen zahlt sich aus.»

Über dem Dach des Flughafengebäudes wedeln Palmen.

KUHL stoppt ein Taxi. Der Fahrer, ein schwarzer, baumlanger Kerl in einem Batikhemd, öffnet ihm zuvorkommend den Wagenschlag.

DER FAHRER läßt den Motor an: «Where we going, Mister?»
Lustig zwinkern seine Augen im Rückspiegel, an dessen Halterung eine Hühnerkralle baumelt...

Apollo ∞ 2000

«Wie das Meer,
So wird das All von einem Malstrome
Durchströmt...»   *Christian Dietrich Grabbe, Gothland*

I

Der Frost ließ nicht länger auf sich warten. Anfang Dezember lagen die Temperaturen das erste Mal unter dem Gefrierpunkt und dämpften das Frankfurter Nachtleben. Auf den Flachdächern der Blocks qualmten die Schornsteine. Kamerun blieb zu Hause, hockte vor dem Kasten, ließ sich vollaufen.

Wie ein abgekämpfter Organismus bereitete sich die Stadt auf den Winterschlaf vor.

Im Ali Baba's herrschte gähnende Leere, Ausdruckstänze wie der berüchtigte «Habanera» feierten ihr *comeback*.

Rio war wie weggetreten, starrte abendelang hypnotisiert in das Glitzern der Spiegelkugel.

Das Eishaus machte dicht. Tacco folgte den Zugvögeln nach Süden. Die letzte Rettungsleine im JOCK-Universum war damit gekappt.

Jeder ging wieder seiner eigenen Wege.

Eddie kreuzte noch gelegentlich auf, wechselte ein paar freundliche Worte mit Rio – das war es. Die Pleite mit den Jocks, die Schulden, die sie noch bei Senfkorn hatten – Eddie hatte alles auf wundersame Weise aus seinem Bewußtsein verdrängt: Dinge, an die man sich nicht mehr erinnern kann, hat es vielleicht niemals gegeben.

Eddie hatte die Zukunft gesehen, sie hieß *Rap*: «It's the black punk-thing», sagte er, wenn Ilona ihn fragte. Seine Disco-Klamotten hatte er gegen eine Lederjacke getauscht. Auch seine lyrischen Ergüsse gewannen an Prägnanz:

> «I'm GI-Joe, and I'm here to stay
> If you don't like it – that's okay.»

In Wahrheit hatte er seinen Abschied eingereicht, *bye-bye Germany, it's been nice*... Zweifellos, Ilona würde ihm fehlen. Sie fickte ihn in letzter Zeit mit einer Verbissenheit, daß es kaum zum Aushalten war. Vielleicht spürte sie auch längst, was er vorhatte, und glaubte, das Ding zwischen ihren Beinen sei das einzige Argument, ihn zu halten.

Kuhl war wie vom Erdboden verschluckt. Rio bemerkte es als erster.

Ein paarmal hatte er versucht, ihn anzurufen. Ohne Erfolg. Auch der Karman Ghia war verschwunden.

«Vielleicht hat er endlich 'ne Freundin in *seinem* Alter und bumst sich richtig aus.» Eddie schien das die plausibelste Erklärung.

Mit Verwunderung nahm Rio zur Kenntnis, wie wenig Sorgen er sich machte.

Sonny ließ sich wärmstens empfehlen. Über Nacht wurde er praktisch zum Arsch. Am Telefon ließ er den Erwachsenen raushängen. Er hatte jetzt andere Sorgen, Knatsch mit der XBC-Hypothek und keine Zeit mehr, sich um «Kinkerlitzchen» zu kümmern. Im übrigen verstand er die Aufregung nicht:

«Eddie hat recht. Kuhl hat 'ne Alte. Was soll es sonst sein?»

Rios Zweifel blieben.

Er hatte noch immer den Schlüssel zu Kuhls Wohnung.

Eines Nachts ging er dort vorbei.

Sie haben nicht eingebrochen, dachte er, als sich das Schloß ohne weiteres öffnen ließ.

«Kuhl?» Es roch nach Baldrian und alten Arzneimitteln.

Unschlüssig machte er Licht. Alles war wie immer: die versiffte Schaumstoffmatratze, die Kleiderstange mit den Hawaii-Hemden und die verschimmelten Zeitungsausschnitte an den Wänden, Bokassa, Idi & die Traumgirls. Kuhl hatte Centerfold Karin Wolfframs «Fick mich» auf die Brüste geschrieben.

In der Küche entdeckte er verschimmeltes Brot, aber das wollte nichts heißen. Wenig später stolperte er über ein sonderbares Indiz; der Kalender an der Wand zeigte noch immer den 12. Juli.

Skylab, dachte Rio. An diesem Tag hatte Kuhl das letzte Mal abgerissen. *Danach ist es passiert.*

Was? Ihre Geschichte. Was immer schiefgelaufen war, damals hatte es begonnen.

Aus den Ecken des Raums trat eine grauenvolle Dunkelheit und trübte seinen Blick. Er hatte Atemnot. Einem Anflug von Klaustrophobie nachgebend, öffnete er das Fenster.

Draußen lagen die Blöcke in eisiger Stille.

Er setzte sich vor den Kalender, und dann, wie um die Zeit einzuholen, riß er Blatt für Blatt ab.

Die Zukunft manifestiert sich in der Vergangenheit, die die Gegenwart ist...

Am Ende war der ganze Fußboden voll, und er machte den Fernseher an. Es war der 3. Dezember. In einem Fußballstadion in Cincinnatti, Bundesstaat Ohio, waren während eines Rockkonzerts elf Menschen zerquetscht worden. Achtzehntausend andere hatten, nach eigenen Aussagen, trotz allem eine schöne Zeit. Es war die Welt, in der er lebte.

Eine halbe Stunde wartete er noch, ob etwas geschehen würde.

Dann, nachdem er mit Bestimmtheit wußte, daß er umsonst gewartet hatte, schleppte er sich nach Hause.

Ungefähr zur gleichen Zeit rückte Buddha mit der Idee zu seiner «Space the Bass-Party» heraus, der neuesten Blähung seines Bewußtseins.

Seit Kuhl weg war, hatte Buddha ziemlich zugenommen.

Morgens um drei stand er unter der großen Spiegelkugel und hob triumphierend die Arme. «Fuck Studio 54! Fuck Reginés! Fuck the Hippodrome! Ali Baba's Starship schmeißt die Party des Jahrzehnts.»

Die Belegschaft hing hinter dem Tresen und war gezwungen, dem traurigen Schauspiel beizuwohnen.

«Es muß ja nicht die Welt kosten», rief Buddha. «Was meinst du, Rio? Diese Wand hier verkleiden wir mit Staniolfolie ... und die Reflektoren müssen direkt auf die Wand gerichtet werden.»

Rio nickte unbestimmt. Es erinnerte ihn an sein Zimmer zu Hause.

«Du brauchst eine Laser-Kanone», sagte Stompie.

«Klar, und die zieh ich dir dann vom Gehalt ab!»

Während Buddha auf der Tanzfläche rumgestikulierte und Katie die Bar aufräumte, packte Rio seine Platten zusammen.

Wie zufällig fiel sein Blick auf ein SUPERJOCK-Poster, das Kuhl damals an die Wand getackert hatte. Es hing noch immer da, wie eine Motte, die in einem toten Winkel des Raums überwinterte.

Nacido para vivir, dachte Rio. Er schlug ein V-Zeichen in alle vier Himmelsrichtungen und beschloß zu verschwinden.

Auf dem Heimweg machte er noch einen Abstecher ins Parkhaus.

Blechkovitz hielt die Stellung im Kabäuschen, aber auch er wußte nichts. «Tja, wenn er nicht bald wiederauftaucht, schmeißen sie ihn raus», sagte er. «Der Chef meint es gut mit ihm. Der Junge hat hier 'ne goldene Zukunft ...»

Zum ersten Mal hatte Rio den Verdacht, daß es Kuhl erwischt hatte.

Die Bilanz von Leben und Tod mußte in einer Massengesellschaft im Gleichgewicht bleiben. Einzelschicksale waren dabei nicht von Belang. Wo geboren wurde, wurde auch gestorben, auch die unnatürlichen Tode.

Gleich ein halbes Dutzend Leute fielen ihm ein, die als Mörder in Frage kamen. Im Grunde kannte er kaum jemanden, der mit Kuhl nicht noch eine Rechnung offen hatte.

Obwohl ihm Eddie, Stompie, überhaupt alle, davon abgeraten hatten, ging Rio zur Polizei.

Auf dem Siebten nahmen sie die Anzeige eher gelassen auf. «Der taucht schon wieder auf», meinte einer, der schreiben konnte und das Protokoll tippte. «Wenn Männer verschwunden sind, ist es meistens der Suff. Das renkt sich wieder ein. Bei Frauen ist das anders. Die gehen fremd. Das kann manchmal Monate dauern.»

Rio bedankte sich für die Lebensweisheiten, setzte noch eine Unterschrift unter den Wisch, und damit war der Fall erledigt.

Am nächsten Morgen erhielt er Post. Das Arbeitsamt war wieder hinter ihm her, hatte eine Lehrstelle für ihn bei BASF in Ludwigshafen *reserviert*: «Hier können Sie Ihre Ausbildung abschließen.»

«Kommt nicht in die Tüte», meinte Rio. Er hatte von Chemie die Schnauze voll. Sein Alter nannte ihn «*mascalzone*», drohte ihm mit Rausschmiß, seine Mutter heulte.

Den ganzen Tag mußte er sich das Gezanke anhören: «Vergogna, Parasito!»

Gegen Abend packte Rio einen Seesack mit Klamotten, nahm seine Plattenkiste und zog in Kuhls Wohnung. «Natürlich nur, solange er weg ist», sagte er zu Eddie.

Er wechselte das Bettzeug, räumte den alten Mist aus dem Kühlschrank.

Zwischen die verschimmelten Poster im Schlafzimmer hängte er noch ein Superjock-Plakat.

Er legte sich einen Vorrat an Cola, Eiswaffeln und Bananen zu.

Nachts schlief er bei offenem Fenster.

Die Wände waren hellhörig.

Wenn irgendwo im Treppenhaus ein Schlüsselbund klirrte, glaubte er, Kuhl stände vor der Tür.

Einmal glaubte er sogar, nachts Schritte zu hören.

Er sah nach, selbst unter dem Klodeckel – nichts.

II

Drei Dinge ereigneten sich, die scheinbar nichts miteinander zu tun hatten, aber sich im nachhinein wie ein Moebius-Band ausnahmen.

Erstens: In Eddies Einheit kursierten Gerüchte über einen möglichen Einsatz im Iran, um die besetzte US-Botschaft zu stürmen und die Geiseln noch *vor* Weihnachten rauszupauken. In einem Traum sah sich Eddie in einer staubigen Straße von Teheran krepieren, «ein einfacher GI, der seinen Job getan hatte». Jeden Tag konnte der Einsatzbefehl kommen. Vorsichtshalber hatte Eddie die alte Herzrhythmusgeschichte wieder aufleben lassen. Seit Montag war er krankgeschrieben.

Zweitens: Eiermann war wieder im «hardware»-Geschäft.

Und drittens: Rio bekam überraschend Besuch.

«Eiermann sucht schwere Waffen», sagte Eddie, als er unverhofft reinschneite.

«Laß ihn suchen», sagte Rio. Gleichgültig sortierte er seine Plattensammlung, die infolge seines Umzugs heillos durcheinander geraten war.

«Du verstehst nicht», sagte Eddie. «Es geht um eine Menge Moos. It's THE BIG DEAL!» Es klang zunächst wie eine neue Sprechblase im alten JOCK-Universum, aber Eiermanns Bestellung war in der Tat keine Kleinigkeit: Er war runter von seinem Uzi-Trip, wollte ganz gewöhnliche M-16s. Und ein paar Panzerfäuste. Eddie hatte ihm eine Express-Lieferung zugesagt. In einem vergammelten Depot im Vogelsberg waren zwei Kisten M-16s aufgetaucht. Der Verwalter hatte sie ihm praktisch aufgedrängt: «Raus, Eddie. Weg mit dem Zeug!»

Seit Mother Truckers mißglücktem Selbstmordversuch arbeitete Eddie auf eigene Rechnung. Nur Dexie wußte Bescheid. Der Rest des Gunclubs war außen vor. Eddie glaubte, Rosen spioniere ihm nach, aber sicher war er sich nicht.

«Ich brauche deine Hilfe, Rio», sagte er endlich.

«Warum?»

«Ich muß die Ware für ein paar Tage zwischenlagern...»

«So? Was für Ware? Wovon sprichst du überhaupt?»

«Well...» Trotz aller Freundschaft, Kuhls Schattenrolle in Eddies Hardware-Business war nie zu Rio durchgedrungen.

«Also, sieh mal, Kuhl und ich hatten da eine Absprache... Ich meine, eine Hand wäscht die andere, weißt du, ich hab ihm ja auch Munition gegeben und so...»

Rio ging plötzlich ein Licht auf. «Du meinst, das Zwischenlager ist hier?»

«Im Keller.» Eddie grinste verlegen.

«Shit.» Rio fragte sich plötzlich, ob das noch der Eddie war, den er kannte. «Warum hat mir das niemand erzählt?»

«Come on», sagte Eddie, «du kannst mir doch nicht erzählen, daß du gar nichts gewußt hast?» Insgeheim imponierte ihm Kuhls Verschwiegenheit.

«Warum wartest du nicht, bis Kuhl wieder aufkreuzt?» fragte Rio.

«Oh, Mann.» Eddie seufzte. «Und wenn er nun nicht mehr aufkreuzt?»

«Willst du damit sagen, daß er... tot ist?» Rio starrte ihn unverwandt an.

«Ich will gar nichts sagen», sagte Eddie. «Alles, was ich weiß, ist, daß er seit Wochen wie vom Erdboden verschluckt ist.»

«Und?»

«Na ja, ich kann nicht ewig warten... bis sich der gnädige Herr wieder bequemt, unter uns Sterblichen zu weilen.»

Es klang ziemlich abgeschmackt.

«Mal ehrlich, Eddie. Glaubst du, daß Kuhl, wie soll ich sagen, daß Kuhl...»

Eddie schaffte es noch rechtzeitig abzuwinken.

«Unkraut vergeht nicht, okay? Warum bist du hier überhaupt eingezogen?»

«Irgend jemand muß sich doch um den Fall kümmern!»

«Kümmer dich mal um meinen Fall», sagte Eddie. Das Jahresende und der drohende Iran-Einsatz machten ihn langsam gallig. «Okay. Willst du meine Meinung hören? Meine ehrliche Meinung? Wer hatte mit Kuhl kein Hühnchen zu rupfen? Also schließt du mir jetzt den Keller auf, oder muß ich erst nachhelfen?»

Natürlich mußte er das nicht. Sie waren buddies, good-ol fucking buddy-boys – yea', well –, was blieb Rio da anderes übrig?

Noch am selben Abend kreuzten Eddie und Dexie auf und trugen zwei verdächtige Kisten in den Keller.

«Junge, Junge», meinte Rio, «das sieht mir schwer nach einem Alleingang aus!»

«Mir soll's recht sein.» Eddie wischte sich den Schweiß von der Stirn. «Soll er die Muftis doch auf den Mond blasen!»

Rio schloß die Tür hinter sich ab. Irgendwie fühlte er sich bereits wie ein Nachlaßverwalter.

Am nächsten Morgen, kurz vor halb fünf, riß ihn ein Anruf aus dem Schlaf.

«Frechheit», murmelte Rio schlaftrunken.

«Ich weiß», sagte Fußmann. «Darf ich dir von meinem neuesten Geniestreich berichten – bitte?»

«Wenn's sein muß.» Rio blinzelte in die Dunkelheit.

«Hör zu. Wir werden den *Gestalt-Parameter*» – Fußmann hatte endlich ein Wort gefunden, den Namen zu umgehen – «nie finden, wenn wir uns auf Einzelergebnisse beschränken. Okay?»

«Wir? Ich bin *draußen*, Mann.»

Fußmann schluckte. «Es geht um einen Massenversuch...»

«Massenversuch?»

«Die empirische Wissenschaft gründet sich auf Massenversuche», stelzte es aus dem Hörer, «Induktionen, Verallgemeinerungen des Besonderen...»

«Fußmann, bleib auf dem Teppich!» Rio konnte es nicht länger mit anhören. «Ich hatte Glück, Mann! Das Ding, nenn es, wie du willst, ist nicht ganz ungefährlich ... Menschen krepieren an Psychoterror, verstehst du? Noch hast du niemanden auf dem Gewissen.»

«So ist es», sagte Fußmann, ziemlich kleinlaut. *Was wußte Rio schon von dem Testpiloten, der sich aus dem Fenster gestürzt hatte? Und dem Kollegen in Eichberg ...*

«Tja», sagte er wieder, «die Wissenschaft kennt kein moralisches Maß. Es macht keinen Sinn, einen Wissenschaftler zu fragen, ob seine Droge, sein Skalpell oder seine Atomenergie gut oder schlecht ist für die Menschheit.»

Fußmann hatte Wernher von Braun gelesen und glaubte, alles rechtfertigen zu können. «Ich muß weitermachen ...»

«Fußmann!» Rio war hundemüde, aber wollte es auf alle Fälle gesagt haben.

«Ja?»

«Keine Massenversuche.»

Fußmann seufzte. «Ist das dein letztes Wort?»

«Das letzte.» Der Hörer fiel Rio aus der Hand; er war eingeschlafen.

So um den zweiten Advent sah man Rio über die Zeil wandeln. Schneematsch schmatzte unter seinen Füßen.

Zu seinen Moonboots trug er die alte SUPERJOCK-Jacke. Zum ersten Mal fiel er damit niemandem auf.

Der vorweihnachtliche Kaufrausch hatte eingesetzt. Wenn Kuhl tot war, und Rio glaubte es fast, hatte er es unter Umständen gar nicht so schlecht.

Zufällig begegnete Rio Sonny und Ilse, die offenbar einen Großeinkauf hinter sich hatten. Sonny trug jetzt einen Oberlippenbart und die Haare sauber gescheitelt. Unter seiner Lederjacke erkannte man einen Trainingsanzug.

«Gude», meinte Sonny trocken. Seine Augen wanderten unruhig hin und her.

«Was macht der Weihnachtsmann?» fragte Rio in Anspielung auf Sonnys frühere Saisonarbeit.

Sonny schnappte gleich nach dem Köder. «Senfkorn hatte doch die Frechheit, im XBC anzurufen! Ob ich die Weihnachtsfeier der IG-Metall schmeißen könne ... So ein Trottel!»

«Dem hab ich die Leviten gelesen», sagte Ilse. «Sonny hat jetzt Besseres zu tun ...»

Und ob, dachte Rio. Er konnte sie beide vor sich sehen: Geschäftsfrau & Geschäftsmann, geil und verbissen ineinander verkeilt.

«Du wirst das Kind schon schaukeln.» Er klopfte Sonny auf die Schulter.

«Klar», meinte Sonny. Ein Lächeln huschte über sein Gesicht. «Und selber?»

Rio erzählte von der «Space-the-Bass»-Party. «Ich kann euch Karten besorgen», sagte er.

«Hey, wow! Mal sehen», sagte Sonny. «Vielen Dank, Alter.» Er fletschte ein *winner smile*, das letzte, was von seiner Jock-Herrlichkeit übriggeblieben war.

«Nichts zu danken», sagte Rio.

Er sah ihnen noch nach, wie sie in der Menge verschwanden. Erst jetzt fiel ihm auf, daß sie alle Einkäufe schleppte.

Ein Mann und *sein Pferd*, dachte er.

Rio suchte eine Haltestelle und fand sie vor einem kleinen Reisebüro. Ein Plakat im Schaufenster zog ihn magisch an: «BESICHTIGEN SIE DAS RAUMFAHRTMUSEUM IN KAP CANAVERAL! SONDERPREIS 1790,- DM.»

Kap Canaveral, dachte er, 28° 28′ nördlicher Breite, 80°33′ westlicher Länge.

Er kannte die Längen- und Breitengrade auswendig.

Als die Straßenbahn kam, wußte er plötzlich, daß er hier nichts mehr verloren hatte ... Was immer er auf diesem Planeten gesucht hatte, er würde es nicht finden. Es war sinnlos. Er konnte mitmachen oder es sein lassen, er konnte einsteigen, aussteigen oder verschwinden wie Kuhl oder – keine unangenehme Vorstellung – ein Leben lang Straßenbahn fahren.

III

«Da will dich jemand sprechen.» Ilona machte ein ernstes Gesicht.
«So?» Eddie, Rasierschaum im Gesicht, schnappte sich den Hörer, den sie ihm hinhielt.
«Yea'?»
«Hast du die ... Kracher?» Es war Eiermann.
«Hab ich dir nicht gesagt, du sollst hier nicht anrufen?»
«Haben wir eine Vereinbarung oder was?» In der Leitung brutzelte es wie Schinkenspeck in der Pfanne.
Eddie sah aus den Augenwinkeln, daß Ilona ihn argwöhnisch beobachtete.
«Alles cool, man», sagte Eddie. «Ich hab das Tischfeuerwerk für behinderte Kinder.» Er sagte es so laut und deutlich, daß den Jungs von der CID die Ohren abfallen mußten. «Können wir uns irgendwo in der Stadt treffen?»
«Warum nicht», meinte Eiermann.
«Kennst du den Spielsalon am Eschenheimer Turm? Sagen wir halb vier.»
«Okay.»
«He ... wie wär's mit 'ner kleinen Anzahlung?» Das Freizeichen schnitt ihm das Wort ab.
«Eddie Logwood! Zum letzten Mal, was sind das für Geschäfte?» Ilona-Baby kam ihm ins Bad nachgelaufen.
«Was für Geschäfte», murrte Eddie. Gleichmütig kratzte er sich den Schaum vom Gesicht.
Im Spiegel sah er, wie sie wieder abrauschte. «Wenn sie dich schnappen, glaub nicht, daß ich dich im Knast besuchen werde!»

Eddie spielte den Gelassenen. «Keine Ahnung, was du meinst», rief er ihr nach, aber da hatte er sich schon in die Lippe geschnitten.

Sonny wurde noch einmal rückfällig. Nicht, daß er *vorgehabt* hatte, Ilse zu betrügen, aber Dörthe rief eines Tages an.
«Ich würde dich gerne noch einmal sehen», sagte sie. Vor Wochen schon hatte sie ihre Wohnung gekündigt und die Möbel und Pflanzen von Schwester Cherrie verkauft. Jetzt hockte sie zwischen zwei Koffern auf dem Boden eines leeren Zimmers zwischen den oxidierten Ringen von Blumentöpfen.
«Ich werde nicht mehr zurückkommen», sagte sie.
«Dörthe...» Sonny fiel es schwer zu sprechen. Ilse konnte jeden Moment reinkommen. «Können wir uns sehen?»
Sie seufzte. Sie wußte, was er wollte. Sie wollte es auch.

FM, der legendäre «funny-money-artist», hatte eine lange Nacht hinter sich, und als er wieder zu sich kam, lag er auf der Couch in seinem Wohnzimmer, und über ihm flatterten nichts als Hunderter, wunderschöne blaue Scheine auf einer Wäscheleine, die sich sanft im Luftzug des Ventilators bewegten. Natürlich waren es Blüten. FM trug noch immer den grauen, farbverschmierten Overall aus der Druckerei-Werkstatt, wo er Heiligabend verbracht hatte.
Ein Blick auf die Uhr sagte ihm, daß er spät dran war.
Reifeprüfung, dachte er und rappelte sich auf.
Er öffnete den alten Toplader in seinem Bad und stopfte die ersten Scheine in die Trommel. Das Ding würde die Rolle einer Zeitmaschine spielen. Auf die Blüten warf er eine Menge alter Schlüssel, rostige Schrauben, Reißverschlüsse und ein abgewetztes Fensterleder.
Die neuen Scheinchen machten einen zu frischen Eindruck, die Begegnungen mit dem Leder und Metall würden das Geld in Stunden altern lassen.

Altes Geld sah glaubwürdiger aus.

Er pflanzte sich auf den Klodeckel neben die Maschine und ließ die Fuhre etwa zwei Stunden lang Karussell fahren.

Gegen halb fünf klingelte das Telefon.

«Hallo?»

«Hier spricht Eiermann ... Alles klar?»

FM war erfreut, seine Stimme zu hören. *Der Kunde.*

«Kein Problem.»

Der Perser kicherte. «Okay. Treffen wir uns in einer Stunde, wie abgemacht.»

«Wie abgemacht», sagte FM.

Sorgsam begutachtete er die ersten zentrifugierten Scheine. Das Papier fühlte sich weicher an, genau richtig.

Harry, good ol' sentimental Harry, war wieder in der Stadt.

Es war zwölf Uhr mittags, als er, zivil, braungebrannt und adrett gekleidet, das zweite Mal in einen Hundehaufen trat, den ein Bernhardiner oder ein noch größerer vierbeiniger Freund des Menschen mitten auf einen Kanaldeckel gepflanzt hatte. Es war ein widerwärtiges Geräusch. Vielleicht war es ein drohendes Vorzeichen: zweimal Kacke an einem Tag. Ein kluger chinesischer Geschäftsmann hätte augenblicklich das Weite gesucht. Aber nach westlichen Vorstellungen brachte Scheiße Glück, und Harry wollte ohnehin keine Geschäfte machen.

Er hatte vor, einen Schlußstrich zu ziehen ... Der Doppelbeschluß der NATO vom 12. Dezember bedeutete, daß innerhalb von fünf Jahren 108 Pershings und 96 Cruise Missiles zu stationieren waren. Harry freute sich auf die Arbeit.

Der Urlaub hatte ihm gutgetan. Er hatte Zeit gehabt nachzudenken. Wie eine Batterie hatte er sich aufgeladen – mit Haß. Da er kein Zuhause mehr hatte, logierte er in einer Pension. Er hatte sich unter falschem Namen eingetragen: *Justin Cognito*. Erstaunlich, noch immer hatte er Sinn für Humor.

Justin Cognito war also in der Stadt, ein Cowboy auf Abwegen. Während er so über die Kaiserstraße schlenderte, die drittklassig dekorierten Schaufenster betrachtete und die ewig verhärmten Gesichter der Passanten, erschien es ihm plötzlich absurd, daß er *eine von ihnen* geheiratet hatte. Sein Vater hatte ihn noch gewarnt: «She's some saddle-tramp, boy...»

Sie hatte ihn reingelegt, ausgenommen wie eine Weihnachtsgans. Hatte er sie nicht aus der Gosse gezogen? Auf Händen getragen? Und das war jetzt der Dank.

Awright, bitch! Sie wollte die Scheidung, das war ihr gutes Recht – aber er konnte es ihr verdammt schwermachen, zu ihrem Recht zu kommen. Er dachte nicht daran, vor einem *Kraut*-Gericht zu erscheinen und sich von einem ausgefuchsten Anwalt in die Pfanne hauen zu lassen. *Alimente*, dieses Alptraumwort, das er in einem Fremdwörter-Lexikon nachgeschlagen hatte, würde es in ihrem Fall nicht geben. Einen Dreck würde er zahlen. Und seinen Sohn würde er aus ihrem Hurennest rausholen, ganz gleich, ob irgendein Volksgerichtshof ihr das Sorgerecht zusprechen würde.

Vorher aber würde er ihr eine allerletzte Chance geben. Man kann über alles sprechen. Okay. Kleine Mißverständnisse lassen sich ausräumen. Okay. Ein Kompromiß. Okay. Ein kleiner schmieriger Kompromiß...

Genausogut kannst du aber dem Flittchen eine Kugel in den Kopf jagen, oder? Ex und Hopp und keine Scherereien...

No sweat, Cowboy.

In einem Straßencafé vor der alten Oper genehmigte er sich ein Glas Wasser: «Dem Wahren, Schönen, Guten» stand über dem verrußten Säulenportal.

Krauts, dachte Harry. Um sich abzulenken, las er in seinem Feldhandbuch FM 101-31 über die Einsatzdoktrin taktischer Atomwaffen und wünschte, irgend jemand würde endlich irgendwo auf den Knopf drücken.

Der Orgasmus ist eine Wunde, die man sich immer wieder aufkratzt. Eine Wunde, die nicht verheilen kann, weil in ihr die Lymphe eines Blutsaugers sitzt, eine Wunde, die juckt und schwitzt, und je mehr man daran kratzt, um so mehr juckt sie.

Solche und ähnliche Gedanken gärten in Sonnys Hirn, als er bei Yonina war.

Es war die Nacht vor ihrer Reise nach Poona, und sie zeigte ihm den Haufen Geschenke, den ihr die Kunden gemacht hatten.

«Sie lieben dich», sagte Sonny.

«Ich weiß», sagte sie und dann: «Traue niemandem, der dich nicht liebt, und bewahre dein Innerstes.»

Als er sich umdrehte, hatte sie sich schon ausgezogen.

«Vielleicht hat Gott dich vergessen, aber ich nicht», sagte sie, als könne sie seine Gedanken lesen.

Sie beteten zusammen und streichelten sich.

Tantra-Petting, dachte Sonny. Mit viel Geschick holte er noch einen Cunnilingus raus.

Sie versprach, ihm zu schreiben.

«Indien ist wunderschön», sagte sie.

«Du bist wunderschön...», schnulzte Sonny. In diesem Moment sah er sie an einem Strand laufen... unter Palmen... Sie würde beten, träumen, im Ganges baden... und vielleicht in einem Käfig in Bombays Redlight-District landen, von einem Dorfluden gebrandmarkt und süchtig, eine 50 Rupi-Hure, die braune Schwänze langsam und qualvoll zerstoßen würden... Aber so war das Leben, voller Überraschungen und Risiken.

«Ach Sonny», sagte sie, «es wird schon nichts passieren.»

«Ja, was soll auch passieren? Eines Tages...», er schluckte.

«... werde ich dich in die Ewigkeit reiten», vollendete sie den Satz und ging duschen. Sonny kam es vor, als hätte es diesmal tiefere Bedeutung.

Später bekam er mit, wie sie im Nebenzimmer telefonierte. In der leeren Wohnung konnte er hören, wie sie immer wieder «tut mir leid, ich habe alles versucht» flüsterte.

Er lag noch auf dem Bett und überlegte sich, was für ein Kunde das war ... Der alte Bock vielleicht, der damals die Treppen zum Paradies umsonst gestiegen war.

Natürlich erkundigte er sich.

«Karls Großmutter», sagte sie sanft und legte sich wieder neben ihn.

Sonny hörte zum ersten Mal, daß Fußmann eine Großmutter hatte.

«Ist sie menschlich, hä?» Er konnte an ihren Augen sehen, daß sein Kalauer nicht gut angekommen war.

«Na, was denn? Spricht Fußmänneken nicht mehr mit dir?»

Sie schüttelte den Kopf.

«Er hat nie mit mir gesprochen.» Sie meinte als Yogini.

«Seiner Großmutter habe ich Lebwohl gesagt.»

Sonny hatte sich schon gedacht, daß sie sich nicht zum Kaffeekränzchen verabredet hatten.

«Kanntest du Karls Großmutter?» Es klang ahnungslos, wie sie das sagte. Sonny schluckte.

«Du, Dörthe, ich meine, Yonina ...» – vielleicht war es wirklich ein Zeichen, daß er sich innerlich gewandelt hatte – «ich wollte dir das schon lange mal sagen, ich war nie richtig mit dem alten Fußmänn befreundet, schon gar nicht sein bester Freund. Fußmänn war mir, wie soll ich sagen, völlig ...»

«Fremd», fiel sie ihm ins Wort.

Eigentlich hatte er «egal» sagen wollen, aber na schön.

«Völlig fremd», bekräftigte er ihre Vermutung.

«Ich weiß», sagte sie, «seit langem.»

Sonny fühlte sich in seiner Ehre als Lügenweltmeister gekränkt.

«Na, sieh einer an!»

Sie nickte. «Sonst hätte ich nicht mit dir geschlafen.»

Daß ausgerechnet sie, die Hohepriesterin des öffentlichen Eros, bei ihm eine Ausnahme gemacht hätte, kam Sonny höchst unwahrscheinlich vor.

Aber Schweinchen Schlau hielt den Mund und saugte statt dessen an ihren Brustwarzen.

«Mein Flieger geht um halb acht», sagte sie plötzlich, «wir müssen früh raus.»

Um so früher muß ich rein, dachte Sonny.

Es ging auch ohne Tränen und ohne Geschrei. Selbst die «große Freude» hielt sich in Grenzen.

IV

Fußmann, mit den letzten Verschlimmbesserungen der PSYKLON®-Formel beschäftigt, erfuhr es wieder als letzter.

Früh am Morgen schreckte ihn lautes Geschrei aus einem tiefen, traumlosen Schlaf.

Omamutter, dachte er.

Schon auf der Kellertreppe konnte er hören, daß sie wie wild in der Küche hantierte.

Oh, oh ... Fußmann – unrasiert, aufgeschwemmtes Gesicht, Hemd aus der Hose – blieb in der Küchentür stehen. Er hatte eine ziemlich exakte Vorstellung davon, wie beschissen er aussah.

«Ungewaschen und gekämmt, kimmt er an de' Disch gerennt...»

Solange sie noch dichtet, ist alles in Ordnung, dachte Fußmann.

«Verwahrlostes Subjekt und Lügenbold – und das ist mein Enkel!» Den Wasserkessel paßte sie ab, bevor der abpfeifen konnte.

«Äh, guten Morgen», sagte Fußmann.

Sie knallte den Kessel mit einer infernalischen Wucht auf die Herdplatte. Ein paar Wassertropfen verzichteten. Fußmann, noch im Tran, mußte unwillkürlich an das Drama der Aggregatzustände denken; die Seelenwanderung der Wassertropfen, die Angst, vom flüssigen in den gasförmigen Zustand überzugehen...

«Warum hast du mir nichts gesagt», fuhr sie in seinen Gedankengang.

Fußmann, der zwei Wochen in seinem Kellerlabor gehaust hatte, rechnete mit dem Schlimmsten – Hausdurchsuchung, die Schnüffler vom RD, Feldjäger, Bundeswehr, das Verkehrsamt. *Irgendwas finden die immer, wenn sie wollen...*

«Was, um Gottes willen?»

«Daß die Verlobung geplatzt ist!» Sie sagte es genau so, wie er es nie hatte hören wollen: abfällig, verächtlich...

«Ist das so?» Fußmann wußte, daß jede Nebelbombe Aufschub bedeutete.

«Als ob du das nicht wüßtest! Ich sollte dich auf der Stelle enterben!»

Dabei schmierte sie ihm zwei Toasts mit Marmelade. Ohne Butter.

«Pour moi?»

«Und verfressen bist du auch noch!»

Vor der Fütterung fixierte sie ihn lange und eindringlich.

«Sie wäre die Richtige gewesen, weißt du das?»

Schuldbewußt schenkte er sich Kaffee ein.

Sie schob ihm den Teller mit den Broten zu, wie man einen räudigen Hund füttert.

«Sie ist nach Indien», sagte sie dann.

«Was?» fragte Fußmann – «WAS?»

«Ah, der Herr wird hellhörig, jetzt, wo es zu spät ist...»

Natürlich hatte er es kommen sehen. *Aber da ist noch etwas anderes, ein eigenartiges Gefühl, wie warmer Magenschleim... Griesbrei... rote Grütze unter dem Zwerchfell... Es ist das erste Mal, daß er es spürt...*

Liebe? Er? Fußmann?

Vielleicht wollte er es sich nicht eingestehen. *Titel: Fußmann in love. Untertitel: Wenn die Logik schweigt.*

«Wieviel Uhr haben wir?» fragte Fußmann.

«Kurz vor sieben. Ihr Flugzeug geht um halb acht. Jetzt ist es zu spät.»

Ich muß sie aufhalten, dachte er und rannte los.

Trotz eines Schwertransporters hinter Neu-Isenburg und widriger Straßenverhältnisse schaffte er es in Rekordzeit zum Flughafen.

Den Wagen parkte er an einem Taxi-Stand, machte den Warnblinker an und sauste durch die automatische Tür der Abflughalle.

Fußmann, Marathonmann: Die Zeit wand sich wie ein organisches Moebius-Band vor seinem geistigen Auge: Fußmann sah zwei parallel laufende Vektoren (Er & Sie), die durch ein zeitliches Intervall (Δ t) getrennt waren. Je schneller er lief, um so kleiner wurde Δ, schrumpfte asymptotisch gegen ∞.

In der Haupthalle baumelten alte Doppeldecker unter der Decke, irgendeine Luftfahrtausstellung, Fußmann sah den roten Baron, tauchte wie im Sturzflug darunter hinweg.

Ein Blick auf die elektronische Schalttafel bescherte ihm eine Galgenfrist: Ihr Flug hatte 35 Minuten Verspätung.

Wie ein ferngelenkter Marschflugkörper steuerte er durch die Abflughalle.

Sein Gesicht glühte.

International Departures, weit und breit niemand zu sehen ...

Leere Schalensitze, Plexiglas-Displays, tote Dinge, die hinter Glas brüteten und ihn ablenken sollten. GATE 17 – 19 – 27 ... Er hatte die Nummer vergessen ...

Fußmann wollte schon aufgeben, als er sie sah: Dörthe.

Sie trug hohe Pumps und eine Art Safari-Kostüm. Rechts schleppte sie einen gigantischen Schalenkoffer. Ihre Tonsur hatte sie unter einem niedlichen Strohhut versteckt.

Der Zwerg in ihrem Schlepptau spielte den Gepäckträger; das, was sie ihm aufgehalst hatte, wäre selbst für ein Maultier reichlich gewesen.

«Guten Morgen. Ich störe doch nicht ...»

Sie warf einen flüchtigen Blick über die Schulter. Für einen Moment konnte er ihre schreckgeweiteten Augen sehen.

«He, es ist Fußmänneken!» Sonny war entgeistert.

Wenigstens der Page hat mich bemerkt, dachte Fußmann.

«Nun, es ist ein wunderschöner Sonntagmorgen», rief er, «ein bißchen früh für meinen Geschmack, aber sonst ist es ganz nett. Flugzeuge kommen und gehen. – Rhein-Main-Überschall. Das alles ist mir klar. Ich habe nur eine Frage: Was machst du hier?»

Sie ging schneller, aber Fußmann ließ sich nicht abschütteln.

«Dörthe, ich rede mit dir!» rief er.

«Sie heißt jetzt Yonina.» Sonny meinte es nur gut.

Fußmann würdigte ihn keines Blickes.

«Dörthe, ich höre!» Noch hielt er gebührenden Abstand.

«Siehst du nicht, daß ich verreise?» sagte sie endlich.

«Wohin? Wie lange?»

Abrupt blieb sie stehen. «Für immer», hauchte sie.

Sonny, empfindlich für Pathos, schluchzte. «Da hörst du's...»

Langsam drehte sie sich um.

Ein Königreich für eine Kamera, dachte Fußmann. Erst jetzt konnte er sehen, daß sie feuchte Augen hatte.

«Warum weiß ich nichts davon?» fragte er so li-la-lu...

Sie zuckte die Achseln.

«Du kümmerst dich vielleicht zu sehr um andere ... Dinge.»

Taktvoll, wie sie den Sachverhalt umschrieb, daß er sich nicht mehr bei ihr gemeldet hatte.

«Oh, nicht *die* Nummer.» Fußmann schlug die Hände über dem Kopf zusammen. «Wir sind doch erwachsene Menschen! He, wo ist denn meine gute Kinderstube geblieben? Darf ich dir den Koffer abnehmen?»

«Komm schon, Fußmänn...» Sonny mischte sich ungefragt ein. «Laß sie endlich zufrieden.»

«Zufrieden?» Fußmann versuchte, höflich zu bleiben. «Nanosomischer Doppelsteiß.»

«Was?» Sonny ahnte, daß eine ungeheure Beleidigung vorlag. Er ließ sich ja viel bieten, aber das ging zu weit. War es vielleicht seine Schuld, daß Dörthe ihn angemacht hatte? War es seine Schuld, daß sie verrückt war nach seinem 25 Zentimeter-Enterhaken und den ausgefallenen Stellungen, die er draufhatte?

«Glaub nicht, daß du irgendwelche Ansprüche hast, Gnom. Stimmt's, Liebling?»

Sie gab Fußmann eine Ohrfeige, daß seine Brille vom Kopf flog.

«Ja, du hast recht ... ich glaube, das habe ich verdient ...», rief er ihr nach. Es klang gefühllos und unecht, wie vom Band.

«Verdufte.» Sonny lächelte gequält und setzte ihr nach.

Wir werden schon sehen, wer hier duftet, dachte Fußmann.

Absperrungen, Geläufe zur Paßkontrolle – *bye, bye, Federgeistchen.*

In der Ferne konnte er das Tor sehen, durch das sie verschwinden würde. Sie legte jetzt enorm Tempo vor, trampelte über ein Förderband, das ihre Schritte noch beschleunigte.

«Also gibst du mir jetzt den Koffer?» Fußmann hatte sie überholt und lief rückwärts vor ihr her. «Dörthe, verdammt, ich rede mit dir!»

«Nur über meine Leiche!» Aber einen Moment war sie unaufmerksam, strauchelte und hatte nur noch die Wahl, zu fallen oder sich von ihrem Koffer zu trennen.

«Tschuldigung.» Fußmann schnappte sich den Koffer.

«Jetzt reicht's!» Sonny sprang Fußmann an den Kragen. Es kam zu einem Gerangel.

«Pfeif deinen Terrier zurück!» tobte Fußmann. Das Laufband schien unter der menschlichen Tragödie zu vibrieren.

«Laß sie endlich zufrieden, du Kloputz-Chemiker!» brüllte Sonny. «Sie heult nur wegen dir!»

«Schluß! Aus!» Dörthe hielt es nicht mehr aus und riß die beiden auseinander. «Sonny, denk an dein Karma ... Schluß jetzt!»

«Noch einmal, und du bist fällig», knurrte Sonny, aber er ließ ab.

Werden wir ja sehen, dachte Fußmann, grinste verwegen. *Das hatte bestens geklappt. Sie nahm immer die Schwachen in Schutz.*

«Karl, hast du den Verstand verloren? Du benimmst dich ja wie ein Straßenjunge ...»

«Ich will doch nur wissen, was los ist», sagte er so trotzig und hilflos, wie er konnte.

Sie vermied es, ihm in die Augen zu sehen.

«Mann, du bist Geschichte, das ist», sagte Sonny.

«Das will ich von ihr hören», erwiderte Fußmann, «das soll sie mir schon selbst sagen!»

«Verpiß dich.»

«Du drohst mir noch immer?» Fußmann lächelte freundlich. «Zwerg Nase, darf ich dich mal was fragen?»

«Nur zu», zischte Sonny.

«Gibt es in unserem Universum eine Rückkopplung, und wenn ja, was glaubst du, kann ein Mensch damit anfangen?»

Sonny legte eine Art Schweigeminute ein. Er hielt es für eine sexualwissenschaftliche Anzüglichkeit. In seiner Not versuchte er, Fußmann den Schalenkoffer zu entreißen.

«Das war ein großer Fehler», sagte Fußmann. Ohne Vorwarnung holte er plötzlich aus und verpaßte Sonny einen Schwinger. Schockwellen pflanzten sich von Sonnys Kinnspitze in die Schädelbasis und von dort aus in die vorderen Schneidezähne.

Noch bevor Sonny wußte, wie ihm geschah, folgte eine klassische Schlagkombination auf Milz, Leber und Solarplexus. Automatisch, und ohne daß er es sich erklären konnte, hatte er plötzlich die letzte Szene des unschönen Kampfes – Ali gegen Spinks, 1976 – vor Augen, ein deprimierendes Ende, das ihn doch nachhaltiger beeindruckt hatte, als er zugeben wollte.

Er klappte wie eine Marionette zusammen.

Dörthe machte große Augen. Sie hatte Fußmann vieles zugetraut – nur das nicht.

«Die Eleganz, die Wissenschaft und die Gewalt!» triumphierte Fußmann. Er betrachtete seine Rechte wie einen Fremdkörper.

Zwei müde Touristen in Hawaii-Hemden und Bermudas kamen ihnen in diesem Moment entgegen. Fußmann hielt sie zunächst für Superjocks und winkte.

«Kein Grund zur Beunruhigung», rief er kulant, «es handelt sich um eine harmlose Meinungsverschiedenheit unter Primaten...»

Als er seinen Irrtum bemerkte, wandte er sich wieder an Sonny.
«Das eben war Rückkopplung, ein universelles Phänomen. Gewöhnlich versteht man darunter die Wirkung der Folgen eines Geschehens auf das Geschehen selbst ...»

Dörthes entgeisterter Gesichtsausdruck forderte noch einen Anhang heraus: «Denk mal an die frühen Yardbirds, was die so alles mit ein bißchen Rückkopplung angestellt haben.»

«Du hast ihm weh getan», sagte Dörthe.

«Pinocchio hat danach gefragt, und er hat es bekommen ...» Fußmann fragte sich, ob sie die ungewohnte Härte in seiner Stimme hören konnte.

Sonny, langsam wie Ali in der 13. Runde gegen Frazier, versuchte wieder auf die Beine zu kommen.

«Das würde ich nicht tun», sagte Fußmann.

Tapsig und ungelenk machte er eine verzweifelte Reflexbewegung, so wie er früher in der Sportstunde Elfmeter gekickt hatte – Spitze ohne Gnade. Er traf!

Sonnys Mund öffnete sich zu einem stummen Schrei. Man konnte fast sehen, was er *im Hals stecken* hatte.

«Sieh ihn dir an», sagte Fußmann. «Sieh ihn dir nur an? Was hat er, was ich nicht habe ...»

Sie hätte ihm eine ehrliche Antwort geben können, aber sie wollte ihn nicht verletzen.

«Ein großes Herz», sagte sie leise.

Zwischen leeren Plastikstühlen und -tischen sagten sie endlich, was sie sich zu sagen hatten.

«Begreif doch endlich, es ist aus!» schrie sie.

«Aus?» Fußmann konnte es nicht glauben. «Wie oft hast du das schon gesagt, und es war nie *aus*. Es ging immer weiter ...»

«Karl, ich wollte dich schonen. Ich wußte, wie sehr es dich verletzen würde.»

Was bildest du dir ein, dachte er, *als ob du mich verletzen könntest.*

«Laß uns reden ...», murmelte er.

«Ich verpasse meinen Flieger», sagte sie.

Ihre Augen wanderten hilfesuchend zu ihrem kleinen Beschützer.

Sonny hielt sich ihr Taschentuch an die Lippen. Er hatte genug, das konnte sie sehen.

Fußmann setzte sich auf den Schalenkoffer.

«Schön, ich habe eine Menge falsch gemacht», räumte er ein.

«Du gibst es nicht einmal zu.»

Er schenkte ihr einen schuldbewußten Blick.

«Okay. Ich werde es nicht weiterverfolgen ... Ich erkläre die Versuchsreihe hier an Ort und Stelle für beendet. Du kannst es schriftlich haben, wenn du willst?»

«Es ist zu spät, Karl», hauchte sie.

«Warum, zum Teufel?»

«Wir passen einfach nicht zusammen», sagte sie.

Fußmann nickte stumm.

Da war das Vegetative in ihm, das schrie und Angst hatte, verlassen zu werden. Fußmann glaubte zu wissen, wie sich ein alter Mantel fühlt ...

Sie gibt dich in die Altkleidersammlung, dachte er.

Er ließ alles noch einmal Revue passieren, von der ersten Nacht bis zum großen Ultimatum. Irgendwann dazwischen hatte er sie, *ohne es zu wissen*, geliebt.

«Ich werde dir schreiben», sagte sie traurig. «Es tut mir alles so leid.»

Sie stand auf und wischte sich die Augen.

Wimperntusche lief ihr übers Gesicht.

«Laß uns Freunde bleiben, ja?»

Fußmann betrachtete die Mondlandschaft hinter den Glasscheiben.

Draußen gab es keine Luft mehr, also gab es auch keine Geräusche. In der Ferne schwebten Lichter über dem Rollfeld, und Fußmann schnalzte unwillkürlich mit der Zunge. *Tok – tok – toktoktok ...*

Ich bin ein toter Stern, dachte er.

«Was?», sagte sie.

Fußmann im Übergangsstadium zur toten Materie: seelische Rotation.

Er atmete tief ein und lehnte sich zurück.

Du mußt dir nichts einbilden, dachte er. Er war nie mit ihr verbunden gewesen. Vielleicht, wenn er sie geschwängert hätte. Dann ja.

Sie hatte noch immer diesen erwartungsvollen Gesichtsausdruck.

«Ich kann jetzt nicht», sagte er, «ich werde später heulen, okay?»

Sie nahm ihren Koffer und sah ihn an mit dieser verletzenden Leichtigkeit. «Eine Liebe, an die man sich mit Freude erinnert, das möchte ich für dich bleiben», sagte sie schließlich, als ob nichts gewesen wäre.

War das möglich in diesem verdammten Universum?

Fußmann dachte an die Galaxie, von der er kürzlich gelesen hatte, ein riesiger Sternenhaufen, der sich in 200 Millionen Lichtjahren Entfernung mit 8000 km/sek. von der Erde entfernte. Das war eine wirkliche Tragödie.

Und wo sich ganze Galaxien auf Nimmerwiedersehen von der Erde entfernten, was war da eine Anarexia amoralis, die sich aus dem Staub machte?

Er war verlassen, sie war verlassen, das ganze verdammte Universum war verlassen.

Und am Ende waren sie alle dazu verdammt, dieser Tatsache ins Gesicht zu sehen. Ob sie wollten oder nicht.

«Ich werde dich nie vergessen.»

«Tok-tok», machte er wieder. Seine Kenntnisse der Biochemie halfen ihm, den Schmerz zu rationalisieren:

Sieben Jahre, dachte er. Nach sieben Jahren wäre es sowieso zu Ende gewesen. (So lange braucht der menschliche Körper, um sämtliche Zellen auszutauschen. Nach diesem Zeitraum ist jedes Molekül ausgewechselt. Jedes Atom. Die meisten Ehen gehen nach sieben Jahren in die Brüche.)

Die wissenschaftliche Einsicht war für Fußmann ein Trostpflaster. Er betrachtete sie noch einmal von Kopf bis Fuß: So, wie sie vor ihm stand, würde sie nie wieder sein. Eines Tages wäre sie eine andere. Sie wäre *rein physisch gesehen* eine andere Person. Warum sollte nicht auch dasselbe für ihre *psychischen Komponenten* gelten?

Zeit der Körperfresser, dachte er.

Sonny räusperte sich.

«Last call», sagte er sanft.

«Hundsfott», raunzte Fußmann.

Ihm stieg das Wasser in die Augen, seit zwei Jahrzehnten das erste Mal, aber er ließ sich nichts anmerken.

Sie würde aus seinem Leben verschwinden, würde sich von ihm entfernen, eine andere Bahn einschlagen. Ihre Moleküle würden mit anderen Molekülen in Berührung kommen, Reibungsenergien austauschen. Die Moleküle seines Körpers wären vergessen.

Aber er würde die Trennung überleben und auferstehen aus der Asche – Phoenix Fußmann – und der Wissenschaft dienen.

Eines Tages würde sie sein Gesicht, älter und weiser, auf dem Cover der Times sehen: «Fußmann – Prophet des 21. Jahrhunderts. Wie er die Formel fand.»

Am Schluß waren es Freudentränen, die er vergoß.

«Tja, Ende gut, alles gut.» Er ließ sich zumindest nicht nehmen, das Schlußwort zu sprechen. «Es bleibt doch Liebe.»

Sie lächelte nur, winkte Sonny wie einem Gepäckträger.

Er hatte die Ehre, die Koffer zu schleppen. Ein Kuß, die Tür öffnete sich, und sie war hinter der Milchglasscheibe verschwunden.

Fußmann lächelte bitter.

Das Geheimnis der Fliehkraft einer Frau, dachte er noch. *Warum steht darüber nichts in den Lehrbüchern. Da, wo es brenzlig wird, kneift die Physik.*

Es war inzwischen 08.37 MEZ.

Ungefähr zur gleichen Zeit, aber 1,3 Milliarden km von der Erde entfernt, in einem der äußeren Ringe des Saturns, einem diffusen Meer schimmernder Eiskristalle, geriet ein asymmetrischer Eisbrocken, der in Form und Aussehen Ähnlichkeit mit einem menschlichen Herz hatte, aus seiner Umlaufbahn ... Lautlos verschwand er in der Tiefe des Alls.

Und der Kreis schließt sich, denkt Fußmann.

Auf dem Rückweg schielt er immer wieder in den Seitenspiegel nach den Flugzeugen, die über Rhein-Main aufsteigen; kleine silberne Scheißvögel in einem unendlich grauen Himmel.

Fußmann *in love* liebt die Vorstellung, daß sie ihn von dort oben aus sehen könnte, zum letzten Mal, sein kleines Auto, wie das Vehikel einer Ameise, bevor sich die Wolkendecke wie ein gefrorener Wattebausch unter ihr schließt.

Ein Gutes hat das Ganze: Die Wissenschaft hat ihn wieder. Mit *Leib und Seele*.

Sein Leben liegt vor ihm, wie eine unendliche Reise in die mikroskopische Struktur der Materie. Die tiefsten Geheimnisse der Moleküle werden sich ihm offenbaren. Die Tage des Werthers sind gezählt...

Fußmann knattert mit den Lippen wie ein Geigerzähler. Schneller und schneller und schneller. Er hat es eilig. Er muß die verlorene Zeit aufholen.

Am Westkreuz herrscht reger Verkehr.

Kurz vor Neu-Isenburg sieht Fußmann ein paar ausgebrannte Wracks, Folgen einer Karambolage vom Wochenende. Sie liegen auf einem Stoppelfeld, Krähen flattern auf – ein eigenartiges Bild.

Als er sich endlich losreißen kann, sieht er vor sich ein paar dahinschleichende Pkws und einen einsamen Lieferwagen auf der Mittelspur.

Er blinkt ordnungsgemäß, setzt zum Überholen an.

Es ist windig. Das Wetteramt registriert Windböen von bis zu 100 Stundenkilometern.

Der Frachtwagen schlingert.

Als Fußmann in den Windschatten des Wagens saust, geschehen zwei Dinge: a) sein Zigarettenanzünder klickt aus unerfindlichen Gründen, und b) er nimmt die Beschriftung auf den Zeltplanen wahr.

Während sein Fuß auf dem Gaspedal steht und der Horch beschleunigt, macht sein Kopf eine ruckartige Drehung nach rechts, und zwar so ruckartig, daß sich sein Oberkörper und auch die Hände am Steuer ein Stück mitbewegen. Das und eine plötzliche starke Böe bewirken, daß er die Kontrolle über den Horch verliert. Der Wagen kracht in die Leitplanken!

Eine Zehntelsekunde jedoch, bevor sich die beiden Vehikel bei einer ungefähren Geschwindigkeit von 110 Stundenkilometern berühren, hat Fußmann lesen können, was auf der Zeltplane des Lieferwagens steht, weiß auf schwarz: GESTALT-WERTHER.

Fußmann überschlägt sich ...

Und während plötzlich eine rote Glühbirne vor seinen Augen explodiert, weiß er, daß er nie auf dem Cover der «Times» erscheinen wird ...

Trotz des Nieselwetters hätte Fußmann sicherlich einiges gegeben, seiner Beerdigung beizuwohnen. Die Trauerfeier fand im engsten Kreis statt. Seine Großmutter spielte *Grand Old Dame*. Zur Feier des Tages trug sie das schwarze Opernkleid, in dem sie damals vor dem «Joseph» gesungen hatte.

«Jetzt ist es zu Ende», sagte sie jedem, der es hören wollte.

Der Pfarrer hielt sie für geistig umnachtet.

So wurde der letzte Sproß aus dem Geschlecht der Fußmanns zu Grabe getragen.

Rio stand fröstelnd zwischen einer Tante aus Marburg und einem alten Chemielehrer, der Fußmann angeblich das Periodensystem der Elemente eingebläut hatte.

Rio schenkte ihnen kein Gehör.

Das große Sterben hat begonnen, dachte er.

Vorsichtig spähte er über den Rand der Grube, aber da war nur der schwarze Deckel der alten Kiste, die bald vermodern und unter der Last der Erde einbrechen würde. Fußmann hatte die Formel, den Twist der Makromoleküle, in dem Gestaltwerther steckte, mit in die Abyss genommen.

Zum ersten Mal wurde Rio vom Bewußtsein des Todes berührt.

Eines Tages würde er auch da liegen.

Leblos, ein Haufen Haut und Knochen in einer Kiste. Es würde vielleicht kein Ebenholz sein, eher ein Notsarg aus Preßpappe, wie ihn die Stadt Pennern stiftete, die das Zeitliche gesegnet hatten.

Und was machte das für einen Unterschied? Von innen betrachtet?

Während der Predigt behielt er seine alten Kopfhörer auf. Er wollte den Pfarrer nicht hören, drehte die Musik auf, so laut es ging.

Später wurde noch ein Kranz der Spedition *Gest-Altwerther* niedergelegt. Der Name stand auch auf den Wagen des Familienunternehmens, das im Main-Taunus-Kreis durchaus renommiert war. Der Fahrer des Lieferwagens, den Fußmann gerammt hatte, stand noch immer unter Schock.

Er ist also doch noch gekommen, dachte Rio.

Die Regentropfen flüsterten in den Blättern.

Eddy hatte den BIG DEAL außergewöhnlich gut vorbereitet. Aus Angst vor Abhöraktionen der CID hatte er strengstes Telefonverbot verhängt. Seine Paranoia wurde nur noch von Eiermann übertroffen, der auf *Rolltreppengesprächen* bestand, die nie länger als zehn Sekunden dauerten. Was man in dieser Zeit sagen konnte, war kaum das Notwendigste. Hinzu kam Eiermanns nasaler Flüsterton (angeblich war er erkältet). Eddie mußte sich schon bald eingestehen, daß er im Grunde genommen ebensoviel wie die CID wußte – *nämlich nichts.* Und diese Tatsache beunruhigte ihn zunehmend.

Er bat Eiermann zu einem *Aufzugsgespräch* ins BfG-Hochhaus. Nach zweimal rauf und runter hatten sie sich endlich auf Ort und Uhrzeit geeinigt.

Er verständigte Dexie, der wieder über Rückenschmerzen klagte.

«Damned! Gibt es denn nur Krüppel bei der U.S. Army?»

Rio fiel ihm ein. Er wollte kein Risiko eingehen.

«Wir brauchen 'nen dritten Mann, wie wär's, Alter?»

Da Rio ohnehin nichts Besseres vorhatte, sagte er zu. Klang gut: *Der dritte Mann.*

«Wird es lange dauern?»

«Ach was», sagte Eddie.

Rio erlebt den BIG DEAL wie im Koma.

Als Eddie und Dex am Morgen des 29.12. bei ihm klingeln, kriegt er kaum die Augen auf. *Valiumtinkturen, Winterschlaf?*

«Anziehen», sagt Eddie.

«Die Schwimmweste?»

«Es ist eine kugelsichere Schwimmweste», sagt Eddie. «Ich will ganz sicher sein, falls Eiermann irgendwelche Dummheiten macht.»

Im Gänsemarsch schleppen sie die Kisten zu Dexies Wagen ... Sie sehen nicht aus, als gingen sie zum Fußball. Die Westen geben ihnen ein vierschrötiges Aussehen. *Harte Bandagen.*

«Let's go», sagt Eddie, und Dexie nickt. Er muß noch tanken.

Rio fragt AC nach Kuhl. «Nichts gehört, nichts gesehen. Bobo ist auch verschwunden.»

Rio hört das zum ersten Mal. «Vielleicht hatten sie was zusammen», meint Eddie.

Sie fahren weiter. AC verschwindet im Rückspiegel.

Am Römerhof mogeln sie sich auf die Autobahn.

«Fuck you!» Eddie zeigt einem Porsche den Stinkefinger.

Dexie ist deprimiert.

«Es ist wegen Rorer», sagt Eddie.

Rorer ist Dexies Kater. Der Name stammt von diesen Tabletten, «Rorer 714».

Auch Rorer ist seit Tagen verschwunden.

«Jetzt, wo es so kalt ist ...» Dexie leidet, das kann man ihm ansehen.

«Und du hast keine Ahnung?»

Dexie schüttelt den Kopf. Für ihn ist der Fall so schlimm wie Kindesentführung.

«Wenn diese Türken ihn angerührt haben.»

«He, Türken fressen keine Katzen, das kennen die nicht, Chinesen ja. Vielleicht hat er in der Nachbarschaft ‹Pussy› gewittert», sagt Eddie, der von sich auf den Kater schließt. «Ich wette, dein Kater sitzt vor der Tür irgendeiner schnuckligen Mieze und wartet nur auf eine Gelegenheit.»

«Lächerlich», sagt Rio, «es ist viel zu kalt. Es herrscht Bodenfrost ...»

«... und er hat schon drei Tage nicht gefressen.»

«He, wenn's um Pussy geht, können diese Biester einiges wegstecken, glaub mir. Es ist ganz ähnlich wie bei Menschen, ich meine, ich würde es auch tun.» Eddie duldet keinen Zweifel an seinem Einfühlungsvermögen.

Irgendwas mit der Klimaanlage ist nicht in Ordnung. Die Scheiben sind im Nu beschlagen. Durch den Radius der Wischer kann Rio sehen, wie die Landstraße vor ihnen herrutscht. Es ist spiegelglatt. Der Wagen schlingert. Die vereiste Landschaft sticht Rio mit ihrem silbrigen Weiß in die Augen. Über den Äckern hängt ganz tief der Kondensstreifen eines Düsenjägers, der wie eine riesige Nabelschnur aus dem fahlen Winterhimmel sinkt. Vor sich sieht Rio den Feldberg und die kahlgeschlagenen Hänge am Altkönig. Niemand sagt mehr ein Wort.

Eddie schaltet das Radio ein. «He, AFN ...» Nachrichten. Der Sprecher spricht von schleppenden Unterredungen mit den Geiselnehmern der amerikanischen Botschaft in Teheran ... von Lebenszeichen der Geiseln ... von Forderungen der militanten Studenten, die den Schah von Carter fordern ... den Schah, der vor kurzem von Mexiko nach Panama ist, der Exil-Schah, der Galle spuckt – und Rio hört nur mit halbem Ohr hin; schwarze und weiße Mitarbeiter der Botschaft sind schon seit Wochen auf freiem Fuß ...

«Ja, Weiber & Nigger zuerst», sagt Dexie.

«Fuck Khomeini! Als ob Schwarze keine vollwertigen Männer wären», meutert Eddie.

«Sie wollen den Schah, das ist alles.» Dexie geht etwas zu schwungvoll in die Kurve, und der Dodge bricht mit der Hinterachse aus, schrammt hauchdünn an einem Kilometerstein vorbei...

«I dig this Eiermann-dude», sagt Eddie.

«Überall in den Entwicklungsländern stürmen sie die amerikanischen Botschaften. In Tripoli... Selbst in Islamabad... Aber erst die Hand aufhalten und Entwicklungshilfe kassieren!»

Rio kann überhaupt nichts mehr verstehen. Kandierte Baumkronen gleiten an ihm vorbei... Felswände...

«Shit», mault Eddie. Er ärgert sich, daß er den Treffpunkt selbst vorgeschlagen hat. Teufelsquartier, Naturpark Hochtaunus. *In plain english: Outlaw Zone, remember?*

Als sie den Parkplatz erreichen, herrscht bereits fröhliches Schneetreiben... keine Spur von Eiermann, nur ein eingeschneites Forstfahrzeug mit einem Plattfuß steht unterhalb der Tenne.

Dexie macht den Motor aus. Eddie lädt seinen Peacemaker.

«I do the talking.» Dexie nickt. Eddie holt eine M-16 aus dem Laderaum und drückt sie Rio in die Hand.

«Was soll ich damit?»

«Du bist der Typ mit dem nervösen Zeigefinger.» Eddie lacht, ja, er lacht wie... zu komisch, Rio kommt nicht auf den Namen, sein Hirn sucht nach irgendeiner filmischen JOCK-Referenz, aber es will ihm nichts einfallen.

«Halt einfach drauf, wenn sie irgendwelche krummen Touren versuchen.»

«Ich soll einfach draufhalten?»

«Nicht wirklich. Tu einfach so, als würdest du bei der kleinsten falschen Bewegung ausrasten...»

Sie warten.

Eddie starrt hinaus in den Sturm.

Meterhohe Schneewehen fegen über den Parkplatz und stürzen hinab in die Schlucht. Es ist unmöglich zu sagen, wo das Bergmassiv endet und der Himmel beginnt. Alles ein milchig grauer Schleier.

Am Boden jagt der Pulverschnee in feinen Wellen über den Asphalt.

Der Dodge schaukelt unter heftigen Windstößen, als ... als würde auf der Ladefläche heftig gevögelt. Eddie muß an Ilona denken. Und daß er nach Chicago fliegen wird. Er würde sie später anrufen und ihr alles erklären. «Ilona, ein Mädchen wie du hat Besseres verdient ...»

Dexie hat die Heizung aufgedreht und betätigt alle zehn Sekunden den Scheibenwischer. Trotzdem klappern ihm die Zähne. Er ist nervös. Zwischen seinen Füßen liegen zwei leere Budweiser-Dosen.

Gewöhnlich läßt er nichts rumliegen, nicht in seinem Wagen, nicht in seinem heiligen Dodge ...

«Warum sind wir hier rausgefahren?» Rio ist wie betäubt.

Eddie sieht ratlos auf die Uhr am Armaturenbrett. Eine halbe Stunde stehen sie schon auf dem Parkplatz.

«Ob was passiert ist?»

«Cops?» Dexie wirft einen nervösen Blick in den Laderaum.

«Cool it.» Eddie baut einen Joint. Sie nebeln sich ein. Alte GI-Taktik. Wenn es brenzlig wird, muß man auf Tauchstation gehen ...

Dexie muß pissen. «Bin gleich zurück», sagt er.

Als er aussteigt, hört er, wie die Bäume um ihn herum knarren. *Wenn eines von den Dingern jetzt umkippt.* Dexie, die Landratte, pißt gegen den Wind. Besudelt setzt er sich wieder ans Steuer.

«Let's forget it», sagt er.

Rio hat auch so ein Gefühl.

«Shit!» Eddie will es nicht wahrhaben. «Der Arsch hat mich versetzt.»

Dexie friert. Er will nach Hause. Er quengelt.

«Noch fünf Minuten», sagt Eddie. Dexie gewährt ihm zehn, aber dann wirft er den Motor an.

«Where you're going, man?»

«Home.»

«I don't believe it ...» Eddie läßt Ansätze von Protest vernehmen, aber er kennt diesen Ausdruck auf Dexies Gesicht.

«Diesem Eiermann brech ich den Arsch», sagt Eddie.

Die Rückfahrt dauert Stunden. Die Autobahn ist dicht. Nichts geht mehr. Streufahrzeuge lähmen den Verkehr. Überall blinkt es rot, orange, blau. Am Westkreuz hat es gekracht. Notarzt. Hubschrauber.

Rio ist müde. Das ist nicht mehr seine Welt. Er will etwas sagen, seine Zunge ist wie gelähmt. Er muß gegen die bleierne Müdigkeit ankämpfen. Hat er die Schlafkrankheit? Wenn er die Augen schließt, bildet er sich ein, Trypanosomen zu sehen. Fußmann hat ihm die Tierchen mal in einem Lehrbuch gezeigt.

Eddie und Dex haben sich wieder eingenebelt. *A Hooka! Und was für eine!* Sie beschließen, ein andermal auszuladen.

«Not today», sagt Dexie. Sein Van hat eine Alarmanlage. Die Ware ist dort so sicher wie in Abrahams Schoß.

«Okay.» Eddie ist zu stoned, um noch irgendwelche Einwände zu bringen.

«Fucking Eiermann», sagt er noch ein paarmal.

Sie sind schon fast wieder in der Stadt, als Eddie endlich damit herausrückt.

«He, Rio.»

Rechts schwebt der Ginnheimer Turm wie eine lange graue Nadel vorbei.

«Ich wollte es dir eigentlich in einer ruhigen Minute sagen...»

«Ich weiß schon», sagt Rio.

(Es ist eine unzumutbar sentimentale Abschiedsszene, ein Potpourri aus all den drittklassigen Western, die er in seinem Leben gesehen hat: Rio, Häuptling der Apachen, und Eddie, der erste schwarze Hauptmann der «Langen Messer». Es heißt Abschied nehmen: «Tut mir leid, der große weiße Vater in Washington wartet auf mich.»

«Ich kann's dir nicht erklären», sagt Eddie. «Ich hab die Schnauze voll, verstehst du. GAME OVER. Du kannst die Zeit nicht mehr zurückdrehen, weißt du ...»

«Klar. Verstehe.» Rio schenkt ihm einen müden Blick.

Eddie hat einen Kloß im Hals.

«Du mußt dir nichts vorwerfen. Wir haben es versucht. Eine Niederlage ist es nur, wenn man nicht mehr aufsteht.»

«Okay.» Rio sieht alles ein, wenn Eddie nur aufhört, Football-Weisheiten von sich zu geben.

«Noch was. Ilona darf davon nichts erfahren. Nicht, daß ich sie reinlegen will, aber du weißt ja, wie Frauen sind ...»

Am nächsten Tag kutschierte Eddie Rio in die Stadt und tat höchst geheimnisvoll.

«Willst du mir nicht wenigstens sagen, was los ist?»

Eddie mimte den entschlossenen Schweiger.

Wenig später hielt er vor einem Scherzartikelladen am Kornmarkt.

«Soll das ein Witz sein?»

Rio folgte Eddie unwillig vor ein Schaufenster, in dem es von Gummimasken nur so wimmelte; von Frankensteins Monster bis hin zu prominenten Politikern war alles vertreten.

«Was jetzt?»

Eddie entgegnete kein Wort – und Rio wurde plötzlich ganz still.

Es war ein Raumhelm, ein silberner Plastikeimer mit grünem Visier zum Hochklappen. Auf der rechten Seite stand: APOLLO 2000.

«Die Mission hat es nie gegeben», sagte Rio.

«O Mann!» Selbst Eddie wußte, daß es nicht so viele Apollo-Flüge gegeben hatte. «Darum geht es doch nicht. Du hast doch irgendwas von dieser Space-Party erzählt, und ich dachte, das wär doch was ... oder?»

Der Helm paßte Rio wie angegossen.
«Und?»
«You look like a lifesize-dildo», sagte Eddie.
«Oh, that's great», sagte eine Verkäuferin, die kein Wort Englisch verstand.
Rio wurde es plötzlich heiß und kalt. Seine Müdigkeit war wie weggeblasen. Er wußte, alles war Lampenfieber gewesen, nichts weiter. So wie er mußte sich Armstrong gefühlt haben, kurz bevor er seinen Fuß auf die Mondoberfläche setzte.
«Ich werde nach Cap Canaveral fliegen», sagte er.
Eddie wollte erst lachen, aber er merkte noch rechtzeitig, daß es Rio ernst war. Er nickte andächtig.
«Why not», sagte er dann.
Ein Hauch von JOCK-Unwirklichkeit lag wieder über allem.

VI

Man stirbt nicht auf einen Schlag, sondern Stück für Stück, Schicht für Schicht – von innen nach außen – bis der Leichnam zutage tritt.

Am Morgen des 31. Dezember 1979 glaubte Rio, die Züge eines Totenschädels in seinem Gesicht zu erkennen, und war darüber so beunruhigt, daß er sich 100 Milligramm Ascorbinsäure aus der Apotheke besorgte und auf einmal schluckte.

An der Hauptwache kaufte er sich ein Flugticket in die Staaten: Frankfurt–Miami; Businessclass. Er hatte Glück, die Maschine war noch nicht ausgebucht.

«Sie müssen eine Stunde vor Abflug am Schalter sein», sagte die Dame.

«Das werde ich.» Rio ließ sich nichts anmerken, aber es war sein erster Flug. Zum ersten Mal würde er «Seen, Berge und Täler» von ziemlich weit oben sehen. Er würde in Miami ankommen und sich schnurstracks nach Cap Canaveral begeben. *Das konnten sie nicht ignorieren, das nicht! Sie würden sehen, daß er kein Spinner war.*

Den späten Nachmittag verbrachte er mit einer imprägnierten Ausgabe von Senecas «Von der Kürze des Lebens» in einem Thermalbad für Rentner und Schwerbeschädigte am Eschenheimer Turm. Ein Kriegsinvalide erzählte ihm noch in allen Einzelheiten, wie er seinen rechten Arm verloren hatte, die Amputation hatte er bei vollem Bewußtsein miterlebt.

Kenn ich doch, dachte Rio, nur ist es bei mir nicht der rechte Arm.

Die Straßenbahn bringt ihn wieder nach Kamerun.

«Gutes Neues», sagt er noch, als er aussteigt. Als die Bahn abfährt, drehen ein paar Fahrgäste die Köpfe. Rio winkt, wie es seine Gewohnheit ist. Niemand winkt zurück.

Im Block, ganz in seiner Nähe, fallen Schüsse. Platzpatronen?

Rio macht sich keine Sorgen. Ein, zwei Tage vor Neujahr beginnt der «Leerlauf» zum Jahresende. Es ist nicht ungewöhnlich für die Gegend, daß die Leute ein bißchen vorfeiern – und auch um ein paar Tage überziehen. Es herrscht Ausnahmezustand. Die Polizei läßt sich nur noch ganz selten blicken. Suff, schwere Fälle von Körperverletzung, sogenannte «Unfälle», auch solche mit Feuerwerkskörpern, sind an der Tagesordnung und werden zu Lappalien heruntergespielt. Eine Menge Leute begrüßen das neue Jahr auf der Krankenbahre.

Sternenklare Nacht...

Über dem Dach gegenüber hängt noch der Kondensstreifen einer Leuchtrakete. Wieder kracht es in der Ferne.

Rio ordnet seine Papiere: einen Lebenslauf, ein Zeugnis der Mittleren Reife und 62 Absageschreiben (den Rest hat er in der Toilettenschüssel verbrannt).

Er sortiert sie zweimal hin und her, bis er es nicht mehr aushält und zum Telefon greift.

Er wählt die Nummer seiner Eltern. *Letzter Kontakt mit der Bodenstation.* Leise Musik, gepackte Koffer ... Er hat kein Visum, fällt ihm ein, aber er weiß, daß würde sich bei der amerikanischen Einwanderungsbehörde klären lassen.

«Rio.» Seine Mutter ist erleichtert, als sie seine Stimme hört. «Wo steckst du, Junge?»

Er erzählt ihr von der NASA und einem richtigen Auftrag.

«Ich habe das Ticket in der Hand», sagt er, «morgen um diese Zeit bin ich bereits in Houston.»

Erst ist sie sprachlos, dann beginnt sie zu heulen.

«Ich habe es immer gewußt», sagt sie. «Wenn man nur ganz fest an etwas glaubt, geht es in Erfüllung ...»

«Ich kann es einfach nicht erwarten, an Bord der Raumfähre zu sein», sagt er.

«Was werdet ihr denn da oben die ganze Zeit machen?»

Da oben? Na wenigstens weiß sie, daß er auf dem richtigen Weg ist.

«Streng geheim, Mama.»

«Paß gut auf dich auf.» Irgendwie weiß sie, daß er nicht mehr vorbeikommen wird, denn sie sagt artig ihr Neujahrssprüchlein auf und wünscht ihm einen Schutzengel oder zwei und versichert ihm, daß der Herr Jesus ihn liebe.

«Ja, das ist auch was», sagt Rio.

«Wann bist du denn wieder zurück?» fragt sie plötzlich.

Er hat so eine Vorahnung.

«Weißt du, Mama, eigentlich wollte ich es dir nicht sagen, aber das kann lange dauern ...»

«Wie lange?» Sie klingt beunruhigt.

«Es hängt davon ab», sagt er schließlich, «ein ... zwei Jahre.»

«Ein ... zwei Jahre?» Er hört, wie sein Alter im Hintergrund auflacht.

«Nun komm schon, Mama ... Wir fliegen mit Lichtgeschwindigkeit ... Das heißt, für uns in der Rakete bleibt die Zeit stehen ...

Wir fliegen sozusagen gegen den Strom der Zeit. Es vergehen nur ein paar Minuten, während auf der Erde alles ganz gewöhnlich weitergeht.»

Er weiß, daß sie kein Wort versteht, und das ist auch gut so.

«Na ja, du mußt es wissen», sagt sie dann, «Rio, mein Junge, ich und dein Vater, wir sind stolz auf dich und ... Dein Vater will dir eben auch noch mal ...»

Er drückt auf die Gabel, denn seine Kehle schnürt sich zusammen. Sie würde denken, ihm sei das Geld ausgegangen.

Ein paar Minuten heult er wie damals nach dem Absturz von Skylab. Auf dem Tisch liegt sein Raumhelm: APOLLO 2000 – seine Mission?

Sonny und Ilse feierten Neujahr wie vernünftige Menschen: im Bett.

Ilse hatte in einem Delikatessengeschäft zugeschlagen.

Auf dem Nachttisch stand ein kaltes Büffet; Kaviar, Hummerkrabben, Meeresfrüchtesalat. Auch der Servierwagen ließ nichts zu wünschen übrig.

Sie machte den Fernseher an.

Heiterkeit.

Zuversicht.

So sah sie es gerne. Alles würde endlich gut.

Der Kleine schlief schon friedlich. Sonny hatte wieder mal mit Valium nachgeholfen, denn diese Nacht würde er sich von keinem Schreihals der Welt vermiesen lassen.

«Wie seh ich aus?» rief er, als er endlich in Harrys brokatbesticktem Morgenmantel auftauchte. Wie ein geschrumpfter Fu-man-Chu wedelte er mit den Ärmeln, die ihm drei Nummern zu groß waren.

«Ohne gefällst du mir besser», sagte sie. Sie haßte Harrys Kleider an ihm.

Sonny fühlte sich «super mellow». Den ganzen Vormittag hatte er damit verbracht, Darmvenen aus dem rosigen Fleisch südchinesischer Garnelen zu puhlen.

Die Schöpfung hat ihnen auch nur das Nötigste mitgegeben, dachte er, als er die zarten Kerlchen mit einem Messer tranchierte.

Jetzt mußten sie dran glauben. Er kannte Ilses unersättlichen Appetit für alles Eiweißhaltige, da galt es, präpariert zu sein.

Fröhlich wieselte er in die Küche, suchte im Kühlfach nach dem Moët Chandon, den sie dort deponiert hatte, und fragte sich, was ihm das neue Jahr bringen würde.

Das Schiff gehört dir, dachte er. Harry war draußen, ausgesetzt irgendwo auf hoher See ... König Latte hatte das Steuer fest in der Hand.

Sie würden das XBC schon auf Vordermann bringen, ein, zwei Jahre, und er wäre ein gemachter Mann.

Sonny mußte feststellen, daß er sich verändert hatte; er war Realist geworden. Das XBC war eine handfeste Sache, wie Ilses Möse, in die er sich in einem guten Viertelstündchen vertiefen würde ...

Er seufzte: «Eins, zwei, drei, das Leben ist vorbei.» Und staunte über sich selbst.

«Was sagst du, Liebling?» kam es aus dem Schlafzimmer.

«Ach nichts», rief er. *Ein bißchen Fressen, Saufen, Bumsen, und schon ist der Deckel auf der Kiste. Nur Größenwahnsinnige können sich mehr vom Dasein erhoffen. SUPERJOCKS! Pah! Kuhl hat es erwischt und Fußmänneken, den man vielleicht die graue Eminenz ihres Vereins nennen könnte ... Mit Eddie und Rio ist es nur eine Frage der Zeit ...*

Du bist ein Glückspilz, gratulierte er sich. *Du bist der Größte.*

Daran hatte es ohnehin nie den geringsten Zweifel gegeben.

«Ho, ho, was sehen meine alten Augen?»

«Was sehen sie denn?» Sie hatte sich zurechtgemacht: Strapse, große Ohrringe, ein Fußkettchen und – coupe de grâce, ein paillettenbesetztes Stirnband.

Unverzüglich begann er ihre scharfrasierte Spalte zu schlecken.

«Weißt du was? Ich bin richtig froh, daß wir nicht auf dieser

Party sind. Kannst du dir vorstellen, was das wieder geworden wäre.»

«Es ist doch immer dasselbe, oder?»

«Genau», sagte Sonny und leckte weiter.

VII

Es sah aus wie eine riesengroße Amöbe, ein Blob-Ding aus einem Science-fiction der 50er Jahre; schleimig und giftgrün bewegte es sich unter der Decke ...

Kurz darauf zerplatzte es in einem aberwitzigen Hagel aus Kometen, die in der Spiegelwand hinter der Bar niedergingen. Ein Johlen ging durch die Menge, die unter der Projektion tanzte.

Das Jahresende war in Sicht, und die «Space-the-Bass»-Party war in vollem Gange. Als wäre Shiwa, der Erleuchtete, gleich im Dutzend auferstanden, wimmelte es in der Dunkelheit von leuchtend blauen Gesichtern. Leuchtfarben waren der letzte Schrei, und eine Delegation der 6th/2nd Armored Division betrieb einen regelrechten Freihandel mit Zeug, das angeblich aus den Staaten stammte und kußfest, aber abwaschbar war. Frauen, die sich nicht trauten, trugen phosphoreszierende Halsketten.

Der APOLLO 2000-Helm hatte einen kleinen Nachteil: Rio mußte ohne Kopfhörer auflegen, und die Übergänge waren nicht immer perfekt. Durch das grünstichige Plastikvisier war das Finden der richtigen Rille reine Glückssache.

Eddie hatte bereits die Lager sondiert; mehr als Suff und Hasch war allerdings nicht drin, er hatte Ilona-Baby am Arm.

Er steckte zur Feier des Tages in seinem alten Saturday-Night-Special. Darunter trug er ein Rüschenhemd à la Dean *Where's-My-Motherfucking-Longdrink?*-Martin.

An der Bar wurden «magic cocktails» kredenzt; die blubberten und dampften und schmeckten nach bunten Likören. Katie, die unverwüstliche Bedienung, trug ein Fischschuppenkleid von Thierry Mugler, das sie sich buchstäblich vom Mund abgespart hatte.

Ein weiterer modischer Höhepunkt war zweifellos Buddha, der in einem Saunaanzug – etwas anderes konnte es nicht sein – mit Fliege erschienen war. Als Freund volkstümlicher Clownesken hatte er es sich nicht verkneifen können, eine Kappe mit Wackelhörnern aufzusetzen. Er wirkte wie ein dicker schwarzglänzender Käfer, der hinter einem Baccara-Brett hockte und gähnte.

Stompie trug ein knappes «Startrek»-Leibchen, er schien jeden Augenblick aus den Nähten zu platzen. Dabei war die Lage an der Tür ohnehin schon gespannt. Viele GIs meuterten, daß sie gefilzt werden sollten. Stompie konnte sich noch an letztes Neujahr erinnern, als drei «walking bombs» auf der Tanzfläche detonierten. Viele Amis hatten die Angewohnheit, ihre Jacken mit Krachern vollzustopfen. Ein Funke genügt, um eine Kettenreaktion auszulösen. Ein junger Rekrut war damals scheußlich verbrannt.

Rio spielte seit zwanzig Minuten «Born To Be Alive», die längste Version, die er je gemixt hatte. Trotzdem blieb ihm die Nummer ein Rätsel. Hernandez war eben der letzte große Mystiker des 20. Jahrhunderts. Wahrscheinlich würde er sein Geheimnis mit ins Grab nehmen.

Rio dachte plötzlich an die Zukunft. Eddie hatte vor, die Fliege zu machen, Sonny würde dem Pfad der endokrinen Sekretion folgen, und Kuhl...

Die Polizei hatte sich ihm gegenüber zum letzten Stand der Ermittlungen nicht äußern wollen. «Wird denn überhaupt was getan?» hatte er protestiert. Er war abgewimmelt worden wie jemand, der nicht recht bei Trost war. *Ein frohes Neues*, hieß es noch.

Müde klappte er sein Visier hoch und schlürfte an seinem magic-cocktail mit Waldmeistergeschmack. *Gar nicht mal übel.*

Ein blutiger Regen ging auf Eddie nieder.

Als hätte sich die Skala des Mikrokosmos auf dramatische Weise verschoben, sah er riesige Blutperlen, die im Discolicht wirbelten.

Die Trockeneismaschine begann ihre ersten Schübe zu spucken. *Immer wieder gut*, dachte Rio.

Eddie kam zu ihm, sichtlich gut gelaunt.

«He, lonely planet boy!» Er jonglierte mit einem Becher Limonade.

«Allein, nicht einsam.» Rio klappte sein Visier runter.

«Looks cool.» Eddie zeigte zwei abstehende Daumen. «Sitzt wie angegossen.»

«Asshole.»

«He, Jock, auf die NASA», meinte Eddie. Er klopfte an die Sichtscheibe des Helms. «Und wann geht dein Flug?»

«Dreizehnhundert», sagte Rio. «Morgen.»

«Morgen?» Eddie nickte. Irgendwie hatte er es geahnt. «Hätte nie gedacht, daß du das bringst, Mann...»

«Warum nicht? Was hab ich schon groß zu verlieren...»

Eddie machte eine You-never-know-Grimasse, aber bevor er sich noch erklären konnte, hatte ihn Ilona-Baby schon wieder vereinnahmt.

«He, Rio, noch was...» Eddie gelang es, ihren Griff für ein paar Sekunden zu lockern. «Wenn du zufällig diesen Eiermann siehst, sag mir Bescheid, ja. Tu mir den Gefallen und halt die Augen offen...»

«Tu's nicht! Eddie will ihn verprügeln», kicherte Ilona und zog ihn mit sich.

«Ach was! Einen Denkzettel kriegt er, das ist alles! Rio, enttäusch mich nicht, wir sind schließlich Freunde!»

Rio sah nicht mehr aus, als ob er noch irgendwelche Freunde hätte.

Später leistete ihm Danny Rosen Gesellschaft. Zwei Stunden hatte er ehrenamtlich an der Bar hantiert und Cocktails ausgeschenkt. Er sah abgekämpft aus.

«Ich feiere zweimal im Jahr Neujahr», sagte Danny.

«Du kannst auch dreimal feiern, wenn du willst», sagte Rio, Dannys Trauma, Jude zu sein, interessierte ihn nicht.

«Willst du nicht wissen, wann sie in Israel Neujahr feiern?»

«Nein», sagte Rio. Er beugte sich tief über seine Schallplattenkiste.

«Na ja», sagte Danny. Er war nicht gut im Umgang mit Verlegenheitsfloskeln.

«Verrückte Party», sagte er dann. «Und die Frauen ... oh boy.»

Er legte eine Kunstpause ein. «Rio, würdest du mir einen Gefallen tun?»

«Sicher, wenn du dann verschwindest.»

Danny nickte, beleidigt schien er nicht zu sein. «Da ist dieses Mädchen, Barbara, ich habe sie eben kennengelernt. Sie sagt, sie tanzt nicht auf Negermusik, nur auf Bee Gees, würdest du ... ich meine, würdest du ...?»

Wunschkonzert. Rio hatte es kommen sehen.

«How Deep Is Your Love?» Rio wußte, daß er die Platte irgendwo hatte.

«Thanks, Superjock.» Danny war ihm wirklich dankbar. «Äh, ich geh dann mal wieder.»

«Ja, geh. Ich spiele es als übernächstes Lied. Das sollte dir genügend Zeit geben, sie zu bequatschen ...»

«Okay», sagte Danny. Vielleicht wollte er wirklich gehen. Vielleicht hatte er es wirklich vorgehabt, aber er kam plötzlich nicht vom Fleck.

Danny hatte es vielleicht als ersten erwischt ...

«WOW! That's FANTASTIC!»

Es hörte sich verdächtig nach JOCK-Terminologie an.

«WOW!» Er hängte sich plötzlich über das Mischpult, sah irgendwohin ... Es war der höchste Punkt des Raums und bot einen fabelhaften Ausblick über die Tanzfläche ...

Rosens Getue nervte Rio nicht nur, es behinderte ihn auch bei der Arbeit.

«WOW! I don't believe it!»
«Bist du noch nicht weg?» Rio wurde langsam ungehalten.
«He, ich frage mich, *wer* das ist...»
Rio glaubte zunächst, Danny hätte es auf eine Frau abgesehen.
«Was, zum Teufel, Danny?»
«Na, der Kerl in dem Taucheranzug!» Danny deutete entgeistert auf die Tanzfläche.
Rio spürte eine Gänsehaut. «Wo denn?»
In dem gleichmäßigen Bewegungsmuster, fast verdeckt von der großen, sich langsam drehenden Spiegelkugel, gab es einen ruhenden Punkt; Rio atmete auf.
«Das ist ein Integralhelm», sagte er. Entwarnung.
«Den meine ich nicht», sagte Rosen. «Da oben, Mann, über der Spiegelkugel...»
Über der Spiegelkugel?
Und dann sah Rio, daß Rosens kleiner krummer Finger nicht auf die Tanzfläche, sondern unter die Decke zielte, wo sich der Trockeneisnebel festgesetzt hatte.
«That's entertainment – er schwebt da schon die ganze Zeit.»
Rio klapperten die Zähne. In dem Dunst konnte er nichts erkennen.
«Er schwebt?»
«He, er ist weg», sagte Rosen. «Wahrscheinlich haben sie ihn hochgezogen.»
Wohin, dachte Rio? Er kannte den Laden gut genug, um zu wissen, wie hoch die Decke war. Was immer Rosen gesehen hatte, es konnte keine Seilwinde geben. Was, zum Teufel, hatte Rosen gesehen?
«Äh, Rosen, mal unter uns, du hast doch nichts eingefahren, alter Knabe?»
«Eingefahren?» Rosen schüttelte den Kopf. «Wie kommst du denn da drauf?»
«Nur so», meinte Rio. Er hatte plötzlich einen Verdacht.
«Diese Cocktails, sind die okay?»

Rosen besah sich das Glas in seiner Hand.

«He, da mußt du mich nicht fragen, ich habe nichts organisiert.»

Er schnupperte argwöhnisch an dem Gesöff. «Denkst du vielleicht...?»

Vielleicht, dachte Rio. Aber Fußmann war tot. Oder?

Während er Rosens Herzensbrecher auflegte, trieb sein Blick in den Kohlensäure-Gasen umher.

Zuckerwatte, dachte er, aber da war nichts. Gut so...

Er drehte Rosens Scheibe an: «And now as a special request...»

Schon als er die Nadel in die Rille setzte, hatte er den Eindruck, ein 3-D-Wackelbild zu betrachten. Die nebligen Lichtreflexe auf dem schwarzen Vinyl verstärkten noch die hyperplastische räumliche Tiefe, die er sah. Er wunderte sich noch, fragte sich, ob es damit zusammenhing, daß es eine Importpressung war. Die Nadel landete in der Rille, Musik setzte ein, und dann, mitten in der ersten Strophe, war der Ton weg.

Panik! Erst glaubte er die altersschwache Anlage hätte den Geist aufgegeben, ein krönender Abschluß zum Jahresende, Triumph von Buddhas Geiz, seinem unnachahmlichen Talent, immer an der falschen Stelle zu sparen.

Aber die kleinen Zeiger am Mischpult zuckten noch vor sich hin. Der Lautstärkeregler stand voll aufgedreht.

Das erstaunlichste war vielleicht, daß alle auf der Tanzfläche einfach weitertanzten.

Ohne Musik. Sie machten einfach weiter. *Schon komisch.*

Allerdings tanzten sie nicht, sie zappelten wie Fische an unsichtbaren Angelschnüren.

Er starrte auf die Nadel des Plattenspielers, stellte sich vor, wie der harte Diamantsplitter die Tonwellen aus den Rillen kitzelte, wie die Impulse durch die Drähte zu den großen Boxen jagten und von da ihre Frequenzen in die zuckenden Leiber pumpten. UND NOCH IMMER HÖRTE ER NICHTS! Unwillkürlich faßte er sich an den Helm. *Ist der Hirntod bereits eingetreten?*

Und dann sah er etwas, das er nie vergessen würde.

Es sah aus wie eine große flatternde Motte, und es klatschte an die Scheibe seines Helms: Das Wort «HI» versperrte ihm die Sicht...

Es kostete ihn einiges an Überwindung, danach zu greifen, und als er es berührte, flatterte es los und verschwand in der Dunkelheit. An seinen Fingerspitzen glitzerten zwei grüne phosphoreszierende Tropfen...

«He, Danny, hast du das eben gesehen?»

Unwillkürlich drehte er den Kopf und erschrak beim Anblick von zwei großen Verben, die sich hinter ihm an der Notbeleuchtung verklumpt hatten und dort wie zwei große weiße Motten mit zerschlissenen Flügeln vögelten.

Worte. Rio sah zum ersten Mal, wie sie sich vermehrten. Kein schöner Anblick.

Die meisten Worte kamen von der Bar – *wo sonst wird gesprochen?*

Manche trieben ziellos durch den Raum, andere waren so bedeutungsschwer, daß sie zu Boden sanken und wie Seifenblasen zerplatzten.

Rio konnte sehr genau sehen, *wer wem zuhörte.* Wie lange weiße Bandwürmer schlängelten sich die Sätze aus dem Mund der Sprecher in das Ohr des Zuhörers.

An der Bar entdeckte er Eddie, der mit Ilona turtelte. Mit beiden Händen massierte er ihren Hintern, während er unermüdlich auf sie einfaselte:

IlonababyyouknowthatIneedyouIlonayousosexyandsweetspendyourlifewithme
PleaseImakeallforyoucomewithmetothestates,givemeallyoursweet
sweetlovepleasedontmakenobodyelseashappyasme...

Rio konnte es nicht fassen. Der Schwachkopf hatte gebeichtet. Er hatte es nicht gehört, sondern gelesen...

Ausgekaute Worte trieben darüber hinweg, wahrscheinlich Fragmente einer Aussprache, die nicht hätte sein müssen...

Dann, als wäre sein Kopf aus dem Vakuum aufgetaucht, setzte die Musik wieder ein. Gute alte Tonschwingungen, die Nadel ritt wieder durch die Berge und Täler der schwarzen Scheibe.

Okay, dachte Rio. *Okay*. Aber dann kam da dieser Verdacht, und der Verdacht wollte einfach nicht mehr verschwinden. Er legte eine «BEST-OF»-Platte auf und machte sich auf die Suche...

Rio fand Eddie natürlich an der Bar, mit Ilona im Clinch. Durch die Plastikblende wirkte alles verschwommen. Rio mußte an Nilwasser denken: Eddie war eine Art Krokodil, das sich mit seiner Beute auf einer Sandbank aalte.

«Es ist was passiert», sagte er.

«Not now», grummelte es aus dem Schwitzkasten.

«Es ist verdammt wichtig», sagte Rio.

«Wie wichtig», meinte Eddie.

Rio packte ihn bei den Schultern.

«Hör mir zu, Mann. Eben... vor ein paar Minuten.» Er stockte und drehte sich um, als hätte er einen Zeugen mitgebracht.

Die Tanzfläche war wieder ein gleichmäßiger Bewegungsstrom. Darüber drehte sich die Spiegelkugel wie ein silberner Saturn mit dunstigen Ringen.

«Shit, ich seh Dinge, die gibt's nicht. Ich könnte schwören, es ist...»

«Acid?» Rio sah Old Satchmo vor sich, wie der scheinheilig mit den Augen rollte.

«Wir sind alle drauf, Mann, schätze ich...»

Rio war zur Salzsäule erstarrt. Die Angst vor Vergiftungen ist vielleicht deshalb so groß, weil dann der Feind im *Innern* sitzt.

«So what? Das kann doch einen alten Astronauten nicht erschüttern...»

«Sind es die *magic cocktails*?»

Eddie nickte. «Yeah, you know, ein paar Jungs von der 6th dachten, es wäre eine gute Idee... Stompie weiß Bescheid, is alles in Ordnung...»

Er kicherte, wollte abtauchen.

Rio fischte ihn an seinem Revers aus dem Dunkeln.

«Hör schön auf, ich will wissen, wo der Stoff her ist?»

Eddie, böse, aber ernüchtert, machte sich frei und ordnete seine Kleidung. «Da mußt du mich nicht fragen, Mann ... Es ist stinknormales Acid!»

Rio schüttelte den Kopf. «Eddie, weißt du noch, was ich dir damals über Fußmann erzählt habe?»

«Sein Lieblingskind?»

Rio nickte. «Danny hat einen Froschmann gesehen ...»

«Na und? Sieh dich doch mal um! Da drüben steht der Schrecken vom Amazonas!» Er stand tatsächlich da.

«Da oben, Mann.» Rio deutete an die Spiegelkugeln. «Da oben hat er ihn gesehen. Verstehst du?»

Eddie wurde still.

«Dexie», sagte er dann, als wüßte er, daß Rio keine Ruhe geben würde, «er hat das Zeug irgendwoher ... Warum willst du das überhaupt wissen?»

Dexie. Rio sagte kein Wort und zog Eddie mit sich.

«Wenn du jetzt gehst, gehst du für immer», rief Ilona. Ihren Zeigefinger hatte sie wie einen Karabinerhaken in seinem Hosenbund festgehakt.

«Damned! Wohin willst du eigentlich?» brüllte Eddie, leistete ebenfalls Widerstand.

«Du mußt mir helfen, Dexie zu finden», sagte er. «Es geht um Leben und Tod, Mann.»

Eddie bekam die Maulsperre. «Bist du noch bei Trost?»

Rio nickte. *Apollo 2000. Die Mission hatte begonnen.*

Sie fanden Dexie in Buddhas dunklem Büro, unter dem Schreibtisch in ein Mädchen verkeilt, das wie eine Gummiente quietschte.

«Da liegt er und leckt die Auster des kleinen Mannes», murmelte Rio. Der Umgang mit Kuhl hatte doch schwer auf ihn abgefärbt.

«Mein Gehirn weigert sich zu glauben, was ich sehe», sagte Eddie.

Ohne Rücksicht auf mögliche zarte Gefühle drückte er auf den Lichtschalter.

«God knows I'm innocent», brüllte Dexie, der natürlich an die Sitte oder ein Überfallkommando glaubte. Seine Hosen hingen auf Halbmast. Zu allem Überfluß stieß er mit dem Kopf an die Tischkante.

«Dexie, schnell, ich muß mit dir reden.» Rios Stimme wurde durch den Raumhelm gedämpft. «Das Acid ...»

«Was für Acid?» tobte Dexie. «Wer sind Sie? Was wollen Sie? Und ich weiß überhaupt nichts!»

«Ich bin's, Mann. Rio. Erkennst du mich nicht?»

Das Mädchen strampelte hinter Dexies Rücken. «Raus», fauchte sie.

Eddie zwinkerte ihr zu. «Dexie, das ist Rio, du hast ihm ein Mister-Mikrophon verkauft, weißt du noch?»

«No refund», brüllte Dexie. «Now, get the fuck out!»

«Ich will nur wissen, wo du das Acid herhast?»

«Acid? Acid? Wovon redest du überhaupt?»

«He knows», sagte Eddie.

«So what», entgegnete Dexie, als wolle er Zeit rausschinden.

«C'mon, Dex, tell the man!» Eddie hatte Angst, Ilona würde in der Zwischenzeit abkühlen.

Dexie schickte einen mißtrauischen Blick in die Runde.

«Ist irgendwas passiert?» fragte er scheinheilig.

«Noch nicht», sagte Rio.

Das Mädchen unter dem Schreibtisch fing an zu heulen.

«Sag ihm, er soll gehn», quengelte sie.

Rio holte tief Luft.

«Bitte, Dexie. Von wem?»

«He, Mann, ehrlich, wer kennt sich schon mit Namen in der Szene? Ich treffe zufällig diesen Hippie, und der hatte wieder einen Freund ... Er wollte hundert Deutschmark für die Ampulle ...» Er stockte, als hätte er zum ersten Mal Rios Pupillen wahrgenommen, die sich bis zu den Rändern der Iris geweitet hatten. Er schnappte sich seine alte Lederjacke.

«Hier, das ist es, der Knabe sagte, es sei das beste Acid aller Zeiten. Und jetzt laß mich gefälligst zufrieden. Get out!»

Es war keine gewöhnliche Ampulle, sondern ein Arzneimittelfläschchen mit einem Gummikorken; es sah verdammt unprofessionell aus. Das alte Etikett war abgelöst. An seiner Stelle klebte jetzt ein schmaler Papierstreifen – keine Schrift, nur ein Zeichen: ∞, *Karl Fußmanns Vermächtnis*.

Rio mußte unwillkürlich lächeln; da hatte also Dexie ungewollt das Experiment eingeleitet, das dem seligen Erfinder versagt geblieben war: *der erste Massenversuch* mit PSYKLON® unter fast ideal zu nennenden Bedingungen.

«Wow.» Danny hatte sich an das grüne Licht gewöhnt.

Barbara hingegen wartete wahrscheinlich noch immer auf die Bee Gees. *How deep is your love?*

Danny wollte seine Laune nicht von der Libido abhängig machen.

«Willst du was trinken?» Sie nickte unbestimmt. Danny bildete sich ein, sie schiele auf dem rechten Auge. *Eine schielende Bergzicke*, aber er hatte schon Schlimmeres zwischengehabt.

«Bin gleich zurück», sagte er.

Als er sich in das Gemenge an der Bar stürzte, bemerkte er auch den Kerl im Taucheranzug. Er schunkelte mit zwei Sanitätern von der «Burn-unit» und tapste dabei wie ein Tanzbär von einem Bein auf das andere. Der Helm schillerte grünlich wie der Körper einer Schmeißfliege.

«Cool outfit», meinte Danny.

Der Taucher machte eine komische kleine Verbeugung.

«Who's *Mystery Man*?» meinte Rosen.

Marvin, der breitere der beiden Schunkelbrüder, zuckte die Achseln.

«He doesn't talk too much – hey, look out!»

Ein Haufen «Black Knights», mit Stablampen bewaffnet, versuchten, nach Art einer altrömischen Phalanx einen Keil in die Menge zu treiben.

Danny, Leichtgewicht, wurde dabei in die Höhe gewirbelt. Er landete auf dem Froschmann, der ihn mit seinen weichen, pneumatischen Armen umfing. Danny behielt die Nerven.

«How do you do?» Er klopfte an den Helm. «3rd Armored Division. Am I right? I know you, right?»

Die Sichtscheibe des Helms war zu dunkel, als daß er hätte sehen können, wer sich im Inneren des Anzugs verbarg.

«He, you're a Kraut, right – sprechen Sie deutsch?»

Fast behutsam setzte ihn der Unbekannte ab.

«I wanna know...», sagte Danny. Irgendwie konnte er nicht lockerlassen.

«Hey, over here!» Danny bekam Verstärkung von einem Frischling der 1st/66th, der mit einer Taschenlampe herumfuchtelte.

Rosen schnappte sich die Lampe.

«Let me have a good look...» Danny nahm einen kurzen Anlauf und sprang wie ein Klammeraffe an dem Taucher hoch. Der Froschmann machte keine Anstalten, sich zu wehren.

So leuchtete Rosen durch die Sichtscheibe in das Innere des Helms – leuchtete und leuchtete. Niemand würde je wissen, was er gesehen hatte. Außer einem: Der Frischling, der über Dannys Schulter geschaut hatte, stieß einen Schrei aus und rannte davon. Danny leuchtete einfach weiter.

Sein Gesicht verriet nicht, was in ihm vorging.

Irgendwann machte er das Licht aus. Der schwere Stab entglitt seinen Händen, er war ohnmächtig geworden.

«Was ist da los?» fragte Eddie.

An der Bar gab es einen Auflauf um den ohnmächtigen Rosen.

«Keine Ahnung», sagte Rio. Über ihren Köpfen verdichteten sich die Dunstschwaden zum Orionnebel.

Rio machte sich Sorgen wegen der nächsten Scheibe. Das aktuelle Stück war in 20 Sekunden vorbei; gleich würde die letzte Note verklingen und das große, weiße Rauschen des Universums wie ein Wasserfall aus den Boxen stürzen.

«Eddie, kümmer dich um die nächste Platte! Ich muß Stompie Bescheid sagen. Er darf das Zeug nicht mehr ausschenken...»

«Was denn? Was soll ich auflegen?» Eddie, in Panik, sah, wie Rio in der Menge verschwand.

Rio kämpfte sich durch die stampfende Meute. Ein Strudel schien diese zappelnden Körper zu verschlingen. Weiße Hemden blitzten vor ihm auf, wie Eisschollen in grüner Geleemasse.

Als er sich umdrehte, stand es genau vor ihm...

Rio hatte vergessen, wie groß Gestaltwerther war.

Das Ding schien vergnügt, federte auf und ab und schlenkerte mit seinen Gummiarmen. Die Sichtscheiben des Helms waren wie Obsidianglas.

Zum ersten Mal konnte er auch die schwarzglänzenden Hände des Wesens sehen.

Er hat nur drei Finger, dachte Rio. *Fußmann hätte vielleicht mit dieser Information etwas anfangen können.*

Er war wie gelähmt und konnte es nicht fassen, als das Ding an ihm vorbeitanzte.

Es ließ ihn links liegen. Rio glaubte erst an einen grausamen Trick. Aber dann wußte er, was es war: Natürlich, er trug ja den Helm. Das Ding konnte ihn nicht erkennen...

Apollo 2000, dachte Rio. Der Helm funktionierte wie eine Tarnkappe. Zumindest dachte er das.

«Es lebe Schah Mohammed Reza Pahlewi! Er lebe hoch!»

In Buddhas Büro stießen Eiermann und Dexie auf ihr gelungenes Geschäft an.

«Big Deal!» lachte Dexie. «Unser Freund ist tatsächlich darauf reingefallen.»

Sie meinten natürlich Eddie.

«Er ist hinter dir her», frotzelte Dexie, «du hättest sein Gesicht sehen sollen, den Arsch wollte er dir brechen, als du nicht aufgetaucht bist.»

Eiermann prostete in die Runde. Er trug einen falschen Bart und eine Nickelbrille. Natürlich hatte er vorsichtshalber auch ein paar Freunde mitgebracht, die unangenehm grinsten.

«Und wenn er nun fragt, wo die hardware geblieben ist, hä?» Eiermann will es noch einmal aus Dexies Mund hören.

«Dann sage ich ihm, sie haben meinen Wagen aufgebrochen. Alles weg, so ein Pech!»

«So ein Pech!» Sie lachten wieder wie Hyänen über ein gefundenes Fressen.

«Hast du das Geld, Kumpel?» Dexie rieb sich die Hände. Vielleicht befürchtete er, irgendwas könne noch schieflaufen.

Eiermann zog umständlich einen dicken Umschlag aus seiner Brusttasche, ein Kuvert der Bank von Kuwait. Er öffnete es und ließ Dexie die blaue Fütterung sehen.

«Zehntausend Mark. Bitte.»

Dexie rechnete mit nichts Bösem, aber ließ sich nicht nehmen nachzuzählen. Eiermann sah ihm dabei zu und lächelte wissend.

«Und?»

«Perfekt», sagte Dexie. Er krempelte sein rechtes Hosenbein hoch und schob den Umschlag in einen seiner Langschäfter.

«Okay», sagte er dann. «Wir gehen jetzt kurz raus, und ich zeig dir, wo ich stehe. Dann holt ihr eure Kiste und ladet die Ware ein. Und immer schön mit der Ruhe. Es wimmelt draußen von Bullen.»

Sie schüttelten sich die Hände.

«Weißt du was, Dexie», sagte Eiermann strahlend, «ich bin froh, daß wir ins Geschäft gekommen sind. Eddie ist schon in Ordnung, aber er ist immer so nervös ... Immer denkt er, irgendwas wird schiefgehen ...»

«Er ist einfach paranoid», sagte Dexie, «das ist alles.»

Als gäbe es magnetische Ströme in diesem grünstichigen Nichts aus Blitzlicht und Rauchschwaden, so zog es Rio doch noch an den

Tresen. Dort prallte er gegen den stahlharten Bauch von Stompie, der ihn wegen des Helms nicht erkannte und rausjagen wollte.

«Bad news», brüllte er, nachdem er sein Visier gelüftet hatte. «Das Acid ist ... schlecht.» Allein Fußmann zu Ehren versuchte er, das Wort «Horrortrip» zu vermeiden.

«So, so, damit kommst du aber reichlich früh», meinte Stompie. Es war zwanzig vor zwölf.

«Willst du damit sagen ...?»

«Schon lange.» Stompie deutete auf die leeren Bowlekübel. «Ich hab mir gleich gedacht, daß was nicht stimmt! Die ganze Zeit über war es so verdächtig ruhig.»

«Es könnte ein Problem geben», sagte Rio, «verstehst du?»

Stompie nickte, zapfte ein Bier.

«Ich sage Gock Bescheid, im Falle eines Falles», meinte Stompie. «Noch habe ich nichts Auffälliges gesehen ...»

Rio nickte. Er hoffte, es würde glimpflich abgehen. Spätestens nach 48 Stunden war die Gefahr gebannt. Es war auch nicht klar, an wessen Fersen sich der Gast aus einer anderen Welt hängen würde.

Im APOLLO-2000-Film hörte er sich sagen: «Und jetzt können wir nur noch beten, Männer.»

Die Welt blieb unter Wasser; das Ding kreiste wieder im Trockeneisnebel. Seine kugelförmigen Glieder schillerten wie Insektenpanzer.

Rio hatte sich fast an den Anblick gewöhnt.

«THE HORROR», sagte eine Stimme hinter ihm.

Rio drehte sich um und sah ein blasses Gesicht im Schwarzlicht des Scheinwerfers, den Eingeweihte die «Mondblume» nannten. Durch die grüngetönte Sichtscheibe wirkte Rosen wie eine lebende Leiche.

The Horror. Die Anwesenheit von etwas so Fremdem war Danny unerträglich. Er hing an der Bar und kühlte seine Stirn mit einem Eiswürfel.

«What, in God's name, is it?» stammelte Rosen. Er zitterte.
«Gott, es kann schweben, siehst du das?»

«Es ist nicht wirklich – not real», beruhigte ihn Rio. Er fragte sich, wie viele andere das Ding ebenfalls sahen und wie viele von ihnen nicht einmal ahnten, daß es kein ausgefallenes Kostüm war, kein ausgelassener Partygast, sondern ein fremdartiges Wesen, das nur auf submolekularer Ebene existierte.

«Wenn es nicht echt ist, warum verfolgt es mich dann?» sagte Danny. *Berechtigte Frage.*

«Es verfolgt dich nicht», sagte Rio, «das bildest du dir ein ...»

Danny schüttelte den Kopf. «But it's there!»

«Autosuggestion», sagte Rio. «Kein Grund zur Beunruhigung.» Fußmann wäre stolz auf ihn gewesen.

«Okay, okay. Was ist los mit mir?» Danny versuchte, sich in den Griff zu bekommen.

«Danny, es ist nur ein neuraler Kurzschluß», sagte Rio, als wäre das die natürlichste Sache der Welt.

«Warum gehst du nicht nach Hause, Danny?»

«Aber du siehst es doch auch, oder?»

«Ja, ich sehe es auch», sagte Rio, «aber nicht alles, was man sieht, ist echt. Denk mal ans Fernsehen.»

Danny nickte. «Okay.» Das leuchtete ihm ein. «Okay. Ich gehe noch mal schiffen und dann ...»

«Right on, Danny. Geh nach Hause, schlaf es aus ...»

Als Danny die Toilette betrat, wiegte er sich in Sicherheit, nur waren leider beide Kabinen besetzt.

Rosen rummste gegen die rechte Tür; innen hörte er den Frischling wie ein Schweinchen quieken ...

«It's me – Rosen. Get out you shitty little smurf ...»

Das Schloß wurde entriegelt, und eine Taschenlampe leuchtete ihm ins Gesicht. «Is he gone?»

Rosen schüttelte den Kopf. «He's not.»

Der Frischling wollte die Tür wieder verriegeln.

Bauchschmerzen als Folge einer psychosomatisch bedingten Magen-Darm-Kolik waren vielleicht der Grund, warum Rosen der Geduldsfaden riß.

«God damn it!» Danny zerrte den anderen aus der Kabine.

«Let go!» brüllte der Frischling. Er war größer und breiter als Rosen und bereit, für sein Plätzchen unter der Klobrille wie ein Löwe zu kämpfen.

«Fuck you! STOP! – STOP!»

Noch während des Gerangels wurde in der zweiten Kabine gezogen. Rosen wußte plötzlich, wer in der Kabine war. Es war zwar unmöglich, aber es war trotzdem so.

«Jezuuzz! Wait a minute...», schrie er, als ihn der Frischling mit einem fürchterlichen Kinnhaken erwischte.

Danny taumelte zurück.

Ein Schwarm Glühwürmchen schoß ihm in die Augen, und dann, noch während sich die Tür einen Spalt öffnete, begann er aus Leibeskräften zu schreien...

VIII

Der frischgebackene Besitzer des XBCs führte ihn ein, kurbelte ein bißchen und ruderte dann mit den Armen wie ein flugunfähiger Gimpel. Ilse hielt das Leichtgewicht in ihrem Schraubstock und sorgte für Gegendruck. Im Fernsehen herrschte Riesentrubel. Toni Marshall sang «Komm, gib mir deine Hand», und Sonny, übermütig wie nie zuvor, johlte «Schnippeli-Peng»...

Ilse seufzte, naschte unterdessen vom Meerrettich auf den Lachsschnittchen. Ein Summen wie von einem Moskito.

«Das Telefon klingelt.»

«Ich bin nicht taub.» Vielleicht ahnte sie, daß es Harry war, der aus irgendeinem gottverlassenen Puff in Heidelberg anrief, um sich bei ihr auszuheulen. Sie ließen es klingeln, vögelten weiter, aber Sonny spürte, daß sie nicht mehr bei der Sache war.

«Ich kann nicht mehr», keuchte sie plötzlich und langte nach dem Hörer.

«Mußt du mich mitten in der Nacht anrufen? Weißt du, wie spät es ist, Harry?» *Sentimental Harry*; Sonny war so nahe am Hörer, daß er jedes Wort mithören konnte.

«Hab ich ... den Kleinen ... geweckt?»

«Ach was», sagte sie. «Was willst du?»

«Verdammt, ich wollte wissen, wie's dir geht», sagte die Stimme. Sie klang weit weg. Pause. «Bist du allein?»

Ilse seufzte. «Ja, ich bin allein», sagte sie. Vielleicht wollte sie ihn nur schonen, als sie das sagte. Sie stützte sich auf und rollte den Kopf in den Nacken, machte es sich bequem, um ihm die Beichte abzunehmen.

«Ich wollte nur sagen, daß es mir leid tut», sagte Harry. «Ich habe viel falsch gemacht. Ich liebe dich noch immer, weißt du das? Sieh mal, wenn zwei Menschen sich lieben, dann ist alles möglich. Letztes Jahr war ein Scheißjahr. Ich hab dir weh getan, aber ...»

«Harry», fiel sie ihm ins Wort, «ich hab keine Lust, mit dir zu reden. Ruf an, wenn du wieder nüchtern bist.»

«Wart mal, bitte, leg nicht auf, Kleines», kam es aus dem Hörer, «ich will nur sagen, bitte, denk noch mal nach über die Scheidung ...»

«Frohes Neues, Harry», sagte sie. Und legte auf.

«Wie hab ich das gemacht, Liebling?»

Sonny tätschelte ihr besänftigend den Arsch. Er wollte schon wieder in sein natürliches Element eintauchen, als es erneut klingelte.

«Häng doch das verfluchte Telefon aus», sagte er.

Ilse schüttelte den Kopf.

Nachdenklich nahm sie ab. «Harry, ich warne dich ...»

«Verdammt, ich hab auch Rechte! Ich will wissen, wie es meinem Sohn geht!» Er brüllte. Es war fast so laut, als ob er im Zimmer stünde. Sie richtete sich ruckartig auf, beinahe wäre Sonnys Schwanz aus ihrer Möse gerutscht.

«Du hast überhaupt keine Rechte», kreischte sie los, «und wenn du mich nicht in Ruhe läßt, kriegst du's mit der Polente zu tun...»

«Flittchen, noch sind wir nicht geschieden. Ich habe das Recht ... Recht zu wissen, was du treibst, und...»

«Leck mich», brüllte Ilse.

«Okay», sagte Sonny, um die Lage etwas aufzuheitern.

«Nicht du», fauchte Ilse und erkannte zu spät, daß sie sich damit verraten hatte.

«Was?» Die tiefe Männerstimme sackte plötzlich weg. «Ilse, mit wem...»

Ilse legte auf. Behutsam.

«Baby», sagte Sonny. Ihr Saft an seinem Schwanz war erkaltet. Sie sagte nichts, bis das Telefon zum dritten Mal klingelte.

«Harry, du elender Spinner...»

«Da ist jemand bei dir! Ich kann es fühlen», Harrys Stimme leierte aus dem Hörer, «er kann mich hören, das verdammte Schwein kann mich hören...»

«Schluß», sagte Ilse, die jetzt wirklich genug hatte. «Es ist mitten in der Nacht. Es ist Silvester.... Harry, Liebling...» Es war das erste Mal, daß sie ihn so nannte, «wir sollten jetzt Schluß machen. Morgen ist auch noch ein Tag.»

«Fotze.» Seine Stimme brach wie eine Faust aus dem Hörer. «Ich breche dir deinen gottverdammten Arsch, das schwöre ich, ich schlag dir die Fresse zu Brei...»

In Sonnys rechtem, dem Hörer zugewandten Ohr machten sich die Nachwehen einer Mittelohrentzündung bemerkbar. Es knackte so merkwürdig in seinem Kopf.

Ganz langsam schob er das Becken vor.

Message understood... Zum ersten Mal suchte sie seine Augen.

Er stieß sie heftiger. Einmal tief, zweimal flach, einmal stoßen, zweimal kurbeln. Sie keuchte und schüttelte energisch den Kopf. «Harry, verdammt...»

Zweimal tief, einmal rühren, zweimal flach.

«Schwein», grunzte sie schließlich, an Sonny gerichtet.

«Hure», lallte Harry, «treib es doch mit deinem Freier, dir macht es doch nur Spaß, wenn es richtig schmutzig ist.»
Wie recht er hat!
Sonny änderte den Rhythmus, zweimal flach, dreimal tief. So ging es auch. Ihr Gesicht war eine ausdruckslose Maske.
Harry fing wieder an. «Du mieses Flittchen, ich hab dich aus der Gosse gezogen... Gib doch wenigstens zu, daß du 'ne Hure bist! Das ist jetzt der Dank...!» In diesem Moment stieß sie einen Schrei aus.
Danach war es still, so still, daß man das Ticken der Küchenuhr hören konnte.
«Ja», sagte sie dann, «ich liege mit einem Kerl im Bett, einem, der es kann, und lasse mich so richtig durchbumsen.»
«Keine Ursache!» Sonny wehrte bescheiden ab.
«Sag hallo zu Onkel Harry», sagte Ilse und hielt ihm den Hörer hin.
Sonny versuchte etwas in ihrem Gesicht zu lesen, aber da war nichts.
«Äh... hallo», sagte Sonny. «Und frohes Neues.»
Harry blieb still. Entweder war er gerade wieder zu sich gekommen oder schon wieder am Rande der Ohnmacht.
«Bist du noch da, du elendes Arschloch?» Sie wollte ihm den Rest geben.
«Er ist ein *richtiger* Rammler, Harry, ein Deckhengst, einer, der *es* kann... Er hat es mir schon zweimal besorgt... Mir ist es *gut* gekommen, Harry, *no faking it*... Willst du zuhören, Liebling, wenn er mich vögelt, willst du das?»
Der Hörer landete neben ihr auf dem Kopfkissen.
«Stoßzeit», sagte sie laut und deutlich.
Und Harry schickt jetzt ein Stoßgebet zum Himmel, dachte Sonny. *Was soll's, Kinder sind grausam.*
Sie packte seinen kleinen schurkischen Körper und wuchtete ihn wie ein Stemmeisen zwischen.
«Gib mir deinen Mund», stöhnte sie. Sie bezüngelten sich, getrieben von jener brennenden Geilheit, die aus dem Leid anderer

entsteht. Die Geräusche mußten sich anhören wie zwei nasse, monströse Waschlappen, die sich in einer Ohrmuschel balgten.

«Kannst du hören, wie er mich fickt, Harry?» Schweiß, Schminke und Lippenstift hatten sich in eine Fratze des Bösen verwandelt.

Sonny wußte, er war gleich soweit. Er war ganz Stichling, Beschäler, ekstatischer Marathonficker, Dildo.

«Spritz!» brüllte sie. Ihre Nägel gruben sich in seinen Hintern. «Du sollst endlich spritzen!!»

«Hey, Harry, old boy», sagte Sonny im letzten Moment, «*nothing personal*.»

Dann röhrte er wie ein Zwölfender. Einen Moment flimmerte es vor seinen Augen, und er ahnte, was sich jetzt in ihrer Scheide abspielen würde. Weiße Lava peitschte in den blutroten Himmel... Er zählte mit, kam bis fünf... Mehr als 250 Millionen Spermatozoen traten ihren Leidensweg in das azytische Milieu ihres Unterleibs an.

Aus dem Hörer brach in diesem Moment ein verhaltenes Schluchzen. Es klang irgendwie komisch, fast abstrakt, wie eine Art Spielzeugstimme. – *Ach Harry.*

«Liebling, hörst du... ich hoffe, du weißt, was du tust...»

Entschieden legte sie auf. Sie war sich sicher, daß er nicht mehr anrufen würde. Ein paar Minuten lagen sie in ihrem Schweiß und rührten sich nicht.

Sonnys Augen trieben im Aquarium zwischen den Fischen.

«Hast du kein Quentchen Mitleid mit ihm?» fragte er scherzhaft.

«Mitleid?» Sie sagte es wie ein Fremdwort.

Nie gehört, dachte er.

Nicht nur Rio hatte eine Mission in dieser Nacht. Wenige Minuten nach dem verhängnisvollen Telefongespräch saß Harry am Steuer seines Wagens. In seinem Kopf herrschte geradezu buddhistische Leere.

ALL-OUT-WAR, dachte er immer wieder, ein Terminus, den die Militärs für die nukleare Kettenreaktion gebrauchten. *Tabula rasa*...

Die Straßen waren ausgestorben. Der Himmel hing wie geronnenes Blei über den Dächern. Gelegentlich rummste es in der Häuserschlucht am Europa-Palast. Es roch nach Chinaböllern und Knallfröschen, deren versprengte Überreste überall in den Rinnsteinen lagen.

Für die Nutte und ihren Zwerg wird es bald nichts mehr zu böllern geben.

Nutte – ja, richtig –, es spielte keine Rolle mehr, daß er früher einmal *seine* Frau in ihr gesehen hatte.

Harry kaute auf seinem Zigarillo. Er trug schwarze Golfhandschuhe, und auf dem Beifahrersitz, ganz offen, schaukelte die Benelli...

That's right. Benelli. Die kleine Bleischleuder, die Eiermann so unbedingt hatte haben wollen... Vielleicht hatte Harry schon damals gewußt, daß er sie eines Tages selbst brauchen würde.

Ein Mann muß tun, was ein Mann tun muß, dachte Harry. Er war doch ein Mann, oder?

Diese Nacht war es ein weiter Weg nach Kamerun. Die Mainzer zog sich vor ihm hin wie ein dunkles Band, auf dem das Nichts tanzte. Erst am Güterplatz, ungefähr auf Höhe der verödeten T & N-Kasernen, begegnete er einem Taxi.

Innerlich hatte Harry auf Autopilot geschaltet. Sein ZNS sorgte dafür, daß er gelegentlich im Reflex schaltete und Hindernissen oder Betrunkenen auf der Fahrbahn auswich...

Nach einer Weile kam ihm keiner mehr entgegen.

Gut so, dachte er, *dann gibt es keine Zeugen.*

Erst der Zwerg, dann sie. Vielleicht würde er ihr vorher die Titten abschneiden. *Schöne Vorstellung.* Er grinste zufrieden.

Obwohl er um die siebzig Sachen draufhatte, wurde er im selben Moment beinahe geräuschlos von einem 500er Mercedes mit Diplomatenkennzeichen überholt. Blondes Fickgepäck räkelte sich im Fond.

Warum war alle Welt so scharf auf Blondinen? Wäre Ilse brünett gewesen, der Zwerg hätte sie wahrscheinlich links liegen lassen.

Wenig später hatte er die Siedlung erreicht.

Die Straße war spiegelglatt. Er merkte das, als er in die Seitenstraße bog und der Wagen seitlich gegen den Bordstein rutschte.

Im Schrittempo rollte er durch die Blöcke. An den Mülltonnen lag ein brennender Christbaum ...

Harry hatte Tränen in den Augen. Er sah alles wie durch einen Schleier.

Ihr Reihenhäuschen mit dem weißen Zaun. Sein Zuhause. Alles schwamm ihm entgegen ...

Schließlich steuerte er den Wagen in die einzige Parklücke, die er finden konnte. Vor ihm im Licht der Scheinwerfer sah er so einen Haufen. Die Vorderräder berührten schon fast das Bündel, als es wild auseinanderstob.

Es war nur ein Penner, der sich in der kalten Nacht an einer Motorhaube gewärmt hatte. Harry sah ihm noch nach, wie er auf allen vieren davonkroch, unter sich die Reflexion seines Körpers auf der vereisten Straße und vor ihm die Dunkelheit.

Der Weg war schlecht beleuchtet und noch schlechter bestreut.

Als Harry in seinen Krokodillederbobs aus dem Wagen stieg, rutschte er wie auf Schmierseife. Schon von weitem konnte er die Discomusik hören.

Bei Wind und Wetter ließ sie die Balkontür offen. Wie oft hatte er sich früher erkältet: «Du mußt dich abhärten», hatte sie gesagt, «this ain't Kansas, Toto.» Jetzt wertete er diese Redensart als ihren ersten, unbewußten Versuch, ihn loszuwerden. Vielleicht hatte sie ihm sogar nach dem Leben getrachtet.

Sein Finger berührte schon den Klingelknopf, als ihm einfiel, daß sie eine gerichtliche Verfügung gegen ihn erwirkt hatte. Er durfte sich ihr nicht nähern, nicht mal auf 50 Yards. Wenn er Pech hatte, würde sie einfach die Polizei rufen. Das verdammte Gesetz war auf ihrer Seite ...

Wenig später stand er im Vorgarten, auf der Wiese, wo er ihr beinahe einen Privatbunker gebaut hätte.

Hinter den Gardinen wurde getanzt: Schattenrisse des Obszönen, furios gespielte Bongos. *Natürlich läßt sie das Licht brennen,* dachte er, *was macht es schon, wenn all die Spanner aus dem Fenster fallen?*

Harry hatte Bilder dieser Art nur einmal im Kino gesehen: in Frisco in einem halbleeren Schuppen mit durchgehendem Einlaß für Angehörige der U.S.-Navy und Kleenex-Packungen unter den Sitzen.

«Jeder Seemann nimmt seinen Saft wieder mit nach Hause...» – Ahoi, Skipper ... Neben der Gartenlaube gab es eine fette, winterfeste Schlingpflanze, die sich um eine Regenrinne in die Höhe rankte.

What goes on, Harry? Im Badezimmer ging jedenfalls Licht an.

Er hörte so etwas wie ein fernes, verhaltenes Plätschern. Gelächter ... Die Akustik zwischen den Reihenhäusern war ausgezeichnet. *Vielleicht pissen sie sich in ihrem Glück gegenseitig an,* dachte er grimmig – und sollte niemals wissen, wie recht er damit hatte.

Harry rieb sich die Hände, als ob ihm kalt wäre.

Aber innerlich kochte er.

Ein letztes Mal sah er sich um. Irgendwie rechnete er damit, daß ihn jemand beobachten könnte, aber rechts und links von ihrem Fenster war alles dunkel. Die Nachbarn waren entweder ausgeflogen oder lagen schon längst in den Federn.

Okay, dachte Harry alias THE CAT, Fassadenkletterer. Er wunderte sich selbst über seinen Galgenhumor.

Ohne einen Angriffsplan gefaßt zu haben, setzte er sich in Bewegung. Seine Hände fanden Halt in den Efeuranken – ein Klimmzug, ein gekonnter Griffwechsel, es war ein Kinderspiel. So einfach, daß er fast schon wieder Gewissensbisse hatte ...

Dennoch kletterte er weiter. Der Boden des Balkons war fast in Augenhöhe. Durch einen Spalt in den Gardinen konnte er das Schlafzimmer sehen, ihr Lotterbett, mit den Gucci-Bezügen, die er damals, Weihnachten 78, aus New York mitgebracht hatte.

«Dieser Blödmann!» Eine Tür flog auf.

Ilse & der Gnom. Verdammt, sie trug wieder seinen Cowboyhut! Und sonst nichts. Der Zwerg kicherte. Wie der Bräutigam die Braut über die Schwelle trägt, so schleppte er Ilse zum Bett.

Wassertropfen glitzerten an seinen Beinen und, ohne es zu wollen, präsentierte er Harry auch sein überdimensionales Geschlechtsteil.

Er mußte an einen Dobermann denken. Ihm dämmerte zum ersten Mal, woran seine Ehe gescheitert war.

Schöne Tiere, dachte Harry, *aber paaren muß man sich nicht mit ihnen.*

«Reine Schikane», meckerte Ilse gerade. «Warum muß er denn ausgerechnet in der Neujahrsnacht anrufen?»

«Er tut mir leid», sagte Sonny. «Harry ist schon ganz in Ordnung. Ein bißchen bescheuert, aber sonst okay.»

Na bravo. Einen Fürsprecher hatte er in dieser trostlosen Nacht. Tiefer, Harry spürte es, konnte es nicht mehr gehen. Er fragte sich, wo sie seinen Jungen gelassen hatte ...

Bei ihrer versoffenen Mutter, wo denn sonst?

Er fühlte die Benelli in seinem Gürtel, aber er konnte nicht einfach so reingehen und zwei Menschen umlegen. Harrys unkontrollierte Wut hatte einer kalten Planungswut Platz gemacht. Er fühlte sich unbehaglich. Wie spät mochte es sein? Wenn der Zirkus losginge, wären binnen Sekunden überall Leute am Fenster. Man würde ihn sehen. Er brauchte nur eins und eins zusammenzuzählen, um zu wissen, wo er landen würde.

Ilse steckte sich eine Zigarette an.

Die letzte, dachte er, *soviel Zeit gebe ich dir noch.*

Der Zwerg hatte inzwischen nichts Besseres zu tun, als sie von hinten zu beschnüffeln.

Great, dachte Harry. *Awright. Do it! Do it!* Er fühlte wieder die glutrote Wut in sich aufsteigen.

Als hätte er einen telepathischen Befehl bekommen, ging Sonny in Stellung.

«Laß mich das machen», flüsterte sie.

«Großer Gott», ächzte Sonny, als sie ihn einführte. Mit der Anmut eines Delphinschwimmers begann er ihre Furche zu pflügen.

Tatsächlich stammelte er vor Glück und pries den Namen seines Schöpfers, dem er bald, ginge es nach Harry, gegenübertreten würde.

Harry fühlte, wie ihm Schauer über den Rücken jagten. Seine Hände krallten sich in die Efeuranken. Er hatte die schmerzhafteste Erektion seines Lebens!

Sie hatte diesen leeren, seelenlosen Blick in den Augen, der ihm schon früher so zugesetzt hatte ...

Jetzt ...

Harry betet ...

Er denkt an Gott, den Teufel, den Sündenfall, die Todsünden, die Apokalypse. Harry denkt sogar an den «almighty Dollar», aber all das hindert ihn nicht daran zuzusehen ... Da ist sie, die drehbare LIVE!-Bühne des Lebens, und er ein einsamer Voyeur in der ersten Reihe. (Ein schwacher Trost: *Für so eine Darbietung muß man im Eroscenter 25,- Mark berappen.*)

Stellungswechsel: doggy-style.

«Was ist? Kriegst du ihn nicht steif, oder was?»

Immer wieder beliebt, denkt Harry. Er hat das früher öfter gehört. Mit der Zeit kennt man die Redensarten einer Frau.

Der Zwerg, Wolfsblick, steht hinter ihr. Heimlich streift er sich den roten Mösenfeger vom Finger.

«Da hast du dein Feuerwerk!» Sie jauchzt, als sie die Borsten fühlt. Ein 50-Pfennig-Tickler, mehr braucht es manchmal nicht, um die Liebe noch schöner zu machen. Das Schnalzen der Organe erinnert Harry an einen Sperber, es klingt wirklich ungeheuer echt, dieses Schnalzen, und Harry kann es nicht länger ertragen ...

Aber was tun?

Da hängt er in den Schlingpflanzen unter ihrem Balkon und weiß sich keinen Rat.

Die Maschinenpistole in seinem Gürtel scheint eine Tonne zu wiegen, jeden Moment kann sie ihn in die Tiefe ziehen. Ihm fällt auf, daß er zittert. Und schwitzt ... und noch etwas: Sein Bein ist taub, eingeschlafen.

Während er wie ein Ungeziefer im Efeu lauert, hat sich sein verdammtes Bein abgemeldet. Es ist kalt, und wenn er es bewegen will, fühlt er so etwas wie eine Eiswasserschwemme in seinen Adern. Harry kennt das Gefühl; seit frühster Jugend hat er unter Durchblutungsstörungen gelitten, meistens sind es die Füße gewesen.

Er hat die Hände nicht frei, sonst hätte er vielleicht versucht, sein kribbelndes Bein zu massieren. Aber jeder Wiederbelebungsversuch kann ihn den Kopf kosten. Die Dunkelheit in seinem Rücken ist wie ein Abgrund ...

Die Bestien auf dem Bettvorleger bezüngeln sich mit fiebernder Geilheit. Sie ist auf dem Weg.

Harry kann es an ihrem verkniffenen Mund sehen und den glasigen Kuhaugen, die sich verdrehen ...

Okay, that's it. Einmal muß Schluß sein. Harry fühlt eine unbändige Wut in sich aufsteigen. Unter Aufbietung aller Kräfte gelingt es Kommando-Harry, sich zu bewegen. Das taube Bein implodiert wie ein Ameisenhaufen. Harry zieht mit links ...

The cold hard facts of life, Baby. Doch Harry selbst ist sich der Sachlage nicht ganz bewußt, dank frostiger Witterung ist die Regenrinne seit Tagen vereist. Eine kleine Verlagerung des Gewichts genügt, und er rutscht ab.

Mit dem tauben Fuß schlingert er in den Spalt zwischen Mauer und Rinne. Im Reflex versucht er sich festzuhalten – und ein kleiner Blumentopf kippt lautlos vornüber. Die Stiefmütterchen segeln unendlich langsam an ihm vorbei, um dann irgendwo zwischen der steifgefrorenen Wäsche zu landen. Ein Höllenlärm. Harry wartet auf das Jüngste Gericht.

«Was war das?» Natürlich hat sie es gehört. Harry versucht vergeblich, seinen Fuß zu befreien, seine Linke umklammert noch immer die Bleispritze.

«Da war doch was.» Sie lauscht in die Nacht.

Ein Knallfrosch explodiert, und Harry zuckt zusammen. SNIK! – eine Kugel kratzt seine Schläfe.

Lord, have mercy! Seine Hand verkrampft sich, der Zeigefinger bleibt gekrümmt und jagt das ganze Magazin raus. An der Wand klingt es wie ein Platzregen. *Wegen des dicken fetten Schalldämpfers...*

Vor Schreck läßt er die Waffe fallen.

«Hörst du das?» fragt sie wieder.

«Was wird schon sein?» Der Zwerg lacht hämisch.

Harry hält den Atem an. Die berüchtigte Kinderschwadron, die, statt im Bett zu liegen, die Gegend verunsichert, schlendert unter ihm die Straße lang. *Danke, Jungs!*

«Ich werde mal nachsehen», hört er Ilse sagen.

Der Zwerg protestiert, aber natürlich setzt sie ihren Willen durch.

Auf Zehenspitzen tippelt sie auf den Balkon und lehnt sich über das Geländer. Harry kann ihre Brüste sehen, das Zwillingsgestirn seines Unheils schaukelt über ihm.

Natürlich brauchen ihre Augen Zeit, sich an die Dunkelheit zu gewöhnen.

«Ach, das ist ja interessant», sagt sie plötzlich. «Psst! Sonny! Da unten ist einer. Komm mal her, das mußt du dir ansehn!»

Harry kann hören, wie die Sprungfedern quietschen. *Er gehorcht ihr aufs Wort, der Hund!*

«Wo denn?» Ein Strubbelkopf taucht unter ihrer Achsel auf.

Erst auf den zweiten Blick kann er einen Umriß erkennen.

«Sieht aus wie ein Kartoffelsack!» Tatsächlich wirkt Harrys Armee-Regenhaut wie ein Wunder der Camouflage.

«Verdammter Spanner!» keift Ilse.

Harry muckst sich nicht. Er hält die Augen geschlossen, hofft, sie würde endlich wieder verschwinden, es drinnen treiben und ihn seinem Schicksal überlassen.

«Da ist niemand», sagt Sonny. «Komm, laß uns reingehn! Die Leute können uns sehen.»

Sonnys Appell findet kein Gehör.
«Glaubst du, daß es Harry ist?»
Der preßt sein Gesicht in die Blätter.
«Warum sollte es Harry sein?»
«Nur Harry ist so blöd und bringt so eine Nummer», sagt sie, «na, dem werd ich's zeigen.»
«Was denn? Du willst doch nicht etwa die Blumen düngen», kichert Sonny. Harry hat eine ungute Ahnung.
«Hilf mir mal rauf», sagt sie.
«Du ... du bist verrückt», sagt Sonny. Er kann nicht glauben, daß sie ihren nackten Hintern über das Geländer hängt.
Harry kann sie riechen, er bildet sich das nicht bloß ein.
Einen Augenblick ist es totenstill.
Harry hat schon fast gehofft, die Quälgeister wären verschwunden und er in ein paar Minuten aus diesem Alptraum erwacht.
Und dann geht der zweite Platzregen nieder, den er in dieser ansonsten niederschlagsfreien Nacht hört ...
Der Regen ist warm. Es ist schlimmer als radioaktiver Fall-out, und er hat nicht mal eine Aluminiumplane, um sich zu verkriechen. Harry betet zu Gott. Sie hat viel getrunken. Obwohl der Efeu ihm Deckung bietet, ist er danach von Kopf bis Fuß durchnäßt.
Bitte, Herr, erlöse mich, denkt er noch, da gibt der Efeu schon nach, und Harry stürzt wie ein Stein in die Tiefe.
Er landet im Matsch, aber beißt die Zähne zusammen. Nichts außer seinem Stolz ist ernsthaft verletzt.
«Ich hab was fallen gehört», sagt Sonny. «Wenn es nun wirklich Harry ist?»
«Bei Gott, ich hoffe, er hat sich das Genick gebrochen», hört Harry sein liebendes Weib fluchen. Sie spuckt in die Dunkelheit – und trifft.
Auch das spricht *für* sie und gegen Harry.
«He, gleich ist es soweit», sagt Sonny.
«Ja», sagt sie.
Harry kann hören, wie sich die Balkontür schließt, es ist vorbei.

Er liegt einfach da und starrt in diesen stummen Himmel. Nicht ein Stern ist zu sehen.

Ihr Speichel kriecht ihm kalt wie eine Schnecke in den Nacken.

Gütiger Himmel, sie hatte ihn bepinkelt, bespuckt, wie ein Stinktier hatte sie ihn markiert. Er würde sich noch so oft waschen können, der Geruch würde bleiben.

Der Beifahrersitz war leer, als er ausparkte.

Er hatte sich nicht einmal die Mühe gemacht, im Dunkeln nach der Waffe zu suchen.

Gut so, dachte er, *was soll ich auch damit.*

Er fuhr Schrittempo.

Harry blutete, aber was viel schlimmer war, er sabberte.

«Kamerun», lallte er einmal. Er sehnte sich zurück nach Kansas City, dem Bunker im Vorgarten seiner Eltern ... Dort würde er sich einschließen und einfach warten ...

Ganz langsam, wie ein unbekannter Kontinent, verschwanden die Blöcke der Ameisensiedlung im Rückspiegel.

It's a long way home, Harry. It's a long way back from hell.

IX

So sollte der Big Deal also doch noch stattfinden; nicht im Hintertaunus, in einem verschneiten Tannenhorst, sondern auf einem öffentlichen Parkplatz vor dem Ali Baba's, mitten im Gedränge der Altstadt – und ohne Eddie natürlich, der alles eingefädelt hatte, aber leer ausgehen sollte.

Sie saßen in Dexies Wagen. Im Schummerlicht einer 20 Watt-Birne hatte es Eiermann geschafft, sich von seinem falschen Bart zu befreien. Seine Bodyguards hielten ihm eifrig den Spiegel.

Dexie öffnete die erste Kiste. «M-16», sagte er, «Kaliber 5.56 ... Commando Rifles ... Siehst du, der Lauf ist um gut zehn Inches gekürzt ... Damit kannst du sie unter den Mantel packen.»

Eiermann nickte anerkennend.

«Look, that's the *sing switch*», sagte Dexie. Mit einer energischen, fast manisch erscheinenden Bewegung schaltete er von Einzelschuß auf Vollautomatik.

«Ist sie geladen?»

«Take it easy, Buddy.» Dexie ließ ihn sehen, wie das Magazin einrastete. «Now she's ready to rock.»

Eiermann hatte strahlende Augen, als er die Waffe entgegennahm. «Und die ... Panzerfäuste?»

«Bazzokas? In der großen Kiste.» Dexie öffnete den Deckel einen Spalt. «Siehst du?»

«Okay.» Eiermann bellte ein paar Befehle auf persisch.

Seine Freunde verließen den Dodge, um ihren Wagen zu holen.

«Wo steht ihr?» wollte Dexie wissen.

«Um die Ecke», sagte Eiermann.

Dexie schielte zur Wasserpfeife. Eine Hooka so zwischendurch, damit die Warterei nicht zu lang wird. Aber er entschied sich dann doch, den seriösen Geschäftsmann zu spielen.

«He, ich kenne da einen guten Witz ...», begann er. Er wollte tatsächlich gerade loslegen, als es energisch an die Tür klopfte.

«Das ging aber schnell», sagte Dexie.

«Sie sind schnell», sagte Eiermann und öffnete die Tür.

«Verdammt, Dexie ... Du mußt mir helfen!»

«Danny ... Good Lord!» Dexie hatte Rosen noch nie in so einem Zustand gesehen.

«It's after me! It's THE HORROR! God, help my poor soul!!!» Er kletterte in den Wagen und schlug die Tür hinter sich zu.

«He», sagte Eiermann. Er erinnerte sich, wo er Danny gesehen hatte. «Das ist doch einer von Griggs' Leuten. Was will der hier?» Er richtete die M-16 auf Danny.

Dexie hatte das Gefühl, daß die Dinge aus dem Ruder liefen. «Ganz ruhig», sagte er zu Eiermann, während er versuchte, Danny wieder zur Besinnung zu bringen. «Der Junge ist high! Siehst du das nicht? Er ist krank ...»

«Help me, please...» Danny raufte sich die Haare.

«It's THE HORROR!» schrie er wieder. «THE HORROR!»

Und dann sah Danny das Sturmgewehr vor sich...

Gegen zehn vor zwölf verabschiedete sich der Diaprojektor mit einem Rauchblitz. Buddha kam mit einem Feuerlöscher angewetzt, hielt in die Menge. Viele GIs hielten es für eine Showeinlage. Lunten flammten in der Dunkelheit auf, und wenig später explodierten die ersten Knallfrösche auf der Tanzfläche.

Gelächter und Gekreische... Die meisten waren ohnehin so betrunken, daß ihre Nervensysteme nicht mehr in der Lage waren, Angstreflexe zu produzieren...

Stompie hechtete über den Tresen und griff sich die Typen, die das Feuerwerk veranstaltet hatten. Mit Gocks Hilfe schaffte er sie vor die Tür.

Die Musik ging pausenlos weiter. Rio fiel ein, daß Eddie seit einer guten halben Stunde auflegte... Selbst die Übergänge klangen sauber und professionell... Zwischendurch fummelte er noch mit Ilona-Baby herum oder an einem Joint.

Out of sight, dachte Eddie. Der Froschmann, das Ding, was immer es war, schwebte nur wenige Meter von ihm entfernt unter der Decke.

Eddie war vielleicht einfach zu stoned, um Angst zu haben.

«Have a dub, brother.» Er blies etwas Rauch zu dem Froschmann hinüber. Es schien zu wirken; die Erscheinung ruderte mit den Armen und verschwand hinter der Spiegelkugel.

«Es funktioniert, verdammt, es funktioniert», murmelte Eddie. «Hast du das gesehen, Baby?»

Ilona schüttelte den Kopf. Sie hatte eine tiefe Abneigung gegen alles, was ihr Bewußtsein erweitern könnte, und instinktiv einen Bogen um die Bowle gemacht.

Eddie wühlte wieder in Rios Platten... Bisher war alles perfekt gelaufen. Ein Titel hatte ihn neugierig gemacht: «3001», hm hm –

eine Zarathustra-Verballhornung vom SalSoul-Orchester unter Leitung des notorischen Vincent Montana jr. Die Begegnung mit Strauß hatte bei Montana einiges ausgelöst:

«Just as the monolith, the big black slab, left by a superior civilisation, served to transform ape into man – man himself serves as bridge between ape and superman. Each transformation is marked by assertion of the Self, the taking of power over the inferior species. As the inferior ape is destroyed by the transformed ape, so man will be used by the superman, Zarathustra. – THE END?»

Der Disco-Visionär hatte das letzte Wort in Großbuchstaben geschrieben. Er meinte es ernst.

«Ganz schön abgefahren für einen Timpani-Spieler», murmelte Eddie. Er legte die Platte auf, und schon ritt die Nadel in der Rille. Der vielversprechende Anfang ging gleich über in ein monotones Montana-Fiasko. Eddie hielt es für angebracht, ein paar Worte des Meisters zu verlesen.

Er kam ungefähr bis zum ersten Absatz, als Rios Raumhelm vor ihm auftauchte. «Bist du des Teufels, Mann?»

«Es ist kurz vor zwölf», verteidigte sich Eddie, «die Nummer baut Spannung auf!»

Rio wunderte sich, was manche unter Spannung verstanden.

«Und hör dir das mal an, Rio, was hier steht: *As the inferior ape is destroyed by the transformed ape, ... so man will be used by the superman* ... Dieser Montana muß üble Dinge geschluckt haben.»

Rio sah ihn nachdenklich an. «Laß mal sehn ...»

Eddie reichte ihm die Platte. «Weird shit, man. Man sollte viel öfter das Kleingedruckte auf den Rückseiten lesen.»

«Oder auch nicht.» Rio wurde plötzlich sehr still.

«Was ist los, Rio?» Eddie mußte fast lachen. «Ist es wieder ein Mysterium? Born to be alive?»

Ilona drängte sich dazwischen.

«Eddie! Mein Gott, gleich ist es soweit!» Irgendwo hatte sie drei Plastikbecher mit Champagner aufgetrieben.

Unten wollte Buddha eine Ansage machen.

«Pssst!» machte er immer wieder. «Pssst!»
«Tu ihm den Gefallen», meinte Eddie.

Rio zog die Regler nach unten. In das Ausklingen der Musik mischten sich plötzlich Schüsse.

Er hoffte zunächst, daß sie von der Platte kamen, aber als er sich umdrehte, lagen Eddie und Ilona bereits in Deckung.

Rosen, ein M-16 im Anschlag, stand plötzlich auf der Tanzfläche.

Er brüllte irgendwas, wegen der lauten Musik konnte ihn niemand verstehen.

Rio war wie versteinert. Von seinem Pult aus konnte er alles sehen. Er verstand, aber wollte nicht glauben, was sich abspielte.

Rosen feuerte in die wabernden Trockeneisnebel an der Decke. Mit gezielten Feuerstößen versuchte er, dort oben *etwas* zu treffen.

Einige konnten es sehen. Andere starrten nur irritiert auf das Schauspiel, das sich ihnen bot.

Gestaltwerther drehte sich wie eine Windmühle. Die Kugeln schienen an ihm abzuprallen, überall sausten Querschläger durch den Raum. Eine weitere Garbe erwischte die große Spiegelkugel ... Splitter zischten durch die Luft.

Disco-Inferno, dachte Rio. *Die Trammps hatten es prophezeit ...*

Die Lichtorgel hatte sich in ein brennendes qualmendes Ufo verwandelt, sauste wie eine Sichel über die Köpfe derer, die sich noch nicht zu Boden geworfen hatten.

Gleich darauf knallte die Sicherung durch. Kurzschluß.

Die Platte lief langsam aus. Hilfeschreie wurden laut ...

Mündungsfeuer blendete Rio in der Dunkelheit.

«Out! Out! Everybody out!» brüllte Stompie.

Die Stablampen der 6th schossen Lichtschneisen in die Dunkelheit, verhinderten Schlimmstes.

Auf der Treppe zum Ausgang kam es zu einem mörderischen Getrampel, überraschenderweise wurde niemand verletzt.

Als ob sich das Chaos wie im Kaleidoskop vervielfältigt hätte, erschien jetzt wieder Stompie auf der Bildfläche ...

Rosens Feuerstöße schienen ihn nur wenig zu beeindrucken.

«Drop the gun», brüllte er, «as your commanding officer ...»

Rosen wußte, daß Stompie nicht sein Vorgesetzter war, und mähte weiter.

«THE HORROR!» brüllte er. «THE HORROR!»

Die M-16 streute wieder Blei, und Stompie hechtete gerade noch rechtzeitig unter einen Tisch.

«I'll kill you», brüllte Rosen noch, während er im Dunkeln herumtanzte...

Und dann – als hätte ein genervter Deus ex machina endlich genug von der Posse – stürzte die Spiegelkugel von der Decke.

Danny Rosen verschwand in einem Scherbenhaufen. Sein Film war gerissen...

Als Rio ins Freie taumelte, war es zehn nach zwölf.

Die Straße vor dem Ali Baba's hatte sich inzwischen in ein Schlachtfeld verwandelt. Chinaböller dröhnten in den Gassen.

Die meisten Gäste, froh darüber, mit dem Leben davongekommen zu sein, lagen sich in den Armen und wünschten sich den besten Rutsch aller Zeiten. Über den Dächern stiegen Goldregen auf.

Die Sterne kommen näher, dachte Rio und starrte in das große Nichts.

Unwillkürlich drehte er sich im Kreis und stolperte kopfüber in eine Einfahrt.

«Happy new year!» grölte Eddie, als er mit Ilona im Schlepptau auftauchte.

«Happy ... happy ...», murmelte Rio.

«He, hast du Rosen gesehen? SHIT! Der motherfucker ist durchgeknallt!»

Rio betrachtete seine Hand. Er sah Blut, und er wußte nicht, wo es herkam. «O Gott, ich kann kein Blut sehen.» Ilona-Baby hatte es mitbekommen und wühlte in ihrer Handtasche.

«Hier.» Sie reichte ihm ein Taschentuch.

Sirenen heulten in der Ferne.

«Komm schon, laß uns die Fliege machen», meinte Eddie.

Ein Haufen Leute hatte bereits die gleiche Idee.

«Komm schon, Rio! Ich bring dich nach Hause!»

Rios Beine knickten immer wieder ein, aber Eddie schleifte ihn einfach mit.

«Is ja gut», meinte Rio.

Es war wie damals nach dem Absturz von Skylab, mit dem Unterschied, daß er sich diesmal so fühlte, als wäre er mit an Bord gewesen, hätte den Höllenritt durch die Ionosphäre mitgemacht.

Wahrscheinlich war er damals verglüht.

Zehn Minuten später hing Rio auf dem Rücksitz des Buick und sagte kein Wort. Der Helm auf seinen Schultern wog eine Tonne und schaukelte wie eine Boje im Rhythmus der Asphaltwellen.

«You're alright, sugar-baby?» Eddie hatte sich genug über Rosens «stunt» ausgelassen, jetzt spielte er den Besorgten.

«Mir fehlt nichts.» Ilona zog nervös an einer Zigarette.

«You're sure?» Eddie tätschelte ihren Oberschenkel, um sie zu beruhigen.

«He, sieh dir das an!» An der Konstabler hatte es einen Unfall gegeben. Notarztwagen. Blaulicht. Glassplitter glitzerten wie Eiskristalle auf dem Asphalt.

Am Bordstein lehnte eine Radkappe.

«Der sah aus wie AC Knirsch», sagte Eddie und warf einen Blick in den Rückspiegel.

Rio rührte sich nicht.

«He, Superjock, alles okay?»

Rio öffnete sein Visier. Seine Lippen waren blau.

«Was ist mit deiner Hand, Kumpel?» Eddie meinte das Blut.

«Hat aufgehört.» Rio wußte, daß es unter Umständen mit der Droge zusammenhing.

Sie fuhren am Main-Ufer entlang. Das Feuerwerk über der Stadt lag in den letzten Zügen. Über dem Dom entfaltete sich eine letzte blutrote Feuerkoralle und tauchte alles in ein geisterhaftes Licht.

«Wow», machte Eddie. «Wow.» Als seine Begeisterung weder von Rio noch von Ilona geteilt wurde, fiel er wieder über Rosen her.

«Jezuus! This fucking freak! Warum hat er das getan?»

Rio wollte etwas antworten, aber beim Luftholen spürte er plötzlich einen stechenden Schmerz in der Brust.

«He, Rio!»

«Glaubst du, es hat jemanden erwischt?»

«Und wenn», röchelte Rio.

«Und wenn!» Ilona schenkte ihm einen strafenden Blick. «Kannst du nicht mal so tun, als ob du normal wärst ... Nur einmal?» Rios Visier klappte runter.

«Eddie», sagte sie plötzlich, «sollten wir nicht doch lieber zur Polizei gehn?»

«Und dann? Hast du Lust, die Nacht auf der Wache zu sitzen?»

«Und wenn sie Zeugen suchen?»

«Zeugen? Was gibt es da zu bezeugen? Es war 'ne Kurzschlußhandlung. Rosen hat geschossen. Jeder hat's gesehen.»

Er schwieg einen Augenblick. «Rosen screwed up in a MEGA-WAY. Aber ich werde nicht gegen ihn aussagen. Das sollen andere tun ...»

«Man kann sich einen schönen Abend machen», murmelte Rio vom Rücksitz.

Der Himmel über den Dächern flackerte noch immer wie die perfekte Kulisse für eine Nacht der Gewalt.

Rio war schwindlig. Seine Zähne klapperten, und unter seiner Haut kribbelten Ameisen, Millionen von ihnen. Sie fraßen sich in seine Nervenbahnen, höhlten sein Rückenmark aus. Dort, wo sie waren, hinterließen sie nur Taubheit und ein fremdes Gefühl.

Draußen jagte noch immer eine Rakete nach der anderen hoch. Manchmal kippte eine Flasche um, und dann sauste ein Seitenwinder über die Straße.

«Eddie, paß auf!»

Kurz vor der Kreuzung am Westhafen lieferten sich die Gäste von zwei verfeindeten Kneipen ein schweres Gefecht.

Es sah böse aus: Funkensprühende Lunten wirbelten über die Straße. Ein Chinaböller explodierte auf dem Kühler des Wagens.

«Shit.» Eddie dachte nur noch an Brandflecken auf dem Lack und gab Vollgas. Keine Sekunde zu früh. Aus allen Himmelsrichtungen schien es plötzlich Chinaböller zu regnen.

«Holy motherfuckin' Jezuus!» Eddie trat das Gaspedal durch. *Raus aus der Hölle.*

Eine Gestalt taumelte ihm vor den Kühler.

Eddie gelang es gerade noch auszuweichen. Der Buick schrammte am Bordstein entlang. Eine Radkappe verabschiedete sich.

Es folgte ein Hindernisrennen; überall standen diese leeren Flaschen im Weg. Mülltonnen tauchten auf, wahllos verstreut. Eddie fuhr Slalom.

Plötzlich stand ein Laternenpfahl vor ihm, im selben Moment machte es einen Riesenschlag.

Eddie prallte mit der Stirn auf das Lenkrad, verlor für ein paar Sekunden das Bewußtsein. Als er wieder zu sich kam, sah er die verbogene Motorhaube und mittendrin, auf Höhe des Motorblocks, den senkrechten Pfahl. Das Licht brannte noch immer.

«Alles okay, Baby?»

Verärgert schüttelte sie seine Hand ab.

«I'm sorry, okay?» Sie sagte nichts, hielt sich die Hand vor den Mund. Sie hatte sich in die Lippe gebissen.

Eddie versuchte, den Motor zu starten, aber er sprang nicht an. *Oh, what a night.*

Wie im Traum stieg er aus und betrachtete die Bescherung. Die Stoßstange hatte das Schlimmste verhindert.

Ein paar Schaulustige kamen angelaufen.

«Prost Neujahr», rief jemand und lachte höhnisch.

«Abschleppwagen?» Ein Kerl, der aussah wie der Wirt einer Kneipe, wollte behilflich sein.

Eddie schüttelte den Kopf.

«Abschleppwagen? He, Sie ...»

Wortlos stieg er in das Wrack. Erschöpft ließ er sich neben Ilona in den Sitz fallen.

«Was soll's ...», sagte er. «Kann mal passiern.»

«Das schöne Auto», sagte sie bitter.

«Ach was», sagte Eddie. Er gab ihr einen Kuß. «Das Stück laufen wir. Was meinst du, Rio?» Er warf einen Blick in den Rückspiegel.

Rio war verschwunden.

Die linke Fahrertür stand noch einen Spalt offen. «Damned, where's he gone?»

Ilona begann hysterisch zu heulen.

Erst jetzt sah Eddie den dunklen Fleck auf der Polsterlehne.

Er streckte seine Hand aus, aber bevor er es berührte, wußte er bereits, was es war ...

Eddie starrte nur noch vor sich, in die Dunkelheit am Ende der Straße.

Mit einem gellenden Schrei, dessen Echo sich in deinem Inneren wie in den Wicklungen einer Hallspirale fortsetzt, kommst du zu dir ... zum zweiten Mal in diesem Leben, *post-status nascendi* ...

Du läufst die Straße entlang, folgst deinem Schatten, einem schmalen, langen Etwas, das immer vor dir herläuft und mit einem runden Kopf wackelt. Dir ist heiß und kalt («das Temperaturempfinden ist nur eine Einbildung»). Du hast die Straße mit den Menschen hinter dir gelassen, die Schreie, die Explosionen. Noch immer riecht es nach Schwarzpulver, Schwefel, Salpeter. Du kannst dich an den Kriegsausbruch nicht mehr erinnern; aber was überrascht dich noch auf diesem Planeten ...

Du kennst die Gegend, da bist du dir sicher.

Den schwarzen Berg vor dir und die Brücke dahinter. Zäune, Stacheldraht, die beleuchteten Industrieanlagen ...

Du folgst der Straße auf eine kleine Anhöhe. Von dort oben hast du eine bessere Sicht.

Es ist eine Mondlandschaft; unter einem schiefergrauen Himmel siehst du ein steinernes Meer, schwarze Schottersteine und Geleise, die sich am Horizont zwischen Rampen verlieren. Darüber die Hochspannungsleitungen, die Energie, die in den Drähten schlummert... *Grünschillernde Plasmafäden, die sich in den Himmel spinnen...*

Hinter der Brücke findest du den Trampelpfad und das Loch im Zaun.

Als du dich bückst, spürst du einen Stich in der Brust.

Du läufst, du kennst den Weg, dein Körper hat nichts vergessen, weiß, wo du hin willst... Du spürst den Schotter unter deinen Füßen, schlurfst über Laderampen, die noch halb im Nebel hängen und irgendwo hinführen. Wie ein Schatten bewegst du dich durch die Leere des Geländes. Du mußt verschnaufen.

Schwindlig.

Ganz ruhig.

«Du hast ein Loch im Hemd.» Die Stimme einer Frau. Ilona. Eddie. Unfall. Disco. Schießerei. Die Kette bringt dich auf eine furchtbare Spur... *Mal nachsehen, nachsehen kann nicht schaden... Muß sein.* Du tastest mit den Fingern unter das Hemd, es ist eingeweicht... Da, ein paar Zentimeter neben der rechten Brustwarze, fühlst du die brennenden Ränder einer Wunde.

Ach ja. Aus...

Du bist verwundet. Mit der Spitze deines Zeigefingers erforschst du das weiche klebrige Innere. *Wunde, kleine Wunde...*

Jetzt alles wissen, alles... Du winkelst den Arm an, wie im Polizeigriff, und tastest deinen Rücken ab. Klebrig, kalt. – Unter dem rechten Schulterblatt hast du ein Loch im Hemd. Im Hemd. Ein Loch vorne und hinten. *Was kombinieren Sie, Watson!*

Ach ja. Aus. AUS.

Du mußt ins Krankenhaus. Gleich.

Hände voll Blut, wischst sie am Schotter ab. Aus.

Krankenhaus; ach ja.

Automatisch setzen sich deine Beine in Bewegung.

Aber nach drei, vier Schritten knicken sie dir einfach weg, und du fällst, schlägst mit dem Helm auf die Gleise.

Das Visier ist zersplittert.

Du atmest schwer.

Du mußt ins Krankenhaus. Oder Notarzt. Gleich. Hilfe. Jetzt.

Gott, ich sterbe ...

Du schaffst es, dich hochzuziehen, setzt dich auf den betonierten Vorsprung der Rampe.

Atem holen.

Ganz ruhig.

Einatmen.

Ausatmen.

Einatmen.

Ausatmen ...

Und dann siehst du die Rakete.

Im Gegenlicht von Scheinwerfern ragt sie vor dir auf.

Rakete?

Ein durch Gasrücktrieb bewegtes Geschoß, das ist eine Rakete.

Es kann kein Zufall sein.

Wie von weitem glaubst du eine Stimme zu hören: Zehn – neun – acht – ...

Der Countdown läuft schon!

Du läufst schneller.

Mit jedem Schritt kommt die Erinnerung zurück; da sind ein anderer Park, ein Sommertag, eine Terrasse, Bienenstich, eine kleine zahnlose Mundhöhle zwischen hellblauer Wäsche, Bienenstich, du kannst dich an nichts mehr erinnern, du hast deinen Auftrag vergessen, deine Mission ist gescheitert. Fünf – vier – ... Du hast die Rakete erreicht, nur um festzustellen, daß die Luke verschlossen ist. *Verschlossen!*

Du willst schreien, aber da ist diese Schere im Mund, die die Worte zerschneidet ... *Hilfe!* Sie müssen dich doch auf ihren Kontrollschirmen sehen. Ob sie dich zurücklassen wollen? Nicht nach alldem, was du über den Planeten und seine Bewohner in Erfahrung gebracht hast!

Als die Triebwerke starten, schreist du, daß deine Lungen zu bersten scheinen. Du schaffst es gerade noch hinter die Rampe.

Du fällst.

Fällst...

Der stechende Schmerz in seiner Brust brachte ihn wieder zu Bewußtsein. Die Rakete, die er gesehen hatte, war verschwunden, und an ihrer Stelle stand wieder der alte Betonbunker, seine alte «Mondrakete», die er einst mit «RIO» beschmiert hatte.

Langsam kroch er die Betonrampe entlang.

Sie sind weg.

«Ich muß ins Krankenhaus.»

Nicht mehr.

«Wer ist da?» Bleierne Müdigkeit hatte seinen Körper erfaßt.

Sein Kinn fiel ihm auf die Brust.

O Gott, diese Tiefe...

Die Schottersteine unter seinen Füßen waren plötzlich meilenweit weg. Er suchte nach Ameisen; natürlich hielten sie die Nachtruhe.

Beruhigend zu wissen, daß es doch zumindest eine hochentwickelte Zivilisation auf dem Planeten gibt.

Mit dem Abklingen der Droge wurde die Blutung stärker. Er hatte nur noch nasse Wäsche am Leib, klamm und gefroren.

Merkwürdig, ihm war warm...

Vielleicht ein Nebeneffekt der Droge.

Über der Betonrakete glaubte er Nordlichter zu sehen: das Licht, das mit den Köpfen Ball spielt, kosmischer Fußball über Kameruns Dächern.

Der Schotterpark lag in eisiger Stille.

Gleise, die ins Nichts führten.

Irgendwo dahinter lagen die Blocks.

Kamerun – wo die Milchstraße in der Gosse versickert.

Rio mußte an seine Eltern denken, Romeo und Julia ... das Ende vom Lied. Kuhl fiel ihm ein, all die Totgeborenen, die er kannte, und all diejenigen, die dort in irgendwelchen Betonwaben in irgendwelchen Bäuchen heranreifen würden, um das Leben, diese schale, mehlige Frucht, zu verfluchen.

War es wirklich so schlimm?

«Na ja, sagen wir mal, es war schlimm genug.»

Das liegt jetzt hinter dir.

Als er neben sich sah, saß da der Werther. Die lange Reise, weiter als zum Mars, weiter als nach Alpha Centauri, hatte begonnen.

Behutsam legte er seinen Arm um Rios Schulter.

«Ich werde jetzt schlafen, Mann.»

Ja.

«Ein paar Stunden, und ich fühle mich wie neugeboren ...»

Schlaf jetzt.

«Siehst du das auch? Dieses weite, öde Land sieht aus wie ein fremder Planet ...»

Und war es je etwas anderes?

«Wie kannst du so was sagen? Ich hab mein Leben hier verbracht ...»

Schlaf jetzt.

«Jetzt ...»

Es war wie ein Schwarm Vögel, der aufflog ... dasselbe Gefühl, und es verlor sich in einem warmen, strahlenden Licht.

Dann war es vorbei. Das, was Romeo und Julia versehentlich in die Welt gesetzt hatten, es existierte nicht mehr.

Es hatte aufgehört zu atmen.

Sein Herz, vom Gewicht her ein Durchschnittsherz, hatte aufgehört zu schlagen. Die Gehirnströme wurden schwächer, der Strom der Natrium- und Kalium-Ionen war zum Stillstand gekommen.

Der Kreislauf hatte sich geschlossen. Die Atome seines Körpers würden aus ihrer molekularen Umklammerung entweichen und wieder eins werden mit dem Stoff der Sterne.

Gleisarbeiter fanden ihn am frühen Morgen.

Er saß noch immer auf der Betonrampe, als warte er auf einen Zug.

Ein junger Pole hielt ihn wegen des Helms für einen «Mondmenschen». Die Polizei sperrte die Betonrampe ab und wartete, bis die Spurensicherung auftauchte.

Niemand hatte eine Erklärung für seinen Aufzug.

Als sie ihn schon fast in dem Plastiksack hatten, in dem sie gewöhnlich die Leichen abtransportierten, gab es Schwierigkeiten mit dem Reißverschluß; der Helm, den er noch immer trug, war zu sperrig.

Sie legten den Körper auf eine Bahre.

Aus Angst, sich an dem zersplitterten Visier zu verletzen, wagte ihm niemand die Augen zu schließen. Und so trugen sie ihn die Geleise entlang.

Seine Augen starrten noch immer in die Leere zwischen den Leitungen, dorthin, wo der Himmel hätte sein müssen.